포참군집주 2
鮑參軍集注

An Annotated Translation of "Baocanjunjizhu : or Annotations on the Collection of Bao Zhao' Works"

옮긴이

송영정 宋永程, Song Youngjong
서울대학교 인문대학 중어중문학과를 졸업하고, 동 대학원 중어중문학과에서 문학석사와 문학박사 학위를
취득했다. 육군사관학교 교수부 아주어과에서 중국어 교관으로 군 복무를 마친 후, 계명대학교 중국어문학과
교수로 재직했다. 재직 중 대만 대북의 대만국립사범대학 국문연구소와 중국 상해의 부단대학 중문과에서
방문학자로 연구했다. 주요 연구 논저로는 박사학위 논문인 「포조 시 연구」 외에 다수 논문을 발표했고,
『음갱(陰鏗) 시』(계명대학교 출판부), 『포조시선(鮑照詩選)』(문이재), 『하손(何遜) 시 역주』(중문), 『중국
어문학의 이해』(공저, 신아사) 등의 저·역서가 있다.

포참군집주 2

초판인쇄 2023년 10월 20일 **초판발행** 2023년 10월 31일
지은이 포조 **옮긴이** 송영정 **펴낸이** 박성모 **펴낸곳** 소명출판 **출판등록** 제1998-000017호
주소 서울시 서초구 사임당로14길 15 서광빌딩 2층
전화 02-585-7840 **팩스** 02-585-7848
전자우편 somyungbooks@daum.net **홈페이지** www.somyong.co.kr

값 37,000원 ⓒ 송영정, 2023
ISBN 979-11-5905-835-6 94820
ISBN 979-11-5905-833-2 (전4권)

이 저서는 2017~2019년 대한민국 교육부와 한국연구재단의 지원을 받아 수행된 연구임(NRF-2017S1A5A7021130)

한국연구재단
학술명저번역총서

포참군집주 2
鮑參軍集注

*An Annotated Translation of "Baocanjunjizhu : or
Annotations on the Collection of Bao Zhao's Works"*

포조 저
전중련 증보 집설 교감
송영정 역

일러두기

1. 이 책은 1980년 11월 상해고적출판사(上海古籍出版社)의 초판본『포참군집주(鮑參軍集注)』(전 중련(錢仲聯) 증보집설교(增補集說校))를 우리말로 옮긴 것이다.

2. 작품 원문의 번역은 직역을 위주로 했다. 시부(詩賦)는 가능한 한 압운과 음수율에 맞추어 번역하려고 노력했으며, 부의 경우 부득이한 경우 산체(散體)로 번역했다.

3. 주석과 평설에 인용된 자료는 중간송본(重刊宋本)『십삼경주소(十三經注疏)』, 점교본(點校本) 『이십사사(二十四史)』, 중간송순희본(重刊宋淳熙本)『문선(文選)』등을 비롯해, 중국・대만과 국내에서 출판된 자서(子書)・별집(別集) 및 전산 자료 등을 통해 교감하여, 원서에 오류가 있는 경우 이를 수정해 번역했다. 다만『문선』이선 주에 인용된 문장은 통행본과 다르더라도 가능한 한 그대로 번역하고, 통행본의 해당 문장을 역주에 인용해 번역했다.

4. 이 책의 작품별 번역 체제와 문장부호 등은 다음과 같다.

    (1) 역주는 기본적으로 원문 전문을 제시한 다음 번역문을 붙이고, 이어서 해제와 주석을 달았다. 다만 권2의「황하가 맑아짐을 기리는 송－서와 함께(河淸頌－幷序)」는 '서'와 '명'이 모두 너무 길어서 '서'와 '명'을 분리했고, '해제'는 '서'의 번역 뒤에 붙였다.

    (2) 원서의 제목에 대한 주석이 '주석 1'인 경우 이를 '해제'로 처리했다. 작품의 주제, 창작 시기 등에 대한 보충 설명은 '해제'의 역주로 처리했다. 원서에 제목 주석이 없는데 보충 설명이 필요한 경우 '해제' 난 제목만 적고 거기에 역주를 달았다.

    (3) 원서의 전진륜 '주(注)'는 [전진륜]으로 처리하고, 권3-6의 황절 '보주(補注)'와 '집설(集 說)'은 [황절]로, 권1-2의 전중련 '보주(補注)'와 '집설(集說)' 및 권3-6의 전중련 '증보(增 補)'와 '보집설(補集說)'은 [전중련]으로 각각 표기했다.

    (4) 원서의 주석에서 인용한 문장은 출처마다 행을 바꾸어 번역하고, 원서에서 '왈(曰)'로 인용한 문장은 모두『설문해자』: "'肜(동)'은 붉은색 장식이다."처럼 출처와 내용 사이에 '쌍점 (:)'을 넣어 처리했다.

    (5) 원서에서는 출처가 서명(書名)만 제시된 경우가 대부분인데, 번역에서는 편명이나 작품명을 확인해 밝혔다. 또 원서에서 출처가 "漢書注(한서주)"처럼 제시된 경우, 구체적인 용례를 찾아 '『한서』「○○전」'원문(번역문)'' 형식으로 제시했다.

(6) 원서에서 『옥편(玉篇)』이나 『강희자전(康熙字典)』 등 자서(字書)에서 인용한 재인용을 원전의 직접인용처럼 처리한 것으로 보이는 경우가 상당히 많은데, 원전에서 일일이 확인하려고 했으며, 확인하지 못한 것은 역주에서 자서 인용인 것 같다고 밝혔다.

(7) 역주는 모두 각주로 처리하되 별도 표시를 하지 않았다. 머리말과 책머리에서 전중련의 원주가 각주로 처리된 경우는 이를 '[원주]'로 표기하여 역주와 구별했다.

(8) Robert Shanmu Chen(진산목, 陳山木)의 박사학위논문 부록에 실린 「포조 연표」를 번역하여 권말 부록에 실어서 원서의 부록에 실린 전중련의 「포조 연표」와 비교할 수 있게 했다.

(9) 번역문은 한글전용 원칙을 지키되, 고유명사와 동음이의어로 혼돈의 여지가 있거나 특별히 한자의 제시가 필요한 경우, '포조鮑照', '공력功力'처럼 위첨자로 처리했다. 단 『이아(爾雅)』・『설문해자(說文解字)』・『강희자전(康熙字典)』 등의 뜻풀이를 인용하는 경우는, '彤 통'처럼 한자를 먼저 적고 우리 음을 위첨자로 처리했다. 또 위첨자에서 우리말과 한자를 같이 적는 경우, '조조曹肇 : 자 장사(長思)'처럼 괄호로 구분했다.

(10) 주석에 인용된 작품의 제목은 관용적으로 써오거나 단순한 어구로 된 것은 '「감천부(甘泉賦)」'처럼 원제목의 발음으로 표기하고, 서술식 문장의 경우에는 '「화자강에 들어서니 마원의 제삼곡이다[入華子岡是麻源第三谷]」'처럼 번역했다.

(11) 한자어의 독음은, 우리말을 먼저 적고 한자를 괄호에 적을 경우는 '역(歷)'처럼 두음법칙을 적용하되, 한자를 먼저 적는 경우는 '歷(력)'처럼 원음을 적었다.

(12) 원서의 인용에는 빠졌지만 필요하다고 판단하여 원문을 추가해 번역한 것은 대괄호('[ ]') 안에 넣어 구분하되, 그 양이 많지 않을 때는 별도로 구분하지 않았다. 원문에 없지만 역자가 보충 설명을 가한 부분은 필요한 경우 소괄호('( )')로 처리했다.

(13) 원서에는 '절록(節錄)' 즉 발췌 인용이 모두 전문 인용으로 처리되어 있는데, 번역에서는 생략된 부분은 모두 (…중략…)으로 처리했다. 또 '의인(意引)' 즉 간접인용이나 개요설명이 직접인용으로 처리된 곳도 적지 않은데, 모두 인용부호를 없애 '의인'으로 처리하고 역주에서 밝혔다.

(14) 저자의 주석은 본문의 주석문으로 처리했고, 옮긴이의 주석은 각주로 처리했다.

　　포조鮑照, 414?~466는, 문벌귀족시대에 한문寒門과 다름없는 몰락 사족의 후예로서, '연작燕雀'처럼 평범하게 살기를 거부하고, 문인을 애호했던 임천왕臨川王 유의경劉義慶을 찾아가 시를 바쳐 지우를 받고 막료가 됨으로써 관리 생활을 시작했을 정도로, 적극적이고 진취적인 기상을 품은 문인이었다. 그러나 비가 새는 지붕을 손수 수리하기 위해, 병환 중인 모친의 간병과 또 본인의 치료를 위해 장기간의 휴가를 청원했을 정도로, 여전히 가난과 질병에서 벗어나지 못했다. 관직도 주로 지방의 현령이나 제후왕의 시랑·참군 등 중·하급 관리로 전전했고, 그 와중에 동료들의 무고를 받기도 하고 몇 차례 금지형을 당하기도 하는 등 벼슬길도 그다지 평탄치 못했다. 그래서 수없이 진퇴를 고민하던 중, 마지막으로 모시고 있던 주군이 가담한 반란 사건의 와중에서 아이러니하게도 반란군에게 살해당함으로써 파란만장한 생을 마감했다. 그는 남북조의 극심한 대립과 왕실 내부의 살벌한 권력 투쟁 등 내우와 외환이 점철된 시대를 살다 간, 때를 못 만난 시인이었다.

　　포조의 시문 특히 시는 대부분 이러한 여의치 못한 삶에서 오는 수많은 고뇌와 갈등을, 때로는 격정적으로 때로는 체념적으로 토해낸 불평지명不平之鳴이다. 그의 시는 생전에도 어느 정도는 평가를 받았고 사후 남북조 후기에도 그를 배우려는 시인들이 있었지만, 주류 평단의 평가는 험속險俗한 변체變體라는 것이 대세였다. 긍정적인 평가가 나온 것은 사후 3백 년 가까이 지난 뒤 성당의 대시인 두보杜甫, 712~770로부터였다. 두보는 이백李白, 701~762의 시를 "필적할 사람이 없다無敵"라고 극찬하면서 "준일한 면에 있어서는 포조와 같다俊逸鮑參軍"라고 하여, 포조 시의 '준일'을 인정했다.

파란만장한 삶 때문에 그의 시는 내용과 형식을 막론하고 매우 다양하고 복잡하며 난해하다. 우선 시어와 수사 면에서 정교한 대우와 수많은 전고를 활용하여 사물의 모습을 형상적으로 그려내는 이른바 '형사形似'에 주력하여, 경물의 형상화와 정감의 구상화 추구가 주조를 이루는데, 이것은 원가 문단을 휩쓴 일반적 경향이었다. 반면 남조 민가에 흔히 사용되는 구어·속어·방언도 피하지 않아서 속되다는 평가를 받기도 했다. 시의 제재도 사회의 여러 문제에서부터 자연 경물에 이르기까지 다양하다. 적극적인 포부의 피력과 우국지심憂國之心의 토로, 왕실과 주군에 대한 찬송 등이 있는가 하면, 실의와 좌절로 인한 불평지명과 사회의 부패와 부조리에 대한 풍자와 비판도 있고, 소극적인 은퇴와 명철보신明哲保身 사상을 드러낸 것도 있다. 또 자연 속에서 현실에 지친 심신의 안식을 추구하려고 하는가 하면, 어떤 때에는 경물 묘사 속에 자신의 파란 많은 인생 역정을 투영하거나 인생의 고독감을 이입하기도 하고, '입세入世'와 '출세出世' 사이의 갈등을 드러내기도 했다.

포조의 시문은 어렵기로 정평이 나 있다. 중화민국 초기의 학자 황절黃節, 1873~1935은 북경대학 문학원 교수 시절 출판한 『포참군시주鮑參軍詩注』의 서문에서, 포조의 시의 난독성難讀性을 언급하고, 주석 달기 어려운 이유 두 가지를 제시했는데, 그중의 하나가 불우한 일생으로 인해 사용한 전고가 너무 은미隱微한 데다가 독창적인 시어와 신기하고 변화가 많은 장법章法이 많은 점이다. 포조 시에 대한 해석은 학자마다 다른 경우가 많고 심지어 시의 주제를 정반대로 설명하는 상황도 왕왕 있다. 포조의 시에는 번역조차 잘 안 되는 경우도 허다하고 번역을 하고서도 무슨 의미인지 내용 파악이 어려운 경우도 적지 않다. 황절의 말을 빌리면, 전자는 대체로 포조가 창안한 어휘와 낯선 장법 때문이고 후자는 은미한 전고를 많이 사용한 것 때문이라고 할 수 있다.

역주자가 포조 시에 관심을 기울이게 된 지는 퍽 오래되었고, 선후배 동료 학자들의 도움도 매우 많았다. 석사 시절이던 1978년 가을 당시 중화민국 대사관 앞의 한 중국서점에서 대만臺灣 세계서국世界書局에서 출판한 황절黃節의 『포참군시주鮑參軍詩注』『도정절집주(陶靖節集注)』와 합본한 1974년4판를 구입하여 86수의 악부시를 중심으로 읽으면서 포조 시를 처음 접했다. 그 후 육군사관학교 교관으로 군 복무 중이던 1981년 여름 홍콩의 삼련서점三聯書店에서 이 역주의 저본이 된 전중련錢仲聯의 『포참군집주鮑參軍集注』를 우편으로 구입하여, 파일 노트에 시문의 원문을 옮겨 적어놓고 이따금 번역을 채워넣기 시작한 것이 이 역주 작업의 출발이 되었다. 그러나 작업 진척이 무척 더딘 데다 처음 맡는 강의의 준비에도 적잖은 시간이 필요한 등의 여러 이유로 사실상 원문만 정리한 채 번역은 말 그대로 작심삼일로 끝나고 말았다. 전역하고 계명대학교 중문과로 부임한 후 박사과정을 다니면서, 포조의 시를 학위논문 주제로 확정하게 되었다. 그것이 80년대 후반인데, 당시 국립대만사범대학國立臺

灣師範大學 국문연구소國文研究所에 유학 중이던 제해성 선생현 계명대 교수이 오덕풍吳德風의 「포조생평급기작품교정鮑照生平及其作品校正」과 임숭산林嵩山의 『포조악부휘해鮑照樂府彙解』를 비롯한 수많은 중요 자료의 사본을 구입해 주었다. 이것이 이 역주 작업을 본격적으로 시작한 계기가 되었다. 제 교수는 그 후에도 북경사범대학北京師範大學 박사과정 재학 중일 때와 학위 취득 후 중국의 학회 출장 때마다 많은 연구자료를 구해 주었으니 사부비요四部備要 본『포씨집鮑氏集』선장본(線裝本)과 정복림丁福林·총영령叢玲玲의 『포조집교주鮑照集校注』는 앞의 두 대만 자료와 함께 이 역주 작업에 불가결한 자료가 되었다. 1989년 캐나다 밴쿠버의 브리티시컬럼비아 대학교에서 Robert Shanmu Chen진산목(陳山木)이 포조 시를 주제로 박사학위논문을 발표했는데, 논문의 제2부가 포조 시 완역이라는 정보를 입수하고, 마침 90년대 초 당시 영남대학교에 재직 중이던 선배 박운석 교수가 연구년에 미국 시애틀을 방문하게 되어서, 부탁드려 논문 사본을 우편으로 받았다. 이 자료를 바탕으로 포조의 시 원문에 대한 번역은 일차로 완성을 보게 되었다. 또 계명대학교에 함께 근무할 적에 필자의 성가신 질문에 정성을 다해 응해주며 특히 주석의 독해에 많은 도움을 준 팽철호 교수현국민대교수의 도움 역시 매우 크다. 팽 교수는 또 이 역주 작업이 진행 중이던 2018년 연말 저서『우리가 잘못 알고 있는 중국문학 속의 동식물』을 보내주어, '蘭란'·'蓬봉'·'柏백'·'薇미' 등 우리가 잘못 알고 있는 식물의 명칭을 바로잡는 데도 도움을 주었다. 1999년경 만든 중국 경사자집經史子集의 주요 문헌 전산화 자료 CD를 선물해

준 강민호 선생현서울대교수과 2003년 연구년으로 대만사범대학에 머물 때 국문연구소에서 박사학위논문을 작성 중이던 김이식 선생현영진전문대교수도 자료 구입에 큰 도움을 주었다. 이 역주 작업에는 이분들의 도움이 매우 컸기에 이 기회를 통해 특별히 깊은 감사를 드린다. 비슷한 시기에 같은 대학에 전임이 되었고, 93년 초여름부터 한 해 남짓 밤늦도록 학교 연구실에 남아 '동구동작同究同酌'하면서 박사학위논문을 작성하여 같은 학기에 학위를 취득했으며, 한 학기 차이로 정년을 맞은 익우益友 임진수 교수의 격려에도 감사를 드린다.

이처럼 오랜 시간에 걸쳐 이처럼 많은 분의 도움과 격려에도 불구하고 이 졸역이 이렇게 늦어진 것은 순전히 역주자의 천학비재淺學菲才와 나태함 탓이다. 필자의 이 작업은 그야말로 다그칠 때는 하루 반짝 일하고 아흐레는 쉰 '일일구치구일한一日驅馳九日閒'이요, 느슨할 때는 하루 반짝 일하고 한 달을 쉰 '일일구치삽일한一日驅馳卅日閒'으로 진행되었다. 이처럼 더딘 작업임에도 주밀周密하지도 못하고 소루疏漏한 점이 한두 군데가 아니어서 '호랑이는 근처에도 못 가고 개 비슷하게 되고畵虎不成反類狗' 말았다. 독자 제현의 따끔한 질정叱正과 후현後賢들의 완벽한 보완을 진심으로 바란다. 아울러 이 책의 편집에 정성을 다한 소명출판 편집부 여러분과 사장님에게도 감사를 드린다.

2023년 9월

송영정

일찍이 대시인 두보杜甫, 712~770로부터 '준일俊逸'[1]이라는 칭호를 받은 포조는 중국 남조 유송劉宋의 저명한 문학가이다. 그는 남조 문단의 쇠미한 기풍 속에서 "자못 스스로 떨쳐 일어나",[2] 현실주의 문학의 전통을 계승하고 발전시켰다. 그의 창작은 문학 동산, 특히 고대 시가의 동산에서 놀랄 만큼 신기한 꽃을 피웠다.

포조는 자는 명원明遠이고 본적은 상당上黨[3] 사람으로 뒤에 동해東海[4]

---

1) [원주] 두보, 「봄날 이백을 그리며(春日憶李白)」: "청신한 면은 유신(庾信)이요, 준일한 면은 포조이다[淸新庾開府, '俊逸'鮑參軍]."
   [역주] 두보가 여기서 말한 '준일(俊逸)'은 단순히 시의 풍격만을 개괄한 것은 아니다. '준일'은 처음에는 재주가 출중하다는 의미로 사용되었다. '俊'은 '俊才(준재)'로, 『회남자』「태족훈(泰族訓)」에서 "지혜가 만 사람을 초과하는 것을 '英(영)'이라고 하고, 천 사람을 초과하는 것을 '俊(준)'이라고 하며, 백 사람을 초과하는 것을 '豪(호)'라고 하고, 열 사람을 초과하는 것을 '傑(걸)'이라고 한다[智過萬人者謂之英 千人者謂之俊 百人者謂之豪 十人者謂之傑]"라고 한 '준'이다. '逸'은 회의자로 토끼처럼 잘 달리는 것이 본뜻인데(『설문해자』: "从辵·兔, 兔謾訑善逃也"), 출중하다는 뜻이 파생되었다. 의미가 비슷한 두 글자를 합친 복합어로 쓰인 용례는 『후한서』「원소전(袁紹傳)」에 보인다. "구강태수 변양은 탁월한 재주기 '준일했다'[九江太守邊讓, 英才'俊逸']"라고 한 '준일'이다. '준일'은 문학 풍격으로는 "준발(峻拔)하고 간련(幹練)하며 표일(飄逸)하고 쇄탈(灑脫)한 것[峻拔幹練 飄逸灑脫]"(오회동(吳懷東), 『두보와 육조 시가 관계 연구[杜甫與六朝詩歌關係硏究]』, 合肥 : 安徽敎育出版社, 2002, 157쪽)을 가리킨다. '청신'은 남달리 맑고 산뜻한 느낌을 주는 것을 말한다.
2) [원주] 왕응린(王應麟), 『시수(詩藪)』: "頗自振拔."
3) [원주] 상당은 남조(南朝)에 교치(僑置)한 현 이름으로, 서주(徐州) 회양군(淮陽)에 속했는데, 지금의 강소성 숙천현(宿遷 : 1987년 12월에 시로 승격) 지역이다.
4) [원주] 동해군은 서주에 속한다.

로 옮겼다. 살았던 연대약414~466는 같은 시대의 저명한 시인 도연명陶淵明, 365~427보다 약간 뒤진다. 그는 한문寒門 가정에서 태어났으며, 자칭 "가래를 멘 하층 농민"[5]이면서 "밭 갈기를 그만두고 글을 배운"[6] 사람이다. 그는 포부를 지닌 재사로 당시의 문벌 제도에 굴종하기를 거부하고 정치상의 지위를 쟁취하려고 했다. 그러나 세족 호문豪門의 억압 아래에서, 그는 정치적으로 줄곧 뜻을 얻지 못했다. 20여 세 때, 임천왕臨川王 유의경劉義慶에게 시를 지어 바치고, 임천왕국의 시랑侍郎으로 발탁되었는데, 그것은 가장 낮은 사무원이었다. 이어서 형양왕衡陽王 유의계劉義季와 시흥왕始興王 유준劉濬의 왕국에서 시랑侍郎을 맡았는데, 늘 빈곤과 질병에 시달리는 생활을 해야 했다. 나중에 유송 왕조 직속의 관부官府에서 태학박사太學博士·중서사인中書舍人·해우령海虞令·말릉령秣陵令·영가령永嘉令 등의 관직을 역임했다. 재사를 시기하던 유송 세조世祖 효무제孝武帝, 453~464 재위의 시기를 피하려고, 일찍이 고의로 "비루하고 하자 있는 표현"[7]의 문장을 지음으로써 목숨을 구차하게 보전했다. 마지막으로 임해왕臨海王 유자욱劉子頊의 참군參軍을 맡아, 통치 계급의 내부 투쟁 중에 반란군에게 살해되었다. 봉건 통치자의 억압과 박해가 포조의 비극적 일생을 빚어내었다.

---

5) [원주] 「삼베옷을 벗고 시랑이 됨을 감사하는 표[解褐謝侍郎表]」 : "負鍤下農."
6) [원주] 「시랑의 임기 만료를 보고하고 궁문을 떠나며 올리는 소[侍郎報滿辭閤疏]」 : "廢耕學文."
7) [원주] 『송서(宋書)』 「임천열무왕전(臨川烈武王傳)」 부(附) 「포조전(鮑照傳)」 : "鄙言累句."

포조는 시인이면서 변문騈文 작가인데, 주요한 성취는 시가 창작 방면에 있다. 그가 살았던 시대는 민족 간의 갈등과 계층 간의 갈등이 매우 첨예했다. 그의 "가문은 대대로 빈천했기"[8] 때문에, 그는 하층 백성들과 비교적 가까이 다가가서 그들과 접촉한 생활면이 비교적 넓었다.

그 때문에 그의 작품은 먼저 그 시대의 현실을 반영했다. 「'지독한 무더위'를 본떠代苦熱行」, 「'동무의 노래'를 본떠代東武吟」, 「'갈 길은 험난하고'를 본떠擬行路難」 제14수, 「'고시'를 본떠擬古」 제3수 등의 작품에서는, 불리佛貍가 양자강揚子江 이남을 엿보는[9] 위협 아래, 전쟁이 백성들에게 가져다준 고통과 통치 계층의 사병들에 대한 잔혹한 압박을 묘사하고, 외적을 제어하고자 하는 자기의 굳은 포부를 토로했다. 「'고시'를 본떠」 제6수에서는 귀족 대지주가 농민들의 머리 위에 가하는 많고 무거운 조세와 요역을 폭로했다. 「'갈 길은 험난하고'를 본떠」 제3수에서는 통치자 간의 내분으로 인한 전쟁이 민간 가정에 가져다준 이별의 슬픔과 원한을 호소했다. 이러한 작품들은 포조의 전체 작품 중에서 가장 빛나는 부분으로, 그것은 당시의 민족 간의 갈등과 계층 간의 갈등을 어느 정도 반영하고 백성들의 사상 감정을 드러내었다.

다음으로, 비교적 많은 것은 불합리한 문벌 제도에 대한 폭로이다. 「'갈 길은 험난하고'를 본떠」 제6수, 「'소년 협객들의 노래'를 본떠代結

---

8) [원주] 우염(虞炎), 「포조집서(鮑照集序)」: "家世貧賤."
9) [원주] 불리(佛貍)는 북위 태무제 탁발도(拓跋燾)의 아명이다. 유송 문제 원가(元嘉) 27년(450), 탁발도는 송을 남침하여 곧장 양자강 북안의 과보(瓜步)에까지 왔다.

客少年場行」,「'목 놓아 부르는 노래'를 본떠代放歌行」 등의 작품에서는 한
문寒門 지식인의 회재불우懷才不遇의 울분과 어두운 현실에 대한 불만을
토로했다.

　이것을 제외하면, 일부분은 자연 경물을 묘사한 작품이다. 그 중 "솔
빛은 들판 따라 깊어지는데, 달빛 이슬 풀에 맺혀 새하양구나松色隨野深,
月露依草白",[10] "안개 서린 나무는 파르라니 어둡고, 하늘 등진 바위는 높
다랗게 건너온다靑冥搖煙樹, 穹跨負天石",[11] "나뭇잎 떨어지니 강은 추위 건
네오고, 기러기 돌아오니 바람은 가을 보내온다木落江渡寒, 雁還風送秋",[12]
"바람 일어 모래톱은 쌀쌀해지고, 구름 피어 태양은 빛을 잃었다風起洲
渚寒, 雲上日無輝",[13] "서광은 수중 족속 밝게 비추고, 새벽 기운 수풀 위로
퍼져나간다晨光被水族, 曉氣歇林阿",[14] "첩첩한 골짝 물엔 솔바람이 숨어 있
고, 겹겹의 벼랑에는 구름 빛을 간직했다複澗隱松聲, 重崖伏雲色",[15] "차갑게
이는 먼지 너른 둔치 어둑하고, 솟구치는 파도는 키 큰 나무 가린다.
외로운 햇빛은 저 홀로 배회하고, 허공의 구름은 순식간에 명멸한다凉
埃晦平皐, 飛潮隱修樾. 孤光獨徘徊, 空煙視升滅",[16] "들쭉날쭉 북두칠성 높이 오르
고, 어둑어둑 정수는 잠기어 간다. 널따란 강기슭엔 저녁 구름 모여들

10)　[원주]「동산을 지나며 황정을 캐다[遇銅山掘黃精]」를 볼 것.
11)　[원주]「향로봉을 시종하여 오르며[從登香爐峯]」를 볼 것.
12)　[원주]「황학기에 올라[登黃鶴磯]」를 볼 것.
13)　[원주]「오흥 황포정에서 유 중랑을 송별하며[吳興黃浦亭庾中郎別]」를 볼 것.
14)　[원주]「서울로 돌아오는 길에 삼산에 이르러 석두성을 바라보며[還都至三山望
　　　石頭城]」를 볼 것.
15)　[원주]「경구로 가는 길에 죽리에 이르러[行京口至竹里]」를 볼 것.
16)　[원주]「후저를 출발하며[發後渚]」를 볼 것.

고, 깎아지른 절벽에는 지는 달이 걸려 있다差池玉繩高, 掩藹瑤井沒. 廣岸屯宿陰, 懸厓棲歸月"[17] 등은 모두 형상이 선명하고 신기하다.

일부 나그네의 심정을 그린 시편, 이를테면「'동문의 노래'를 본떠代東門行」,「황혼 녘 강을 바라보며 — 순 좌승에게日落望江贈荀丞」,「오흥 황포정에서 유 중랑을 송별하며吳興黃浦亭庾中郎別」,「부 도조와의 이별에 부쳐贈傅都曹別」,「심양에서 서울로 돌아오는 길에上潯陽還都道中」,「후저를 출발하며發後渚」,「양기에서 바람이 잦아들기를 기다리며岐陽守風」 등도 모두 애수가 처절한 정경을 생동감 넘치게 그려서 감동적인 매력이 있다.

포조의 시는 내용 면에서 사회 현실을 반영하고 개인의 진실한 감정을 표현할 수 있어서, 동시대의 일반 귀족 시인들이 짐짓 현언玄言을 농하고 산수 간에 탐닉하는 것과 달랐을 뿐만 아니라, 형식 면에서도 사영운謝靈運, 385~433과 안연지顔延之, 384~456가 과도하게 화려한 수사를 다듬고 전고를 겹쳐 쌓은 것과는 다른 길을 갔다. 포조는 민간 시가를 잘 학습하여 "내용 없이 화려하기만 함을 제거하고 혼후渾厚하고 질박함으로 돌아가고자"[18] 했다. 그의 시가 창작은 한위漢魏시대의 악부와 동시대 강남의 오가吳歌 및 형초荊楚의 서곡西曲에서 얻은 바가 많다. 오가와 서곡의 학습으로 말하자면, 그는 역시 육조에서 첫 번째 인물이다. 그는 민간 시가로부터 영양을 섭취하여, 시가의 어휘를 풍부히 하고, 시가의 표현 형식을 발전시켜, 대량의 악부시를 창작했다. 그는 적잖

---

17) [원주]「양기에서 바람이 잦아들기를 기다리며[岐陽守風]」를 볼 것.
18) [원주] 호응린(胡應麟),『시수(詩藪)』: "欲汰去浮靡, 返於渾樸."

은 오언 악부를 지었을 뿐만 아니라, 20여 편의 칠언 악부도 지어 칠언시를 성숙의 단계로 발전시켰다. 이로부터 칠언시라는 새 형식은 점차 시인들에게 광범하게 채용되었다. 당대唐代에 이르러 칠언시는 중국 고대 시가의 주요 형식이 되었다. 중국 시가 발전의 역사에 있어서, 그는 "위로는 조식曹植, 192~232과 유정劉楨, 186~217의 뛰어난 발걸음을 이어받고, 아래로는 이백李白, 701~762과 두보의 선구적 역할을 한"[19] 중요한 시인이라고 말할 수 있다. 포조의 창작은 도연명과는 다르다. 도연명은 악부시를 짓지 않고 전력을 기울여 오언시를 발전시켰고, 포조는 악부와 오언고시를 동시에 창작했는데, 두드러진 성취는 바로 악부 쪽에 있다. 포조가 악부를 지은 것은 또 육기陸機, 260~303와 다르다. 육기의 모의 악부는 모두 모방일 뿐이지만, 포조는 창조적으로 새로운 제목을 스스로 만들거나, 옛 제목을 빌려 새로운 주제를 담아낼 수 있었다. 그는 현실주의적 창작 수법을 운용하고 민간 시가의 풍격을 녹여넣어, 생동감 넘치고 활발하면서 세련되고 참신한 대량의 시가 언어를 창조했다. 이로써 그의 작품은 안연지·사영운 일파의 "전아·단정하여 취할 만한 것도 있지만, 정리情理에는 매우 부합하지 않는"[20] 형식주의 경향과는 취지를 달리한다. 당시에 그가 형식주의 흐름을 거스른 것은 사실은 투쟁을 진행한 것이었다. 그는 일찍이 당시 시단의 지도적 위치에 있던 안연지의 시작을 "비단을 펼치고 수를 늘어놓아 아름

---

19) [원주] 위의 책 : "上挽曹劉之逸步, 下開李杜之先鞭."
20) [원주] 『남제서(南齊書)』 「문학전론(文學傳論)」 : "典正可採, 酷不入情."

다운 무늬가 눈에 가득한 것 같다"[21]라고 대놓고 비평했다. 그래서 안연지가 "평생토록 그것을 원망하도록"[22] 했다. 이것 때문에 그도 안연지의 폄훼와 배척을 더욱 받았다. 안연지는 평소에 승려 탕혜휴湯惠休의 작품을 "뒷골목의 노래일 뿐"[23]이라고 평가했는데, 또 고의로 포조와 탕혜휴 두 사람을 함께 열거하면서 "'휴·포休·鮑'라는 논리를 세워"[24] 포조를 탕혜휴의 뒤에 놓아 폄하의 뜻을 드러내었다. 이렇게 해서 "재주는 뛰어났으나 사람이 미천하여 당대에 인멸해버린"[25] 포조는 남조 시단에서 더욱 많은 경시를 받게 되었다. 『남제서南齊書』 「문학전론文學傳論」을 지은 대귀족 소자현蕭子顯, 489~537은, 비록 객관적으로 포조의 시풍이 이미 당시 세 유파[26]의 하나가 되었음을 인정하지 않을 수 없었지만, 그러나 여전히 "사조詞藻를 조탁함이 지나치게 염려艶麗하여, 사람의 영혼을 뒤흔들어 어질하게 만드니, 역시 정색인 오색五色 가운데에 간색間色인 진홍색과 자주색이 섞여 있는 것 같고, 정성인 팔음八音 가운데에 변성變聲인 정성鄭聲과 위성衛聲이 섞여 있는 것과 같다"라고 평가했다. 『시품詩品』을 지은 종영鍾嶸, 468?~518?도 포조 시를 「중품」에 넣고, 그가 "매우 흡사하게 묘사하는 것을 귀중히 여겨 숭상하면서, 위

---

21) [원주] 『남사(南史)』 「안연지전(顔延之傳)」: "如鋪錦列繡, 雕繢滿眼."
22) [원주] 위의 글: "終身病之."
23) [원주] 위의 글: "委巷中歌謠耳."
24) [원주] 종영(鍾嶸), 『시품(詩品)』: "立休·鮑之論."
25) [원주] 위의 책: "才秀人微, 取湮當代."
26) 소자현은 당시의 문학 유파를 사영운파, 부함(傅咸)·응거(應璩)파, 포조파의 셋으로 나누었다. 부록의 「제가 평론」 참조.

태롭고 편벽된 표현도 피하지 않아서 청아한 정조를 상당히 해쳤다. 그래서 험하고 속된 표현을 중시하는 사람들이 대부분 포조에게 귀의한다"라고 했다. 이러한 지적은 포조가 민간 시가를 학습하여 애정을 묘사한 작품을 가리키는 것이 분명하다. 사실상 포조 악부 중에 애정을 묘사한 작품은 주로 민간 가요에 연원을 두어, 진지한 정감이 풍부하고 내용은 건강한 것이다. 그러나 '지나치게 고운', '진홍색과 자주색'이라고 일컬을 만한, 건강하지 못한 작품은 오히려 저 남조 귀족들이 지은 궁체시宮體詩이다. 포조의 안연지에 대한 비평과 안연지 등의 포조에 대한 폄하와 배척으로부터, 당시 문학 영역 안에서의 두 개의 창작 노선 간의 투쟁을 알 수 있다.

포조 시의 내용에도 어느 정도 봉건적 잔재가 남아 있다는 점은 반드시 지적해야 할 것이다. 포조는 평생 뜻을 얻지 못했고 지위는 낮고 미미했다. 물론 이 때문에 그는 사회의 하층에 비교적 가까이 다가가고 백성의 질고에 동정을 느껴, 백성들의 사상 감정을 표현하는 적잖은 현실주의 시편을 썼지만, 동시에 사상 면에서 갈등을 빚기도 했다. 그는 한편으로는 낮은 지위에 머물고 불우한 상황에 머물 수밖에 없는 자신의 처지에 대하여 분노와 불평을 느끼면서도, 다른 한편으로는 오히려 시에서 "구중궁궐 심궁을 출입하면서, 조상曹爽·하안何晏 무리와 교유를 하고, 수레와 말 함께 타고 질주하는데, 손님과 벗 용모 모두 수려한出入重宮裏, 結友曹與何. 車馬相馳逐, 賓朋好容華",[27] 그러한 생활을 동경하는 마음을 표현하

27) [원주] 「당상의 노래」를 본떠[代堂上歌行]」를 볼 것.

고 있다. 자신의 "십 년을 배워도 성취가 없음+載學無就"으로 인해, "좋은 관직에 하루아침에 오르는善官一朝通" 사람을 대하면, 선망의 마음을 똑같이 드러내기도 했다. 따라서 그는 또 귀족 번왕에게 충성을 드러냄으로써, 시에는 "운명은 복된 세상 만나 넘치는 은총 입어, 황금 비녀 비단옷으로 궁중 연회에 올랐구나. 그대의 후덕함이 산처럼 두터움을 생각하면, 맑고 깨끗한 정성 다해 죽도록 갚으리니, 까마귀 하얘지고 말머리에 뿔 돋는 것 말할 필요 있는가命逢福世丁溢恩, 簪金藉綺升曲筵. 思君厚德委如山, 潔誠洗志期暮年. 烏白馬角寧足言"28)라거나 "견마가 주인을 그리는 정犬馬戀主情"29) 같은 유의 아첨하는 말도 들어 있다. 문집에는 또 연회와 유람을 시종하면서 지은 작품도 있다. 「시종하여 옛 궁궐에 들러서從過舊宮」, 「임해왕을 시종하고 형주로 가려고 막 신저를 출발하며從臨海王上荊初發新渚」, 「복주산의 연회에 시종하여侍宴覆舟山」, 「배릉에 시종하여 경현산에 올라서從拜陵登京峴」, 「산산에서 시흥왕의 명으로 짓다蒜山被始興王命作」 등이 그것이다. 그와 동시에, 뜻을 실현하지 못하는 환경의 자극으로 숙명론적인 사상이 생겨, "술을 대하고 긴 노래를 하면서, 궁핍함과 운명은 하늘에 맡기려對酒敍長篇, 窮途運命委皇天"30)는 슬픈 한탄을 자아내기도 했다. 이러한 사상의 영향 아래, 그는 어두운 사회 현실 앞에서 자신의 안위를 걱정하는 명철보신과 소극적이고 은퇴를 고려하는 태도를 보이면서, "사슴은 깊은 풀숲에

---

28) [원주] 「흰 모시 춤의 노래'를 본떠[代白紵舞歌辭]」 제4수를 볼 것.
29) [원주] 「임해왕을 시종하고 형주로 가려고 막 신저를 출발하며[從臨海王上荊初發新渚]」를 볼 것.
30) [원주] 「갈 길은 험난하고'를 본떠[擬行路難]」 제18수를 볼 것.

서 울음을 울고, 매미는 높은 가지에 숨어서 운다鹿鳴在深草, 蟬鳴隱高枝"³¹⁾라
고 함으로써 자신의 처지를 빗대고, "후생들에 내 말을 전하려 하네, 즐
기는 것 마땅히 청춘에 할 거라고寄語後生子, 作樂當及春", ³²⁾ "덧없는 인생살
이 얼마나 이어질까, 즐겁게 마신 술에 마음 홀연 벅차오른다浮生會當幾, 歡
酌忽盈衷", ³³⁾ "막다른 길에서 계책 부족 뉘우치고, 만년의 생각은 불로장
생 중시한다窮途悔短計, 晚志重長生"³⁴⁾ 등과 같이 일종의 퇴폐적 정서를 표현
하기도 했다. 이런 것들은 그의 작품에서는 찌꺼기이다. 형식 면에서, 시
를 아름답게 다듬는 원가元嘉시대의 기풍이 포조에게도 닥쳐오지 않을
수 없었다. 일부의 오언시에 사영운에 가까운, 지나치게 꾸며 부자연스
러운 일부 어구도 있고, 어떤 때에는 몇몇 동음의 대체자代替字를 사용하
여 신기함을 즐겨 드러내기도 했다. 이 점은 후세에 일부 부정적인 영향
을 끼쳐, 한유韓愈, 768~824와 맹교孟郊, 751~814 일파처럼 낯설고 편벽되고
기이한 표현에 진력하는 자들이 본받는 바가 되었다. 그러나 이러한 형
식상의 결점은 결코 포조의 '준일'한 풍격에 심각한 손실을 초래하지는
못했다.

포조의 변문은 종래 문예 이론가들에게 추앙되어, "구름과 바람을
조각하고 가지와 꽃을 새겨 넣어", "그 기운이 솟아오르고, 그 꽃이 찬

---

31) [원주] 「짝 잃은 학의 노래'를 본떠[代別鶴操]」를 볼 것.
32) [원주] 「변방 생활의 노래'를 본떠[代邊居行]」를 볼 것.
   [역주] 이 2구는 「변방 생활의 노래'를 본떠」가 아니라, '소년에서 노쇠하기까지
   의 노래'를 본떠[代少年時至衰老行]의 마지막 2구이다.
33) [원주] 「외로운 바위를 바라보며[望孤石]」를 볼 것.
34) [원주] 「승천의 노래'를 본떠[代昇天行]」를 볼 것.

란하게 피었으니", [35] "사조詞藻가 찬란히 빛나는 데다가 풍골風骨을 갖춰 높이 솟아올랐다"[36]라는 좋은 평가를 들었다. 지금은 마땅히 합당한 평가를 해야 한다. 변문이라는, 귀족 계층의 호사스러운 생활과 서로 어울리는 이 문학 형식은 진晉 이래 세족 호문豪門 세력의 발전을 따라서 발전했다. 모순茅盾은 "이 한 바탕의 바람은 모든 문자 영역에 불어닥쳤다. 기사·철학이나 문학 이론과 실용문을 막론하고 모두 변체騈體를 사용했다. 이로 인해 선진 제자백가와 사마천司馬遷, 145 B.C.~?이 발전시킨 산문의 좋은 전통은 돌연 중단되고, 동시에 문언과 구어의 거리는 갈수록 벌어지게 되었다"[37]라고 했다. 유감스러운 것은, "육조의 걸출한 시인들이 비록 일찍이 의식적으로, 내용 없이 아름답기만 한 당시의 시 스타일에 반대하고, 아울러 민간 가요로부터 깨우침을 받아 당시 유행하던 기풍과 달리했으나, 그들은 변문에 대해서는 아직 크게 기치를 내걸고 반대하지 않았다는 것"[38]이다. 한문 출신의 진보적 시인 포조도 역시 이러한 변려騈儷 형식을 답습하여, 시대 풍조의 한계를 전혀 뛰어넘지 못했다. 예를 들어, 유송 왕조의 '공덕'을 찬양한 「황하가 맑아짐을 기리는 河淸頌」, 귀족 통치자의 은혜에 감사하고 보답을 도모하는 「거위 野鵝賦」, 「시랑 직을 제수하심에 올리는 拜侍郎上疏」, 「좌상

---

35) [원주] 장혜언(張惠言), 「칠십가부초서(七十家賦鈔序)」.
    [역주] 부록의 「제가 평론」 참조.
36) [원주] 이상(李詳), 「손덕겸(孫德謙)에게 보낸 편지[與孫隘堪書]」.
    [역주] 부록의 「제가 평론」 참조.
37) [원주] 모순(茅盾), 「야독우기(夜讀偶記)」, 『문예보(文藝報)』 1958년 제1기.
38) [원주] 위와 같음.

시로 전임시켜주심에 감사하는 상소轉常侍上疏」, 불교 사상을 선전하는 「불영을 기리는 頌佛影頌」과 같은 작품들은 의심할 것 없이 많은 봉건적 잔재가 섞여 있다. 그렇지만, 포조 변문의 내용은 결국 남조 어용 문인의 작품과 완전히 일치하지는 않는다. 그의 문집에서 더욱 많이 보이는 것으로는, 문벌 제도의 불합리함을 대담하게 폭로한 「과보산 갈문瓜步山楬文」이 있고, 통치 집단의 내전이 백성들에게 가져다준 중대한 재난을 반영한 「황폐한 성 蕪城賦」 등이 있는데, 이러한 작품들은 모두 어느 정도의 현실적 의의를 지니고 있다. 「자벌레 부尺蠖賦」에서는 명철보신 明哲保身의 소극적 사상의 먼지를 털어내고 "정의를 보면 용기 있게 지키려는見義而守勇" 정의감을 의연히 드러내었다. 「불나방 飛蛾賦」에서는 현실에 대담하게 맞서는 앙양된 정신 상태를 표현했다. 그밖에 예술적으로 비교적 높은 성취를 지닌 몇 편의 작품이 있다. 「대뢰안에 올라서 누이에게 부친 편지登大雷岸與妹書」는 여산廬山의 경색을 묘사했는데, 채색이 곱고 아름다워 마치 휘황찬란한 누대와 같다. 「석범산 명石帆銘」은 또 기이하게 돌출한 산천의 형상을 잘 그려내었다. 이러한 회화화繪畫化한 서경문은, 남조에는 도홍경陶弘景과 오균吳均의 서경 서찰의 창작에 영향을 주었고, 북방에서는 역도원酈道元, 472~527이 쓴 『수경주水經注』에 어느 정도 영향을 주었다. 또 「비백서의 필세 飛白書勢銘」은 중국 고대 서법의 예술적 경계를 형상적으로 묘사했다. 포조의 변문은 그의 문학 창작의 한 중요한 구성 성분으로, "멀리 양웅揚雄, 53 B.C.~18 A.D.과 사마상여司馬相如, 179?~118 B.C.를 좇고",39) "기세와 풍격이 활달하고 웅장한"[40] 가작이다.

　포조 문집의 판본 문제와 돌아가신 조부전진륜께서 주를 달기 시작한 후 나의 교감과 증보에 이르기까지의 과정에 관해서는, 돌아가신 조부의 원서와 황절黃節, 1873~1935 선생의 서문과 나의 부지附識에 이미 상세히 밝혀져 있어, 여기서는 다시 췌언을 보태지 않겠다.

　1958년 9월 전중련錢仲聯이 강소사범대학江蘇師範學院에서 쓰다.

---

39)　[원주] 오여륜(吳汝綸), 「『하청송』평어(評河淸頌語)」: "遠追揚馬."
40)　[원주] 손덕겸(孫德謙), 『육조여지(六朝麗指)』: "氣體恢宏."

전진륜서錢序

나는 『번남문집보편樊南文集補編』 주를 달아서 이미 출판한 뒤, 명 장
부張溥, 1602~1641의 『한위육조백삼가집漢魏六朝百三家集』에서, 강엄江淹, 444~
505과 포조 두 시인을 뽑아내어 스스로 서序를 짓고 주를 달려 했으나,
실천하지 못했다. 기력이 쇠약해진 데다 오昊 제부制府[1]도 떠나버려 책
조차 빌릴 수 없게 되었다. 그 중 『포명원집鮑明遠集』은 더욱이 진심으
로 아끼는 것이다. 그러나 늘 틈을 낼 수가 없어서, 생각나는 바가 있
으면 그때그때 서미書眉에 표지를 가했다. 오래되어 점차 많아지고 고
치고 보충한 것이 빼곡히 차자, 한 차례 따로 필사하여 책을 만들었다.
포조의 시와 문장 중 『문선文選』에 보이는 것은 이선李善, 630~689의 주를
수록했다. 시 중 『옥대신영玉臺新詠』에 보이는 것은 근인近人 오조의吳兆
宜, 1672 전후의 주가 있고, 왕사정王士禎, 1634~1711의 『고시선古詩選』에 들어
있는 것은 문인담聞人俠의 주가 있어서, 모두 그대로 수록하되 그들의
이름을 빠뜨리지 않았다. 이선이 『문선』에 주를 달면서 설종薛綜 · 유규

---

1) '制府'는 총독에 대한 존칭이다. 이 무렵 절강성(浙江省)과 복건성(福建省)은 민
절총독(閩浙總督)이 관장했다. 전진륜이 이 글을 쓸 무렵에 재임한 '오씨 총독'
으로는, 이 서를 쓴 동치 7년이 되기 직전에 민절총독 직을 떠난 오당(吳棠)이
있다. 그는 동치(同治) 5년(1866)에 민절총독으로 부임해 동치 7년에 사천총독
(四川總督)이 되어 이임했다.

劉達 등의 주를 채용했는데, 그 체례體例는 원용할 만하기 때문이다. 『수서隋書』 「경적지經籍志」와 『당서唐書』 「예문지藝文志」에 의하면, 『포조집鮑照集』은 모두 10권이라고 적고 있다. 하작何焯, 1661~1722은 「황폐한 성부蕪城賦」를 비주批注하면서, "'重江複關之隩중강복관지오'는 송각본 『포씨집鮑氏集』에는 '重關複江중관복강'으로 되어 있다"라고 했으니, 그는 당연히 송본을 보았을 것이다. 지금 『사고전서』에 들어 있는 『포참군집』 10권 통행본은 명대 도목都穆, 1458~1525이 집일輯佚한 것이어서, 기윤紀昀, 1724~1805이 본 것은 이미 송본이 아니다. 권수만 10권으로 『수서』 「경적지」나 『당서』 「예문지」와 우연히 일치하지만, 송본보다 잔결이 얼마나 많은지도 알 수 없다. 이 밖에 또 정덕正德 경오년庚午(1510) 주응등朱應登의 간행본이 있는데, 도목본과 같다. 장부 역시 명나라 사람인데 수록한 시문은 2권에 불과하니, 또 여타 판본들보다 얼마나 결루가 있는지도 모른다. 『한위육조백삼가집』에는 원서原序를 수록했는데, 장부는 우염虞炎, 488 전후의 서가 있는 것을 알면서도 채록하지 않은 것도 이해가 안 된다. 예전 항주杭州에서 강의할 때를 생각해보면, 진급珍笈을 찾을 때마다 문란각文瀾閣[2]에서 빌려 보았다. 당시 송본은 얻을 수 없어도 통행본은 그래도 얻을 수 있었다. 이제 고향은 아득히 멀어지고 병란으로 소실되어 알아볼 길조차 없게 되었다. 간혹 계해計偕[3]로 서울에

---

2) 청 『사고전서』 수장 장서각의 하나로, 건륭(乾隆) 49년(1784) 절강성 항주(杭州) 서호(西湖) 북서쪽 고산(孤山)에 건축했는데, 함풍(咸豊) 10년(1860) 무너져 광서(光緒) 6년(1880) 중건했다.
3) 거인(擧人)으로 서울에 과거 보러 가는 사람을 말한다.

가는 사람이 있으면, 책방을 찾아보도록 부탁했으나 전혀 구할 수가 없었다. 이 단편잔간短篇殘簡만 끌어안고 부지런히 전주箋註해도 도저히 마칠 수가 없었다. 그렇지만『번남문집』도 애초에는 유서類書에서 주워 모아 이룬 것일 뿐인데, 서徐와 풍馮의 주가 나오면서[4] 수집이 점차 풍부해졌다. 그런데 내가 흠정欽定『전당문全唐文』에서 채록하고 보완하여 주를 단 것이 수량 면에서 거의 동등하다.[5] 책 만든다는 것이 이처럼 쉽지 않다. 앞으로 누군가가『포조집』의 완본完本을 구하여 완성한다면, 이것으로 태로大輅의 추륜椎輪으로 삼으면 좋고, 그렇지 않다면 가난한 집안의 해진 빗자루가 되어도 좋다. 이로써 서에 가름한다.

동치同治 7년1868 10월
귀안歸安 전진륜이 원포袁浦: 항주(杭州) 강사講舍에서 적다

---

4) 서형(徐炯)·서수곡(徐樹谷)의『이의산문집전주(李義山文集箋注)』10권과 풍호(馮浩)의『번남문집상주(樊南文集詳注)』8권 및『옥계생시집전주(玉溪生詩集箋注)』를 말한다.
5) 전진륜은 아우 전진상(錢振常)과 함께 1864년에『번남문집보편병전주(樊南文集補編并箋注)』12권을 편찬했다.

선조고先祖考의 『포참군집주鮑參軍集注』 6권은 만년에 손으로 쓰신 것이다. 1923년에 순덕順德 : 지금의 광동성 불산시(佛山市) 황절黃節, 1873~1935 선생이 우리 집에서 초본抄本을 빌려 가서, 시집 부분 4권에 '보주補注'와 '집설集說'을 추가하여, 북경대학北京大學에서 인쇄하여 출판했는데, 널리 유포되지는 못했다. 나는 강의 틈틈이 원주原注에다 '보주'와 '집설'을 보태되, 체례體例는 황 선생과 똑같이 했다. 시주詩注 부분에는, 황절의 보주에도 아직 하루罅漏가 있어서 아울러 보충을 하고 또 '집설' 중에도 빠진 것을 보태었다. 나아가 함분루涵芬樓[6]에서 영인한 모의毛扆 교감 송본, 『육신주문선六臣註文選』 영송본影宋本, 엄가균嚴可均, 1762~1843의 『전송문全宋文』 및 『예문유취藝文類聚』・『초학기初學記』・『태평어람太平御覽』 등에 인용된 것을 취하여, 전집을 한 차례 교감하고, 주문註文의 뒤에 교어校語를 보태었다. 선조고의 '원주'에 "○로 쓴 곳도 있다一作某"라고 한 것은, 여전히 그대로 두었다. 권1・2의 2권은 내가 주를 보탠 부분에 '보주補注' 2자를 보태어 '원주'와 구분했다. 글 뒤에 '집설'을 첨가한 것 역시 내가 보탠 것이다. 권3-6의 4권은 황 선생의 '보주'를 원래 매 시의 뒤에 따로 실었는데, 지금은 각 해당 시구의 아래에 흩어 넣고 '보주' 2자를 보태어 '원주'와 구별했으며, 내가 주를 더 보탠 것은 '증보增補' 2자를 보

---

6) 상해(上海) 상무인서관(商務印書館)에서 선본(善本) 도서를 수장한 장서루(藏書樓)인데, 1932년 일본의 침략으로 훼멸(毀滅)되었다.

태어 '황절의 보주'와 구별했다. 시 뒤의 '집설'은 황 선생이 모은 것이
며, '보집설補集說'은 내가 보탠 것이다. 권말에는 내가 엮은 '연표'를 첨
부하여, 독자들이 시대 배경과 작가의 생애를 통하여 작품을 이해하는
데 도움이 되도록 했다. '집설' 외에 별도로 선인들이 포조 시문을 총괄
적으로 평론한 것을 골라 모아 권말에 첨부했는데, 역시 원주 및 황절
의 보주에는 없는 것이다.

1957년 7월

전중련 적다

황절서黃序

신유辛酉, 1921 12월에 나는 사영운의 시에 주를 다는 일을 마치고, 포조의 시가 어렵기가 사영운보다 심하다는 것을 생각하고, 계속하여 주를 달려고 했다. 강산江山 : 절강성 구주시(衢州市)의 하급 시 유육반劉毓盤, 자 자경(子庚), 1867~1927 선생에게 말씀드렸더니, 귀안歸安 전진륜 선생께 주를 단 원고가 있는데 아직 간행하지는 않았으며, 전순錢恂, 1853~1927[7]이 보관하고 있다고 말씀하셨다. 속으로 포조의 시에 나보다 먼저 주를 단 사람이 있다는 것이 다행이라고 생각하면서, 유 선생께 대신 좀 빌려달라고 부탁을 드려, 전편을 베껴 적었다. 전진륜錢振倫, 1816~1879이 주를 단『포참군집』은 문장이 2권, 시가 4권이고 포조의 여동생 포영휘鮑令暉 시 6수를 책 끝에 첨부했다. 나는 마침 대학에서 시를 강의하고 있어서, 시주詩註만을 취하여 정리했다. 학생들에게 강습하면서 때때로 증주增註를 하고, 또한 선인들이 포조 시를 논한 여러 주장을 모아서 덧붙였다. 이렇게 한지가 어느덧 2년이 되었다.

포조 시에 주를 다는 데에는 대체로 두 가지 어려움이 있다. 전진륜이 주를 달면서 근거로 삼은 판본은 장부張溥, 1602~1641. 자 천여(天如)의 『한위육조백삼명가집漢魏六朝百三名家集』본 『포참군집鮑參軍集』인데, 송본은 보지 못했다고 이미 탄식했다. 이제 내가 전에 베껴 적어둔, 왕이王伊가 교감한 송본 및 함분루涵芬樓에서 영인한 모의毛扆, 자 계부(季斧) 교감 송본을 근거로

---

7) 전진륜의 아우인 전진상의 장남으로, 자가 염구(念劬)이다.

살펴보니, 문자상의 오류는 송본 역시 피할 수가 없었다. 「동무의 노래'를 본떠」의 "倚杖牧雞豚의장목계돈"은 송대의 왕안석王安石의 시[8] 및 주희朱熹의 말[9]에 보이는 것인데, 송본에는 '杖牧장목'이 '仗族장족'으로 되어 있다. 「오지방 노래吳歌」 제2수의 "曹公却月樓조공각월루"는 송본에는 '曹조'가 '魯로'로, '公공'은 '都도'로, '月월'은 '丹단'으로 되어 있다. 「그윽한 택란幽蘭」 제3수의 "抱梁輒乖悟포량첩괴오"는 송본에는 '梁량'이 '渠거'로 되어 있다. 「삼짇날 남원을 유람하며三日遊南苑」의 "騰蒨溢林疏등천일림소"는 송본에는 '騰蒨등천'이 '勝舊승구'로 되어 있다. 「후저를 출발하며發後渚」의 "華志分馳년화지분치년"은 송본에는 '分분'이 '公공'으로 되어 있다. 「장송을 출발하면서 눈을 만나發長松遇雪」의 "土牛旣送寒토우기송한"은 송본에는 '土토'가 '出출'로 되어 있고, "冥陸方浹馳명륙방협치"는 송본에는 '冥陸명륙'이 '尊陵존릉'으로 되어 있다. 「임천왕의 복상을 마치고 고향으로 돌아가며臨川王服竟還田里」의 "送舊禮有終송구례유종"은 송본에는 '舊구'가 '佳가'로 되어 있다. 「단비喜雨」의 "何用知柏皇하용지백황"은 송본에는 '皇황'이 '篁황'으로 되어 있다. 이러한 예가 셀 수 없을 정도로 많다. 이것은 그래도 알기 쉬운 것이다. 「정원에서 가을 시름을 달래며園中秋散」의 "復切夏蟲酸부절하충산"이 송본에는 '夏하'가 '夜야'로 된 것, 「'백마의 노래'를 본떠代白馬篇」의 "要途問邊急요도문변급"이 '송본에는 '問문'이 '間간'으로 된 것, 「마름을 따며採菱歌」의 "含傷捨泉花함상

---

8) 왕안석의 「두순 선생을 애도함(悼四明杜醇)」의 제5구가 "藜杖牧雞豚[명아주 지팡이로 닭과 돼지를 친다]"이다.
9) 『주자어류(朱子語類)』에 실린 포조 시평에 인용되어 있다.

사천화"가 송본에는 '捨사'가 '拾습'으로 된 것 등은 시 전편을 깊이 따져보지 않으면, 그 잘못을 알 수가 없다. 아마도 당唐 이후로 포조 시를 읽는 사람이 적어져서 작품이 많이 산일散佚되었고, 문자상으로 와오訛誤가 생겼기 때문에, 완전한 판본을 구할 수 없게 되었을 것이다. 따라서 모든 판본을 다 교감한들 어느 판본을 따라야 할 것인가? 하물며 모든 판본이 다 틀린 것도 있으니, 「오 지방 노래」 제2수의 "觀看水流還관간수류환" 같은 것은 교감을 할 도리가 없다. 주를 달기 어려운 첫 번째 이유가 바로 이것이다.

포조는 태어난 때를 잘 못 만나, 그의 시에는 우려하고 두려워하는 말이 많고 공명의 뜻은 적은 데다가, 또 시기심 많은 군주를 만나 전고의 인용이 지나치게 은미隱微하다. 게다가 스스로 조어를 잘하고 문장 구성 방법이 신기하고 변화가 많아 『이소離騷』와 유사한 점이 있다. 「뽕을 따며採桑」에서 "길게 한숨짓는綿歎" 사람이 누구이며, "소리 높여 노래하는揚歌" 것이 의미하는 것은 무엇인가? 「'뱃노래'를 본떠代櫂歌行」에서는 왜 진퇴가 여의치 않음을 탄식하는가? 「'백마의 노래'를 본떠」에서는 왜 군신君臣이 오랑캐를 잊어버리고 있는 것을 마음 아파하는가? 「'승천의 노래'를 본떠」에서는 왜 세상을 피해 돌아오지 않겠다는 생각이 견고한가? 「'밝은 달의 노래'를 본떠代朗月行」에서는 왜 사대부의 부끄러움을 모르는 풍조를 드러내 보이는가? 「'당상의 노래'를 본떠」와 「부풍의 노래扶風歌」에서는 왜 감개에 젖어 중원을 생각하는가? 「중흥의 노래中興歌」에서는 왜 조야를 풍자하는가? 또 「배릉에 시종하여 경현산에 올라서」에서의 배릉이 황후의 장례인 것, 「유 중랑을 따라 원산의 석실에 놀러 가서從庾中郎遊園

山石室」의 원산이 화림원華林園 : 남경소재인 것, 「봄날의 유랑春羈」이 팽성왕彭城王 유의강劉義康을 슬퍼한 것, 「주역을 말함講易」이 빈한한 선비를 존숭하는 것 등은 전고의 의미가 불분명하다. 이와 같은 것 역시 셀 수 없을 정도로 많다. 주를 다는 사람이 단지 전고만을 찾을 뿐 시인의 마음에 연결하지 않는다면, 담긴 뜻이 드러나지 않아 모두 수사적인 시어만 되고 말 것이다. 이것이 주를 달기 어려운 두 번째 이유이다.

　전진륜 선생은 천여 년 이래 아무도 말하지 않은 포조 시에 의연히 주를 달았는데, 해박하고 상세하면서도 확실하여 후학의 존경을 받는다. 내가 강습하는 틈틈이 그때그때 그 내용을 찾아서 학생들에게 제시한 것은 전진륜의 주에서 얻은 바가 적지 않았다. 옛날 남송의 왕십붕王十朋, 1112~1171. 자 귀령(龜齡)이 소식蘇軾, 1037~1101. 호 동파거사(東坡居士)의 시에 주를 달았는데, 시원지施元之, 1102~1174가 그 상략에 따라 가감하고 또 따로 천착하여 별도로 수록하는 근거로 삼았다.[10] 내가 전진륜의 주에 감히 가감할 수는 없지만, 별도로 수록할 만한 다른 견해가 없을 수는 없다. 원고가 막 판각을 끝내자마자 이미 가감할 것이 생겼지만, 손댈 겨를이 없는 것을 안타까워하며 후일을 기약한다.

계해년1923 12월 23일

순덕順德 황절黃節

---

10)　각각 『집주분류동파시(集注分類東坡詩)』 25권과 『주동파선생시(注東坡先生詩)』 42권을 말한다.

우염서虞炎序

포조는 자가 명원明遠으로, 본래 상당上黨 사람인데 가문이 대대로 빈천했다. 어려서부터 문재文才가 있었다. 유송의 임천왕臨川王 유의경劉義慶이 그 재주를 아껴 임천왕국의 시랑侍郞으로 삼았다. 임천왕이 죽자 시흥왕始興王 유준劉濬이 또 시랑으로 불러서 썼다. 효무제 초에 해우령海虞令을 제수받고, 태학박사太學博士로 전임하여 중서사인中書舍人을 겸임했다.[11] 그 후 외직으로 나가 말릉령秣陵令이 되었고, 또 영가령永嘉令으로 전임했다. 대명大明 5년461 전군행참군前軍行參軍에 제수되었다. 임해왕臨海王 유자욱劉子頊을 시종하여 형주荊州: 치소[12]는 지금의 호북성 강릉시(江陵市)에 부임하여 내명內命을 관장하는 일을 맡았으며, 얼마 후 전군형옥참군사前軍刑獄參軍事로 옮겼다. 유송 명제明帝, 465~472 재위 초에 강북에서 항명했다.[13] 유자훈劉子勛의 반란이 실패하자 형주 지역도 소란스러워졌는데, 강릉 사람 송경宋景이 혼란을 틈타 성을 약탈했다. 포조는 이때 송경에게 살해되었는데, 당시 나이 50여 세였다. 몸이 환난을 입자 문

---

11) [원주] 다른 판본에는 "당시 군주가 질투가 많고 스스로 문장이 뛰어나다고 자부하여, 좌우의 시종들이 그 뜻을 잘 알아서, 그 때문에 글을 지을 때 그 재사(才思)를 다하지 않았다"라고 했다.

12) '치소(治所)'는 지방정부 소재지의 옛 칭호이다.

13) 명제 태시(泰始) 2년(466) 당시 강주자사(江洲刺史)이던 진안왕(晉安王) 유자훈(劉子勛)이 심복 등완(鄧琬) 등의 추대를 받아 심양(尋陽: 지금의 강서성 구강시(九江市))에서 칭제(稱帝)하고 연호를 의가(義嘉)로 고쳤는데, 유자욱도 이에 동조한 사건을 말한다.

장도 유실되어 버렸다. 사람들 사이에 흘러 떠도는 것이 왕왕 아직도 남아 있다. 태자[14]께서 여러 사람의 저술을 두루 채집하고 문예를 애호하시어, 한 마디 문장이라도 수집하지 않는 것이 없다. 포조가 지은 것은 비록 정치精緻하고 전아한 점은 결핍되어 있지만, 초일超逸하고 화려한 점은 있다. 명령을 받들어 배종하면서 꼼꼼하게 찾아다녔다. 연대가 차츰 멀어져 없어져 버린 것이 많으니, 지금 남아 있는 것은 절반이나 될 수 있을지 모르겠다.

산기시랑散騎侍郞 우염이 교지를 받들어 짓다

---

14) 제 문혜태자(文惠太子) 소장무(蕭長懋, 458~493)를 말한다. 그는 무제(武帝) 소색(蕭賾, 440~493)의 태자로 영명(永明) 10년(493)에 죽었고, 아들 소소업(蕭昭業)이 즉위한 후 문황제(文皇帝)로 추증되었다. 우염은 문혜태자와 경릉왕(竟陵王) 소자량(蕭子良, 460~494)과 사이가 좋았다.

장부제사張溥題辭

　포조는 재능은 빼어났으나 출신이 미천하여 정사正史에 전기가 별도로 실리지 않았다. 그래서 관직의 임면任免 연월年月은 고찰할 근거가 없다. 그런대로 의거할 만한 것이 산기시랑 우염虞炎이 칙령을 받들어 지은 「서」 하나뿐이다. 포조의 「송백의 노래」의 서에서, 위급한 병중에 『부휴혁집傅休奕集』을 읽으면서 영원히 떠나가는 말을 보니 구슬퍼 마음이 쓰리다고 스스로 말했다. 또 시에서는 무덤 위 풀은 갈수록 우거지고 무덤 앞 찾아오는 사람은 자취가 스러진다고 하면서, 생명에 대해 우려하는 것이 참으로 깊다. 나중에 임해왕의 서기직을 맡았다가 끝내 반란군에게 살해되었다. 사영운謝靈運은 "요절의 슬픔은 보통 죽음의 배天枉兼常"15)라고 했는데, 이 사람이 바로 그런 사람이 아닌가! 임천왕 유의경은 문학文學을 애호했는데, 포조는 스스로 연작燕雀이 되는 것을 부끄러워하며 시를 지어 바쳐 포부를 피력했다.16) 문제文帝17)가 자신의 글재주를 자랑하자 또 자신을 낮추었다. 시기를 살펴 주군에게 의탁하여 자신의 장점을 잘 활용했으니, 예형禰衡, 173~198. 자 정평(正平)・양수楊修, 175~219. 자 덕조(德祖)의 부류는 아니다.18) 문집에 실린 문장에는 기실 "비

---

15)　사영운의 「여릉왕의 묘에서 짓다[廬陵王墓下作]」 시에서 "약하고 촉급함은 실로 애처로운 것, 요절하는 슬픔은 보통 죽음의 배이다[脆促良可哀, 夭枉特兼常]"라고 했다.
16)　『남사(南史)』 「포조전」에 실린 일화이다.
17)　'문제(文帝)'는 『송서』에 의하면 '효무제(孝武帝)'의 잘못이다. 『송서』 「포조전」에는 '世祖'로 되어 있는데, '효무제'이다.

루하고 하자 있는 표현"은 없다. 그런데 당시 어떻게 이런 말이 보태졌
는지 모르겠다. 강엄江淹, 444~505. 자 문통(文通)은 양 무제武帝, 502~549 재위를
만난 것이 만년을 바라볼 때이지만, 감히 문장으로 임금을 능가하지 못
했다. 그 내용이 포조와 같아서 재주가 다했다는 기롱譏弄을 받았지만,
사신史臣이 그 일을 드러내어 전기에 밝히지 않았다. 심약沈約, 441~513. 자
휴문(休文)이 후인을 몰래 비웃을 것이다.[19] 포조의 문장으로 가장 유명
한 것은 「황폐한 성 부」와 「황하가 맑아짐을 기리는 송」 및 「대뢰안에
올라서 누이에게 부친 편지」이다. 『남제서』「문학전론」에서 말한, "노
래하는 기세가 놀랄 만큼 힘차고, 시어의 가락이 험하고 급박하며, 사
조詞藻를 조탁함이 지나치게 염려艶麗하여, 사람의 영혼을 뒤흔들어 어
질하게 만든다"라는 것이 아마도 이를 두고 말한 것은 아닌지 모르겠
다. 시편은 매우 참신하니, 악부와 오언시는 이백과 두보의 먼 원조이

---

18) 예형은 공융(孔融)과 친하여 공융이 조조(曹操)에게 추천했으나 나아가지 않았
다. 재주를 믿고 오만하게 굴다가 강하태수(江夏太守) 황조(黃祖)에게 살해되었
다. 양수는 재능이 뛰어났고 한때 조조의 신임을 받았으나, 조비(曹丕)와 조식
(曹植)의 갈등 등 복잡한 정치적 상황에서 결국 조조에게 살해되었다.

19) 『송서』의 저자 심약은 「포조전」에서 포조가 제왕의 시기 때문에 고의로 비루한
문사로 글을 지었다고 한 데 반해, 요사렴(姚思廉)이 편찬한 『양서』「강엄전」에
는 강엄이 젊어서는 문재(文才)가 뛰어났으나 노년에 재주가 다했다는 정도만
언급했고, 『남사』「강엄전」에는 종영(鍾嶸) 『시품(詩品)』「중품(中品)・제광록
강엄(齊光祿江淹)」에 나오는 꿈 이야기만 수록했을 뿐, 제왕의 시기를 언급하지
않은 것을 말한다. 『시품』과 『남사』에는, 강엄이 선성(宣城) 태수를 그만둔 뒤,
꿈에 스스로 곽박(郭璞)이라고 하는 미남자가 나타나, 빌려준 붓을 돌려달라고
하여 돌려준 이후, 글재주가 다하여 '江淹才盡'이라는 말이 나왔다는 일화가 실
려 있다.

다. 안연지顔延之가 사영운과 이름을 나란히 했는데, 포조에게 사적으로 우열을 물어 포조는 성심으로 판단해주었다. 선비는 재능이 어떤지를 따질 뿐이지 관작과 벌열閥閱을 어찌 논해야 하겠는가!

누동婁東 : 강소성 태창시(太倉市) 소재 장부 쓰다

사고전서총목제요四庫全書總目提要

『포참군집』10권은 포조가 지었다. 포조의 자는 명원明遠으로 동해東海
사람이다. 조공무晁公武, 1105~1180의『군재독서지郡齋讀書志』에 상당上黨 사
람이라고 했는데, 아마도 우염「서」의 "'본래' 상당 사람"이라는 말을
잘못 읽은 것 같다. '照'를 '昭소'로도 적는데, 대개 당대唐代 사람들이 측
천무후則天武后의 이름[20]을 피하려고 바꾼 것이다. 위장韋莊, 836?~910?의
「강가를 걸으면서 서쪽을 바라보다江行西望」 시에 "西望長安白日遙, 半年
無事駐蘭橈. 欲將張翰松江雨, 畵作屏風寄鮑'昭' 서쪽으로 장안 보니 태양은 아득한데,
반년 동안 일없이 작은 배에 머물렀네. 장한의 고향 오송강에 내리는 비를, 병풍에 그려 넣어 포조에
게 부칠까"라고 하여, 평성zhāo으로 압운을 했으니, 사실에서 너무 멀어져
버렸다.[21] 심약의『송서』와 이연수李延壽의『남사』·『북사北史』는 측천
무후가 칭제하기 전에 지어진 것이어서, 사실 모두 '照'로 적었지 '昭'
로 적지 않았다. 포조는 임해왕 유자욱劉子頊의 참군이 되었다가 반란군
의 손에 목숨을 잃었다. 유고는 흩어졌는데 제 산기시랑 우염虞炎이 처
음으로 편차를 정하여 문집을 완성했다.『수서』「경적지」에 10권으로
밝혀 적으면서 주에 "양梁대에는 6권"이라고 했으니, 후인이 또 이어서

---

20) 측천무후는 본명은 '珝(후)'인데, 뒤에 '照(조)'로 개명했고, 다시 글자를 '曌
(조)'로 바꾸었다.

21) [원주] 송대 예부(禮部)의 공거(貢擧) 규정에 따르면, '齊桓(제환 : 제 환공)'은
(송 흠종(欽宗) 조환(趙桓)의 이름을 피하여) '齊威(제위)'로 적었는데, 이것은
시구의 중간에 쓸 수는 있어도 '微(미)' 운으로 압운할 수는 없었다.

보탰을 것이다. 이 판본은 명 정덕正德 경오년庚午(1510)에 주응등朱應登이 간행한 것으로 도목都穆, 1458~1525의 집에서 얻었다고 했다. 권수卷數는 『수서』「경적지」와 합치하고 우염의 「서」를 첫머리에 넣었으나, 『수서』「경적지」에 기록한 구본舊本인지는 확실하지 않다. 그 편차를 살펴보면, 이미 악부를 별도로 1권으로 독립시키고서도, 「뽕을 따며」와 「매화는 지고梅花落」, 「'갈 길은 험난하고'를 본떠」 등도 모두 악부인데도 고시에 넣었다. 당 이전 문인들은 모두 성률을 다 알고 있었으니, 이처럼 어그러졌을 리가 없다. 또 「'갈 길은 험난하고'를 본떠」 제7수 '蹲蹲준준' 아래의 주에서 "'문집集'에는 '樽樽준준'으로 되어 있다"라고 하고, '啄탁' 자 아래의 주에서 "'문집集'에는 '逐축'으로 되어 있다"라고 했는데, 만약 정말로 원집原集이라면 어째서 "'문집集'에는 ○로 되어 있다"라고 할 수 있겠는가? 이는 후인이 다시 모아서 만들었다는 명백한 증거이다. 그러나 문장은 이미 모두가 수미首尾가 갖춰져 있고, 시부詩賦 역시 왕왕 포조의 자서自序와 자주自註가 있어서, 육조의 다른 문집이 유서類書에서 뽑아낸 것과는 다르다. 아마도 구본이 전해져 내려오면서 차츰차츰 고쳐지고 바뀌었기 때문이 아닌가 여겨진다. 종영의 『시품』은 "포조를 배우면서 겨우 '日中市朝滿한낮에 번화가가 사람으로 가득차니' 정도밖에 못 미치고, 사조謝朓, 464~499를 배우면서 겨우 '黃鳥度靑枝꾀꼬리가 푸른 가지를 건너간다'를 얻었다"라고 했다. 지금의 문집에는 이 구절이 없으니 아마도 양나라 때의 판본은 아니리라는 것은 알 수 있다.[22]

---

22) 『시품』 인용문은 「서」에 나오는 말인데, 표현에 다소 차이가 있다. 『시품』의 문

장은 "포조를 스승으로 삼지만 끝내 포조의 '日中市朝滿'에는 못 미치고, 사조를 배우지만 '黃鳥度靑枝'를 겨우 얻었다[師鮑照, 終不及'日中市朝滿'; 學謝朓'黃鳥度靑枝']"로 되어 있다. 『제요』는 『시품』의 글을 잘못 읽은 것으로 보인다. 『시품』의 본뜻은, 당시 일반인들이 포조와 사조를 존중하여 그들을 배웠지만, 포조의 「소년 협객들의 노래」 중의 '日中市朝滿' 수준에는 못 미쳤고, 사조의 「옥섬돌에서의 비원(玉階怨)」을 본떠 우염이 겨우 '黃鳥度靑枝' 같은 졸렬한 구절만 얻었다는 것을 말한 것이다. 부록의 「제가 평론」 참조.

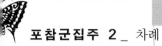

포참군집

권3

악부(樂府)

권4

악부(樂府)

포참군집주 전체 차례

첨부 : 송본 『포씨집』 목차 宋本鮑氏集目錄[1)]

권1

춤추는 학[舞鶴賦]
황폐한 성[蕪城賦]
연꽃[芙蓉賦]
떠도는 생각[遊思賦]
불나방[飛蛾賦]

권2

자벌레[尺蠖賦]
물시계를 보고 ― 서와 함께[觀漏賦 ― 幷序]
거위 ― 서와 함께[野鵝賦 ― 幷序]
죽은 이를 애도하며[傷逝賦]
남새밭 아욱[園葵賦]

권3

「동무의 노래」를 본떠[代東武吟][2)]
「계의 북문을 나서며」를 본떠[代出自薊北門行]
「소년 협객들의 노래」를 본떠[代結客少年場行]
「동문의 노래」를 본떠[代東門行]

---

1) [원주] 송본의 문집 명칭과 분권 및 차례는 모두 장부본과 다르다. 「시흥왕에게
'흰 모시 춤의 노래'를 바치는 계[奉始興王白紵舞曲啓]」가 「'흰 모시 춤의 노래'
를 본떠[代白紵舞歌辭]」 4수 앞에 실려 있지, 별도로 산문 부분으로 뽑아내지 않
았다. 장부본의 「부풍의 노래[扶風歌]」 1수, 「오 지방의 노래[吳歌]」 제1수, 「늙
음에 부쳐[詠老]」 1수, 「봄에 부쳐[春詠]」 1수, 「묵조참군 고 아무개에게[贈顧墨
曹]」 1수 등 5수는 송본에는 없다. 여기에 송본 목차를 첨부하여, 상호 참고에
도움이 되도록 한다.
2) 이하는 포씨집의 목차에 실린 원주이다.
[원주] 이하 작품에 모두 '代(대)' 자가 없는 판본도 있다.

---

3) [원주] '荊(형)'은 '京(경)'으로 된 판본도 있다.
4) [원주] 「去邪行(거사행)」으로 된 판본도 있다.
5) [원주] 시흥왕의 명을 받들어 짓다 - 계(啓)와 함께.

권4

권5

---

6) [원주] 의흥태수 왕승달의 시에 삼가 창화하여.
7) [원주] 「北風雪(북풍설)」로 된 판본도 있다.
8) 이 제목은 저본 목차에는 빠져 있다.

---

9) [원주] 칙명을 받들어 짓다.

임해왕을 시종하고 형주로 가려고 막 신저를 출발하며[從臨海王上荊初發新渚]
외로운 바위를 바라보며[望孤石]
황학기에 올라[登黃鶴磯]
양기에서 바람이 잦아들기를 기다리며[岐陽守風]
강릉에서 세월을 탄식하고 늙음을 슬퍼하며[在江陵歎年傷老]
성 서문의 관아에서 달을 감상하며[翫月城西門廨中]
「만가」를 본떠[代挽歌]
밤에 가기(歌妓)의 노래를 듣고[夜聽妓]
매화는 지고[梅花落]
옛 체의 시[古辭]
사랑스러운 것[可愛]
밤에 소리를 들으며[夜聽聲]
술 마신 뒤에[酒後]
『주역』을 말함[講易]
왕소군(王昭君)
중흥의 노래 10수[中興歌曲十首]
오 지방 노래 2수[吳歌二首]
상서 사장(謝莊)과의 세 번째 연구[與謝尙書莊三連句]
형주에서 장 사군, 이 거사와의 연구[在荊州與張史君李居士連句]
달빛 아래 누각에 올라서 지은 연구[月下登樓連句]
글자수수께끼 3수[字謎三首]

권8

「갈 길은 험난하고」를 본떠 19수[擬行路難十九首]
송백의 노래 – 서와 함께[松柏篇 – 幷序]
복주산의 연회에 시종하여 2수[侍宴覆舟山二首][10]
여산에 올라 2수[登廬山二首]
장송을 출발하면서 눈을 만나[發長松遇雪]
산산에서 시흥왕의 명으로 짓다[蒜山被始興王命作]
동지(冬至)
촉의 네 현인을 읊다[蜀四賢詠]

---

10) [원주] 칙명으로 유원경을 위해 짓다.

권9

---

11) [원주] 釋惠休(석혜휴).
12) [원주] 「園中載散(원중재산)」으로 된 판본도 있다.
13) [원주] 이때 중서사인(中書舍人)이었다.

권10

포참군집

鮑參軍集

권3

귀안 전진륜 주

전중련 증보집설

악부樂府

採桑

季春梅始落, 女工事蠶作.[1] 採桑淇洧間, 還戲上宮閣.[2]

早蒲時結陰, 晚篁初解籜.[3] 藹藹霧滿閨, 融融景盈幕.[4]

乳燕逐草蟲, 巢蜂拾花蕚.[5] 是節最暄妍, 佳服又新爍.[6]

綿歎對迴塗, 揚歌弄場藿.[7] 抽琴試抒思, 薦佩果成託.[8]

承君郢中美, 服義久心諾.[9] 衛風古愉艶, 鄭俗舊浮薄.[10]

靈願悲渡湘, 宓賦笑瀍洛.[11] 盛明難重來, 淵意爲誰涸.[12]

君其且調絃, 桂酒妾行酌.[13]

뽕을 따며

매실 지기 시작하는 춘삼월이면

여자의 일 누에치기 시작이 되네.

기수의 물굽이서 뽕잎을 따고

상궁의 누각으로 돌아와 노네.

올창포는 때마침 그늘을 맺고

늦대는 꺼풀 벗기 시작을 하네.

자욱하게 안개는 규방 채우고

따뜻하게 햇볕은 휘장 넘치네.

젖먹이 어린 제비 풀벌레 쫓고

벌집 속 어린 벌은 꽃술을 줍네.

이 시절 따뜻하고 아름다운데

좋은 옷도 산뜻이 환히 빛나네.

한숨 쉬며 먼 길을 마주 대하고

노래하며 마당의 콩잎 만지네.

금을 당겨 속마음을 펼쳐 보이고

패옥을 바치면서 언약 성사 바라네.

고상한 그대 노래 아름다움 받아들여

의를 지켜 맘속으로 승낙한 지 오래네.

위衛나라의 기풍은 예로부터 요염하고

정鄭나라의 습속은 예로부터 경박했네.

상군湘君은 비원 품고 상수 건넜고

복비宓妃는 기쁜 노래로 낙수 건넜네.

성대한 밝음은 거듭 오기 어려운데

마음속 깊은 생각 누굴 위해 다하려는지.

그대께서 잠시간 현을 고르신다면

계화주는 이 몸이 따라 드리려 하네.

【해제】

[전진륜] 『옥대신영玉臺新詠』 오조의吳兆宜, 1672 전후 주를 수록한다.

[오조의] 곽무천郭茂倩, 1041~1099 『악부시집樂府詩集』 권80 「근대곡사近代曲辭·2」 '채상採桑': "『악원樂苑』에 '「채상採桑」은 우조곡羽調曲이다. 또 「양하채상楊下採桑」이라는 곡도 있다'라고 했다. 그러나 살펴보면 「채상」은 근대곡사가 아니라 본래 「청상곡사淸商曲辭」 중의 「서곡가西曲歌」이다."

내 견해는 이렇다. 포조의 이 시는 「상화가사相和歌辭·상화곡相和曲」에 속하는 것이다. 악부에 또 「채상도採桑度」가 있어서 「채상」이라고도 부르지만, 포조의 이 「채상」과는 다르다.[1]

[황절] 이것은 악부 고사古辭 「맥상상陌上桑」을 본뜬 것이다.

『송서宋書·악지樂志·3』에서, 「대곡大曲」 15곡 중 세 번째 곡이 「나부행羅敷行」인데, 다른 이름으로 「일출남동우행日出東南隅行」이라고도 하고, 「염가나부행艷歌羅敷行」이라고도 하며, 「일출행日出行」이라고도 한다.[2]

---

1) 포조의 이 시는 『악부시집』에는 권28 「상화가사·상화곡」에 양간문제(梁簡文帝, 503~551·549~551 재위), 오균(吳均, 469~520), 진후주(陳後主, 553~604·582~589 재위) 등 13인의 작품과 함께 실려 있다. 「채상도」는 「청상곡사(淸商曲辭)」 중의 「서곡가(西曲歌)」에 속하는 남조 민가로, 『악부시집』 권48에는 무명씨 작품 7수가 수록되어 있는데, 모두 5언 4구 형식이다.

2) 『송서』 「악지·2」에 「대곡」편의 세 번째에 수록된 작품은 '나부(羅敷)' 조에 '「염가나부행(艷歌羅敷行)」 고사(古詞) 삼해(三解)'라는 제목 아래에 가사가 수록되어 있다. 제1해의 제1·2구는 "日出東南隅, 照我秦氏樓(태양이 남동쪽에서 솟아올라서, 우리 진씨 집 따님을 비추네)"로 시작한다. 『옥대신영』 권1에 「일출남동우행(日出東南隅行)」이라는 제목으로 수록한 것은 이 첫 구를 제목으로 한 것이다. 『악부시집』 권28 「상화가사·3」의 「상화곡·하」에서는 「맥상상(陌上桑)」이라는 제목으로 수록했다. 그것은 제1해의 제5·6구가 "羅敷好蠶桑, 採桑城南隅(나부는 누에치기 좋아하여서, 성 남쪽 모퉁이서 뽕을 딴다네)"인 것을 비롯하여, 작품 전체 내용을 개괄한 제목이다. 『악부시집』 권28에는 「염가행(艷歌行)」

「채상곡」은 「맥상상」을 본뜬 것인데, 포조의 이 작품이 「맥상상」 고사의 주제를 가장 잘 살렸다. 위 무제 조조曹操, 155~220의 '가홍예駕虹蜺' 편과 위 문제 조비曹丕, 187~226의 '기고향棄故鄉' 편은 모두 「맥상상」이라고 제목을 붙였으나, 고사와는 관련이 없다. 청 주건朱乾, 생졸년 미상은 『악부정의樂府正義』에서, 조씨 부자가 본떠 지은 2편 중 하나 '가홍예'편는 스스로 신선과 짝이 된다고 하는 내용이고, 다른 하나 '기고향'편는 만 리 밖에 종군하여 아내를 그리워하는 것을 노래 불렀는데, 언외에 주제를 드러내고 있어 그 종지宗旨를 벗어나지 않았으니, 이것이 한·위 시기 시인들이 고시를 본뜨던 법도라고 했으나, 옳지 않다.

[전중련] 송본宋本에는 '採채' 앞에 '詠영' 자가 있다.[3]

·「나부행(羅敷行)」·「일출남동우행」·「일출행」이라는 제목의 작품이 이어져 수록되어 있다. 곽무천의 「맥상상」 해제는 이렇다. "일명 「염가나부행(豔歌羅敷行)」이라고도 한다. 『고금악록(古今樂錄)』에는 이렇게 말했다. '「맥상상」은 슬조(瑟調)로 노래한다. 고사 「염가나부행」은 「일출동남우편(日出東南隅篇)」이다.' 최표(崔豹)의 『고금주(古今注)』에 있다. '「맥상상」은 진씨(秦氏) 딸에게서 나왔다. 진씨는 한단(邯鄲) 사람으로, 나부(羅敷)라는 이름의 딸이 있었는데, 고을 사람 천승(千乘) 왕인(王仁)에게 시집갔다. 왕인은 나중에 조왕(趙王)의 가령(家令)이 되었다. 나부가 길가에 나와 뽕을 따는데, 조왕이 누대에 올라 보고는 그녀를 좋아하여, 술을 준비해 두고 그녀를 빼앗으려 했다. 나부가 「맥상상」 노래를 지어 자기 뜻을 분명히 밝히자, 조왕은 마침내 그만두었다.' 『악부해제(樂府解題)』에는 이렇게 말했다. '고사는, 나부가 뽕을 따다가 사군(使君)의 부름을 받자, 자기 남편이 시중랑(侍中郎)이라고 심하게 과장함으로써 거절하는 내용이다.' (…중략…) 또 「채상」이 있는데, 역시 여기서 나온 것이다."

3) 작품의 주제와 창작시기에 관해서는, [평설]의 오여륜(吳汝綸) 견해에 대한 역주를 볼 것.

【주석】

1 **[오조의]** 『한서(漢書)』「왕포전(王褒傳)」: "선제(宣帝, 74~49 B.C. 재위)가 말했다. '[(…중략…) 사부(辭賦)는 큰 것은 고시와 같은 의미이고, 작은 것은 문사가 아름다워 좋으니,] 비유하자면 "여공(女工)"에 아름다운 무늬를 놓은 비단을 만드는 일이 있고, [음악에 정위(鄭衛)의 속악이 있는 것과 같다.]'"

양웅(揚雄, 53 B.C.~18 A.D.)「원후 뇌뮌元后誄」: "누에고치를 타서 명주 실을 만드시니, '여공'을 부지런히 하시었다'女工'是勤."⁴⁾

[전진륜] 『모시(毛詩)』「소남(召南)・표유매(摽有梅)」제1장 : "'매실이 떨어지네', 그 열매 일곱 개 남았구나'摽有梅', 其實七兮]." 정현 전 : "「모시서」에서 흥(興)이라고 했다. 매실이 아직은 일곱 개가 떨어지지 않고 남아 있다는 것은, 곧 시들기 시작함을 비유한 것으로, 그것은 여자가 스무 살이면 봄이 한창 무르익은 것과 같은데, 시집을 가지 않고 있다가 여름이 되면 시들게 될 것이라는 뜻이다."

[전중련] 송본 주 : "이 뒤에 '明鏡淨分桂, 光顔畢苕萼' 2구가 있는 판본이 있다."⁵⁾

2 **[전진륜]** '淇洧(기유)'와 '上宮(상궁)'은 모두 『모시』에 보인다.

[황절] 『모시』「용풍(鄘風)・상중(桑中)」제1장 : "'상중'에서 날 기다리다가,

---

4) 『고문원(古文苑)』・『예문유취(藝文類聚)』등에는 '勤(근)' 자가 '救(칙)'으로 되어 있다. '女工(여공)'은 '女功(여공)'과 같다. '女紅(여공)'이라고도 한다. 옛날 여인들이 하던 길쌈을 말한다.

5) 녹흠립(逯欽立)의 『선진한위진남북조시(先秦漢魏晉南北朝詩)』의 『송시(宋詩)』에는 앞 구가 '明鏡分淨桂'로 되어 있다. 이 2구의 의미는 명확하지 않다. 대체로 "밝은 거울에 깨끗한 계화처럼 뚜렷이 나타나는데, 빛나는 얼굴은 모두 능소화꽃이로다"로 번역되는데, 뽕을 따러 나가는 여인들의 모습을 묘사한 것으로 보인다.

'상궁'으로 날 맞아들이더니[期我乎'桑中', 要我乎'上宮'], ['기수 개淇之上]'

까지 바래다준다.]"

왕응린(王應麟, 1223~1296) : "『통전(通典)』에 '위주(衛州 : 지금의 하남성

위휘시(衛輝市) 위현(衛縣))에 "상궁대(上宮臺)"가 있다'라고 했다."

[전중련] 『악부시집』에는 '洧' 자가 '澳(욱)'으로 되어 있다.[6]

3 [오조의] 『속술정기(續述征記)』: "조당침호(鳥當沈湖)에 10개의 누대가 있

는데, 모두 '묶인 창포[結蒲]'가 자란다. 진시황이 이 누대에 놀러 와서 창포를

묶어 말을 매어두었는데, 그 뒤부터 창포가 나기만 하면 묶이게 되었다."

『모시』「정풍(鄭風)・탁혜(蘀兮)」'蘀兮蘀兮, 風其吹女(마른 잎이여 마른

잎이여, 바람이 너를 날려 보낼라)' 제1장 모전(毛傳) : "'蘀'은 '槁(고)'이다."

정현 전 : "'槁'는 나뭇잎을 두고 말한 것으로, 나뭇잎이 말라 바람이 불면 떨어

진다는 뜻이다." 공영달(孔穎達) 소(疏) : "「모전」은 낙엽을 '蘀'이라고 했다."

내 견해는 이렇다. 『전국책(戰國策)』「연책(燕策)」에 있다. "계구(薊丘 : 지

---

6)   오덕풍(吳德風)은 이 2구가 『모시』「용풍・상중」의 "期我乎桑中, 要我乎上宮"과
     『모시』「위풍・기욱(淇奧)」 두 작품에 바탕을 둔 것이라고 보면서, '奧' 자가 『예
     기(禮記)』「대학(大學)」 및 『좌전』「소공(昭公)・2년」에는 '澳(욱)'으로 되어 있
     는 점을 참고로 하여, '洧' 자는 『악부시집』을 좇아 '澳'으로 보아야 할 것이라고
     했다(47a쪽).「용풍・상중」의 '淇之上(기수 가)'이라는 시어의 의미 및 포조 시
     대구의 '上宮閣(상궁각 : 상궁이라는 누각)'과 대우라는 점을 고려하면 '淇澳間
     (기수 물굽이 어간)'이 옳아 보인다. 번역은 이를 따랐다. 참고로 '기수와 유수
     (淇洧)'는 모두 하남성에서 발원하는 강이기는 하지만, 『모시』에서 '기수'는 위
     (衛)나라 노래인 「패풍(邶風)」・「용풍」・「위풍(衛風)」에만 등장하고, '유수'는
     「정풍(鄭風)」에만 등장하는 점에서 보면 '淇洧'보다 '淇澳'이 낫다. 다만 이 시
     제19・20구의 '衛風'과 '鄭俗(정속)'을 고려하면 '위나라 기수'와 '정나라 유수'
     로 볼 여지도 충분하다.

금의 북경시 서성구(西城區) 덕승문(德勝門) 북서쪽)에 있는 식물을 '제나라 문수 가의 대밭[汶篁]'에 옮겨 심었습니다."⁷⁾ 주에 "대밭을 '篁(황)'이라고 한다"라고 했다.

사영운(謝靈運) 「남산에서 북산으로 가는 길에 호수를 지나며 바라보다[於南山往北山經湖中瞻眺]」 시 : "막 돋는 대나무는 녹색 껍질에 싸여있다[初篁苞綠籜]."

[전중련] 『악부시집』에는 '篁' 자의 주에 "'竹(죽)' 자로 된 판본도 있다"라고 했다.⁸⁾

4   [오조의] '藹藹(애애)'는 『모시』 「대아(大雅)·권아(卷阿)」 제7장에 보인다.

『좌전(左傳)』 「은공(隱公)·원년」 : "그 즐거움이 '융융(融融)'하다."

[전중련] 송본에는 '滿(만 : 가득하다)'이 '洒(쇄 : 시원하다)'로 되어 있다.⁹⁾

---

7)   인용문은 연(燕) 악의(樂毅)의 「연 혜왕에게 올리는 답서[報燕惠王書]」에 있는 문장이다. 소왕(昭王)을 도와 다섯 제후국의 연합군을 이끌고, 제(齊)를 공격해 70여 성을 공략했으나, 소왕이 죽고 혜왕(惠王)이 즉위하여 귀국을 명하자, 평소 혜왕과 사이가 좋지 않던 악의(樂毅)는 조(趙)나라로 망명했다. 그 후 제나라는 실지를 모두 회복하고 연나라는 국력이 약해졌다. 혜왕은 악의의 공로를 생각하고, 그에게 편지를 보내 귀국을 종용했는데, 악의가 그에 대해 답한 것이 이 편지이다.
8)   오덕풍은 '竹'은 '篁'의 괴자(壞字)일 것이라고 보았다(48b쪽).
9)   포조 시에서 '藹藹'는 어둑어둑한 모양이고, '融融'은 따뜻한 모양이다. '藹藹'는 『모시』에서는 "즐비하도다. 주나라 왕에게는 어진 인사가 많도다[藹藹王多吉士]"라고 하여, 많은 모양을 나타내고(모전에서 '藹藹'는 '濟濟(제제)'와 같다고 했는데 '濟濟'는 많은 모양이다), '融融'은 『좌전』에서는 화락하고 유쾌한 모양을 나타내어서, 포조 시에서의 의미와는 다르다. '藹藹'는 『악부시집』에는 '靄靄'로 되어 있는데, 더 나은 것 같다. 또 '滿閨(만규)'는 '盈羃(영막)'과 대우이므로 '洒閨'보다 낫다. 오덕풍, 48b쪽 참조.

5 [오조의] '蕚(악 : 꽃받침)'은 '藥(약 : 약)'으로 된 판본도 있다. '草蟲(초충)'과 '華鄂(화악)'은 『모시』에 보인다.[10]

6 [오조의] '是(시)'는 '景(경)'으로 된 판본도 있다.[11]

7 [전진륜] 『옥대신영』에는 '綿(면 : 이어지다)'은 '斂(렴 : 거두다)'으로, '逈(형 : 멀다)'은 '回(회 : 돌다)'로 되어 있다. '場藿(장곽)'은 『모시』에 보인다.[12]

[황절] 채옹(蔡邕, 133~192) 「석회(釋誨)」 : "어찌 '길을 돌아가서[迴塗]' 맞이하고 시세에 영합하여 받아들여지기를 바라며, 당세의 이로움을 모으고 견인불발의 공로를 세우지 않는가."

『모시』 「소아 · 백구(白駒)」 제2장 : "새하얀 망아지, '우리 밭 콩잎을 먹네'[皎皎白駒, '食我場藿']." 정현 전 : "「백구」 시는 현인을 머무르게 할 수 없음을 풍자한 것이다."

---

10) 송본과 『악부시집』에 '藥'으로 되어 있는데, '蕚'이 낫다. 정복림은 장부본을 따라 '蕚'으로 고쳤다(『교주』, 438쪽). '草蟲'은 『모시』 「소남 · 초충(草蟲)」 제1장의 "윙윙 풀벌레(喓喓草蟲)"를 말한다. '華鄂'은 『모시』 「소아(小雅) · 당체(棠棣)」 제1장의 "아가위나무 '꽃'이여, '꽃'이 매우 곱고 흐드러졌네[棠棣之'華', '鄂'不韡韡]"를 말한다. '鄂'은 '蕚'의 통가자이다.

11) 오덕풍은 '景節(경절 : 빛나는 계절)'이 되어야 다음 구와의 대우가 더 좋을 것 같다고 했다(48b쪽). '暄妍(훤연)'은 날씨가 따뜻하고 풍경이 아름다운 모양이고, '新爍(신삭)'은 산뜻하고 빛나는 것이다.

12) '綿'이 낫다. '綿歎(면탄)'은 길게 한숨을 쉬는 것이다. '逈'은 정복보(丁福保)의 『전한삼국진남북조시(全漢三國晉南北朝詩)』의 『전송시(全宋詩)』에는 '迴(회)'로 되어 있고, "'逈'으로 된 판본도 있다"라고 주를 달았으며, 녹흠립의 『송시』에는 '逈'으로 적고, "『옥대신영』에는 '回'로 되어 있고, 『악부시집』과 『시기(詩紀)』도 같다"라고 주를 달았다. 전후 맥락을 보면 '逈'이 문의가 더 순조롭게 통한다. 이 구는 좌사(左思, 250?~305?) 「위도부(魏都賦)」의 "아득한 '먼 길', 산과 물이 갈마드네[綿綿'逈途', 驟山驟水]"를 전고로 취한 것으로 보인다. '揚歌(양가)'는 소리 높여 노래를 부르는 것이다.

[전중련] 『악부시집』에는 '綿(면)'이 '欽(흠 : 공경하다)'으로 되어 있다.

8 [전진륜] '抽(추 : 당기다)'는 '搹(추)'로 되어 있는 판본도 있다. 『옥대신영』에
는 '抒(서 : 펴다)'가 '佇(저 : 기다리다)'로 되어 있다.[13]

『한시외전』 권1 : "공자(孔子)가 남방을 유람하여 초나라에 갔는데, 어떤 처
녀가 귀막이옥을 차고서 빨래를 했다. 공자가 '저 부인에게 말을 할 수 있겠다'
라고 하고, '금을 당기어[抽琴] 줄받침을 빼고 자공(子貢)에게 주면서 '그에게
잘 말해 보라'고 했다."

조식(曹植)「낙신부(洛神賦)」'感交甫之棄言兮(정교보가 언약을 어긴 것 생
각하고)' 이선 주 : "『신선전(神仙傳)』에 있다. '강비(江妃) 두 여인이 강가를
유람하다가 정교보(鄭交甫)를 만났는데, 정교보가 그녀들이 누구인지 알지
못하고 눈짓으로 유혹을 하자, 여인들은 마침내 "패옥을 풀어서[解佩]" 그에게
주었다. 정교보가 몇 걸음을 가니 품속이 비어 패옥이 없어지고 여자들도 보
이지 않았다.'"

[전중련] 『악부시집』에는 '抒'가 '紆(우 : 두르다)'로 되어 있다.

9 [오조의] 송옥(宋玉)「초혼(招魂)」: "몸소 '의로움을 행하여' 어리석고 사리에
어둡지 않다[身'服義'而未昧]."[14]

[전진륜] 유향(劉向, 77?~6 B.C.) 『신서(新序)』「잡사(雜事)」·1 : "손님 중

---

13) '搹'는 '抽'의 주문(籀文)이다. '佇'보다는 '抒'가 낫다(오덕풍, 49a쪽 참조). '抒
思(서사)'는 마음속 생각을 토로하는 것이다. '薦佩(천패)'는 차고 있던 패옥을
풀어 상대방에게 주는 것이다. '成託(성탁)'은 담겨있는 부탁의 의미가 효과를
본다는 뜻이다.

14) '服義(복의)'는 의로움을 마음에 간직하여 잊지 않는 것이다. '心諾(심낙)'은 마
음으로 승낙하는 것이다.

에 '초의 수도 영(郢 : 지금의 호북성 강릉시(江陵市) 기남성(紀南城))의 중심지'에서 노래를 부르는 자가 있었는데, 처음에 속곡(俗曲)인 「하리(下里)」와 「파인(巴人)」을 노래하니, 서울에서 따라 부른 사람이 수천 명이었다. 「양아(陽阿)」와 「해로(薤露)」를 부르니, 서울에서 따라 부르는 자가 수백 명이었고, 중간 수준의 「양춘(陽春)」과 「백설(白雪)」을 부르니, 서울에서 따라 부르는 자가 수십 명이었다. 상조(商調)를 길게 끌고 우조(羽調)를 촉급하게 부르며, 중간중간 치조(徵調)를 유창하게 섞어 부르니, 서울에서 따라 부르는 자가 몇 명에 불과했다."

10 **[전진륜]** 송 안연지(顔延之, 384~456) 「접시꽃 찬가[蜀葵贊]」 : "온갖 꽃들 '곱고 아름답다'['愉艶'衆葩]."

11 **[전진륜]** 『옥대신영』에는 '靈(령 : 신령)' 자는 '虛(허 : 헛되이)'로, '宓(복 : 복비(宓妃))' 자는 '空(공 : 공연히)'으로 되어 있다.

[오조의] 조식 「낙신부 · 서」 : "내가 서울에 조빙을 마치고 '낙천을 건너서[濟洛川]' 돌아왔다. 옛사람들이 '이 물의 신을 이름이 복비(宓妃)'라고 말해 왔다."

[전진륜] 『초사(楚辭)』 「구가(九歌) · 상군(湘君)」 : "양자강을 건너가서 '정성을 드러내려 한다[横大江兮'揚靈']."

『초사』 「구가 · 상부인(湘夫人)」 : "'신령들'이 구름처럼 몰려온다[靈'之來兮如雲]."

[전중련] 『악부시집』에는 '瀍(전)' 자에 대해 '景(경)'으로 된 판본도 있다고 주를 달았다. [15)]

12 [황절] 반첩여 「자신을 애도하는 부[自悼賦]」 : "성황의 두터운 은혜를 입었구나, 일월이 '창성하고 밝은' 시대로다[蒙聖皇之渥惠兮, 當日月之'盛明']."

13 [오조의] 굴원(屈原, 340~278 B.C.) 「구가(九歌)」 : "'계주'와 난장['桂酒'兮 蘭漿]"[16]

【평설】

[황절] 오여륜吳汝綸 : 효무제는 궁중에서 더럽고 난잡하여 은희殷姬에게 빠졌는데,[17] 시는 아마 이를 풍자하여 지은 것 같다.『한위육조백삼가집

---

15) '靈願(영원)'은 상수 신령의 바람이고, '宓賦(복부)'는 낙수의 여신인 복비(宓妃)의 노래이다. '靈'·'宓'·'濰' 자에 대해, 오덕풍은, 정복보가 『전송시』에서 "'虛' 자는 『악부시집』에 '靈'으로 되어 있는데 옳지 않다. '空' 자는 『악부시집』에 '宓'으로 되어 있는데 옳지 않다. '濰' 자는 확실치 않다. 『악부시집』에는 '景'으로 되어 있는데 역시 옳지 않다. 아마 '濟'의 잘못이 아닌가 한다"라고 한 말이 일리가 있다고 한 후, "'헛된 바람은 상수 건너는 것 슬퍼하고, 괜한 노래는 낙수 건너는 것 웃는다[虛願悲渡湘, 空賦笑濟洛]'라고 하면 문의가 통하고 대우도 정교하다"라고 했다(오덕풍, 48쪽). 참고할 만하다.

16) 「구가·동황태일(東皇太一)」에는 "奠桂酒兮椒漿(계주와 초장을 제주로 올린다)"라고 했다. '桂酒'는 육계(肉桂) 즉 계피를 재료로 빚은 술이고, '椒漿'은 산초를 재료로 빚은 술이다. '蘭漿(란장)'은 '椒漿'의 잘못으로 보인다.

17) 은희는 무제(武帝, 420~422 재위)의 6남인 남군왕(南郡王) 유의선(劉義宣 : 손미인(孫美人) 소생)의 딸이고, 효무제는 무제의 3남인 문제(文帝, 424~453 재위) 유의륭(劉義隆 : 호첩여(胡婕妤) 소생)의 3남이다. 즉 효무제와 은희는 사촌 남매 사이이다. 효무제는 숙부인 남군왕 유의선의 딸들을 좋아하여 사통했는데, 남군왕이 이를 알고 반역을 모의했다가 사전에 발각되어 주살되었다. 그 후 효무제는 사촌 중 은희를 궁으로 불러들여 숙의(淑儀)에 봉했고, 남의 눈을 의식해 그녀의 성을 은(殷) 씨로 바꿨다. 이에 관한 기록은 『송서(宋書)』의 여러 곳에 산견된다. 예를 들면 권80 「효무십사왕전(孝武十四王傳)」 중 「시평효경왕자란(始平孝敬王子鸞)」편에 자란의 생모 '은귀비'의 총애가 후궁 중 으뜸임을 말한 대목이 있고, 권45 「유회신전(劉懷愼傳)」, 권53 「장무도전(張茂度傳)」, 권59

선(漢魏六朝百三家集選)·포참군집선(鮑參軍集選)」[18]

「강지연전(江智淵傳)」, 권97 「이만전(夷蠻傳)」 등에 '은희' 사후 효무제가 애통해한 일과 후장(厚葬) 및 추도 상황 등이 언급되어 있다. 그리고 권41 「후비전론(后妃傳論)」에서는 유송 황제들의 황음(荒淫)에 대한 총괄적 평론을 하면서, 효무제와 은희의 관계에 대해서도 언급했다. 당 이연수(李延壽, 생졸년 미상)가 지은『남사(南史)』에서는, 『송서』에 산견되는 자료를 한데 모아, 「후비전(后妃傳)·상」에서 체계적으로 정리하고 은희가 유의선의 딸임을 분명히 기록했다.

18) 임숭산(林嵩山)은 오여륜의 견해에 대해, 남조의 제왕들이 '은희에게 빠지고' '궁중이 더럽고 난잡한 것'은 너무나 흔한 일이어서 효무제 한 사람의 일만으로 볼 수는 없다는 전제하에, 시 전체의 흐름을 분석한 후, "전편은 처음에는 '금을 당기고 패옥을 바친 것[抽琴薦佩]'을 이야기하고, 이어서 '현을 고르고 술잔을 따르는 [調絃行酎] 것'을 말했는데, 이는 모두 자신의 신세를 한탄하고 제왕의 은총에 감읍하는 것을 말하는 것이다. 따라서 모름지기 포조가 벼슬길에 나가면서 등용되기를 바라는 자기 뜻을 피력한 것으로 보아야 한다"라고 했다(임숭산, 『포조악부휘해(鮑照樂府彙解)』, 臺北 : 眞義出版社, 1985, 1쪽, '해석(解析)'. 이하『휘해』로 약칭함). 그 밖에도 자유연애를 주장하고 찬미한 것이라고 하는 견해도 있고, 화창한 봄날 소녀들이 뽕을 따며 즐겁게 노는 정경을 묘사한 것이라고 보는 견해도 있다. 이상의 여러 견해가 나름대로 일리가 있지만, 시에 사용된 핵심 전고인 「상중(桑中)」 시와 '영중미(郢中美)', '추금(抽琴)', '천패(薦佩)' 등은 예의에 벗어나거나 비정상적인 남녀관계 또는 남성의 여성에 대한 강압적 유혹을 함축하고 있어서, 오여륜의 견해를 뒷받침한다고 할 수 있다. 송영정, 「유송(劉宋) 왕실의 독란(瀆亂)과 포조(鮑照)의 「채상(採桑)」 시」, 『중국어문학(中國語文學)』 53집, 영남중국어문학회, 2009.6, 93~102쪽 참조. 정복림도 시의 내용을 보면 대체로 오여륜의 견해를 좇을 만하다고 보면서, 시의 창작 시기를 효무제 효건(孝建)·대명(大明) 연간(454~464)이라고 보았다(『교주』, 436~438쪽).

代蒿里行

同盡無貴賤, 殊願有窮伸.[1] 馳波催永夜, 零露逼短晨.[2]

結我幽山駕, 去此滿堂親.[3] 虛容遺劍佩, 實貌戢衣巾.[4]

斗酒安可酌, 尺書誰復陳.[5] 年代稍推遠, 懷抱日幽淪.

人生良自劇, 天道與何人.[6] 齎我長恨意, 歸爲狐兔塵.[7]

「호리의 노래」를 본떠

죽음은 다 같아서 귀천 구분 없지만

원망願望은 서로 달라 궁통이 다르다네.

달려가는 물결은 긴긴밤을 재촉하고

내리는 이슬은 짧은 새벽 다그치네.

어두운 산 찾아갈 나의 수레 채비하여

대청에 가득 모인 이 친한 이 떠난다네.

생각 속 생전 용모 칼과 패물에 남았으나

육신의 실제 모습 수의 속에 싸여 있네.

한 말의 술인들 이제 어찌 마시며

한 뼘의 편지인들 누가 다시 써주리.

세월은 차츰차츰 멀어져 가고

회포도 날로달로 사라질 테지.

인생이란 참으로 비통한 거라

천도는 누구와 함께하는지?

나는 이제 기나긴 한을 품은 채

여우와 토끼 굴속 먼지 되겠지.

【해제】

[전진륜] 최표崔豹『고금주古今注』："「해로薤露」와 「호리蒿里」는 모두 장송곡으로 전횡田橫[19])의 문인에게서 나왔다. 전횡이 자살하자 문인들이 슬퍼하여 그를 위해 비가悲歌를 지었는데, 사람의 목숨은 '염교 위의 이슬薤露'처럼 쉽게 사라지며, 사람이 죽으면 혼백은 '호리'로 돌아간다는 내용이다. 그래서 2장으로 되어 있다. 이연년李延年,?~101 B.C.?에 이르러 2장을 2곡으로 분리하여, 「해로」는 왕공과 귀인을 장송하고, 「호리」는 사대부와 서인을 장송하면서, 영구靈柩를 끄는 사람더러 노래하게 했는데, 이를 '만가挽歌'라고도 부른다."

[황절] 곽무천『악부시집』："'호리'는 산 이름으로 태산泰山의 남쪽에 있다."

『한서漢書』「무제기武帝紀」："태초太初 원년104 B.C. (…중략…) 12월에 '고리高里'에서 봉선封禪을 거행했다." 복엄伏儼 주："산 이름으로 태산

---

19) 전횡(?~202 B.C.)은 진(秦) 말 군웅의 하나이다. 원래 제(齊)의 공족(公族)인데, 진승(陳勝)과 오광(吳廣)의 반란 이후, 옛날 제나라 땅에서 형 전담(田儋)·전영(田榮)과 번갈아 왕이 되었다. 나중에 유방(劉邦, 256~195 B.C.)이 천하를 통일하자, 500명의 문객을 이끌고 섬으로 도망갔다. 유방이 사람을 보내어 강제로 배에 태워 낙양으로 데려가는 도중, 낙양 30리 밖 수양산(首陽山)에서 자살했다. 섬에 남아 있던 500명의 문인도 그 소식을 듣고 모두 자살했다고 한다.『사기』「전담열전(田儋列傳)」에 실려 있다.

아래에 있다." 안사고 주 : "이곳의 '高' 자는 당연히 '고하高下'의 '高' 자여야 한다. 그러나 죽은 사람이 묻히는 마을은 '蒿里'라고 하며, 혹은 '下里하리'라고 부르는데, 그 글자는 '봉호蓬蒿'의 '蒿' 자이다. 어떤 이가 태산太山이 신령의 마을이고, '고리산高里'이 그 옆에 있는 것을 보고는, '高里'를 '蒿里'라고 착각하여, 같은 것으로 혼동했다. 문인들 역시 모두 이러한 오류에 빠졌는데, 육기陸機, 261~303[20]조차도 그랬으니 그 밖의 인사들이랴."

왕선겸王先謙, 1842~1917『한서보주漢書補注』: "안사고는 죽은 사람의 마을은 당연히 '蓬蒿'의 '蒿'로 써야 한다고 했는데,『옥편玉篇』을 보면, "'薧里호리"는 황천으로, 죽은 사람의 마을'이라고 했다.『설문해자』에서는 발음을 '呼호와 毛모의 반절' 즉 '호'라고 했다. 경전에서는 '鮮薧선고: 생고기와 마른고기'의 '薧' 자로 쓴다.『예기禮記』「내칙內則」주에서, '薧는 마른 것乾'이라고 했다.[21] 대개 죽으면 마르기 때문에, 죽은 사람의 마을을 '薧里'라고 하는 것이다. '蓬蒿'의 '蒿'로 '蒿里'라고 한 것은 일반적 습속에 따른 것일 뿐이다."

내 견해는 이렇다. 지금의 태안부泰安府 부성 남서쪽 3리지금의산동성태안시 태산역 남쪽에 '고리산高里山'이 있는데 산이 매우 작다. 산 위에 탑이 있고, 그 북동쪽에 사당廟이 있어서, 그 안에 염라閻羅 풍도酆都의 저승

---

20) 육기의 「태산음(泰山吟)」 시에서 "양보산에도 관사(館舍)가 있고, '호리산'에도 정자가 있다[梁甫亦有館, '蒿里'亦有亭]"라고 한 것을 말한다.
21) '薧' 자는 '마르다'는 뜻일 때는 음이 '고'이고, '묘지'의 뜻일 때는 음이 '호'이다.

을 관장하는 72사司 등의 신상神像과 역대의 비기碑記 수백 기를 모시고 있다. 아마도 「호리蒿里」라는 장송곡으로 인한 착오인 것 같다.[22]

[전중련] 문일다聞一多, 1899~1946 『악부시전樂府詩箋』: "'蒿里'는 본래 죽은 사람이 사는 마을의 일반명사이다. 태산 아래의 작은 산 역시 죽은 사람의 마을이기 때문에, 역시 '蒿里'라고 이름을 지었다."

「호리」와 「만가」는 『악부시집』에는 「상화가사 · 상화곡」에 들어 있다.[23]

【주석】

1 [전중련] '伸(신)'은 송본에는 '申(신)'으로 되어 있다.[24]

2 [전진륜] 사마상여 「자허부(子虛賦)」: "'내닫는 물결'에 물거품이 인다['馳波' 跳沫]."

『모시』 「정풍(鄭風) · 야유만초(野有蔓草)」 제1장: "'내린 이슬' 많기도 하다 ['零露漙兮]."

[전중련] 『악부시집』 주: "'漏馳催永夜, 露宿逼短晨(물시계는 내달리며 긴 밤을 재촉하고, 이슬은 맺히면서 짧은 새벽 다그친다)'로 된 판본도 있다."

3 [전진륜] '結(결)'은 '驅(구)'로 된 판본도 있다. '結駕(결가)'는 「능연루 명(凌 煙樓銘)」(주석 14)에서 보았다.[25]

---

22) 이 산은 위진남북조 이후 보통 '蒿里山'으로 부른다.
23) 작품의 주제와 창작시기에 관해서는, [평설]의 오여륜 견해에 대한 역주를 볼 것.
24) '申'은 '伸(펴다, 기지개 켜다)'의 고자이다.
25) 「능연루 명」 외에도 곽박(郭璞)의 「유선시(遊仙詩)」 제14수(『전진시』 권5, 『예 문유취』 78)에도 "縱酒蒙汜瀕, '結駕'尋木末(해 지는 몽사의 물가에서 맘껏 술 마 시고, '수레를 채비하여' 나무 끝 찾아 부용을 따려 한다)"처럼 '結駕'의 용례가

4 [전진륜] 『모시』「정풍·출기동문(出其東門)」제1장 : "흰 비단옷에 '연두색

패건'[縞衣'綦巾']"

[전중련] 『악부시집』에는 '實(실 : 실제)'이 '美(미 : 아름다운)'로 되어 있다.[26]

5 [전진륜] 「고시십구수(古詩十九首)·푸르고 푸른 무덤가의 측백나무[青青陵

上柏]」: "'한 말 술'로 서로가 즐기려 하면, 야박하게 굴지 말고 도타이 하라

['斗酒'相娛樂, 聊厚不爲薄]."

「장성의 굴에서 말에게 물 먹이며[飮馬長城窟行]」고사(古辭) : "아이 불러 잉

어를 삶게 했더니, '비단 편지 한 통'이 들어 있었다[呼兒烹鯉魚, 中有'尺素書']."

6 [전중련] 『진서(晉書)』「등유전(鄧攸傳)」: "등유는 일찍 죽은 동생의 아들을

살리기 위해, 자기 아들을 버린 후에 끝내 후사가 없었다. (…중략…) 당시 사

람들은 의롭게 여겨 슬퍼하면서, 그를 위해 "'천도'는 모르겠네, 등유에게 자식

이 없다니["天道"無知, 使鄧伯道無兒]'라고 했다."

내 견해는 이렇다. 이것은 또 『노자(老子)』제79장의 "하늘의 도'는 친한 이가

따로 없으니, 항상 착한 이를 '편든다'['天道'無親, 常'與'善人]"라는 말에 바탕

을 두어, 그 의미를 반어적으로 활용한 것이다.

있다. 오덕풍은 이를 근거로 '結駕'가 더 낫다고 했다(49b쪽). '結駕'는 수레의
출발 준비를 하는 것이다. 영구(靈柩)를 모신 수레를 모는 것을 '駈'로 표현하는
것은 그다지 적절하지 않다.

26) 주석찬은 '美'로 교감했고, 『전송시』주에서는 "『악부시집』에는 '美'로 되어 있
고, '嘉(가)'로 된 판본도 있다"라고 했다(오덕풍, 49b쪽 참조). 모두 의미는 통
하지만, 출구의 '虛(허)'와 호응 관계를 고려하면 '實'이 더 낫다. '虛容(허용)'은
실체가 없는 모습이라는 뜻으로 생전의 모습을 가리키고, '實貌(실모)'는 실제의
모습 즉 시신을 가리킨다. '衣巾(의건)'은 의복과 패건(佩巾)으로, 여기서는 시
신을 염습하는 수의와 그 위에 덮는 홑이불을 말한다.

7　**[전진류]** 장재(張載, 289 전후)「칠애시(七哀詩)」제1수 : "'여우와 토끼가 무덤

속에 굴을 뚫고', 더러워져도 다시는 쓸지도 않네['狐兎窟其中', 蕪穢不及掃]."27)

【평설】

[황절] 오여륜 : 이것은 마땅히 효무제의 만가여야 한다. "천도는 누구

와 함께하는지?"라고 한 것은, 아마도 명제[明帝, 466~472 재위]가 전폐제[前廢

帝, 464~465 재위]를 시해하여 효무제가 혈통이 끊어진 것 때문일 것이

다.28) 그래서 '장한'이라고 했다.『포참군집선』29)

---

27)　'狐兎(호토)'는 여우와 토끼가 무덤에 뚫은 굴 즉, '狐兎窟'을 말하고, '塵(진)'은
　　그 속의 흙먼지를 말한다. '狐兎塵'은 육신이 무덤 속에서 썩어 한 줌 흙이 된다는
　　뜻이다.

28)　전폐제는 효무제의 장자 유자업(劉子業, 449~466)을 말한다. 그는 453년에 황
　　태자에 봉해지고 464년 효무제를 이어 즉위했으나, 잔인하고 포학한 통치와 황
　　음무도한 사생활 때문에, 465년 숙부인 상동왕(湘東王) 유욱(劉彧, 439~472)
　　등에 의해 폐위되고, 이듬해 1월에 살해되었다. 유욱은 466년에 즉위했는데, 그
　　가 바로 명제이다.

29)　오비적의『포조연보』와 전중련의「포조 연표」에 모두 이 견해를 취하여 명제(明
　　帝) 태시(泰始) 원년(465) 작으로 계년(繫年)했다. 임숭산은「호리」와「해로」가
　　육조시대에 '자만(自挽)'으로 인생의 덧없음을 한탄하는 데에 흔히 차용되었으
　　므로, 전폐제의 시해 사건으로 견강부회할 필요가 없다고 하는 전제하에, '자만
　　시(自挽詩)'로 보았는데(『휘해』, 3쪽), 합리적인 견해이다. 정복림도, 전폐제는
　　폭군이었기에 그가 시해된 것을 두고 "천도는 누구와 함께하는가?", "나는 기나
　　긴 한을 품은 채" 등으로 표현할 이유가 없으므로, 전중련이 꼼꼼히 살피지 못한
　　억단(臆斷)이라고 하고, 시의 제1~6구의 내용을 보면 자기 죽음에 대한 '자만
　　(自挽)'이 분명하다고 했다. 다만 창작 시기는, 오비적과 전중련의 견해를 따라,
　　「만가」를 본떠[代挽歌]와 함께 같은 시기인 태시 원년(465) 전후에 지어진 것
　　으로 보았다(『교주』, 173~174쪽).

代挽歌

獨處重冥下, 憶昔登高臺. 傲岸平生中, 不爲物所裁.[1]

埏門祇復閉, 白蟻相將來.[2] 生時芳蘭體, 小蟲今爲災.[3]

玄鬒無復根, 枯髏依靑苔.[4] 憶昔好飮酒, 素盤進靑梅.[5]

彭韓及廉藺, 疇昔已成灰.[6] 壯士皆死盡, 餘人安在哉.

「만가」를 본떠

어둡고 또 어두운 지하에 홀로 누워

높은 누대 오르던 옛 추억에 잠기겠지.

당당하게 한평생을 보낼 적에는

무엇에도 휘둘린 적 전혀 없었지.

묘혈 문이 그저 다시 닫혀버리면

흰개미가 무리 지어 몰려들겠지.

생전에는 난향 서린 고상한 육신

이제는 벌레조차 재앙 되겠지.

새까만 머리칼은 뿌리조차 사라지고

비쩍 마른 해골은 이끼에 누웠겠지.

옛날엔 음주를 무척이나 즐겼지만

이제는 소반에 청매만이 오르겠지.

팽월과 한신에다 염파와 인상여도

까마득한 옛적에 이미 재가 되었지.

장사들도 남김없이 죽어 스러졌는데

나머지 사람들이 어찌 남아 있으리.

【해제】

[전진륜] 「'호리의 노래'를 본떠」의 해제에서 보았다.[30]

【주석】

1   **[전진륜]** 곽박 「객오(客傲)」 : "영고성쇠의 변화에도 '흔들림 없이 꿋꿋할' 뿐이고, 용과 어류 사이에서 함께 오르내린다['傲岸'榮悴之際, 頡頏龍魚之間]."

2   **[전진륜]** 반악(潘岳, 247~300) 「도망시(悼亡詩)」 제3수 '落葉委埏側(낙엽은 묘도 옆에 내려 쌓이고)' 이선 주 : "『성류(聲類)』에 '埏(연)'은 '墓隧(묘수 : 묘도)'[31]라고 했다."

『속박물지(續博物志)』 : "'白蟻(백의 : 흰개미)'는 죽계(竹鷄 : 자고새 비슷하면서 좀 작은 새)의 소리를 들으면 물로 변한다."

[황절] 『장자』 「열어구(列禦寇)」 : "장자가 숨을 거두려 하자, 제자들이 후하게 장사를 지내려 했다. 장자가 말했다. '나는 하늘과 땅 사이를 관으로 여긴

---

30) 임숭산은 「대호리행」과 마찬가지로 자기 죽음을 애도하는 작품으로 보았다. 그는 제11·12구를 생전과 사후로 나누어, "생전에는 맛있는 술을 무척 좋아했는데, 지금은 소반에 오른 것은 익지도 않은 청매일 뿐이라고 보았다(『휘해』, 4쪽). 주석 5에 인용된 도연명의 「만가」 제2수를 참고하면 일리가 있는 견해이다.

31) 『문선』 권23 '애상(哀傷)'의 「도망시」 이선 주에는 '隧(수 : 길)'가 '墫(수)'로 되어 있는데, '隧'의 이체자이다.

다.' 제자가 말했다. '까마귀와 솔개가 선생님을 먹을까 두렵습니다.' 장자가

말했다. '지상에 있으면 까마귀와 솔개에게 먹히고 "지하에 있으면 땅강아지

와 개미에게 먹히는[在下爲螻蟻食]" 법인데, 솔개에게서 벗어나 땅강아지와

개미에게로 오려 하니, 어찌 그리 생각이 편협한가!'"

3 **[전진륜]** 『관윤자(關尹子)』「구약(九藥)」: "작은 사물을 경시하지 말라. '작
은 벌레'가 몸을 해친다['小蟲'毒身]."

4 **[전진륜]** 왕찬(王粲, 177~217)「칠석(七釋)」: "까만 머리 '까만 살쩍'[鬒髮'玄
鬢'] [긴 목덜미 긴 앞 목]."

『박아(博雅)』: "'정로(頂顱 : 정수리의 뼈 즉 두개(頭蓋))'를 '髑髏(촉루 : 두
개골)'라고 한다."

5 **[황절]** 도연명(陶淵明, 365~427)「만가」제2수 : "'옛날에는 마실 술도 없었는
데', 이제 그저 부질없이 잔이 넘치네['在昔無酒飲', 今但湛空觴]."[32]

6 **[전진륜]** 『사기』「팽월전(彭越傳)」: "팽월은 창읍(昌邑 : 지금의 산동성 유
방시(濰坊市)에 속함) 사람이다."

『사기』「회음후전(淮陰侯傳)」: "회음후 한신(韓信)은 회음(淮陰 : 지금의
강소성 회안시(淮安市) 회음구) 사람이다."

『사기』「염파인상여전(廉頗藺相如傳)」: "염파는 조나라의 훌륭한 장수이
다. (…중략…) 인상여는 조나라 사람이다. (…중략…) 마침내 서로 기뻐하여
문경지교(刎頸之交)가 되었다."[33]

---

32) '但(단 : 단지)' 자는 송 탕한(湯漢, 1198?~1275?) 주본(注本)에는 '旦(단 : 아
침)'으로 되어 있다. 청 도주(陶澍), 『정절선생집주(靖節先生集注)』참조.

【평설】

[황절] 오여륜 : '팽월과 한신' 몇 구는 대개 전폐제가 시해되었으나, 아무도 반역한 자를 토벌하지 못했음을 슬퍼하는 것이다.『포참군집선』

[전중련] 오여륜 : 두보가 준일俊逸하다고 한 것은, 아마도 이 작품과 같은 것들일 것이다.『포참군집선』[34]

---

33) '彭韓(팽한)'은 팽월(彭越, ?~196 B.C.)과 한신(韓信, 231~196 B.C.)으로, 모두 서한의 개국공신이다. 나중에 각각 건성후(建成侯)와 회음후(淮陰侯)에 봉해졌다. 이들은 영포(英布, ?~196 B.C.)와 함께 서한 초기 삼대 명장으로 불린다. '廉藺(염린)'은 염파(廉頗, 생졸년 미상)와 인상여(藺相如, 생졸년 미상)로, 모두 전국 말기 조나라의 인물이다. 각각 장군과 문신으로 처음에는 갈등이 있었지만, 나중에는 막역한 친구가 되어, '문경지교(刎頸之交)'라는 성어를 남겼다.

34) 진조명(陳祚明)은 이 시의 정조를 '장중하고 침울하며 비통하고 처량하다[壯鬱悲涼]'라고 했고(『채숙당고시선(采菽堂古詩選)』), 증국번(曾國藩)은 '기세(氣勢)'가 있다고 했다(『십팔가시초(十八家詩鈔)』 권3).

代東門行

傷禽惡弦驚, 倦客惡離聲.[1] 離聲斷客情, 賓御皆涕零.[2]

涕零心斷絕, 將去復還訣.[3] 一息不相知, 何況異鄉別.[4]

遙遙征駕遠, 杳杳白日晚.[5] 居人掩閨臥, 行子夜中飯.

野風吹草木, 行子心腸斷.[6] 食梅常苦酸, 衣葛常苦寒.[7]

絲竹徒滿坐, 憂人不解顏.[8] 長歌欲自慰, 彌起長恨端.[9]

「동문의 노래」를 본떠

다친 새는 활시위에 놀라기 싫어하고

지친 객은 이별 소리 듣기를 싫어한다.

이별 소리 나그네의 애간장을 끊으니

손님과 마부도 모두 눈물 흘린다.

눈물 흘려 애간장은 끊어지는데

떠나려고 다시 또 작별 인사 나눈다.

한순간의 이별에도 알 수 없거늘

하물며 타향에서 이별함에랴.

가물가물 가는 수레 멀어져가고

어둑어둑 지는 해는 저물어간다.

집안사람 규방 닫고 잠자리에 드는데

나그네는 한밤중에 밥 먹으려 하는구나.

들 바람 갈 나무에 불어닥치니

나그네는 애간장이 끊어지누나.

매실만 먹으니 항상 시어 괴롭고

갈포 옷만 입으니 항상 추워 괴롭다.

악기 소리 부질없이 좌중에 가득해도

시름에 잠긴 사람 얼굴 펴지 못한다.

맘껏 노래하며 스스로를 달래려도

끝없이 긴 한만 더욱더 일어난다.

【해제】

[전진륜] 『문선』의 이선李善 주를 수록한다.

[이선] 『가록歌錄』:"「일출동문행日出東門行」은 고사古辭이다."

[황절] 『문선』 육신六臣 주 유량劉良:"동도문東都門은 장안長安의 성문 이름이다. 이곳은 이별의 장소이므로, 이 시는 떠나는 마음과 머무는 정을 그렸다."

곽무천『악부시집』:"『악부해제』에서 말했다. '「상화가사·슬조곡」의「동문행」고사는 "동문으로 나갈 때에는, 돌아올 생각 안 했는데, 대문에 들어서자니, 슬픔에 겨워지네出東門,不顧歸,來入門,悵欲悲"이다. 가난하여 살기가 편치 못한 사람이 있어서, 칼을 뽑아 들고 떠나려 하는데, 아내가 옷을 부여잡고 만류하면서, 함께 죽을 먹을지언정 부귀를 추구하지 않겠다고 말하고, 또 지금의 시정은 청렴하여 비행을 저지를 수 없다고 말한다는 내용이다.' 송 포조의 '다친 새는 활시위 소리에 놀라기 싫어하고' 같은 것은 다만 이별만을 슬퍼할 따름이다."

주건 『악부정의』: "『문선』 주에 『가록』을 인용하여, '「일출동문행」은 고사이다'라고 했으나, 지금의 「슬조곡」「동문행」에는 '日出' 두 자가 없으니, 혹 「상화가사·상화곡」 중의 「동문행」의 고사인지도 모르는데, 지금은 실전되었다."[35]

【주석】

1 [이선] 『전국책』「초책·4」: "조(趙)의 사신 위가(魏加)가 초(楚)의 재상 춘신군(春申君)에게 말했다. '저는 소싯적부터 활쏘기를 좋아해서 활쏘기로 비유하고 싶습니다만, 괜찮겠습니까?' 춘신군이 '좋다'고 했다. 위가가 말했다. '지난날에 경리(更嬴)[36]가 위왕(魏王)과 초나라의 옛 건물인 경대(京臺) 아

---

35) 이 시는 『악부시집』「상화가사·슬조곡」에 수록되어 있다. 곽무천의 「상화곡」 해제에는 '동문(東門)'에 대한 다음과 같은 언급이 있다. "『고금악록』에 인용된 장영(張永)의 『원가기록(元嘉技錄)』에, 「상화곡」은 15곡이 있는데, 열네 번째가 「東門」이고, 15곡 중 두 곡은 고사가 남아 있지 않은데, 그중 하나가 「동문」이라고 했다."
이 시의 창작 시기를, 오비적과 전중련은 [평설]의 오여륜의 견해를 근거로 명제 태시(泰始) 2년(466)에 넣었다. 정복림은 [평설]의 유리의 견해가 더 시의와 부합한다고 하고, 포조가 효무제 대명 6년(462) 임해왕 유자욱의 참군이 되어 형주로 떠나면서 지은 시 「임해왕을 시종하고 형주로 가려고 막 신저를 출발하며 [從臨海王上荊初發新渚] 권5의 "닻줄 거둬 서울 교외 하직을 하고, 노를 들어 황성에서 길을 나선다. 여우 토끼 제 살던 굴 그리는 마음, 개와 말이 제 주인을 그리는 정에, 같이 옷깃 만지면서 한숨을 쉬고, 함께 서로 돌아보며 눈물짓는다"에 나타난 정서가 이 시와 부합한다는 점에서, 이때 지은 것이라고 했다(『교주』, 145~146쪽). 일리 있는 견해이다.

래에 있을 때, 경리가 위왕에게 말했습니다. "저는 빈 활을 쏘아서 새를 떨어뜨릴 수 있습니다." 위왕이 말했습니다. "그렇다면 활쏘기가 그런 경지까지 이를 수 있다는 말인가?" 경리가 말했습니다. "그렇습니다." 잠시 후 기러기가 동쪽에서 날아오는데, 경리는 빈 활을 쏘아서 떨어뜨렸습니다. 왕이 말했습니다. "활쏘기의 정교함이 여기까지 이를 수 있다는 말인가?" 경리가 말했습니다. "이놈은 상처를 입었습니다." 왕이 말했습니다. "선생은 어떻게 아는가?" 대답했습니다. "그것이 천천히 나는 것은 옛 상처가 아프기 때문이고, 슬프게 우는 것은 무리를 잃은 지 오래되었기 때문입니다. 옛 상처가 다 낫지 않았고 놀란 마음이 가시지 않았는데, 활시위 소리가 날카롭게 나는 것을 듣고는 높이 날아오르다가 옛 상처가 터져서 떨어진 것입니다." 지금 초나라의 임무군(臨武君)은 일찍이 진(秦)나라로부터 상처를 입은 적이 있으니, 진의 공격을 방어하는 장군이 될 수가 없습니다.'"[37]

[전중련] 양장거(梁章鉅)『문선방증(文選旁證)』에서는 이선 주의『전국책』인용문에 대해 다음과 같이 바로잡았다. "주에서 '春申君曰可異日(춘신군이 말했다. 가능합니다. 다른 날에)'이라고 한 것은「초책」의 본문을 살피면 '曰可加曰異日者(그렇습니다. 위가가 말했습니다. 다른 날에)'로 되어 있다. 주에 '有鴻雁從東方來(동쪽에서 날아오는 큰기러기와 기러기가 있었다)'의 '鴻'은 '間(잠시 후)'이 되어야 한다. 지금의「초책」에는 '弓' 자가 없고, '忘' 자는

---

36) 전국시대의 저명한 궁수이다. 저본에는 '更嬴(경영)'으로 되어 있는데, 오자이다.『전국책』「초책」의 원문에 따라 '更羸'로 고쳤다.
37) 번역은 [전중련]에 인용된『문선방증』의 교감과『전국책』원문에 따랐다.

'去'로 되어 있으며, '聞弦音引'은 '聞弦者音烈(활시위 소리가 날카롭게 나는 것을 듣고)'로 되어 있다."

[전중련] 송본에는 '弦驚(현경)' 아래 주에서 "어떤 판본에는 '驚弦'으로 되어 있다"라고 했다.[38]

2 **[황절]** 장선(張銑) : "'賓(빈)'은 송별하는 사람이고, '御(어)'는 수레를 모는 사람이다."

3 **[이선]** '訣(결)'은 '決(결 : 갈라놓다)'과 같다.

   [황절] 『설문해자』: "'訣'은 '이별하는 것[別]'이다."

   [전중련] 양장거 『문선방증』: "하작(何焯, 1661~1722)은 '復還(부환)'은 '還復'로 된 판본도 있다고 했다."

4 **[이선]** 『설문해자』: "'息(식)'은 '숨을 쉬는 것[喘]'이다."

   [황절] 여향(呂向) : "'一息'은 잠깐 사이[少間]를 말한다."[39]

5 **[이선]** 『좌전』 「소공 · 25년」: "'구욕새의 둥지는, "아득히" 멀리 있다[鸛鵒之巢, 遠哉"遙遙"]'라고 하는 동요가 있다."

   유향 『초사』 「구탄(九嘆) · 원서(遠逝)」: "해는 '뉘엿뉘엿' 서쪽으로 넘어가는구나[日'杳杳'以西頹]."

   [황절] 이주한(李周翰) : "'遙遙(요요)'는 가는 모양이고, '杳杳(묘묘)'는 저무는 모양이다."[40]

---

38) 다음 구와의 대장을 고려하면 '驚弦(날카로운 활시위 소리)'이 더 낫지만, 『전국책』의 고사를 고려하면 '弦驚'이 낫다. 오덕풍은 모든 판본이 다 '弦驚'으로 되어 있으니, '驚弦'은 잘못된 도치인 것 같다고 했다(50a쪽).
39) '一息'은 여기서는 잠시간의 이별을 말한다.

6　**[증보]**『문선』 및 송본에는 '草(초 : 풀)' 자가 '秋(추 : 가을)'로 되어 있다.[41]

7　**[이선]**『회남자(淮南子)』「설림훈(說林訓)」: "'백 개의 매실[百梅]'이 백 사람의 '신맛[酸]'에 맞을 수는 있지만, [한 개의 매실이 한 사람의 신맛을 맞추기에는 부족하다.]"

『모시』「패풍 · 녹의(綠衣)」 제4장 : "'가는 칡 베여, 거친 칡 베여', 바람 부니 '차갑구나'['絺兮綌兮', '凄其以風]." 모전 : "'凄(처)'는 '찬바람[寒風]'이다."

[황절] 유량(庾亮) : "매실은 허기를 면하게 할 수 없고, 갈포(葛布) 옷은 겨울 옷이 아니니, 나그네가 의식(衣食)이 제대로 갖춰지지 못했음을 말한다."

8　**[이선]**『예기』「악기」: "'쇠붙이와 돌과 명주실과 대나무[金石絲竹]'는 악기를 만드는 재료이다."

『열자(列子)』「황제(黃帝)」: "열자는 노상씨(老商氏)를 스승으로 모셨는데, 5년이 지난 뒤 스승이 비로소 한 번 '얼굴을 활짝 펴고[解顔]' 웃었다."

9　**[이선]** 정현『예기』주 : "'彌(미)'는 '더욱[益]'의 뜻이다."[42]

---

40)　'白日(백일)'은 여기서는 저녁 해를 말한다. '白' 자는『전송시』주에 "『문선』이 선본에는 '落'으로 되어 있다"라고 했고, 『악부시집』주에 "어떤 판본에는 '落'으로 되어 있다"라고 했다. 앞 구의 '征鶩'와 대조해 보면 '落日'이 더 어울린다. 또 유향의 「구탄 · 원서」 "日杳杳而西頹兮"의 주에 "'杳杳'는 저무는 것"이라고 했다. 오덕풍은 저물어가는 해에는 일반적으로 '白' 자를 써서는 안 된다면서, 『문선』을 좇아 '落'으로 보는 것이 옳다고 했다(50a쪽). 번역은 이를 따랐다.

41)　오덕풍은 "이 시는 이미 이별의 정을 극도로 말했으니, '들 바람 가을 나무에 부니[野風吹秋木]'가 비교적 좋다"고 했는데(위의 책), 옳다.

42)　『예기』「교특생(郊特牲)」의 "三加'彌'尊, 喩其志也(관례에서 관을 세 번을 씌우는데, 씌울수록 '더욱' 높이는 것은, 그 뜻을 비유하는 것이다)"의 정현 주에 "처음에는 치포관을 씌우고, 다음에는 피변, 다음에는 작변을 씌우는데, 관이 더욱 높아질수록 뜻이 '더욱' 커진다는 것이다[始加緇布冠, 次皮弁, 次爵弁, 冠益尊則

[**전중련**] 이 2구는 비유적인 의미로, 나그네 생활은 언제나 고달파서 마치 매실을 먹고 갈포 옷을 입으면, 신맛과 추위를 절로 알게 되는 것과 같다는 것을 말한다.

【평설】

[**황절**] 방회方回 : 마지막 구절까지 음미한다면, 마음속에 우수를 지닌 사람은 모두, 여러 음악이 동시에 합주가 되더라도 오히려 더 슬퍼지고, 마음껏 노래하더라도 오히려 더 원망하게 될 것이다. 비단 이별에 한하는 것만은 아니다.『문선안포사시평(文選顔鮑謝詩評)』권3

유리劉履 : 포조는 떠돌이 생활에 오래도록 지친 데다, 또 먼 길을 가려 하면서 이 곡을 지었다. 해지고 어둠이 지자 집안사람은 이미 잠자리에 들었지만, 나그네는 밤중에 막 밥을 먹는다고 한 것은, 이른바 집안사람과 나그네가 '서로 간에 상대방의 사정에 대해 알지 못하는 것'이 이와 같음을 말한 것이다. 또한 매실을 먹고 갈포 옷을 입는 것으로 비유를 했으니, 그것만으로도 나그네의 우수와 고통을 절로 알 수 있는데, 거기에는 음악으로 위로할 수 없는 바가 있다.『선시보주(選詩補注)』권7

오기吳淇 : '이별의 소리離聲'는 벗을 이별할 때 연주하는 악기 소리絲竹이고, '악기 소리가 좌중에 가득 울리는 것絲竹滿坐'은 여행지에서 연주하는 것이다. 다만 도중에 악기가 없으므로 '野風吹秋木들바람이 가을 나무에 불어온다' 5자로 보충했다. '바람이 가을 나무에 부는' 것은 본래 아무런

志'益'大也]"라고 했다.

감정도 없는 것이지만, 그것이 이별하는 사람의 귀에 들어오면 '이별의 소리'가 되는 것이다. 앞에서는 두 개의 '惡오'자를 연속으로 사용하여 '갑작스러운 이별乍別'을 묘사했고, 뒤에서는 두 개의 '苦고'자를 써서 '오랜 이별久別'을 묘사했으며, 중간의 행로行路에서는 '나그네行子'를 연호하고 있으니, 정말 듣자마자 눈물을 흘리도록 한다. '매실만 먹으니食梅' 2구는 완만한 말로써 급박한 가락을 받고 있는데, 고악부의 '잎진 뽕나무枯桑' 2구"[43]와 같은 방법이다. 『육조선시정론(六朝選詩定論)』 권13

오여륜 : 진안왕晉安王 유자훈劉子勛, 456~466의 난에 임해왕臨海王 유자욱劉子項, 456~466이 동조했다.[44] 포조는 임해왕의 전군참군前軍參軍이었으니, 이 시는 아마도 이 난을 염려하는 뜻을 담고 있을 것이다. 『포참군집선』

[전중련] 왕부지王夫之 : 공중에 뜻을 펼쳐 하나의 구체적 해설도 지상에 떨어뜨리지 않았다. 그러나 순환하여 감돌면서 흥과 비가 번갈아 사용되었으니, 의미가 뚜렷하여 불분명하지 않다. 비록 시의 음조와 거기에 표현된 감정이 경쾌하고 곱지만, 기세가 넘치고 분방한 듯도 하다. 따라서 이것을 「푸릇푸릇 물가에 풀은 우거져靑靑河畔草」[45]와 비

---

43) 한 악부 「상화가사·상화가」의 「장성의 굴에서 말에게 물 먹이며[飮馬長城窟行]」 고사 중의 "枯桑知天風, 海水知天寒" 2구를 말한다. 전체 작품은 역주 44를 볼 것.

44) 유자훈은 효무제의 3남(진숙원(陳淑媛) 소생)이고, 유자욱은 효무제의 7남(사소화(史昭華) 소생)이다. 그들은 명제(明帝, 466~472 재위. 유자훈과 유자욱의 숙부) 즉위 초인 태시(泰始) 원년(466) 12월에 반역을 일으켜, 이듬해 정월 7일 유자훈이 연호를 의가(義嘉)로 하여 칭제(稱帝)했는데, 그해 8월 연루된 사람들이 모두 사사되었다.

45) 「장성의 굴에서 말에게 물 먹이며」의 첫 구가 '靑靑河畔草'여서 이렇게 말한 것이다. 전편은 다음과 같다.

교해도 역시 별 차이가 없다.『고시평선(古詩評選)』권1

　심덕잠沈德潛 : '매실만 먹으니食梅' 1연은 「푸르고 푸른 강가의 풀」에서 갑자기 "枯桑知天風, 海水知天寒"으로 전환하여 들어가는 것과 같은 신리神理[46]이다.『고시원(古詩源)』권11

青青河畔草	푸르고 푸른 강가의 풀,
綿綿思遠道	먼 곳 향한 그리움은 끝이 없다네.
遠道不可思	먼 곳이라 생각도 할 수 없으나,
宿昔夢見之	지난밤 꿈에서는 만나 보았네.
夢見在我傍	꿈에서는 내 곁에 계시더니,
忽覺在他鄕	깨어나니 타향에 계시네.
他鄕各異縣	타향은 각자 사는 지역 달라서,
展轉不相見	이리저리 떠도느라 만날 수 없네.
枯桑知天風	잎 진 뽕나무로 바람 부는 것 알고,
海水知天寒	바닷물로 날씨 추워진 것 안다고 했지.
入門各自媚	모두 다 집으로 들어가 가족만 볼 뿐,
誰肯相爲言	어느 누가 나에게 말 걸어 주리.
客從遠方來	손님께서 먼 곳에서 찾아오셔서,
遺我雙鯉魚	잉어[편지 함] 한 쌍 나에게 전해주시네.
呼兒烹鯉魚	아이 불러 잉어를 열어봤더니,
中有尺素書	그 속에 편지 한 통 들어 있었네.
長跪讀素書	무릎 꿇고 그 편지를 읽어보는데,
書中竟何如	편지에는 도대체 무슨 말 썼나.
上言加餐食	서두에선 밥 많이 먹으라 하고,
下言長相憶	말미에선 언제나 그립다 하네.

46) 심덕잠은『설시수어(說詩晬語)』권상에서 "시는 옛것을 배우지 않으면 그것을 야체(野體 : 전통적 규율에 부합하지 않은 체식)라고 한다. 그러나 옛것에 얽매여서 통변(通變)하지 못하는 것은, 글씨를 배우는 자가 임모(臨摹)에만 치중하여 원 글씨에서 조금도 벗어나지 않으려는 것과 같아서, 자기의 '신리(神理)'가 존재하지 않게 된다. 작자가 오래도록 힘을 들여 노력해서 알묘조장을 하지 않아야 한다. 그리하여 충실하게 양성함이 오래되면 변화는 절로 생겨서, 범골(凡骨)을 선골(仙骨)로 바꿀 수 있게 될 것이다"라고 했다. 고인의 시를 배우되 정신세

왕개운王闓運 : '눈물 흘리며涕零' 4구 같은 것은 심금을 울릴 뿐만 아니라, 일자천금一字千金의 값어치가 있다고 할 만한 것이다. '매실 먹어' 2구는 장화張華, 232~300의 '둥지에 살면巢居' 2구[47]보다는 낫지만, 「장성의 굴에서 말에게 물 먹이며」의 '잎 진 뽕나무' 2구보다는 아무래도 못하다.『상기루설시(湘綺樓說詩) 권8[48]

계를 닮을 것[神似]을 강조한 것인데, 여기서 말한 '神理(신리)'는 작품에 내재하는 자신의 정신과 성정을 말한다.

47) 「정시(情詩)」 제5수의 "巢居知風寒, 穴處識陰雨(둥지에 살면 바람 찬 것 알고, 동굴에 살면 비 오는 것 안다)"를 말한다.

48) 육시옹(陸時雍)은 이 시가 한대(漢代) 시의 체제를 직접 참작하여 활용했지만, 상대적으로 포조의 시가 날카롭고 굳센 데 반해, 한대 시는 혼후(渾厚)하고 순박하다고 했다(『고시경(古詩鏡)』 권14). 진조명(陳祚明)은 그 근원을 고악부에 두면서도, 강개하고 비장한 음조는 조조의 웅장한 기풍을 겸했는데, 마지막 구는 부진하다고 했다(『채숙당고시선』 권18). 하작(何焯)은 「고시십구수(古詩十九首)」를 직접 좇으면서도, 장협(張協, ?~307?)에 가깝다고 보고, 포조 시는 일반적으로 과장과 수식을 지나치게 많이 하여 매우 신기하되 여운이 부족한데, 이 시의 빼어난 점은 순진하고 질박함에 있다고 했다(『의문독서기(義門讀書記)』 권47). 증국번은 풍격으로 '기세'를 지적했다(『십팔가시초』 권3).

代放歌行

蓼蟲避葵菫, 習苦不言非.[1] 小人自齷齪, 安知曠士懷.[2]

雞鳴洛城裏, 禁門平旦開.[3] 冠蓋縱橫至, 車騎四方來.

素帶曳長飆, 華纓結遠埃.[4] 日中安能止, 鐘鳴猶未歸.[5]

夷世不可逢, 賢君信愛才.[6] 明慮自天斷, 不受外嫌猜.[7]

一言分珪爵, 片善辭草萊.[8] 豈伊白璧賜, 將起黃金臺.[9]

今君有何疾, 臨路獨遲廻.[10]

「목놓아 부르는 노래」를 본떠

여뀌 벌레는 아욱과 제비꽃을 피하며

쓴맛에 길이 들어 그르다고 하지 않네.

소인은 본디부터 속이 좁으니

광사曠士의 마음을 어떻게 알리.

낙양성 성안에 새벽닭 울면

대궐 문이 첫새벽에 활짝 열리네.

고관과 대작들이 종횡으로 찾아들고

수레와 말들도 사방에서 몰려드네.

흰 깁 큰 띠는 회오리를 일으키고

화려한 갓끈에는 먼 곳 먼지 묻어 있네.

이 행렬이 한낮에 어찌 그치리

인경이 울려도 돌아가지 않는다네.

태평성대는 만나기가 어려운 법

명군께선 실로 재주를 아낀다오.

영명하신 사려는 하늘 같은 판단이라

외부의 혐오 질시 전혀 받지 않는다오.

한마디 말로도 벼슬을 받고

반 토막 선행에도 초야 떠나오.

백벽의 하사만 있진 않을 터

황금대도 앞으로 세우신다오.

그런데 그대는 무슨 근심 있기에

길가에서 홀로이 머뭇거리오?

【해제】

[전진륜] 이선 주를 수록한다.

[이선] 『가록』: "「고자생행孤子生行」은 고사를 「방가행放歌行」이라고
한다."49)

---

49) 곽무천은 『악부시집』 권38 「슬조곡」의 「고아행(孤兒行)」 해제에서 다음과 같이
말했다. "「고자생행(孤子生行)」은 일명 「고아행」이라고도 한다. 고사는, 고아가
형과 형수로부터 괴롭힘을 당하여 오래도록 함께 지내기가 어렵다는 내용을 읊
었다. 『가록』에 '「고자생행」은 「고아행」이라고도 한다'라고 했다. 『악부해제』에
서는 '포조의 「방가행」은 "여뀌 벌레는 아욱과 제비꽃을 피한다"라고 했는데, 조
정은 바야흐로 창성하고, 군주는 인재를 좋아하는데, 무엇 때문에 갈림길에서
서로 어울려 떠나려 하는가 하는 내용을 읊었다'라고 했다."

[황절]『악부시집』은 이것을「상화가사·슬조곡」에 넣었다.

【주석】

1　**[이선]** 동방삭(東方朔, 생졸년 미상)『초사』「칠간(七諫)」:"여뀌 벌레는 아
욱과 제비꽃으로 옮기지 않는다[蓼蟲不徙乎葵藿]."[50] 왕일(王逸) 주:"여뀌
벌레는 매운 데서 살고 쓴 것을 먹으면서, 아욱과 제비꽃으로 옮겨 감미로운
것을 먹지 않는다는 것을 말한다."

　　[황절] 좌사「위도부」:"여뀌 벌레는 습관이 되어 매운맛을 잊어버린다[習蓼
蟲之忘辛]."

이 시의 창작 시기에 대해서는, [평설]에 실린 유리의『선시보주』와 주건의『악
부정의』, 오여륜의『포참군집선』(『고시초(古詩鈔)』)에서, 각각 중서사인 사직
후 효무제 시기 다시 벼슬에 나가려 할 때, 원가 연간 팽성왕 유의강이 전권하던
시기, 효무제의 중서사인이던 시기를 제시했다. 전중련은 오여륜의 견해를 취해
효무제 효건(孝建) 3년(456)에 넣었다. 정복림은 사서의 기록을 근거로 이상의
견해를 반박하고, 작품의 내용을 근거로 원가 28년(451)에 지어졌을 가능성이
가장 크다고 했다. 즉 "소인은 본디부터 속이 좁으니, 광사의 마음을 어떻게 알
리"와 "그런데 그대는 무슨 근심 있기에, 길가에서 홀로 이 머뭇거리오?"라는 말
은, 시인이 자발적으로 벼슬을 그만두고 냉랭하게 방관하던 시기의 작품임을 보
여주는데, 그가 자발저으로 벼슬을 그만둔 것은, 원가 21년(444) 임천왕 사후
석 달 복상 후 귀향한 것과 28년(451) 시흥왕 유준을 시종하여 과보에 축성하러
갔다가 사직하고 강북에 객거하다가 이듬해(452) 5월 과보를 거쳐 귀향한 것
등 두 경우이지만, 앞의 경우는 임천왕 막부를 떠난 후 곧 형양왕 유의계 막부에
들어갔으므로 가능성이 거의 없고, 작품에서처럼 벼슬에 대한 강렬한 욕구를 지
니면서도 그렇게 할 수 없는 상황으로 벼슬길에 대한 실망감을 드러낼 수 있는
시기는 후자라는 것이다(『교주』, 177~179쪽).

50)　석음헌총서본『초사보주(楚辭補注)』「칠간·원세(怨世)」에는, 원문이 '蓼蟲不知
徙乎葵菜(여뀌벌레는 아욱으로 옮겨갈 줄 모른다)'로 되어 있다.

『문선』오신본에는 '非(비)'가 '排(배)'로 되어 있고, 여연제(呂延濟) 주에서 "몰래 함께 배척하는 것"이라고 했다.

호소영(胡紹煐, 1792~1860)『문선전증(文選箋證)』: "고음(古音)으로 '非'·'懷(회)'·'開(개)'는 다 같이 '脂(지)'운에 들어 있다. 오신은 고음을 몰라 협운이 안된다고 여겨 '非'를 '排'로 고쳤다. '非'는 오신본과 송본은 모두 '排'로 적었고, 오직『문선』이선본과 정영본(程榮本 :『한위총서(漢魏叢書)』본)·장부본(張溥本 :『한위육조백삼명가집(漢魏六朝百三名家集)』본)의『포조집』에만 '非'라고 되어 있다."

『장자』「대종사(大宗師)」: "우연히 마음에 흡족한 경지에 이르게 되면 웃을 겨를도 없고, 내심에서 자연스럽게 웃음이 우러나도 사전에 '안배할' 겨를도 없다[造適不及笑, 獻笑不及'排']. '排'에 대해, 곽상(郭象, 252~312)은 "'排'는 '추이(推移 : 자연의 변화에 따름)'의 뜻"이라고 주를 달았는데, 이선 주에 인용한『초사』의 '不徙'와 같은 뜻이다. 좇을 만하다.

[전중련]『악부시집』권38 : "어떤 판본에는 '排'로 되어 있다."[51]

2　[이선]『한서(漢書)』「역이기전(酈食其傳)」: "역이기는 그 장수 진승(陳勝)과 항량(項梁) 등이 성질이 급하고 '도량이 좁으며[齷齪]' 번거로운 예절을 좋아한다고 들었다."

---

51) 송본에는 '排'로 되어 있고, 주석찬은 '非'를 '排'로 교감했다. 정복림은 황절의 견해를 인용한 후, '排'가 옳다고 했다(『교주』, 179~180쪽). '排'일 경우 '言(언)'은『모시』「패풍(邶風)·천수(泉水)」제4장의 ""駕'言'出遊, 以寫我憂忱(수레 타고 나가 노닐며, 내 근심이나 풀어 보련다)"의 '言'처럼 어기 조사로 볼 수 있다. '非'이면 "여뀌 맛이 나쁘다고 하지 않는다"라는 뜻이 된다.

[황절]『문선』육신 주 여연제 : "소인이 광사(曠士)의 마음을 모르는 것은 또 한 여뀌 벌레가 아욱과 제비꽃의 좋은 맛을 모르는 것과 같다. 여뀌는 매운 풀 이고 아욱과 제비꽃은 단 풀이다. '齷齪(악착)'은 소견이 짧고 도량이 좁은 것 이다."[52]

3 **[이선]**『사기』「역서(曆書)」: "이때 '닭이 세 번째 울고[鷄三號]' 마침내 날이 샜다." 『동관한기(東觀漢記)』: "남양태수(南陽太守) 두시(杜詩, ?~38)가 상소하 여, '복담(伏湛, ?~37)은 "금문(禁門 : 궐문(闕門))"에 출입하면서, 결루(缺 漏)되고 유실된 것을 수집하고 보완할 만하다'라고 추천했다."[53]

[전진륜] 한 악부「장가행(長歌行)」제2수 : "멀리 '낙양성'을 바라본다[遙觀 '洛陽城']."

[황절]『맹자(孟子)』「고자(告子)·상」: "[그것(양심)이 밤낮으로 자라나고] '이른 아침의 맑은 기운이 일어서[平旦之氣]' [좋아하고 싫어함이 남과 가까운 점이 어찌 적겠는가만, 낮에 하는 그의 행위가 또 그것을 뒤섞어 없애버린다.]"

4 **[이선]**『예기』「옥조(玉藻)」: "대부는 '흰 비단 띠를 맨다[大夫'帶素']."
『이아』: "혹 이 '猋(표)' 자로 쓰기도 한다."[54] '飅(표 : 회오리바람)'는 '猋'와 같다. 고자로 통용한다.
조식「칠계(七啓)」: "'화려한 예모의 끈[華組之纓]'이 [바람 따라 나부낀다.]"

---

52) '曠士'는 광달(曠達)한 인사, 즉 작은 일에 거리끼지 않고 도량이 넓고 큰 사람을 말한다. '달사(達士)'와 비슷하다. 다만 '광사'는 '도량이 넓은 것'에 중점(重點) 이 두어진다면 '달사'는 '세상 이치에 통달한 것'에 중점이 있다.
53) '補闕拾遺(보궐습유)'는『문선』이선본과 육신본에는 '補拾遺闕'로 되어 있다.
54) 『이아』(중간송본)에서 '猋' 자가 나오는 곳은 「석천(釋天)」의 "회오리바람을 '猋'라고 한다[扶搖謂之猋]"뿐이다.

[황절] 유량 : "'素帶(소대)'는 큰 띠이고 '纓(영)'은 관모의 끈이다."

5 **[이선]** 『주역』「계사하전」: "'정오 무렵'에 저자를 연다['日中'爲市]."

최원시(崔元始) 『정론(政論)』[55] : "영녕(永寧, 120~121) 때에 '통금의 종이 울리고 물시계가 다하면[鐘鳴漏盡]' 낙양에서 통행하는 사람이 있어서는 안 된다'라고 조칙을 내렸다."

[전중련] 양장거 『문선방증』: "『곤학기문(困學紀聞)』에 있다. "'永寧'은 한 안제(安帝, 106~125 재위)의 연호이고, '元始'는 최식의 자인데, 『후한기(後漢記)』[56]에는 이 말을 싣지 않았다.'"

6 **[이선]** 『장자』「응제왕(應帝王)」 '有虞氏不及泰氏(유우씨는 태호씨(太昊氏) 즉 복희(伏羲)에게 미치지 못한다)' 곽상 주 : "시대에는 태평함과 험난함이 있다[世有夷險]."

『좌전』「희공(僖公)·28년」: "진(晉) 대부 위무자(魏武子) 위주(魏犨)가 조(曹)를 공격하는 도중에 가슴에 상처를 입었다. 진 문공(文公)은 그를 죽이고자 했으나, '그의 재능을 아껴[愛其才] [죽이지 않았다.]"[57]

[전중련] 송본과 『문선』 육신본에는 '信(신)'이 '言(언)'으로 되어 있다.[58]

7 **[이선]** 이우(李尤, 55?~135?) 「상림원명(上林苑銘)」: "명제(明帝, 58~75 재

---

55) '元始'는 최식(崔寔, 103~170?)의 자이다. 저본에는 '正論(정론)'으로 되어 있는데, '政論(정론)'·'本論(본론)' 등으로도 적는다. 통상적인 관례에 따라 '政論'으로 고쳤다.

56) 『후안서』「효안제기(孝安帝紀)」를 말한다.

57) 중간송본 『좌전』에는 '才' 자가 '材'로 되어 있다.

58) 이선 주가 앞에 놓인 육신본에는 '信'으로 되어 있고, 오신본과 오신 주가 앞에 놓인 육가본에는 '言'으로 되어 있다. 오덕풍은 '言'으로 된 것은 '信'의 획이 뭉그러진 괴자(壞字)일 가능성을 제시했다(50b쪽).

위)가 예의를 갖추시니, '밝은 사려'는 넓고도 깊다[顯宗備禮, '明慮'宏深]."

『좌전』「선공(宣公)·4년」: "초나라의 잠윤(箴尹) 극황(克黃)이 '임금은 "하늘"이다[君"天"也]'라고 했다."[59]

『좌전』「희공·9년」 두예(杜預, 222~285) 주: "'猜(시)'는 '의심하는 것[疑]'이다."

8 **[이선]** 『한서』「왕망전(王莽傳)」: "장송(張竦)이 상주했다. "'한마디의 위로[一言之勞]'였지만, 모두 태산과 같은 상을 받은 것 같습니다.'"

양웅「해조(解嘲)」: "임금의 '규'를 나누어 가지고 임금의 '작위'를 짊어진다[析人之'珪', 擔人之'爵']."[60]

『장자』「서무귀(徐無鬼)」: "농부가 '초야의 일[草萊之事 : 농사]'이 없으면 편안하지 않다."

[황절] 이주한 : "선비가 한마디 말이 이치에 맞고 한 조각 선행이 시의에 맞으면, 반드시 '규(珪)'를 그에게 나누어 주어 '초야[草萊]'를 떠나도록 한다는 것이다. '규'는 공후가 의전 절차를 진행할 때 손에 쥐고 있는 것이고, '爵(작)'은 공작(公爵)·후작(侯爵)·백작(伯爵)·자작(子爵)·남작(男爵) 등 다섯 등급의 작위이다."[61]

『좌전』「애공·14년」: "사마우(司馬牛)는 그 봉읍(封邑)과 '珪'를 반납했다."

---

59) '天斷(천단)'은 천자의 독자적인 판단이다.
60) 육신본 장선(張銑) 주에서는 '人'을 '人君(인군)'으로 풀이했다.
61) '爵'은 본래 술을 담는 예기(禮器)인 새 모양의 술잔으로, 옛날 중국에서는 제사를 주관한 사람이 준(尊·樽·罇 : 술을 담는 항아리 모양의 그릇)에서 국자로 술을 퍼 작(爵)에 담아 지위 순으로 나눠주었기에, 벼슬의 위계를 말하게 되었다. '草萊'는 본래 '잡다하게 우거진 풀'인데, 나아가 잡초가 우거진 황무지, 초야, 평민 등의 뜻이 생겨났다. 여기서는 '초야'의 뜻이다.

두예 주 : "'珪'는 봉읍을 군사로 지키는 권한을 상징하는 부신(符信)이다."

9 **[이선]** 『사기』 「평원군우경열전(平原君虞卿列傳)」 : "우경이 조 성왕(成王)에게 유세했는데, 한번 만나자 '황금(黃金)' 백 일(鎰)과 '백벽(白璧 : 동글납작하고 구멍이 있는 백옥)' 한 쌍을 하사했다."

왕은(王隱) 『진서(晉書)』 : "단필제(段匹磾, ?~321)가 석륵(石勒, 274~333)을 토벌하면서, 고안현(故安縣)에 있는 옛 연(燕) 태자 단(丹, ?~226 B.C.)의 '금대(金臺 : 옛터는 지금의 하북성 보정시(保定市) 정흥현(定興縣) 고리향(高里鄕) 북장촌(北章村)에 있음)'에 진주했다."

『상곡군도경(上谷郡圖經)』 : "'황금대(黃金臺)'는 역수(易水) 남동쪽 18리에 있는데, 연 소왕(昭王, 311~279 B.C. 재위)이 지어, 이 누대 위에 천금을 두고 천하의 인재를 불러들였다."

이상 두 견해가 서로 달라서 다 인용했다.

[황절] 『수경주』 「역수(易水)」 주 : "고안현에 황금피(黃金陂)가 있는데, 그 북쪽 십여 보에 금대(金臺)가 있다. 옛날 모용덕(慕容德, 336~405)이 범양왕(范陽王)이 되어, 다스리며 지켰던 곳이 바로 이 대(臺)이다. 나이 든 분들에게 물어보면 다들 다음과 같이 말한다. 연 소왕이 빈객들을 예우하고 방사(方士)를 널리 초빙하자, 벼슬을 구하고 유세하는 무리가 먼 곳으로부터 몰려들었다. 그래서 이곳에 하도(下都)를 건설하고, 남방의 변경에 건물을 지었다고. 연 소왕이 앞서서 창건했고, 태자 단이 뒤에서 이어받았다."

이에 따르면, 『문선』 이선 주에서 말한 두 견해는 사실은 같은 곳을 말하는 것으로, 차이가 있는 것이 아니다.

유후(劉昫)『구당서(舊唐書)』: "한(漢)의 고안현은 지금의 역주(易州)이다.

수(隋) 문제(文帝) 개황(開皇, 581~600) 연간에 처음으로 위치를 바꿔, 옛 방

성현(方城縣)에 설치하고, '故(고)' 자를 '固(고)' 자로 고쳤다."[62] 이곳은 바

로 지금의 순천부(順天府) 속현인 고안현(固安 : 지금의 북경시 남부 대흥구

(大興區)와 하북성 중부 및 천진시(天津市) 북서부가 면한 지역)이다.

고조우(顧祖禹, 1631~1692)『독사방여기요(讀史方輿紀要)』: "황금대는 지

금의 역주(易州) 남동쪽 30리에 있었다."[63]

여향 : "언행이 현명한 군주에게 부합되면, 백벽을 하사하는 데 그치지 않고,

황금의 누대도 지어서 기다릴 것이라는 뜻이다."

10 [황절] 장선(張銑) : "'君(군)'은 방축된 자를 말한다. '疾(질)'은 질환이다. '遲

迴(지회)'는 가지 못하는 모양이다."

[전중련] 이 2구는 소인이 광사(曠士)에게 힐문하는 말이다. '길가에서 머뭇거

린다[臨路遲迴]'라는 것은 벼슬을 추구하지 않는다는 뜻이다.

【평설】

[황절] 유리 : 포조가 중서사인이 된 이후 은퇴해 귀향했다가, 효무제

때에 다시 벼슬길에 나섰기 때문에, 이 노래를 지어 마음을 드러내었

---

62) 표점교감본『구당서』「지리지·2」의 '역주(易州)'의 '역현(易縣)' 조에는 "한
    (漢)의 고안현으로 탁군(涿郡)에 속하며, 수대에 역현(易縣)으로 되었다"라고만
    되어 있다.
63) 통행본에는 "黃金臺府東南十六里(황금대는 순천부(順天府) 남동쪽 16리에 있
    다)"고 되어 있다.

을 것이다. 첫머리에서는, 여뀌 벌레가 아욱과 제비꽃은 피하고, 여뀌에 모여들어 쓴 것을 먹는 데 익숙하여, 그것이 달지 않다고 말하지 않는다고 했는데, 이것은 자기가 관직을 사양하고 궁곤하게 살면서, 그것에 편안해져 스스로 고상하다고 여김을 비유한다. 그러나 뭇사람은 식견이 협소하여 그를 위해 매우 걱정하고 있으니, 그 또한 광사의 마음이 상황에 따라 진퇴를 결정하면서, 빈궁과 영달을 동일시한다는 것을 알겠는가? 이어지는 시에서는, '서울의 고관에게는 이른 아침부터 밤늦게까지 온종일 먼 사방으로부터 사람들이 모여드는데,' 하물며 시기를 놓칠 수도 없고 '어진 임금이 인재를 사랑하여' 등용되기가 이처럼 쉬운데, '너는 무슨 병이 있어 혼자 머뭇거리며 나아가지 않느냐'는 것을 일일이 말했다. 아마도 포조가 나아가지 않는 것은 말하지 못할 이유가 있어서인 것 같다. 그래서 특별히 다른 사람의 말을 가설적으로 제시하여 말한 것이다. 그 사람이 바로 이른바 광사를 모르는 사람이다. 『선시보주』 권7

주건 : 이 시에서 다룬 일은, 아마도 송 원가元嘉, 424~453 연간 팽성왕彭城王 유의강劉義康, 409~451[64]이 사도司徒로서 전횡을 일삼은 것 때문에, 포조는 그가 반드시 무너질 것임을 알고, 혼자 주저하며 나아가지 않은 것을 말하는 것 같다. 『송서』에 이렇게 적고 있다. 유의강은 세력이 원근을 압도했고, 조야에서 사람들이 모여들었다. 그는 자신이 전력을

---

[64] 무제(武帝)의 4남이다. 범엽(范曄, 398~445)의 모반에 연좌되어 폐서인된 뒤 사사되었다.

다하여 사람들을 끌어들이기를 게을리한 적이 없었는데, 사土로서 능력 있고 숙련된 자는 많이 우대되었다. 그러나 그 자신은 평소에 치국治國의 책략이 없고 대국大局의 요체를 몰랐다. 조정의 인사로서 쓸 만한 재능이 있는 사람은 모두 자기의 부서로 끌어들였으며, 부서의 관료로서 재능이 없거나 자기 뜻을 거스르는 자는 조정의 관원으로 쫓아버렸다.[65] 그때 그의 문하로 모여드는 자는 모두 마음이 험하고 조급하고 기울어지고 아첨을 잘하는 무리였으니, 어찌 무너지지 않을 수 있었겠는가? 이를 보면 포조는 자신을 삼갈 줄 안다고 할 수 있다. 그런데 후일에는 어째서 시흥왕始興王 유준劉濬,429~453에게 실족했는지 모르겠다.[66] 기미를 잘 안다는 것이 정말 어려운 일이다. '낙성洛城'이라고 한 것은 동한東漢시대의 일에 가탁한 표현이다. 『악부정의』권8

[전중련] 왕부지 : 매우 자연스럽고 품격이 높고 밝아서, 스스로 준칙

---

65) 이 글은 『송서』「팽성왕의강전(彭城王義康傳)」의 내용을 개괄적으로 인용한 것이다. 「팽성왕의강전」의 원문은 다음과 같다. "朝野輻湊, 勢傾天下. 義康亦自强不息, 無有懈倦. 府門每旦常有數百乘車, 雖復位卑人微, 皆被引接. (…중략…) 凡朝士有才用者, 皆引入己府, 無施及忤旨, 即度爲臺官. (…중략…) 義康素無術學, 闇於大體(조야에서 사람들이 모여들어 세력이 천하를 압두했다. 의강 자신도 자강불식하여 게을리하지 않았다. 왕부의 문 앞에는 아침마다 언제나 수백 대의 수레가 줄지어 있었는데, 지위가 낮고 출신이 미천하더라도 모두 맞이했다. (…중략…) 조신(朝臣)으로 재능이 있는 사람이라면 모두 자기 휘하로 끌어들이고, 능력이 없거나 자기 뜻을 거스르면 즉시 조정의 관원으로 보내버렸다. (…중략…) 유의강은 평소에 도덕과 학술이 없고 대국의 요체에도 어두웠다)."
66) 원가 30년(453) 태자 유소(劉劭)가 부왕인 문제를 시해한 반역에, 포조가 모시던 유준이 가담한 것을 말한다. 뒤의 「대문 밖에 수레 탄 손님이 있어」를 본떠[代門有車馬客行]의 [평설] 중 오여륜의 견해에 대한 역주를 볼 것.

이 있다. 두보가 말한 것처럼, 준일俊逸한 풍격으로 높이 빼어났다고만 할 수 있는 정도가 아니다.『고시평선』 권1

이광지李光地 : 만약 여뀌 벌레와 소인으로 고급 관원을 가리킨다면, 함축이 없어 음미할 만하지 못할 것이다. 아마도 마지막 구에서 말하는 '길가에서 홀로 머뭇거리는' 사람을 가리키는 것일 것이다.『용촌시선(榕村詩選)』 권2

심덕잠 : '흰 깁 띠素帶' 2구는 돈 많고 권세 있는 사람들의 추하고 속된 모습을 남김없이 그려내었으니, 한대 시 중의 이른바 '권세 있는 사람끼리 서로 찾는冠帶自相索'67) 모습이다.『고시원』 권11

방동수 : 이 시는 부귀를 극단적으로 묘사하고, 여뀌 벌레를 배척하여 조롱했으니, 대개 울분을 쏟아낸 반어이다. 그래서 '마음껏 부르는 노래'라고 한 것이다. 「고시십구수」 중 「금일양연회今日良宴會」68)가 바

---

67) 「고시십구수(古詩十九首)」 중 「청청능상백(靑靑陵上柏)」의 제10구로 낙양을 비롯한 대도시의 화려함을 묘사한 대목 중 한 구이다.
68) 「금일양연회」는 가난한 선비의 때를 못 만난 감개를 읊은 작품이다. 전편은 다음과 같다.

今日良宴會	오늘의 훌륭한 이 연회는,
歡樂難其陳	그 즐거움 이루 다 말할 수 없네.
彈箏奮逸響	아쟁 타며 빼어난 음향 높이 울리니,
新聲妙入神	새로운 곡 오묘하기 이를 데 없네.
令德唱高言	훌륭한 덕으로 고상한 말씀 노래하니,
識曲聽其眞	곡을 알아 참된 뜻을 새겨듣는다네.
齊心同所願	한마음으로 소원을 함께하지만,
含意俱未申	품은 생각 남김없이 펼치지 못했네.
人生寄一世	인생이 한세상에 붙이고 사는 건,
奄忽若飆塵	회오리바람처럼 순식간이네.

로 이 뜻이다.『소매첨언』권6

오여륜 : 이것은 아마도 효무제의 중서사인 시기에 지은 것 같다. 『송서』에 임금은 문장을 짓기 좋아하여 스스로 아무도 자신에게 미칠 수 없다고 여겼는데, 포조는 그 뜻을 알고 글을 지음에 비루한 말과 쓸 데없는 구절을 많이 넣었다고 했는데, 이 시는 대개 이때 지은 것이다. '태평성대夷世' 8구는 대체로 앞다퉈 벼슬길에 나서려는 자의 입을 빌린 말이고, 마지막 2구는 자신의 말이다.『포참군집선』

왕개운 : 첫 4구는 직설적으로 말했는데, 거리낌 없이 소탈하며 웅장하고 기이한 기세가 있다. 마지막에 답하는 말을 하지 않고 마무리한 것이 묘한 점이다.『상기루설시』권6[69])

何不策高足　어째서 준마를 채찍질하여,
先據要路津　요로를 먼저 차지하지 않는가?
無爲守貧賤　빈천한 생활을 지키고 앉아,
轗軻長苦辛　불우하게 고생만 하지 말기를.

69) 방회는 "이 시의 주제는 전부 '태평성대(夷世)' 4구에 있다. 명군이 윗자리에 있으니 벼슬을 할 만하고, '한마디 말[一言]'과 '반 토막 선행[片善]'으로 부귀를 이룰 수 있는데, 벼슬에 급급해하지 않는 자는 과연 무엇을 꺼려 나아가지 않는가? 그것은 처음에서 말한 여뀌 벌레처럼 성품이 옮기기를 싫어해서일 것이다. 세간에는 쓴 것을 달다 하고 악취를 향기로 여기는 사람도 물론 있다. 그러나 사(士)가 처세하면서, 과연 명군을 만났는데 왜 벼슬을 하려 하지 않는가? 만약 갔다가 실상이 그렇지 않다면, 여뀌벌레가 쓴맛을 편안히 여기는 것보다 못하게 되는 법이다"라고 했다(『문선안포사시평』권3). 하작은 이 작품을 『모시』의 풍아에 부끄럽지 않은 작품이라고 칭찬하고, "'소인[小人]' 2구는 뒤에서 말하는 이른바 '머뭇거리는 것[遲徊]'이고 '태평성대[夷世]' 2구는 광사의 소회가 그러한 것이며, '그런데 그대[今君]' 2구는 완곡하게 마무리하여 '미외미(味外味)'의 함축과 여운이 있다"라고 했다(『의문독서기』권47). 중국번은 풍격의 '기세'를 지적했다(『십팔가시초』권3).

代陳思王京洛篇

鳳樓十二重, 四戶八綺窓.[1] 繡桷金蓮花, 桂柱玉盤龍.[2]

珠簾無隔露, 羅幌不勝風.[3] 寶帳三千所, 爲爾一朝容.[4]

揚芬紫煙上, 垂綵綠雲中.[5] 春吹回白日, 霜高落塞鴻.[6]

但懼秋塵起, 盛愛逐衰蓬.[7] 坐視靑苔滿, 臥對錦筵空.[8]

琴瑟縱橫散, 舞衣不復縫.[9] 古來共歇薄, 君意豈獨濃.[10]

唯見雙黃鵠, 千里一相從.[11]

진사왕 조식의 「낙양의 노래」를 본떠

봉황루는 십이 층의 다락집인데

방문이 네 개에 조각창이 여덟 개.

아름다운 서까래엔 황금 연꽃 단청이요

계수나무 기둥에는 옥룡이 서려 있네.

진주발은 성기어 이슬 막지 못하고

깁 휘장은 가벼워 바람에 못 견디네.

화려하게 휘장 친 삼천 곳에서

그댈 위해 아침 내내 단장을 하네.

자주 연기 위로는 향기 피어오르고

푸른 구름 속에서 고운 무늬 드리우네.

봄 음악은 태양을 되돌려놓고

가을 노래 기러기를 내려 앉히네.

다만 그저 두렵다네, 가을 먼지 일어나면

큰 사랑이 시든 망초 쫓아가 버려서,

푸른 이끼 가득한 것 앉아서 쳐다보고

비단 자리 텅 빈 것 누워서 대하는데,

금과 슬은 이리저리 흩어져버리고

무의는 다시는 꿰매지도 않게 되리.

예로부터 모두 다 냉담해지는데

그대의 사랑만이 짙을 리는 없겠지.

보이는 건 한 쌍의 황학뿐인데

천 리 먼 길 한결같이 따르고 있네.

【해제】

[전진륜] 제목이 '煌煌京洛行황황경락행'으로 된 판본도 있다.[70] 이 작품은 『옥대신영』에도 보이지만, 왕사정王士禎, 1634~1711 『고시선古詩選』의 문인담聞人倓 주가 비교적 근엄하여, 『옥대신영』의 오조의 주 대신에 이것을 취한다.

[문인담] 지금의 『조식집曹植集』에는 「경락행」 시가 없다. 악부에도 다만 조비 시 1수만이 실려 있다.[71]

---

70) 『악부시집』의 「상화가사·슬조곡」에 '煌煌京洛行'으로 되어 있다.
71) 조비의 「煌煌京洛行」은 사언시 5해이다. 전문은 다음과 같다.

[전중련] 『악부시집』에는 「상화가사 · 슬조곡」에 들어 있고 모두 2수

夭夭園桃	싱그러운 정원의 복숭아,
無子空長	열매도 없이 공연히 자라네.
虛美難假	실없는 아름다움 빌려 쓰기 어렵고,
偏輪不行	찌그러진 바퀴로는 갈 수 없다네.(제1해)
淮陰五刑	회음후 한신(韓信)은 오형의 참형을 받았으니,
鳥盡弓藏	새 잡으면 활은 버림받는 법이지.
保身全名	몸과 명성 온전히 지킨 사람은
獨有子房	오직 장량(張良)밖에 없다네.
大憤不收	큰 분노를 거두어 간직하지 않으면,
褒衣無帶	넓고 큰 옷 입고서 띠를 묶지 않은 것 같다네.
多言寡誠	말만 많고 정성이 부족하다면,
祇令事敗	일은 실패할 수밖에 없는 법이네.(제2해)
蘇秦之說	소진(蘇秦)이 육국에 유세를 나서니,
六國以亡	육국은 그 때문에 멸망했었지.
傾側賣主	올바르지 않은 방법으로 군주에게 팔았으니,
車裂固當	거열형을 받은 것 당연했었지.
賢矣陳軫	어질도다! 진진(陳軫)이여,
忠而有謀	충성스러운데 모략도 뛰어났다네.
楚懷不從	초 회왕은 충언을 듣지 않아서,
禍卒不救	재앙이 닥쳐도 구할 수 없었다네.(제3해)
禍夫吳起	재앙도 많았구나! 오기(吳起)여!
智小謀大	지혜는 부족한데 뜻만 컸었지.
西河何健	서하군수 시절에는 얼마나 위세를 떨쳤던가,
伏尸何劣	거열형을 받을 땐 얼마나 졸렬했었나.(제4해)
嗟彼郭生	아, 저 연나라 대신 곽외(郭隗)여!
古之雅人	옛날의 고아한 인물이로다.
智矣燕昭	지혜롭도다! 연나라 소왕이여!
可謂得臣	어진 신하 얻었다 할 만하도다.
峨峨仲連	위대하여라! 노중련(魯仲連)이여!
齊之高士	제나라의 고결한 선비로다.
北辭千金	큰 공 세우고 천금을 사양하고 북으로 떠나,
東蹈滄海	동으로 창해 넘어 은둔했다네.(제5해)

인데, 제2수는『포참군집鮑參軍集』에는 없는 것이다.[72]

【주석】

1   [문인담]『진궁궐명(晉宮闕名)』:"총장관(總章觀)[73]에는 '의봉루(儀鳳樓)'

---

72) 제2수는 다음과 같다.

南遊偃師縣	남쪽으로 언사현을 유람하면서,
斜上灞陵東	파릉의 동쪽으로 비껴 오른다.
迴瞻龍首堁	용수원의 성가퀴를 뒤돌아보고,
遙望德陽宮	덕양궁을 저 멀리 바라다본다.
重門遠照耀	궁궐 문은 멀리서도 번쩍거리고,
天闕復穹隆	하늘 궁궐 또 우뚝이 높이 솟았다.
夜輪懸素魄	밤 달은 흰 소반을 매단 것 같고,
朝光蕩碧空	아침 햇빛 벽공(碧空)에서 일렁거린다.
秋霜曉驅鴈	가을 서리 아침에 기러기 쫓고,
春雨暮成虹	봄비는 저녁에 무지개 된다.
曲陽造甲第	곡양에서 갑제를 방문했다가,
高安還禁中	고안의 금중으로 환궁을 했다.
劉蒼歸作相	동평왕(東平王) 유창은 돌아와서 재상 되고,
竇憲出臨戎	대장군 두헌은 나가서 흉노 쳤다.
惟此兩京盛	이 두 서울이 번성할 적엔,
歡宴遂無窮	즐거운 연회가 끝이 없었다.

이 시는 당(唐) 구양순(歐陽詢)의『예문유취(藝文類聚)』권42「악부·2」에는 '양 간문제(簡文帝) 소강(蕭綱, 503~551)'의 '경락편(京洛篇)'으로 수록되어 있다. 정복보(丁福保)의『전한삼국진남북조시(全漢三國晉南北朝詩)』의『전양시(全梁詩)』권1에도 '양 간문제' 작품으로「경락편」을 수록하고, 제목 아래에 "『악부시집』에는 제목이 '황황경락행(煌煌京洛行)'으로 되어 있고, '포조 시'라고 잘못 표기했는데, 옳지 않다"라고 주를 달았다. 녹흠립(逯欽立)의『선진한위진남북조시(先秦漢魏晉南北朝詩)』의『양시(梁詩)』권20에도 이 작품의 제목 아래 주에서,『시기(詩紀)』를 인용하여 "『악부시집』에는 제목이 '황황경락행(煌煌京洛行)'으로 되어 있고, 포조의 작품 뒤에 넣었는데, 작가의 이름은 일실되었다. 혹은 포조의 시라고도 하는데, 옳지 않다"라고 했다.

라는 누대가 있는데, 총장관의 위쪽 광망관(廣望觀)의 남쪽에 있고, 또 그 밖에 '상봉루(翔鳳樓)'도 있다."

『황정경(黃庭經)』: "붉은 누각 첩첩한 궁궐은 '열두 층계'이다[絳樓重宮'十二級']."

북위 봉궤(封軌, 생졸년 미상) 「명당 벽옹 의[明堂辟雍議]」: "[주(周) 나라 때의 명당은,] 다섯 개의 방과 아홉 개의 층계와 '여덟 개의 창과 네 개의 방문'으로 한다[五室九階'八窓四戶']."[74]

2　**[문인담]** 하안(何晏, ?~249) 「경복전 부(景福殿賦)」: "검붉은 단청 입힌 '아름다운 서까래'를 펼쳐 놓았다[列桼彤之'繡桷']."

『후조록(後趙錄)』: "'금제의 연꽃[金蓮華]'을 붙여 장막의 꼭대기에 장식을 붙인다."

『삼보황도(三輔黃圖)』: "감천궁(甘泉宮) 남쪽에 곤명지(昆明池)가 있고, 못 가운데 영파전(寧波殿)이 있는데, 모두 '계수나무로 전각을 지어[以桂爲殿]' 바람이 불면 저절로 향기가 피어난다."

『서경잡기(西京雜記)』: "소양전(昭陽殿)의 서까래에는 모두 '용과 뱀을 새겨[刻作龍蛇]' 그 사이를 감고 도는데, 비늘이 선명하여 하나하나 셀 수 있을 정도이다."

3　**[문인담]** 『습유기(拾遺記)』: "석호(石虎, 295~349·334~349 재위)[75]는 태

---

73)　위 명제(明帝, 227~239 재위) 때에 건축한 궁관(宮觀)의 이름이다.
74)　'八窓四戶'는 『위서(魏書)』 「봉궤전」에는 '四戶八窓'으로 되어 있다.
75)　후조(後趙)를 건국한 석륵(石勒, 274~333·319~333 재위)의 아들이다.

104　포참군집 권3

극전(太極殿) 앞에 누각을 세웠는데, 높이가 40장이고 '진주를 엮어 발을 만들었다[結珠爲簾]'."

진(晉) 「자야추가(子夜秋歌)」: "[서늘한 가을에 창문 열고 자는데, 기우는 달빛이 창으로 드리우네.] 한밤중에 얘기하는 소리는 없이, '비단 휘장'에 두 사람의 웃음만 있네[中宵無人語, '羅幌'有雙笑]."

4 [문인담] 『서경잡기』: "황제는 '보장(寶帳 : 화려한 비단 장막)'을 만들어 후궁에 설치했다."

『사기』「유후세가(留侯世家)」: "패공(沛公·劉邦)이 진나라 궁으로 들어가니 궁실(宮室)과 '휘장[帷帳]', 개와 말, 귀중한 보물과 부녀자가 '수천[以千數]'이었다."

『모시』「위풍·백혜(伯兮)」제2장 : "누구를 위해 화장할꼬[誰適爲容]."

[황절] 『관자(管子)』「칠신칠주(七臣七主)」: "'여악 삼천 명[女樂三千人]'이 공연하는 온갖 악기의 음악이 끊이지 않았다."

5 [문인담] 곽박 「유선시」제3수 : "[적송자(赤松子)는 천상으로 유람하려고,] 기러기를 타고 '자줏빛 구름'으로 날아오른다[駕鴻乘'紫煙']."[76]

---

76) 포조 시에서 '紫煙(자연)'은 '화려하게 휘장 친 삼천 곳'의 향로에서 피어오르는 향연(香煙)이다. '綠雲(록운)'은 여인의 검고 풍성한 머리카락을 비유한다. 머리카락을 구름에 비유한 것은 『모시』에 처음 보인다. 「용풍(鄘風)·군자해로(君子偕老)」제2장에 "鬒髮如'雲', 不屑髢也(검고 숱 많은 머리 '구름' 같아서, 가체(加髢)를 붙일 필요도 없네)"라고 했다. 위 조식(曹植)의 「낙신부(洛神賦)」에는 낙수 여신의 아름답고 풍성하게 쪽진 머리카락을 '雲髻(운계)'라고 표현했다("'雲髻'峨峨, 脩眉聯娟 : '구름 같은 쪽'을 높이 틀어 올리고, 긴 눈썹은 가늘고 길게 뻗었다"). 포조보다 후기이기는 하지만, 북조의 악부 「목란시(木蘭詩)」에 '雲鬢(운빈)'("當窗理'雲鬢' : 창 앞에서 '구름 같은 머리'를 매만진다"), 사조(謝朓,

반악(潘岳, 247~300) 「부(賦)」[77] : "'드리운 채색'은 연꽃보다 더 빛난다['垂綵'煒於芙蓉]."

육기 「부운부(浮雲賦)」 : "'푸른 물총새 꽁지깃'처럼 환하고, 암석의 꽃(수정)처럼 빛난다['綠翹'明, 岩英煥]."

6 **[문인담]** 그 악기 소리가 봄을 되돌릴 수 있고, 그 노랫소리가 가을을 불러 세울

464~499)의 「경대(鏡臺)」에 '雲髮(운발)'("揷花理雲髮 : 꽃을 꽂아 '구름 같은 머리'를 정리한다") 같은 표현이 나온다. 당대에는 이백(701~762)의 「백두음(白頭吟)」에 "長吁不整'綠雲鬢'(길게 한숨만 지으며 '짙은 구름 머리' 매만지지도 않네)"라고 하여 '綠雲鬢(록운빈)'이라는 표현이 나오고, 이단(李端, 743~782)의 「첩박명(妾薄命)」에 "憶妾初嫁君, 花鬢如'綠雲'(생각하면 제가 처음 그대에게 시집갈 때, 아름다운 머리는 '녹색 구름' 같았지요)"라고 하여 '綠雲'이 나오는데, 이것은 포조의 이 시에 바탕을 둔 표현일 것이다. '垂綵(수채)'는 다채로운 빛깔의 비단 끈을 머리 장식으로 드리운 것을 말한다. Robert Shanmu Chen은 이 2구를 이러한 뜻으로 번역했다(*A Complete Translation and a Compilation of Textual Variations of Bao Zhao's Poetry*, 295쪽(이하 'Chen'으로 약칭함) : "I scatter incense over the purple smoke from the burner, And fasten a colored ribbon down among the cloud of my hair").

77) 『예문유취』 권81 「약향초(藥香草)·국(菊)」에는, "진 반니 「추국부」(晉潘尼秋菊賦)"라는 제목으로, 이 구절을 첫머리로 하고 10구를 수록했는데 다음과 같다. "垂綵煒於芙蓉, 流芳越乎蘭林. 遊女望榮而巧笑, 鴛雛逸集而弄音. 若乃眞人採其實, 王母接其葩, 或充虛而養氣, 或增妖而揚娥, 旣延期以永壽, 又蠲疾而弭痾(드리운 채색은 연꽃보다 더 빛나고, 흐르는 방향은 택란 숲을 능가한다. 놀러 나온 여인은 꽃을 보고 예쁘게 웃고, 원추는 멀리서 모여들어 노래한다. 만약 진인이 그 열매를 채취하고, 서왕모가 그 꽃을 손에 넣으면, 허기를 채우고 원기를 기르고, 요염함을 보태고 교태를 더할 것이며, 나이를 늘리고 수명을 영구히 하는 데다가, 질병을 치유하고 병을 낫게 할 것이다)." 장부는 『한위육조백삼명가집』에 들어 있는 반악 문집 『반황문집(潘黃門集)』에 같은 제목으로 이 10구를 수록했다. 『문선』 권30 '잡시'의 도연명 「잡시」 제2수 주에는 "반악의 「추국부」"라고 하고 2구를 인용했는데, 『예문유취』와는 다소 차이가 있다. 2구는 이렇다. "汎流英於淸醴, 似浮萍之隨波(맑은 술에 흐르는 꽃잎을 띄우니, 부평초가 물결에 일렁이는 것 같다)."

만하다는 뜻이다.

[전중련] '高(고)'는 송본 및 『악부시집』에는 '歌(가)'로 되어 있다.[78]

7 [문인담] 반악 「시」 : "넓은 벌에 '가을 먼지 피어오른다'[平野'起秋塵']."[79]

조식 「잡시(雜詩)」 제2수 : "'뒹구는 망초'는 뿌리를 떠나[轉蓬'離本根], [표표히 '바람 따라 날아간다'[飄飄'隨長風'].]"[80]

8 [문인담] 『회남자』 「태족훈(泰族訓)」 : "외진 골짜기 고인 물에 '푸른 이끼[靑苔]'가 자란다."

내 견해는 이렇다. 이 2구는 앉아도 누워도 다 마음이 괴롭기만 하다는 뜻이다.[81]

9 [문인담] 『옥대신영』에는 '瑟(슬 : 악기 이름)'이 '筑(축 : 악기 이름)'으로 되어 있다.

10 [문인담] 『옥대신영』에는 '共(공)'이 '皆(개)'로 되어 있다.

『집운(集韻)』 : "'濃(농)'은 두터운 것[厚]이다."[82]

11 [문인담] 「고시(古詩)」[83] : "'황학'은 먼 이별을 하자마자, '천 리 멀리' 돌아보며 배회를 한다[黃鵠'一遠別, '千里'顧徘徊]."

---

78) 주응등본과 『고시선』도 같다. 출구의 '春吹(봄의 취주)'와 대우가 되려면 '商歌(가을 노래)'가 낫다. 오덕풍, 51b쪽 참조.
79) 이 구는 포조의 「성 시랑을 전송하며 후정에서 전별연을 베풀어[送盛侍郞餞候亭]」 시의 제6구이다. 현존하는 반악의 시(정복보 『전진시』 권4; 녹흠립 『진시』 권4)에는 없다.
80) '蓬(봉)'에 대해서는 권1 「황폐한 성[蕪城賦]」 주석 26의 역주 참조.
81) '錦筵(금연)'은 아름답고 성대한 연음(宴飮) 자리이다.
82) '歇薄(헐박)'은 냉담해지는 것이다.
83) 『문선』 권29 '잡시(雜詩)·하'에는 소무(蘇武)의 「시」 4수 중 제2수의 첫 2구로 실려 있다. 이 4수는 이릉(李陵)의 작으로 되어 있는 「여소무시(與蘇武詩)」 3수와 함께, 후세의 위작으로 판명된 지가 오래되었기 때문에 '고시'라고 한 것이다.

[황절] 곽무천 : 처음에는 낙양의 아름다움을 성대하게 칭송했고, 끝에서는 임금의 은총이 엷어짐을 말했으니, 원녀怨女와 광부曠夫와 영락한 사람의 탄식이 있다.『악부시집』권39

주건 : 어찌 여성의 아름다운 자태의 성쇠만을 말하겠는가? 세태의 변화를 볼 수 있다.『악부정의』권8

방동수 : 처음 12구는 이전의 번성을 극단적으로 묘사했고, '다만 두려운 건但懼' 6구는 쇠락을 말했다. '예로부터古來' 2구는 도권倒捲[84]으로 전편을 마무리했다. 이 작품은 매우 뛰어나게 아름답고, 기세와 골격이 미칠 수 없을 정도로 준일하니, 제량齊梁의 시가 곱고 유약하여 기세가 결핍된 것과는 다르다. 비록 유신庾信, 513~581이라고 하더라도 이러한 기세와 골격을 갖출 수는 없었으니, 시대가 그렇게 만든 것이다.『소매첨언』권6

[전중련] 왕개운 : '진주 발珠簾' 2구는 율시에서 볼 수 있는 가구佳句이

---

84) 시의 구성이 기승전결을 그대로 따르지 않고 순서를 바꾼 것을 말한다. 구조오(仇兆鰲)가『두시상주(杜詩詳註)』에서, 오언율시「귀안(歸雁)」에 대해 인용한 황생(黃生, 1622~?)의 평어에 나온다. "제5·6구는 본래 결론의 의미인데, 오히려 중간 연으로 삼고, 제7·8구는 본래 발단인데, 오히려 맺음말로 삼았다. 전반부에서는 먼저 올봄에 돌아가는 것을 말하고, 다음에 돌아가기 위해 하직하는 것을 말하고, 나중에 지난해에 왔던 것을 말했다. 그리고 끝에 가서 지나가지 않는다고 했다. 장법이 단계마다 '거꾸로 말아[倒捲]' 변화를 추구한 것이 색다르다." 방동수의 말은, 이 2구 뒤에 2구가 더 있음에도 불구하고, 여기서 맺음말을 했다는 뜻이다.

다.[85] 결구는 떨치고 일어나니 필세筆勢가 나는 듯하다.『상기루설시』권8[86]

---

85) 이 2구는 완벽한 대우를 이루고 있을 뿐만 아니라, 평측 면에서도 '평평평측측,
    평측측평평'으로 오언율시의 격식에 완벽하게 들어맞는다.

86) 진조명은, 사람을 놀라게 할 만한 시구는 없지만, 그 기세는 오히려 웅건하며,
    '그대 위해[爲爾]' 구는 강렬하다고 했다(『채숙당고시선』권18). 증국번은 '봄
    음악(春吹)' 4구는 시대가 바뀌면 세사(世事)도 바뀌며, 번성이 극에 달하면 반
    드시 쇠락함을 말하는 것이라고 했다(『구궐재독서록(求闕齋讀書錄)』권6). 증
    국번은 또 풍격의 '기세'를 지적했다(『십팔가시초』권3).

代門有車馬客行

門有車馬客, 問客何鄉土. 捷步往相訊, 果得舊隣里.**1**

悽悽聲中情, 慊慊增下俚.**2** 語昔有故悲, 論今無新喜.

清晨相訪慰, 日暮不能已.**3** 歡戚競尋緒, 談調何終止.**4**

辭端竟未究, 忽唱分途始. 前悲尙未弭, 後感方復起.**5**

嘶聲盈我口, 談言在君耳.**6** 手迹可傳心, 願爾篤行李.**7**

「대문 밖에 수레 탄 손님이 있어」를 본떠

대문 밖에 수레 탄 손님이 있어,

"손님께선 어느 마을 분이신지요?"

서둘러 뛰어나가 물어봤더니,

과연 고향 마을 사람이었네.

슬픔이 젖어 들어 속마음을 말하고

한스러운 마음 일어 고향 노래 보태네.

옛날 일을 말하면 묵은 슬픔 있지만

지금 상황 얘기해도 새 기쁨은 없다네.

아침 일찍 방문하여 위무하는데

해가 져도 그칠 기미 보이지 않네.

기쁜 일 슬픈 사정 앞다퉈 얘기하니

이야기와 웃음이 끝날 수가 있으리.

말 마무리 아직 다 못 맺었는데

떠날 때가 되었단 말 홀연 들리네.

앞 슬픔은 아직도 못 풀었는데

나중 감개 막 다시 솟아오르네.

흐느끼는 말소리가 내 입에 가득하니

아쉬운 이야기는 그대 귀에 쟁쟁하리.

편지로도 마음을 전할 수 있으니

그대 부디 남은 여정 조심하시길.

【해제】

[전진륜] 『문선』에 육기의 「대문 밖에 수레 탄 손님이 있어門有車馬客行」
가 있다. 포조의 이 작품은 장화張華, 232~300의 『장무선집張茂先集』에도
보이는데, 다만 '悽悽聲中情' 2구와 '歡戚競尋緒' 2구 및 끝 4구는 없다.

[황절] 주건朱乾 『악부정의』: "악부에는 하나의 시이면서, 세 번 활용
되는 것이 있는데, 이를테면 조식의 「치주편置酒篇」[87]은 본래 「야전황

---

87) 『악부시집』 권39 「상화가사·슬조곡·4」에는 제목이 「野田黃雀行」으로 되어 있
고, 3수가 수록되어 있다. 제1수와 제2수는 각각 '진악으로 연주한 것[晉樂所
奏]' 4해와 '본사(本辭)'인데, 가사는 같다. 제1해가 "置酒高殿上, 親交從我遊. 中
廚辦豐膳, 烹羊宰肥牛. 秦箏何慷慨, 齊瑟和且柔(높은 전각에 술자리를 마련했으
니, 친한 벗이 날 찾아와 교유한다네. 주방에서 풍성한 안주 만드니, 양을 삶고
살진 소를 요리한다네. 진나라 아쟁은 어찌 저리 강개한가, 제나라 슬은 화락하
고 온유하네)"로 시작한다. 제3수는 "高樹多悲風, 海水揚其波(키 큰 나무에는 거
센 바람 많이 불고, 바닷물은 그 물결 더욱 높게 인다)"로 시작하는 작품이다.
정복보의 『전삼국시(全三國詩)』 권2에는 앞 작품 제목은 「공후인」으로, 제3수

작행野田黃雀行」곡의 가사인데, 그것을 빌려와서 「대문 밖에 수레 탄 손님이 있어」 곡의 가사로도 쓴다. 왕승건王僧虔, 426~485의 『기록技錄』에 '「대문 밖에 수레 탄 손님이 있어」는 동아왕東阿王 조식의 「치주」 1편을 노래 부르며 「공후인箜篌引」 곡에 빌려 쓰기도 한다'라고 했다. 『고금악록』에 '「공후가」는 슬조瑟調이며, 동아왕의 가사는 「대문 밖에 수레 탄 손님이 있어」와 「치주편」이다'라고 했다. 대체로 '운명을 알면 무엇을 근심하리知命何憂'[88]라는 뜻을 취하면 「야전황작행」이 되고, '친한 벗과 어울려 교유한다'[89]라는 뜻을 취하면 「대문 밖에 수레 탄 손님이 있어」가 되며, '자취를 숨기어 해를 멀리한다'라는 뜻을 취하면 「공후인」이 된다. '거마객'은 이른바 '장자거철長者車轍'[90] 즉 덕망과 신분이 높은 사람을 말한다. 조식은 제목을 「門有萬里客문유만리객」[91]으로 바꾸었

는 「야전황작행」으로 적었다.
88) 「야전황작행」 제4해의 마지막 구는 "운명을 알면 또 무엇을 근심하리[知命復何憂]"이다.
89) 「야전황작행」 제1해의 제2구이다.
90) 본뜻은 높은 사람이 타는 수레이다. 『사기』「진승상세가(陳丞相世家)」에 의하면, 진평(陳平)은 누항(陋巷)에서 거적으로 문을 치고 살았으나, 문 앞에는 높은 사람이 타고 온 수레가 많았다고 한다.
91) 전편은 다음과 같다.

門有萬里客	대문 밖에 멀리서 온 손님이 있어,
問君何鄕人	어느 고을 사람인지 물어보려고,
褰裳起從之	치마 걷고 일어나 뛰어나가니,
果得心所親	과연 마음속의 친한 이라네.
挽裳對我泣	치마 잡고 날 보고 눈물 흘리며,
太息前自陳	한숨 쉬며 나서서 이야기하네.
本是朔方士	본디는 북방 출신이었었는데,
今爲吳越民	지금은 남방 사람 되었다 하네.

다. 그렇다면, 그 손님에게 물어보니 고향 마을 사람이라고 하거나, 서울에서 달려 온 사람이라고 하면서, 명예와 이록利祿을 다투는 저자와 조정에서 쫓겨나고, 친우가 죽었다는 뜻을 한껏 서술하는 것 등, 내용으로 못 다룰 것이 없었다. 『악부해제』는 합하여 하나로 묶었는데, 본래의 취지를 상실했다.”

포조의 이 작품은 조식의 「치주편」과는 용의가 전혀 다르지만, 「문유만리객」과는 뜻이 같다. 따라서 이것은 조식의 「문유만리객」을 본뜬 것이 틀림없다. 아마도 「문유거마객」은 악부의 옛 제목이고 「문유만리객」은 조식이 옛 노래에서 스스로 새 제목을 뽑은 것인데, 후인은 포조의 이 작품이 옛 제목을 본뜬 것이라고 잘못 알게 된 것 같다.[92]

【주석】

1 **[전진륜]** 『후한서(後漢書)』 「채옹전(蔡邕傳)・논(論)」 : “깊은 숲속으로 '걸

行行將復行   가고 가고 그러고 또 떠나가서,
去去適西秦   멀리멀리 서진으로 갈 것이라네.

92) 이 시의 창작시기를, 오비적과 전중련은 [평설]에 실린 오여륜의 견해를 근거로 명제 태시(泰始) 원년(465)에 넣었다. 임숭산은 타향에서 벗을 만나 지난날 조락의 슬픔과 지금의 행로의 어려움에 대한 감개를 토로한 '벗과의 교유[親交從遊]'를 주제로 한 작품으로 보았다(『휘해』, 8쪽). 정복림은 오여륜의 견해를 억단(臆斷)이라고 보았다. 그는 시의 내용 면에서 포조 시는 조식의 「문유만리객행」을 본뜬 것이 분명하여, 황절의 견해가 옳다고 보았는데, 이 점은 옳다. 그리고 유송의 북벌 실패와 북위의 대규모 남침이 있었던 때를 창작 시기로 보았다. 그리고 '앞 슬픔[前悲]'을 북방 국토의 상실과 북방 이민족의 누차에 걸친 침입으로, '나중 감개[後感]'를 원가 27년 북위의 침공으로 보아, 원가 28년(451) 강북에 머물면서 전화의 참상을 목도하고 지은 것으로 추론했다(『교주』, 241~244쪽).

음을 재촉해도' 아직 **빽빽**하지 못함을 괴로워한다'捷步'深林, 尚苦不密]."

[전중련] 『악부시집』에는 '得(득 : 만나다)' 자 아래에 "어떤 판본에는 '遇(우 : 만나다)'로 되어 있다"라는 주가 있다.

2 **[전진륜]** 『이아』 「석훈(釋訓)」 : "'哀哀(애애)'와 '悽悽(처처)'는 부모님 은덕에 보답하려는 마음을 품은 것이다."93)

육기 「고한행(苦寒行)」 : "항상 추위에 떠는 것이 찐덥지 않네[慊慊恒苦寒]."

이선 주 : "정현은 『예기』 「방기(坊記)」 주에서 '慊(겸)'은 만족스럽지 못한 것을 한하는 모양이라고 했다."

'下俚(하리)'는 「뽕을 따며」 주에서 보았다.94)

[전중련] '俚(리)' 자는 송본에는 '理(리)'로 되어 있다.

3 **[전진륜]** 조식 「명도편(名都篇)」 : "[구름처럼 흩어져 성읍으로 돌아가도,] '이른 아침' 다시 또 돌아올 것이네[淸晨'復來還]."

4 **[전진륜]** 『정자통(正字通)』 : "'調(조)'는 조소(嘲笑)하는 것이다."95)

---

93) '哀哀'와 '悽悽'는 모두 매우 슬픈 모양을 나타내는 첩어이다. 형병(邢昺)은 소(疏)에서, '哀哀'에 대해서는 『모시』 「소아‧육아(蓼莪)」의 "'哀哀'父母, 生我劬勞(슬프다 부모님은, 나를 낳고 고생하셨네)"를 예시하고, 정현(鄭玄)의 전(箋)을 인용하여 "'哀哀'라는 것은 부모님께서 자기를 낳아 기른 수고로움에 끝까지 보답하지 못함을 한스러워하는 것"이라고 하고, '悽悽'에 대해서는 글자를 본래는 '萋(처)'로 적기도 한다면서 『모시』 「소아‧출거(出車)」의 "春日遲遲, 卉木'萋萋'(봄날은 더디고, 초목은 우거졌다)"를 예시하고, "이번 정역(征役) 때문에 날 낳으신 분을 생각하는데 낳으신 분은 부모님"이라고 했다.

94) 「채상」의 주석 9('郢中美')의 전중련 주에 나오는 속곡(俗曲) 명칭 '下里(하리)'를 말한다. '下俚'는 '下里'와 통한다. 정복림도 이것을 인용하고, '理'는 '里'와 통한다고 했다(『교주』, 245쪽). Chen은 'native dialect(고향 사투리)'로 번역했다(296쪽).

[전중련] 『악부시집』에는 '緒(서)'가 '諸(제)'로 되어 있다. 주에 "'敍(서)'로 된 판본도 있다"라고 했다.[96]

5 [전진륜] 『옥편』: "'弭(미)'는 잊는 것[忘]이다."

[전중련] 『악부시집』에는 '感(감 : 느끼다)'이 '戚(척 : 슬퍼하다)'으로 되어 있다.[97]

6 [전진륜] 『옥편』: "'嘶(시)'는 목이 메는 것[噎]이다."

『좌전』「문공(文公)·7년」: "이제 그대는 돌아가셨지만, '그 말씀은 아직 제 귀에 남아 있습니다[言猶在耳].'"

[전중련] 『악부시집』에는 '君(군)'이 '我(아)'로 되어 있다.

7 [전진륜] 마융(馬融, 79~166) 「백향 두장(竇章)에게 보낸 편지[與竇伯向書]」[98] : "맹능노(孟陵奴)가 혜서를 보내왔는데, '수적(手迹 : 편지)'을 뵈었으니 기쁘기가 어찌 한량이 있으리오."

『좌전』「희공(僖公)·30년」: "'행리(行李 : 사자)'가 왕래한다."

[황절] 『예기』「월령(月令)」: "맹추에 '理(리)'에게 명하여 상처를 살피게 한다[命理瞻傷]." 정현 주 : "'理'는 옥사를 다스리는 관리이다."

혹 '李(리)' 자를 가차하여 쓰기도 한다.[99]

---

95) '談調(담조)'는 '談嘲(담조)'와 같다. '談笑(담소)'의 뜻으로 쓰였다.
96) '尋緒(심서)'는 이야깃거리를 찾는 것이다.
97) 『예문유취』에는 '憂(우)'로 되어 있다. 앞 연의 '辭端(사단)'은 말끝이고, '分途(분도)'는 갈 길을 나누는 것 즉 헤어지는 것을 말한다.
98) 저본의 '尙(상)'은 『예문유취』 권31「인부(人部)·증답(贈答)」에 '向(향)'으로 되어 있어서 바로잡았다. '伯向(백향)'은 동한 竇章(두장)의 자이다.
99) 이 문장은 중간송본 『예기주소』에는 없다. 황절의 보충 설명인 것 같아 구분했다.

『사기』「천관서(天官書)」: "각수(角宿)의 두 별 중 동쪽의 별[左角]은 '李'이고, 서쪽의 별[右角]은 '將(장)'이다." 색은 : "'李'는 '理'이니 법관이다."

『한서』「호건전(胡建傳)」 '黃帝李法(황제이법)' 안사고 주 : "'李'는 법관의 이름이다. 그래서 그 책을 '李法'이라고 했다. '李'와 '理'는 음이 같다."

'行李'는 혹은 '行理'라고도 쓴다.

『좌전』「소공·13년」: "자산이 '(…중략…) "行理"의 명령이 이르지 않는 달이 없다'라고 말했다."

『국어(國語)』「주어(周語)·중」: "지위가 대등한 국가에서 빈객이 오면 '行理'가 계절에 맞춰 그를 맞이한다."[100]

[전중련] '篤(독 : 살피다)' 자는 송본에는 '駕(가 : 부리다)'로 되어 있다.[101]

【평설】

[황절] 오여륜 : '옛 슬픔前悲'은 아마 원흉 유소劉劭, 426?~453를 말하고, '나중 감개後感'는 아마 전폐제를 말하는 것 같다.[102] 끝 4구는 "나는 모

---

100) "以節迎之"의 '迎(영)' 자는 원문은 '逆(역)'으로 되어 있는데, 뜻은 같다. '行李(행리)'는 본뜻이 사자(使者)이지만, 포조 시에서는 여행·여정의 뜻으로 쓰였다. '篤行李(독행리)'는 여정에 조심하라는 뜻이다. 중국번은 '가는 길에 옥체 보중하기 바란다[珍重道塗]'라는 뜻이라고 했다(『십팔가시초』 권3).

101) 사고본·사부비요본과 『악부시집』에는 '篤'으로 되어 있고, 송본의 '駕' 자 주에서는 "'篤(篤)'으로 된 판본도 있다'라고 했다. 의미상 '篤'이 더 낫다.

102) 유소는 송 문제의 태자로, 원가 30년 반란을 일으켜 부왕을 시해하고 즉위했으나, 3개월 뒤 무릉왕(武陵王) 유준(劉駿, 430~464. 즉 효무제, 453~464 재위)에게 진압당하여 처형되었다. 전폐제는 「대호리행」의 [평설] 중 [황절]과 역주를 볼 것.

반의 명령이 있음을 들었으나, 감히 남에게 알리지 못한다"[103]라는 취지이다.『포참군집선』

[전중련] 왕부지 : 포조에게는 지극히 조탁을 가하고 지극히 아름다운 작품이 있다. 그러나 조탁한 것은 정체되고 중첩된 결점이 있으며, 아름다운 것은 경박한 결점이 있어서, 진송晉宋 시기의 시가 조탁과 아름다움이 주류를 이룬 제량齊梁 시기로 내려가더라도, 역시 그러하다는 비판을 면할 수 없을 것이다. 오직 이 시처럼 조탁하지 않고 아름답지 않은 작품만은 가락과 정조가 서로 조화를 이루어서, 소탈하되 비루한 데로 빠지지 않고, 질박하여 절로 운치가 있다. 따라서 타고난 재능이 실로 탁월하니, 한 방향만 추구하는 사람들이 바라볼 수 있는 바가 아니다.『고시평선(古詩評選)』권1

---

103) 『모시』「당풍(唐風)·양지수(揚之水)」 제3장 마지막 2구이다. 『모시』 원문은 '我聞有命, 不敢以告人'으로 되어 있다. 「양지수」에 대해 「모시서」에서는 진(晉) 소공(昭公)을 풍자한 것으로, 소공이 나라를 쪼개어 그의 숙부 성사(成師)를 곡옥(曲沃)에 봉했는데, 곡옥이 강성해지고 소공이 미약해지자, 나라 사람들이 장차 모반하여 곡옥에 귀순하려고 했기에, 이 시를 지은 것이라고 했다.

代櫂歌行

羈客離婁時, 飄颻無定所.¹ 昔秋寓江介, 玆春客河漘.²

往戢于役身, 願言永懷楚.³ 泠泠儵疏潭, 邑邑雁循渚.⁴

飂戾長風振, 搖曳高帆擧.⁵ 驚波無留連, 舟人不躊竚.⁶

「뱃노래」를 본떠

나그네로 시류 속에 얽혀들어서

떠도느라 머물 곳은 정처 없었지.

지난가을 장강 변에 머물렀는데

이 봄에는 황하 가를 떠돌고 있네.

행역은 지난번에 그만뒀는데

간절히도 오래도록 고향 그립네.

살랑살랑 살치는 못에 널려 헤엄치고

기럭기럭 기러기는 물가를 빙빙 도네.

위잉위잉 긴 바람이 떨쳐 일어서

흔들흔들 높은 돛을 펼쳐 올리네.

거친 파도에도 망설임 없이

뱃사람은 조금도 주저치 않네.

【해제】

[전진륜]『악부해제樂府解題』: "진악晉樂으로 연주하는, 위 명제226~239 재위의 노래는 '왕자가 큰 교화를 편다王者布大化'라고 했는데, 오나라를 평정한 공훈을 상세히 언급했다. 진 육기의 '느릿느릿 봄은 저물어 가고遲遲春欲暮'편과 양 간문제의 '이 몸은 상수 가에 살고 있지요妾住在湘川' 편은 다만 배를 타고 노를 젓는 노래를 하는 것만 언급할 뿐이다."[104]

---

104) 위 명제 조예(曹叡, 206~239)의 「도가행(櫂歌行)」(『악부시집』권40「상화가사
· 슬조곡 · 도가행」)은 다음과 같다.

王者布大化	왕자께서 큰 교화를 펴시었으니
配乾稽后祇	그 은덕이 천신과 지기에 맞먹는다.
陽育則陰殺	양기로 기르시니 음기는 사라지고
晷景應度移	해그림자 모름지기 옮겨가리라.
文德以時振	문치 덕화 때맞춰 진작시키고
武功伐不隨	무공에는 정벌이 따르지 않네.
重華舞干戚	순임금이 무공을 크게 떨치니
有苗服從媯	삼묘족(三苗族)이 그에게 복종했지.
蠢爾吳蜀虜	어리석다, 오와 촉의 오랑캐들아
憑江棲山阻	양자강과 험한 산에 의지했구나.
哀哉王土民	불쌍하다, 저들 왕의 사민(士民)들이여
瞻仰靡依怙	쳐다봐도 의지할 곳이 없구나.
皇上悼愍斯	황상께서 이들을 긍휼히 여겨
宿昔奮天怒	곧바로 천자께서 분격하시니,
發我許昌宮	허창의 궁궐에서 군사 일으켜
列舟于長浦	양자강의 포구에 전함 모았다.
翌日乘波揚	다음날 물결 타고 돛을 올리니
棹歌悲且涼	뱃노래 비장하고 처량하도다.
太常拂白日	천자의 태상기(太常旗)는 해를 스치고
旗幟紛設張	온갖 기치 어지러이 늘어서 있다.
將抗旌與鉞	정기와 부월(斧鉞)을 높이 쳐들어
耀威於彼方	적군에게 위세를 크게 떨쳤다.

[황절] 위 명제 「도가행櫂歌行」: "'뱃노래'는 비장하고 처량하도다."

주건 『악부정의』: "아마 배를 탈 때 지은 것 같다."[105]

伐罪以吊民	죄인을 정벌하여 백성을 위로하고
淸我東南疆	우리의 남동방을 맑히셨도다.

육기의 작품은 다음과 같다.

遲遲暮春日	길고도 따사로운 늦은 봄날에
天氣柔且嘉	날씨는 보드랍고 아름답구나.
元吉降初巳	큰 복이 삼짇날에 내려오시니
濯穢遊黃河	때를 씻고 황하에 물놀이 간다.
龍舟浮鷁首	용선에는 익조(鷁鳥) 머리 높이 쳐들고
羽旗垂藻葩	날개 기엔 말 꽃무늬 드리웠구나.
乘風宣飛景	햇빛이 퍼진 속에 바람을 타고
逍遙戲中波	한가로이 물결에서 물놀이한다.
名謳激淸唱	명창이 맑은 노래 한껏 부르니
榜人縱櫂歌	뱃사공은 뱃노래를 맘껏 부른다.
投綸沈洪川	깊은 강에 낚싯줄 던져 드리우고
飛繳入紫霞	붉은 노을 속으로 주살 날린다.

양 간문제 소강(蕭綱, 503~551)의 작품은 다음과 같다.

妾家住湘川	저의 집은 상수 가에 살고 있어서
菱歌本自便	「채릉가(採菱歌)」는 본디부터 잘 부르지요.
風生解刺浪	바람 일면 부딪는 물결 헤칠 줄 알고
水深能捉船	물 깊어도 배 똑바로 저어 가지요.
葉亂由牽荇	잎처럼 흔들림은 노랑어리연꽃에 걸려서고
絲飄爲折蓮	실처럼 나부낌은 끊인 연 대 때문이지요.
濺妝疑薄汗	화장에 물이 튀니 땀 살짝 난 것 같고
沾衣似故湔	의상에 물 젖으니 전에 씻은 흔적 같다.
浣紗流暫濁	고운 깁 씻으니 물결 잠시 흐려지고
汰錦色還鮮	비단을 씻으니 빛깔 아직 선명하다.
參同趙飛燕	춤 잘 추는 조비연을 따라가 보고
借問李延年	곡 잘 짓는 이연년에 물어보노라.
從來入弦管	종래에 관현악에 들어간 것이
詎在櫂歌前	「뱃노래」보다 먼저인 것 무엇이던가.

105) 정복림은 이 시의 창작 시기에 대해, 원가 21년(444) 봄 포조가 임천왕 복상 후

[전중련]『악부시집』에는 이 시를 「상화가사」의 「슬조곡」에 넣었다.

【주석】

1 [전진륜] 유경숙(劉敬叔)『이원(異苑)』: "서하(西河)에 물속에 종(鐘)이 있어서, 초하루와 그믐이면 울리는데, '나그네[羇客]'가 들으면 몹시 구슬퍼진다."

『옥편』: "'飄飆(표요)'는 위로 솟아오르며 부는 바람이다."[106]

[황절] 육기「낙양으로 가는 도중에[赴洛道中]」시 : "세속의 그물이 내 몸을 '얽었다'[世網'嬰'我身]."『문선』이선 주 : "'설문해자'에 '嬰(영)'은 휘감는 것[繞]이라고 했다."[107]

2 [전진륜]『초사』「구장·애영(哀郢)」: "'양자강 유역'에 전해오는 유풍을 슬퍼한다[悲'江介'之遺風]."

『모시』「왕풍(王風)·갈류(葛藟)」제1장 : "[길게 자란 칡덩굴이,] '황하 가의 언덕'에 자란다[在'河之滸']."

[전중련]『악부시집』에는 '玆(자)'자 아래의 주에서 "어떤 판본에는 '今(금)'으로 되어 있다"라고 했다.

고향에 머물다가 이듬해(445) 청양왕 유외게의 부름을 받고 그를 시종하여 양군(梁郡 : 치소는 지금의 하남성 상구시(商丘市) 수양구(睢陽區))으로 가면서 지은 것이라고 보았다. 그렇게 보면 '지난가을[昔秋]' 2구는 이 무렵 포조의 자취와 부합하고, '행역은[往戜]' 2구는 임천왕 막부에서 근무하던 시절에 대한 그리움을 나타낸 것이라고 보았다(『교주』, 250~252쪽).

106) 포조 시에서는 '漂迫(표박 : 떠돌다)'의 뜻으로 쓰였다.

107) '離(리)'는 '罹(리 : 당하다, 걸리다)'와 통한다. '時(시)'는 임숭산은 '世網(세망)'의 뜻으로 보고(9쪽), Chen은 '시류(時流 : in the current of time)'의 뜻으로 풀이했다. 모두 육기 시의 의미를 취한 것이다.

3 **[전진륜]**『모시』「왕풍·군자우역(君子于役)」제1장 : "우리 임은 '역사에 나가 계신다[君子'于役]."

『사기』「항우본기(項羽本紀)·찬(贊)」: "항우는 함곡관(函谷關)을 등지고서 고향인 '초 땅을 그리워했다[懷楚]'."[108]

[전중련]『악부시집』에는 이 구가 "願令懷永楚"로 되어 있다.[109]

4 **[전진륜]** 송옥(宋玉, 298?~222 B.C.?)「풍부(風賦)」: "바람 '맑고도 시원하여라[淸淸泠泠]', [병을 낫게 하고 술을 깨게 하네.]"

『장자』「추수(秋水)」: "'儵魚(조어)'가 한가롭고 편안하게 헤엄치고 있다."

곽상 주 : "바로 살치[白儵]이다."[110]

---

108) 장수절(張守節)은「정의(正義)」에서 '懷楚(회초 : 초 땅을 그리다)'는 동쪽 고향으로 돌아가 팽성(彭城 : 지금의 강소성 서주시(徐州市))에 도읍을 정하고자 하는 생각이라고 했다. 포조 시에서는 고향을 그린다는 뜻이다. '役身(역신)'은 행역(行役) 즉 직무로 타향을 떠도는 몸이라는 뜻이다.

109) 금본『악부시집』에는 "願令懷水楚"로 되어 있다. 필사 과정에서 '永'이 '水'로 바뀌었는데, '水懷楚'가 뜻이 통하지 않자 다시 '懷水楚'로 고친 것 같다. 오덕풍은 '水'는 '永'의 괴자(壞字)이고 '懷永'은 '永懷'의 오도(誤倒)라고 했다(52b쪽). '願言(원언)'은 간절하게 그리워하는 모양이다.『모시』「패풍·이자승주(二子乘舟)」제1장에 "임 생각을 할 적마다, 마음은 조마조마[願言思子, 中心養養]"라고 했는데, '願'을「모전」에서는 '늘[每]'이라고 풀이했고, 정현의「전」에서는 '생각한다[念]'로 풀이했다.「위풍(衛風)·백혜(伯兮)」제4장에도 "우리 임 그릴 적마다, 생각이 그지없어 머리가 아프네[願言思伯, 甘心首疾]"라고 했다.

110) '儵(조)'자는 '儵(숙)'으로 된 판본도 있고, 발음도 '條(조)', '直留反(주)', '由(유)' 등 다양하게 읽는데, 노문초는 본문과 주 모두 '儵(조)' 자가 되어야 한다고 했다(곽경번(郭慶藩),『장자집석(莊子集釋)』참조). 곽박이 주에서 말한 '白儵'은 잉어목 잉엇과에 속하는 민물고기 '살치(Hemiculter leucisculus : Sharpbelly)'로 보인다. 우리나라에서는 본문의 '儵魚'를 흔히 '피라미(Zacco platypus : pale chub)'로 풀이한다. 피라미도 잉엇과에 속하는데 살치보다 조금 작다. '泠泠(령령)'은 맑고 시원한 모양이고, '嗈嗈(옹옹)'은 새들이 즐겁게 지저귀는 소리 또는

『모시』「패풍·포유고엽(匏有苦葉)」제3장 : "기러기가 '다정히 울음 울며', 해 떠올라 아침이 열리네[離離'鳴雁, 旭日始旦]."

『모시』「빈풍·구역(九罭)」제2장 : "큰기러기가 날면서 모래톱 따라가네[鴻飛遵渚]."

[황절]『초사』「구가·상부인(湘夫人)」'疏石蘭兮爲芳(석란을 늘어놓아 방향을 풍기게 한다)' 왕일 주 : "疏(소)'는 늘어놓는 것[布陳]이다."

[전중련] '儵'는 송본에는 '篠(소 : 조릿대)'로 되어 있다.

5 [전진륜] 반악(潘岳, 247~300)「서정부(西征賦)」: "맑은 바람을 '쏴쏴' 토해 낸다[吐淸風之'飂戾']."

[전중련]『악부시집』에는 '搖曳(요예)' 아래의 주에서 "어떤 판본에는 '飄遙(표요)'로 되어 있다"라고 했다.[111]

6 [전진륜] 장형(張衡, 78~139)「서경부(西京賦)」: "'놀란 파도'처럼 흩어지고[散似'驚波'], [높은 언덕처럼 모여든다.]"

목화(木華, 약 290 전후)「해부(海賦)」: "'뱃사람'과 어부가 파도에 밀려, 남으로 갔다가 동으로 갔다가 한다['舟人'漁子, 徂南極東]."

【평설】

[황절] 주건 : 행역行役에 지쳐 배를 돌려 돌아가고픈 생각이 일어남을

즐거운 모양이다.

111) '飂戾(료려)'는 바람 소리를 표현한 의성어이고, '搖曳(요예)'는 바람에 흔들리는 모양을 나타낸 의태어이다. '飄遙'는 '飄搖', '飄颻'로도 적으며, 바람에 나부끼거나 날아오르는 모양을 나타낸다.

노래한 것이다. 내가 『송서』를 읽었는데, 전폐제 유자업劉子業, 449~466 경화景和 원년465에 원의袁顗, 420~466가 옹주雍州 자사 직을 달라고 청했으나, 그의 외삼촌 채흥종蔡興宗, 415~472은 자신이 형주荊州 장사長史였으므로, 거절하고 시행하지 않았다. 원의가 "조정의 형세는 모두가 함께 보는 대로입니다. 안에 있는 대신은 바람 앞의 등불입니다"라고 하자, 채흥종은 "궁중 부서의 안팎에서 아무도 자기를 보호할 수 없으니, 틀림없이 변고가 있을 것이다. 안에서 생긴 재난은 풀 수 있지만, 밖의 재앙은 헤아릴 수 없을 것이다. 너는 밖에서 온전하기를 구하지만, 나는 안에 있으면서 화를 면하고자 한다"라고 했다. 나중에 유자훈劉子勛의 반란이 실패한 뒤, 외지에서 재난에 처하여 떠도는 자들은 백에 하나도 살아남지 못했다. 사람들은 채흥종의 선견지명에 탄복했다. 포조는 거센 파도가 오래 머물 수 없음을 알았으나, 끝내 반란군에게 죽임을 당했으니, 또한 백에 하나도 살아남지 못한 가운데 들게 되었다. 군자가 난세에 살면서, 나아감과 물러남에 있어 자신의 몸을 온전히 지키지 못했으니, 슬픈 일이로다! 『악부정의』 권8

오여륜 : 이 시 또한 난亂을 염려하는 취지를 읊은 것이다. 『포참군집선』

代白頭吟

直如朱絲繩, 清如玉壺氷.[1] 何慙宿昔意, 猜恨坐相仍.[2]

人情賤恩舊, 世議逐衰興.[3] 毫髮一爲瑕, 丘山不可勝.[4]

食苗實碩鼠, 玷白信蒼蠅.[5] 鳧鵠遠成美, 薪芻前見陵.[6]

申黜褒女進, 班去趙姬昇.[7] 周王日淪惑, 漢帝益嗟稱.[8]

心賞猶難恃, 貌恭豈易憑.[9] 古來共如此, 非君獨撫膺.[10]

「흰머리 될 때까지」를 본떠

곧기는 붉은색 명주 현 같고

맑기는 옥 병 속 얼음과 같네.

묵은 뜻은 부끄러울 것 전혀 없지만

시기와 원망이 공연히 이네.

인심은 정과 의리 천히 여기고

세론은 흥망성쇠 쫓을 뿐이네.

터럭만큼 흠이라도 일단 생기면

언덕과 산이라도 견딜 수 없지.

곡식 싹을 먹는 것은 실은 큰 쥐며

흰 것을 더럽히는 건 쉬파리라네.

학은 먼 데서 와 귀염을 받고

땔나무는 먼저 와서 밑에 치이네.

신후가 쫓겨나니 포사가 들어오고

반첩여 떠나가니 조비연이 올라갔지.

주 유왕은 날로 빠져 미혹되었고

한 성제는 더욱 반해 칭찬했었지.

마음속의 사랑도 믿기 힘든데

공손한 용모만을 쉬이 기대리?

예로부터 모두가 이러했으니

그대만이 가슴 칠 일은 아니네.

【해제】

[전진륜] 이선 주를 수록한다.

[이선] 『서경잡기西京雜記』: "사마상여가 무릉茂陵의 두 여인을 첩으로 맞아들이려 할 때, 그의 아내 탁문군卓文君이 「흰머리 될 때까지白頭吟」를 지어, 스스로 인연을 끊으려 하자, 사마상여는 그만두었다."

심약『송서』「악지樂志·3」: "고사 「흰머리 될 때까지」에 '쓸쓸하고 또 쓸쓸하나, 시집가는 데 울 거야 없지. 바라건대 변심치 않을 사람을 만나, 흰머리 될 때까지 헤어지지 말기를凄凄重凄凄, 嫁娶不須啼.[112] 願得一心人, 白頭不相離'이라고 했다."

[전중련]『악부해제』: "고사 '희기는 산 위의 눈 같고, 밝기는 구름 사이 달 같다皚如山上雪, 皎如雲間月' 가사는 남편이 딴마음을 가지게 되어 그

---

112) '不須(불수)'는 표점교감본에는 '亦不(역불)'로 되어 있다.

와 결별하고자 함을 말하고, 이어서 개울가에서 그 본심을 토로함을 말하고, 마지막으로 남아는 마땅히 의기를 중히 여겨야지 돈은 아무 소용없음을 말했다. 포조의 '곧기는 붉은색 명주 현 같고'(…중략…) 같은 것은, 청렴 정직하고 고결하면서도 '금속도 녹이고 옥에 흠을 낼' 만큼 극심한 비방을 당했음을, 스스로 가슴 아파하고 있어서 고문과 가깝다."[113]

【주석】

1 [이선] '朱絲(주사)'는 '붉은색 현[朱絃]'이다.

---

113) 이 시의 창작 시기에 대한 견해는 두 가지로 정리할 수 있다. 하나는 종우민(鍾優民)과 소서륭(蘇瑞隆)이 제기한, 원가(424~453) 연간 유의경의 제재를 받고 지은 것이라는 견해이다. 그 근거는 「은총을 입어 사면됨을 감사하는 상소[謝隨恩被原疏]」와 「거위[野鵝賦]」 등의 작품에 나타난 내용이, 이 시와 대체로 일치한다는 점이다. 「거위」의 창작 시기를 전중련은 원가 16년(439)으로 보았는데(『집주』, 432쪽), 정복림은 원가 20년(443) 유의경 생존 시에 지어졌을 가능성이 크다고 보았다(『교주』, 84~86쪽). 「은총을 입어 사면됨을 감사하는 상소」의 창작 시기를, 조도형은 번왕에게 '칭신(稱臣)'한 것은 원가(424~453) 시기이며, 이 글의 내용이 「거위」와 일치하는 면이 있는 점 등을 근거로, 임천왕 막료 시절에 지어진 것이라고 보았고(「창작 시기」, 380~381쪽), 정복림은 문제가 대사면을 실시한 원가 19년(442) 4월 이후의 작으로 보면서, 자신의 기존 견해인 원가 17년 설(『연구』, 64쪽)을 수정했다(『교주』, 864~865쪽). 다른 하나는 정복림이 제기한, 효무제 대명 원년(457) 태학박사로서 중서사인을 겸임하다가 말릉령으로 나가게 된 시기에 지었다는 견해이다. 그 주요 근거는 「영안령 직에서 금지령을 해제하심에 감사하는 계[謝永安令解禁止啓]」이다. 정복림은 포조가 태학박사 직에서 무고를 받아 말릉령이라는 지방관으로 나가게 되어 지은 시가 이것이고(『교주』, 161~163쪽), 그 후 몇 차례의 관직을 옮긴 후 영안령이 되었으며, 이 상소문은 대명 5년(460)에 지은 것이라고 했다(『교주』, 814~816쪽).

『예기』「악기(樂記)」: "고대 제왕이 종묘제례에서 사용하는 음악인 「청묘(淸廟)」를 연주하는 슬(瑟)은 '붉은색 현[朱絃]'에 공명통을 크게 한다."

환담『신론(新論)』권하 「금도(琴道)」: "신농씨(神農氏)가 (…중략…) 처음 오동나무를 깎아 금을 만들고 '명주실을 꼬아[繩絲]' 현을 만들었다."

『진자(秦子)』: "'옥병(玉壺)'은 반드시 채워지길 추구하고, 간장검(干將劍)은 반드시 벨 수 있기를 바란다."

[황절] 응소(應劭, 153?~196)『풍속통의(風俗通義)』: "사람이 '맑고 고상하기가 얼음의 깨끗함과 같다[淸高如冰之潔]'라는 말이다."[114]

2 **[이선]** 풍연(馮衍)「처남 임무달에게 주는 답서[答任武達書]」: "'오래 묵힌 생각'을 감히 드러내어 말하지 못하겠네[敢不露陳'宿昔之意']."

『동관한기』: "단경(段熲, ?~179)이 상주했다. '장환(張奐, 104~181)은 사세가 서로 어긋나게 되자, 마침내 "시기하고 원망하는 마음[猜恨]"을 품게 된 것입니다.'"

『방언』: "'猜(시)'는 의심하는 것[疑]이다."

『이아』「석고(釋詁)」: "'仍(잉)'은 그대로 답습하는 것[因襲]이다."

3 **[이선]**『모시』「소아·곡풍(谷風)」「소서」: "유왕(幽王)을 풍자한 것이다. 천하의 풍속이 야박해지고 '친구 간의 도리가 끊어졌다[朋友道絶]'." 정현 전: "'도리가 끊어졌다[道絶]'라는 것은 '오랜 벗을 저버리는 것[棄恩舊]'이다."

---

114) 『문선』권47 육기「한 고조 공신 송(漢高祖功臣頌)」의 "周苛慷慨, 心若懷冰(주가(?~203 B.C.)는 비분강개했으니, 마음은 얼음을 품고 있는 듯했다)"의 이선 주에 인용된 것이다. 엄가균의『전후한문(全後漢文)』권37에『풍속통의』의 일문(佚文)으로 집록(輯錄)되어 있다.

4   **[이선]** 이우(李尤, 44?~126?)「극명(戟銘)」: "산악처럼 큰 재앙도 털끝처럼 작은 데서 시작된다[山陵之禍, 起於毫芒]."

중장통(仲長統, 179~220)『창언(昌言)』: "일을 함에 있어서는 '터럭만큼의 흠[絲毫之釁]'도 찾아내야 한다."

동진 손성(孫盛)이 말했다. "유곤(劉琨, 271~318)과 왕준(王濬, 252~314)이 눈을 흘길 만큼 사이가 나빠진 것은 '터럭만큼 작은 데'서 비롯되어, 틈새가 벌어져 어그러진 것이 '산과 바다처럼 커지게' 되었다[眭眦起於'絲髮', 釁敗成於'丘海']."

『문자(文子)』 권상: "화와 복이 이르는 것은, 비록 '구릉과 산악[丘山]'만큼 커도 그것을 알아챌 길이 없다."

5   **[이선]**『모시』「위풍(魏風)·석서(碩鼠)」 제3장: "큰 쥐야 큰 쥐야, '우리 곡식 먹지 마라'[碩鼠碩鼠, '無食我苗']."

『모시』「소아·청승(青蠅)」 제1장: "'윙윙 쉬파리가', 울타리에 앉았네['營營青蠅', 止于丘樊]." 정현 전: "파리라는 벌레의 성질은 '흰 것을 더럽혀 검게 만들고[汙白使黑]' 검은 것을 더럽혀 희게 만들므로, 아첨을 잘하는 사람이 선악을 문란케 하는 것을 비유한다."

[선중련] 송본, 육신본『문선』,『옥대신영』,『악부시집』에는 '玷(점)'이 '點(점)'으로 되어 있다.

허손행『문선필기』: "'玷'은 마땅히 '點'이 되어야 한다. 『설문해자』에서 "'刮(점)"은 이지러지는 것[缺]으로 의미부는 刀(도)이고 소리부는 占(점)이다. 『모시』「대아·억(抑)」에 "백옥의 규에 생긴 흠[白圭之刮]"이라고 했는데, 丁

(정)과 忝(념)의 반절 즉 "점(diàn)"이다'라고 했다. 금본 『모시』에는 '玷'으로

되어 있다. 『설문해자』에서 "'點'은 자그마한 검정 점[小黑]으로 의미부는 黑

(흑)이고 소리부는 占(점)이다. 多(다)와 忝(첨)의 반절 즉 "점(diǎn)"이다'라

고 했다. 속석(束晳, 264?~303) 「보망시(補亡詩) · 백화(白華)」에 '더럽혀 욕

되게 하지 말라[莫之點辱]'라고 했다. 파리라는 벌레의 성질은 흰 것을 더럽혀

검게 만들고 검은 것을 더럽혀 희게 만들기 때문에, '흰 것을 더럽히는 건 실로

쉬파리'라고 한 것이다. 어찌 '이 빠져 이지러지는 것[玷缺]'을 말하는 것이겠

는가!"

6 **[이선]** 『한시외전』권2 : "전요(田饒)는 노 애공(哀公, 494~466 B.C. 재위)을

섬겼으나 중용되지 못했다. 그래서 애공에게 말했다. '신은 곧 전하를 떠나

"황학(黃鵠)"처럼 날아오르려고 합니다.' 애공이 말했다. '무슨 말인가?' 대답

했다. '전하께서는 저 "닭[鷄]"을 못 보셨습니까? 머리에 모자 즉 볏을 쓰고 있

는 것은 문(文)을 상징하고, 발에 며느리발톱이 붙어 있는 것은 무(武)를 뜻합

니다. 적이 나타나면 용감하게 싸우는 것은 용(勇)이요, 먹을 것을 보면 무리

를 부르는 것은 인(仁)이요, 밤을 지키며 시간을 어기지 않는 것은 신(信)을 나

타냅니다. 닭에게는 이러한 오덕(五德)이 있는데도 전하께서는 오히려 매일

그것을 삶아서 잡수시는데, 그것은 바로 닭이 가까이에 있는 것이기 때문입니

다. 저 황학은 한 번에 천 리를 날아 임금님의 정원과 연못에 내려앉아서는, 전

하가 기르는 물고기를 잡아먹고 전하의 곡식을 쪼아 먹습니다. 이 오덕을 지

니지도 못했음에도 불구하고, 전하께서는 오히려 그것을 귀하게 여기시는데,

그것은 황학이 먼 곳에서 왔기 때문입니다. 그래서 제가 곧 임금님의 곁을 떠

나려는 것은 바로 황학이 멀리 날아가는 것입니다.' 애공이 말했다. '[그만 멈추시오.] 내 그대의 말을 기록해두겠소.' [전요가 말했다. '신은, 남의 밥을 얻어먹는 자는 그 그릇은 깨뜨리지 않고, 나무 그늘에서 쉬는 자는 그 나뭇가지를 꺾지 않는다고 들었습니다. 신하가 있어도 제대로 활용하지는 않고, 그 말만 적어두어 무엇하시겠습니까?' 마침내 떠났다.]"

『문자』「상덕(上德)」: "따라서 성인은 청정 무욕하고 자연의 이치에 순응하기 때문에, 항상 뒤처질 뿐 앞서지 않는다. 비유하자면 '장작더미를 쌓으면 뒤에 온 것이 위에 놓이는 것[積薪燎, 後者處上]'과 같다."

『창힐편(蒼頡篇)』: "'陵(릉)'은 짓밟는 것[侵]이다."

『사기』「급암열전(汲黯列傳)」: "급암이 무제(武帝)에게 말했다.[115] '폐하께서는 여러 신하를 쓰시는 것이 마치 "땔나무를 쌓아두는 것[積薪]" 같이 하셔서, 나중에 온 사람이 높은 자리에 오릅니다.'"

[전중련] 『악부시집』에는 '陵'이 '凌(릉)'으로 되어 있다.

7   **[전중련]** 『악부시집』에는 '昇(승)'이 '升(승)'으로 되어 있다.

8   **[이선]** 『모시』「소아・백화(白華)」 소서: "[주나라 사람들이 유왕(幽王)의 두 번째 후비(后妃)인 포사(褒姒)를 풍자한 것이다.] 유왕은 신(申) 씨의 딸에게 장가들어 후비로 삼았다. 또 포사를 얻고는 신후(申后)를 폐출했다. [그래서 제후국들 역시 그 영향을 받아, 첩을 처로 삼고 서자로 대를 잇게 했으

---

115) 이 문장은 표점교감본에는, 자신이 구경(九卿)의 반열에 올랐을 때 하급 관리였던 공손홍(公孫弘)과 장탕(張湯)이, 지금 자기와 동렬인 승상과 어사대부에 오르자, 급암이 불만을 품고 "상을 알현하자 나서서 말한[見上, 前言曰]" 것으로 되어 있다.

나, 왕은 그것을 바로잡을 수 없었기에 주나라 사람들이 그 때문에 이 시를 지은 것이다.]

『한서』「외척전 · 하」: "성제(成帝, 33~7 B.C. 재위)가 처음 즉위하자, '반첩여(班婕妤)'는 선발되어 후궁에 들어갔다. 처음에는 소사(少使)가 되었다가, 얼마 지나지 않아 큰 은총을 입어 첩여가 되어 증성사(增成舍)에 거처했다. (…중략…) 나중에 '조비연(趙飛燕)'의 총애가 성해져, 반첩여가 총애를 잃게 되니 다시 받아들여지기를 바랐다. (…중략…) 성제가 붕어하자 반첩여는 왕의 무덤을 돌보는 일에 충원되었다가 죽었다."[116]

『상서』「미자(微子)」 '今殷其淪喪(지금 은나라는 장차 침몰하여 사라질 것이다)' 공안국 전 : "'淪(륜)'은 침몰하는 것[沒]이다."

[황절] 『옥대신영』 오조의(吳兆宜) 주 : "『사기』에 '포사가 잘 웃지 않아서, 유왕은 만방으로 웃겨보려 했지만 끝내 웃지 않았다. 유왕은 봉화를 피우고 큰북을 쳤는데, 도적이 쳐들어오면 봉화를 올리는 것이어서 제후들이 다 모였는데, 와서 보니 도적이 없었다. 포사는 비로소 크게 웃었'라고 했다. 그래서 '주 유왕은 나날이 빠져들어 미혹되었다'라고 한 것이다. 『비연외전(飛燕外傳)』에 '황제는 항상 번예(樊嬺 : 조비연 고모)에게 사사로이 , '황후가 비록 빼어난 향기가 있지만, 첩여(조비연)의 몸이 절로 향기가 나는 것에 미칠 수 없다'라고 말

---

116) 표점교감본에는 "成帝初即位, 班婕妤選入後宮"은 "孝成班倢伃, 帝初即位選入後宮 (효성황제의 반첩여는 황제가 막 즉위했을 때 후궁에 선발되어 들어갔다)"로 되어 있고, "後趙飛燕寵盛, 婕妤失寵"은 "其後, 趙飛燕姊弟亦從自微賤興, 踰越禮制, 寢盛於前, 班倢伃及許皇后皆失寵(그 뒤에 조비연 자매 역시 미천한 신분에서 일어나, 규정된 예법을 벗어나서 전보다 점점 강성해지자, 반첩여 및 허황후는 모두 총애를 잃게 되니)"로 되어 있다.

했다고 했다. 그래서 '한 성제는 더욱 감탄하여 칭찬했다'라고 한 것이다."

여소객(余蕭客, 1732~1778) 『문선기문(文選紀聞)』: "『비연외전(飛燕外傳)』에 '조비연은 양아공주(陽阿公主)의 가령(家令) 대인을 통해 입궁했다. (…중략…) 궁중에서 본래 굄을 받던 이가 조용히 황제에게 물어보자, 황제가 말했다. "풍만하기는 남음이 있고, 유연하기는 뼈가 없는 듯하며, 겸손하고 경외하는 듯 물러서서, 먼 듯 가까운 듯하니, 예의를 아는 사람이다. 어찌 너희들처럼 어깨를 움츠리고 아부하는 자들과 견줄 수 있겠는가?"'라고 했다. 이것이 이른바 '한 성제는 더욱 감탄하여 칭찬했다'라는 것이다."

[전중련] 양장거 『문선방증』: "『비연외전』은 나중에 나온 위서(僞書)여서, 이선(李善)은 보지 못한 것이다. 여소객이 인용한 것은 잘못이다."

9 **[이선]** 『여씨춘추』「임수(任數)」: "사람들이 의지하는 것이 마음이지만, '마음도 의지할 만하지 못하다'[所恃者心也, '心猶不足恃']."

『상서』「홍범(洪範)」: "용모는 공손해야 한다[貌曰恭]."[117]

[전중련] 『악부시집』에는 '猶(유 : 오히려)'가 '固(고 : 본디)'로 되어 있다.

10 **[이선]** 『열자(列子)』「설부(說符)」: "옛사람 중에 불사의 방도를 안다고 하는 자가 있었다. (…중략…) 제자(齊子)라는 사람 역시 그 방도를 배우고 싶었으나, 말한 사람이 죽었다는 소문을 듣고는 '가슴을 치며' 한탄을 했다[昔人有知不死之道者. (…중략…) 聞言者已死, 乃'撫膺'而退]."[118]

---

117) 「홍범」에는 우(禹)가 정한 정치 도덕의 아홉 원칙인 '홍범구주(洪範九疇)'가 제시되어 있는데, 두 번째가 '공경하게 처리해야[敬用]' 할 일 다섯 가지 즉 '오사(五事)'이다. 오사 중의 첫째가 '용모[貌]'인데, 그 용모는 '공손[恭]'해야 하며 '공손함'은 '엄숙[肅]'함을 만든다고 했다.

　　[황절] 유리 : '터럭만큼毫髮'은 적은 것을 비유하고 '언덕과 산丘山'은 많은 것을 비유한다. (…중략…) 이것은 대개 포조가 남에게 이간질을 당하여 임금에게 버림을 받았기 때문에, 이 제목을 빌려 소회所懷를 비유한 것일 것이다. (…중략…) 작품의 말미에서는, 예로부터 다 이와 같았으니 그대만 그러한 것은 아니라고 다시 말하여, 스스로 위로했다. 『모시』에서 "나는 천명을 받아들인 옛사람을 생각한다, 원망을 없이 하려고我思古人, 俾無訧兮!"라고 한 것이 이와 같은 뜻 아닌가!『선시보주』 권7119)

　　오기 : 「흰머리 될 때까지白頭吟」는 탁문군卓文君으로부터 시작되었다. 작품에서 인용한 "반첩여 떠나고 조비연 올라간다"라고 한 것은 나중의 고사이니, 의악부擬樂府라는 것은 다만 옛 제목만을 빌려 모의한 것일 따름이다. '恩은'은 '정情'을 말하고 '舊구'는 '의義'를 말한다. '恩'과

---

118) '退(퇴)'는 『문선』에는 '歎(탄)'으로 되어 있고, 장담(張湛) 『열자주(列子注)』(제자집성본(諸子集成本))에는 '恨(한)'으로 되어 있다. 또 제자집성본에는 '昔人(석인)' 뒤에 '言(언)' 자가 있는데, 청 도홍경(陶鴻慶)은 『독열자찰기(讀列子札記)』에서 '有言(유언)'의 잘못된 도치라고 했다. 이를 참고하여 번역했다.

119) 저본의 "篇末如 『衛風』 所云 : '(…중략…)'"은 원문이 "篇末復言古來皆已如此, 非獨爾爲然者, 以自寬也. 『衛詩』云 : '(…중략…)', 其是之謂乎"로 되어 있다. 번역은 이를 따랐다. 인용한 『모시』는 「패풍·녹의(綠衣)」 제3장이다. 이 시는 오늘날은 죽은 아내를 그리워하는 '도망시(悼亡詩)'로 보고, '古人(고인)'은 '故人(고인)' 즉 죽은 아내로 보는 것이 일반적인 경향이다. 그러나 「모시서」에서는, 위나라 장공(莊公)이 첩을 총애하여 본부인으로 삼자, 부인 장강이 본부인의 지위를 잃게 되어 자신의 처지를 슬퍼하는 것을 읊은 것[衛莊姜, 傷己也. 妾上僭, 夫人失位, 而作是詩也]이라고 보았다. 공영달(孔穎達)의 정의와 주희(朱熹)의 집전도 모두 이 견해를 따랐다. 이 경우 '古人'은 낙천지명(樂天知命)하는 옛 현인, 또는 이런 상황을 잘 처리했던 옛사람이 된다. 유리(劉履)가 인용한 것은 이런 의미이다.

'舊'도 오히려 믿을 만한 것이 못 되는데, '올곧음直'과 '청렴함淸'을 또한 어찌 믿을 수 있겠는가?『육조선시정론』권13

[전중련] 방동수 : 기구起句는 비比이면서 흥興을 겸했다. 제3·4구는 거리낌 없이 주제의 논의로 들어갔다. '인정人情' 10구는 실제 사실을 말하는데, 논리가 질주하여 가는 곳마다 오도悟道했으니, 격언이 될 만하다. 그런데 왕사정王士禎은 알아 취하지를 않았으니,[120] 그것이 무엇을 말한 것인지 전혀 몰랐기 때문이다.『소매첨언(昭昧詹言)』권6

방동수 : 이 시는 진실로 대단히 맑고 기발하지만, 두보의 「가인佳人」시[121]와 비교하면, 아직도 문자적인 표현만을 찾아 돌면서, 지상에 말

---

120) 왕사정이 한대(漢代)에서 원대(元代)까지의 5·7언 고체시를 선록한 『고시선(古詩選)』 32권에 이 시를 넣지 않은 것을 말한다.

121) 두보가 폄관(貶官)되어 진주(秦州 : 지금의 감숙성 천수시(天水市) 진주구)에 우거하던 건원(乾元) 2년(759)에 지은 작품이다. 난세에 형제는 피살되고 남편으로부터 버림받아 외딴 산골짝에 묻혀 살면서도 절조를 지키는 미인의 처지를 읊었는데, '가인'에는 시인 자신의 그림자가 투영되어 있는 것으로 볼 수 있다. 전시는 다음과 같다.

絕代有佳人	절세의 빼어난 미인이 있어
幽居在空谷	텅 빈 산골짝에 조용히 사네.
自云良家子	스스로 말하네, 양가집 딸로
零落依草木	쇠락하여 초목 속에 살게 됐다네.
關中昔喪亂	관중 땅에 전란이 있던 옛날에
兄弟遭殺戮	형제는 모두 다 살해됐다네.
官高何足論	관직은 높아도 아무 소용 없으니
不得收骨肉	형제의 골육조차 거둘 수 없었다네.
世情惡衰歇	세상인심 쇠락함을 싫어하노니
萬事隨轉燭	만사는 흔들리는 촛불 따르지.
夫婿輕薄兒	남편은 경박하고 무정한 사내
新人美如玉	새 여인은 옥처럼 아름답다네.

을 늘어놓는 것만을 일삼고 있어, 함축과 여운이 없으니, 확실히 사활死
活과 선범仙凡의 구분이 있다. 두보의 재기가 큰 때문이지, 단지 환골탈
태를 신묘하게 한 것만이 아님을 깨달을 수 있다.『소매첨언(昭昧詹言)』권6[122])

合昏尙知時	자귀나무조차도 때를 잘 알고
鴛鴦不獨宿	원앙새도 홀로 자진 않는다는데.
但見新人笑	새 여인의 웃음만 바라볼 뿐
那聞舊人哭	이전 사람 울음을 어찌 들으리.
在山泉水淸	산에서는 샘물이 맑기만 한데
出山泉水濁	산 나서면 샘물은 흐려진다네.
侍婢賣珠迴	몸종이 진주를 팔고 돌아와
牽蘿補茅屋	덩굴풀 끌어당겨 초가집을 고치네.
摘花不揷髮	꽃 꺾어다 머리에 꽃지를 않고
采柏動盈掬	측백나무 잎사귀만 한 움큼 따네.
天寒翠袖薄	날씨 추워 푸른 소매 얇기만 한데
日暮倚修竹	저물도록 대나무에 기대어 섰네.

122) 중당의 백거이(白居易, 772~846)는 「반백두음(反白頭吟)」 시를 지어 포조 시의
취지를 반박했다. 『백씨장경집(白氏長慶集)』에는 제목이 「反鮑明遠白頭吟(반포
명원백두음)」으로 되어 있다.

炎炎者烈火	뜨겁게 타는 것은 맹렬한 불길
營營者小蠅	악착같이 덤비는 건 작은 쉬파리.
火不熱貞玉	불꽃은 굳은 옥을 데우지 못하고
蠅不點淸冰	파리는 맑은 얼음 더럽히지 못하오.
此苟無所受	이것이 받을 것이 만약 없다면
彼莫能相仍	저것도 일어날 수 없는 법이오.
乃知物性中	알 수 있소, 만물의 본성 중에는
各有能不能	할 수 있고 없음이 각각 있음을.
古稱怨恨死	옛말에도 있지요, 원한 품고 죽으면
則人有所懲	사람들이 꺼리는 바가 있다고.
懲淫或應可	악행 징계 옳을 수 있긴 하지만
在道未爲弘	도리를 널리 펴진 못하였다오.
譬如蜩鷃徒	이를테면 매미와 메추라기가
啾啾啅龍鵬	짹짹 울며 용과 붕새 쪼는 것이오.

宜當委之去	마땅히 버려두고 멀리 떠나서
寥廓高飛騰	공활하게 높이 날아올라야 하오.
豈能泥塵下	어찌 능히 진흙탕 먼지 아래서
區區酬怨憎	구구하게 원한 증오 갚아야 하오?
胡爲坐自苦	뭣 때문에 스스로 괴로워하며
呑悲仍撫膺	가슴 치며 슬픔을 삼키려 하오?

이 시는 포조를 무고하고 비방한 무리를 매미와 메추라기 같은 하찮은 존재들에, 포조를 용과 붕새 같은 비범한 인물에 빗대면서, 세속의 진흙탕 먼지 아래에서 벌어지는 이전투구식의 싸움에 휩쓸리지 말고 초탈한 삶을 누릴 것을 말하고 있다. 백거이의 이 작품은, 양웅이 「이소(離騷)」를 읽을 때마다 감격하여 눈물을 흘리며, 군자는 때를 만나면 나가서 포부를 펼치고 그렇지 못하면 은거하면 되는 것이니, 굳이 강물에 투신자살할 거야 없지 않느냐라는 생각을 하며, 「반이소(反離騷)」를 지어, 「이소」의 내용을 뒤집은 것과 같은 취지이다. 따라서 외형상 포조를 반박하는 것 같지만, 사실은 포조에 대한 존중의 마음을 반어적으로 드러낸 것이다.

代東武吟

主人且勿誼, 賤子歌一言.[1] 僕本寒鄉士, 出身蒙漢恩.

始隨張校尉, 占募到河源.[2] 後逐李輕車, 追虜窮塞垣.[3]

密塗亘萬里, 寧歲猶七奔.[4] 肌力盡鞍甲, 心思歷涼溫.[5]

將軍旣下世, 部曲亦罕存.[6] 時事一朝異, 孤績誰復論.[7]

少壯辭家去, 窮老還入門.[8] 腰鎌刈葵藿, 倚杖收鷄㹠.[9]

昔如鞲上鷹, 今似檻中猿.[10] 徒結千載恨, 空負百年怨.[11]

棄席思君幄, 疲馬戀君軒. 願垂晉主惠, 不愧田子魂[12]

「동무의 노래」를 본떠

주인께선 잠시만 조용히 하오

미천한 몸 노래 한 곡 불러보겠소.

이 몸 본래 궁벽한 시골 선비로

벼슬하여 한나라 은총 입었소.

처음엔 장 교위를 수행하여서

모병 응해 황하 수원까지 갔었고,

나중엔 이 경거를 시종하고서

변성으로 오랑캐를 쫓아 나섰소.

가까운 길이라도 만 리 멀리 뻗쳤고

평안한 시절에도 일곱 번 분명奔命했소.

근력은 원정에다 모두 다 썼고

마음은 추위 더위 모두 겪었소.
장군은 이미 다 세상을 떴고
부하들도 남은 사람 거의 없다오.
때와 일이 하루아침 달라졌으니
유일한 공 누가 다시 거론하리오.
젊어서 집을 떠나 멀리 갔다가
늙어서야 고향으로 돌아왔다오.
허리에 낫을 차고 콩과 아욱 수확하고
지팡이에 의지해 닭과 돼지 키운다오.
옛날엔 응구鷹鞲 위의 매였었는데
지금은 우리 속의 원숭이 됐소.
부질없이 천년 한을 맺게 되었고
공연스레 백년 원망 품게 되었소.
버려진 방석은 임금 장막 생각하고
피로에 지친 말은 임금 수레 그린다오.
부디 진 문공文公의 은혜 베풀어
전자방田子方에게 부끄럽지 않길 바라오.

【해제】

[전진록] 이선 주를 수록한다.

[이선] 좌사 「제도부齊都賦」 주 : "'「동무의 노래東武吟行」'와 「태산 양보의 노래太山梁甫吟」는 모두 제齊 지방의 민요로 현악기에 맞춰 노래 부르는 곡조 이름이다."[123]

[전진륜] 오신 장선張銑 주 : "'東武'는 태산 아래에 있는 작은 산 이름이다."

[황절] 『수경주』: "동무현東武縣은 언덕을 따라 성을 쌓았는데 성 둘레가 30리이다. 한 고조 6년201 B.C.에 곽몽郭蒙을 동무후東武侯로 봉하여 그 후국侯國의 봉토로 삼았다. 동으로는 낭아瑯琊 : 지금의 산동성 임기시(臨沂市)를 넘어 대해에 이르고 북으로는 고밀高密 : 지금의 산동성 유방시(濰坊市)의 하급 시에까지 이르고 거莒 : 지금의 산동성 거현와 내萊 : 지금의 산동성 내주(萊州)·내양(萊陽) 일대에 접한다."

내 견해는 이렇다. 바로 지금의 산동 청주부靑州府 제성현諸城 : 지금의제성시 소재지이다. 『여지기輿地記』에 "그 지역은 영웅호걸들이 서울 동쪽에서 으뜸이다. 문물이 찬란하게 빛나지만 호기롭고 사나운 습성이 흔하다"라고 했으니, 공명을 숭상하고 뜻을 이루지 못하면 슬퍼하는 것은 모두 호기롭고 사나운 습성이 그렇게 한 것이니, 이 또한 동무 지방 풍습이다.

[전중련] 『악부시집』은 이것을 「상화가사·초조곡楚調曲」에 넣고, 『고금악록古今樂錄』을 인용하여, "왕승건王僧虔의 『기록技錄』에 「동무의 노래」가 있으나 지금은 노래하지 않는다. 『악부해제』에 있다. '포조는

---

123) 『문선』 권18 혜강(嵇康) 「금부(琴賦)」 이선 주에 인용된 문장이다.

"주인께선 잠시만 조용히 하오"라고 했고, 심약沈約은 "하늘의 덕은 깊고도 넓다天德深且曠"라고 했는데, 모두 시간과 사물이 변하고 영화가 사라지는 것을 슬퍼했다.'"라고 했다.

육유陸游, 1125~1210 「서대용 악부시 序徐大用樂府序」: "고악부에 「동무의 노래」가 있는데, 포조 등이 지은 것은 모두 천년이 지나도록 이름을 전하고 있다."124)

【주석】

1   [이선]『한서』「유협전(遊俠傳)·누호(樓護)」: "왕읍(王邑)은 빈객을 초청하고서, 자칭 "미천한 놈[賤子]"이라고 했다."125)

[전중련] 오여륜: "기구(起句)는 '四坐且勿誼'126)을 베꼈다."

---

124) 이 시는 유송이 북위 정벌에 누차 실패한 원인을 암시하고, 전쟁의 실리(失利)에 대해 벗어날 수 없는 책임이 있는 통치자에 대해 완곡하게 풍자한 것이다.『교주』, 122쪽 참조.

125) 표점교감본에는 "時請召賓客, 邑居樽下, 稱'賤子上壽'([왕망이 찬위한 뒤 왕읍은 대사공(大司空)이 되었는데,] 이때 빈객을 초청하고, 왕읍은 술잔을 머리 위까지 치켜들고 '미천한 놈이 삼가 축수의 잔을 올립니다'라고 했다)"로 되어 있다. 왕읍은 성도후(成都侯) 왕상(王商)의 아들이고, 왕망(王莽)의 종제로, 왕망이 찬탈히어 신(新)을 건국한 후 장수가 되었다.

126) 『옥대신영(玉臺新詠)』에 수록된 「고시」 8수 중 「좌중의 여러분 조용히 하시고[四坐且莫喧]」를 말하는 것 같다. 이 시는 청동 향로의 향연(香煙)이 좌중의 찬탄을 자아내지만, 그 향은 금방 사라지는 것을 읊은 작품으로, 첫 2구는 "四坐且莫喧, 願聽歌一言(좌중의 여러분 떠들지 마시고, 제 노래 한 곡조 들어주십시오)"으로 시작한다. 이것은 가자(歌者)가 노래의 시작을 알리는 개장백(開場白)으로, 본래 악부시의 기구에서 흔히 볼 수 있는 표현이다. 포조의 「당상의 노래」를 본떠[代堂上歌行]의 첫 2구도 "四坐且莫喧, 聽我堂上歌(좌중의 여러분 조용히 하시고, 저의 「당상의 노래」를 들어주십시오)"이다. 포조 시의 경우『악부시집』에

2 **[이선]** '占(占)'은 '召(소)'로 된 판본도 있다.[127]

『한서』「장건전(張騫傳)」: "장건은 한중(漢中 : 지금의 섬서성 한중시) 사람이다. (…중략…) 장건은 교위(校尉) 신분으로 대장군 위청(衛靑)을 시종하여 흉노를 쳤는데, 물과 풀이 있는 곳을 알아 군사가 물과 식량이 부족하지 않았다."

는 '莫(막)' 자가 '勿(물)'로 되어 있다. 「좌중의 여러분 조용히 하시고[四坐且莫喧]」의 전문은 다음과 같다.

四坐且莫喧	좌중의 여러분 조용히 하시고
願聽歌一言	제 노래 한 곡조 들어 주시오.
請說銅鑪器	청동 향로에 대하여 말씀드리면
崔嵬象南山	높다란 게 남산을 본뜬 거라오.
上枝似松柏	윗부분의 가지는 송백 닮았고
下根據銅盤	아래쪽 뿌리는 청동 쟁반에 박혔지요.
雕文各異類	새긴 무늬 종류는 제각각이지만
離婁自相聯	한데에 얽히어서 잇닿았다오.
誰能爲此器	어느 누가 이것을 만들 수 있나?
公輸與魯班	노의 목수 공수와 노반이지요.
朱火然其中	붉은 향불 그 속에서 타오를 때면
靑煙颺其間	푸른 연기 그 새에서 흩날리지요.
從風入君懷	바람 따라 그대 품에 들어가면은
四坐莫不歡	좌중의 누구나 다 좋아하지요.
香風難久居	향기 바람 오래도록 안 머무는데
空令蕙草殘	공연히 혜초만을 다 태웠다오.

127) 『악부시집』과 오신주본『문선』에 '召'로 되어 있다. 모의(毛扆) 교감 송본 및 주석찬에도 '召'로 교감되어 있다. 장씨원간본과 『전송시』의 '占' 자 주에서는 "'召'로 된 판본도 있다"라고 했다. 오덕풍은 '占'은 '召'의 형오(形誤)인 것 같다고 했다(53b~54a쪽). 앞 연의 '出身(출신)'은 처음 벼슬길에 나서는 것을 말한다. '占募(점모)'는 모집에 응하는 것 즉 '응모(應募)'의 뜻이고, '召募'는 의병 따위를 불러 모으는 것 즉 '초모(招募)'의 뜻이다. 대응하는 표현 '追虜(추로 : 오랑캐를 추격하다)'를 고려하면, 모병에 응한다는 '占募'가 낫다.

'占(점)'은, 스스로 헤아려 모집에 응하는 것[自隱度而應募]을 말하는데, 그것
이 바로 '占募(점모)'이다.[128]

『삼국지』「오서·육손전(陸遜傳)」: "중랑장 주지(周祇)[129]는 파양(鄱陽 :
지금의 강서성 파양현)에서 '占募[130]할 것을 손권(孫權)에게 청원했다."

『한서』「장건전·찬」: "장건은 대하(大夏 : 서역의 옛 나라 이름. Tokhgra,
Tochari)에 사신으로 갔다 온 이후, '황하의 원천[河源][131]까지 다 가보았다."

[황절] '占募'는 오신본에는 '召募(소모)'로 되어 있다.

[전중련] 『악부시집』에는 '隨(수)' 자 아래의 주에 "'逢(봉)'으로 된 판본도 있
다"라고 했고, '占'은 '召'로 되어 있다. 『포조집』의 송본도 역시 '召'로 적었다.
'占'은 현대어로 '登記(등록하다)'와 같다.

『한서』「선제기(宣帝紀)」: "유민(流民)으로서 '스스로 호구에 등록한[自占]'
자가 팔만여 명이다." 안사고 주: "'占'은 그 호구(戶口)를 스스로 헤아려서 명
부에 등록하는 것을 말한다."

『후한서』「명제기(明帝紀)」: "유민으로 명부에 올리지 않은 사람 중 '스스로
등록하기[自占]'를 원하는 자" 이현 주: "'占'은 스스로 귀의하여 자수하는 것
을 말한다."

---

128) 저본의 '應度(응도 : 법도에 맞다)'는 『문선』이선 주에는 '隱度(은탁 : 헤아리
　　다)'으로 되어 있어서 고쳤다.
129) 저본의 '柢(저)'는 『문선』이선 주에는 '祇(지)'로 되어 있어서 고쳤다. 표점교감
　　본에도 '祇'로 되어 있다.
130) 표점교감본에는 '召募(소모 : 모집하다)'로 되어 있는데, 의미상 옳다.
131) 표점교감본에는 '河原(하원)'으로 되어 있는데, 의미는 같다. 『사기』「대원열전
　　(大宛列傳)」에도 같은 내용이 있는데, '河源'으로 되어 있다.

3 **[이선]**『한서』「이광전(李廣傳)」: "이광의 종제 이채(李蔡)는 낭(郞)이 되어 무제를 섬겼다. 원삭(元朔, 128~123 B.C.) 중에 경거장군(輕車將軍)이 되어, 흉노의 우현왕(右賢王)을 쳐서 공을 세워, '마침내[卒]' 낙안후(樂安侯)에 봉해졌다."[132]

범엽(范曄)『후한서』「경엄열전(耿弇列傳)」: "[경엄의 조카 경기(耿夔)는] 오랑캐를 쫓아 '변방으로 나갔다[出塞]'가 돌아왔다."

『후한서』「오환선비열전(烏桓鮮卑列傳)」: "채옹이 상서하여 말했다[蔡邕上書曰].[133] '(…중략…) 진(秦)이 장성을 축조하고, 한(漢)이 '변방 장벽[塞垣][134]을 일으킨 것은, 내외를 구별하고 서로 다른 풍속을 다르게 유지하기 위해서였습니다.'"

[전중련] '窮(궁 : 끝까지 가다)'은 송본 및『악부시집』에는 '出(출 : 나가다)'로 되어 있다.[135]

---

132) 표점교감본의 원문은 이선 주와 다소 차이가 있다. "初, 廣與從弟李蔡俱爲郞, 事文帝. 景帝時, 蔡積功至二千石. 武帝元朔中, 爲輕車將軍, 從大將軍擊右賢王, 有功'中率', 封爲樂安侯(처음 이광과 종제 이채는 함께 낭(郞)이 되어 문제를 섬겼다. 경제 때에 이채는 공로가 누적되어 녹봉이 이천 석에 이르렀다. 무제 원삭 중에 경거장군이 되어 대장군 위청(衛靑)을 시종하여 우현왕을 격퇴했는데, 공훈이 '군공의 조례에 부합하여' 낙안후에 봉해졌다." 바로 뒤의 '전중련'에 인용된『문선고이』참고.

133) 표점교감본에는 이 부분이 "議郞蔡邕議曰(의랑 채옹이 의견을 제시했다)"로 되어 있다. 이 인용문은『후한서』「오환선비열전(烏桓鮮卑列傳)」에 실린 내용이라 출처를 밝혔다.

134) 『문선』의「동무의 노래」를 본떠"에서 장선(張銑)은 '塞垣(새원)'을 '長城(장성)'으로 풀이했다.

135) 오덕풍은 "'窮'은 '出'이 되어야 한다. 두보의「출새(出塞)」시는 여기서 나온 것이다. 범엽의『후한서』에도 '出塞'라는 말이 있다. '窮'은 '盡'과 같다. '窮塞垣'은

호극가(胡克家)『문선고이(文選考異)』: "이선 주(『한서』「이광전」)의 '有功
卒'에 대해, 진경운(陳景雲, 1670~1747)은 '"卒(졸)"은 마땅히 "中率(중률)"이
되어야 한다'라고 했는데 맞다. 여기서 인용한 것은 「이광전」의 문장이다."[136]

4 **[이선]**『상서』「필명(畢命)」'密邇王室(왕실과 친밀히 하다)' 공안국 전 : "'密
(밀)'은 가까이한데[近]는 뜻이다."

『방언(方言)』: "'亘(긍)'은 결국[竟]의 뜻이다."

『국어』「진어(晉語)·4」: "진 문공 중이(重耳)의 아내 강씨(姜氏)가 (…중
략…) 문공에게 고(告)했다.[137] '(…중략…) 그대가 망명을 떠난 이후로 진나
라는 "편안한 해[寧歲]"가 한 해도 없었습니다.'"

『좌전』「성공(成公)·7년」: "무신(巫臣)이 오(吳)로 사절로 가기를 청하여,
진후(晉侯)가 허락했다. (…중략…) 마침내 오를 진(晉)과 통호(通好)하게 했
다. (…중략…) 오가 초(楚)를 치려고 하자 (…중략…) 초 장왕(莊王)의 아우이
자 영윤(令尹)인 자중(子重)이 '명령을 받들고 바쁘게 달려갔다[奔命]. 오의 군
대가 주(州) 경내로 침입해오자, (…중략…) 자중과 자반(子反) 형제는 그 때문
에 '일 년에 일곱 번이나 명령을 받들고 분주히 처리했다[一歲七奔命].'"[138]

5 **[이선]**『맹자』「이루(離婁)·상」: "성인은 (…중략…) 이미 '마음 씀[心思]'을
극진히 하고서도, [계속하여 사람을 차마 해치지 못하고 긍휼히 여기는 어진

변방의 성벽까지 다 가서 멈추는 것이다. 문장의 의미에 부합하지 않는다"(54a
쪽)라고 했는데, 참고할 만하다.
136) 표점교감본에는 단구도 '有功中率'로 되어 있다. '中率'은 군공이 포상의 규율에
부합한다는 뜻이다.
137) '告(고)'는 사부비요본에는 '言(언)'으로 되어 있다.
138) '寧歲(녕세)'는 평안한 시절이다.

정치를 시행하여, 인애(仁愛)가 천하를 뒤덮도록 했다.」"

『상서』「요전(堯典)」: "[밤낮의 길이가 같고 남방 7수 주작(朱雀)의 별자리
인 조성(鳥星)이 황혼 녘에 정남방에 오면,] 이때를 중춘(仲春 : 춘분)으로 바
로잡아 정한다." 정현 주 : "봄과 가을을 각각 '온량(溫涼 : 따뜻함과 서늘함)'
이라고 한다."139)

[전중련] 손지조(孫志祖)『문선고이(文選考異)』: "하작(何焯)은 '肌(기)'를
'筋(근)'으로 교정했다."140)

6 [이선] 『열녀전(列女傳)』「현명(賢明)·유하혜처(柳下惠妻)」: "유하혜의
처가 남편의 '뇌(誄)'를 지어 말했다. '(…중략…) 화락하고 단아한 군자이시
니, 영원히 맑고 근엄하셨도다. 아, 안타까워라, 이제 "세상을 버리셨구나"[愷
悌君子, 永能厲兮. 吁嗟惜哉, 乃"下世"兮]!'"

사마표(司馬彪)『속한서(續漢書)』: "대장군의 군영에는 다섯 개의 '부(部)'
가 있어서 부마다 교위(校尉)가 한 명이 있다. (…중략…) 부에는 '곡(曲)'이
있고 곡에는 군후(軍候)가 한 명이 있다."141)

---

139) 『문선』권28 '악부' 조 육기의 「대문 밖에 수레 탄 손님이 있어(門有車馬客行)」에
　　서도, 이선은 똑같은 내용의 주를 달았는데, 금본『상서』「요전」에는 정현의 이
　　러한 주가 없다. '心思(심사)' 구를 이선은 한 해 동안 마음고생을 한 것으로 본
　　것이다. 임숭산도 같은 뜻으로 보았다(12쪽). Chen은 "내 마음은 인간의 모든
　　온량을 겪었다(And my heart experienced every kind of human warmth and
　　coldness)"라고 번역하여 '凉溫(량온)'을 염량세태의 의미로 보았다.
140) 오덕풍도 '筋'의 필획이 마모되어 '肌'로 잘못된 것 같다고 했다(54a쪽). '筋力'
　　이 옳다.
141) 『후한서』「백관지(百官志)」의 내용도 같다. 시에서 '部曲(부곡)'은 장군 휘하의
　　'부곡'에 속하는 모든 부하를 가리킨다.

7 **[이선]** 동방삭 「답객난(答客難)」: "시대가 다르고 사정이 다르다[時異事異]."

[황절] 『문선』 육신 주 여연제 : "'孤績(고적)'은 홀로 공을 세운 것이다. 그러나 시대가 달라지고 사정이 달라졌으니 누가 다시 논의하겠는가?"

[전중련] 송본 주 : "'績'은 '憤(분)'으로 된 판본도 있다."¹⁴²⁾

8 **[이선]** 고악부 「장가행(長歌行)」: "'젊어서' 노력하지 않는다면[少壯'不努力][늙어서는 부질없이 서글퍼질 뿐이다.]"

『한서』 「유협(遊俠)·누호전(樓護傳)」: "[누호(婁護)¹⁴³⁾에게는 오랜 친구인 여공(呂公)이 있어서 누호의 집에 의탁하고 있었는데,] 누호는 [아내에게] 말했다. '여공은 [나의 오랜 친구로] "궁핍하고 연로하여[窮老]" 나에게 의탁하고 있는 것이오.'"

9 **[이선]** 『설문해자』 : "'鎌(겸)'은 '鍥(결 : 낫)'이다." '鍥'은 古(고)와 頡(힐)의 반절[결]이다.

[황절] '收鷄狉'의 '收(수)' 자는 『문선』 오신본에는 '牧(목)'으로 되어 있다.

호소영(胡紹煐)『문선전증(文選箋證)』: "주자(朱子)는 '腰鎌刈葵藿, 倚杖"牧"鷄狉(허리에 낫을 차고 아욱과 콩을 베고, 지팡이 짚고서 닭과 돼지를 "키

---

142) 주웅등본 주도 같다. '孤憤(고분)'은 본래 『한비자(韓非子)』의 편명으로, "고고하고 올곧음[孤直]으로 인해 시속에 받아들여지지 못함을 분개하는[憤孤直不容於時也]"(『사기』「노자한비열전(老子韓非列傳)」 사마정 색은) 내용을 담았는데, 나중에 '고고하게 세속의 모든 불합리에 분개하는 데서 생기는 감정'을 뜻하게 되었다. 오덕풍은 양자 모두 가능하여 어느 쪽이 옳은지 모르겠다고 했다(54a쪽). 임숭산(12쪽)과 Chen(298쪽)은 모두 '孤績(혼자만이 세운 업적)'으로 보았다. 번역은 이를 따랐다.

143) 표점교감본에는 '樓護'로 되어 있다. '누호'는 전한시대 산동 출신 의원(醫員)이다.

운다오")' 같은 것은 분명히 고집이 세고 체념하려 하지 않는 뜻을 말하고 있다고 했다(『주자어류』). 왕안석(王安石)의 「두순을 애도하며[傷杜醇]」[144] 시의 '藜仗牧鷄豚(명아주 지팡이 짚고 닭과 돼지를 친다)' 구는 여기에 바탕을 둔 것이다. '收'로 된 것은 전사(傳寫) 과정의 잘못이다."

[전중련] 송본 및 『악부시집』에는 '收'가 '牧'으로 '犿(돈)'이 '豚(돈)'으로 되어 있다.[145]

허손행(許巽行)『문선필기(文選筆記)』: "'犿'은 '豚'이 되어야 한다. 『설문해자』에 "𧰽(돈)"은 어린 돼지로 "彖(단)"의 돼지머리 "彐(계)"에서 "口(구)"가 생략된 글자의 뜻을 취했으며 상형이고, "又(우 : 손)"를 방으로 취하여 고기를 쥐고 제사에 바친다는 뜻을 나타내었다. 전문(篆文)은 "豚(돈)"으로 적으니 "肉(육)"과 "豕(시)"의 뜻을 취한 회의자이다'라고 했다. 송 장유(張有)의 『복고편(復古編)』에는 '달리 "犿"으로도 적는데 옳지 않다'라고 했다. 허가덕(許嘉德)의 견해는 이렇다. '犿'은 속자이다. 『광운』에는 본래 '豚'으로 적었다. 돼지의 새끼이다. '犿'으로도 적는다."

10 [이선] 『동관한기』 권13 「조근(趙勤)」: "환우(桓虞)가 조륵(趙勒)에게 말했다.[146] '뛰어난 관리는 "좋은 매[良鷹]"와 같아서 "팔찌[韝]"만 떠나면 백발백중 사냥감을 잡는구나.'"

---

144) 정식 제목은 '悼四明杜醇(사명 두순을 애도한다)'이다.
145) 주응등본·장씨원간본·『전송시』 등에도 '牧'으로 되어 있다. 호소영의 『문선전증』에 인용된 『주자어류』의 언급 중 '犿'은 사부선간(四部善刊) 『주자어류』에는 '豚'으로 되어 있다. 부록의 '제가 평론'을 볼 것.
146) 『태평어람』 권253에서 집록한 것으로, 오수평(吳樹平) 교주본에는 이 부분이 '虞乃歎曰(환우가 이에 감탄하여 말했다)'로 되어 있다.

『회남자』「숙진훈(俶眞訓)」: "'원숭이를 우리 속에 가둬두면[置猿檻中]' 돼지와 같아지는데, 날쌔고 민첩하지 않아서가 아니라 그 재능을 발휘할 여지가 없기 때문이다."

[황절]『문선』오신본 유량: "'韝(구 : 팔찌)'는 가죽으로 손목을 가리어 사냥매를 팔뚝에 앉히도록 하는 것이다."

11 **[이선]** 원한은 자신에게 있으니, 그것을 어떻게 감당할 수 있겠느냐는 뜻이다.

　[황절] 진림(陳琳)「거북의 죽음을 애도하는 부[悼龜賦]」: "3천 일 거금에도 팔지 않았거늘, 어찌 귀하다는 10 붕의 거북을 말하리? 생사를 통하여 헤아려 보니, '대저 누구를 원망할 수 있으리'[三千鎰而不賈兮, 豈十朋之所云. 通生死以爲量兮, '夫何人之足怨']?"[147]

　[전중련]『문선』육신본에는 '結(결 : 맺다)'이 '積(적 : 쌓다)'으로 되어 있다.

12 **[이선]** 자신이 '궁로(窮老)하여' 고향으로 돌아온 것이 버림받은 방석과 지친 말과 같다는 뜻이다. 바라건대 '진주(晉主)' 즉 문공(文公)의 은혜를 내려주어서 버림받지 않는다면, 겸애의 도가 같을 것이니, 따라서 '전자(田子)' 즉 전자방에게 부끄러울 게 없다는 뜻이다. '晉主'에는 '惠'라고 하고 '田子'에는 '愧'라고 한 것은, 호문(互文)이다. 그런데 전자방은 오래전에 죽었으므로 '魂(혼)'이라고 한 것이다.

　『한비자』「외저설좌상(外儲說左上)」: "문공이 황하에 이르러, '籩豆(변두 :

---

147) '鎰'은 진(秦)대에 통행한 화폐이고, '朋(붕)'은 고대의 조개 화폐이다. '十朋'은 『주역』「손괘(損卦)·육오(六五)」의 효사(爻辭)에 나오는 '十朋之龜'이다. 고대에 길흉을 점치고 의난(疑難)을 해결하는 데 사용된 귀중한 거북으로, 고인은 귀중한 보물로 여겼다.

변은 과일이나 포를 담는 대그릇, 두는 식혜와 김치를 담는 나무 그릇)'를 버리고 '席蓐(석욕 : 자리와 깔개)'을 버리고 수족에 못이 생기거나 갈라지고 얼굴이 검게 탄 사람은 뒤에 서도록 하라'고 명령했다. 구범(咎犯)이 듣고는 밤에 울었다. 문공이 듣고 말했다. '내가 망명한 지 20년 만에 이제 나라로 돌아가게 되었는데, 구범은 듣고서 기뻐하지 않고 우니 아마도 내가 돌아가는 것을 원하지 않는 모양이구려.' 구범이 대답했다. '변두는 밥을 먹는 도구인데 임금께서는 버리시며, 석욕은 눕는 데 쓰는 것인데 임금께선 버리시며, 수족이 못이 생기고 갈라지고 얼굴이 검게 탄 사람은 노고를 하여 공이 있는 사람인데 임금께서는 뒤로하십니다. 이제 저는 함께 뒤에 있으면서 속으로 비애를 감당하지 못하여 울었습니다.' 문공은 그래서 명령을 거두었다."

『한시외전』 권8「전자방속마(田子方贖馬)」 : "옛날 위(魏) 전자방이 외출했다가 길에서 '늙은 말[老馬]'을 보고, 탄식하여 걱정하며 어자(御者)에게 물었다. '이것은 무슨 말입니까?' 어자가 말했다. '옛날 제후의 공실(公室)에서 길렀는데 "늙고 지쳐 쓰지 않게 되어 내다 버리는 겁니다[罷而不用, 故出放之]".' 전자방은 '젊어서 그 힘을 다했는데 "늙어서 그 몸을 버리는 것[老棄其身]"을 어진 이는 하지 않는 법입니다'라고 하고서, 속백(束帛)으로 그것을 샀다. 빈궁한 인사들이 듣고는 마음을 의탁할 곳을 알았다."

『한시(韓詩)』 : "흰옷에 연두색 수건이 내 '정신'을 즐겁게 하리라[縞衣綦巾, 聊樂我'魂']."

설군(薛君) : "'魂(혼)'은 정신[神]이다."[148]

---

148) 『모시』「정풍·출기동문」에는 '魂'이 '員(원)'으로 되어 있고, 공영달은 '員'은

[전중련]149) 호소영『문선전증(文選箋證)』: "'魂'은 '云'(운)과 같다. '전자방이 한 말'에 부끄럽지 않다는 뜻이다. 옛날에는 '云'과 '魂'은 통용했다."『산해경』「서산경(西山經)·서차삼경(西次三經)」에 "其氣魂魂(기운이 자욱하다)"이라고 했는데, '魂魂'은 '云云'과 같다.『춘추정의(春秋正義)』에『효경설(孝經說)』을 인용하여, "'魂'은 '云'이다"라고 한 것이 모두 증거가 된다.150)

【평설】

[황절] 유리 : [『악부해제』에 의하면,「동무의 노래」는 거의 모두가 시절이 다르고 사안이 변한 것을 슬퍼하는 작품이라고 했다.] 포조의 이 작품도 아마 역시 구체적인 일이 있어서 지은 것 같다. 첫머리에서 주인은 조용히 하라고 한 뒤에 노래한 것을 보면, 주인이 잘 들어서 속히 느끼기를 바란 것이다. 그래서 아래의 글에서 먼 변방으로 노역에 동원된 수고로움과 늙어서 집으로 돌아온 괴로움을 하나하나 서술한 것이다. 작품의 말미에 이르러서는 다시 주군을 그리는 정을 품고 있으니, 아직도 은혜를 내려줄 것을 바라는 것이다. 그러나 그것이 누구에게 토로하는 것인지는

'云(운)'이라고 했다. 기타 '삼가시'도 모시와 같다. 왕선겸(王先謙)은『시삼가의집소(詩三家義集疏)』에서 장용당(臧鏞堂, 1766~1834)의 견해를 인용해 "이 '魂'은 바로 '云'의 변형된 자형"이라고 했다.

149) 저본에는 원문이 '補注'로 되어 있는데, '增補'의 잘못이다.

150)『산해경』의 '魂魂'은 많다는 뜻이다. '云云'과 같다고 할 때의 '云云'은 '芸芸(운운 : 많은 모양)'의 뜻으로 봐야 한다.『춘추정의』는『좌전』「소공(昭公)·7년」의 '既生魄陽曰魂(이미 백이 생기면 그 중의 양의 기운을 혼이라고 한다)'의 공영달소에 인용되어 있는데, '云'은 '芸'으로 되어 있다.

모르겠다.『선시보주』권7

　방동수 : 이것은 지친 병졸이 은택이 박함을 원망한 시이다.『모시』
「소아·체두杕杜」는 선왕이 수역戍役에서 돌아온 병사를 위로하는 작품
으로, 충후함을 실행하는 것이다.[151] 후세에는 은택이 엷어져 이것을
생각할 수 없게 되자 시인이 그것을 읊었으니 역시 풍간을 한 것이다.
이 작품은 옛 주제에 뿌리를 두고, 한대의 장수 장건張騫과 이채李蔡로
써,『모시』에서 시인이 노래한 남중南仲과 방숙方叔이라는 인물에 비유
했다.[152] 두보의 「출새出塞」시[153]는 여기에서 나온 것이다.『소매첨언』권6

　[전중련] 왕부지 : 중간의 많은 사정들을 처음부터 끝까지 평탄하게
서술한 것은, 백거이白居易의 가행歌行과 꼭 같은 것이다. 그것은 바로
처음부터 끝까지 단지 한 사람의 입으로 서술한 말일 뿐이다. 백거이
의 「비파행琵琶行」에서는 겨우 한 단락만을 차지했으나, 말하는 이의 평
생과 듣는 이의 감촉이 무궁무진하여 모두가 다 함축되어 있다. 따라
서 말은 다 한 것 같지만, 뜻은 바야흐로 아직 드러나지 않았으니, 당
대와 송대의 시인들이 역량이 미치고 시심詩心이 도모할 수 있는 바가

---

151) 「모시서」의 견해이다. 지금은 일반적으로 전장에 나간 남편의 귀환을 바라는 아
　　내의 마음을 읊은 작품으로 본다.
152) 남중과 방숙은 각각 「소아·출거(出車)」와 「소아·채기(采芑)」에 나오는 장군 이
　　름이다. 두 시는 출정에서 돌아온 장병을 위로하거나 출정을 노래한 작품이다.
153) 「전출새(前出塞)」9수와 「후출새(後出塞)」5수를 말한다. 「전출새」9수는 제1
　　수에서 집을 떠나는 것을 서술한 데서부터, 제9수에서 논공(論功)하는 데까지의
　　과정을 단계적으로 일인칭 화법으로 서술하여, 포조의 이 시를 아홉 편으로 나눈
　　것과 흡사하다. 「후출새」5수 역시 「전출새」와 마찬가지로, 종군에서 돌아온 노
　　인의 말로, 종군에서 노후 귀향한 후의 쇠락함까지 단계적으로 서술했다.

아니다.『고시평선』권1

  왕개운 : [후반부는] 심사를 피력한 것이 비참하고 처량하다.『상기루설
시』권8

代別鶴操

雙鶴始起時, 徘徊滄海間.[1] 長弄若天漢, 輕軀似雲懸.[2]

幽客時結侶, 提携遊三山.[3] 青繳凌瑤臺, 丹羅籠紫煙.[4]

海上悲風急, 三山多雲霧.[5] 散亂一相失, 驚孤不得住.

緬然日月馳, 遠矣絶音儀.[6] 有願而不遂, 無怨以生離.

鹿鳴在深草, 蟬鳴隱高枝.[7] 心自有所存, 旁人那得知.[8]

「짝 잃은 학의 노래」를 본떠

쌍학이 처음 함께 날아오를 적에는

넓고 푸른 바다 위를 배회하는데,

기다란 날개는 은하수 같고

가뿐한 몸매는 구름 같았지.

그윽한 길손이 동무 되어서

손잡고 삼신산에 놀러 갔었지.

파란 주살 요대瑤臺 위로 날아들었고

빨간 그물 자연紫煙을 뒤덮었었지.

바다 위엔 슬픈 바람 급하게 불고

삼신산엔 운무가 자욱했었지.

갑자기 흩어져서 헤어지게 되었으니

놀랍고 외로워서 머물 수도 없었지.

끝없이 해와 달은 달려가는데

아득히 소리 모습 사라졌었지.

소원은 있어도 못다 이루고

원한은 없지만 생이별했지.

사슴은 깊은 풀숲 속에서 울고

매미는 높은 가지 숨어서 우네.

마음엔 나름대로 간직한 바 있지만

딴 사람이 그 어찌 알 수 있으리.

【해제】

[전진륜] 최표『고금주』: "「짝 잃은 학의 노래別鶴操」는 상릉목자商陵牧
子가 지은 것이다. 아내를 맞이한 지 5년이 지났으나 자식이 없자 부친
과 형이 그에게 새장가를 들게 하려 했다. 아내가 듣고는 한밤중에 일
어나 문에 기대어 구슬프게 휘파람을 불었다. 상릉목자가 듣고 매우
슬퍼하여 마침내 금을 끌어당겨 노래를 불렀다. 후인이 그래서 악장으
로 만들었다."154)

---

154)『악부시집』권58「금곡가사」에 실린 상릉목자의「짝 잃은 학의 노래」에 대한 해
　제이다. 상릉목자의 시는 다음과 같다.

　將乖比翼兮隔天端　　나란히 날다 어긋나서 하늘 끝에 나뉘었네.
　山川悠遠兮路漫漫　　산천은 아득히 멀고 길도 까마득하네.
　攬衣不寐兮食忘餐　　적삼 걷고 잠 못 이루며 끼니조차 잊었네.
　포조의 이 시는 '雙鶴'을 비유로 활용하여, 부득이한 사정으로 헤어지게 된 지인

[황절] 고사 「염가하상행艷歌何嘗行」은 「비학행飛鶴行」이라고도 한다.[155] "한 쌍의 백학이 날아오는데, 바로 북서쪽에서 날아온다. 오 리마다 한 번 뒤돌아보고, 육 리마다 한 번 배회를 한다飛來雙白鶴, 乃從西北來. 五里一反顧, 六里一徘徊."

[전중련] 『악부시집』에는 「금곡가사」에 넣었다.

【주석】

1 [전진륜] 『십주기(十洲記)』: "'창해도(滄海島)'는 북해 가운데에 있는데, 땅이 사방 3천 리로 해안에서 21만 리 떨어져 있다. 바다가 사면에서 섬을 에워싸고 있는데 각각 넓이가 5천 리며 물은 모두 푸른색인데, 선인(仙人)이 이를 '창해(滄海)'라고 부른다."

[전중련] 송본 및 『악부시집』에는 '始(시: 처음)'가 '俱(구: 함께)'로 되어 있다.[156]

2 [전진륜] 『광운』: "'哢(롱)'은 새가 지저귀는 것이다."[157]

을 그리워하는 시로 보인다. 『휘해』 13쪽 '해석(解析)' 참조.

155) '艷歌'는 대곡(大曲)의 앞머리이고, 대곡의 뒷부분은 '趨(추)'라고 한다. 『악부시집』 권39 「상화가사·슬조곡」의 해제에는, '飛鶴行'이 '飛鵠行(비학행)'으로 되어 있고, 「艷歌何嘗行」 '4해'가 수록되어 있다. 황절 주에 인용된 시의 앞 2구는 『악부시집』 제1해의 앞 2구이고, 뒤 2구는 제2해의 뒤 2구이다. 해제에서는 『악부해제』를 인용하여, "고사에서 '飛來雙白鶴, 乃從西北來'라고 한 것은 암컷이 병이 들어 수컷이 저버리고 떠나지 못함을 노래한 것이고, '五里一反顧, 六里一徘徊'는 새 지우[相知]를 만났지만 끝내 생이별한 것을 아파하는 것이다. (…중략…) '鵠'은 '鶴'으로 된 판본도 있다"라고 했다.

156) 『전송시』도 같다. 오덕풍은 '쌍학(雙鶴)'이기 때문에 '俱'가 옳다고 했다(54b쪽). 번역은 이를 따랐다.

조식 「낙신부」: "'가뿐한 몸' 높이 치켜 학처럼 서 있다[竦'輕軀'以鶴立]."

3 **[전진륜]** 『사기』「봉선서(封禪書)」: "제 위왕(威王)·선왕(宣王)과 연 소왕(昭王) 이래 사신을 바다로 보내어 봉래(蓬萊)·방장(方丈)·영주(瀛洲)를 찾도록 했다. 이 '삼신산(三神山)'은 발해 가운데에 놓여 있어서 인간 세상에서 그리 멀지 않다."

[전중련] 『악부시집』 주: "'遊(유: 노닐다)'는 '到(도: 이르다)'로 된 판본도 있다."

4 **[전진륜]** 『초사』「이소(離騷)」: "'요대'가 우뚝 솟은 것을 바라보니[望'瑤臺' 之偃蹇兮] [유융(有娀)의 미녀가 보이네]."

'繳(작: 주살)'과 '羅(라: 그물)'는 모두 「거위[野鵝賦]」(주석 8)에서 보았다. '紫煙(자연: 자줏빛 구름)'은 「진사왕 조식의 '낙양의 노래'를 본떠[代陳思王京洛篇]」(주석 5)에서 보았다.

『악부시집』에는 '羅'가 '蘿(라: 등나무)'로 되어 있다.[158]

5 **[전중련]** 『악부시집』에는 '悲(비)'가 '疾(질)'로 되어 있다.[159]

6 **[전진륜]** 『곡량전(穀梁傳)』「장공(莊公)·3년」 '擧下, 緬也((개장(改葬)을

---

157) 정복림은 '弄'은 '哢'과 통한다고 보았는데 '은하수 같다'와 그다지 잘 부합하지 않는다. 임숭산은 이 구절이 논리상 통하지 않으며, 아래 구와 맞춰봐도 구법(句法)이 서로 맞지 않으므로 오자가 있는 것 같다고 했다(『휘해』, 13쪽). '弄'은 '戲'의 뜻으로 보아 날갯짓을 하는 모양으로 보는 것이 좋다. Chen은 이 구절을 "큰 날개를 은하수처럼 펼치며(With great wings 'spreading' like the Milky Way)"라고 풀이했다(299쪽).

158) 출구의 '푸른 주살(靑繳)'과 대우가 되어 새를 잡는 도구를 말하는 것이므로 '붉은 그물[丹羅]'이 되어야 한다. 오덕풍, 55a쪽 참조.

159) 『전송시』 주에도 "'疾'로 된 판본도 있다"라고 했다.

할 때는 시마(緦麻)를 입고) 오복 중 가장 낮은 예를 취하는데 돌아가신 지가 오래되었기 때문이다)' 주 : "'緬(면)'은 까마득히 먼 것[藐遠]이다."

[전중련] 『악부시집』 주 : "'遠(원 : 멀다)'은 '已(이 : 끝나다)'로 된 판본도 있다."[160]

7　[전진륜] 소무(蘇武) 「고시(古詩)」 : "'사슴이 울며 들판의 풀을 생각하는 것은 [鹿鳴思野草]', [좋은 손님을 부를 수 있음을 알기 때문이다.]"[161]

조식 「매미」 부('蟬賦') : "'교목나무 가지에 머무르며' 고개를 쳐들고, 아침 이슬의 맑은 물을 마신다. '부드러운 뽕나무 빽빽한 잎에 숨어서', 상쾌하게 울면서 더위를 피한다[棲喬枝'而仰首兮, 嗽朝露之清流. '隱柔桑之稠葉兮', 快啁號以遁暑]."

[전중련] '在(재 : ~에서)'는 송본에는 '隱(은 : 숨다)'으로 되어 있다.[162]

8　[전진륜] '存(존 : 지니다)'은 '懷(회 : 품다)'로 된 판본도 있다.[163]

---

160) 『전송시』 주에도 "혹은 '이(已)'로 된 곳도 있다"라고 했다.
161) 이 시는 『문선』 권29에 소무 「시」 4수 중 제1수로 실려 있다. 이선 주에서는 『모시』 「소아·녹명(鹿鳴)」 제1장의 "呦呦鹿鳴, 食野之苹. 我有嘉賓, 鼓瑟吹笙(유유하고 사슴이 우는구나, 들판에서 맑은대쑥을 먹는구나. 나에게 좋은 손님이 있어, 슬을 타고 생황을 분다)"을 인용했는데, 바로 그 뜻을 취한 것이기 때문이다. 여향(呂向)은 "'들판의 풀을 먹는 것[食野草]'은 좋은 손님을 모셔서 슬(瑟)을 타고 생황을 부는 것을 비유하는 것"이라고 주를 달았다.
162) 주석찬은 '隱'을 '在'로 고쳤다.
163) 『악부시집』에 '懷'로 되어 있고, "'存'으로 된 판본도 있다"라고 주를 달았다.

代出自薊北門行

羽檄起邊亭, 烽火入咸陽.¹ 徵騎屯廣武, 分兵救朔方.²

嚴秋筋竿勁, 虜陣精且彊.³ 天子按劍怒, 使者遙相望.⁴

雁行緣石徑, 魚貫度飛梁.⁵ 簫鼓流漢思, 旌甲被胡霜⁶

疾風沖塞起, 沙礫自飄揚.⁷ 馬毛縮如蝟, 角弓不可張.⁸

時危見臣節, 世亂識忠良.⁹ 投軀報明主, 身死爲國殤¹⁰

「계의 북문을 나서며」를 본떠

급한 격문 변경에서 솟아오르고

봉화가 함양으로 날아 들오네.

기병 모아 광무에 주둔시키고

보병 나눠 삭방으로 구원 보내네.

추운 가을 활과 화살 강하게 하여

오랑캐는 정예롭고 굳세어가니,

천자는 칼을 잡고 진노를 하고

사자는 멀리 서로 바라본다네.

안행으로 돌길을 따라서 가고

어관으로 공중 다리 건너간다네.

피리와 북에는 고향 생각 흐르는데

깃발과 갑옷에는 북방 서리 뒤덮였네.

질풍이 변방 요새 치고 일어나

代出自薊北門行

羽檄起邊亭, 烽火入咸陽.[1] 徵騎屯廣武, 分兵救朔方.[2]

嚴秋筋竿勁, 虜陣精且彊.[3] 天子按劍怒, 使者遙相望.[4]

雁行緣石徑, 魚貫度飛梁.[5] 簫鼓流漢思, 旌甲被胡霜[6]

疾風沖塞起, 沙礫自飄揚.[7] 馬毛縮如蝟, 角弓不可張.[8]

時危見臣節, 世亂識忠良.[9] 投軀報明主, 身死爲國殤[10]

「계의 북문을 나서며」를 본떠

급한 격문 변경에서 솟아오르고

봉화가 함양으로 날아 들오네.

기병 모아 광무에 주둔시키고

보병 나눠 삭방으로 구원 보내네.

추운 가을 활과 화살 강하게 하여

오랑캐는 정예롭고 굳세어가니,

천자는 칼을 잡고 진노를 하고

사자는 멀리 서로 바라본다네.

안행으로 돌길을 따라서 가고

어관으로 공중 다리 건너간다네.

피리와 북에는 고향 생각 흐르는데

깃발과 갑옷에는 북방 서리 뒤덮였네.

질풍이 변방 요새 치고 일어나

모래 자갈 저절로 날아오르네.

말 털은 고슴돛처럼 **뻣뻣해지고**

각궁도 얼어붙어 당길 수 없네.

시국이 위태해야 신하 절개 볼 수 있고

세상이 혼란해야 충성 현량 알게 되니,

목숨 바쳐 성군에게 보답을 하고

몸은 죽어 순국자가 되려 한다네.

【해제】

[전진륜] 이선 주를 수록한다.

[이선] 『한서』 「지리지地理志·하」 '광양국廣陽國' : "'계薊'는 옛 연燕 나라로 [소공召公 : 姬奭이 봉해진 곳이다.]"

[황절] 곽무천 『악부시집』 : "조식의 「염가행艶歌行」에 "'계의 북문을 나서서', 멀리 북녘땅 뽕나무를 바라보니, 가지마다 서로 만났고, 잎사귀마다 서로 맞닿았네"出自薊北門, 遙望湖池桑. 枝枝自相值, 葉葉自相當'라고 했다.[164] 『악부해제』에 '「계의 북문을 나서서出自薊北門」'는 그 취지가 「종군행從軍行」[165]과 같은데, 연계燕薊 : 치소는 유도현(幽都縣) 즉 지금의 북경시 완평현(宛

---

164) 조식의 「염가행」 시는 이 4구만 현존한다.
165) 「종군행」은 『악부시집』 「상화가사·평조곡(平調曲)」에 속하는데, 모두 '군려 생활의 고달픔[軍旅苦辛]'(『악부해제』)을 소재로 했다. 왕찬(王粲) 5수, 육기(陸機) 1수 등 모두 23수가 수록되어 있다.

平縣)의 풍물 및 돌진하는 기병의 용맹스러운 모습을 아울러 말했다'라
고 했다."

『통전通典』:"연은 본래 진秦의 상곡군上谷郡이며, 계薊는 어양군漁陽郡
으로 모두 요서遼西에 있다."

주건朱乾 『악부정의樂府正義』:"옛날부터 연과 조趙 지방에는 미인이
많다고 했다. 「계의 북문을 나서서」는 본래 조식의 「염기艶歌」로 종군
과는 무관하다. 포조가 빌려와서 계의 풍물 및 출정하여 전쟁하는 고
통을 말한 이후부터, 마침내 이 제목이 「염가」임을 모르게 되었다. 대
개 악부에는 '전轉'과 '차借'가 있는데, '전'은 옛 주제를 좇아서 새로운
주제를 전환해내는 것이고, '차'는 이전 제목을 빌려 자기 생각으로 재
단하는 것이다. 옛 시를 모방하는 사람은 반드시 이 두 가지 의의를 안
뒤라야 본의를 참고하여 변통을 할 수 있는 것이다. 해제의 견해에 얽
매여 「염가」의 본지本旨를 망각해서는 안 된다."[166]

[전중련] 『악부시집』에서는 이것을 「잡곡가사雜曲歌辭」에 넣었다.

---

166) 원가 27년(450) 12월 북위(北魏)가 대규모로 남침하여 수도 건강(建康) 건너편
양자강 북안의 과보(瓜步)까지 점령했는데, 이듬해(451) 2월 북위 군이 물러간
후 포조는 시흥왕 유준을 수행하여 과보에 가서, 전란으로 파괴된 참상을 목도하
고 「황폐한 성[蕪城賦]」을 짓고 「과보산 갈문(瓜步山楬文)」을 지었는데(각 작품
의 해제 참조), 이 시도 이 시기에 지어졌을 가능성이 매우 크다. 송영정, 「포조
(鮑照)의 「대출자계북문행(代出自薊北門行)」시에 관하여」, 『중국어문학』 제28
집, 영남중국어문학회, 1996.12, 121~149쪽 참조.

【주석】

1 **[이선]**『사기』「진희전(陳豨傳)」: "[고조가 말했다.] 나는 '우격(羽檄)'으로 천하의 병사를 징집했다."[167]

『사기』「주본기(周本紀)·유왕(幽王)」: "도적이 오면 '봉화를 올린다[擧烽火]'."

『풍속통의(風俗通義)』: "문제 때에 흉노가 '변방을 침범하니[犯塞]', '척후의 기병[候騎]'이 감천궁(甘泉宮)까지 이르고 '봉화'가 '장안(長安)'까지 이르렀다."

[전진륜]『사기』「진본기(秦本紀)」: "효공(孝公) 12년에 '함양(咸陽)'을 건설했는데, 궁정 앞에 높은 궐문[冀闕]을 건축하고, 진은 그곳으로 옮겨 도읍으로 삼았다."

2 **[이선]** 신찬의『한서』주[臣瓚漢書注][168] : "율(律)에 군대를 배치하여 머물러 있는 것[勒兵而住]을 '屯'이라고 했다."

---

167) '우격(羽檄)'은 새의 깃을 단 격문(檄文)으로 급한 공문서이다.『한서』「고제기(高帝紀)·하」에『사기』「진희전」인용문과 같은 내용이 실려 있고, 안사고 주에 이렇게 설명했다. "'檄'은 목간(木簡)으로 된 문서인데 길이는 1척 2촌으로, 징집과 소집[徵召]에 사용한다. 급한 일이 발생하면 새의 깃[鳥羽]을 꽂아서 신속히 처리해야 함[速疾]을 표시했다."

168) 저본에서 '臣瓚漢書注(신찬의『한서』주)'라고 했는데, 표점교감본『한서』의 신찬 주에서는 같은 내용을 확인하지 못했다.『사기』「부근괴성열전(傅靳蒯成列傳)」의 '부관전(傅寬傳)'에 '將屯(장둔)'에 대한 하안(何晏)의 '집해'가 이선 주의 인용문과 같은데, 다만 '說(설)'은 '謂(위)'로 '住(주: 주둔하다)'는 '守(수: 수비하다)'로 되어 있다.『강희자전』에서 '屯'에 대해 "勒兵而守曰屯"이라고 풀이하고 "『한서』「조충국전(趙充國傳)」에 '分屯要害[處](요해[처]에 분산하여 주둔했다)'라고 했다"라고 출처를 제시했는데, 이 부분에도 '신찬(臣瓚)'의 주는 없다.

『한서』「흉노전(匈奴傳)·찬(贊)」: "문제가 천하의 정에 병사를 모아 '광무(廣武)'에 주둔토록 했다."

『한서』「지리지·상」: '태원군(太原郡)' 속현으로 '광무현[廣武 : 고성은 지금의 산서성 대현(代縣) 남서쪽 15리에 있었음]'이 있다.

『한서』「역이기전(酈食其傳)」: "초나라 사람들이 한신(韓信)이 조나라를 격파했다는 소문을 듣고, (…중략…) '병력을 나누어[分兵]' 구원병을 보냈다."

『한서』「지리지·하」: "'삭방군(朔方郡 : 치소는 지금의 내몽고자치구 오르도스(Ordos·鄂爾多斯·杭錦旗) 북서쪽 황하 남안)'은 무제 원삭(元朔) 2년(127 B.C.)에 개설했다."

[전중련] 송본 및 『악부시집』에는 '騎(기 : 기병)'가 '師(사 : 군사, 군대)'로 되어 있다.[169]

3 [이선] 『사기』「흉노열전(匈奴列傳)」: "'흉노는 가을에 말이 살이 찌면' 대림에 대규모로 모여[匈奴秋馬肥, 大會蹛林], [인원과 가축의 수를 점검하고 계산한다.]"[170]

---

169) 『전송시』도 같다. 모의 교감 송본과 주석찬·노문초는 모두 '騎'를 '師'로 고쳤다. 『문선』과 『예문유취』에는 '騎'로 되어 있다.

170) '蹛林'은 흉노족이 가을에 숲을 에워싸고 거행하는 제천(祭天) 의식을 말한다. 『한서』「흉노전」에도 같은 기록이 있는데, 안사고 주에서 "'蹛'라는 것은 에워싸는 것[遶]이다. 숲을 에워싸고 제사를 지냄을 말한다. 선비(鮮卑)의 풍속으로 예로부터 전해오는데, 가을 제사에 숲이 없으면 버드나무 가지를 세우고, 대중이 말을 타고 세 바퀴를 돌고 멈춘다. 이것이 그들의 유법(遺法)이다"라고 했다. 북방 기마민족은 이런 활동으로 말과 병사를 단련하므로, '쌀쌀한 가을[嚴秋]'이 되면 '기사(騎射)'의 '역량[筋竿]'이 강화되고 병력이 전반적으로 '날쌔고 강하게[精强]' 된다.

『주례』「동관고공기(冬官考工記)·궁인(弓人)」: "궁인이 '활[弓]'을 만드는데 [여섯 가지 재료를 취하는 것을 반드시 그 시기에 맞춘다. 여섯 가지 재료가다 모이면 솜씨 좋은 사람이 그것을 조화시켜 활을 만든다. 간(幹 : 활 본체를이루는 주요 목재)은 화살이 멀리 가게 하는 것이고, 각(角 : 활의 강도를 높이기 위해 활대의 안쪽에 붙이는 짐승의 뿔)은 속도를 빠르게 하는 것이고,] '근(筋 : 활대의 바깥쪽에 붙이는 짐승의 힘줄)'은 깊게 박히게 하는 것이고, [교(膠 : 각종 자료를 붙이는 접착제. 짐승의 가죽을 가공하여 만든 아교, 즉 갖풀)는 여러 재료를 붙이는 것이고, 사(絲 : 활대를 단단히 조여 묶는 실)는 견고하게 하는 것이고, 칠(漆 : 완성된 활대에 입히는 옻칠)은 서리와 이슬에 견디게 하는 것이다.]"

'笴(간)'은 화살대이다.

[황절] 『문선』 육신 주 유량 : "'筋'은 활이고 '笴'은 화살이다."

4 **[이선]** 『설원(說苑)』: "진의 황제가 칼을 움켜잡고 앉아 있었다[秦帝按劍而坐]."[171]

『한서』「문삼왕전(文三王傳)」: "사신을 파견했는데 그들이 탄 수레가 길에

---

171) 『문선』 권16 강엄(江淹)「한부(恨賦)」의 '秦帝按劍' 주에도 『설원』 주를 인용했는데, 내용이 다르다. "秦始皇帝太后不謹, 幸郞嫪毒, (…중략…) 茅焦上諫, (…중략…) 皇帝按劍而坐(진시황의 모후가 행동이 올바르지 않아 요애(嫪毒)를 총애해서, [장신후(長信侯)로 봉하고 아들 둘을 낳았다. (…중략…) 진시황이 요애를 거열형(車裂刑)에 처해 죽였다. (…중략…) 이 일을 간하는 자는 모두 죽이라고 명령을 내렸다.] (…중략…) 모초(茅焦)가 간하려고 하자 (…중략…) 황제는 검을 움켜쥐고 앉아 있었다)"로 되어 있다. 「정간(正諫)」편에 실린 문장으로, 「한부」주의 인용이 옳다.

서 서로 바라보일 정도로 끊임없이 줄을 이었다[遣使冠蓋相望於道]."

[전중련] 장운오(張雲璈) 『선학교언(選學膠言)』: "『사기』「대원열전(大宛列傳)」에 있다. '이사장군(貳師將軍)이 사자를 보내어 상서하여 말했다. "길이 멀어 식량의 결핍이 많은 데다, 사졸들이 싸우기를 걱정하기보다 굶주림을 걱정합니다. 인원이 적어 원(宛)을 빼앗기에는 부족합니다. 바라건대 잠시 전쟁을 중단하고 병사를 증원하여 다시 보내 주시기 바랍니다." "천자가 듣고서 대로하여[天子大怒] 사자를 시켜 옥문관(玉門關)을 닫도록 하고, 군인으로 감히 들어오는 자가 있으면 바로 참수하도록 하라고 했다. 이사장군이 두려워 돈황(敦煌)에 머물렀다.' 시의 내용은 이것을 활용한 것이다. 이선 주에서 『설원』과 『한서』 운운하고 인용한 것은 소략하다."

5 **[이선]** 『한서』「경제·무제·소제·선제·원제·성제 공신 표[景武昭宣元成功臣表]」 '종평후 공손융노(從平侯公孫戎奴)' 조: "공손융노는 교위(校尉) 신분으로 [세 번이나 대장군 위청(衛靑)을 시종하여] 흉노를 공격했는데 흉노 우현왕(右賢王) 궁정에 이르러 '안행(鴈行)'으로 바위산을 오르는데, 제일 먼저 올랐다. [후작(侯爵)으로 1,100호에 봉했다.]"[172]

『주역』「박괘(剝卦, ䷖)·육오」: "물고기를 꿴 것처럼 차례차례로[貫魚] 궁중의 여인[宮人]들처럼 사랑을 받는다. 이롭지 않음이 없다." 왕필(王弼) 주: "貫魚(관어)'는 이 뭇 음효(초육에서 육오까지의 다섯 음효)가 나란히 늘어서 있는 것이 '물고기를 꿰어놓은 것' 같다는 뜻이다."

---

172) 『사기』「건원 이래 제후 연표(建元以來侯者年表)」의 '종평후(從平侯)' 조에는 "以校尉三從大將軍靑擊匈奴, 至右賢王庭, 數爲鴈行上石山先登功侯"로 되어 있다.

[**황절**] 여향 : "'雁行(안행)'과 '魚貫(어관)'은 모두 군대의 전투대형이다."[173]

[**전중련**] '度(도 : 건너다)'는 송본에는 '渡(도 : 건너다)'로 되어 있다.

6 [**황절**] 반표「왕명론(王命論)」[174] : "이제 백성들은 다 노래하며, '한나라를 생각하고[思漢]' 유씨(劉氏)를 추앙합니다."

진조명(陳祚明)은 '思'를 '颸(시 : 빠른 바람)'로 써야 한다고 했지만 틀렸다.

[**전중련**] 손지조『문선고이』: "'思'는 '颸'로 된 판본도 있다."

내 생각은 이렇다. '颸'로 적는 것은 옳지 않다. 아래에서 '疾風(빠른 바람)'이라고 했으니, 말이 중복되어서는 안 된다. 문집에는 「선승태수 왕승달을 이별하며[送別王宣城]」 시가 있는데, 역시 "發郢流楚思(영을 떠나며 초나라 생각 흐른다)" 구가 있으니, 상호 증명이 될 수 있다.

7 [**이선**]『역통괘험(易通卦驗)』: "큰바람에 모래가 휘날린다[大風揚沙]."

『춘추명력서(春秋命歷序)』: "큰바람에 돌덩이가 휘말려 오른다[大風飄石]."

8 [**이선**]『서경잡기』: "원봉(元封) 2년(109 B.C.)에 큰 눈이 깊이 다섯 자나 되어 야생의 새와 짐승이 다 죽고 '소와 말이 고슴도치처럼 움츠러들었다[牛馬蜷縮如蝟]'."

위소(韋昭)『위요집(韋曜集)』「오고취곡(吳鼓吹曲)・추풍(秋風)」: "가을 바람에 모래 먼지 휘날리고, 찬 이슬에 옷 젖는다. '각궁은 시위 당기기 급하고', 비둘기가 매로 바뀌었다[秋風揚沙塵, 寒露霑衣裳. '角弓持急弦', 鳩鳥

---

173) '雁行'은 횡대로 펼쳐 전진하는 것이고 '魚貫'은 종대로 전진하는 것이다. '飛梁(비량)'은 도로나 계곡 따위를 건너질러 공중에 걸쳐 놓은 다리, 즉 '구름다리'이다.
174)『한서』「서전(敍傳)・상」에 인용되어 있다.

化爲鷹]."175)

[황절] 여향 : "'蝟(위 : 고슴도치)'는 동물 이름으로 털이 바늘과 같다."

[전중련] 양장거『문선방증』: "육신본에는 '毛(모)'가 '步(보)'로 되어 있다."176)

9 **[이선]**『노자』제18장 : "국가가 혼란해지면 비로소 충신이 생기게 된다[國家
昏亂, 有忠臣焉]."

10 **[이선]** '國殤(국상)'은 국가를 위해 싸우다 죽는 것이다.

『초사』「구가 · '국상(國殤)'」: "육신은 이미 죽었으나 정신은 살아 있어, 혼
백은 굳세도다! 귀신의 영웅이로다[身旣死兮神以靈, 魂魄毅兮爲鬼雄]."177)

【평설】

[황절] 오기吳淇 : 이것은 당시 정령政令이 조급하여 신하 중에 감당하
지 못하는 사람이 있어서 이를 빌려 풍자한 것이다. 그 대의는 다음과
같다. 평일에 대비하지 않다가 변방의 틈이 열리자 기병을 징집하느니
보병을 나누느니 하는 것은 모두 임시로 당황하여 서두르는 것이니,
적진이 정예하고 강성하기 때문이다. 천자가 노한 것은 물론 적에게
노한 것이지만 또한 장수와 병사가 이를 멸하고서 아침을 편하게 먹지
못함을 화내는 것이기도 하다. 그래서 종군하는 병사들이 길에서 서로

---

175)『악부시집』권18「고취곡사」에 수록되어 있다.
176) 포조 시의 출전이 된『서경잡기』기록은 말과 소가 추위에 몸이 고슴도치처럼
   오그라들고 털은 얼어서 고슴도치 가시처럼 뻣뻣해졌다는 뜻이어서 '毛'가 옳다.
  『오덕풍』, 56a쪽 참조.
177) '投軀(투구)'는 '投身(투신)'과 같은 뜻으로 '헌신(獻身)'의 의미이다.

바라보는 것이다. 이때를 당하면 비록 이목李牧, ?~228 B.C.[178] 같은 사람을 장수로 하여도 도모할 겨를이 없을 것이다. 순국한들 나라에 무슨 보탬이 되겠는가?『육조선시정론』권13

방동수方東樹 : 이것은 종군하여 변방으로 나가는 작품이다. 계북薊北 지역에는 열사가 많아서, 그것에 기탁하여 말한 것이다. 마지막 구에서 결말을 짓는 것을 호탕하게 하고, 처량하게 하지 않음으로써, 슬픈 것을 해소했으니, 굴원屈原으로부터 나왔다. 조식과 두보도 다 같다. 본 문집의 "유주와 병주 지역에서는 말 타고 활쏘기를 중시한다幽幷重騎射" 「의고(擬古)」 제3수 같은 작품들도 그러하다.『소매첨언』권6

[전중련] 주희朱熹 : "질풍이 변방 요새 세차게 치고 일어, 모래 자갈 저절로 날아오르네. 말 털은 고슴도치 가시처럼 뻣뻣하고, 각궁도 얼어 붙어 당길 수 없게 됐네" 같은 것은 분명히 변새 상황을 말하고 있는데, 시어가 또한 가파르고 굳세다.『주자어류』「논문(論文)·시(詩)」

심덕잠沈德潛 : 포조는 우렁차고 굳센 소리를 낼 수 있으니 조조曹操와 상당히 흡사하다.『고시원』권11

왕개운王闓運 : 변새시를 지음에 대단한 역량을 썼으니 당나라 시인들이 본받는 바이다. 결구는 「'동무의 노래'를 본떠」의 결미인 '버려진 방석棄席' 4구와 같은 정조이다.『상기루설시』권6

---

178) 전국 말 조(趙)의 장수로, 233 B.C.에 진군(秦軍)을 대파하고 그 공으로 무안군(武安君)에 봉해졌으나, 나중에 진의 반간계에 걸려 조왕에게 죽임을 당했다.

代陸平原君子有所思行

西上登雀臺, 東下望雲闕.[1] 層閣肅天居, 馳道直如髮.[2]

綉薨結飛霞, 琁題納行月.[3] 築山擬蓬壺, 穿池類溟渤.[4]

選色遍齊代, 徵聲市邛越.[5] 陳鐘陪夕讌, 笙歌待明發[6]

年貌不可還, 身意會盈歇.[7] 蟻壤漏山阿, 絲淚毁金骨.[8]

器惡含滿欹, 物忌厚生沒.[9] 智哉衆多士, 服理辨昭昧.[10]

육기의 「군자가 생각할 것」을 본떠

서쪽으로 올라가 동작대에 오르고

동쪽으로 내려가 구름 궁궐 바라보네.

고층의 누각은 천궁天宮처럼 장엄하고

천자의 수렛길은 머리털처럼 곧다네.

화려한 용마루엔 노을이 맺혀 있고

옥 서까래 끝에는 달빛을 머금었네.

석가산 쌓은 것은 봉래 방호 본떴고

연못을 판 것은 명해 발해 닮았네.

미인을 선발함에 제와 대를 두루 찾고

음악을 수집함에 공과 월을 다 살폈지.

종과 북을 늘어놓고 저녁 연회 시작하여

생황 연주 노래는 새벽까지 이어지네.

나이와 용모는 되돌릴 수 없으며

육신과 생각도 차고 기욺 있다네.

자그마한 개밋둑이 산과 언덕 허물고

실낱같은 눈물이 쇠와 뼈도 녹이지.

그릇은 너무 담아 기우는 것 싫어하고

사물은 삶만 찾다 죽게 됨을 꺼린다네.

지혜롭다, 수많은 여러 관리여,

도리 지켜 시비를 분별하시게.

【해제】

[전진륜] 이선 주를 수록한다.

[전진륜] 『진서晉書』「육기전陸機傳」: "성도왕成都王 사마영司馬穎이 육기를 대장군의 군사軍事에 참여시키고 표창하여 '평원내사平原內史'에 임명했다."

육기의 원시는 『문선』 권28 '악부'에 보인다.

[황절] 왕승건王僧虔 『기록技錄』:「군자가 생각할 것君子有所思行」은 상화가사 슬조곡瑟調曲 28곡 중의 하나이다.

주건朱乾 『악부정의』: "고사古辭는 남아 있지 않고 육기 시에서 시작되었으므로, 포조의 문집에서는 「육기의 '군자가 생각할 것'을 본떠代陸平原君子有所思行」라고 한 것이다. 한대의 요가鐃歌 「그리운 이 있어有所思」는, 후인들이 그것에 바탕을 두고 「멀리 있는 이 그리며思遠人」, 「먼 곳의 임 그리며憶遠」, 「임 계신 먼 곳 바라보며望遠」 등의 곡을 지었는데, 내용이 모두 남녀의 사랑이다. 이것은 별도로 '군자君子'라는 말을 붙였으니 평범한 사람들이 생각하는 바와는 다름을 보여준다."

[전중련] 『악부시집』에는 이것을 잡곡가사에 넣었으며, 『악부해제』를 인용하여 다음과 같이 말했다.

"「군자가 생각할 것君子有所思行」은, 서진 육기는 '수레를 몰아서 북산 오른다命駕登北山'라고 했고, 유송 포조는 '서쪽으로 올라가 동작대에 오른다西上登雀臺'라고 했으며, 양 심약은 '새벽에 종남산 꼭대기를 거닌다晨策終南首'라고 했다. 그 취지는 아름다운 집과 고운 여색은 오래 즐기기에 부족하고, 하는 일 없이 일락에 빠지는 것은 짐독鴆毒처럼 해로우며, 가득 차는 것은 마땅히 조심하고 피해야 할 일임을 말하는 것이어서, 「군자의 노래君子行」[179]와는 다르다."[180]

---

179) 「군자행(君子行)」은 『악부시집』 「상화가사·평조곡(平調曲)」에 속하는데, 곽무천은 『악부해제』를 인용하여 다음과 같이 말했다. "고사는 '군자는 일 생기기 전 예방을 해야 한다[君子防未然]'라고 했으니, 대체로 혐의(嫌疑)를 받음을 멀리하라는 내용이다. 또 「군자가 생각할 것[君子有所思行]」이라는 시가 있는데, 가사의 주제가 이것과는 다르다." 포조가 본뜬 대상인 육기의 「군자가 생각할 것」전편은 다음과 같다.

命駕登北山　　수레를 몰아서 북산에 올라
延佇望城郭　　고개 들어 한동안 성곽을 바라보네.
廛里一何盛　　주택가는 어찌 저리 북적거리며
街巷紛漠漠　　길거리는 어지러이 퍼져있는지.
甲第崇高闥　　갑제에는 높은 대문 우뚝 솟았고
洞房結阿閣　　동방에는 낙수받이 달아놓았네.
曲池何湛湛　　구부러진 연못은 어찌 저리 깊은지
淸川帶華薄　　맑은 냇가에는 꽃 숲이 줄지었네.

【주석】

1 **[이선]** 『업중기(鄴中記)』: "업성(鄴城) 북서쪽에 누대를 세우고 '동작대(銅雀臺)'라고 명명했다."

유흠(劉歆)「감천부(甘泉賦)」[181]: "'구름 같은 궁궐'은 우뚝 솟아 웅장하고, 뭇 별들은 반짝반짝 이어져 있다['雲闕'蔚之巖巖, 衆星接之皚皚]."

邃宇列綺窗	깊숙한 곳 저택에는 화려한 창 즐비하고
蘭室接羅幕	난향 어린 내실에는 비단 장막 잇닿았네.
淑貌色斯升	정숙한 용모는 기색 살펴 일으키고
哀音承顔作	애절한 음성은 안색 보고 시작하네.
人生誠行邁	사람의 삶이란 정말이지 빨라서
容華隨年落	화려한 용모는 세월 따라 시드네.
善哉膏粱士	훌륭하다, 부귀한 인사들이여
營生奧且博	삶의 방식 깊고도 또한 넓다네.
宴安消靈根	일락은 육신을 소멸시키는
酖毒不可恪	짐독이니 품어서는 아니 된다네.
無以肉食資	육식하는 바탕이라 거들먹대며
取笑葵與藿	아욱과 콩 먹는 이 비웃지 말게.

180) 이 시의 창작 시기에 대해, 정복림은 '치도(馳道)'라는 명사에 근거해, 유송에서 치도가 처음 건설된(주석 2의 역주 참조) 직후인 효무제 대명 6년(462) 포조가 건강에 머물 때라고 보았다. 즉 포조는 영안령 직에서 '금지'형이 풀린 후, 의흥(義興 : 지금의 강소성 남부 의흥시(宜興市))으로 가서 임해왕 유자욱의 막료가 되었는데,「오흥 황포정에서 유중랑과 이별하며[吳興黃浦亭庾中郎別]」시는 바로 그해 가을 이후 오흥(吳興 : 지금의 절강성 오흥시)에서 유중랑과 이별하며 지은 시이므로, 그해 가을과 겨울에는 아직 오흥에 머물렀고(「오흥 황포정에서 유중랑과 이별하며」시 해제의 역주 참조), 대명 6년(462) 음력 7월에 임해왕을 수행하여 형주로 갔으므로, 그 사이 즉 대명 6년 봄부터 7월 사이가 그가 건강에 머물렀던 기간이며, 이 시는 바로 이때 지어졌다는 것이다(『교주』, 272~273쪽).

181) 『예문유취』권62 「거처부(居處部)·궁(宮)」에는 제목이 '감천궁부(甘泉宮賦)'로 되어 있는데, 이 2구는 없다.

[전중련] '上(상 : 올라간다)'은 송본 및 『문선』 육신본에는 '出(출 : 나간다)'로 되어 있다. [182]

2 **[이선]** 『초사』 「초혼(招魂)」 '層軒(층헌)' 왕일 주 : "'層'은 '重(중 : 겹치다)'의 뜻이다."

채옹(蔡邕) 「술정부(述征賦)」 [183] : "황실 가옥이 휘황하여 '천상의 거처' 같다[皇家赫而'天居']."

『한서』 「성제기(成帝紀)」 : "태자는 감히 '馳道(치도)'를 횡단하지 못한다."

응소(應劭) : "('치도'는) 천자가 다니는 길이다." [184]

『모시』 「소아·도인사(都人士)」 제2장 : "저분의 따님은, '머리숱 많고도 빳빳하다[彼君子女, '綢直如髮']'." [185]

---

182) 『예문유취』와 『악부시집』에는 '上'으로 되어 있다.

183) 『문선』 권6 '경도(京都)'의 좌사 「위도부(魏都賦)」 주에는 제목이 '술행부(述行賦)'로 되어 있는데, 인용문은 이곳과 같다. 권14 '조수(鳥獸)'의 포조 「춤추는 학[舞鶴賦]」 이선 주에도 제목은 '술행부'로 되어 있으며 '赫(혁)'은 '赫赫'으로 적었다(주석 37 참조). 권28 '악부'의 육기 「전완성가(前緩聲歌)」 이선 주에는 제목이 '述征賦'로 되어 있다.

184) '天居(천거)'는 본래 천상의 신이 사는 거처를 말하는데 천자의 거처를 비유하기도 한다. '馳道'는 천자의 수레가 다니는 큰길을 말한다. '馳道'는 진시황이 천하를 통일한 직후 처음 건설했다. 『사기』 「진시황본기(秦始皇本紀)」에 "27년에 (…중략…) '치도(馳道)'를 설치했다"라고 했다. 『사기』에는 이 밖에도 「효경본기(孝景本紀)」, 「강후주발세가(絳侯周勃世家)」, 「이사열전(李斯列傳)」, 「골계열전(滑稽列傳)」 등에 '馳道'에 관한 기록이 있다. 유송에 와서 수도 건강(建康)에 '치도'를 건설한 것은 효무제 대명(大明) 5년 윤구월이다. 『송서』 「효무본기」에 "대명(大明) 5년 (…중략…) 윤구월 (…중략…) 병신(丙申)에, 처음 치도(馳道)를 건립했는데, 창합문(閶闔門)에서 주작문(朱雀門)까지, 또 승명문(承明門)에서 현무호(玄武湖)까지 연결했다"라고 했다. 이 치도는 궁성을 중심으로 해서 남북으로 뻗어 있었다.

185) 시 본문의 '髮(발)'이 저본에는 '發(발)'로 되어 있는데, 오자이다.

[전중련] 『악부시집』에는 '閣(각)'이 '關(관)'으로 되어 있다.

3 **[이선]** 장형 『서경부』 : "아름답게 조각한 기둥에 옥 주춧돌, '화려하게 수놓은 두공'에 구름무늬 문미[雕楹玉舃, '繡栭'門楣]."

양웅 『감천부』 : "화려한 누대에 널따란 집, '옥 서까래 끝에 고운 옥 장식'[珍臺閒館, '琁題玉英']."

[황절] 『문선』 육신주 여향 : "'甍(맹)'은 마룻대[棟]이다. 다섯 가지 채색으로 장식하여 '수를 놓은 듯하며[似繡]', 하늘에 낀 노을과 연결되어 있다. '琁(선)' 은 옥이고, '題(제)'는 서까래 끝이다. 달이 처마 끝을 지나가는데 서까래 끝이 그 빛을 끌어들인다는 뜻이다."

[전중련] 『악부시집』에는 '行(행)'이 '明(명)'으로 되어 있다.[186]

4 **[이선]** '蓬(봉)'과 '壺(호)'는 두 산(봉래산과 방호산)의 이름이다.

'溟(명)'과 '渤(발)'은 두 바다(명해와 발해)의 이름이다.

[전중련] '蓬'과 '壺'는 「춤추는 학[舞鶴賦]」(주석 3)에서 보았다.

『열자』 「탕문(湯問)」 : "'溟海(명해)'라는 것이 있다." 「석문(釋文)」 : "물빛 이 검어서 '溟海(어두운 바다)'라고 한다."

사마상여 「자허부(子虛賦)」 : "'발해'에 배를 띄운다[浮'渤澥']." 이선 주 : "응 소(應劭)가 말했다. '渤澥'는 바다의 한 부분[別支]이다."[187]

5 **[이선]** '齊(제)·代(대)·邛(공)·越(월)'은 네 지역의 이름이다.

---

186) 『악부시집』 권61에는 '明' 자 아래의 주에서 "'行'으로 된 판본도 있다"라고 했다. 출구의 '飛霞(비하)'와 호응하는 점에서 '行月'이 낫다. 오덕풍, 56a쪽 참조.
187) 이상 6구는 궁궐의 건축과 길, 원림(園林) 등의 화려함을 묘사했다.

[황절] 유리(劉履)『선시보주』: "'齊'는 동쪽의 나라이고, '代'는 북쪽의 군이며, '邛'은 서촉(西蜀)의 땅이고, '越'은 남쪽의 나라이다. '徵(징)'은 거두어들인대取]는 뜻이고, '帀(잡)'도 '遍(편 : 두루)'의 뜻이다.[188]

6 **[이선]**『초사』「초혼(招魂)」: "'종을 늘어놓고' 북을 치며, 새로운 노래를 짓는다외'陳鐘'按鼓造新歌]."[189]

위 문제(조비)「선재행(善哉行)」[190] : "아침에는 높은 대 위에 지은 도관(道觀)으로 유람가고, '저녁에는 화려한 연못 남쪽에서 연회를 연다'[朝遊高臺觀, '夕宴'華池陰]."

『의례(儀禮)』「향음주례(鄉飲酒禮)」: "「소아」의 「어려」를 '노래하고', 「유경」을 '생황으로 연주한다'['歌'「魚麗」, '笙'「由庚」]."

『모시』「소아 · 소완(小宛)」: "'날이 밝도록' 잠을 못 이룬다['明發'不寐]."

[황절] 유리『선시보주』: "'陳'은 늘어놓는 것[設]이다."[191]

7 **[이선]**『열자』「역명(力命)」: "서문자(西門子)가 말했다. '북궁자(北宮子)는 (…중략…) "나이와 외모"와 언행은 나와 비슷하지만["年貌"言行與予並],[192] [귀천과 부귀는 나와 다르다.]'"

『열자』「楊朱(양주)」: "귀와 눈이 듣고 보는 것을 신중히 하고, '몸과 마음'의

---

188) 이 2구는 미색과 음악은 전국 각지에서 수집했음을 말한다.
189) '陳(진)'은 석음헌총서본에는 '敶(진)'으로 되어 있는데, 같은 뜻이다. '歌(가)' 뒤에는 '些(사)' 자가 있다.
190) 저본에는 '東門行(동문행)'으로 되어 있는데, 『송서』「악지 · 3」, 『악부시집』권 36「상화가사 · 슬조곡」, 『전삼국시』권1에는 모두 '善哉行(선재행)'으로 되어 있어서 바로잡았다.
191) 이 2구는 밤을 새워 이어지는 흥청망청한 연회를 묘사했다.
192) 저본의 '子(자)'는 '予(여)'의 오자여서 바로잡았다.

옳고 그름을 신경을 쓰느라괴[惜'身意'之是非], 당년의 지극한 즐거움을 헛되이 잃고[徒失], 한순간도 마음대로 하지 못한다.ᵀ193)

[전중련] 『악부시집』에는 '還(환 : 되돌리다)'이 '留(류 : 머물게 하다)'로 되어 있다.194)

8   [전중련] '阿(아)'는 이선본에는 '河(하)'로 되어 있다.195)

[이선] 부현(傅玄) 「구명(口銘)」196) : "그렇지 않다고 말하지 말래[勿謂不然]. 귀가 들리지 않게 될 것이다. '개미구멍이 큰 강을 무너뜨리고, 물방울 똑똑 떨어지는 구멍이 큰 산을 넘어뜨린다[蟻孔潰河, 溜穴傾山]'."

'絲淚(사루)'는 가느다란 눈물이다. '쇠와 뼈[金骨]'의 단단함은 친밀함이 돈독한 것을 비유한다. 아첨하는 말을 하고 올바르지 않은 일을 하는 사람이 실낱 같은 눈물만 흘려도 '굳은 쇠와 뼈(매우 돈독한 친밀함)'는 그 때문에 훼손된다는 뜻이다.

후한 장승(張升, 121~166) 「반론(反論)」197) : "번민과 원통함에 깊이 생각하

---

193) 『문선』 권31 원숙(袁淑)의 「조식의 악부 '백마의 노래'를 본떠[效曹子建樂府白馬篇]」의 이선 주에 인용된 문장이다. 『열자집석』에는 '失(실)' 자 앞에는 '徒(도)' 자가 있다.

194) 이 2구는 이상과 같이 호화롭게 즐겨도, 나이와 용모는 되돌릴 수 없고 육신이나 생각도 시들면 다시 채우기 어려움을 말한다.

195) 오덕풍은 『한비자』 「유로」와 부현(傅玄) 「구명(口銘)」의 문장을 근거로 '河'가 나은 것 같다고 했다(56b~57a쪽).

196) 『예문유취』 권17 「인부(人部)·구(口)」에는 제목이 '口誡(구계)'로 되어 있고, '勿謂不然(물위불연)'은 '勿謂何有, 積怨致咎. 勿曰不傳, 伏流成川(무엇이 있겠는가 하고 말하지 말라. 원한을 쌓으면 재앙이 생긴다. 퍼지지 않는다고 말하지 말라. 땅속을 흐르는 물이 내를 이룬다)'으로 되어 있다.

197) '張叔及論(장숙급론)'은 '張升反論(장승반론)'의 잘못이어서 바로잡았다. 호극가의 『문선고이(文選考異)』에, "이선 주의 '張叔及論'에서 '叔及'은 마땅히 '升反'

니, '눈물은 실처럼 줄줄 흐른다[淚如絲兮].'"

추양(鄒陽)이 상서하여 말했다. "뭇 사람의 지어낸 말은 쇠도 녹이고, 쌓이는 비방은 뼈도 녹입니다[衆口鑠金, 積毁銷骨]."

[황절] 『한비자』「유로(喩老)」: "천 리의 제방[千里之隄]¹⁹⁸⁾도 '땅강아지와 개미의 굴[螻蟻之穴]' 때문에 무너진다."

[전중련] 이광지(李光地) 『용촌시선(榕村詩選)』: "'자그마한 개밋둑[蟻壤]' 2구는 화(禍)는 미세한 데서 생겨난다는 뜻이다."

왕개운 『팔대시선(八代詩選)』: "'絲淚(사루)'는 눈물이 적음을 형용한 것이지, 묵자(墨子)가 흰 실이 물이 들어 검게 변하는 것을 보고 슬퍼한 일을 전고로 활용한 것은 아니다.

9   [이선] 『공자가어』「삼서(三恕)」: "공자가 노 환공의 사당을 둘러보는데 '의기(欹器)'가 거기에 있었다. "공자(孔子)"는 사당지기에게 물었다. '이것은 무

이 되어야 한다. 모든 판본이 다 틀렸다. 장승(張升)은 자가 언진(彦眞)으로 범엽 책(『후한서』)의 「문원전(文苑傳)」에 전기가 실려 있다. 앞의 좌사 「위도부(魏都賦)」 권6와 뒤의 혜강의 「산도에게 보내는 절교 편지[與山巨源絶交書]」 권43 주의 인용은 모두 '反論'으로 되어 틀리지 않았으니, 증거가 될 수 있다"라고 했다. 또 『문선』 권40 진림(陳琳)의 「동아왕 조식에 보낸 답서[答東阿王牋]」의 이선 주에도 '張叔及論'이 인용되어 있는데, 『문선고이』에서는 "'叔及'은 마땅히 '升反'이 되어야 한다. 앞에서 이미 상세히 설명했다"라고 했다. 그밖에 『문선』 권26 육기 「부락(赴洛)」시 제2수 이선 주의 '張叔與任彦堅書'에 대해서도 『문선고이』는 "'叔'은 마땅히 '升'이 되어야 한다. 승은 자가 언진인데, 범엽의 역사서 「문원전」에 보인다"라고 했다. 『문선』 권35 장협(張協) 「칠명(七命)」의 이선 주에는 '張升與任彦堅書(「임언견에게 보낸 장승의 편지」)'라고 제대로 표기되어 있다.

198) '千里'는 『한비자』에는 '千丈(천장)'으로 되어 있고, 『회남자』「인간훈」에는 '千里'로 되어 있다.

슨 그릇인가?' 대답했다. '이는 유좌지기(宥坐之器)입니다.' 공자는 '유좌(宥坐)의 그릇은 비면 기울고 적당하면 바르고 차면 뒤집히는데, 밝은 임금은 "지극한 권계[至誠]"로 여겨 항상 좌석 곁에 놓아두었다고 나는 들었다'라고 하면서, 제자들을 돌아보고 말했다. '물을 부어 거기에 채워보아라.' [그래서 물을 부었더니 중간에 이르자 바르게 되고 가득 차니 뒤집혔다. 선생님께서 한숨을 쉬며 탄식하여 말했다. '아! 대저 사물 중에 가득 차고도 뒤집히지 않는 것이 어찌 있겠는가!'"199)

『노자』제50장: "사람이 살려고 하면서 번번이 사지로 들어가는 것이 열에 세 번은 되는데, 이는 무슨 까닭인가? '살려고 집착하는 것이 너무 두텁기[生生之厚]' 때문이다."

[전중련] 이광지: "'器惡(기오)' 2구는 패망은 가득 차는 데서 비롯된다는 것을 말했다."200)

10 [이선]『장자』「지북유」: "염구(冉求)가 중니(仲尼)에게 물었다. '천지가 있기 전의 일을 알 수 있습니까?' 선생님이 말씀하셨다. '그렇다. 옛날도 지금과 같다.' [염구는 답을 듣지 못하고 물러갔다가 다음날 다시 뵙고 물었다. '옛날

---

199) 저본의 '孔子'는 왕숙(王肅) 주본에는 '夫子(부자: 선생님)'로 되어 있다. '至誠(지성)'은 '至誡(지계)'로 되어 있으며, '試注水實之, 中而正'은 '試注水焉, 乃注之, 水中則正'으로 되어 있다. 번역은 이를 따랐다.

200) '欹器'는 기울어지는 기구(器具)라는 뜻으로, 고대의 '유좌지기'이다. '유좌지기(宥坐之器)'는 옛날 군주가 좌석 우측에 놓아두고 과불급이 없도록 하는 권계로 삼은 기물이다. 조선 후기 무역상 임상옥(林尙沃, 1779~1855)이 지니고 있었다는 '계영배(誡盈杯)'가 바로 이런 '의기'에서 유래된 유좌지기이다. '厚生(후생)'은 살림을 안정시키거나 넉넉하게 하는 것이라는 의미 외에 양생을 통하여 장수를 보장하는 것을 중시한다는 의미도 있다. 포조 시에서는 뒤의 의미로 사용되었다.

도 지금과 같다는 말이 무엇을 의미하는지] 어제는 저는 "분명히 알았습니다 [昭然]"만, 오늘은 저는 "전혀 모르겠습니다[昧然]". 무슨 말씀인지 감히 여쭙습니다.' 중니가 말했다. '어제 "분명히 안 것[昭然]"은 정신[神]으로 먼저 받아들였기 때문이고, 오늘 "어두운 것[昧然]"은 또한 정신이 아닌 것[不神] 즉 외부 사물에 얽매여 의식적으로 추구한 것 때문이 아니겠는가.'" 곽상 주 : "의식적으로 추구하면 더욱 이를 수 없게 된다."

[황절] 여향 : "'智哉(지재)'는 찬미하는 말이다. '多士(다사)'는 많은 관리들을 말한다. '服(복)'은 익힌다는 뜻이고, '理(리)'는 도리이다. [도리를 잘 익혀 물정(物情)의 명과 암을 변별하는 것을 말한다.]"

[전중련] 『악부시집』에는 '昧(매 : 어둡다)'가 '晳(석 : 밝다)'으로 되어 있다.[201]

【평설】

[황절] 유리 : '天居천거', '馳道치도' 등의 말을 상세히 고찰해보면, 아마 당시 임금이 지나치게 사치하여 스스로 삼갈 수 없었기 때문에, 특별히 이것으로써 바로잡아 지적하여 풍간한 것 같은데, 또 감히 직접 거론할 수 없어서 많은 선비를 빌려 말한 것이다.『선시보주』권7

엄우嚴羽 : [사영운은 업중鄴中의 여러 문인의 시를 본떠 지었지만,[202] 기상은 다르

---

201) '昧'가 옳다. 오덕풍, 57a쪽 참조. '昭昧'는 '明暗(명암)'·'明闇(명암)'과 같은 뜻으로, 밝음과 어두움, 깨우쳐 앎과 그렇지 못함, 지혜로움과 우매함, 옳고 그름 등의 의미를 지닌다. 이 구절은 여향의 해석처럼, 도리를 잘 익혀 세상 물정의 밝음과 어두움을 잘 변별하라는 것, 즉 시비에 밝도록 하라는 것을 말한다.
202) 「위 태자 조비(曹丕)의 '업중집'시를 본떠[擬魏太子鄴中集詩]」시를 말한다.

다. 유삭劉鑠의 「'가고 가고 거듭하여 가고 가서는'을 본떠擬行行重行行」 등의 작품과」
포조의 「육기의 '군자가 생각할 것'을 본떠」 같은 것은 의작이지만, 원
작과는 다른 그 자신의 체재를 여전히 갖추고 있다.『창랑시화(滄浪詩話)』권1

代悲哉行

羈人感淑節, 緣感欲回轍.[1] 我行詎幾時, 華實驟舒結.[2]

覩實情有悲, 瞻華意無悅. 覽物懷同志, 如何復乖別.

翩翩翔禽羅, 關關鳴鳥列.[3] 翔鳴尙儔偶, 所嘆獨乖絶.[4]

「슬픔의 노래」를 본떠

나그네는 맑은 철에 마음이 움직여

마음이 움직여서 돌아가려 한다네.

떠나온 뒤 얼마나 세월 갔다고

꽃과 열매 어느새 피고 맺혔네.

열매 보면 가슴엔 슬픔만 있고

꽃을 봐도 마음엔 기쁨이 없네.

풍물 보며 동지들이 그리워지네

어찌하여 다시 또 헤어졌는지.

퍼얼퍼얼 나는 새는 줄을 지었고

끼룩끼룩 우는 새는 늘어서 있네.

날고 우는 놈들조차 짝이 있건만

나만 홀로 외톨이라 한숨이 나네.

【해제】

[전진륜] 육기「슬픔의 노래悲哉行」이선 주 : "『가록』에 '「슬픔의 노래」
는 위 명제 조예曹叡가 지었다'라고 했다."[203]

내 견해는 이렇다. 이 시는 사혜련謝惠連 문집인『사법조집謝法曹集』에
도 보이는데, 주에 "『악부시집』에서 사혜련의 작품이라고 했으며,『포
조집』에도 이것이 실려 있다"라고 했다.[204]

[전중련]『악부시집』권62「잡곡가사·비재행」: "『악부해제』에 '육기
는 "나그네는 향기로운 봄 수풀에서遊客芳春林"라고 하고, 사혜련은 "나
그네는 맑은 계절에 마음이 움직여羈人感淑節"라고 했으니, 모두 나그네
생활을 하는 중 철 따라 바뀌는 사물에 감촉되어, 슬픈 생각이 일어나
서 지었음을 뜻한다'라고 했다."

【주석】

1 [전진륜]『초학기(初學記)』권3「세시부(歲時部)·춘(春)」: "봄은 (…중략…)
절기의 명칭으로는, 華節(화절)·芳節(방절)·良節(양절)·嘉節(가절)·韻
節(운절)·淑節(숙절)'이라고 한다."[205]

추양(鄒陽)「옥중에서 상서하여 자신을 해명함[獄中上書自明]」: "[현 명칭

---

203) 『악부시집』권62「잡곡가사」에도 같은 주가 있다.
204) 『악부시집』권62「잡곡가사」에는 육기와 사영운의 시 각 1수 뒤에 포조의 이 작
품을 싣고 작가를 '謝惠連'이라고 적었다.
205) '節(절)'은 송본에는 '景(경)'으로 되어 있고, 주석찬은 '節'을 '景'으로 고쳤다.
'淑景'은 맑은 봄 경치를 말하고, '淑節'은 맑은 계절 즉 봄을 말하여 의미에는
차이가 없다.

이 승모(勝母 : 모친을 이김)여서, 증자(曾子)는 그곳에 들어가지 않았고,] 읍 호칭이 조가(朝歌 : 아침에 노래함)여서, 묵자(墨子)는 '수레를 돌려[迴車]' 돌 아갔습니다."[206]

[황절] 악부 고사인 「비가(悲歌)」에 "고향 그리운 속마음을 말할 수 없어, '창 자 속엔 수레가 빙글빙글 돈다'[心思不能言, '腸中車輪轉']라고 했는데, '回 轍(회철)'의 의미는 틀림없이 여기서 나왔으니, '回車(회거 : 수레 돌려 돌아 감)'의 뜻으로 풀이해서는 안 된다.

[전중련] 황절의 견해는 타당하지 않다. '轍'은 수레바퀴 자국이고, '回'는 되돌 린다는 뜻이지 빙빙 돈다는 뜻으로 풀이해서는 안 된다. '車輪(거륜)'은 빙빙 돈다고 해도 되겠지만, 수레바퀴 자국이 어찌 빙빙 돌 수 있겠는가? 시의 내용 은 대체로 나그네가 철 따라 변하는 사물에 감촉되어, 고향으로 돌아가고 싶은 생각이 드는 것을 말한다.

2 **[전진륜]** 『이아』「석초」: "나무의 꽃은 '華(화)'라고 하고, 풀의 꽃은 榮(영)이 라고 한다. 꽃이 피지 않고 열매를 맺는 것을 秀(수)라고 하고, 꽃만 피우고 열 매를 맺지 않는 것을 英(영)이라고 한다."[207]

3 **[전진륜]** 『모시』「소아 · 남유가어(南有嘉魚)」제4장 : "'펄펄 나는' 집비둘기 ['翩翩'者鵻]."

---

206) 『사기』「노중련추양열전(魯仲連鄒陽列傳)」에 실려 있다. 배인(裴駰)의 『사기집
  해(史記集解)』에서 진작(晉灼)의 견해를 인용하여, "'아침에 노래를 부르는 것
  [朝歌]'은 그 시기(노래하기에 알맞은 시간)가 아니다"라고 주를 달았다. '조가'
  는 은나라 후기의 도성으로, 지금의 하남성 기현(淇縣)에 있었다.
207) '舒結(서결)'은 꽃이 피고 열매가 맺는 것이다.

『모시』「주남·관저(關雎)」제1장 : "'끼룩끼룩' 징경이[關關'雎鳩]." 모전 : "'關關(관관)'은 암수가 서로 응화(應和)하며 우는 소리이다."

[황절] 육기「슬픔의 노래」: "'퍼얼퍼얼 비둘기는 날개를 치고', 꾀꼴꾀꼴 꾀꼬리는 울음을 운다[翩翩'鳴'鳩'羽, 喈喈倉庚音]."

4 **[전중련]**『악부시집』에 '尚(상 : 오히려)'은 '常(상 : 항상)'으로 되어 있고, 송본에 '儔(주 : 짝)'는 '疇(주)'로 되어 있다.²⁰⁸⁾

【평설】

[황절] 진조명陳祚明 : '華實화실'과 '翔鳴상명'으로 각각 중첩하여 시작하고 중첩하여 마무리했는데, 일부러 시어를 졸렬하게 써서, 소박하면서도 노련할 수 있음을 보여준다.²⁰⁹⁾ 이 시는 당연히 사혜련의 시가 아니라 포조의 시가 되어야 한다.『채숙당고시선(采菽堂古詩選)』권18

---

208) '尙'은 대구의 '獨'과 호응하므로 의미상 '尙'이 옳다. '疇'에도 '짝'이라는 뜻이 있으며 고자(古字)로 '儔'와 통용했다.
209) 제4구의 '華實'이 제5·6구에 각각 '華'와 '實'로 나뉘어 다시 언급되고, 제9·10구의 '翔'과 '鳴'이 제11구에서 '翔鳴'으로 합쳐져 다시 언급된, '선련(蟬聯)' 수사를 말한다. 권5「종제 포도수를 송별하며[送從弟道秀別]」주석 3을 볼 것.『악부시집』에는 제11구의 '翔鳥'이 '翔禽(상금)'으로 되어 있어서, 오덕풍은 이것이 제9구의 '翔禽'을 받은 것이어서 옳다고 했는데(57b쪽), 잘못 보았다.

代陳思王白馬篇

白馬馲角弓, 鳴鞭乘北風.[1] 要途問邊急, 雜虜入雲中.[2]

閉壁自往夏, 清野徑還冬.[3] 僑裝多闕絶, 旅服少裁縫.[4]

埋身守漢境, 沈命對胡封.[5] 薄暮塞雲起, 飛沙被遠松.[6]

含悲望兩都, 楚歌登四墉.[7] 丈夫設計誤, 懷恨逐邊戎.

棄別中國愛, 邀冀胡馬功.[8] 去來今何道, 卑賤生所鍾.[9]

但令塞上兒, 知我獨爲雄.[10]

진사왕 조식의 「백마의 노래」를 본떠

백마 타고 잘 휘어진 각궁을 쥔 채

채찍을 울리면서 북풍을 타네.

요충지서 변방의 위급 물으니

오랑캐들 운중 땅을 침입했다네.

성벽을 굳게 닫고 지난여름 지내고

들판 곡식 싹 치우고 올겨울을 맞았네.

원정 군장 모자라고 없는 것 많고

야전 복장 터져도 꿰맬 수 없네.

몸을 바쳐 우리 국경 지키어내고

목숨 다해 오랑캐와 대치하려네.

땅거미 질 무렵에 변방 구름 솟구치고

바람에 나는 모래 먼 송림을 뒤덮네.

슬픔 안고 두 도읍을 바라보노니

초가가 사면 성에 솟아오르네.

대장부는 세운 계책 잘못되어서

한을 품고 변방 융적 쫓고 있다네.

서울을 아끼는 맘 버려두고서

호마의 공적만을 바랄 수밖에.

가자꾸나, 이제 와 무슨 말 하리

비천함은 평생에 안고 사는데.

다만 그저 변방의 사나이더러

나만이 영웅임을 알게 하려네.

【해제】

[전진륜] 조식 「백마의 노래白馬篇」 이선 주 : "『가록』에 ‘「백마의 노래」
는 「잡곡가사·제슬행齊瑟行」에 속하는 노래’라고 했다."210)

---

210) 『악부시집』권63 「잡곡가사·제슬행」 해제에서, 『가록』을 인용하여 "「명도의 노
래[名都篇]」·「미녀의 노래[美女篇]」·‘「백마의 노래[白馬篇]」’는 모두 「제슬행」
이다"라고 했다. 조식의 「백마의 노래」는 다음과 같다.
　　白馬飾金羈　　백마에 황금 굴레 장식을 하고
　　連翩西北馳　　쉬지 않고 북서쪽으로 내달려가네.
　　借問誰家子　　묻노니 누구네 아들이신고?
　　幽并遊俠兒　　북동 변방 유주·병주 젊은 협객이네.
　　少小去鄉邑　　어려서 고향을 떠나온 뒤로
　　揚聲沙漠垂　　변방 사막에서 명성을 드날렸네.

[황절] 곽무천『악부시집』「잡곡가사 · 제슬행 · 백마편」해제 : "「백마의 노래白馬」는 백마를 탄 것을 보고 이 곡을 지었는데, 사람은 마땅히 공적을 세우고 일을 훌륭히 수행하며 힘을 다해 나라를 위해야지, 사사로움을 생각해서는 안 된다는 것을 말했다.『악부해제』에서 말했다. '포조는 "백마 타고 잘 휘어진 각궁을 쥐고白馬騂角弓"라고 했고, 심약은 "백마에 자금색 안장을 얹고白馬紫金鞍"라고 했는데, 모두 변새에 출정하여 싸우는 일을 말했다.'"211)

宿昔秉良弓	옛날부터 좋은 활을 손에 잡았고
楛矢何參差	싸릿대로 만든 화살 많기도 했지.
控弦破左的	활을 당겨 왼쪽 과녁 격파하였고
右發摧月支	우측으로 발사하여 월지 과녁 부수었지.
仰手接飛猱	손 치키면 날랜 납을 떨어뜨리고
俯身散馬蹄	몸 숙이면 말발굽을 흩어 부쉈지.
狡捷過猴猿	날래고 잽싸기는 납을 앞서고
勇剽若豹螭	용맹하고 사납기는 표범 같다네.
邊城多警急	변방 성엔 위급한 일 많기도 하여
虜騎數遷移	오랑캐 기병 자주자주 옮겨 다녔지.
羽檄從北來	우격이 북방에서 날아 들오니
厲馬登高堤	날랜 말로 높은 언덕 타고 넘어서,
長驅蹈匈奴	멀리 달려 흉노족을 밟아버리고
左顧凌鮮卑	왼쪽으로 선비족을 능멸했었지.
棄身鋒刃端	창과 칼의 날 앞에 몸 버렸으니
性命安可懷	목숨인들 어찌 가히 생각했으리.
父母且不顧	부친과 모친조차 안 돌봤거늘
何言子與妻	아들과 아내를 어찌 말하리.
名編壯士籍	이름이 장사 명부에 오를 수 있다면
不得中顧私	속으로 사사로움 돌아볼 수 없다네.
捐軀赴國難	몸을 바쳐 국난에 달려가서는
視死忽如歸	죽음을 고향 가듯 여겨야 하지.

1　**[전진륜]**『모시』「소아・각궁(角弓)」제1장 : "'잘 휘어진 뿔 활[騂騂角弓]'은,
[(안 쓸 때면 풀어서) 반대로 휘어지지.]"[212]

2　**[전진륜]** '雲中(운중 : 운중군)'은 「황하가 맑아짐을 기리는 송[河淸頌]」(주석
113)에서 보았다.

　　[황절]『한서』「풍당전(馮唐傳)」: "위상(魏尙)이 '운중(雲中)'을 수비하자 흉

---

211) 조도형은 포조가 종군한 적은 없지만, 북위와의 접경지역에서 군인들과 접촉한
경험이 있었으므로, 「동무의 노래」를 본떠, 「계의 북문을 나서며」를 본떠 및
「진사왕 조식의 '백마의 노래'를 본떠」 등 군려(軍旅) 생활을 읊은 시들을 지을
수 있었다고 했다(「포조 시가의 몇 가지 문제(論鮑照詩歌的幾個問題)」,『중고문
학사논문집(中古文學史論文集)』, 북경 : 中華書局, 1986, 227쪽). 포조가 접경지
역에서 근무한 것은 원가 22년(445)에 형양왕(衡陽王) 유의계(劉義季)를 수행
해, 예주(豫州)의 양군(梁郡)과 서주(徐州)로 나가 임직한 것이다. 또 원가 27년
(450) 북위의 대규모 군대가 남침했다가 퇴각하자, 이듬해(451) 피점령지였던
과보(瓜步)에 축성하러 강북으로 간 적도 있다(권2「과보산 갈문」해제 [전중
련] 참조). 정복림은, 포조의 이 시가『악부해제』에서 말한 것과 같은 범범(泛泛)
한, '변새에 출정하고자[邊塞征戰]' 하는 주제를 나타낸 작품이 아니라, '변새에
서 공을 세우고 싶은[邊塞立功]' 자신의 소망을 표현했기 때문에, '언외의 감개'
를 담아냈다고 한 주가징(朱嘉徵)의 평([평설])이 더 정확한 이해라고 했다. 그
리고 이 점에서 이 시는 원가 27・28년(450~451) 사이 북위의 남침으로 인한
대규모 전쟁 기간에 지어졌을 가능성이 가장 크다고 보았다(『교주』, 259쪽).
212) '騂(성)'은 한 글자로는 '본래 붉은색의 말이나 희생(犧牲)', 또는 '붉다'는 뜻이
다. 「각궁」 시의 '騂騂'은 연면자(聯綿字)로서 '활이 조화롭게 잘 휘어진 모양'을
나타내는 의태어이다. 포조 시의 경우에는 두 가지 풀이가 다 가능하다. 먼저 표
현만으로 보면 한 글자이므로 전자의 뜻이 되어, 각궁의 색깔이 '붉은' 것을 표현
한 것으로 볼 수 있다. Chen은 이렇게 보아 "a red horn~tipped bow(붉은 각
궁)"로 풀이했다(301쪽). 그러나 시의 경우 비문(非文)・생략・도치 등이 허용되
고, 또 포조 시는『모시』「각궁」시를 전고로 활용했으므로 '騂騂'의 줄임말로
볼 수도 있다. 번역은 이를 취했다.

노가 감히 변경 부근을 다가오지 못했다."

내 견해는 이렇다. '운중군'은 지금의 귀화성(歸化城 : 지금의 내몽고자치구 호흐호트(Hohhot, 呼和浩特)시의 고성), 투모터 우기(右旗)[土默特西], 황하의 동안(東岸) 지역이다.

3 **[전진륜]** 하승천(何承天) 「안변론(安邊論)」 : "따라서 '성벽을 견고히 하고 성 밖 들판을 깨끗이 비우고서[堅壁淸野]' 적이 공격해오기를 기다리고, 갑옷과 무기를 잘 정돈하고 수선하고서 적이 지칠 때를 기다린다."

[전중련] 『악부시집』에는 '徑(경)'이 '逐(축)'으로 되어 있다.[213]

4 **[전진륜]** 『고금운회거요(古今韻會擧要)』 : "'喬(교)'는 외지에 붙이고 사는 것[寓]으로 본래 '僑(교)'로 쓴다."[214]

『주례』「천관총재(天官冢宰)・서관(序官)」'女工八十人(녀공팔십인)' 정현 주 : "여공(女工)은 여노(女奴)로 '바느질[裁縫]'을 할 줄 아는 자이다."

---

213) 오덕풍은 '徑(지나다, 지르다, 곧장)'은 '逕(경 : 지르다, 곧장)'과 통하는데, '逕'과 자형이 비슷해 '逐'으로 잘못 쓰게 되었을 것으로 보았다(57b쪽). '閉壁(폐벽)'은 성벽을 굳건하게 닫고 방어를 견고히 하는 것으로 '堅壁'과 같은 말이고, '淸野(청야)'는 성 밖 주변의 식량을 깨끗이 치워 적이 공격해와도 식량 보급을 어렵게 해 머무를 수 없게 하는 것이다. 이 둘은 별개의 작전이 아니라 연계된 하나의 작전으로 흔히 '견벽청야 작전'이라고 부른다. 이 연은 호문(互文)으로 '견벽청야'를 한 채 지난여름부터 올겨울까지 곧장 지내왔다는 뜻이다. '견벽청야'는 『삼국지』「위서・순욱전(荀彧傳)」에서, 서주목사(徐州牧使) 도겸(陶謙)의 사망 소식을 듣고, 조조가 서주를 빼앗으려 하자, 그의 참모 순욱이 만류하면서 한 말 "지금 동방은 모두 보리를 수확하고 있어서 틀림없이 '堅壁淸野'하고 장군을 기다릴 테니, 장군께서는 공격해도 함락할 수 없고, 약탈해도 소득이 없을 것이니, 열흘이 안 가서 십만 대군이 싸우지도 않고 절로 지칠 뿐일 것입니다"에서 나왔다.
214) '僑裝(교장)'은 아래 구의 '旅服(여복)'과 같이 여장(旅裝)・행장(行裝)의 뜻이다.

[황절] '闕絶(궐절)'은 '乏絶(핍절 : 공급이 완전히 끊어짐. 절핍(絶乏))'과 같다.

5   [전진륜] 왕찬(王粲) 「영사시(詠史詩)」 : "'산 채로 묻히는(순장되는)' 고통을 다 알면서도[同知'埋身'劇], [맘속으론 보답할 생각 있었을 것이라.]"²¹⁵⁾

『한서』「무제기」 : "무제 말년에 도적이 많이 일어나자 (…중략…) 이에 '침명법(沈命法)'을 만들었다."²¹⁶⁾

[전중련] 오여륜 : "이 이후는 모두 귀신의 말[鬼語]이다."

'境(경 : 국경)'은 송본에는 '節(절 : 부절(符節))'로 되어 있다. 『악부시집』 주에 "'境'은 '節'로 된 판본도 있다"라고 했다.²¹⁷⁾

6   [전중련] 『악부시집』 주 : "'塞(새)'는 '雪(설)'로 된 판본도 있다."²¹⁸⁾

'被(피)'는 송본에는 '披(피)'로 되어 있다.²¹⁹⁾

7   [전진륜] 반고 「양도부(兩都賦)・서」 : "'장안(長安)'의 옛 제도를 힘껏 칭찬

---

215) 왕찬의 이 시는 진(秦) 목공(穆公) 장례에 '세 양신[三良]'인 자거(子車) 씨의 세 아들 엄식(奄息)・중항(仲行)・침호(鍼虎)를 포함한 177인을 순장(殉葬)한 사실(史實)을 읊은 시이다. 이 시에서 '埋身'은 산 채로 땅에 묻히는 것을 뜻하고, 포조 시는 이것을 전고로 하여, 자신의 목숨을 바친다는 뜻으로 활용했다.

216) '침명법'은 도적을 은닉한 자를 사형에 처하는 법이다. 이 문장은 「무제기」가 아니라 『사기』와 『한서』의 「혹리열전(酷吏列傳)」에 실려 있다. 응소(應劭)는 『한서』「혹리전」 주에서, "'沈'은 몰수하는 것으로, 감히 도적을 은닉하는 자는 그의 목숨을 몰수하는[沒其命] 것이다"라고 했다. 포조 시에서 '埋身'과 '沈命'은 목숨을 바칠 각오로 항전하는 것을 표현한 말이다.

217) 주응등본에도 '節'로 되어 있고, 『전송시』 주도 『악부시집』 주와 같다. 오덕풍은 "문장의 뜻으로 보면 '節'이 되어야 할 것 같다. 대체로 다음 구가 '沈命對胡封'이며, 아래에 또 '棄別中國愛, 邀冀胡馬功'이 있어서 그것과 서로 호응하기 때문이다"라고 했다(57b쪽). 임숭산(17쪽 '해석')과 Chen(301쪽)은 모두 '境'으로 보았다. '胡封(호봉)'은 '胡地(호지)'와 같다.

218) 『예문유취』에 '雪'로 되어 있다. '雪雲(설운)'은 눈구름이다.

219) 주석찬은 '披'를 '被'로 교감했다. '被'가 되어야 할 것 같다. 오덕풍, 58a쪽 참조.

하고, '낙양(雒邑)'을 깎아내리는 의견들이 있습니다."

『사기』「항우본기(項羽本紀)」: "밤에 한군(漢軍)이 모두 '초나라 노래[楚歌]'를 부르는 소리가 들리자, 항우가 놀라서 말했다. '한군이 이미 초나라 땅을 모두 얻었단 말인가? 어찌하여 초나라 사람이 이렇게도 많은가?'"

『좌전』「양공(襄公)·9년」: "'사방의 성벽[四埔]'에 말을 사용했다." 두예 주 : "'埔(용)'은 성이다. ['말을 사용하는 것'은 사방의 성에서 말을 잡아 제사를 지냄으로써, 화재를 막으려 하는 것이다.]"

8 [전진륜]「고시십구수·가고 가고 거듭하여 가고 가서는[行行重行行]」: "'북방에서 온 말'은 북풍을 그리워한다['胡馬'依北風]."

[전중련] '棄(기 : 버리다)'는 송본에는 '罷(파 : 그만두다)'로 되어 있다.[220]

『악부시집』 주 : "'邀(요)'는 '要(요)'로 된 판본도 있다.[221]

9 [전중련] 송본에는 '卑(비)'가 '單(단)'으로 되어 있다.[222]

10 [전진륜]『회남자』「인간훈(人間訓)」: "'변방[塞上]'의 늙은이가 말을 잃은 지

---

220) 주응등본도 같다. 장씨원간본, 『악부시집』, 『전송시』에는 "'罷'로 된 판본도 있다'라는 주가 있다. '中國(중국)'은 '國中(국중)'과 같은 말로 왕성(王城)의 안이다.
221) 『예문유취』권4에 '要'로 되어 있다. 『전송시』는 '要' 아래 주에서 "'邀'로 된 판본도 있다"라고 했다. 모두 '바란다'라는 뜻이다. '設計(설계)'는 미리 세웠던 계획이고, '胡馬功(호마공)'은 북방 변새에서의 전공(戰功)이다.
222) 『악부시집』도 같다. '單'에 쇠약하다는 뜻이 있고, '單賤(단천)' 역시 '卑賤(비천)'과 같은 뜻이다. 『진서』「산도전(山濤傳)」에 "사람을 끌어쓰는 것은 오로지 재능으로만 하여, 나와 관계가 멀거나[疏遠] '지위가 미천한[單賤]' 자를 빠뜨리지 않는다면, 천하는 곧 교화될 것이다"라는 말이 있다. 앞 구의 '去來(거래)'의 '來'는 어기조사이다. 도연명 「귀거래혜사(歸去來兮辭)」 중의 '歸去來(돌아가자)'의 '來'와 같다. Chen은 '귀가하는 것(returning home)'으로 풀이했다(302쪽). '鍾(종)'은 만나는 것[當]이다. 「춤추는 학[舞鶴賦]」 주석 2 참조.

수개월 후, 말은 북방의 준마를 데리고 왔다. 그 '아들[子]'이 타기를 좋아하여, 타다가 떨어져 넓적다리가 부러졌다."

【평설】

[황절] 주가징朱嘉徵 : '백마'를 노래한 것은 세상에 쓰이고 싶다는 뜻을 드러낸 것이다. 조식의 「자신의 시용試用을 청하는 표求自試表」[223]는 오와 촉 두 지방을 이기지 못함을 염려했고, 「요동 정벌을 간하는 표諫伐遼東表」[224]는 북서 옹주雍州와 양주凉州가 셋으로 나뉘는 것이, 오의 준동으로 인한 형주荊州와 양주揚州의 소동보다 더 중요함을 다시 걱정했다. 따라서 「명도의 노래名都篇」[225]에 심원한 도모가 결핍된 것보다는 「백마의 노래」[226]에서 응급 상황에 대처할 수 있음이 낫다. 포조의 "다만 그저 변방의 사나이더러, 나만이 영웅임을 알게 하리라"는 말은 바로 언외의 감개를 담아내고 있다. 『악부광서(樂府廣序)』권14

[전중련] 왕개운 : 포조의 이와 같은 기법起法은 잠시 전통적인 법식에서 멀어졌지만, 대단히 당당하고 비범한 기세가 있다.[227] 문장의 기복

---

223) 명제(明帝, 226~239 재위) 즉위 후 나라를 위해 힘을 보태고 싶은 심정을 피력한 상소문으로, 『문선』 권37에 실려 있다.
224) 요동 정벌을 간하는 상소문으로, 『예문유취』 권24에 실려 있다.
225) 도읍의 상류 젊은이들이 무리를 지어 유흥에 빠져 소일하며 살아가는 습관을 탄식한 노래로, 『문선』 권27에 실려 있다.
226) 대장부의 용장(勇壯)한 심정을 노래함을 빌려, 자신이 나라를 위해 죽음도 불사할 뜻을 노래한 시로, 『문선』 권27에 실려 있다.
227) 포조 시의 첫 4구가 변방의 응급 상황에 전사(戰士)가 다급하게 달려가는 긴박감으로 시작하는 것이, 조식의 시가 협객(俠客)의 경쾌한 질주로 시작한 것과는 다

과 정서의 강개는, 이른바 "유주와 연주의 노장처럼 기세와 풍격이 침착하고 웅건한幽燕老將, 氣韻沈雄"[228) 것이다.『상기루설시(緗綺樓說詩)』권6

름을 지적하는 것으로 보인다.
228) 오도손(傲陶孫)이『구옹시평(臞翁詩評)』에서 조조(曹操)의 시를 평한 말이다.

代昇天行

家世宅關輔, 勝帶宦王城.[1] 備聞十帝事, 委曲兩都情.[2]

倦見物興衰, 驟覩俗屯平.[3] 翩飜若廻掌, 恍惚似朝榮.[4]

窮塗悔短計, 晚志重長生.[5] 從師入遠嶽, 結友事仙靈.[6]

五圖發金記, 九篇隱丹經.[7] 風餐委松宿, 雲臥恣天行.[8]

冠霞登綵閣, 解玉飲椒庭.[9] 蹔遊越萬里, 少別數千齡.[10]

鳳臺無還駕, 簫管有遺聲.[11] 何當與汝曹, 啄腐共吞腥.[12]

「승천의 노래」를 본떠

집안은 대대로 경기에서 살았고

성년이 되어서는 왕성에서 벼슬했다.

열 황제의 사정은 익히 들었고

두 서울 실정도 잘 알고 있다.

사물의 흥망성쇠 물리도록 보았고

세속의 험이險易를 자주자주 목도했다.

세상인심 급변함은 손바닥 뒤집듯

흥망성쇠 덧없기는 아침 꽃이라.

막다른 길에서 계책 부족 뉘우치고

만년의 생각은 불로장생 중시한다.

스승을 따라서 먼 산속 들어가서

벗이 되어 신선을 모시려 한다.

다섯 폭 그림에는 연금 비기 펼쳐있고

아홉 편의 책에는 연단 고법 간직됐다.

바람을 마시면서 솔숲에 몸 맡기고

구름에 드러누워 창공 맘껏 거닐리라.

붉은 놀을 이고서 채각彩閣에 오르고

옥띠를 풀고서 초정椒庭으로 숨으리라.

잠시의 유람이 만 리를 넘어가고

일시의 이별이 천년을 헤아릴 거라.

봉대에는 돌아오는 수레 없어도

퉁소 소리 여음은 귓가에 맴돌 거라.

어찌하여 그대들과 어울려서는

썩은 고기 비린 음식 쪼고 삼키랴?

【해제】

[전진륜] 이선 주를 수록한다.

[전중련] 『악부시집』에는 「잡곡가사」에 들어 있다.

『악부해제』: "「승천의 노래升天行」로, 조식은 '해와 달 어찌 머물려 하는가日月何肯留'라고 했고, 포조는 '집안은 대대로 관중 땅 삼보 지역에서 살았다家世宅關輔'라고 했으며, 또 (…중략…) 육기의 「천천히 부르는 노래緩聲歌」229) 같은 것은, 모두 [인간이 세상에 사는 것이 영원할 수 없고,]

세간의 인정이 험하고 힘듦을 슬퍼하여, 모름지기 [신선을 추구하여] 육합六合의 밖으로 날아오르고자 하는 것이니, 대체로 초나라의 노래 즉, 『초사』의 「원유遠遊」편에서 나온 것이다."230)

【주석】

1 [이선] '關(관)'은 관중(關中 : 지금의 섬서성 중부 지역)이다.

『한서』: "우부풍(右扶風)·좌빙익(左馮翊)·경조윤(京兆尹), 이것이 '삼보

---

229) 『악부시집』 권65에 「前緩聲歌(전완성가)」라는 제목으로 실려 있다.

遊仙聚靈族	선계를 유람하니 신령한 족속 많이 모여
高會曾城阿	고층의 누각에서 성대한 연회 베푼다.
長風萬里擧	멀리 부는 바람 타고 만 리 멀리 솟구치니
慶雲鬱嵯峨	경사스러운 구름은 빽빽이도 드높구나.
宓妃興洛浦	복비는 낙수의 포구에서 올라오고
王韓起太華	왕자교(王子喬)와 한중(韓衆)은 태화산에서 올라온다.
北徵瑤臺女	북방에서 요대의 여신을 불러오고
南要湘川娥	남방에선 상수의 여신을 초청한다.
肅肅霄駕動	재빠르게 하늘 수레 출발을 하여
翩翩翠蓋羅	훨훨 푸른 수레 덮개 줄을 짓는다.
羽旗棲瓊鸞	물총새 깃 깃발은 경옥 장식 난가(鸞駕)에 꽂혀 있고
玉衡吐鳴和	옥 장식 수레 끌채에선 아름다운 옥 방울 소리 울린다.
太容揮高弦	태용은 높은 금현(琴絃) 연주를 하고
洪崖發清歌	홍애는 맑은 가락 노래 부른다.
獻酬旣已周	주고받는 술잔이 한 순배 도니
輕擧乘紫霞	자줏빛 노을 타고 가볍게 난다.
總轡扶桑枝	부상의 나뭇가지에 고삐를 묶어놓고
濯足暘谷波	양곡의 물결에서 발을 씻는다.
清輝溢天門	맑은 빛이 천상의 궁문에 넘치고.
垂慶惠皇家	후세에 남을 경사 황가에 미친다.

230) 조광각(照曠閣) 각본 『악부해제』를 참고해 번역했다.

(三輔)'이다."231)

장형 「동경부」: "그러한 뒤에 '왕성(王城)'을 건설했다."

[전진륜] '勝帶(승대)'는 '勝衣(승의 : 어린아이가 어느 정도 자라서 성인의 옷을 입을 수 있게 됨)'와 같다.

[황절] 『사기』 「삼왕세가(三王世家)」: "황자(皇子)들은 (…중략…) '성인의 옷을 입을 수 있게 되어[勝衣]' 찾아다니며 문후를 여쭐 수 있게 되었습니다."

『사기』 「만석군전(萬石君傳)」: "자손으로 '勝冠(승관 : 성년이 되어 관례를 치름)'을 한 자가 옆에서 모셨다."

'勝帶'는 '勝衣'·'勝冠'과 같은 뜻이다.

[전중련] 양장거 『문선방증』: "'勝帶'는 풀이할 수가 없다. 여향 주에서는 '勝帶'는 '모자와 띠[冠帶]를 감당할 수 있는 때'라고 했다. 어떤 이는 '紳帶(신대 : 사대부가 허리에 매는 큰 띠)'라고 적어야 한다고 했다. 육신본에서는 '宦(환)'은 이선본에는 '官(관)'으로 되어 있다고 했는데,232) 옳지 않다."

2 [이선] '十帝(십제)'와 '兩都(양도)'는 모두 한대를 말한다.

『논형(論衡)』 「선한(宣漢)」: "한 왕실 삼백 년 동안에 '열 명의 임금[十帝]233)

---

231) 표점교감본에는 「경제기(景帝紀)」의 '三輔'에 대한 응소(應劭) 주에서 "경조윤·좌빙익·우부풍은 함께 장안성 안을 공동으로 다스리는데, 이를 '삼보'라고 한다"라고 했다. '삼보'는 서한시대 경기 지역을 통치하는 세 관리이기도 하고 세 지역이기도 하다. 『삼보황도(三輔黃圖)』에 의하면, 위성(渭城) 이서 지역이 우부풍, 장안(長安) 이동 지역이 경조윤, 장릉(長陵) 이북 지역이 좌빙익에 속한다.

232) 육가본에 이렇게 되어 있고, 육신본에는 "오신본에는 '官'으로 되어 있다"라고 했다. 『악부시집』에도 '官'으로 되어 있다. 모의 교감 송본은 '官'을 '宦'으로 고쳤고, 호극가 『문선고이』에도 '宦'으로 되어 있다. '宦'이 옳다.

233) 실제로는 고조(高祖)에서 후한 장제(章帝)까지 14명의 황제가 재위했지만, 일

이 덕을 빛내었다."

[황절]『문선』육신 주 이주한 : "양한(兩漢)은 '두 경성[兩京 : 서도 장안(長安)과 동도 낙양(洛陽)]'을 도읍으로 하여 각각 십여 명의 황제가 있었는데, 그간의 사정을 이미 다 알고 있다는 뜻이다."

3 **[이선]**『주역』: "'屯(준)'은 어려운 것[難]이다."[234]

[황절] 여연제 : "'驟(취)'는 자주[頻]의 뜻이다."

4 **[이선]** '廻掌(회장(回掌) : 손바닥을 뒤집다)'은 빠르다는 뜻이다.

『맹자』「공손추(公孫丑)·상」: "무정(武丁)이 제후들의 조회를 받고 천하를 다스리는 것은 마치 '손바닥 위에서 움직이는[運之掌]' 것처럼 쉬웠다."

반악(潘岳)「조균부(朝菌賦)」: "어찌하리오, 만개한 꽃이여, '아침에 피었다가 저녁에 지는구나'[奈何兮繁華, '朝榮兮夕斃']."[235]

세(一世)를 30년으로 보아 말한 것이다. 인용문 바로 앞에서 "또한 공자가 말한 일세(一世)는 삼십 년이다"라고 했다. 공자의 말은『논어』「자로(子路)」의 "천명을 받은 왕자(王者)가 재위하더라도 반드시 '세(世)'가 지난 뒤에라야 인정(仁政)이 이루어질 것이다[如有王者 必世而後仁]"를 말하는데, 이 '世'는 30년을 말한다. '世'는 '卅(삽 : 삼십)'에서 파생된 글자이다.『설문해자』제3편·상 '문(文)구(九)'에 이 두 글자가 실려 있다. '卅'의 소전은 𠦃이고, '世'의 소전은 𠀍이다. "'𠀍' : 30년이 1世이다. 卅의 자형을 취하여 세로획 하나를 끌어서 길게 만든다[三十年爲一世. 从卅而曳長之]"라고 했다.

234) '준괘(屯卦)'의 공영달 소(疏)이다. '屯平(준평)'은 '屯艱(준간 : 운수가 사나워 막히고 어려움)'과 '平易(평이 : 까다롭지 않고 쉬움)'를 합친 말이다.

235)『문선』권21 곽박「유선시」제7수의 "蕣榮不終朝(무궁화꽃 아침도 다 마치지 못한다)"의 이선 주에 인용된 문장이다. 앞에 이 부의 '서'가 인용되어 있다. "조균(朝菌)은 요즘 사람들은 '蕣華(순화 : 무궁화꽃)'라고 하는데, 장주(莊周)는 '朝菌(조균)'이라고 했다. 이 사물의 특징은 날 샐 무렵이면 꽃을 맺었다가 해 끊어지면 져 버린다[向晨而結, 絶日而殞].' '蕣華'는 포조의「갈 길은 험난하고」를 본떠[擬行路難] 제10수에도 '하루아침도 못 가고 금방 져 버리는 꽃[君不見蕣華

[황절] 여연제 : "'翩翻(편번)'과 '恍惚(황홀)'은 모두 짧은 순간을 말한다."

[전중련] 『악부시집』에는 '若(약 : 같다)'이 '類(류 : 유사하다)'로 되어 있다.[236]

『악부시집』 주 : "'翩翩'은 '翩翩(편편)'으로 된 판본도 있다."[237]

5 **[이선]** '重(중 : 중시하다)'은 '愛(애 : 좋아하다)'로 된 판본도 있다.[238]

『춘추합성도(春秋合誠圖)』 : "황제(黃帝)가 태일(太一)에게 '장생(長生)'의 도를 청하여 물었다."

[전중련] 송각본 『문선』 육신본에는 '志(지 : 뜻)'가 '至(지 : 이르다)'로 되어 있다.[239]

6 **[이선]** 『장자』 「칙양(則陽)」 : "탕 임금은 '스승으로 모시고 따르되[從師]' 그 가르침에 얽매이지는 않았다." 곽상 주 : "절로 모여들게 두었지, 모이도록 구속하지 않으며, [절로 흩어지게 두었지, 풀어지게 하지 않는다.]"

『초사』 장기(莊忌) 「애시명(哀時命)」 : "적송자와 '벗을 맺고', 왕자교와 짝이 된다[與赤松'結友'兮, 比王喬而爲偶]."[240]

7 **[전진륜]** '圖(도 : 그림)'는 '芝(지 : 지초)'로 된 판본도 있다.[241]

不終朝]'으로 나온다.
236) 육신주 『문선』도 같다.
237) '翩翩'도 동작이 빠른 모양을 나타낸다.
238) 『악부시집』에 '愛'로 되어 있다. 주석찬도 '愛'로 고쳤다.
239) 육가본에도 '至'로 되어 있고, 주에 "이선본은 '志' 사로 되이 있다"라고 했다. 출구의 '窮途(궁도 : 막다른길)'와 호응하려면 '晩志(만지 : 노년의 생각)'가 옳다. 오덕풍, 58b쪽 참조.
240) '偶(우)'는 석음헌총서본에는 '耦(우)'로 되어 있는데, 뜻은 같다.
241) 『악부시집』에 '芝'로 되어 있다. 오덕풍은 '황절'에 인용된 유량의 견해를 따라, '圖'가 옳을 것 같다고 했다(58b쪽). 임숭산은 뒤에 나오는 유량(劉良)의 견해를 근거로, 이 구절을 "(그리하여) 지초(芝草) 채취법이 『태청금궤(太淸金匱)』의 기록에서 나왔음을 알게 되었다"라고 풀이했다(18쪽 「해석」). '五圖'와 '九篇(구약)'이 구체적으로 무엇을 말하는지는 분명하지 않지만, 불로장생의 비법이 기

[이선]『포박자』「하람(遐覽)」: "나는 정군(鄭君)이 말하는 것을 들었는데, 도서(道書)로서 중요한 것에『삼황내문(三皇內文)』과 '오악진형도(五岳眞形圖)'보다 나은 것이 없었다."[242]

『포박자』「하람」: "정군은 오직 금단(金丹)의 경(經)만을 받았다."[243]

『포박자』「지진(地眞)」: "선경(仙經)으로『구전단(九轉丹)』과『금액경(金液經)』은 (…중략…) 모두 곤륜산 다섯 개의 성안에 옥함(玉函) 속에 넣어서 간직해두었다."[244]

『상서』「금등(金縢)」: "'열쇠[鑰]'로 열고 점책을 보았다."

정현『역위(易緯)』[245] 주: "제로(齊魯 : 산동성) 지방에서는, 문호(門戶) 및 기물을 보관하는 대롱을 이름하여 '籥(약)'이라고 하는데, 경전을 저장한다."

그런데 단약(丹藥)에는 아홉 번 제련한 것[九轉丹]이 있어 '九籥(구약)'이라고 한 것이다.

[황절] '五圖(오도)'는 '五芝(오지)'로 된 판본도 있다.

『황정경(黃庭經)』『내경(內徑)·중지장(中池章)』: "[배꼽 아래 세 치 되는

재된 도서(圖書)임은 분명해 보인다.

242) 금본에는 '重(중)' 자 뒤에 '者(자)' 자가 있고, '莫尙(막상)'은 '莫過(막과)'로 되어 있으며, '三皇文(삼황문)'은 '三皇內文'으로 되어 있다.

243) '鄭君唯見授(정군유견수)'는 금본에는 '唯余見受(유여견수 : 나는 오직 ~만 받았다)'로 되어 있다.

244) 금본에는 '仙經' 다음에 '曰(왈)' 자가 있다.

245) 『주역건착도(周易乾鑿度)』의 '管三成德, 爲道苞籥'에 대한 정현 주인데, '籥'은 『초학기(初學記)』 권21 「문(文)」에는 '龠(약)'으로 되어 있고,『태평어람』「학부(學部)·역(易)」에는 '管龠(관약)'으로 되어 있으며, '以藏經(이장경)' 3자는 모두 없다.

곳 즉 단전은 영기(靈氣)가 모인 곳이니,」'오장의 진액[內芝]'이 한데 모여 서로 얽혀 있다."246)

『황정경(黃庭經)』「내경·중부경(中部經)」:"[혼은 하늘로 올라가려 하고 백은 깊은 물[淵]로 들어가려 하는데, 떠나간 혼백을 되돌리는 것, 이것이 대도의 자연스러운 이치이다. 그렇게 하면 거의 진주를 응결한 것처럼 '영묘한 근본을 견고하게 하는 것이니[固靈根]',」'옥 자물쇠 금 자물쇠[玉匙金籥]'로 채우듯이 항상 완벽히 견고할 것이다."247)

『예기』「월령」:"맹동(孟冬)에는 (…중략…) '자물쇠[管籥]' 관리를 신중하게 하도록 한다."

'籥(약)'은 '鑰(약:자물쇠)'과 같다.

'五芝(오지)'는 五臟(오장:간·심장·지라(비장)·폐·신장)이다.

'九籥(구약)'은 九竅(구규:이목구비의 칠규(七竅)와 요도·항문)이다.

유량(劉良):"지초(芝草:영지)를 채취하는 방법이 5종이 있어서 '五圖(오도)'라고 했다. 『태청금궤기(太淸金匱記)』에서 나왔다. '發(발)'은 '開(개)'의 뜻이다. 선경(仙經)에 『구전금액단법(九轉金液丹法)』이 있다. '籥'에는 책을 넣을 수 있으므로, '단경을 간직해두었다[隱丹經]'라고 했다."

---

246) 금본에는 '隱芝翳鬱自相扶'로 되어 있다. 『황정내경옥경주(黃庭內景玉經注)』의 양구자(梁丘子) 주에 인용된 『내외신지기결(內外神芝記訣)』에 의하면, "오장(五臟)의 진액이 '지(芝)'인데, 그것이 바로 '隱芝(은지)'이고 또 '內芝(내지)'라고도 부르며, 이 구의 의미는 오장의 진액이 한데 모여서 서로 서리서리 얽혀 있는 것"이 된다.

247) 『강희자전』 '匙(시)' 자의 '鑰匙(약시)'라는 뜻의 용례로 인용된 문장이다. 금본 「중부경(中部經)」에는 '常(상)'이 '身(신)'으로 되어 있다.

호소영 : "'九籥'은 위의 '五圖'와 짝이 되는 구이니 '籥'은 책이다. '九籥'은 '아홉 편[九篇]'이라고 하는 것과 같다. 『설문해자』에 "'籥'은 서동(書僮)이 글씨 연습을 하던 죽점(竹笘 : 대쪽)'이라고 했다. 『중경음의(衆經音義 : 일체경음의(一切經音義))』권2에 하승천(何承天)의 『찬문(纂文)』을 인용하여 '관서 지방에서는 서적을 "書籥(서약)"이라고 하고 또 "篥(엽 : 대쪽)"이라고도 한다'라고 했다. 『설문해자』에 "'篥'은 "籥"'이라고 했다. 요즘 사람들이 책 한쪽[一簡]을 '一篥'이라고 하는 것과 같다. 속자로는 '葉(엽)'으로 적는다. '篥' · '笘' · '籥'은 통괄하여 '觚(고 : 대쪽)'라고 한다. 그래서 『광아』에서는 모두 아울러서 '觚'라고 했다."[248]

[전중련] 송 오율(吳聿) 『관림시화(觀林詩話)』 : "궁궐의 문[天門]은 아홉 개가 있어서 '九籥'이라고 한다. 황정견(黃庭堅, 호 부옹(涪翁))이 "'九籥'은 궁궐을 밤에 지킨다[天闕守夜]는 뜻'이라고 한 것이 그것이다."[249]

장운오(張云璈) 『선학교언(選學膠言)』 : "『포박자』「내편 · 금단(金丹)」에 의하면, 처음 제련한 것을 단화(丹華)라고 하고, 두 번 한 것을 신부(神符)라고 하고, 세 번 한 것을 신단(神丹)이라고 하고, 네 번 한 것을 환단(還丹)이라고 하고, 다섯 번 한 것을 이단(餌丹)이라고 하고, 여섯 번 한 것을 연단(煉丹)이라고 하고, 일곱 번 한 것을 유단(柔丹)이라고 하고, 여덟 번 한 것을 복단(伏丹)이라고 하고, 아홉 번 한 것을 한단(寒丹)이라고 한다."

---

248) 권8 「석기(釋器)」에서 "牘(장) · 籥 · 篥 · 籥(변) · 笘 · 籙(례)는 '觚'이다"라고 했다.
249) 이선 주에서 정현의 『역위(易緯)』를 인용한 것이 잘못되었다고 비판하면서 설명한 내용이다.

8 **[이선]** 『장자』 「소요유」 : "아득히 먼 고야산(姑射山)에 신인(神人)이 사는데 (…중략…) 오곡을 먹지 않고 '바람을 마시고 이슬을 마시며 구름을 타고 비룡을 몬다[吸風飮露, 乘雲氣, 御飛龍]'."

9 **[이선]** 곽박 「유선시」 제10수 : "머리카락을 털고 '푸른 놀'을 머리에 이고, '베옷을 벗고' 붉은 하늘에 예를 한다[振髮戴翠霞', '解褐'禮絳霄]."

육기 「운부(雲賦)」²⁵⁰⁾ : "장성이 꾸불꾸불하고 '채색 누각'이 맞닿아 있는 것 같다[似長城曲蜿, '彩閣'相扶]."

'椒庭(초정)'은 산초의 향기를 취한 것이다.

「낙신부」 : "'산초가루를 섞은 반죽으로 포장한 길'의 짙은 향기를 맡으며 걷는다[踐'椒塗'之郁烈]."

[황절] 여향(呂向) : "'놀을 머리에 이는 것[冠霞]'은 신선을 좇음을 말하고, '옥패를 푸는 것[解玉佩]'은 벼슬을 그만둠을 말한다. ['綵閣(채각 : 단청이 화려한 누각)'과 '椒庭(초정 : 산초가루를 섞어 반죽하여 벽을 바른 방)'은 모두 신선의 거처[仙居]이다.]"

하작 『의문독서기』 권3 : "'解玉'은 옥가루[玉屑]를 복용함을 말한다. 『주례』 「천관·옥부(玉府)」에 '제왕이 재계(齋戒)²⁵¹⁾를 할 때면 "식용 옥가루[食玉]"를 공급한다'라고 했고, 정현 주에 '옥은 양기의 정수[陽精] 중에서 순수한 것으로 이것을 먹으면 수기(水氣)를 막아준다'라고 했다. 이는 옥을 복용한다는 설이 옛날부터 본래 있었으며, 그 후 양생하는 사람들에 의해 답습된 것임을

---

250) 『예문유취』 권1에는 제목이 '백운부(白雲賦)'로 되어 있고, '似(사)' 자는 없다.
251) 중간송본에는 '齋(재)'가 '齊(재)'로 되어 있는데, 같은 뜻이다.

보여준다."

(여향과 하작의) 두 견해를 함께 남겨 둔다. 252)

[전중련] 『악부시집』에는 '登(등)'이 '金(금)'으로 되어 있고, 주에 "'飮(음)'은 '隱(은)'으로 된 판본도 있다"라고 했다. 253)

주천(朱珔) 『문선집석(文選集釋)』: "'解玉'은 위의 '冠霞'와 대가 되니 의미도 유사해야 한다. 주에서는 곽박의 「유선시」에서 '머리카락을 털고 푸른 놀을 머리에 이고, 베옷을 벗고 붉은 하늘에 예를 한다[振髮戴翠霞, 解褐禮絳霄]'를 인용하면서, '玉' 자는 풀이하지 않았으니, 아마 '解玉'을 '解褐(해갈)'의 뜻으로 여긴 것 같으며, '玉'은 혹 '띠[帶]'를 가리켜 말한 것은 아닌지 모르겠다. 만약 '옥을 먹는다'라는 뜻으로 풀이하면 '解' 자가 부합되지 않으며, 또한 '冠霞'와도 어울리지 않으니, 하작의 견해는 틀린 것 같다."

10 [전진륜] '少(소 : 짧은)'는 이선본에는 '近(근 : 가까운)'으로 되어 있다.

[이선] 갈홍 『신선전(神仙傳)』: "신선 약사(若士)가 연(燕)나라 사람 노오(盧敖)에게 말했다. '나는 한 번에 "천만리(千萬里)"를 날 수 있지만, 나는 아직은 그곳(물과 하늘이 맞닿은 아주 먼 곳)에는 갈 수 없다.'"254)

---

252) 저본에는 이것이 하작의 말로 처리되어 있는데, 황절의 언급이다. '解玉'에 대해 Chen은 여향의 견해를 좇아 "untie my jade girdle"이라고 풀이했다(303쪽). 임숭산은 이곳의 '冠霞解玉'은 마땅히 '신선이 되고자 하는 일[求仙之事]'로 풀이해야 한다고 했다(18쪽). 뒤에 주천의 『문선집석』의 견해를 따르면 '옥패나 옥대(玉帶)를 푼다'라고 풀이하는 게 나아 보인다. '옥대'는 벼슬아치가 공복(公服)에 매던 옥으로 장식한 띠이다.

253) 오덕풍은 곽박 「유선시」 인용문을 근거로, '飮(술 마시다)'은 '隱(은거하다)'이 되어야 할 것이라고 했다(58b~59a쪽). 번역은 이를 취했다. '登'은 동사여야 하므로 '金'은 옳지 않다.

『마명선생별전(馬明先生別傳)』: "선생은 '신사(神士)'를 따라 대(代) 땅으로 돌아와 안기선생(安期先生)을 만나고 여신에게 말했다. '옛날 그대와 안식(安息 : 이란고원에 있던 옛 나라)에 노닐었던 것이 그리 오래지 않았다고 생각했는데, 벌써 "이천 년"이 되었군요.'"

[전중련] 손지조『문선이주보정』: "김신(金甡)은 말했다. '강엄의 「별부(別賦)」에 "잠깐의 유람이 만 리요, 짧은 이별이 천년이다[蹔遊萬里, 少別千里]"라고 했는데, 강엄과 포조는 선후의 차이가 별로 많이 나지 않으니, 표현을 답습하지 않을 수 없었을 것이다.'"[255]

호극가『문선고이』: "이선 주의 '선생은 "신사(神士)"를 따라 대(代) 땅으로 돌아와'에서, 하작은 '士'를 '女'로 교감했는데 옳다. 모든 판본이 다 틀렸다."

11 [이선]『열선전』권상「소사(蕭史)」: "소사(蕭史)는 진(秦) 목공(繆公) 때 사람으로, 퉁소를 잘 불었다. (…중략…) 목공에게는 농옥(弄玉)이라고 하는 딸이 있었는데, 소사를 좋아했으므로 목공은 마침내 그에게 아내로 주었다. 소사는 드디어 농옥에게 퉁소로 봉황의 울음소리를 내는 법을 가르쳤다. 수십 년이 지나 퉁소 소리가 봉황 소리와 비슷해지자, 봉황새가 그 집에 와서 머물렀다. 그래서 '봉대(鳳臺)'를 지어 부부가 거기에 머물렀는데, 몇 년이 안 되어 어느 날 봉황새를 따라 날아가 버렸다. 그래서 진나라 사람들이 '鳳女詞(봉녀

---

254) '吾一擧千萬里, 吾猶未之能'은 금본『신선전』에는 '其行一擧而千萬餘里, 吾猶未之能究也(그곳을 가려면, 한 번 날면 천만여 리도 갈 수 있지만, 나도 아직 가볼 수 없었다)'로 되어 있다.『회남자』「도응훈(道應訓)」에도 같은 이야기가 실려 있는데, '其餘一擧而千萬里, 吾猶未能之在(그 바깥의 곳은 한 번 날면 수천수만 리를 가지만, 나도 아직 가보지 못했다)'로 되어 있다.

255) 오덕풍은 이를 근거로 '少'가 되어야 한다고 했다(59a쪽).

사)'를 지었는데, '퉁소 소리[簫聲]'가 남아 있다."

완적(阮籍) 「영회시」 제31수 : "'퉁소와 피리는 남긴 소리 있는데', 양 나라의 왕들은 어디에 있는가['簫管有遺音', 梁王安在哉]?"

[전중련] 호극가『문선고이』: "'詞'는 '祠(사)'가 되어야 한다. 각 판본이 모두 잘못되었다."256)

12 [전진륜] '當(당)'은 '時(시)'가 되어야 한다.

'汝(여)'는 이선본에는 '爾(이)'로 되어 있다.

[이선] 『한서』「원앙전(袁盎傳)」 '刺者十餘曹(당신을 척살하려는 사람이 10여 명이오)' 여순(如淳) 주 : "'曹(조)'는 무리[輩]이다."257)

『상서』「여형(呂刑)」 '刑發聞惟腥(형벌이 피우는 비린내뿐이다)' 공안국 전 : "'腥(성)'은 악취[臭258)]이다."

[전중련] '當'은 송본 및 『문선』 이선본에는 '時'로 되어 있다.259)

---

256) 금본『열선전(列仙傳)』권상 '소사(蕭史)' 편에는 '祠(사)'로 되어 있고, 뒤에 '於雍宮中, 時' 5자가 더 있다. "(오방의 신에게 제를 지내는) 옹주(雍州)의 궁중에 봉녀사 (鳳女祠)를 지었는데, 때로 퉁소 소리가 들렸다"가 되어 옳다. 옹주는 지금의 섬 서성 보계시(寶鷄市) 봉상현(鳳翔縣)이다.

257) 『사기』「평준서(平準書)」 '分曹'의 여순 주와『한서』「식화지(食貨志)·하」와 「경포전(鯨布傳)」의 안사고 주 등에도 같은 내용이 있다.

258) 금본『문선』이선 주에는 '臰(취)'로 되어 있는데, 같은 글자이다.

259) 주응등본과『문선』오신본도 같다. 오덕풍은 앞에서 "봉대에는 돌아오는 수레가 없다[鳳臺無還駕]"라고 했으니 '時'가 더 나은 것 같다고 했다(59a쪽). 그러나 '何當'에는 '何時'의 의미도 있지만, '어찌 ~할 수 있겠는가?'라는 의미가 있어서, 시의(詩意) 면에서 더 낫다. 임숭산(18쪽 : "豈復馳逐利祿")과 Chen(303쪽 : "So why should I be back to go with you gentlemen")은 이 뜻으로 풀이했다.

【평설】

　[황절] 방회 : 세속을 혐오하기 때문에 신선을 찾는다. (···중략···) 마지막 구의 의미를 따른다면, 군자가 고상하고 심원한 생각을 지니고 속세의 바깥으로 벗어나서, 세상의 비열하고 더럽고 구차하고 천박한 사람들 보기를, 오직 새나 벌레가 썩고 비린 것을 쪼고 삼키는 것처럼 여기는 것으로 비유하여 풍자했다.『문선안포사시평』권3

　오기 : 유선시遊仙詩이면서도 그냥 한 편의 영회시詠懷詩 같아서, 도가적인 냄새가 전혀 나지 않는다.『육조선시정론』권13

　[전중련] 방동수 : 이것은 굴원의 「원유遠遊」와 곽박의 「유선시」의 주제를 취했다. 그런데 그 좋은 점은 오히려 처음 8구에 있으니, 눈앞의 일을 직설적으로 써서, 객기客氣 : 부박하고화미함와 가상假象 : 사물의 본질과 부합하지 않는 허상과 진언陳言 : 진부한 표현이 한 자도 없다. '막다른 길窮途' 이하에서 정식으로 하늘로 올라가는 것을 말했다.『소매첨언』권6

　오여륜 : 이 시는 바로 세상사를 겪은 지 이미 오래되어, 비리고 썩은 현실을 견딜 수 없어 멀리 떠나고자 생각하는 취지를 밝혔다.『포참군집선』

松柏篇幷序

余患脚上氣四十餘日. 知舊先借『傅玄集』,[1] 以余病劇, 遂見還. 開袠,
適見樂府詩「龜鶴篇」.[2] 於危病中見長逝詞, 惻然酸懷抱. 如此重病, 彌
時不差,[3] 呼吸乏喘, 擧目悲矣![4] 火藥間缺而擬之.[5]

松柏受命獨, 歷代長不衰.[6] 人生浮且脆, 欻若晨風悲.[7]

東海逝逝川, 西山導落暉.[8] 南廓悅籍短, 蒿里收永歸.[9]

諒無疇昔時, 百病起盡期. 志士惜牛刀, 忍勉自療治.[10]

傾家行藥事, 顚沛去迎醫.[11] 徒備火石苦, 奄至不得辭.[12]

龜齡安可獲, 岱宗限已迫.[13] 睿聖不得留, 爲善何所益.[14]

捨此赤縣居, 就彼黃壚宅.[15] 永離九原親, 長與三辰隔.[16]

屬纊生望盡, 闔棺世業埋.[17] 事痛存人心, 根結亡者懷.[18]

祖葬既云及, 壙窆亦已開.[19] 室族內外哭, 親疎同共哀.

外姻遠近至, 名列通夜臺.[20] 扶輿出殯宮, 低回戀庭室.[21]

天地有盡期, 我去無還日. 居者今已盡, 人事從此畢.

火歇煙既沒, 形銷聲亦滅.[22] 鬼神來依我, 生人永辭訣.[23]

大暮杳悠悠, 長夜無時節.[24] 鬱湮重冥中, 煩冤難具說.[25]

安寢委沈寞, 戀戀念平生. 事業有餘結, 刊述未及成.[26]

資儲無擔石, 兒女皆孩嬰.[27] 一朝放擒去, 萬恨纏我情.[28]

追憶世上事, 束教已自拘.[29] 明發靡怡愈, 夕歸多憂虞.[30]

轍閇晨徑荒, 撤宴式酒濡.[31] 知今暝日苦, 恨失爾時娛.[32]

遙遙遠民居, 獨埋深壤中. 墓前人跡滅, 冢上草日豐.[33]

空林二鳴蜩, 高松結悲風.[34] 長寐無覺期, 誰知逝者窮.[35]

生存處交廣, 連榻舒華茵.[36] 已沒一何苦, 楛哉不容身.[37]

昔日平居時, 晨夕對六親.[38] 今日掩奈何, 一見無諧因.

禮席有降殺, 三齡速過隙.[39] 几筵就收撤, 室宇改疇昔.[40]

行女遊歸途, 仕子復王役.[41] 家世本平常, 獨有亡者劇.

時祀望歸來, 四節靜塋丘. 孝子撫墳號, 父兮知來不.[42]

欲還心依戀, 欲見絶無由. 煩寃荒隴側, 肝心盡崩抽.[43]

송백의 노래─서와 함께

나는 40여 일 동안 각기병을 앓았다. 친한 벗이 전에 『부현집』을 빌려 갔는데, 내가 병이 심해서 돌려받았다. 책을 열자 마침 악부시 「거북과 학의 노래」가 눈에 띄었다. 위중한 병중에 영원히 떠나가는 말을 보니 슬퍼져 내 마음이 아프다. 이와 같은 중병이 오랫동안 차도도 없어 호흡은 가쁘니 눈에 보이는 것이 모두 슬프다. 침구 치료와 약물 치료의 사이사이에 그것을 본떠 짓는다.

송백은 독특하게 목숨을 받아
대대로 영원토록 늙지 않는다.
인생은 공허하고 취약하여서
새매 날 듯 지나가니 비통하구나.

동해로 흐르는 내 쏟아져 들고
서산으로 지는 해는 다가가누나.
남교에선 명 짧은 것 즐거워하고
호리에선 죽은 자를 거둬들인다.
지난날의 산 시간도 별로 없는데
온갖 병이 죽음 앞에 엄습해온다.
지사가 닭 잡는 데 소 잡는 칼 아끼듯이
고통을 참아가며 스스로 치료한다.
약 쓰는 일에다 가산을 기울이고
자빠지고 엎어지며 의원을 찾아간다.
침과 뜸의 고통을 부질없이 견딜 뿐
홀연히 오는 죽음 뿌리칠 수 없구나.

거북의 긴 수명을 얻을 수나 있으리
태산으로 갈 시한이 이미 닥쳤네.
예성叡聖조차 영원히 머물 수는 없는데
선행을 베푼대도 무슨 소용 있으리.
붉은 고을 이승 거처 버려둔 채로
누런 석비레 저승 집에 가야만 하네.
온 세상 친한 이들 영원히 떠나고
해와 달 뭇 별도 길이길이 막히겠지.

숨이 지면 회생 희망 사라질 테고
관 닫히면 평생 사업 묻혀질 거라.
이 일은 산 자의 맘 아프게 하고
회한은 망자 품에 엉겨 붙어 있을 거라.
발인제와 장례는 어느덧 다가오고
묘혈과 묘도는 이미 열려 있을 거라.
일가친척 안팎으로 호곡을 하고
친소간에 모두 함께 슬퍼하리라.
외척 인척 원근에서 찾아들 와서
그 이름들 무덤 속에 전해질 거라.

상여 메고 빈소를 나갈 적에는
살던 집에 미련 남아 머뭇대겠지.
하늘땅도 다할 기한 응당 있지만
나는 가면 돌아올 날 영영 없겠지.
살던 사람 이제 벌써 사라졌으니
세상일은 이로부터 끝이 날 테지.
불 꺼지면 연기마저 사라지듯이
몸 썩으면 목소리도 없어질 테지.
귀신은 날 찾아와 기댈 것이고

산 자와는 영원히 결별하겠지.
큰 저녁은 까마득히 어두울 거고
긴 밤은 아득하여 끝나지도 않겠지.
울적하고 답답한 구천에서는
번민과 원한조차 하소할 수 없겠지.

깊은 적막 속에서 편안히 잠들어도
생전을 그리는 맘 떨치지 못할 거라.
사업은 마무를 것 남아 있는데
저술은 아무것도 이룬 것 없다.
비축된 곡식 한 섬 남기지 못했는데
아들딸은 모두 아직 철부지 아기라.
일조에 이 모두를 버려두고 왔으니
온갖 회한 내 맘속에 얽힐 것이라.

생전의 세상사를 돌이켜보면
명교로 스스로 구속했었지.
아침에 집 나설 땐 즐거움이 없었고
저녁에 돌아올 땐 근심 걱정 많았지.
찾아오는 수레 없어 새벽길은 황량했고
연회 없어 한 모금 술로 입술만 적셨지.

지하 생활 괴로움을 이제야 알게 되니
당시에 못 즐긴 게 한스러울 뿐이네.

사람 사는 마을은 아득히 멀고
깊은 땅속 홀로 묻혀 외로울 거라.
묘 앞에는 찾는 인적 사라질 거고
무덤 위엔 잡초만이 날로 우거질 거라.
텅 빈 숲엔 매미 울음만 울려 퍼지고
높은 솔엔 구슬픈 바람 소리 맺힐 거라.
긴긴 잠은 깨어날 기약조차 없으니
떠난 이의 궁곤함을 그 누가 알아줄까.

생전에는 그래도 넓은 데서 살아서
평상을 붙여놓고 귀한 깔개 깔았지.
사후에는 어찌 이리 괴로운 건지
비좁아서 몸뚱이도 움칠 수 없네.
지난날 살아생전 평상시에는
조석으로 육친을 마주했는데,
오늘은 갇혔으니 어찌하리오
한 번 만날 길조차 바이없으니.

예에는 체감하는 관례 있으니
삼년상은 순식간에 지나갈 거라.
영좌靈座도 이제 곧 걷어치우고
집안도 이전 모습 되찾을 거라.
시집간 딸 귀로에 오를 것이고
아들들도 공무에 복귀할 거라.
산 사람들 일상으로 돌아갈 거고
죽은 자의 비참함만 남을 것이라.

"시향에는 흠향하러 돌아오소서.
사시사철 무덤은 적막하지요."
아들은 무덤 안고 호곡할 테지
"아버님, 오실 줄은 아시는지요?"
돌아가려 하지만 차마 못 가고
만나려고 하지만 방도도 없고.
황량한 무덤가서 괴로워하며
마음은 갈가리 찢어질 테고.

【해제】

[전진륜]『악부시집』: "「송백편」은 포조가 부현의 악부 「귀학편龜鶴

篇」을 본떠 지은 것이다."[260]

---

260) 지금의 부현 문집인『부순고집(傅鶉觚集)』에는 「귀학편」은 없지만, '영원히 떠나가는 말'을 읊은 시로는 「목 놓아 부르는 노래(放歌行)」가 있다. 임숭산은 「목놓아 부르는 노래」의 "가사 내용이 코허리가 시큰하고 처량하기 그지없으니, 포조가 말한 '영원히 떠나가는 말'이 아니겠는가! 그렇다면 포조의 이 서문에서 말한 '귀학편'은 '영귀(靈龜)'의 잘못이 아닌가 여겨진다. 제목으로 삼은 '송백편(松柏篇)'은 어쩌면 '松柏垂威神'에서 의미를 취하여 제목으로 삼은 것은 아닌지!"(『휘해』, 20쪽)라고 했는데, 가능성이 큰 견해이다. 부현의 「목 놓아 부르는 노래」 시 전문은 다음과 같다.

靈龜有枯甲	영귀도 말라버린 껍데기 있고,
神龍有腐鱗	신룡도 썩어버린 비늘이 있다.
人無千歲壽	사람은 천년만년 살 수 없으니,
存質空相因	육신과 영혼 의지한단 말 부질없어라.
朝露尚移景	아침이슬조차도 얼마간은 가는데,
促哉水上塵	덧없어라, 물 위의 먼지이런가.
丘塚如履綦	무덤은 올망졸망 발자국 같아,
不識故與新	옛것 새것 도무지 구별할 수 없구나.
高樹來悲風	교목에 슬픈 바람 불어오지만,
'松柏'垂威神	'송백'은 굳센 위풍 드리웠구나.
曠野何蕭條	광야는 그 얼마나 쓸쓸하던지,
顧望無生人	둘러봐도 산 사람 하나 없구나.
但見狐狸迹	여우 이리 흔적만 보일 뿐이며,
虎豹自成群	범과 표범 무리만이 어슬렁댄다.
孤雛攀樹鳴	외로운 어린 새는 나무에서 우는데,
離鳥何繽紛	무리 잃은 새들은 어찌 저리 많은가.
愁子多哀心	슬픔에 젖은 아들 슬픈 마음 많으니,
塞耳不忍聞	차마 듣지 못하여 귀를 막는다.
長嘯淚雨下	긴 파람에 눈물은 비로 내리고,
太息氣成雲	큰 한숨에 입김은 구름이 된다.

「서」의 '脚上氣(각상기 : 다리에 공기가 차오름)'는 각기병(脚氣病, beriberi)이다. 각기병은 티아민의 부족으로 생기는 영양실조 증세 중 한 가지로, 항상 다리가 부어 있는데 부은 다리를 손가락으로 누르면 들어간 살이 나오지 않는다. 초기에는 입맛이 없고 소화가 잘 안 되고, 팔다리에 힘이 없으며 늘 피곤하며 감각

【주석】

1 **[전진륜]** 『진서(晉書)』「부현전(傅玄傳)」: "자는 휴혁(休奕)으로 북지군 이양현[北地泥陽 : 지금의 섬서성 동천시(銅川市) 요주구(耀州區) 남동쪽] 사람이다. 박학하고 글을 잘 지었다. 오등 작위 제도가 확정되고 나서 순고남(鶉觚男)에 봉해졌다.²⁶¹⁾ 서진 무제(武帝, 265~290 재위) 즉 사마염(司馬炎, 236~290)은 265년 진왕(晉王)으로 봉해지자 그를 산기상시(散騎常侍)로 삼았다. 12월 무제는 선양을 받은 뒤 부현을 자작(子爵)으로 승진시켰다. 부현은 얼마 후 시중(侍中)으로 옮겼으나, 죄에 연좌되어 면직되었다. 무제 태시(泰始) 4년(268)에 어사중승(御史中丞)이 되었다. 5년에 태복(太僕)으로 옮기고 사례교위(司隷校尉)로 전임했다. 사후에 강(剛)이라는 시호를 내렸다. 문집 백여 권이 세상에 전해지고 있다."

2 **[전진륜]** 『설문해자』: "'袠(질)'은 책갑[冊囲]이다."

이 무디어지다가 심해지면 다발성 신경염을 비롯하여 순환기나 소화기의 증세와 몸이 부어오르는 부종 등이 나타난다. 각기병은 심해지면 사망에까지 이르기도 한다([네이버 지식백과] '각기병[beriberi, 脚氣病]'『두산백과』)." 이처럼 병이 다리에서 시작되어 '다리가 붓는' 증세가 나타나기 때문에 '다리에 바람이 들었다(脚氣)'라는 병명을 가지게 된 것이다(당 손사막(孫思邈), 『비급천금요방(備急千金要方)』"先從脚起, 因卽'脛腫', 時人號爲'脚氣'."). 포조의 이 시는 9번 환운을 하여 모두 10장으로 이루어져 있는데, 질병의 치료에서 시작하여 결국은 죽음을 맞게 될 것이고 그 이후 장례를 거쳐 제사에 이르기까지의 과정을 단계적으로 서술한 '자만시(自挽詩)'이다. 「휴가를 청하는 계[請假啓]」와 같은 시기에 지은 것으로 보인다.

261) 위 원제(元帝, 260~265 재위) 함희(咸熙) 원년(264) 5월 초에 상국(相國)이 되고 진왕에 봉해진 사마소(司馬昭, 211~265)가 공후백자남(公侯伯子男)의 오등 작위 제도를 부활할 것을 상주했다. 순고(鶉觚)는 현 이름으로, 지금의 섬서성 장무현(長武縣) 일대와 감숙성 영대현(靈臺縣) 소채진(邵寨鎭) 일대에 해당한다.

「귀학편」은 지금의 『부순고집』에는 실려 있지 않다.

3 **[황절]** 『광운』: "'差(차)'는 '楚(초)'와 '懈(해)'의 반절[채(chài)]'로 병이 차도가
있는 것이다."

『삼국지』「위서·장료전(張遼傳)」: "질환이 조금 '차도가 있재[小差]' 주둔
지로 돌아왔다."262)

4 **[전진륜]** 『고금운회거요』: "날숨을 '呼(호)'라고 하고 들숨을 '吸(흡)'이라고
한다."

『설문해자』: "'喘(천)'은 가쁘게 몰아쉬는 숨이다."

[전중련] '乏(핍)' 자는 송본에는 '之(지)'로 되어 있다.263)

5 **[전진륜]** 『한비자』「유로(喩老)」: "편작(扁鵲)이 말했다. '병이 살가죽의 주
름에 있으면 더운물 찜질[湯熨]로 치료할 수가 있고, 근육과 피부 안에 있으면
침[鍼石]으로 치료할 수 있으며, 장과 위에 있으면 "화제탕[火齊]"으로 치료할
수가 있습니다.'"264)

---

262) '彌時(미시)'는 시간이 오래 지남을 말한다.
263) 사고본에는 '乏'으로 되어 있다. 오덕풍은 숨쉬기 어려움을 말하는 것이기 때문
에 '之'가 옳다고 했다(59a쪽). 그러나 '喘乏(천핍)'의 용례는 포조 이전에도 있
었다. 범엽(范曄, 398~445)의 『후한서』「방술전(方術傳)·상·왕교(王喬)」에
"其夕, 縣中牛皆流汗'喘乏', 而人無知者(그날 밤 현의 소들이 모두 땀을 흘리고
'숨을 헐떡였지만' 아는 사람이 없었다)"가 그것이다. 포조 이후의 기록인 당(唐)
유숙(劉肅)의 『대당신어(大唐新語)』「은일(隱逸)·손사막(孫思邈)」에도 "奔而
爲喘乏(호흡의 토납과 정기(精氣)의 왕래가) 급해지면 숨을 헐떡이게 된다)"라
고 한 용례가 있다. 따라서 '乏喘'도 호흡이 모자라 헐떡인다는 의미로 풀이할
수 있다. '擧目(거목: 눈을 들어 바라보다)'은 눈에 띄는 모든 것이라는 뜻이다.
264) '缺(결)'은 사고본에는 '闕(궐)'로 되어 있는데 옳다. '間闕'은 틈새의 뜻이다.
Chen은 "사이에(in between)"로 번역했다. 제15구의 '火石'이라는 시어를 참

6 **[전진륜]** 『장자』 「덕충부(德充符)」 : "땅으로부터 '목숨을 받은' 수목 중에는 '송백만이 독특하여' '여름에도 겨울에도 늘 푸르다'['受命'於地, 惟'松柏獨'也, 在'冬夏靑靑']."

7 **[전진륜]** 『모시』 「진풍(秦風)·신풍(晨風)」 제1장 : "씽씽 나는 저 새매[鴥彼晨風]." 「모전」 : "'鴥(율)'은 빨리 나는 모양이고, '晨風(신풍)'은 새매이다."

[황절] 『노자』 제76장 : "만물과 초목은 살아 있을 때는 '부드럽고 무르지만[柔脆]' 죽으면 바싹 마르고 딱딱해진다."

8 **[전진륜]** 「장가행(長歌行)」 고사 : "'온갖 냇물 동쪽으로 바다에 가면', 언제 다시 서쪽으로 돌아오는가['百川東到海', 何時復西歸]."[265]

양웅(揚雄, 53 B.C.~18 A.D.) 「반이소(反離騷)」 : "멱라수로 나가서 몸을 던졌네, '태양이 서산으로 다가갈까' 두렵네[臨汩羅而自隕兮, 恐'日薄於西山']."

9 **[전진륜]** '廓(곽 : 외성)'은 '郊(교 : 교외)'로 된 판본도 있다.[266]

『수신기(搜神記)』 : "관로(管輅, 209~256)가 평원군[平原]에 이르러, 조안(趙顏)이라는 젊은이의 용모를 보니 요절할 상이었다. 조안의 아버지가 관로

고하고 '間缺'을 '間闕'의 뜻으로 보면, '火藥'은 뜸과 약물요법 두 가지 치료 방식으로 보는 것이 옳다. Chen은 '뜸과 약물요법(moxibustion and medication)'으로 번역했다(303쪽).

265) '逝川(서천)'은 흘러가서 되돌아오지 않는 냇물을 말한다. 『논어』 「자한(子罕)」에 공자가 '냇가[川上]'에서 "'흘러가는 것[逝者]'이 저와 같구나! 밤낮을 쉬지 않는구나"라고 한 데서 나온 말이다.

266) 송본에 '郊'로 되어 있고 『전송시』와 『악부시집』에는 '郭(곽)'으로 되어 있다. 『전송시』는 "'郊'로 된 판본도 있다"라고 주를 달았다. 주석찬과 노문초는 모두 '郊'로 교감했다. 인용된 『수신기』의 내용을 보면 '郊'가 더 낫다. '籍短(적단)'은 수명이 짧은 것을 말한다. '籍'은 인간의 운명을 기록해두었다는 '命籍(명적)'이다.

에게 수명을 연장해줄 것을 청했다. 관로가 말했다. '자네는 돌아가서 청주와 사슴 육포 한 근을 구해 오게. 묘일(卯日)에 보리 베는 곳 남쪽의 큰 뽕나무 아래에 두 사람이 바둑을 두고 있을 것이네. 자네는 술을 따르고 포를 준비해 두되, 술과 녹포(鹿脯)가 없어질 때까지, 마시면 다시 따르기만 하게. 만약 자네에게 묻더라도 절만 하고 말을 하지는 말게. 반드시 자네를 구제해줄 사람이 있을 것이네.' 조안이 시키는 대로 준비하여 갔더니, 과연 두 사람이 바둑을 두고 있었다. 조안은 앞에다가 포를 준비하고 술을 따라놓았다. 그 사람들은 놀이에 빠져 술을 마시고 포를 먹기만 할 뿐 돌아보지도 않았다. 몇 순배 마신 뒤에, 북쪽에 앉은 사람이 홀연히 조안이 있는 것을 보고 꾸짖었다. '왜 여기 있느냐?' 조안은 절만 했다. 남쪽에 앉은 사람이 말했다. '마침 그의 술과 포를 먹었으니 어찌 무정할 수 있겠는가?' 북쪽에 앉은 사람이 말했다. '문서에 이미 정해져 있네.' 남쪽에 앉은 사람이 '문서 좀 보여주게.' 하고, 조안의 수명이 '십구(十九)'로 되어 있는 것을 보고는 붓을 들어 두 자의 순서를 바꾸는 표시를 했다. 그런 뒤에 조안에게 말했다. '너를 90세까지 살 수 있도록 구제했느니라.' 조안은 절을 올리고 돌아왔다. 관로는 조안에게 말했다. '자네를 크게 도와 수명을 연장하도록 하여 기쁘네. 북쪽에 앉은 사람은 북두(北斗)이고 남쪽에 앉은 사람은 남두(南斗)이네. 남두는 생명을 주고 북두는 죽음을 주네. 무릇 사람은 수태하게 되면, 다 남두로부터 북두로 향해 가는 것이니, 모든 기도는 북두를 향해 드리는 거라네.'"

나머지는 모두 「호리의 노래」를 본떠[代蒿里行]」('해제')에서 보았다.

[황절] '廓(곽)'은 정영본에는 '郭(곽)'으로 되어 있는데, 『석명』에 "'郭'은 '廓'

이다"라고 했다.

10 **[황절]** 『논어』「양화(陽貨)」 : "닭 잡는 데에 어찌 '소 잡는 칼[牛刀]'을 쓰겠는
가!" 작은 병에 큰 치료를 받지 않는 것을 비유한다.[267]

11 **[전진륜]** 『후한서』「동회전(童恢傳)」 : "[동회의 부친 중옥(仲玉)이 흉년에]
'가산을 모두 기울여[傾家]' 진휼했다."

[황절] '行藥(행약)'은 「행약을 하느라 성 동쪽 다리까지 가다[行藥至城東橋]」
의 주를 볼 것.[268]

『모시』「대아·탕(蕩)」 제8장 : "'넘어지고 뽑히어' 뿌리가 드러났다[顚沛
之揭]."

[전중련] '行藥'과 '行藥事(행약사)'는 같은 의미가 아니다. 오여륜은 "'行藥事'
는 마땅히 '事行藥(행약을 일삼는다)'이 되어야 한다"라고 했다.[269]

12 **[전진륜]** '火石(화석)'은 「서」에서 보았다.[270]

---

267) 앞 연의 '疇昔(주석)'은 생전을 가리킨다. 『예기』「단궁(檀弓)·상」에 "予'疇昔'
之夜, 夢坐奠於兩楹之間(나는 '지난밤'에 전당 앞 두 기둥 사이 즉, 영구(靈柩)를
안치하는 곳에 앉아서 제를 지내는 꿈을 꾸었다)"의 정현 주에 "'疇'는 어사(語
辭)이고 '昔'은 '前(전)'과 같다"라고 했다. 육기의 「만가」 제1수에 "이중의 널
(관곽(棺槨)) 옆에서 한숨을 쉬며, 나의 '지난 생시' 생각한다네[歎息重櫬側, 念
我'疇昔'時]"라고 했다. '盡期(진기)'는 생명이 다하는 시기 즉 죽음을 말한다.
268) 주석 1을 말한다. '迎醫(영의)'는 '의원을 맞이한다'라는 뜻이지만, 시에서는 의
원을 '찾아간다'라고 보는 것이 더 자연스럽다. Chen은 "치료를 찾아 힘든 여정
을 겪었다(have suffered the toil of trips to seek treatment)"라고 풀이했다.
'顚沛(전패)'는 '앞으로 엎어지고 뒤로 자빠지는 것'으로, 나아가 좌절과 고통을
겪는 일 또는 그러한 사람의 뜻으로도 쓰인다.
269) '行藥'은 '복약 후 약효를 높이기 위해 걷는 것'이고, '行藥事'는 '약물을 쓰는 일
을 한다'라는 뜻이다. 오여륜이 말한 '事行藥'은 '행약의 일을 한다'라는 뜻으로
보이는데, 이 시에서는 '가산을 기울여서' 하는 것이므로 전중련의 견해가 옳다.

13 **[전진륜]** '龜齡(귀령)'은 「죽은 이를 애도하며[傷逝賦]」(주석 21 '龜鶴(귀학)')

에서 보았다.

유정 「오관중랑장에게 주는 시[贈五官中郎將]」 제2수 : "언제나 두려운 건

'대종'으로 떠나, 친한 이들 다시는 못 만나는 것[常恐遊岱宗, 不復見故人]."

이선 주 : "『원신계(援神契)』에서 말했다. "'岱宗'은 천제의 손자로 사람의 혼

을 부르는 일을 주재한다.'"[271]

[전중련] '獲(획 : 획득하다)'은 송본에는 '護(호 : 지키다)'로 되어 있다.[272]

14 **[전진륜]** 서간(徐幹, 170~217) 『중론(中論)』 「허도(虛道)」 : "위(衛) 무공(武

公)은 나이가 아흔이 넘고서도 여전히 밤낮으로 게으르지 않아, 위나라 사람

들이 그 덕을 찬송하여 「淇澳(기욱)」[273] 시를 지었으며, 또한 그를 '지덕이 높

고 사리에 밝은 성군[睿聖]'이라고 불렀다."

『후한서』「당고열전(黨錮列傳)·범방전(范滂傳)」 : "범방이 자기 아들을 돌

아보고 말했다. '내가 너더러 악행을 저지르라고 해도 악행은 저질러서는 안

된다. 내가 너더러 "선행을 행하라[爲善]"라고 한다면, 그것은 내가 악행을 저

지르지 않는다는 것이다.'"

---

270) '火石'은 회구(火灸)와 침석(針石) 즉 뜸과 침으로 보는 것이 좋다. '奄至(엄지)'
　　는 갑자기 닥쳐오는 것으로, 죽음의 엄습을 말한다. 왕희지(王羲之, 321~379)
　　의 「엄지첩(奄至帖)」에 "(시집간 지 얼마 안 된 딸이 죽는) 이런 재앙이 '갑작스
　　럽게 닥쳤다'[奄至此禍]"라고 했다.
271) '岱宗'은 태산(泰山)이다. 옛날에는 태산을 오악의 조종(祖宗)으로 여겨 이렇게 불
　　렀다. 그 밖에도 대산(岱山)·대악(岱嶽)·동악(東嶽)·태악(泰嶽)으로도 불린다.
272) 장부본·사고본·『악부시집』에는 모두 '獲'으로 되어 있는데, 더 낫다.
273) 『모시』「위풍(衛風)」에는 '淇奧(기욱)'으로 되어 있고, 『대학』에는 '淇澳'으로 인
　　용되어 있다. 「모시서」에 "위 무공의 덕을 찬미한 것[美武公之德]"이라고 했다.

15 **[전진륜]** 『사기』「맹자순경열전(孟子荀卿列傳)」: "추연(騶衍, 324?~250 B.C.?)은 유생들이 말하는 '중국(中國)'이라는 것은 천하에서 81분의 1에 불과하다고 여겼다. '중국'을 이름하여 '적현신주(赤縣神州)'라고 한다."

『회남자』「남명훈(覽冥訓)」: "[복희(伏義)와 여왜(女媧)의 위대한 공적은] 위로는 구천(九天)과 맞닿고 아래로는 '황로(黃爐 : 누런 석비레)'와 부합한다." 고유(高誘) 주 : "황천 밑에는 '석비레로 된 산[爐山]'이 있다."

16 **[전진륜]** 『예기』「단궁 · 하」: "조문자(趙文子, 590?~541 B.C.)가 숙예(叔譽) 즉 양설힐(羊舌肹)과 함께 '구주의 대지[九原]'를 살펴보았다."

『좌전』「환공(桓公) · 2년」: "'삼진(三辰)'의 깃발은 그 밝음을 밝힌다." 두예 주 : "'三辰'은 해와 달과 별[日月星]이다."

17 **[전진륜]** 『예기』「상대기(喪大記)」: "병이 위중해지면 남녀가 모두 옷을 갈아입고, '햇솜을 병자의 코에 대어[屬纊]' 숨이 끊어졌는지를 확인한다."[274]

[황절] 『후한서』「반표전(班彪傳)」: "[진효(陳囂)의 질문에 반표가 대답했다.] 지금 웅걸(雄傑)로서 주의 직할 지역을 통합하여 관리하는 자들은 모두 전국시대 칠국(七國)과 같은 '세업(世業)'의 자산은 없소."

18 **[황절]** '存人(존인)'은 생존해 있는 사람이다.

[전중련] 송본과 『악부시집』에는 '根(근)'이 '恨(한)'으로 되어 있다.[275]

19 **[전진륜]** 『백호통의』「붕훙(崩薨)」: "뜰에서 '祖奠(조전 : 발인제)'을 지내는

---

274) '屬纊(촉광)'은 병자가 임종하려 할 때 햇솜을 코앞에 대어 숨졌는지를 확인하는 것이다.
275) 『전송시』에도 '恨'으로 되어 있는데, 더 낫다.

것은 무엇 때문인가? 효자의 은혜를 다하는 것이다. '祖'라고 하는 것은 처음 [始]이라는 뜻이다. 뜰에서 처음 제사를 지내는 것[始載]이다. 상여에 신고[乘輴車] 사당에 모신 조상들을 하직하는[辭祖禰] 것이기에 그것에 '祖載(조재)'라는 이름을 붙인 것이다."

『설문해자』: "'壙(광)'은 시체를 묻기 위하여 판 구덩이이다."

『옥편』: "'隧(수)'는 묘혈로 들어가는 길이다."

20 [전진륜] 『좌전』 「은공(隱公)·원년」: "士(사)는 유월장(踰月葬)을 지내는데, '外姻(외인)'이 온다."[276]

완우(阮瑀, 165~212) 「칠애시(七哀詩)」: "아득하여라 '길고 긴 밤의 누대여'[漫漫'長夜臺']."[277]

21 [전진륜] 육기 「만가시」 제1수: "'빈궁'은 어찌 이리 시끄러운가['殯宮'何嘈嘈]."[278]

『초사』 「구장·추사(抽思)」 '난(亂)': "'배회하고' 머뭇거리며, 북고에 투숙한다네['低回'夷猶, 宿北姑兮]."

---

276) '外姻(외인)'은 '外親(외친)'과 같은 말로, 모친과 결혼한 딸을 포함한 여계친(女系親)을 통칭하는 인척이다. 시에서는 외친과 처친(妻親)을 포함한 것으로 사용되었다. 앞 연의 '室族(실족)'은 본래 집안의 가족을 말하는데, 시에서는 종친의 뜻으로 쓰였다. 고대 중국의 삼대 친속(親屬)은 종친(宗親)·외친·처친이다.

277) 육기의 「만가시」 제1수의 "길고 긴 밤의 누대로 그대를 보내네[送子長夜臺]"에 대해, 이주한(李周翰)은 "무덤이 닫히면 다시는 밝은 세상을 볼 수 없기에 '長夜臺(장야대)'라고 한다"라고 주를 달았다. '通夜臺(통야대)'는 '長夜臺'와 같은 말이다. 무덤을 말한다.

278) '殯宮'은 상여가 나갈 때까지 관을 두는 곳 즉 빈소이다. '庭室(정실)'은 생전의 거처이다.

22 [전진륜] '火歇(화헐)'은 「물시계를 보고[觀漏賦]」에서 보았다. [279)]

[전중련] 『논형』「논사편(論死篇)」: "사람이 죽는 것은 '불이 꺼지는 겟[火之滅]'과 같다. 불은 꺼지면 빛을 내지 못하고 사람은 죽으면 지혜가 밝지 못하니, 양자는 의당 그 실질은 같은 것이다."

23 [전진륜] '辭訣(사결 : 작별을 고하다)'은 「휴가를 청하는 계[請假啓]」에서 보았다. [280)]

24 [전진륜] 육기 「만가시」 제2수 : "[드넓은 하늘은 어찌 저리 아득한가,] '큰 저녁'은 새벽 어찌 올 수 있으리['大暮'安可晨]?"[281)]

25 [전진륜] 『좌전』「소공(昭公)·29년」: "[각 사물을 관장하는 관원을 없애버리면 사물은 멈추어 잠복하여, '답답하게 억눌리고 막혀[鬱湮]' 자라지 못한다."

『초사』「구장·추사」 '난' : "'번뇌와 고민'으로 마음이 심란하니, 실로 급하고

---

279) 「물시계」에는 '火歇'이라는 표현이 없다. "憂無方而難歇(근심은 사방에서 몰려와 멈추기 어렵네)" 구에 '難歇(난헐)'이 있지만, 이에 대한 주는 없다. 내용 면에서 보면 "雖接薪之更傳, 寧絶明之還續(땔나무를 계속 넣어서 다시 불을 전할 수는 있지만, 어찌 끊어져 버린 밝음을 다시 이을 수 있으랴)"에 대한 주를 말하는 것 같다. 앞 연의 출구는 진조명(陳祚明)이 "의미가 또한 모호하다"라고 한 것([평설] 참조)처럼 의미가 분명치 않다. Chen은 "이제 거주자들은 죽었다(Now the dwellers has died)"라고 풀이했고(304쪽), 임숭산은 "살아 있는 사람은 세상의 인연이 이미 다했다[生者世緣既盡]"라고 했다(『휘해』, 20쪽). 번역은 임숭산의 견해를 따르되, '居者(거자)'를 시인 자신으로 보았다. 대구(對句)의 '人事(인사)'는 인간 세상의 일이다. 「공작새 남동쪽으로 날면서[孔雀東南飛]」에 "그대가 나를 떠나간 뒤로, '세상일'은 헤아릴 수 없게 되었소[自君別我後, '人事'不可量]"라고 했다.

280) 「휴가를 청하는 계」 두 편에는 '辭訣'이라는 표현이 없다. 제2편에 '存沒永訣(삶과 죽음으로 영원히 결별한다)'이라는 구절에 '永訣(영결)'이 있지만, 이에 대한 주는 없다.

281) '大暮(대모)'와 '長夜(장야)'는 모두 죽음을 비유한다.

어수선하구나['煩冤瞀容, 實沛徂兮].”

[전중련] 송본 및 『악부시집』에는 '中(중)'이 '下(하)'로 되어 있다.[282]

26 [전중련] 『악부시집』에는 '刊(간)' 자가 '形(형)'으로 되어 있다.[283]

27 [전진륜] 『한서』 「양웅전(揚雄傳)」: “가산이 10금에 불과하여 '한두 섬의 저
장된 곡식[儋石之儲]'도 없었으나 태연자약했다.”[284]

『석명』: “어린 딸을 '嬰(영)'이라고 하고, 어린 아들을 '孩(해)'라고 한다.”

28 [전중련] 송본 및 『악부시집』에는 '擒(금 : 사로잡다)'이 '捨(사 : 버리다)'로 되
어 있다.[285]

29 [전진륜] 원굉(袁宏, 328?~376?) 「삼국 명신 서찬(三國名臣序贊)」: “천성에
서 우러난 생각이 마음속에서 피어나지만 '명교로써 그것을 단속한[名敎束
物]'[286] 자가 어찌 아니겠는가.”

---

282) 『전송시』도 같다. 의미상 '下'가 낫다. '重冥(중명)'은 구천(九泉)이다.
283) 『전송시』 주에 “『악부시집』에는 '刑(형)'으로 되어 있는데, 틀린 것 같다”라고
했다. '形'과 '刑' 모두 옳지 않다. '刊述(간술)'은 서술한 글을 판각하는 것이다.
'安寢(안침)'은 '安枕(안침)'과 같다. 안면(安眠)하는 것인데, 여기서는 죽음을
뜻한다. '沈寞(침막)'은 매우 적막한 것이다.
284) 『한서』 「괴통전(蒯通傳)」의 응소(應劭, 153?~196) 주에 “제나라 사람은 작은
항아리를 '儋(담)'이라고 부르는데, 2곡(斛 : 1곡은 스무 말)이 들어간다”라고
했고, 안사고는 “어떤 이는 '儋'은 한 사람이 '짊어지고 메는 것[負擔]'이라고 한
다”라고 했다. 이런 의미에서 '擔石(담석)'으로도 쓰는데, 양웅의 『법언』 「연박
(淵騫)」에 보인다. 한두 섬의 곡식이라는 뜻으로, 얼마 되지 않는 곡식을 이른다.
'資儲(자저)'는 비축하는 것이다.
285) 주응등본과 『전송시』에도 '捨'로 되어 있다. 오덕풍은 “'放擒'은 통하지 않는다.
여러 판본을 따라 '放捨'가 되어야 한다”(60a쪽)라고 했는데, 옳다.
286) '名敎'는 명분을 분명하게 하는 가르침이라는 뜻으로 유교의 가르침을 말한다.
'束物(속물)'은 오신 주에서 이주한은 '拘束(구속 : 단속함)'으로 풀이했다.

[전중련] 『악부시집』에는 '己(이)'가 '以(이)'로 되어 있다.

30 [전진륜] '明發(명발 : 여명)'은 「육기의 '군자가 생각할 것'을 본떼[代陸平原君子有所思行]」(주석 6)에서 보았다.

『주역』 「계사상전」 : "작은 잘못을 지나간 뒤에 뉘우치는 것과 작은 잘못을 당시에 부끄러워할 줄 모르는 것은, 처음 득과 실이 사소할 때 '근심하는 것과 예방할 줄 모르는 것[憂虞]'을 나타내는 현상"이라고 했다.[287]

[황절] '愈(유)'는 '愉(유 : 기쁘다)'의 뜻으로 읽는다.

『순자』 「정론(正論)」 : "천자는 심정이 '지극히 유쾌하여서[至愈]'[288] 지향하는 바가 굽히어 펴지지 않는 바가 없다."

31 [전진륜] 도연명 「귀거래혜사(歸去來兮辭)」 : "고향 집 정원의 오솔길이 잡초로 뒤덮여간다[三徑就荒]."

『주역』 「미제(未濟)・상구・상사(象辭)」 : "'술을 마셔 머리까지 잠길 정도로 정신을 잃는 것[飮酒濡首]'은 또한 절제할 줄 모르는 것이다."

[전중련] 『악부시집』에는 이 2구가 "撤閑晨逕荒, 輟宴式酒儒"로 되어 있다. 송본도 『악부시집』과 같은데 '儒' 자가 '濡'로 되어 있을 뿐이다.[289]

---

287) 시에서는 '憂虞(우우)'가 '憂慮(우려)'와 같은 뜻으로 쓰였다. 원문은 "悔吝者, 憂虞之象也(뉘우치고 안타까워하는 것은 근심하고 걱정하는 것의 상징이다)"인데, 공영달의 소를 참고하여 번역했다.

288) 지금의 『순자』 여러 판본에는 '至愉'로 되어 있다. '怡愉(이유)'는 즐겁다는 뜻인데, '怡愉'도 같다.

289) 『전송시』에는 "轍閑晨逕荒, 撤宴式酒濡"로 되어 있다. 저본에 '轍間(철간)'으로 된 것은 오식이다. 임숭산은, 장례를 치른 후 어느 정도 시간이 지난 후의 무덤 앞의 쓸쓸하고 황폐한 정경을 묘사한 것이라고 보았다. 그럴 경우, '轍閑(철한)'은 찾아오는 발길이 뜸해짐을 말하고, '撤宴(철연(輟宴))'은 연회가 끝난 것을

32 [전진륜] 『한서』「오행지(五行志)」: "'晦(회)'는 '瞑(명 : 어둠)'이다."[290]

[전중련] 『악부시집』에는 '瞑日(명일)'이 '瞑目(명목)'으로 되어 있다.

33 [전진륜] 『예기』「단궁·상」: "벗의 묘에는 '묵은 풀[宿草]'이 있으면, 즉 1년이 지나면 곡을 하지 않는다."[291]

34 [전진륜] 『모시』「빈풍·칠월(七月)」: "오월이면 '매미가 울기 시작한다'[五月'鳴蜩']."

[전중련] 송본 및 『악부시집』에는 '林二(임이)'가 '㹴響(상향)'으로 되어 있다.[292]

35 [전진륜] 「고시십구수」「구거상동문(驅車上東門)」: "황천 아래에 '깊이 잠들어', 천년이 가도 영원히 깨지 않는다'[潛寐'黃泉下, 千載永不寤]."

[전중련] '逝(서 : 떠나다)' 자는 송본에는 '遊(유 : 노닐다)'로 되어 있다.[293]

말한다. 그러나 문맥상 '생전에 즐기지 못한' 일들의 서술로 보는 것이 더 나아 보인다. '式酒(식주)'는 술을 마시다. '式'은 어사, '酒'는 동사로 활용되었다. 『모시』「소아·녹명(鹿鳴)」제2장의 "나에게 맛있는 술 있어, 귀한 손님 연회로 즐기시네[我有旨酒, 嘉賓式燕以敖]"의 '式燕'과 같은 표현이다. '濡' 자는 전진륜이 인용한 『주역』 미제괘「상사」의 의미는 알맞지 않다. 문맥상 '濡脣(입술을 적시다)'의 뜻으로 보는 것이 옳다. 『사기』「진시황본기(秦始皇本紀)」의 "酒未及濡脣(술은 입술을 적실 겨를도 없었다)"가 그러한 예이다.

290) 『한서』「오행지·하지상(下之上)」의 '九月己卯晦'의 유향(劉向, 77?~6 B.C.) 주이다. '瞑日'은 지하세계에서의 세월이고, '爾時(이시)'는 생전을 말한다. 오덕풍은 '瞑日'은 『악부시집』처럼 '瞑目(눈을 감다, 죽다)'이 낫다고 보았다(60b쪽). 『사부비요』 본에도 '瞑目'으로 되어 있다.

291) 공영달 소에 "'宿草(숙초)'는 묵은 뿌리[陳根]이다. 풀은 1년이 지나면 뿌리가 묵게 된다. 친구는 서로 간에 1년간 곡(哭)을 하고 풀뿌리가 묵으면 곡을 하지 않는다"라고 했다. '冢草曰豐(총초일풍)'은 사후 1년이 되었음을 말한다.

292) 『전송시』에는 "空林響鳴蜩"로 되어 있고 '林' 자 아래의 주에서 "『악부시집』에는 '㹴'으로 적었는데 옳지 않다[樂府作㹴誤]"라고 했다. 정복림은 이를 따라 '林'으로 고쳤다(『교주』, 707쪽). '二鳴蜩'는 자연스럽지 않다. 『전송시』가 옳다. 또 노문초에도 '二'를 '響'으로 교감했다.

36 **[전진륜]** 「고시―초중경의 처를 위해 짓다[古詩爲焦仲卿妻作]」: "[온갖 채색

비단 삼백 필에다,] '교주 광주에서[交廣]' 산해진미를 사 온다."[294]

『옥편』: "평상이 좁고 긴 것을 '榻(탑)'이라고 한다."

『설문해자』: "'茵(인)'은 수레의 안에 까는 자리이다."

사영운(謝靈運) 「위태자 조비(曹丕)의 '업중집'시를 본떠[擬魏太子鄴中集

詩‧위태자(魏太子)]」: "긴 평상 붙여놓고 화려한 깔개를 펴놓았다[連榻設

華茵]."

[황절] '處交(처교)'는 '處友(벗을 사귐)'와 같다.[295]

[전중련] 『악부시집』에는 '茵' 자가 '裀(인 : 요)'으로 되어 있다.

---

293) 송본에는 '窮(궁 : 궁곤하다)'도 '躬(궁 : 자신)'으로 되어 있다. 장부본이 낫다.
오덕풍은 '遊'와 '躬'은 옳지 않다고 했다(60b쪽).

294) 저본의 문장부호대로 '交廣'을 두 지명으로 보고 한 번역이다. 여관영(余冠英)은
『한위육조시선(漢魏六朝詩選)』(주석 94)에서 "어떤 이는 '交廣'을 교주와 광주
를 가리킨다고 하지만, 거리가 여강(廬江)에서 너무 멀어 지나치게 과장되었음
을 면할 수 없다. 게다가『삼국지』「오서」에 의하면, 황무(黃武) 5년(226)에야
교주를 광주에서 분리하여 설치했으니, 한(漢) 말의 사건 서술에는 '交廣'을 병
칭(竝稱)할 수 없다. 이 시구의 경우 '1+4'의 구식으로 읽어야 한다. '交'는 '敎'와
같다. '廣市鮭珍'은 광범위하게 산해진미를 사는 것이다"라고 했다. 이를 따르면,
이 구는 "산해진미를 널리 사도록 한다"가 된다. 포조의 시에서도 '交廣'을 교주
와 광주로 보는 것은 옳지 않다.

295) Chen은 황절의 견해를 따라, "생전에 사귄 친구와 동료들이 무수히 많다(Friends
and associates I had in life were beyond number)"(305쪽)라고 번역했다.
이 경우 앞의 "轍開晨徑荒"구와 의미상 모순된다. 임숭산은, '處交'를 '處友'로 보
면 그다음 구와의 연결이 어색하다고 보고, '交廣'을 '通都廣衢(사통팔달의 대도
회의 넓은 거리)'로 보았는데(21~22쪽), 참고할 만한 견해이다. '交廣'은 '交衢
廣道(사통팔달의 넓은 길)'의 축약어로 볼 수도 있는데, 생전에 실제로 그런 곳에
살았다는 것은 아니고, 무덤 속 공간이 비좁음을 강조하기 위한 수사적인 표현으
로 보는 것이 좋다.

37 [전진륜]『설문해자』: "'楛(고)'는 수갑이다."²⁹⁶⁾

38 [전진륜]『주례』「대사도(大司徒)」주: "'六親(육친)'은 부친과 모친, 형과 아우, 아내와 자식이다."²⁹⁷⁾

39 [전진륜]『진서(晉書)』「강제기(康帝紀)」: "'예를 단계적으로 낮춰가는 법도[降殺(강쇄)]'에 의해 시간이 흐름에 따라 잠을 자고 밥을 먹게 되었으니 실로 무상하다."²⁹⁸⁾

'過隙(과극 : 시간이 매우 빨리 지나감)'은 「죽은 이를 애도하며[傷逝賦]」(주석 23)에서 보았다.

[황절] '삼 년이 틈새를 지나간다[三齡過隙]'라는 것은 삼년상이 끝남을 말한다.

[전중련] '過' 자는 송본에는 '迴(회 : 돌아가다)'로 되어 있다.²⁹⁹⁾

40 [전진륜]『모시』「대아·행위(行葦)」제1장: "(잔치를 열어) '자리'를 깔아놓고, '안석'을 받쳐드린다[或肆之'筵', 或授之'几']."

『설문해자』: "'宇(우)'는 집의 처마이다."³⁰⁰⁾

---

296) 시에서 '楛'는 거칠다, 조악하다는 뜻이다. '容身(용신)'은 장소가 좁아 겨우 몸을 집어넣을 수 있는 것을 말한다. '容膝(용슬)'과 같다.

297) 『주례』「지관사도·대사도」에는 '六親'이라는 말이 없고 이러한 주도 없다. 이것은 『사기』「관안열전(管晏列傳)」의 당 장수절(張守節)의 '정의'에 인용된 왕필(王弼, 226~249)의 말이다. 『한서』「가의전(賈誼傳)」의 "以奉六親(그로써 육친을 모셨다)"의 안사고 주에 인용된 응소의 말도 같다.

298) 『좌전』「양공(襄公)·26년」에 "위로부터 아래로 둘씩 체감하는 것이 예이다[自上以下, 降殺以兩, 禮也]"라고 했다. 앞 연의 '掩(엄)'은 무덤 속에 묻혀 있는 것을 말한다. '諧因(해인)'의 본뜻은 '잘 어울리는 인연'인데, 시에서는 '알맞은 방도'를 가리킨다.

299) 「죽은 이를 애도하며[傷逝賦]」주석 23에 인용한 『예기』「삼년문」의 '馴馬過隙'처럼 '過'가 옳다.

300) '几筵(궤연)'은 죽은 사람의 영궤(靈几)와 혼백 및 신주를 모셔 두는 곳으로, 영

41 [전진륜]『모시』「패풍·천수(泉水)」제2장 : "여자가 '시집을 가면'[女子'有行']"

육기「오등론(五等論)」: "대체로 적극적으로 나아가 성과를 거두기를 바라

는 것은 '벼슬하는 이[仕子]'의 일상적인 생각이다."[301]

42 [전진륜]『초사』「초혼(招魂)」: "혼이여 '돌아오소서'[魂兮'歸來']."[302]

조식「친척과 왕래할 수 있게 해주기를 간구하는 표[求通親親表]][303] : "'사

계절 절일의 연회[四節之會]' 때마다 외롭게 혼자 지냈습니다."

『설문해자』: "'塋(영)'은 묘이다."

43 [전진륜] '煩冤(번원)'은 앞(주석 25)에서 보았다.

『설문해자』: "'壟(롱)'은 무덤의 봉분이다."[304]

실(靈室)·영좌(靈座)라고도 한다. '改疇昔(개주석)'은 장례 이전의 평상시 모습
으로 바뀐다는 뜻이다.

301) 시에서 '行女(행녀)'는 시집간 딸이고, '仕子(사자)'는 벼슬살이를 하는 아들을
말한다. '王役'은 조정에서 부과한 요역(徭役)으로 관리의 업무를 가리킨다. 정
복림은 '行女'를 조식의 「차녀의 죽음을 애도하며[行女哀辭]」와 양장거의 『칭위
록(稱謂錄)』을 인용하여, '차녀(次女)'라고 했는데(『교주』, 716쪽), 포조의 시
에서는 알맞지 않다. 다음 연의 '家世(가세)'는 본래 대대로 전해오는 문벌이나
가족의 세계(世系) 즉 '가계(家系)'를 말한다. 이 시에서는 문맥상 어색하여 '살
아있는 사람들의 가정'으로 풀이했다. Chen은 "가족과 세상(the family and the
world)"이라고 풀이하고(306쪽), 임숭산은 "집안의 모든 것[家中一切]"으로 풀
이했다(20쪽).
302) 이 구를 Chen은 "아버님, 오시는 것 기억하시겠지요(Oh, father! Will you
remember to come)"(306쪽)라고 풀이했는데, 「초혼」의 의미를 살린 번역이
라 이를 따랐다. 임숭산은 "(아버님) 제가 온 것 혹시 아시는지요[倘知我來乎]"
라고 풀이했다(20쪽).
303) 『문선』에 실린 제목이다. 『삼국지』「위서·진사왕식전(陳思王植傳)」에는 '上疏
求存問親戚(상소하여 친척을 위문할 수 있게 해줬다)'이라고 했고, 『전
삼국문(全三國文)』권16에는 이를 근거로 제목을 「구존문친척소(求存問親戚
疏)」라고 했다.

【평설】

　[황절] 진조명 : 시가 상당히 감정을 남김없이 드러내었으며, 시구 역시 예스럽고 힘차다. 안타까운 것은 생소한 가락과 약한 가락이 많은 점이다. [예를 들어 "남교에선 명적命籍에 적힌 수명이 짧은 것을 좋아하고"와 "온갖 병이 끝나는 시기에 일어난다"라고 한 것은 모두 억지스럽고, "지사는 소 잡는 칼을 아낀다"라고 한 것은 의미가 모호하다. "관 뚜껑이 닫히면 세업世業은 묻히겠지"에서 '世業'은 부합하지 않고, "산 자는 이제는 이미 다하여" 역시 의미가 모호하다. "잔치를 끝내고 술에 젖었다撤宴式酒濡"에서 '濡유' 자는 운자韻字가 억지스럽고, "가계家系는 일상으로 돌아갈 테니"는 의미가 원활히 부합하지 않는다. 이처럼 쓸데없이 번다한 것을 쌓아,]305) 편폭이 심하게 길어진 흠이 있는데, 두보가 염려한 것이 늘 이러한 것을 닮을까 하는 점이었다.『채숙당고시선』권18

---

304) 단옥재(段玉裁, 1735~1815) 주에 『주례』「츈관·총인(冢人)」 주를 인용하여, "'冢(총)'은 흙을 높이 쌓아 '丘壟(구롱)'을 만든다"라고 했다. '壟'과 '隴(롱)'은 통한다. '肝心(간심)'은 사람의 내심을 비유한다. '崩抽(붕추)'는 '무너지고 뽑히다', '망가지다'라는 뜻이다. 이상 4구의 주어를 임숭산은 시인으로 보았고 (20~21쪽), Chen은 '孝子'로 보았다(306쪽). 번역은 후자를 따랐다.

305) 번역에서 보충한 부분의 원문은 "詩頗 (…중략…) 如'南廓悅籍短''百病起盡期', 俱强; '志士惜牛刀', 意晦; '闔棺世業埋', '世業'字不切; '居者今已盡', 意亦晦; '撤宴式酒濡', '濡'字韻强; '家世本平常', 旨不圓合. 積此多累"이다. 여기에 인용된 시구의 번역은 본문에서의 번역과 달리, 진조명의 지적에 부합하도록 직역을 위주로 했다.

代苦熱行

赤阪橫西阻, 火山赫南威.[1] 身熱頭且痛, 鳥墮魂來歸.[2]

湯泉發雲潭, 焦煙起石圻.[3] 日月有恒昏, 雨露未嘗晞.[4]

丹蛇踰百尺, 玄蜂盈十圍.[5] 含沙射流影, 吹蠱病行暉.[6]

鄣氣晝熏體, 菵露夜霑衣.[7] 飢猿莫下食, 晨禽不敢飛.[8]

毒涇尚多死, 渡瀘寧具腓.[9] 生軀蹈死地, 昌志登禍機.[10]

戈船榮既薄, 伏波賞亦微.[11] 爵輕君尚惜, 士重安可希.[12]

「지독한 무더위의 노래」를 본떠

붉은 비탈이 서쪽에 험히 뻗었고

불 뿜는 산 남쪽에서 맹위 떨친다.

몸에는 신열 나고 두통도 심하며

새들도 추락하여 혼만이 돌아온다.

끓는 샘물 구름 못에 솟아 나오고

타는 연기 돌 절벽서 피어오른다.

해와 달도 언제나 흐릴 뿐이고

비와 이슬 일찍이 마른 적 없다.

붉은 뱀은 길이가 백 자를 넘고

검은 벌은 굵기가 열 뼘은 실하다.

물여우는 물에 비친 사람을 쏘고

고 벌레는 행인을 병들게 한다.

습한 장독 한낮에 몸에 스미고

독초 이슬 밤중에 옷을 적신다.

주린 납이 내려와 먹은 적 없고

아침 새도 그 위를 감히 못 난다.

경수에 독을 풀 때 이미 많이 죽었지만

노수를 건널 적에 어찌 모두 병들었나?

산 몸으로 죽음의 땅 밟고 나아가

장한 의지로 잠복한 환난 타고 오른다.

과선장군 영예는 이미 엷었고

복파장군 포상도 미미했었다.

벼슬이야 경한 건데 임금이 아끼면

병사에게 중한 목숨 어찌 바라랴?

【해제】

[전진륜] 이선 주를 수록한다.

[이선] 조식 「지독한 더위의 노래苦熱行」: "나그넷길 월남에 이르러서는, 교지 고을 두루두루 지나왔도다. '지독한 더위'만 내리쬐는데, 남방의 오랑캐는 물속에 숨어 있다行遊到日南, 經歷交趾鄉. '苦熱'但曝霜, 越夷水中藏."306)

[황절] 곽무천 『악부시집』 「잡곡가사·고열행」: "[포조의 시는] 장기로

---

306) 조식의 「지독한 더위의 노래」는 『문선』 주에 인용된 이 4구뿐이다.

인한 풍토병이 많은 남방에서, 충절을 다하여 정벌에 참여했으나, 포
상이 너무 엷음을 읊었다.”

　　주건朱乾 『악부정의樂府正義』 권12 : “송 문제 원가 23년446에 교주交州
자사 단화지檀和之를 파견하여 임읍林邑을 토벌했다. 종각宗慤이 종군을
자청하자 단화지는 종각을 선봉으로 보내어 마침내 임읍을 이겼다. 임
읍왕 양매陽邁 부자는 몸을 빼내어 달아났고, 노획한 이름 모를 보물이
셀 수 없을 만큼 많았다. 종각은 하나도 손에 넣지 않았다. 집에 돌아
온 날에는 의복과 차림새가 초라했다. 이 시는 공은 높으나 상이 엷음
을 풍자했다. 과선戈船 장군과 복파伏波 장군은 아마도 단화지와 종각을
가리키는 것 같다.”[307]

　　[전중련] 호극가 『문선고이』 : “이선 주의 ‘苦熱但曝霜’에서, 내가 보기
에, ‘霜상’ 자는 ‘露로’ 자가 되어야 한다. 각 판본이 모두 틀렸다.”[308]

【주석】

　　1　**[이선]** 『한서』 「서역전·상」 : “두흠(杜欽)이 말했다. ‘(…중략…) 또 대두통

---

307) 전중련은 이를 근거로 「포조 연표」에서 이 시의 창작 시기를 원가 23년에 넣었
　　　다. 정복림도 이와 함께, 『송서』의 「문제기」·「종각전」·「이만전(夷蠻傳)·임읍
　　　(林邑)」 등에 단화지와 종각이 임읍을 정벌한 기록이 있고, 『송서』의 각 「기(紀)」
　　　와 「전(傳)」에 송 문제가 공을 세운 장수들을 실제로 시기하고 의심하여, 개국
　　　명장 단도제(檀道濟)를 죽이고, 지용을 겸비한 명장 배방명(裴方明)도 죽인 기록
　　　이 있음을 근거로, 전중련의 견해에 동의했다(『교주』, 152~153쪽).
308) 녹흠립의 『선진한위진남북조시』에는 ‘苦熱但曝露’로 적고, “『문선』 주에서 ‘霜’
　　　으로 잘못 적었다”라고 주를 달았다.

산(大頭痛山)과 소두통산(小頭痛山), "적토와 신열의 비탈[赤土 · 身熱之阪]"을 지나가게 되는데, 사람들은 신열이 나고 얼굴빛을 잃으며 두통을 앓고 구토를 하게 됩니다.'"

동방삭(東方朔)『신이경(神異經)』: "'남방의 아주 먼 황야[南荒]' 밖에 '불을 뿜는 산[火山]'이 있는데 길이가 40리 폭이 4·5리 되며, 그 안에는 온통 나무가 자라는데 주야로 불타고 있어서 폭풍우가 닥쳐도 꺼지지 않는다.'"[309]

2　[이선]『동관한기(東觀漢記)』: "마원(馬援)이 관속에게 말했다. '(…중략…) 내가 낭박(浪泊 : 일명 서호(西湖). 지금의 베트남 하노이의 북서쪽에 있음)에 있을 적에 (…중략…) 까마귀와 솔개가 하늘에서 물속으로 뚝뚝 추락하는 걸 쳐다보았다[仰視"烏鳶, 跕跕墮水中"].'"

『초사』「초혼(招魂)」: "'혼이여 돌아오라', 남방은 머물 수 없으니. 이마에 문신하고 이를 검게 물들인 원주민들이, 사람 고기를 얻어 제사를 지내고, 그 뼈로써 육장을 담근다오['魂兮歸來', 南方不可以止. 雕題黑齒, 得人以祀, 其骨爲醢]."

3　[이선] 왕흠지(王歆之)『시흥기(始興記)』: "'운수'는 원천이 '끓듯이' 용솟음쳐 흐르는데['雲水', 源泉湧溜如'沸湯'], 가늘고 붉은 물고기가 나와 헤엄치지만, 그것을 잡은 사람이 아무도 없다."

'焦煙(초연)'은 아마도 열기를 말하는 것 같다.[310]

---

309)『삼국지』「위서·삼소제기(三少帝紀)·제왕방(齊王芳)」의 배송지 주에도 인용이 되어 있는데, 저본의 "長四十里, 廣四五里, 其中皆生木"은 長三十里, 廣五十里, 其中皆生不爐之木(길이가 30리 폭이 50리 되며, 그 안에는 온통 불에 완전히 타서 재로 되지 않는 나무가 자라는데)"로 되어 있다.

『남월지(南越志)』: "흥녕현(興寧縣)에 열수산(熱水山)이 있고 그 아래에 '불붙은 돌[焦石]'이 있는데 '증기를 피워 올리는 열기'가 서너 장이나 뻗친다[鼓蒸之, '熱'恆數丈]."

『초사』 유향 「구탄·이세(離世)」: "[강 구비 구불구불한 것을 따르고자 하나,] '바위 기슭'을 스치며 가로질러 흐른다[觸'石碕'而衡遊]."

『비창(埤蒼)』: "'碕(기)'는 굽이진 물가[曲岸]이다."

'碕'는 '圻(기: 굽이진 물가)'와 같다.

[전중련] 『악부시집』에는 '圻'가 '磯(기: 물가)'로 되어 있다. 송본 주에는 "'磯'로 된 판본도 있다"라고 했다. 311)

4 **[전진륜]** '嘗(상: 일찍이)'은 이선본 『문선』에는 '常(상: 항상)'으로 되어 있다. 312)

[이선] 좌사 「위도부(魏都賦)」: "깊은 동굴에선 구름이 자욱이 피어 나와, '해와 달은 언제나 가려져 있다'[窮岫泄雲, '日月恒翳']."

조식 「감시부(感時賦)」: "아 '장맛비'는 언제나 내려, 삼십 일이 꽉 차도록 '마르지 않는구나'[惟'淫雨'之永降, 曠三旬而'未晞']."

『모시』 「진풍(秦風)·겸가(蒹葭)」 제2장: "흰 이슬은 '마르지 않네'[白露'未

---

310) 「불나방[飛蛾賦]」의 '燋煙'의 '燋'에 대해, 전진륜은 『설문해자』를 인용하여 '홰'의 뜻으로 풀이했다(주석 4). '燋'는 '焦'와 통용하여 '불타다, 그을리다' 등의 뜻도 지닌다. 이 시 앞 구가 화산 온천의 열기를 말한 것이어서, 이 구에서는 화산에서 피어오르는 뜨거운 연기로 풀이했다.

311) 주응등본·『전송시』·『군서습보(群書拾補)』에도 같은 주가 있다. '雲潭(운담: 구름이 피는 못)'은 온천 못을 말한다.

312) 지금 통행하는 호극가(胡克家)본 이선 주 『문선』에는 '嘗'으로 되어 있다. 육신본과 육가본에는 '常'으로 되어 있다.

晞]." 모장(毛萇) 전 : "'晞(희)'는 마르는 것[乾]이다."

『동관한기』: "마원(馬援)이 관속에게 말했다. '(…중략…) 내가 낭박(浪泊)에 있을 적에 (…중략…) "아래에는 빗물이 넘쳐흐르고 위에는 안개가 자욱했다[下潦上霧]'.'"

5 **[이선]** 『외국도(外國圖)』: "양산(楊山)에는 '붉은 뱀[丹蛇]'이 사는데, 구의산(九疑山)에서 오백 리 떨어져 있다."

『초사』「초혼」: "붉은 개미는 코끼리만큼 크고, '검은 벌은 단지만큼 크다[赤蟻若象, '玄蜂若壺']."

'百丈(백장)'과 '十圍(십위)'는 길고 큼을 말한다.

6 **[전진륜]** '病(병)'은 이선본『문선』에는 '痛(통)'으로 되어 있다.

[이선] 간보(干寶)『수신기(搜神記)』: "강물에 사는 것이 있어서 그 이름을 '물여우[蜮]'라고 하며 일명 '단호(短狐)'라고도 하는데, '모래를 머금어 사람을 쏠[含沙射人] 수 있다. 맞은 자는 '두통에 열이 나고 심한 자는 죽음에 이른다[頭痛發熱, 劇者至死]."

『모시의소(毛詩義疏)』: "'蜮(역)'은 '短狐'로 일명 '사영(射影)'이라고도 한다."[313]

'吹蠱(취고)'는 '고를 날리는 것[飛蠱]'이다.

고야왕(顧野王)『여지지(輿地志)』: "강남 몇몇 군에는 '고(蠱 : 전설 속의 독충)'를 기르는 사람이 있는데, 주인은 '그것을 다니게 해서 사람을 죽인다. 음식

---

313)『모시』「소아·하인사(何人斯)」제8장에 "爲鬼爲'蜮'(귀신이 되거나 '역'이 된다면)"의 모전에서도 "'蜮'은 단호이다'라고 했다.

속에 다니게 하면[行之以殺人, 行食飮中]' 먹는 사람은 알지 못한다. 그 집 사람이 다 죽으면 '날면서 마구 다니는데', 쏘이면 죽는다[飛遊妄走', 中之則斃].'" '行暉(행휘)'는 지나가는 사람의 빛[行旅之光輝]이다.

[황절] 양신(楊愼)『단연록(丹鉛錄)』: "남방 땅에서 '고'를 기르는 집에서는 '고가 밤이면 날아 나와[蠱昏夜飛出]' 물을 마시는 빛이 마치 꼬리별 같은데, 그것이 이른바 '行暉'이다. 이선 주는 옳지 않다."[314]

7 **[이선]** 『삼국지』「오서·육개전(陸凱傳)」: "중서승 화핵(華覈)이 [육개의 아우 육윤(陸胤)을 추천하는] 표를 올려 말했다. '(…중략…) 창오(蒼梧 : 지금의 광서성 중동부 오주시(梧州市)와 광동성 서부 봉개현(封開縣) 일대)와 남해(南海 : 지금의 광동성 광주시(廣州市) 일대) 지방은 해마다 폭풍(暴風)과 "장기(鄣氣)"의 피해가 있었습니다[歲有厲風'瘴氣'[之害]].'"[315]

『송 영초 산수기(宋永初山水記)』[316] : "영주(寧州 : 지금의 운남성 화녕현(華寧縣) 영주진 일대)에는 '장기(鄣氣)와 망로(莽露)'가 사계절 끊이지 않는다[鄣氣莽露', 四時不絶]."

---

314) 임숭산은 황절의 견해를 따라, "날아다니는 고가 항상 물을 마시면서 꼬리처럼 긴 빛을 끈다[飛蠱常飲水曳彗]"라고 풀이했고(22쪽), Chen은 이선의 견해를 따라 "지나가는 그림자는 독을 퍼뜨리는 해충에 의해 병에 걸린다(One's travelling shadow is diseased by virus~spreading vermin)"라고 번역했다(306쪽). 임숭산의 견해를 따르면, '病(병)' 자의 풀이가 없다. 전체적인 문맥에서 보면 남방 열대 지역의 매우 열악한 환경을 설명하고 있는 부분이기 때문에, 이선 주를 따르는 것이 나을 것 같다.

315) '厲(려)' 자는 본래 '舊(구)' 자로 되어 있는데, 표점교감본에서는 '暴(폭)' 자로 교감했다. 표점교감본에는 '鄣氣' 뒤에 '之害(지해)'가 있다. 번역은 이를 따랐다.

316) 송 무제 영초(永初, 420~422) 연간에 나온 '산수기'로 보이는데, 서명은 정복림·총영령의 『교주』를 따랐다.

'蒿(망)'은 풀이름으로 독이 있는데, 그 위에 맺힌 이슬[露]에 스치면 살이 짓무른다. '蒿'은 음이 '罔(망)'이다.

[황절]『이아』「석초」: "'蕾(미)'는 춘초(春草)이다." 곽박 주 : "일명 망초(芒草)라고 한다."

『본초(本草)』: "'莽草(망초)'는 일명 '蕾(미)'라고 한다." 도홍경(陶弘景) 주 : "지금은 속칭으로 '蒿草(망초)'라고 부른다."

『주례』「추관사구(秋官司寇)·전씨(翦氏)」: "전씨는 좀[蠹物]을 없애는 일을 관장하는데, 공영(攻禜 : 북을 치면서 좀신[蠹神]을 물리치는 제사)으로 물리치고, 망초(莽草)로 훈연한다."

『산해경』「중산경·중차이경(中次二經)」: "간산(葌山)이라고 한다. [(…중략…) 나무가 있어 (…중략…)] '망초(芒草)'라고 하는데, 물고기를 독살(毒殺)할 수 있다."

『태평어람』권993 : "『회남만필술(淮南萬畢術)』에 "'莽草(망초)"는 물고기를 떠오르게 한다[浮魚]'라고 했다." 이것이다[是也].³¹⁷⁾

'芒'과 '蒿'은 발음이 가깝고, '芒'·'莽'·'蕾'는 또 모두 한 발음이 변화한 것으로 모두 같은 사물이다.³¹⁸⁾

---

317) '朮(출)'은 '術(술)'의 오자이다. 『회남만필술』은 한 회남왕 유안(劉安)이 지은 물리·화학과 관련한 저술이다. 왕선겸(王先謙)이 집일(輯佚)한 책에는, 위의 인용문은 '浮魚(부어)'까지이다. 원주(原注)에, "망초 잎을 따서, 해묵은 좁쌀과 함께 찧어 물에 풀면, 물고기가 다 죽는다"라고 했다. '是也'는 황절의 말이거나, 연문(衍文)으로 보인다.

318) 자전에 의하면, 이상의 식물은 모두 다른 종류이다. '春草'는 백미꽃[白薇]이고, '芒草'는 억새이며, '莽草'는 붓순나무이고, '蒿草'는 개피이다. 시에서는 독을 지닌

[전중련] '鄣(장)'은 송본 및 『악부시집』에는 '瘴(장)'으로 되어 있다.

'葍'은 송본에는 '草'로 되어 있다.

양장거 『문선방증』: "오신본에는 '鄣'을 '瘴'으로 적었는데, 여향(呂向)의 주가 방증이 된다. 『회남자』「지형훈(地形訓)」에 의하면, "'鄣氣'가 많으면 언어장애인이 되게 하고, [바람 기운이 많으면 청각장애인이 되게 한다]'고 했으며, 『후한서』「양종전(楊終傳)」에 '鄣毒(장독)'이라고 했다. 고서에서는 모두 '瘴' 자로 적지 않았다."[319]

8 **[전진륜]** '莫(막)'은 이선본에는 '不(불)'로 되어 있다.[320]

[이선] 『남월지(南越志)』: "요석현(膋石縣)에 동간(銅澗)이 있어서 샘물이 용솟음치는데 독수(毒水)라고 한다. '나는 새와 달리는 짐승[飛禽走獸]'이 그것을 건너면 죽는다." '膋'는 음이 '勞(로·료)'이다.

『열녀전』「현명(賢明)·도답자처(陶答子妻)」: "도답자의 아내가 말했다. '(…중략…) 남산에 검은 표범[玄豹]이 있는데, 안개가 끼고 비가 오면 이레 동안이나 "먹이를 찾으러 내려오지[下食]" 않습니다.'"

조식 「칠애시(七哀詩)」: "남방에는 '장기'가 많아, '새벽의 새들이 날 수가 없네'[南方有'鄣氣', '晨鳥不得飛']."

열대 초본식물을 가리킨다. Chen은 '독초(toxic grass)'라고 번역했다(306쪽).

319) 오덕풍은 『집운(集韻)』에서 "'障'은 [본래 '墇'으로 적는데] 혹은 '庫'으로 적기도 하며, 통상 '鄣'으로 적는다"라고 한 것을 근거로, '障'의 혹체(或體)가 '庫'인데 후인들이 알지 못하고 '瘴'으로 잘못 적은 것이라고 했다(61b쪽). 지금은 '축축하고 더운 땅에서 일어나는 독한 기운'인 '장기'를 말할 때는 일반적으로 '瘴'으로도 적는다. 우리나라에서도 '瘴'으로 적는다.

320) 현재 통행하는 『문선』은 이선본·육신본·육가본 모두 '莫'으로 되어 있다.

9 **[이선]** 진(秦)나라 사람들이 경수(涇水)에 독을 풀었을 때도 그래도 많이 죽었
는데, 하물며 지금은 지독한 질병[毒厲]에 걸렸으니 오죽하겠는가! 제갈량(諸
葛亮)이 노수(瀘水)를 건널 때에도 어찌 모두 병들기야 했겠는가 하는 뜻이다.
『좌전』「양공(襄公)·14년」: "제후의 대부들이 진(晉)의 제후를 좇아서 진
(秦)을 칠 때 (…중략…) 경수(涇水)를 건너서 주둔을 했는데, 진(秦)나라 사람
들이 '경수의 상류에 독을 풀어'[毒涇上流] '병사들이 '많이 죽었다[師人多死]'."
제갈량 「출사표(出師表)」: "오월에 '노수를 건너' 불모지까지 깊이 들어갔습
니다[五月'渡瀘', 深入不毛]."

『모시』「소아·사월(四月)」 제2장: "가을날 바람 쌀쌀하게 부니, 온갖 풀들
이 '다 병들었네'[秋日淒淒, 百卉'具腓']." 모장 전: "'腓(비)'는 병드는 것[病]
이다." '瀘'는 음이 '盧(로)'이고 '腓'는 음이 '肥(비)'이다.

[전중련] 양장거 『문선방증』: "육신본 교감에 "'腓'를 이선본에는 "肥"로 적었
다'라고 했는데, 틀렸다."[321]

손지조(孫志祖) 『문선이주보정(文選李注補正)』: "원사본(圓沙本)[322]에는
"'腓'는 장딴지이니, "不具腓"는 장딴지가 온전하지 못한 것이다. 주는 틀렸다.
만약 "병드는 것[病]"이라고 하려면, 반드시 『좌씨전』[323]의 "病痱"의 "痱(비)"

---

321) 통행하는 육신본에 '肥'로 적고, "오신본에는 '腓'로 되어 있다"라고 주를 달았으
며, 육가본에는 '腓'로 적고 "이선본에는 '肥'로 되어 있다"라고 주를 달았다. 그
러나 지금 통행하는 호극가가 교감한 송각본에는 '腓'로 되어 있다. 바로 앞에
있는 이선 주에 『모시』「소아·사월(四月)」의 인용문에 '腓'가 있고 그 음을 '肥'
라고 한 것을 보면, 이선본도 본래 '腓'였음을 알 수 있다. 이선 주를 잘못 본 설명
인 것 같다. 오덕풍, 62a쪽 참조.
322) '圓沙'는 명 말 청 초의 장서가 전육찬(錢陸燦)의 호이다.

자가 된 뒤에라야 성립된다.'

10 **[이선]** 『열녀전』「모의(母儀)·초자발모(楚子發母)」: "초나라 장수 자발(子發)의 어머니가 자발이 진(秦)을 물리치고 돌아오자 못 들어오게 하고 사람을 시켜 꾸짖에 말했다. '(…중략…) 다른 사람을 "사지(死地)"에 들게 하고 자신은 윗자리에서 편안하고 즐겁게 지내면, 비록 이길 수 있다고 하더라도 올바른 방도가 아니다.'"

조대가(曹大家 : 반소(班昭)) : "군사(軍事)는 위험하므로 '사지(死地)'라고 했다."

『장자』「제물론」: "재앙이 '기괄(機栝 : 쇠뇌의 화살 발사 장치)'에서 화살이 발사되듯이 빠르게 닥치는 것은, 그것이 시비를 주재하기 때문이다."[324] 사마표(司馬彪) 주 : "삶이란 옳고 그름과 잘잘못[是非臧否]과 맞닿아 있어서, '재화와 실패[禍敗]'가 도래하는 것이 마치 '쇠뇌의 노아와 전괄[機栝]'에서 화살이 발사되는 것처럼 빠르다는 뜻이다."

반고 『한서』「서전(敍傳)」: "재화는 쇠뇌에서 화살이 발사되듯이 빠르게 닥친

---

323) 금본 『좌전』에는 '病痱'라는 표현은 없다. 『사기』의 「위기문안후열전(魏其武安侯列傳)」과 『한서』의 「가의전(賈誼傳)」, 『동관한기』의 「풍방전(馮魴傳)」 등에 이 말이 보인다. '病痱'는 중풍에 걸리는 것이다.

324) 사마표의 『장자주』는 지금은 전해지지 않고 여러 전적에 흩어져 인용되어 있다. 『문선』이선 주에 인용된 이 구절의 번역은 사마표의 주를 따랐다. 이 부분에 대한 풀이는 학자들의 견해가 많이 갈린다. 대만의 진고응(陳鼓應)과 황금굉(黃金宏)은 "말을 쇠뇌에서 화살이 발사되듯이 빠르게 하는 것은, 다른 사람의 시비를 기다려 공격하려는 것"이라고 풀이했고, 대륙의 조초기(曹礎基)는 "화살을 발사하듯이 빠르게 말을 하여 '선발제인(先發制人)'하는 것을 일러 '시비를 잘 통찰한다'라고 한다"라고 풀이했다.

다[禍如發機]."

[황절] '昌志(창지)'는 '壯志(장대한 포부)'와 같다.

[전중련] 『악부시집』 주 : "'登(등)'은 '高(고)'로 된 판본도 있다."

11 **[이선]** 『한서』 「무제기」 : "[원정(元鼎) 5년(112 B.C.)에 귀의후(歸義侯) 엄(嚴)을 '과선장군(戈船將軍)'으로 삼아 영릉(零陵 : 치소는 지금의 광서성 전주(全州) 남서쪽)으로 나가고 이수(離水 : 지금의 광서성 계림(桂林)의 이강(灕江))로 내려가게 했다."[325]

[황절] 『사기』 「동월전(東越傳)」 : "귀화해 후에 봉해진 남월 출신[越侯]이 '과선장군'과 하뢰장군(下瀨將軍)이 되어, 약야산(若邪山)과 백사산(白沙山)으로 나갔다."[326]

두 전역(戰役)에서 모두 '과선장군'은 공이 없었고, 나중에 포상이 미치지 못했으므로 "영예가 이미 엷었다[榮旣薄]"라고 한 것이다.

---

325) '歸義侯(귀의후)'는 표점교감본에는 '歸義越侯'로 되어 있다. 월인(越人)으로 귀의한 후 후에 봉해졌음을 나타내는 명칭이다. 남월 사람 '戈船'에 대해, 장안(張晏)은 배 밑에 창을 설치해 교룡(蛟龍)의 공격에 대비한 데서 유래한 이름이라고 했고, 신찬(臣瓚)은 간과(干戈)를 배에 실었기 때문에 이렇게 부른다고 했는데, 안사고는 장안의 견해를 좇았다. 『사기』 「남월전(南越傳)」에는 "전에 귀의(歸義)한 월후(越侯) 두 사람을 과선장군과 하려장군(下厲將軍)으로 삼아, 영릉(零陵)으로 나가거나 혹은 이수(離水)로 내려가게 했다"라고 했다.

326) 「동월전」의 앞부분에 "장군의 호칭을 붙여 추력(騶力) 등을 탄한장군(呑漢將軍)으로 삼아 '백사(白沙)'와 무림(武林)으로 들어가게 했다"라는 기록이 있다. '白沙'에 대해 『사기집해』에서 서광(徐廣)의 말을 인용하여, 예장(豫章 : 지금의 강서성 북부 지역) 경내에 있다고 했고, 『사기색은』에서는 이에 대해, "지금의 예장 북쪽 이백 리 떨어져 파양(鄱陽)과 경계를 접한 곳인데 지명이 '백사'이다"라고 했다. '若邪'에 대해서 『사기정의』에서는 "월주(越州 : 지금의 절강성 소흥시(紹興市))에 '약야산(若耶山)'과 '약야계(若耶溪)'가 있다"라고 했다.

『후한서』「마원전(馬援傳)」: "마원은 맹기(孟冀)에게, 옛날 '복파장군(伏波
將軍)' 노박덕(路博德)이 일곱 군(郡)을 개설했으나 겨우 수백 호(戶)를 분봉
(分封) 받았다."

그래서 "포상도 미미했다[賞亦微]"라고 한 것이다.

[전중련] 황절 보주의 "복파장군에 대한 포상도 미미했다"라는 말은 본래 김신
(金姺, 1702~1782)이 한 말이다. 손지조의『문선이주보정(文選李注補正)』[327]
과 장운오(張雲璈, 1747~1829)의『선학교언(選學膠言)』에 보인다.

12 **[전진륜]** '爵(작 : 작위)'은 이선본에는 '財(재 : 재물)'로 되어 있다.

[이선]『한시외전』권7「진요책주(陳饒責主)」: "송연(宋燕)이 제(齊)의 재상
으로 있다가, 축출당해 집으로 돌아와서 문위(門尉) 진요(陳饒)[328] 등 [26인]
을 불러 물었다. '대부 중 누가 나와 함께 제후를 치러 가겠는가?' 진요 등은 모
두 엎드려 대답하지 않았다. 송연이 말했다. '(…중략…) 어째서 사대부는 얻기
는 쉬웠으나 쓰기는 어려운가?' 진요가 대답했다. '(…중략…) [주군께서는] 흰
비단에 수놓은 옷이 당상에 아름답게 바람에 날리며 썩어가지만 사(士)는 옷의
가장자리에 장식조차 붙일 수 없습니다. (…중략…) 또한 "재물은 주군께서 가
벼이 여기는 것이고 죽음은 사가 중시하는 것입니다. 주군께서 가벼이 여기는
것도 시행하지 못하시면서, 병사더러 중요하게 여기는 것을 바치기를 바라신
단 말입니까[財者君所輕, 死者士所重. 君不能用所輕, 欲使士致重乎]'!'"

---

327) 저본의 두 번째 '注(주)' 자는 '正(정)'의 오자여서 바로잡았다.
328) 저본의 '田饒(전요)'는 '陳饒(진요)'로 되어 있어서 고쳤다. 같은 내용이『설원
(說苑)』「존현(尊賢)」에도 실려 있는데, 거기에는 '田饒'로 되어 있다. 뇌염원(賴
炎元)은 두 글자는 통용한다고 주를 달았다.

[황절] 『문선』 육신 주 여향 : "소신(小臣 : 군주의 근신) 계예(計倪)가 월왕 구천(勾踐)에게 말했다. '작록은 임금의 가벼운 것이고 목숨은 신하의 무거운 것입니다[爵祿, 君之輕也; 性命, 臣之重也].' 이것이 '임금이 가벼이 여기는 것도 아까워하며 주지 않는데 병사가 귀중히 여기는 것을 어찌 바랄 수 있겠는가?'라는 뜻이다. '希(희)'는 '望(망)'의 뜻이다."

【평설】

　[황절] 방회 : 더위는 땅으로서 지극히 나쁜 것이고, 죽음은 일에서는 지극히 어려운 것이다. 지극히 나쁜 땅을 밟으며 지극히 어려운 일을 떠맡고 있는데도, 윗사람이 알아주지 않는다면, 천하의 병사는 떠나갈 뿐이다. 이 시는 연달아 16구로써 지독한 더위를 말했다. '경수에 독을 푼 것[毒涇]'과 '노수를 건너는[渡瀘]' 데에 이르러서야 비로소 의론으로 들어갔다. 풍부하도다! 그 표현력이여! 『문선안포사시평』 권3

　방동수 : 「'동무의 노래'를 본떠」는 개선한 병졸을 읊었고, 이 작품은 개선한 장수를 읊었다. 『모시』 『소아 · 출거出車』[329]를 본떴으니, 역시 은혜가 엷음을 풍자했다. 무더운 남방의 지세가 험준하여 힘들고 고생스러움을 묘사한 부분은 문장 표현이 기초奇峭 : 유달리 웅건함하다. '산 몸으로生軀' 이하가 주제이다. 『소매첨언』 권6

---

329) 「모시서」에서는 '전쟁에서 귀환한 장수를 위로한 시[勞還率]'라고 했다.

代朗月行

朗月出東山, 照我綺窗前.¹ 窗中多佳人, 被服妖且妍.²

靚妝坐帷裏, 當戶弄清絃.³ 鬢奪衛女迅, 體絶飛燕先.⁴

爲君歌一曲, 當作朗月篇.⁵ 酒至顔自解, 聲和心亦宣.⁶

千金何足重, 所存意氣間.⁷

「밝은 달의 노래」를 본떠

밝은 달 동산 위로 솟아올라서

나의 방 창문 앞을 밝게 비추네.

창 안에는 미인이 많기도 한데

입은 옷도 아리땁고 곱기도 하네.

예쁘게 단장하고 휘장 안에 앉아

방문을 향하여 맑은 현 뜯네.

머리카락 탐스러움 위황후를 능가하고

몸매가 빼어남은 조비연을 앞선다네.

그댈 위해 한 곡조 노래 불러서

「밝은 달의 노래」로 삼으려 하네.

술상이 이르면 얼굴 절로 풀릴 거고

노래가 화락하니 마음도 풀릴 터.

천금의 재산인들 무슨 가치 있으랴

마음에 새겨둘 건 의기투합뿐이라네.

【해제】

[전진륜] 오조의 주를 수록한다.

[오조의] 「잡곡가사」에 또 「명월편明月篇」과 「명월자明月子」 등의 작품이 있는데, 같은 뜻이다.[330]

【주석】

1   [황절] 매승(枚乘) 「잡시(雜詩)」[331] : "고운 무늬가 '화려한 창'에 새겨져 있다[交疏結'綺窗']."

2   [황절] 매승 「잡시」 : "연 지방과 조 지방에 '가인'이 많다[燕趙多'佳人']."

    매승 「잡시」 : "'의복'에는 비단의 치마저고리['被服'羅裳衣]."[332]

    조식 「미녀편(美女篇)」 : "미녀는 '아리땁고 또 차분하다'[美女'妖且閑']."

---

330) 『악부시집』 권65에는 「朗月行(낭월행)」이라는 제목으로, 포조와 이백의 작품을 각 1수씩 싣고, 이어서 진(晉) 부현(傅玄)의 「명월편」과 진(陳) 사섭(謝燮)의 「명월자」를 실었다. 그리고 「명월편」 주에서, 『시기(詩紀)』 권22의 주를 인용하여, "『예문유취』에는 「怨詩(원시)」로 되어 있고, 「朗月篇(랑월편)」으로 된 판본도 있다"라고 했다. '朗月'은 '明月'과 같은 뜻이고, 이 시들은 모두 밝은 달을 보고 떠오르는 심사를 읊었다. 명 팽대익(彭大翼)은 『산당사고(山堂肆考)』 권160에서, "「밝은 달의 노래」는 유송 포조가 지었는데, 기인(佳人)이 달을 바라보고 청현(淸絃)을 농하는 것을 묘사했다"라고 했다.

331) 『옥대신영』에 '매승'의 '잡시(雜詩)' 9수가 수록되어 있는데, 이것은 제1수의 제3구이다. 『문선』 권29에는 「고시십구수」의 제5수(북서쪽에 높다란 누대 있는데[西北有高樓])로 수록되어 있다. '매승'의 '잡시(雜詩)'는 제6수를 제외한 나머지 7수도 모두 『문선』의 「고시십구수」에 들어 있는 작품이다. 『옥대신영』의 '매승' 시는 모두 후인이 매승의 이름에 가탁(假託)한 것이다.

332) 이상 2구는 제2수의 제11구와 13구인데, 이 시는 『문선』에는 「고시십구수」 제12수(「동성은 높고도 길기도 하다[東城高且長]」)로 수록되어 있다.

3　[오조의] 사마상여 「상림부(上林賦)」: "'분 바르고 눈썹 그리고' 머리도 아교 빗질로 조각처럼 꾸민다[靚妝'刻飾]." 곽박 주: "'靚(정)'은 얼굴에 분을 바르고 눈썹을 검게 그리는 것이다. '刻飾(각식)'은 머리를 그림처럼 꾸미는 것이다."[333]

매승 「잡시」: "창 앞에서 맑은 곡조 연습을 한다[當窗理淸曲]."[334]

4　[전진륜] 『옥대신영』에는 '奪(탈: 압도하다)'이 '奮(분: 분발시킨다)'으로 되어 있다.

[오조의] 『태평어람』 권737: "『사기』에 "'위황후(衛皇后: 무제의 둘째 황후)'는 자가 자부(子夫)인데, 무제(武帝)가 옷을 갈아입고 휴식을 취할 때 모시다가 총애를 입었다. 머리를 풀자 천자는 그 "머리카락[髮鬢]"을 보고 기뻐하여 황후로 삼았다'라고 했다." 이 내용은 지금의 『사기』에는 없다.

『한무고사(漢武故事)』: "자부(子夫)는 마침내 총애를 받았다. 머리를 풀자 천자는 그 '머리카락이 아름다운[鬢美]' 것을 보고 기뻐하여 궁중으로 들였다."

장형 「서경부」: "'위후'는 '검고 윤기 있는 풍성한 머리카락' 때문에 흥했다['衛后'興于'鬒髮']."

『한서』 「외척전(外戚傳)·하」: "효성조황후(孝成趙皇后)는 (…중략…) 가무를 배웠는데, 호를 '飛燕(비연)'이라고 했다." 안사고 주: "그 '몸이 가볍기[體輕]' 때문이다."

---

333) 『문선』 권8 「상림부」 이선 주의 인용에는 '刻, 刻畫鬒鬢("刻"은 머리카락을 조각처럼 꾸미는 것이다)'으로 되어 있다.
334) 제2수의 제12구인데, 『문선』에는 「고시십구수」 중 제12수로 수록되어 있고, '窗(창)'은 '戶(호)'로 되어 있다.

『서경잡기』 : "조후(趙后)는 '몸이 가볍고 허리가 가늘어[體輕腰弱]' 걸음걸

이와 나아감과 물러감이 자유자재였다."

[황절] 조식「낙신부」: "몸매가 날렵하기는 날아가는 오리이다[體迅飛鳧]."

5 **[전진륜]** '當作(당작 : ~로 삼다)'은 '堂上(당상)'으로 된 판본도 있다. [335)]

6 **[오조의]** 왕찬(王讚, ?~311)「잡시」: "누가 '내 마음을 풀어줄' 수 있으리[誰能

'宣我心']?"

[황절] 『열자』「황제(黃帝)」: "내가 선생님을 모신 이후로, (…중략…) 5년이

지난 후에 (…중략…) 선생님께서는 비로소 한 번 '얼굴을 부드럽게 풀고[解

顔]' 웃으셨다."

7 **[오조의]** 고악부「백두음(白頭吟)」: "남아는 '의기'를 중시해야 하는 것[男兒

重'意氣']."

---

335) 『악부시집』과 『옥대신영』 주에서 한 말인데, 현존하는 모든 판본이 다 '當作'으

로 되어 있다.

代堂上歌行

四坐且莫諠, 聽我堂上歌.[1] 昔仕京洛時, 高門臨長河.[2]

出入重宮裏, 結友曹與何.[3] 車馬相馳逐, 賓朋好容華.[4]

陽春孟春月, 朝光散流霞.[5] 輕步逐芳風, 言笑弄丹葩.[6]

暉暉朱顏酡, 紛紛織女梭.[7] 滿堂皆美人, 目成對湘娥.[8]

雖謝侍君閒, 明妝帶綺羅.[9] 箏笛更彈吹, 高唱相追和.[10]

萬曲不關心, 一曲動情多.[11] 欲知情厚薄, 更聽此聲過.

「당상의 노래」를 본떠

좌중의 여러분 잠시 말씀 멈추고

내가 부를 「당상 노래」 들어주시오.

예전에 낙양에서 벼슬할 적엔

높은 대문 큰 강을 끼고 있었소.

깊고 깊은 구중궁궐 출입하면서

조상曹爽 하안何晏 무리와 교유하였소.

수레와 말 함께 타고 질주하는데

손님과 벗 용모가 수려했다오.

따뜻한 초봄의 정월달 되어

떠오르는 아침 해에 구름 걷힌 후,

가뿐한 걸음으로 향기로운 바람 따라

떠들고 웃으면서 붉은 꽃을 감상했소.

불그레한 얼굴들은 환하게 빛이 나고

베 짜는 여인들은 바쁘게 북 놀렸소.

대청 가득 모인 사람 모두 미인이지만

눈빛 통한 그 사람은 상수 여신 같았소.

이궁에서 조용히 군주를 모시는데

환하게 화장하고 비단옷을 입었다오.

아쟁 피리 번갈아 퉁기고 불며

소리높여 노래하며 화답을 했소.

만 곡으로 도무지 마음 끌지 못했는데

한 곡으로 충분히 심정을 움직였소.

감정의 후함 박함 아시려거든

이 노래를 한 번 더 들어주시오.

【해제】

[전중련] 『악부시집』에 이것은 「잡곡가사」에 들어 있다.

【주석】

1   [전진륜] 「고시(古詩)」: "여러분 잠시만 조용히 하시고, 제 노래 한 곡조 들어

주시오[四坐且莫誼, 願聽歌一言]."[336]

---

336) 『옥대신영』 권1에 '고시(古詩)' 8수 중 제6수로 수록되어 있고, 『예문유취』 권

[전중련] 『악부시집』 주 : "'莫(막)'은 '勿(물)'로 된 판본도 있다."

2 [전진륜] 반고 「동도부」 : "그대들은 진나라 아방궁이 높은 것에만 익숙하여, '동도 낙양'의 제도가 엄연함을 알지 못하는구려[子徒習秦阿房之造天, 而不知'京洛'之有制]."

[황절] 『한서』 「급암전(汲黯傳)」 : "급암이 들어와서 [조용한 시간을 좀 내주시기를] 청하여[請間]³³⁷⁾ '고문(高門)'에서 알현했다." 여순 주 : "『삼보황도(三輔黃圖)』에 '미앙궁(未央宮) 안에 "고문전(高門殿)"이 있었다'라고 했다." 다음 구에서는 그래서 "구중궁궐을 출입하게 되면서"라고 한 것이다.

조식 「동작대부(銅雀臺賦)」에서 "'고문전(高門殿)'을 높다랗게 건축했다'라고 한 것 역시 바로 이 궁전을 말하는 것이다. 「미녀편(美女篇)」에서 "'높다란 대문[高門]에 이중 빗장 걸었다'라고 한 '高門'과는 다르다.³³⁸⁾

3 [전진륜] 『삼국지』 「위서 · '조상전(曹爽傳)'」 : "남양(南陽)의 '하안(何晏)' · 등양(鄧颺) · 이승(李勝)과 패국(沛國)의 정밀(鄭謐), 동평(東平)의 필궤(畢軌)는, (…중략…) 명제(明帝)가 그 부화(浮華)함 때문에 모두 배척했다. '조

---

70 '향로(香爐)'와 『태평어람』 「복용부(服用部) · 향로」에도 모두 '古詩'라는 제목으로 인용되어 있다. '四坐(사좌)'는 '四座(사좌)'와 같고, '사방의 좌중' 또는 '사방의 좌중에 모인 사람'이라는 뜻이다.

337) 표점교감본에는 '請(청)' 자 뒤에 '間(간 · 한)' 자가 있다. '間'은 '閒(한)'의 속자이다. '請閒(청한)'은 조용히 아뢸 말씀이 있으니 다른 신하들이 없을 때 시간을 내어주기를 요청한다는 뜻이다.

338) '고문전'은 장안(長安)의 미앙궁에 있던 것이어서, 여기서는 낙양(洛陽)이므로 '높은 대문' 또는 '부귀한 집안'으로 보는 것이 더 나아 보인다. Chen은 이 구를 "큰 강 가까이 높은 대문 안에 살았다(Close to the grand river I lived in an eminent gate)"라고 번역했다.

상(曹爽)'이 정권을 잡자 (…중략…) 비로소 '하안'·등양·정밀을 상서(尚書)로 삼았다. (…중략…) '하안' 등은 전횡을 일삼아, 낙양(洛陽)과 야왕(野王 : 지금의 하남성 심양(沁陽))의 전농(典農)이 관할(管轄)하는 뽕밭 수백 경 및 폐 온천지를 함께 나눠 가져 개인 재산으로 만들었다. (…중략…) '조상'의 음식과 의복은 천자에 버금갔다. 진귀한 노리개를 소중히 여겨 자기 집에 가득 채웠다. (…중략…) 석굴 집을 지어 사방으로 화려한 창을 내고 자주 '하안' 등과 그 안에서 모여 술을 마시며[飮酒]339) 즐겼다."

[전중련] '友(우 : 벗)'는 송본에는 '交(교 : 교우)로 되어 있다.

4 **[전진륜]** 조식 「미녀편」: "'고운 얼굴'은 아침 해처럼 빛난다[容華'曜朝日]."

5 **[전진륜]** 양웅 「감천부」: "푸른 구름의 '흐르는 놀'을 들이마시신다[噏淸雲之 '流霞'兮]."340)

6 **[전진륜]** 좌사(左思) 「초은(招隱)」시 제1수 : "'붉은 꽃'은 양지쪽 숲에서 빛난 다[丹葩'曜陽林]."

[황절] 범녕(范寧) 「춘추곡량전서(春秋穀梁傳序)」: "'향기로운 바람[芳風]' 을 고무하고, 떠도는 먼지[遊塵]를 차단한다."341)

7 **[전진륜]** '朱顔(주안 : 홍안)'은 「연꽃[芙蓉賦]」(주석 27)에서 보았다.

『정운(正韻)』: "'梭(사 : 북)'는 베틀에 딸린 부품으로, 씨실을 푸는 데 쓰는 것

---

339) 저본의 '縱酒(종주)'는 표점교감본에는 '飮酒(음주)'로 되어 있어서 고쳤다.
340) '流霞(류하)'는 『문선』 권7에는 '流瑕(류하)'로 되어 있고, 이선 주에서 '霞'와 '瑕'는 고자(古字)는 통용했다고 했다. '淸雲'은 '靑雲'과 같다.
341) '芳風(방풍)'은 정악(正樂) 또는 선량함이 뚜렷이 드러나는 것을 비유하고, '遊塵 (유진)'은 음악(淫樂) 또는 악함이 잡다하게 늘린 것을 비유한다.

이다."342)

8 **[전진륜]** 『초사』 「구가·소사명(少司命)」: "대청에 가득하다 미인들이, 홀연
나와만 눈빛 주고받았네[滿堂兮美人, 忽獨與予兮目成]."

장형 「서경부」: "황하의 신 풍이(馮夷)를 감동케 하고, '상수의 여신 상아(상
비(湘妃))'를 그리게 한다[感河馮, 懷湘娥]." 이선 주: "왕일이 말했다. '요임
금의 두 딸 아황(娥皇)과 여영(女英)이 남편인 순임금[의 남방 순수를] 따르고
자 해도 못 하고 순임금이 창오(蒼梧)에서 죽자, 상수에 뛰어들어 죽어 상부
인(湘夫人)이 된 것을 말한다.'"

9 **[전진륜]** 『초사』 「초혼(招魂)」: "'이궁의 누대'나 큰 장막에서도, '그대를 조용
히 모신다오'[離榭'修幕, '侍君之閒'些]."343)

10 **[전진륜]** 『급취편(急就篇)』 안사고 주: "'箏(쟁)'은 '瑟(슬)' 부류의 악기로 본
래 12현이었는데, 오늘날은 13현이 되었다."

응소 『풍속통의』 「성음(聲音)·적(笛)」: "'笛'은 길이가 2척 4촌344)이고 구
멍이 7개이다."

육기 「연연주(演連珠)」 23: "신은 '절륜한 가락과 고상한 노래'는 평범한 귀
로는 듣고 감동할 수가 없다고 들었습니다[臣聞'絶節高唱', 非凡耳所悲]."

---

342) 『강희자전』에 인용된 내용이다. 금본 『홍무정운(洪武正韻)』 권4에는 "'梭'織布
梭也('梭'는 베를 짜는 북이다)"로 되어 있다. '酡(타)'는 불그레해지는 것이다.
343) '雛謝(수사)'는 각 판본에서 다른 표현을 발견할 수는 없지만, 문맥상으로 보아
『초사』「초혼」의 '離榭(리사: 이궁 누대)'의 오자일 가능성이 크다. 임숭산은 '雛
謝'를 '離榭'의 형오(形誤)일 것이라고 했고(25쪽), Chen은 "정원의 누대(the
garden pavilion)"로 번역했다(308쪽). 번역에 참고했다.
344) 금본에는 '長(장)' 자 뒤에 '二尺(이척)' 2자가 있다.

[전중련] 송본 및 『악부시집』에는 '相追(상추)'가 '好相'으로 되어 있다.[345]

11 [전중련] 『악부시집』에는 '心(심)'이 '情(정)'으로 되어 있다.[346]

【평설】

[황절] 주건 : 마치 당 현종 개원·천보 연간의 일사逸事를 이야기하는 것 같아서, 언외에 오늘날은 그렇지 못함이 보인다. 『악부정의』 권12

[전중련] 왕개운 : 결미 4구는 민간의 속요에 가깝다. 『상기루설시』 권8

---

345) 장씨원간본과 『전송시』에도 '好相'으로 되어 있다. '好相和(호상화)'는 서로 화
창(和唱 : 화답하여 노래함)하기가 좋다는 뜻이고, '相追和(상추화)'는 서로 뒤
따르며 화창한다는 뜻이어서, 내용상의 차이는 없다.
346) 주에서는 "'心'으로 된 판본도 있다"라고 했다. 의미상으로나 대구에 '情'자가 있
는 점에서나 '心'이 낫다.

代結客少年場行

驄馬金絡頭, 錦帶佩吳鉤.[1] 失意杯酒間, 白刃起相讐.[2]

追兵一旦至, 負劍遠行遊.[3] 去鄉三十載, 復得還舊丘.[4]

升高臨四關, 表裏望皇州.[5] 九衢平若水, 雙闕似雲浮.[6]

扶宮羅將相, 夾道列王侯.[7] 日中市朝滿, 車馬若川流.[8]

擊鐘陳鼎食, 方駕自相求.[9] 今我獨何爲, 坦壞懷百憂.[10]

「소년 협객들의 노래」를 본떠

청총마에 황금 굴레 장식을 하고

비단 띠엔 오나라의 곡도曲刀를 찼네.

술 마시는 자리에서 자제력 잃고

번쩍이는 칼 뽑아서 원수가 됐네.

추격하는 병사가 어느 날 닥쳐

칼을 메고 먼 길을 떠나게 됐네.

고향을 떠난 지 삼십 년 만에

다시금 옛 마을로 돌아올 수 있었네.

높은 곳에 올라가 네 관문을 굽어보며

안팎으로 두루두루 황제 도읍 바라보네.

아홉 가닥 큰길은 물처럼 평탄하고

두 개의 궐문은 구름처럼 솟아 있네.

궁궐 끼고 장상의 저택 늘어서 있고

길을 끼고 왕후의 저택 즐비하다네.

한낮에 번화가가 사람으로 넘쳐나니

수레와 말 냇물처럼 끝없이 흐르네.

종을 치고 솥 늘어놓고 식사를 하는데

수레를 나란히 하고 앞다퉈 찾아드네.

그런데 나만 홀로 무엇 때문에

실의하여 온갖 근심 품고 있는지?

【해제】

[전진륜] 이선 주를 수록한다.

[이선] 조식 「결객편結客篇」: "소년들의 회합소에서 협객을 결의하여, 낙양의 북망산에서 원수를 갚는다結客少年場, 報怨洛北芒."347)

범엽 『후한서』 「제준열전祭遵列傳」: "제준은 (…중략…) 일찍이 아전에게 능멸당하자, '협객들과 친교를 맺어結客 보복했다報.'"348)

[황절] 곽무천 『악부시집』 「잡곡가사雜曲歌辭」 포조 「결객소년장행結客

---

347) 정복보의 『전삼국시』 「진사왕식시(陳思王植詩)」에는 이 2구를 수록하고, 그 아래의 주에서, 출처를 "『문선』 '육기[陸士衡]'의 악부시 「협객 소년들의 회합의 장소[結客少年場]」"라고 했는데, 『문선』 권28 '악부'에 실린 '육기의 악부 17수'에는 이 시가 없다. 녹흠립의 『위시』 권6 「진사왕조식(陳思王曹植)」 시에는 「결객편(結客篇)」이라는 제목으로 이 2구를 수록하고, "『문선』 권28 「소년 협객들의 회합 장소[少年結客場行]」 시의 주이다"라고 주를 달았다.

348) '報(보)'는 표점교감본에는 '殺(살: 죽였다)'로 되어 있다.

少年場行 해제 : "『악부해제』에서 말했다. '「소년 협객들의 노래結客少年場行」는 목숨을 가벼이 여기고 의義³⁴⁹⁾를 중히 여겨, 강개하여 공명을 세우는 것을 내용으로 한다.' 『악부광제樂府廣題』에서 말했다. '한나라 때 장안의 소년들이 벼슬아치를 죽였다. 재물을 받고 원수를 갚은 것인데, 함께 구슬을 집어서 탄핵하기로 했다. 붉은 구슬을 집으면 무리武吏를 베고, 검은 구슬을 집으면 문리文吏를 죽였다. 윤상尹賞은 장안령長安令이 되자 이들을 모두 체포했다. 장안에서는 이 일을 노래하여 "어디에서 아들의 죽음을 찾을까? '환수桓水 동쪽 소년들 모이는 곳이라네'. 생시에 실로 근신하지 않았으니, 마른 뼈를 무엇 하러 묻으려는지何處求子死, '桓東少年場'. 生時諒不謹, 枯骨復何葬"라고 했다.' 생각건대[按], 「소년 협객들의 회합 장소結客少年場」는 소년 시절에 협객들과 어울려 놀며 즐기는 장소인데, 끝내 아무런 성취가 없었으므로, 이 곡을 지었다는 뜻이다."³⁵⁰⁾

[전중련] 『악부시집』에 이것은 「잡곡가사」에 들어 있다.

【주석】

1 [이선] 고사 「일출남동행(日出東南行)」 : "'황금으로 말 머리에 굴레를 씌웠는데', 바라보는 사람들 길가에 가득하다'黃金絡馬頭', 觀者滿道旁'."³⁵¹⁾

---

349) 저본에는 '薄(박)'으로 되어 있는데, '義(의)'의 오자여서 고쳤다.
350) 저본에서는 『악부광제』의 글을 인용문 끝까지로 보았는데, 내용상 '안어(按語)' 이전까지로 보아야 한다. 『교주』, 137쪽에는 문장부호가 제대로 표기되어 있다.
351) 이것은 『악부시집』에는 「상화가사·청조곡(淸調曲)」의 「상봉행(相逢行)」에 나온다. 다만 '滿(만)' 자만 '盈(영)'으로 되어 있다. 「일출남동우행(日出東南隅行)」은 「상화가사·상화곡」의 「맥상상(陌上桑)」인데, 일명 「염가나부행(艷歌羅

[전중련] 양장거(梁章鉅)『문선방증(文選旁證)』: "이선 주 중 '日出東南行' 은 '南' 자 아래에 '隅(우)' 자가 있어야 한다."

내 견해는 이렇다. 『오월춘추(吳越春秋)』「합려내전(闔閭內傳)」에 "오왕 합려(闔閭)는 이미 막야검(莫邪劍)을 매우 귀하게 여기고, 다시 나라에 명령을 내려 금구(金鉤 : 구부러진 쇠 칼)를 만들도록 했다"라고 했다. 그래서 그 검을 '오구(吳鉤)'라고 했다.

심괄(沈括)『몽계필담(夢溪筆談)』「기용(器用)」: "'오구(吳鉤)'는 칼[刀] 이름이다. 칼은 모양이 휘어졌는데, 지금 남만(南蠻)에서 사용하며 이름을 갈당도(葛黨刀)라고 부른다."

2 [이선] 환범(桓範)『세요론(世要論)』: "술잔을 권커니 잣거니 하는 사이에, 그로써 '이성을 잃는다[觴酌遲速, 使用'失意']."

『회남자』「전언훈(詮言訓)」: "지금 맛있는 술[美酒]과 좋은 안주[嘉肴]가 있어 그것으로 손님을 청하여 향연을 베푸는데, (…중략…) 잔 채우기를 다투는[爭爵] 사이에, 오히려 싸워서 서로 다치게 되어, 삼족이 서로 원수[怨]가 되었다."352)

3 [이선] '追兵(추병)'은 자기를 체포하러 오는 것을 말한다. '멀리 떠나서[遠行]' 그것을 피하려는 것이다.

敷行)」이라고도 하며, 이 시에는 제3해에 "青絲繫馬尾, '黃金絡馬頭'. 腰中鹿盧劍, 可直千萬餘(푸른 명주 끈을 말꼬리에 묶었고, '황금으로 말머리를 장식했지요'. 허리에는 녹로검을 차고 있는데, 값어치가 천만 금은 될 것이지요)"라는 표현은 있지만, 이선주에서 인용한 뒤의 시구는 없다.

352) 금본에는 '乃反爲鬪'는 '反生鬪, 鬪(오히려 다툼이 일고 다투다가)'로 되어 있고, '皆怨'은 '結怨'으로 되어 있다. '白刃(백인)'은 칼집에서 뽑아 흰빛으로 번쩍이는 칼날을 말한다.

범엽『후한서』「등신전(鄧晨傳)」: "세조 광무제는 [단기(單騎)로 도망을 갔다.] (…중략…) 마침 '추격병[追兵]'이 따라왔다."

『연단'태'자(燕丹'太'子)』: "진왕(秦王)의 애첩이 금(琴)을 켜는 것을 들었는데, 금의 곡조에 '(…중략…) "녹노의 검은, 등에 지고" 있어도 뽑을 수 있네[鹿盧之劍, 可負而發]'라고 했다."353)

[전중련] 호극가『문선고이』: "이선 주 중 '燕丹太子(연단태자)'에서 '太(태)'는 내가 보기에는 있어서는 안 된다. 진경운(陳景雲, 1670~1747)은 '『연단자』는 책 이름'이라고 했는데, 옳다.『수서』「경적지・소설가류」에 실려 있다."

4 **[이선]**『광아』: "'丘(구 : 마을)'는 사람이 사는 곳[居]이다."

5 **[이선]** 육기「낙양기(洛陽記)」: "낙양에는 '네 관문[四關]'이 있으니 동쪽은 성고관(成皐關)['東爲'城'皐'], 남쪽은 이궐관(伊闕關), 북쪽은 맹진관(孟津關), 서쪽은 함곡관(函谷關)이다."

'表裏(표리)'는 '內外(내외 : 안팎)'와 같다.

『좌전』「희공(僖公)・28년」: "자범(子犯)이 말했다. '밖으로는 큰 강이 에워 흐르고 안으로는 큰 산이 둘러막고 있습니다[表裏山河]'."

[전중련]『악부시집』주: "'關(관 : 관문)'은 '塞(새 : 변새)'로 된 판본도 있다."354)

호극가『문선고이』: "이선 주 중 '東爲城皐'에서, 하작(何焯)은 '城' 자를 '成'

---

353) 서명의 '太(태)'는 잘못 들어간 연자(衍字)이다. '전중련'에 인용된 호극가의『문선고이』를 볼 것. '聽秦王姬人鼓琴'은 금본에는 '秦王召姬人鼓琴(진왕이 애첩을 불러 금을 켜게 했다)'으로 되어 있다.

354)『예문유취』에는 '野(야)'로 되어 있다. '四野'는 사방이 탁 트인 들판 또는 사방의 들판이고, '四塞'는 사방이 요새처럼 둘러싸인 지역 또는 사방의 요새나 사방의 번국(藩國)이다.

으로 고쳤고(『의문독서기(義門讀書記)』), 진경운(陳景雲)도 같다(『문선거정(文選擧正)』). 각 판본이 모두 틀렸다."

6 **[전진륜]** '衢(구 : 네거리, 큰길)'는 이선본에는 '塗(도 : 길)'로 되어 있다.

[이선] 『주례』「동관고공기(冬官考工記)·장인(匠人)」: "장인이 국도(國都)를 건설함에 있어서는, 옆에 세 개의 문을 내고 국도 안에 '가로 세로로 각각 아홉 개의 길[九經九緯]'을 내었다." 정현 전 : "'經(경)'과 '緯(위)'는 길이다."

『장자』「덕충부(德充符)」: "'平(평)'이라고 하는 것은 '물이 지극히 고요히 멈춰 있는 것[水停之盛]'이니, 그것은 법칙으로 삼을 만한 것이다."

「고시십구수·푸르고 푸른 무덤가의 측백나무[靑靑陵上柏]」: "두 개의 궐문'은 높이가 백여 자나 된다[雙闕百餘尺]."

『사기』「봉선서(封禪書)」: "삼신산(三神山)에는 (···중략···) 황금과 백은(白銀)으로 궁궐을 지었는데, (···중략···) 멀리서 바라보면 '마치 구름과 같다[如雲]'."

최인(崔駰)「달지(達旨)」: "[이때가 되면, 처사(處士)가 산처럼 쌓이고, 학자(學者)가 냇물처럼 흐르며, 의상(衣裳)이 하늘을 뒤덮고,] 관개가 '구름처럼 피어오를 것이다[冠蓋雲浮]'."

[전중련] '衢'는 송본에는 '塗(도)'로 되어 있다.[355]

7 **[이선]** 『한서』「선제기(宣帝紀)」: "선제(宣帝, 74~49 B.C. 재위)가 장평판(長平阪)에 올라갔는데, (···중략···) (만족(蠻族)의 군장(君長)과) '왕후(王侯)'로서 마중을 하는 자가 (수만 명이) '길 양옆으로 늘어섰다[夾道陳]'."

---

355) 주응등본과 『전송시』에도 '塗'로 되어 있다. 『예문유취』에는 '衢'로 되어 있다.

[황절] 『문선』 육신주 이주한 : "'扶(부)'는 또한 옆에서 끼는 것[夾]이다. '羅 (라)'는 또한 늘어서 있는 것[列]이다. 모두 왕후장상의 저택을 말하는 것이다."

[전중련] 허손행『문선필기』 : "하작(何焯)은 "'扶宮(부궁)'은 출전을 잘 모르 겠다'라고 했다. 『설문해자』에 "'扶'는 손으로 부축하는 것[左]'이라고 했다. 이것은 '九墌(구도)'와 '雙闕(쌍궐)'에는 모두 왕후장상의 거처가 옆에서 끼고 보좌하듯이 늘어서 있다는 뜻이다."

8 **[이선]**『주역』「계사하전」 : "'한낮에 저자를 열어[日中爲市]' 천하의 사람들 을 모이게 하고 천하의 재물을 모은다."

장협(張協) 「계음부(禊飮賦)」[356] : "'수레와 말'은 이리저리 뒤엉키고, '흐르 는 시내'는 물결이 어지럽다[車馬'膠葛, '川流'波亂]."

[전중련] 손지조『문선고이』 : "원사본(圓沙本)에서는 '장부본에는 이 2구가 없다'라고 했다."

9 **[이선]**『좌전』「애공·14년」 : "송(宋)의 좌사(左師)[357]는 식사 때마다 '종을 쳤 다[擊鐘]'. 종소리를 듣고 송 경공(景公)이 말했다. '저분이 식사하시려는구나.'"

『공자가어』「치사(致思)」 : "자로가 [공자를 뵙고 말했다. (…중략…)] '남쪽 으로 초나라로 유세하러 갔는데, (…중략…) 곡식을 만 종(鍾)[358]이나 쌓아두

---

356) 『전진문』에는 이 제목의 부는 없고 「낙계부(洛禊賦)」가 있는데, 이러한 내용이 없다. '禊飮'은 상사(上巳)에 계제(禊祭)를 지내고 유상곡수(流觴曲水)를 하는 것이다.
357) '좌사'는 집정관의 명칭이다. 당시 좌사는 상소(尙巢)였다.
358) '鍾'은 용량 단위인데, 용량은 6곡(斛 : 열 말) 4두(斗)(『좌전』「소공·3년」, 『장 자』「인간세(人間世)」 등), 8곡(『소이아(小爾雅)』), 10곡(『회남자』「요략(要 略)」) 등으로 전적(典籍)마다 다르게 설명되어 있다.

고 (…중략…) "솥을 여러 개를 늘어놓고[列鼎]" 식사를 했습니다.'"

『의례(儀禮)』「향사례(鄕射禮)」 '不方足(두 발을 나란히 하지 않는다)' 정현

주 : "'方(방)'은 나란히 하는 것[并]이다."

고시「푸르고 푸른 무덤가의 측백나무[靑靑陵上柏]」: "고관대작 '서로서로

찾아다니네'[冠帶'自相索]."

[황절]『후한서』「마방전(馬防傳)」: "임조(臨洮 : 지금의 감숙성 정서시(定

西市) 속현)는 길이 험하여 수레가 '나란히 하여 달릴[方駕]' 수 없다."

10 **[이선]** 혜강(嵇康)「마음속 분노[幽憤詩]」[359] : "나 홀로 무엇 때문에[予獨何

爲]', [가진 포부 이루지 못하는가[有志不就]?]"

『초사』「구변(九辯)」: "'가는 길 순탄치 않아' 빈궁한 선비는 관직을 잃고 마

음이 평정을 잃었구나'坎壈'兮貧士失職而志不平]."

『초사』「구탄(九歎)・원사(怨思)」: "아, 근심스럽고 괴롭구나, 내 뜻 '이루지

못하더라도' 어기지 않으리라[惟鬱鬱之憂獨兮, 志坎壈'而不違]." 왕일 주 :

"'坎壈(감람)'은 '때를 만나지 못하는[不遇]' 모양이다."

『모시』「왕풍・토원(兔爰)」제2장 : "내가 자란 뒤에는, 이런 '온갖 근심'을 만

나네[我生之後, 逢此'百憂]."

[전중련] "『악부시집』에는 '培壈(감람)'이 '轗軻(감람)'으로 되어 있다.[360]

---

359) 저본의 '憂憤詩(우분시)'는 '幽憤詩(유분시)'의 잘못이어서 고쳤다. 이선본・육
가본・육신본 모두 '幽憤詩'로 되어 있고, 정복보의『전삼국시』와 녹흠립의『위
시(魏詩)』에도 모두 '幽憤'으로 되어 있다. 또 '子獨(자독)'은 이선본・육가본・
육신본 모두 '予獨(여독)'으로 되어 있어서 고쳤다.

360) 송본에는 본래 '壏(감)'으로 되어 있는데, 정복림은 장부본과『문선』에 근거해
'培'으로 고쳤다(『교주』, 137~138쪽). '培壈(轗壈・轗壈)'은 본래 길이 험하여

내 생각은 이렇다. '높은 곳에 올라 네 관문을 바라보고' 뒤부터 끝까지는 완전히 고시 「푸르고 푸른 무덤가의 측백나무[靑靑陵上柏]」361)를 본떴다.

【평설】

[황절] 방회方回 : [이것은 협객 소년이 나이 들어서 후회하는 것을 읊었다. 진한秦漢 무렵의 협객 주기朱家와 한 무제 때의 대협객 곽해郭解 같은 무리도 결국에는 후회를

나아가기 어려운 것을 표현한 첩운의태어인데, 흔히 일이 뜻대로 되지 않아 답답한 모양을 비유하는 데 사용된다. 쌍성의태어인 '坎坷(감가 : 坎軻·轗軻)'와 동의어이다. '轗軻'는 권5 「갈 길은 험난하고」를 본떠[擬行路難](14) 주석 5 역주 4를 볼 것.

361) 「고시십구수」 중의 제3수로 수도 낙양의 번성함과 고관대작들의 즐거운 연회의 묘사를 통해, 때를 만나지 못한 한 사인(士人)의 감회를 토로한 시이다. 전편은 다음과 같다.

青青陵上柏	푸르고 푸른 무덤가 측백나무
磊磊澗中石	많고도 많은 개울 속 돌멩이.
人生天地間	사람이 천지간에 태어나는 것
忽如遠行客	덧없기가 먼 길 가는 나그네 같네.
斗酒相娛樂	말술로 서로 함께 즐기면서
聊厚不爲薄	애오라지 도타이 어울려야지.
驅車策駑馬	수레 몰아 둔한 말 채찍질하여
遊戲宛與洛	남양(南陽)과 낙양에서 놀며 즐겼지.
洛中何鬱鬱	낙양은 어찌 그리 번창하던지
冠帶自相索	고관대작 서로서로 찾아다니네.
長衢羅夾巷	큰길에 작은 골목 늘어섰는데
王侯多第宅	왕후의 고급 저택 즐비하다네.
兩宮遙相望	두 궁궐 멀리서 마주 보는데
雙闕百餘尺	두 궁궐 백여 척 높이 솟았네.
極宴娛心意	끝없이 즐기는 연회 끝에는
戚戚何所迫	한없는 근심 걱정 언제 닥치려는지.

남겼는데, 하물며 구차하게 살인을 하고 망명한 자들이랴? 경계로 삼을 만하다.] 이 시는 전적으로 낙양洛陽을 가리켰다. ['사관四關'은 동쪽의 성고成皐, 남쪽의 이궐伊闕, 북쪽의 맹진孟津, 서쪽의 함곡函谷이다.] '쌍궐雙闕'은 남궁南宮과 북궁北宮으로 바로 진시황이 창건한 것이다. "아홉 가닥 큰길은 물처럼 평탄하고, 두 개의 궐문은 구름처럼 솟아 있네九衢平若水, 雙闕似雲浮" 2구는 또한 고시의 차대蹉對362) 구법이다.『문선안포사시평(文選顔鮑謝詩評)』권3

오기吳淇 : [고인의 시를 두루 살펴보면 의외로 실질적인 의미를 지닌 문자가 아니라 몇 개의 허자虛字, 더욱이 요긴하지 않은 허자에 힘을 기울인다. 예를 들면 이 시의] '고향을 떠난 지 30년 만에去鄕三十載'는 [과도하게 꾸민 말이라고 여기지 않는 사람이 거의 없을 것이다. 그러나] 전편全篇의 열쇠가 모두 다 여기에 달려 있다[는 것은 전혀 모른다. 모든 일은 초·중·말기가 있고, 모든 사람은 소·장·노년이 있다.] 인생은 백 년일 뿐이다. 전반 30년은 소년인데, 소년 시절은 협기 부리기 좋아하는 것으로 써버렸고, 중반 30년은 장년인데, 장년 시절은 망명으로 써버렸으며, 마지막 30년은 비록 돌아올 수 있었으나, 또 노년으로 써버렸다. (…중략…) 망명한 것이 모두 30년인데, 이 30

---

362) 시의 대우(對偶)에서 대응하는 위치를 엇갈리게 하는 것을 말한다. 송 위경지(魏慶之)는『시인옥설(詩人玉屑)』권2「시체(詩體)·하」'차대법(蹉對法)' 조에서 "승려 혜홍(惠洪)의『냉재야화(冷齋夜話)』에 왕안석의 '春殘葉密花枝少, 睡起茶多酒盞疎(봄 끝나가니 잎 빽빽하고 꽃가지 적으며, 잠 깨어나니 차 많고 술잔 성기다)'라는 시를 싣고 있다. (…중략…) 이 한 연은 '密(밀)' 자로 '疎(소)' 자에 대응하고, '多(다)' 자로 '少(소)' 자에 대응해, 대응하는 글자를 위치를 바꾸어 썼으니, 이른바 차대법이다"라고 했다. 포조 시에서 '平若水'와 '似雲浮'가 차대라는 말이다.

년 사이가 바로 장년의 업적을 이룰 때이다. 묻노니 이 30년 사이에 이룬 바가 없는가? 그가 집에 돌아와 탄식하는 것을 보면, 바로 이 30년 사이에 업적을 이룰 수 없었거나 혹은 일은 했으나 성과를 이루지 못했음을 탄식하는 것일 것이다. '높은 곳에 올라' 운운한 것을 보면, 역시 고향을 떠난 30년 사이에 시대와 인정이 모두 변하여, 지금의 왕후장상은 옛날의 왕후장상이 아님을 말한다. [궁궐을] '끼고' [장군과 재상의 집] '늘어섰고' [길] '옆으로는' [왕과 제후의 저택] '즐비하다'라고 했으니, 왕후장상은 어찌 이다지도 많은가? 나만 홀로 이것을 취할 수 없으니, 이것이 바로 온갖 근심이 모여드는 까닭이다.『육조선시정론』권13

방동수 : [이 시는 주제의 설정은 다소 부박하고 그다지 정심精深한 점이 없지만,] 말의 기세는 웅장하면서 미려하다. [처음 6구는 소싯적에 협기를 부린 행동의 잘못을 회상했고, '고향을 떠난 지' 2구는 앞 단락을 마무리하고 다음 단락을 끌어내는 역할을 했으며,] '높은 곳에 올라' 이하는 정당하지 않은 즐거움에 탐닉한 것에 대한 후회이니, 역시 풍자하는 바이다.『소매첨언』권6

[전중련] 왕부지 : 온통 비난하고 나무라는 것이지만 전혀 흔적을 드러내지 않았다.『고시평선』권1

왕개운 : 첫머리起363) 4구는 예상 밖의 표현을 돌발적으로 제시했으니, 비록 멍에끈을 잡고 협기를 실행하지는 않았지만, 기세는 절로 장대하다.『상기루설시』권8

---

363) 저본의 '起(기)' 자는 원문에서는 첫 4구의 원문 "驄馬金絡頭, 錦帶佩吳鉤. 失意杯酒間, 白刃起相讐"로 되어 있으나, 저본을 따라 번역했다.

포참군집

鮑參軍集

권4

귀안 전진륜 주

순덕 황절 보주집설

전중련 증보집설

악부樂府

扶風歌

昨辭金華殿, 今次雁門縣.¹ 寢臥握秦戈, 棲息抱越箭.²

忍悲別親知, 行泣隨征傳.³ 寒煙空徘徊, 朝日午舒卷

부풍의 노래

어제에 금화전을 떠나왔는데

오늘은 안문현에 머물게 됐다.

잘 때에도 진과秦戈를 꼭 움켜쥐고

쉴 때도 월전越箭을 꼭 안고 있다.

슬픔 참고 친지들을 이별하고서

눈물 속에 원정 대열 뒤따라간다.

찬 안개가 공연스레 자욱이 끼어

아침 해는 나타났다 다시 숨는다.

【해제】

[전진륜] 유곤劉琨 「부풍의 노래扶風歌」 이선 주 : "유곤의 문집에서는 '「부풍의 노래」 9수'라고 했는데, 2운을 1수로 하고 있다. 지금 여기서는 합쳐 한 수로 만들었는데, 아마도 잘못인 것 같다."¹⁾

[황절] 유곤의 「부풍의 노래」는 9수이다. 그중 제1수에서 "아침에 광막문을 떠나와서는, 저녁에 단수산에 여장을 푼다. 왼손으로 번약궁을 끌어당기고, 오른손은 용연검 휘둘러본다朝發廣莫門, 莫宿丹水山. 左手彎繁弱, 右手揮龍淵"라고 했는데, 포조 작품의 전반 4구는 이것을 본떴다. 제4수는 "손 흔들고 긴 이별 하려고 하니, 목이 메어 말조차 할 수가 없다. 뜬구름은 나를 위해 멈추어 서고, 새조차 나 때문에 배회를 한다揮手長相謝, 哽咽不能言. 浮雲爲我結, 歸鳥爲我旋"라고 했는데, 포조 작품의 후반 4구는 이것을 본떴다. 유곤 시 9수 중 같은 운부韻部로 압운한 것이 3수이다. 포조의 이 작품 역시 2수로 나눠야지, 압운이 같다는 이유로 합쳐서는 안 된다. 내가 보기에, 포조가 본뜬 작품도 역시 9수였는데, 지금 2수만 남아 있을 뿐이다.

[전중련] 이 작품은 송본에는 없다.[2]

【주석】

1 [전진륜] 『한서』 「서전·상」: "당시 황제가 바야흐로 향학열이 높아서, 정관중(鄭寬中)과 장우조(張禹朝)가 저녁에 조정에 들어가, '금화전(金華殿)'에

---

1) 『문선』권28 「잡가」에 실린 유곤 시에 대한 이선 주이다. 『악부시집』권84 「잡가요사(雜歌謠辭)·가사(歌辭)」에는, 유곤 작품을 '「부풍가」 9수'라고 표기하고 4구씩 구분해 배열했다. 정복보의 『전진시(全晉詩)』권4에서는, 작품 말미에서, "『악부시집』에서는 4구를 1해(解)로 하여 모두 9해라고 했다"라고 주를 달았다.
2) 녹흠립은 『송시』권7에서, "이 시는 본집(本集)에는 수록되지 않았다. 풍격이 제·량(齊梁) 시인의 작품과 유사하다. 『악부시집』에 아마 와오(訛誤)가 있는 것 같다"라고 했다. 정복림은 이 작품을 '집보(輯補)'에 수록했다(『교주』, 989~991쪽).

서 각각 『상서』와 『논어』를 강설했다."

'雁門(안문 : 안문군)'은 「황폐한 성[蕪城賦]」(주석 2)에서 보았다.

[황절] 『한서』「지리지 · 하」 '안문군(雁門郡 : 산서성 북부에 위치)' : "진(秦) 대에 설치했다."

내 견해는 이렇다. 진이 군을 설치한 후에 수(隋) 대에 이르러 비로소 '안문현 (雁門縣 : 치소는 지금의 산서성 대현(代縣))'을 설치했다. 『송서』「주군지」 에는 '안문현'이 없다. 저자 심약은 "지리(地理)가 들쑥날쑥해서 그 상세한 점 을 다루기 어려운 것은, 사실은 이름을 자주 바꾼 것에서 비롯되는 것으로, 천 번 백 번을 고치고는 그 설치한 내용을 주석하지 않아, 사서(史書)에서 기록하 지 않았기 때문이다"라고 했다. 이 작품에서 말한 바에 의하면, 유송(劉宋) 때 에 혹시 '안문현'을 설치한 것은 아닌지 모르겠다.[3]

2　[전진륜] 『모시』「진풍(秦風)' · 무의(無衣)」 제2장 : "왕께서 군사를 일으킨 다면, '나의 짧은 창과 긴 창을 정비하리라[王于興師, '修我戈矛']."

『이아』「석지(釋地)」 : "남동방 지역에서 아름다운 것으로는 '절강성 회계산 (會稽山)에서 생산하는 가는 대나무로 만든 화살[竹箭]'이 있다."

3　[전진륜] 『설문해자』 : "'傳(전)'은 遽(거 : 역말)이다."

'역참에서 말을 갈아타고 문서를 전하는 것[驛遞]'을 '傳'이라고 한다.[4]

---

3)　이 2구는 아침에 장안을 떠나 저녁에 변새에 도착할 정도로 급박한 행군을 그렸 고, 다음 2구는 경계의 삼엄함과 군령의 엄격함을 묘사했다.
4)　이 문장은 『설문해자』에는 없다. 전진륜의 보충 설명인데, 저본에서 『설문해 자』의 문장으로 잘못 처리한 것이다. '征傳(정전)'은 먼 길을 가는 사람이 이용하 는 역거(驛車)이다. 원정의 대열로 풀이했다. 이 2구는 가족을 떠나 슬픔을 참고 변새로 떠나는 정경을 그렸고, 다음 2구는 원정의 고달픔을 묘사했다.

【평설】⁵⁾

---

5)   진조명의 『채숙당고시선』 권18에서는 "가락이 간결하고 완만하지만 도리어 노
     련하다[簡節顧老]"라고 평했다.

代少年時至衰老行

憶昔少年時, 馳逐好名晨.¹ 結友多貴門, 出入富兒鄰.²

綺羅艶華風, 車馬自揚塵. 歌唱青齊女, 彈箏燕趙人.³

好酒多芳氣, 餚味厭時新.⁴ 今日每想念, 此事邈無因.

寄語後生子, 作樂當及春.⁵

「소년에서 노쇠하기까지의 노래」를 본떠

그 옛날 소년 시절 생각해보면

이른 새벽 말 달리기 좋아했었지.

사귀는 친구는 귀족의 자제들

드나드는 장소는 부귀한 이웃집.

비단옷은 봄바람에 아름답게 빛나고

수레와 말 자연히 먼지를 일으켰지.

청주와 제의 여인 노래 불렀고

연과 조의 미인들이 아쟁을 켰지.

좋은 술은 향기로운 내음 풍기고

안주는 제철 음식 남아돌았지.

오늘에는 매양 그때 생각해봐도

이 일은 아득하여 돌릴 길 없네.

후생들에 내 말을 전하려 하네,

즐기는 것 모름지기 청춘에 하게.

【해제】[6]

【주석】

1 **[황절]**『석명(釋名)』「석언어(釋言語)」: "'名(명)'은 '明(명)'의 뜻이다."

『회남자』「천문훈」: "해는 양곡(暘谷)에서 나와 함지(咸池)에서 목욕하고 부상(扶桑)에서 몸을 닦는데, 이때를 '신명(晨明 : 새벽녘)'이라고 한다."[7]

2 **[전진륜]**「고시 − 초중경의 처를 위해 짓다[古詩爲焦仲卿妻作]」: "집을 떠나 '귀댁'으로 시집을 왔소[謝家來'貴門']."[8]

3 **[전진륜]**『사기』「제태공세가(齊太公世家)」 정의(正義): "『괄지지(括地志)』에 있다. "'천제지(天齊池)'는 "청주(青州)" 임치현(臨淄縣 : 지금의 산동성 치박시(淄博市) 임치구 북쪽) 남동 15리에 있다.「봉선서(封禪書)」에서 말했다. "제 나라를 '齊'라고 부른 것은 '天齊' 때문이다.""[9]

---

6) 이 시는『악부시집』에는 실려 있지 않다.『고악원(古樂苑)』권36에 "『포조집』에는 제목 앞에 '代(대)' 자가 있으니 틀림없이 이전에 이 제목의 작품이 있었고 포조는 그것을 본떴을 것이다. 대체로 노년에 빈궁하게 됨을 한탄하면서 떠돌이로 무료하게 지낸다는 취지이다"라고 했다.

7) '名晨'은 '明晨'과 같이 '晨明'의 뜻이다. '치축(馳逐)'은 '말을 타고 경주를 하는 것[競馬]'을 뜻한다.『사기』「손자열전(孫子列傳)」에 "제나라 장수 전기(田忌)는 자주 제나라 여러 공자와 '큰돈을 걸고 말 달리기 내기를 했다'[忌數與齊諸公子'馳逐重射']"라고 한 것이 그러한 예이다.

8) 포조 시에서의 뜻은 '귀한 가문'이어서,「고시 − 초중경의 처를 위해 짓다」에서 남의 집(시댁)을 높여 부른 것과는 다르다.

9) '天齊'는 제나라에서 모시던 팔신(八神) 중 첫 번째 신인 천주(天主)에게 제를 올리던 곳이다.『사기』「봉선서」에는 위에 인용한 문장 바로 뒤에서 팔신에 대한 설명이 이어지는데, "첫째는 천주(天主)로 '천제'에서 제를 올린다. '천제연수(天齊淵水)'가 있는데, 임치(臨菑) 남쪽 교외 산 아래에 있다"라고 했다. 제(齊)

육기 「오추행(吳趨行)」: "제나라 미인도 잠시 노래를 멈추시오[齊娥且莫謳]."

「고시십구수·오늘 이 좋은 연회는[今日良宴會]」: "'아쟁을 퉁기니' 그 음향 빼어나서, 새 곡조 오묘하여 입신의 경지로다['彈箏'奮逸響, 新聲妙入神]."

「고시십구수·동성은 높고도 길기도 한데[東城高且長]」: "'연나라 조나라에는 가인이 많아', 아름다운 이는 얼굴이 옥처럼 곱다['燕趙多佳人', 美者顏如玉]."

[전중련] '齊'는 송본에는 '琴(금)'으로 되어 있다.[10)]

4   [전진륜] 『광운』: "무릇 곡물이 아닌 먹을거리를 '肴(효)'라고 한다. '殽(효)'는 '肴'와 같다."

5   [전진륜] 「고시십구수·한평생 백 년을 못 채우는데[生年不滿百]」: "'즐기는 것 마땅히 때 놓치지 말아야지', 어찌 다음 기약을 기다릴 수 있으리['爲樂當及時', 何能待來者]?'"

[황절] 『논어』 「자한(子罕)」: "'뒤에 태어난 젊은이들[後生]'을 두려워해야 한다. 그들의 장래가 오늘 우리보다 못하리라는 것을 어찌 알 수 있겠는가!'"

의 팔신은 산동성 내륙지역의 천주·지주(地主)·인주(人主)의 세 신과 교동(膠東)지역의 일주(日主)·월주(月主)·음주(陰主)·양주(陽主)와 낭야(琅琊)의 사시주(四時主) 등 다섯 신이다.

10) 주응등본에도 '琴'으로 되어 있고, 노문초도 '琴'으로 고쳤다. 그러나 대구의 '燕(연)'과 '趙(조)'가 모두 지명이므로 '齊'가 더 낫다. 오덕풍, 63b~64a쪽 참조.

代陽春登荊山行

旦登荊山頭, 崎嶇道難遊.**1** 早行犯霜露, 苔滑不可留.**2**

極眺入雲表, 窮目盡帝州.**3** 方都列萬室, 層城帶高樓.**4**

奕奕朱軒馳, 紛紛縞衣流.**5** 日氛映山浦, 暄霧逐風收.**6**

花木亂平原, 桑柘綿平疇.**7** 攀條弄紫莖, 藉露折芳柔.**8**

遇物雖成趣, 念者不解憂.**9** 且共傾春酒, 長歌登山丘.**10**

「봄날 형산에 올라」를 본떠

아침 일찍 형산을 올라가는데

울퉁불퉁 산길은 걷기 힘드네.

이른 아침 산행이라 이슬에 옷이 젖고

이끼가 미끄러워 머물기도 어렵네.

구름 밖 먼 곳까지 남김없이 조망하고

황제 사는 서울을 모조리 훑어보네.

커다란 도읍에 만 호의 집 늘어섰고

높다란 성곽에는 높은 누각 둘러있네.

고관의 붉은 수레 찬란하게 달리고

흰옷 차림 인파는 분분하게 흐르네.

볕살은 산골 나루 환히 비추고

봄 안개는 바람 따라 걷히고 있네.

꽃이 핀 나무는 평원에 어지럽고

뽕나무 산뽕나무 들판에 즐비하네.

가지 당겨 자줏빛 줄기 어루만지고

이슬 젖은 부드러운 꽃 꺾어도 보네.

만나는 사물마다 좋은 흥취 돋우지만

사념에 잠긴 이는 시름 풀지 못하네.

잠시 함께 봄 술잔을 기울이면서

노래하며 산언덕을 올라가 보세.

【해제】

[전중련] 송본 주: "'荆형'은 '京경'으로 된 판본도 있다."[11]

【주석】

1   [전진륜] 『십도산천고(十道山川考)』: "『산해경』(「중차팔경(中次八經)」)에

서 "'형산(荊山)'은 (…중략…) 장수(漳水)가 여기서 발원하여 남동쪽으로 저

---

11) 이 시는 『악부시집』에는 실려 있지 않다. '荊山'은 호북성 양양시 남장현 북서쪽
에 150km에 걸쳐 있는 해발 1200~1800m의 산맥이다. 주봉인 취룡산(聚龍山)
은 해발 1852m이다. 이곳은 당시 형주에 속했다. 포조는 효무제 대명 6년(462)
음력 7월 형주 자사 임해왕 유자욱을 따라 형주에 갔다. 전중련은 이를 근거로
이 시가 이듬해인 대명 7년(463) 봄에 지어진 것으로 보았다(「연표」, 436쪽).
정복림은 포조가 처음 벼슬길에 나선 것이 임천왕 유의경이 강주 자사가 된 원가
16년(439)이 아니라, 형주 자사이던 원가 12년에서 16년 사이(435~439)이므
로, 이 시기에 지어졌을 가능성도 있어, 창작 시기는 의문으로 남겨둔다고 했다
(『교주』, 223쪽).

수(雎水)로 흘러든다'라고 했는데, '雎'는 '沮(저)'와 같다.『상서』「우공」에서 "'형산[荊]'에서 형산(衡山) 남쪽에 이르는 지역이 형주(荊州)'라고 했는데, 바로 이 산이다. 춘추 시기 초나라 사람 변화(卞和)가 옥을 얻은 곳이다."

장형「남도부(南都賦)」: "아래쪽은 나무가 우거지고 '울퉁불퉁하다'[下蒙蘢而'崎嶇']."

[전중련]『수경』권32 : "장수(漳水)는 임저현(臨沮縣 : 지금의 호북성 의창시(宜昌市) 원안현(遠安縣)) 동쪽 '荊山'에서 발원한다." 주 : "'荊山'은 경산(景山)의 동쪽 백여 리에 있다."

『독사방여기요(讀史方輿紀要)』: "'荊山'은 지금의 호북성 북서부 남장현(南漳縣 : 양양시(襄陽市) 속현) 북서쪽 80리에 있다."

2 [전진륜]『좌전』「양공(襄公)·28년」: "서리와 이슬을 무릅쓰다[蒙犯霜露]." 손작(孫綽)「천태산 유람 부[遊天台山賦]」: "'이끼 낀 미끄러운 바위'를 밟는다[踐'莓苔之滑石']."

3 [전진륜] 장형「서경부」: "[높다란 신선 손바닥 모양[仙掌]의 구조물을 세워] '구름 밖'의 맑은 이슬을 받는다[承'雲表'之淸露]."

4 [전진륜]『회남자』「지형훈」: "곤륜산에 (…중략…) '층층이 포개 쌓은 성[層城]' 아홉 겹이 있다."

[황절]『사기』「한세가(韓世家)」[12) : "양왕(襄王) 12년 태자 영(嬰)이 죽자, 공자 구(咎)와 기슬(蟣蝨)이 태자가 되려고 다투었다. 당시 기슬은 초(楚)에 볼모로 가 있었다.] 소대(蘇代 : 소진(蘇秦)의 족제)가 한구(韓咎)에게 말했

─────────────

12) 저본의 '위세가(魏世家)'는 '韓世家'의 잘못이어서 고쳤다.

다. '기슬이 초에 망명 중인데, 초왕이 그를 매우 받아들이고 싶어 합니다. 지금 초의 군대 10여만 명이 방성(方城 : 지금의 하남성 남양시(南陽市) 방성현) 밖에 머물러 있습니다.] 공은 어째서 초왕더러 "만호의 주민이 사는 거대한 도읍[萬室之都]"을 옹씨성(雍氏城 : 지금의 하남성 우주시(禹州市) 고성진(古城鎭)) 곁에 짓게 하지 않습니까?[그렇게 하면 한나라는 반드시 거병하여 그를 구하러 갈 것이고, 공이 틀림없이 지휘를 맡게 될 것입니다. 공은 초나라와 한나라가 기슬을 받들려는 기회를 이용해 그를 한나라로 데려오면, 그가 공의 말을 들을 것은 틀림없고, 반드시 공을 초와 한의 접경지역에 봉할 것입니다.' 한구는 소대의 말을 따랐다.]"[13]

5 **[전진륜]** 『모시』「대아 · 한혁(韓奕)」 제1장 : "'거대한' 양산을['奕奕'梁山], [우(禹)임금이 다스렸네.]"「모전」 : "'奕奕(혁혁)'은 위대(偉大)한 것이다."

『후한서』「진충전(陳忠傳)」 : "'붉은 칠을 한 고관의 수레[朱軒]'가 나란히 달리며 길에서 서로 바라볼 정도로 연락부절이었다."

이사(李斯)「간축객서(諫逐客書)」 : "제나라 동아(東阿)에서 생산한 흰 비단으로 지은 옷[阿縞之衣] [(…중략…) 도 폐하 앞에 바쳐지지 못할 것입니다.]"[14]

[황절] 『모시』「정풍(鄭風) · 출기동문(出其東門)」 제1장 : "'흰 비단옷'에 연두색 패건 차림의 사람이['縞衣'綦巾] [나를 즐겁게 해줄 것이다.]" 모전 : "'縞衣(호의)'는 백색으로 남자의 옷이다."[15]

---

13) '方都(방도)'는 넓은 평원에 방형으로 조성한 큰 도읍이고, '層城(층성)'은 층층으로 쌓은 높은 성이다.

14) 권2 「황하가 맑아짐을 기리는 송가[河淸頌]」 주석 31 참조.

15) 주희 집전에서는 '縞衣綦巾'을 '여자의 복식 중 가난하고 누추한 것[女服之貧陋

'流(류)'는 유품(流品 : 품류, 등급)이다.[16)

[전중련] '縞'는 송본에는 '高(고)'로 되어 있다.[17)

6 [전진륜] 『옥편』 : "'氛(분)'은 氣(기)이다.

[전중련] '氛'은 송본에는 '氣'로 되어 있다.[18)

7 [전진륜] 사마상여 「상림부」 : "구릉으로 뻗어나가고 '평원'으로 내려간다[阤 丘陵, 下'平原']."

도연명 「계묘년 첫봄에 전원의 집에서 옛일을 생각하며[癸卯歲始春懷古田 舍]」 : "'평평한 들판'에는 먼 데서 바람 이리저리 불어온다[平疇交遠風]."

[전중련] '綿(면 : 이어지다)'은 송본에는 '盈(영 : 가득하다)'으로 되어 있다.[19)

8 [전진륜] 「고시십구수 · 정원에는 기이한 나무가 있어[庭中有奇樹]」 : "가지 를 잡아당겨 그 꽃을 꺾는다[攀條折其榮]."

『초사』 「구가 · 소사명」 : "가을 택란 푸릇푸릇하네, 초록색 잎사귀에 '자줏빛 줄기'로다[秋蘭兮靑靑, 綠葉兮'紫莖']."[20)

者]'이라고 했다. 마서진(馬瑞辰)도 『모시전전통석(毛詩傳箋通釋)』에서 "모전 에서 '호의(縞衣)'를 남복(男服)이라고 한 것은 경의(經義)에 부합하지 않는다. '호의'는 역시 시집 안 간 여자가 입는 것이다"라고 했다.

16) '流'는 '馳(치)'와 짝을 이루고 있으므로 '인파가 물결처럼 흐르는' 것을 표현한 것으로 보아야 한다.

17) '縞'가 옳다. 오덕풍은 '高'는 '縞'의 편(偏)이 떨어져 나간 것이라고 보았다(64a쪽).

18) 주석찬과 노문초는 '氣'로 고쳤다. '日氣'는 햇빛에서 발산하는 열기를 말한다. 이 구는 따뜻한 봄 햇살이 산과 시내의 포구를 환하게 퍼진 것을 묘사했고, 대구 는 봄바람에 안개가 걷히는 모습을 묘사했다. '暄霧(훤무)'는 따뜻한 봄에 피는 안개이다. 정복림은 '짙은 안개[濃霧]'로 풀이했다(『교주』, 225쪽).

19) 『전송시』도 같다. 주응등본 및 『군서습보(群書拾補)』 주에는 '盈'은 '綿'으로 된 판본도 있다고 했다.

20) '초록색 잎과 자주색 줄기를 지닌', 이 '秋蘭(추란)'의 '蘭'은 우리가 흔히 알고

[황절]『설문해자』: "'柔(유)'는 나무를 만져서 굽히기도 펴기도 할 수 있는 것이다."

9 **[전진륜]** 도연명 「귀거래사」: "정원은 나날이 거닐어 '좋은 취미가 되었다'[園日涉以'成趣']."

  [황절] 위 무제 조조 「단가행(短歌行)」: "무엇으로 '시름을 달랠 것인가'? 오직 술밖에 없구나[何以'解憂', 唯有杜康]."

10 **[전진륜]**『모시』「빈풍・칠월(七月)」 제6장: "이 '봄에 마실 술'을 빚는대[爲此'春酒']."

【평설】[21)]

있는 '난초'가 아니다. 반부준(潘富俊)의『초사식물도감(楚辭植物圖鑑)』(上海書店出版社, 2003, 20~21쪽)에 실린 첫 번째 식물이 이것인데, '澤蘭(택란, Eupatorium japonicum Thunb.)' 즉 등골나물이다. 택란류의 잎은 향미(香味)가 있어 고인은 살충과 벽사(辟邪)의 용도로 활용하고, 그 뿌리・줄기・잎을 통째로 물에 끓여 목욕하거나 옷 속에 지니고 악취를 제거하기도 하는 등 저명한 고대의 향초라고 설명했다. 그는『당시식물도감(唐詩植物圖鑑)』(2003, 6~7쪽)에서는 중국의 고대 시사(詩詞) 이를테면『당시』・『시경』・『초사』에 등장하는 '蘭'은 모두 '택란'이라고 했다. 팽철호는 이것과 라틴어 학명에 근거해, '등골나물'이라고 설명했다(『우리가 잘못 알고 있는 중국문학 속의 동식물』, 12~20쪽).
21) 진조명은『채숙당고시선』권18에서 "'꽃에 덮인 나무' 4구는 빼어나다['花木'四句, 秀]"라고 했다.

代貧賤苦愁行

湮沒雖死悲, 貧苦卽生劇.[1] 長嘆至天曉, 愁苦窮日夕.

盛顔當少歇, 鬢髮先老白. 親友四面絶, 朋知斷三益.[2]

空庭慚樹萱, 藥餌愧過客.[3] 貧年忘日時, 黯顔就人惜.[4]

俄頃不相酬, 悾惚面已赤.[5] 或以一金恨, 便成百年隙.[6]

心爲千條計, 事未見一獲.[7] 運圮津塗塞, 遂轉死溝洫.[8]

以此窮百年, 不如還窀穸.[9]

「빈천의 고통」을 본떠

흔적 없이 사라짐은 죽음의 비애지만

빈천하여 괴로움은 삶에서의 참극이네.

기나긴 한숨은 날 새도록 이어지고

근심과 고통은 밤과 낮을 다한다네.

젊은 얼굴 아직은 얼마간 남았건만

귀밑머리 벌써 먼저 하얗게 세었네.

벗과의 교유는 사방에서 다 사라져

벗에게서 세 보탬도 받을 수 없게 됐네.

텅 빈 뜰은 심어진 원추리에 부끄럽고

음악과 음식은 길손에게 부끄럽네.

가난한 시절에는 세월도 잊었지만

암담한 얼굴이 동정도 샀지.

잠시 간 교류를 끊었지마는

부끄러워 얼굴 벌써 붉어졌다네.

때로는 한 푼 탓에 생긴 원한이

한평생 뒤틀린 틈 되기도 하지.

마음으론 오만 계획 짜내보지만

성사되는 일이란 하나도 없네.

운명이 허물어져 갈 길 막히면

종당에는 도랑에 빠져 죽겠지.

이렇게 한평생을 다하기보단

묘혈로 돌아감이 나을 듯하네.

【해제】[22)

【주석】

1   [항절] 『사기』 「백이열전(伯夷列傳)」 : "바위굴에 숨어 사는 은사들은 거취(去就)에 이처럼 때가 있지만, 이런 사람들은 이름이 '사라져 없어져 버리고' 언급되지 않으니[名'湮滅'而不稱], 슬프도다!"

'湮滅(인멸)'은 '湮沒(인몰 : 흔적도 없이 모두 없어짐)'과 같다.

---

22)   이 시는 『악부시집』에는 실려 있지 않다. 제목의 '苦愁(고수)'는 송본에는 '愁苦'로 되어 있다.

2 **[전진륜]** 완적 「영회시」 제6수²³⁾ : "귀한 손님 '사방'에서 모여든다[嘉賓'四面'會]."

[황절] 『논어』 「계씨(季氏)」 : "'유익한 벗이 세 부류이고', [해로운 벗이 세 부류이다.] 정직한 사람과 벗하고 성실한 사람과 벗하고 박학다식한 사람과 벗하면, 유익하게 된다['益者三友' (…중략…) 友直, 友諒, 友多聞, 益矣]."²⁴⁾

3 **[전진륜]** 『모시』 「위풍(衛風)·백혜(伯兮)」 제4장 : "어디서 '원추리'를 얻어다가, 그것을 뒤뜰에 심어봤으면[焉得'諼草', 言樹之背]."²⁵⁾

『설문해자』 : "'餌(이)'는 쌀가루로 만든 떡[粉餠]이다."

[황절] '藥(약)'은 마땅히 '樂(악)'으로 써야 한다. 『노자』 제35장에 "'음악과 맛있는 음식[樂與餌]'은 지나가는 길손을 멈추게 한다"라고 했다.²⁶⁾

---

23) '제6수'는 『완보병집(阮步兵集)』에 실린 순서이다. 『문선』에는 17수 중 제9수로 수록되어 있다.

24) 앞 연은 가난과 근심으로 젊어서 백발이 돋았음을 말하고, 이 연은 가난으로 친구와의 교유마저 끊어졌음을 말했다. '少歇(소헐)'은 조금은 쇠락했지만 아직은 젊은 편이라는 뜻이다.

25) 원추리는 근심을 잊게 한다는 풀이라는 의미에서 '망우초(忘憂草)'라고도 한다. 「모전」에 '諼草(훤초 : 원추리)'는 사람들의 근심을 잊게 한다[令人忘憂]"라고 했고, 육덕명(陸德明)의 『경전석문(經典釋文)』에서는 "'諼'은 본래 또 '萱(훤)'으로도 적는다"라고 했다.

26) 『주례』 「천관총재·변인(籩人)」의 '糗餌(구이)'에 대해, 정현은, 정중(鄭衆)의 말을 인용하여 "'糗'는 콩과 쌀을 볶아서 가루를 낸 것이다"라고 했다. Chen은 시 원문 그대로 '약 경단(medicated cake)'이라고 풀이했다(311쪽). 구 전체의 맥락으로 보면, 『노자』의 문장을 전고로 활용한 것으로 보인다. 이 2구는, 인적 없는 뜰에는 가장자리로 원추리[忘憂草]가 심겨 있는데도 근심을 풀지 못하고, 음악과 음식도 길손을 쉬어 가게 할 수 없어서, 부끄럽다는 뜻으로 보인다. 임숭산은 정원에는 원추리가 없고, 방안에는 음악과 음식이 없어서, 시름겨운 사람과 길손을 위로하지 못하는 것이 부끄럽다고 풀이했다(29쪽).

4 **[전진륜]** 『설문해자』: "'黯(암)'은 매우 어두운 것[深黑]이다."²⁷⁾

5 **[전진륜]** 『방언(方言)』제6 : "['愵(전)'과 '恧(뉵)'은 부끄러워하는 것[慙]이다. 형주·양주·청주·서주[荊揚青徐] 일대에서는 '愵'이라고 하는데, 양주·익주·섬서·산서[梁益秦晉] 일대에서는 마음속으로 부끄러워하는 것[心內慙]을 말한다.] 산 동쪽과 서쪽 지방에서는 스스로 부끄러워하는 것[自愧]을 '恧'이라고 하는데, [조·위(趙魏) 일대에서는 '耻(치)'라고 한다.]"²⁸⁾

6 **[전진륜]** 반표(班彪)「왕명론(王命論)」: "대저 기근이 들어 유랑하는 노예는 길에서 굶주림과 추위에 떨며, 짧은 베옷이라도 입고 조금이라도 남은 식량이 있기를 바라는데, 그 원하는 것은 '적은 돈'에 불과하지만[所願不過'一金'] 끝내 '도랑과 골짜기에 굴러 죽게[轉死溝壑]' 된다."

『광운』: "'隙(극 : 틈)'은 원한[怨]이다."

7 **[전진륜]** 『사기』「회음후열전(淮陰侯列傳)」: "지혜로운 자는 '천 번을 생각하면 반드시 한 번의 잃음이 있고[千慮必有一失]', 어리석은 자는 '천 번을 생각하면 반드시 한 번의 얻음이 있다[千慮必有一得]'."

8 **[전진륜]** 『삼국지』「촉서·허정전(許靖傳)」: "허정이 조조에게 편지를 써서 말했다. '(…중략…) 원술(袁術)이 명을 어기고 한 왕실을 해치며 [역도들을 선동하여] "나루와 길이 사방으로 모두 막혀버린[津塗四塞]" 상황에 압박을 받

---

27) '黯顔(암안)'은 근심 걱정으로 괴로워해[愁苦] 어두워진 얼굴이다.
28) '恧怩(뉵니)'는 몹시 부끄러워하는 모습을 나타내는 쌍성연면자이다. 출구의 '相酬(상수)'는 서로 교류하는 것이다. 이상 4구는 가난한 시절에는 세월의 흐름조차 인식하지 못한 채 힘겹게 살았으며, 그 때문에 어두워진 얼굴을 본 사람들이 동정을 보내기도 했지만, 세상과 단절된 삶을 살면서 그것이 몹시 부끄러웠음을 말했다.

있습니다.'"

『주례』「지관사도(地官司徒)·수인(遂人)」: "열 명의 장정이 경작하는 전답 사이에 '溝(구)'를 만들고, 백 명의 장정이 경작하는 전답 사이에 '洫(혁)'을 만든다."[29]

[황절] 『설문해자』: "'圮(비)'는 무너지는 것[毁]이다."

9 **[전진륜]** 『좌전』「양공(襄公)·13년」 '春秋窀穸之事(봄가을 제사와 안장(安葬)의 일)' 주: "'窀(둔)'은 두터운 것[厚]이고, '穸(석)'은 밤[夜]이다. 묘혈 속은 기나긴 밤처럼 매우 어둡다는 뜻이다. 일설에는 깊이 묻는 것[長埋]을 '窀'이라고 하고 긴 밤[長夜]을 '穸'이라고 한다고 했다."[30]

【평설】

　[황절] 진조명 : 시어의 운용은 지극히 거칠지만, 정감의 서술은 한껏

---

29) 「동관고공기(冬官考工記)·장인(匠人)」에, "아홉 장정이 경작하는 전답이 井(정)이다. 정과 정 사이는 너비가 4척 깊이가 4척인 봇도랑을 만드는데, 그것을 '溝'라고 한다. 사방 10리를 成(성)이라고 한다. 성과 성 사이에는 너비가 8척이고 깊이가 8척인 도랑을 만드는데, 그것을 '洫'이라고 한다"라고 했다. '溝洫(구혁)'은 전답 사이에 관개와 배수를 위해 만든 도랑이다. '轉死溝壑(전사구학)'은 주석 6을 볼 것. '運圮(운비)'는 운명이 막히거나[圮滯(비체)] 또는 무너지는[圮毁(비훼)] 것을 뜻한다. 『진서(晉書)』「제갈회전(諸葛恢傳)」에 "사방이 쪼개지고 무너졌으니, 모름지기 '무너져가는 운명[圮運]'을 바로 세워 떨치게 해야 한다[四方分崩, 當匡振圮運]"라고 했다. '津塗(진도)'는 나아가는 길이다.

30) 이것은 『강희자전』에 실린 내용이다. 중간송본의 두예 주는 "'窀', 厚也; '穸', 夜也. 厚夜, 猶長夜. 春秋謂祭祀, 長夜謂葬埋('窀'은 '厚'이고, '穸'은 '夜'이다. '厚夜' 즉 두꺼운 밤은 '長夜' 즉 긴 밤과 같다. '春秋'는 제사를 말하고, '長夜'는 매장을 말한다)"로 되어 있다. '窀穸'은 광중(壙中 : 무덤구덩이)에 매장하는 일 또는 광중 즉 묘혈(墓穴)이다.

다 했다. 한위漢魏 시기의 시인에게도 물론 이러한 종류가 있으니 조일趙壹과 정효程曉, 220?~264가 모두 그러한 예이다.[31] 시구는 차라리 거칠고 떫어야 하지만, 절로 무르익어서, 반드시 약한 가락과 억지로 압운을 맞추느라 이해할 수 없게 만든 곳은 없어야 한다.『채숙당고시선』권18

---

31) 조일은 후한 영제(靈帝, 168~189 재위) 시기의 문인으로, 「궁조부(窮鳥賦)」, 「자세질사부(刺世疾邪賦)」 등의 부를 남기고 있다. 「자세질사부」에는 오언시 2편이 들어 있는데, 정복보의 『전한시』 권2에는 '질사시(疾邪詩) 2수'로 수록했고, 녹흠립의 『한시』 권7에는 각각 '진객시(秦客詩)'와 '노생시(魯生詩)'라는 제목으로 실었다. 종영(鍾嶸)은 『시품(詩品)』 「하품(下品)」 '한상계조일(漢上計趙壹)' 조에서 "원숙(元叔: 조일의 자)은 '택란과 패란[蘭蕙]에 분노를 흩뿌리고', '한 주머니의 돈을 지적해 꾸짖었으니', 고통스러운 말과 처절한 구절이 실로 고달팠구나. 이 사람에게 이런 곤고(困苦)가 있었으니 슬프다"라고 평하였다. 종영이 '택란과 패란[蘭蕙]에 분노를 흩뿌렸다'라고 한 것은, 제2수의 "갈옷 입은 가난한 서생이 금과 옥 같은 재주를 품고 있어도, 택란과 패란이 소와 말의 먹이인 건초가 되었구나[被褐懷金玉, 蘭蕙化爲芻]"를 가리키고, '한 주머니의 돈을 지적해 꾸짖었다'라는 것은, 제1수의 "읽은 문장과 전적이 뱃속에 가득해도, 한 주머니 동전보다 못할 뿐[文籍雖滿腹, 不如一囊錢]"이라고 한 것을 가리킨다. 정효는 삼국시대 위나라 학자이다. 정복보의 『전진시』 권2와 녹흠립의 『진시』 권1에, 모두 사언시 「부현에게[贈傅休奕]」 2수와 오언시 「무더위에 찾아온 손님을 조소함[嘲熱客詩]」 1수가 수록되어 있다.

代邊居行

少年遠京陽, 遙遙萬里行.[1] 陋巷絶人徑, 茅屋摧山岡.[2]

不覩車馬迹, 但見麋鹿場.[3] 長松何落落, 丘隴無復行.[4]

邊地無高木, 蕭蕭多白楊.[5] 盛年日月盡, 一去萬恨長.[6]

悠悠世中人, 爭此錐刀忙.[7] 不憶貧賤時, 富貴輒相忘.[8]

紛紛徒滿目, 何關慨予傷. 不如一歠中, 高會挹淸漿.[9]

遇樂便作樂, 莫使候朝光.[10]

「변방 생활의 노래」를 본떠

소년 적에 서울을 멀리 떠나서

아득히 만 리 먼 곳 찾아왔더니,

누추한 골목에는 인적도 없고

초가는 산마루에 무너져 있네.

수레 말은 흔적조차 보이지 않고

고라니와 사슴 터만 보일 뿐이네.

장송長松은 어찌 저리 낙락하던지

언덕 위에 다시는 줄짓지도 못한다네.

변경에는 교목은 보이지 않고

소슬하게 사시나무 많기도 하네.

한창때는 날로달로 사라져 가고

지나가면 오만 가지 한만 남겠지.

허황케도 세속의 사람들이란

사소한 이런 일로 바삐 다투네.

빈천했던 시절은 생각지 않고

부귀하면 곧바로 잊어버리지.

분분한 그 모습이 눈에 가득 차지만

내 슬픈 감개와는 아무 상관 없다네.

차라리 한 마지기 좁은 땅에서

고상하게 만나서 맑은 술 드세.

즐거운 일 만나면 바로 즐길 뿐

아침 해 떠오르길 기다리진 말아야지.

【해제】³²⁾

【주석】

1   [전진륜] 반악 「금곡원에 모여 짓다[金谷集詩]」 : "아침에 '진의 수도 낙양'을

출발하여, 저녁에는 금곡원 물가에 머문다[朝發'晉京陽', 夕次金谷澗]."

[전중련] '京(경)'은 송본 주에 "荊(형)'으로 된 판본도 있다"라고 했다.³³⁾

---

32) 이 시는 『악부시집』에는 실려 있지 않다.

33) 주응등본, 『전송시』 및 『군서습보(群書拾補)』에도 같은 주가 있다. 시의 제목과
내용으로 보면, 어려서 서울을 떠나 먼 변방으로 갔다는 의미가 되는 '京'이 낫다.
'京陽'은 동한과 위진(魏晉)의 수도였던 낙양(洛陽)이다. 반악(潘岳)의 「금곡원

'行(행)'은 송본에는 '方(방 : 지방)'으로 되어 있다.[34]

2 **[전진륜]** 『이아』「석산(釋山)」: "산둥성이를 '岡(강)'이라고 한다."

3 **[전진륜]** 『모시』「빈풍・동산(東山)」제2장 : "'사슴 노는 곳'에는 여기저기 발 자국이 찍혀 있다[町疃'鹿場']."[35]

   [황절] 도연명「음주(飲酒)」제5수 : "사람 사는 곳에 초가집을 지었는데, '수 레와 말의 소음'이 없다[結廬在人境, 而無'車馬喧']."

4 **[전진륜]** 손작(孫綽)「천태산 유람 부[遊天台山賦]」: "'낙락장송'은 그늘을 드 리운다[蔭'落落之長松']."

5 **[전진륜]**「고시십구수・떠난 세월 나날이 멀어져가고[去者日以疏]」: "'사시 나무'에 거센 바람 많이도 불어, '쏴아쏴아' 사람을 슬퍼 죽게 만드네['白楊'多 悲風, '蕭蕭'愁煞人]."

6 **[전진륜]** 소무(蘇武) 시[36] : "'한창때'는 흘러가 벌써 사라졌구려['盛年'行 已衰]."

   [황절] 진가(秦嘉)「아내에게 주는 시[贈婦詩]」: "한 번 이별에 수만 가지 정

에 모여 짓다]에서 '晉京陽'은 낙수의 북쪽에 자리한 수도 낙양을 가리킨다.

34) 주응등본도 같다. 『군서습보』에서는 '方'으로 교감했다. '行'은 제8구의 운각에 '行' 자가 있어 중운(重韻)이 되므로 '方'이 낫다.

35) 주희『시집전』에서는 '町疃(정탄)'을 '집 옆의 공터[舍旁隙地]'라고 하고, 사람 이 살지 않아서 사슴 놀이터가 된 것이라고 했다.

36) 작가를 알 수 없는 고시인데, 『문선』권27「악부」조식「미녀편(美女篇)」이선 주에 '이릉에게 답함[答李陵詩]'이라는 제목으로 "低頭還自憐, 盛年行已衰(고개 숙여 생각하면 스스로 가련하니, 한창때는 흘러가 벌써 사라졌구려)" 2구가 인 용되어 있다. 『고시기(古詩紀)』권20에도 '蘇武'의 '答李陵詩'라는 제목으로 실 려 있다.

한을 품는다[一別懷萬恨]."

7 **[전진륜]**『좌전』「소공(昭公)·6년」: "'송곳 끝처럼 작은 일[錐刀之末]'까지 장차 다 '다투게[爭]' 될 것이다."

8 **[전진륜]** (이 2구의 의미를 담은 전거(典據)는)「유원경을 위해 쓴 표기장군 직의 제수를 사양하는 표」(주석 3『사기』「진섭세가」인용)에서 보았다.

9 **[전진륜]**『예기』「유행(儒行)」: "선비는 '1묘의 작은 집'을 소유한다[儒有'一 畝之宮']."

'漿(장 : 신 음료)'은 「남새밭 아욱[園葵賦]」(주석 22)에서 보았다.

[황절]『모시』「소아·대동(大東)」제7장 : "그 북쪽에 국자 같은 남두육성 있 어도, '술이나 국을 뜰 수도 없다[維北有斗, 不可以'挹酒漿']."[37]

10 **[황절]**「고시십구수·한평생 백 년을 못 채우는데[生年不滿百]」: "'즐기는 것 모름지기 '때맞추어야지', 어떻게 '내년까지 기다릴' 수 있겠소[爲樂'當及時', 何能'待來玆']."

---

37) '高會(고회)'는 본래 성대한 연회, 대규모의 집회를 높여 부르는 말인데, 시에서 는 세속의 분분한 일에 초연한 벗들이 모이는 고상한 연회이다. 이곳의 '淸漿(청 장)'은 맑은 술이다.

代邽街行

竚立出門衢, 遙望轉蓬飛.¹ 蓬去舊根在, 連翩逝不歸.²

念我捨鄉俗, 親好久乖違, 慷慨懷長想, 惆愴戀音徽.³

人生隨事變, 遷化焉可祈.⁴ 百年難必果, 千慮易盈虧.⁵

「규가의 노래」를 본떠

성문 나가 한길 가에 멍하니 서서

뒹구는 망초 대를 아득히 바라보네.

망초 대는 떠나고 묵은 뿌리 남았는데

펄럭펄럭 가고 가서 다시 아니 돌아오네.

생각하면 나 역시 고향을 떠나와서

친한 벗들 오래도록 만나지 못하였네.

강개하여 끝없는 그리움 품고

처연히 음성 용모 그리워지네.

사람 삶은 일에 따라 바뀌게 되는 것

천화遷化를 기도로 이룰 수 있으리?

백 년 한 생 다 살기가 어렵건마는

오만 사념 쉽사리 찼다 기우네.

【해제】

[전진륜] 「거사행去邪行」으로 된 판본도 있다.[38]

『한서』「지리지·하」'농서군隴西郡' 조에 '상규현上邽 : 지금의 감숙성 천수 (天水)'이 있다.

『한서』「지리지·상」'경조윤京兆尹' 조에 '하규현下邽 : 지금의 섬서성 위남 (渭南)'이 있다.

[황절] 사혜련謝惠連, 406~433 「각동서문행却東西門行」[39] : "'북받치는 감정 에 그리움 피어, 슬픔에 젖은 채로 소식을 기다린다.' 네 계절은 끝나 는 때 서로 다투고, 여섯 용태양은 지는 시기 끌어당긴다. '사람 삶은 시 절 따라 변해 가는 법, 천이 변화 어떻게 빌어서 이루리? 백 년 한평생 은 보장하기 어렵건만, 천 가지 근심은 가슴에 가득하다'慷慨發相思, 惆悵 戀音徽.' 四節競闌候, 六龍引頹機. '人生隨時變, 遷化焉可祈. 百年難必保, 千慮盈懷之'."

사혜련이 팽성왕彭城王 유의강劉義康의 법조참군法曹參軍이 된 시기는 문제 원가 원년424이고, 죽었을 때의 나이는 27세[40]로, 원가 중엽에 해 당한다. 포조414?~466는 임해왕 유자욱劉子頊의 난에 죽었는데, 바로 명 제明帝, 465~473 재위 초이니, 30년밖에 차이가 나지 않는다. 이 시는 포조 가 아마 사혜련의 이 시를 본뜬 것이 아닌가 여겨진다.[41]

---

38) 이 시는 『악부시집』에는 실려 있지 않다.

39) 『악부시집』권37 「슬조곡」에 수록되어 있고, 『예문유취』권41 「악부(樂部)·1」 에는 제목이 '都東西門行(도동서문행)'으로 되어 있는데, '慷慨(강개)'는 두 곳 모두 '慷愷(강개)'로 되어 있다.

40) 저본에 '三十七年'으로 되어 있는데, 표점교감본 『송서』권53 「사혜련전(謝惠連 傳)」과 주에 근거하여 고쳤다.

【주석】

1 **[전진륜]**『모시』「패풍‧연연(燕燕)」제2장 : "'우두커니 서서' 눈물을 흘리네 ['佇立'以泣]."

『이아』「석궁(釋宮)」: "사방으로 통하는 길을 '구(衢)'라고 한다."

'轉蓬(전봉 : 뒹구는 망초)'은 「진사왕 조식의 '낙양의 노래'를 본떠(代陳思王京洛篇)」(주석 7)에서 보았다.

[황절] 위 무제 조조(曹操)「각동서문행」: "밭에는 '뒹구는 망초'가 있어, 바람 따라 멀리 날아가누나. 영원히 '옛 뿌리서 끊어졌으니', 만 년이 지나도 '만나지 못한다네'[田中有'轉蓬', 隨風遠飄揚. 長與'故根絕', 萬歲'不自當']."

2 **[전진륜]** 조식「백마편」: "'끊임없이' 북서쪽으로 달려 나간다[連翩西北馳]."[42]

[황절] 조식「우차편(吁嗟篇)」: "[아 바람에 굴러가는 망초의 대는, 세상에서 어찌 저리 외로운 건지. (…중략…)] 너풀너풀 여덟 못을 두루 돌아서, '펄럭펄럭' 다섯 산을 지나왔다네[飄飄周八澤, '連翩'歷五山]."

3 **[황절]** 육기「의고시(擬古詩)‧'가고 가고 거듭하여 가고 가서는'을 본떠[擬行行重行行]」: "'음성과 용모'는 밤낮으로 떠나간다['音徽'日夜離]."

4 **[전진륜]**『삼국지』「위서‧유이전(劉廙傳)」: "형 유망지(劉望之)가 (…중략…) 사직을 하고서 유표(劉表)에게 귀의하려 하자, [형에게 말했다.] '(…중략…) 형님은 유하혜(柳下惠)를 본받아 안에서 빛을 감추고 서로 어울릴 수 없으니, 범려(范蠡)를 본받아 밖으로 물러나 "시운의 변화에 따라[遷化]" 합

---

41) 정복림도 황절 주를 인용했다(『교주』, 256쪽).
42) 『문선』장선(張銑) 주에 "'連翩'은 말이 달리는 모양[馬馳貌]"이라고 했다.

니다.'"43)

[황절] 모시서 : "왕국의 사관(史官)이, 정치와 교화의 득실의 실상을 잘 파악하고, 인륜이 쇠락한 것에 상심하고 형정(刑政)이 가혹한 것을 애통해하여, 본심의 감정을 시로 읊조려 윗사람에게 풍간(諷諫)을 했는데, '세사의 변화[事變]'에 통달하고 옛 풍속을 그리워하는 것이다."

[전중련] 송본에는 '事(사)'가 '時(시)'로 되어 있다.

5 **[전진륜]** '千慮(천려 : 여러 가지 생각)'는 「빈천의 고통'을 본떠[代貧賤苦愁行]」(주석 7)에서 보았다.

---

43) '遷化(천화)'는 변하여 바뀌는 것이다. 불교에서는 죽음을 뜻하는 말로도 사용된다.

蕭史曲

蕭史愛長年, 嬴女矜童顔.¹ 火粒願排棄, 霞霧好登攀.²

龍飛逸天路, 鳳起出秦關.³ 身去長不返, 簫聲時往還.

소사의 노래

소사는 장수를 갈망하였고

영씨 딸은 동안을 매우 아꼈네.

익힌 음식 알곡 음식 먹지 않으며

운무 속에 등반하기 좋아했다네.

용은 날아 하늘길로 높이 달리고

봉은 일어 진의 관문 멀리 떠났네.

떠나간 후 영원히 안 돌아오고

퉁소 소리 때때로 들려온다네.

【해제】

[전진륜] 이 작품은 또 『장무선집張茂先集』에도 보인다.⁴⁴⁾

---

44) 『예문유취』권78에도 장화(張華)의 작품으로 수록했고, 장부(張溥)의『한위육
조백삼가집(漢魏六朝百三家集)』에는 『장화집』과 『포조집』에 모두 수록했다.
『고시기(古詩紀)』권60에는 포조의 작품에 넣고, "『악부시집』에서는 포조의 작
품이라고 했고, 『예문유취』에서는 장화의 작품이라고 했는데, 이 시의 풍격은
진대 시인과는 부합하지 않으니, 마땅히 『악부시집』이 옳다"라고 했다.

'蕭史소사'는 「'승천의 노래'를 본떠」 주주석 11에서 보았다.

[전중련] 송본에는 제목이 '詠蕭史영소사'로 되어 있다.

『악부시집』에는 이 시를 「청상곡사」에 넣었다.

【주석】

1 **[전진륜]** 『사기』 「진본기(秦本紀)」 : "진의 선조는 전욱(顓頊) 황제의 먼 후예

이다. [손녀가 여수(女脩)이다. 여수가 (…중략…) 아들 대업(大業)을 낳았

다. 대업이 (…중략…) 아들 대비(大費)를 낳았다.] (…중략…) 대비는 (…중

략…) 순(舜)임금을 도와 새와 짐승을 길들였는데, [새와 짐승이 많이 길이 들

어 복종했으니,] 이 사람이 백예(柏翳)이다. 순임금이 '영(嬴)'을 성(姓)으로

하사했다."⁴⁵⁾

[황절] 『설문해자』 : "'吝(린)'은 아끼는 것이다." 민간에서는 '悋'으로 적는다.

『광운』에서는 "민간에서는 '𠫤'으로 적는다"라고 했다.

[전중련] 송본 및 『악부시집』에는 '長(장)'이 '少(소)'로 되어 있다.⁴⁶⁾

2 **[전진륜]** 『예기』 「왕제(王制)」 '東方曰夷, (…중략…) 有不"火食"者矣. 南方

曰蠻, (…중략…) 有不"火食"者矣. 西方曰戎, (…중략…) 有不"粒食"者矣.

北方曰狄, (…중략…) 有不"粒食"者矣(동방을 이라고 하는데 (…중략…) "익

---

45) '嬴女(영녀 : 영씨의 딸)'는 '秦女(진녀 : 진왕의 딸)'와 같으며, 진 목공의 딸 농
옥(弄玉)을 가리킨다. 자세한 것은 「승천의 노래」를 본떠[代升天行] 주석 11
참조.
46) 주응등본도 같다. '少年'이면 젊은 나이를 가리키고, '長年'이면 오래 사는 것, 즉
'長壽(장수)'의 뜻이다.

힌 음식"을 먹지 않는 자가 있다. 남방을 만이라고 하는데, (…중략…) "익힌 음식"을 먹지 않는 자가 있다. 서방을 융이라고 하는데, (…중략…) "알곡 음식"을 먹지 않는 자가 있다. 북방을 적이라고 하는데, (…중략…) "알곡 음식"을 먹지 않는 자가 있다)' 정현 주 : "'익힌 음식[火食]'을 먹지 않는 것은 땅 기운이 따뜻하여 그냥 먹어도 병이 들지 않기 때문이고, '알곡 음식[粒食]'을 먹지 않는 것은 땅 기운이 차가워 오곡이 적기 때문이다."

[전중련] 『악부시집』에는 '霧好(무호)'가 '好忽(호홀)'로 되어 있다.[47)]

3 **[전진륜]** 매승 「악부시(樂府詩)」[48)] : "미인은 구름 위에 있으니, '하늘길' 멀어서 만날 기약도 없다[美人在雲端, '天路'隔無期]."

『사기』 「소진전(蘇秦傳)」 : "'진나라[秦]'는 '사방이 요새로 막힌 나라[四塞之國]'입니다." 장수절(張守節) 정의 : "동쪽으로는 황하가 있고, 함곡·포진(蒲津)·용문(龍門)·합하(合河) 등의 관(關)이 있으며, 남쪽으로는 남산(南山)과 무관(武關)·요관(嶢關)이 있고, 서쪽으로는 대롱산(大隴山) 및 농산관(隴山關)·대진(大震)·오란(烏蘭) 등의 관이 있고, 북쪽으로는 황하와 남새(南塞)가 있으니, [이것이 '사방이 요새로 막힌 나라'이다.]"

[황절] 「이소」 : "나를 위해 '비룡'이 수레를 몰게 하고, 고운 옥과 상아를 섞어 나의 수레를 꾸민다[爲余駕'飛龍'兮, 雜瑤象以爲車]."

---

47) '霞好(하호)'는 어색하다. '火粒(화립)'과 대우인데 '霞霧(하무)'가 더 잘 호응하므로 "霞'霧好'登攀"이 되어야 한다.

48) 『옥대신영』 권1에 매승의 「잡시(雜詩)」 9수 중 제6수로 수록한 「택란 두약 봄철에 피어나서는[蘭若生春陽]」인데, 한 말 또는 그 이후에 지은 위작이다(육간여(陸侃如)·풍원군(馮沅君), 『중국시사(中國詩史)』, 북경 : 作家出版社, 1956, 261~262·271~276쪽 참조).

「이소」: "나는 '봉황에게 날아오르게' 하여, 밤낮을 쉬지 않고 계속 가게 합니다[吾令'鳳鳥飛騰'兮, 繼之以日夜]."⁴⁹⁾

왕일 「이소경장구서(離騷經章句序)」: "'규룡과 용, 난조와 봉황[虯龍鸞鳳]'으로 군자를 비유했다."⁵⁰⁾

49) 저본의 '鳳皇(봉황)'은 석음헌총서본에는 '鳳鳥(봉조)'로 되어 있고 '又(우)' 자는 없어서, 고쳤다. 황절(黃節)의 『포참군시주(鮑參軍詩注)』 4판(臺北 : 世界書局, 1974)에는 제대로 되어 있다.
50) '簫聲(소성 : 퉁소 소리)'은 「'승천의 노래'를 본떠[代昇天行]」 주석 11을 볼 것.

王昭君

旣事轉蓬遠, 心隨雁路絶.**1** 霜鞞旦夕驚, 邊笳中夜咽.**2**

왕소군

　뒹구는 망초 따라 지난 일은 멀어지고

　기러기 행렬 따라 마음은 사라지네.

　서리 덮인 전고戰鼓는 아침저녁 울려대고

　변방의 호가는 한밤중에 오열하네.

【해제】

　[전진륜] 『금조琴操』: "왕소군은 흉노에 머물면서, 한漢 황제에게 처음에 사랑을 받지 못한 것을 한하여 원망하는 생각을 노래로 읊었는데, 후인이 「소군원昭君怨」이라고 제목을 붙였다."

　석숭石崇 「왕명군사王明君辭·서」: "'王明君'은 본래는 '王昭君왕소군'인데, 문제文帝의 이름을 피하여 고쳤다.**51)** 흉노가 번성하여 한漢에 청혼하자, 원제元帝, 49~33 B.C. 재위는 후궁 중 양갓집 딸 '왕명군'을 짝으로 주었다. 예전에 공주가 오손烏孫으로 시집갈 때,**52)** 비파로 마상에서 음악

---

51)　삼국 위(魏)의 권신 사마소(司馬昭, 211~265)를 말한다. 아들 사마염(司馬炎)이 서진(西晉)을 건국한 후 추존하여 시호를 '文帝'라고 했다. 그 후 사마소의 휘(諱) '昭'를 피하여 뜻이 같은 다른 글자 '明'으로 바꿔, '王昭君'을 '王明君'으로 부르게 되었다는 뜻이다.

을 짓도록 하여, 그 길가는 도중의 슬픔을 위로했었다. 왕명군을 보낼 때도 역시 틀림없이 그렇게 했을 것이다. 그 새로 지은 곡은 슬프고 원망스러운 가락이 많았다. 그래서 그 내용을 이렇게 종이에 적어본다."

[전중련] 『악부시집』은 이것을 권29 「상화가사·음탄곡吟嘆曲」에 넣고, 『고금악록古今樂錄』을 인용하여 이렇게 설명했다. "장영張永의 『원가기록元嘉技錄』에 '음탄吟嘆' 4곡이 있는데, 첫째 「대아음大雅吟」, 둘째 「왕명군王明君」', 셋째 「초비탄楚妃嘆」, 넷째 「왕자교王子喬」이다. 「대아음」·「왕명군」·「초비탄」은 모두 석숭石崇의 가사이고, 「왕자교」는 고사古辭이다. 「왕명군」 1곡은 지금도 곡이 남아 있다. 「대아음」과 「초비탄」 2곡은 지금은 노래할 수 있는 사람이 없다."

【주석】

1　[전진륜] '轉蓬(전봉 : 뒹구는 망초)'은 「진사왕 조식의 '낙양의 노래'를 본떠[代陳思王京洛篇]」(주석 7)에서 보았다.

2　[전진륜] 『석명』 : "'鞞(비)'는 돕는 것[助]이다. 북을 치는 가락[鼓節]을 도와주는 것이다."[53]

---

52) 한 무제 원봉(元封) 6년(105 B.C.) 강도왕(江都王) 유건(劉建)의 딸 유세군(劉細君)을 오손국 왕에게 시집보낸 것을 말한다. 『한서』 「서역전(西域傳)·하」에 실려 있다. 그녀는 중국 최초의 화친(和親) 공주로, 흔히 '오손공주(烏孫公主)'로 불린다. '오손'은 천산산맥(天山山脈) 북쪽 기슭을 거점으로 활약한 투르크계 유목민족인데, 기원전 177년경 흉노에게 밀려 동부천산에서 서부천산으로 이동했다.
53) 『강희자전』 '鞞(비)' 자 풀이에 인용된 문장이다. 『예기』 「월령·중하지월(仲夏之月)」 '命樂師修鞀鞞鼓(악사에게 명하여 작은북·큰북 등을 수리하게 한다)'의

『송서』「악지(樂志)·1」'가(笳)' : "두지(杜摯)의 「가부(笳賦)」에 '이백양(李伯陽)이 서융으로 들어가서 만든 것이다'라고 했다."[54]

[황절] '鞞(비)'는 '鼙(비 : 작은북)'의 차자이다. 『설문해자』에 "'鼙'는 '騎鼓(기고)'이다"라고 했다. 말을 타는 것이 '騎'이다. '鼙'는 네 발이 있어서 땅에 버티어 세워 놓으면, 마치 사람이 말을 탄 모양과 같다. 그래서 '騎鼓'라고 한 것이다. 이 시에서 활용한 것은 이것이다.

[전중련] '鞞'는 송본에는 '輝(휘 : 빛나다)'로 되어 있다.[55]

공영달 「소」를 인용한 것이다. 『사부총간(四部叢刊)』의 송각본 『석명』 「석악기(釋樂器)」와 중간송본 『예기』에는 모두 '鞞' 자는 '鼙(비)'로 되어 있고, 앞의 '助(조)' 자는 '裨(비)'로 되어 있다.

54) 『문선』 권2 장형 「서경부」 주, 『통전(通典)』 권144 「악전(樂典)」의 인용도 같다. 『태평어람』 권581 「악부(樂部)·가(笳)」에는 '杜摯「笳賦序」'로 인용되어 있는데, 내용은 다소 차이가 있다. 위에 해당하는 내용만 인용하면 이렇다. "昔李伯陽避亂西入戎. 戎越之思, 有懷土風, 遂造斯樂(옛날 이백양이 난을 피해 서쪽으로 융으로 들어갔다. 변방에서의 향수로 고향 음악에 대한 그리움이 일어 마침내 이 악기를 만들었다)". 본문은 『예문유취』 권44에 실려 있다. 엄가균의 『전삼국문』에는 『태평어람』과 『예문유취』에 수록된 글을 합치고, '가부(笳賦) : 병서(幷序)'라는 제목으로 실었다. '伯陽'은 노자(老子)의 자이다. '笳'는 중국 북방 소수민족의 군중 악기로, 우리나라의 태평소(太平簫) 비슷하다.

55) 대구의 '邊笳(변가)'와 대우가 되므로 악기인 '鞞(비)'가 옳다. 군중에서 사용하는, 네 발 달린 거치대 위에 올려놓은 작은북이다. 오덕풍, 65a쪽 참조.

吳歌(1)

夏口樊城岸, 曹公却月戍.**1** 但觀流水還, 識是儂流下.**2**

오 지방 노래(1)

하구와 번성 둑을 걸어가거나

조공의 각월성의 수루 위에서,

흐르는 물 돌아옴을 보기만 하면

제가 흘린 눈물임을 잊지 마세요.

【해제】

　[전진륜] 곽무천의 『악부시집』에는 제3수를 수록했고, 제목 앞에 '청상곡사'라고 표기했다.

　『통전』 「악전樂典・5」: "오기吳歌와 잡곡雜曲은 모두 강남에서 나왔는데, 진송晉宋 이래로 점차 증가하고 널리 퍼졌다."**56)**

　[전중련] 송본에는 '三首삼수'가 '二首이수'로 되어 있다.**57)**

---

56) 『악부시집』 권44 「청상곡사・오성가곡(吳聲歌曲)」 해제에는 『진서(晉書)』 「악지(樂志)」를 인용했는데 이것과 같은 내용이다.

57) 작품도 제2・3수만 수록했다. 정복림은 장부본과 『악부시집』・『고시기』를 따라 3수를 수록하고 제목도 '「吳歌」三首'로 표기했다(『교주』, 641쪽).

【주석】

1 **[전진륜]** 『삼국지』「위서·무제기」: "건안 13년(208) (…중략…) 가을 음력 7
월에 공(조조(曹操))은 남쪽으로 유표(劉表)를 정벌했다. 8월에 유표가 죽고,
그 아들 유종(劉琮)이 대를 이어 양양(襄陽 : 지금의 호북성 양양시)에 주둔했
다. 유비(劉備)는 '번성[樊 : 지금의 호북성 양번(襄樊)]'에 주둔했다. 9월에
공이 신야(新野 : 지금의 하남성 남양(南陽) 신야현)에 이르자 유종은 마침내
항복했다. 유비는 '하구(夏口 : 지금의 호북성 무한시(武漢市) 한구(漢口) 지
역)'로 달아났다. 공은 강릉(江陵)으로 진군하여 형주(荊州)[58]의 관리와 백
성에게 명령을 내려 자신과 함께 새롭게 출발하자고 했다."

『수경주』권35「강수(江水)」: "면수(沔水) 동쪽에 '각월성(卻月城)'이 있는
데, '언월루(偃月壘)'라고도 한다."

왕응린(王應麟, 1223~1296) 『통감지리통석(通鑑地理通釋)』권11「삼국형
세고(三國形勢考)·상」 '팔진도(八陣圖)': "홍씨(洪氏)가 말했다. '팔진(八
陣)의 돌무더기(魁)는 64개이니, 역(易)의 팔괘를 중첩한 괘의 수이다. "각월
(却月)"의 돌무더기는 24개이니, 역을 그리는 획의 수이다.[59] 획은 원형에서

---

58) 한대 13개 주자사부(州刺史部)의 하나. 동한 시기 형주는 남양(南陽 : 지금의 하
남성 남서부), 남군(南郡 : 호북성 서부), 강하(江夏 : 호북성 동부), 장사(長沙 :
하남성 북동부), 계양(桂陽 : 호남성 남동부), 무릉(武陵 : 호남성 북서부), 영릉
(零陵 : 호남성 남서부) 등 일곱 군을 관할했다. 주의 치소는 유표가 형주목(荊州
牧)이던 시기에는 무릉군 한수현[漢壽 : 지금의 호남성 상덕시(常德市) 한수현]
에 있었다.
59) 팔괘의 효(爻)의 총수를 말한다. 팔괘는 보통 건(乾, ☰)·진(震, ☳)·감(坎, ☵)
·간(艮, ☶)·곤(坤, ☷)·손(巽, ☴)·이(离, ☲)·태(兌, ☱)의 순으로 팔방에 원
형으로 배치한다.

시작되어 신묘하다. 그래서 "각월"의 형상은 둥글다. 괘는 방형(方形)에서 결정되어 지혜롭다. 그래서 팔진의 형체는 네모지다.'"

[황절] 『수경주』권35 「강수(江水)」: "양자강은 또 동으로 흘러 예장(豫章 : 지금의 강서성 남창시(南昌市)) 어귀에 이르는데 하수(夏水)가 소통하는 곳이다.

『수경주』권35 「강수」: "양자강의 서쪽 기슭은 앵무주(鸚鵡洲)[60]의 남쪽에 해당하며 양자강이 서쪽으로 이어지는데, 그 물 이름을 역저(驛渚)라고 한다. 3월 말에 물은 내려가 번구(樊口 : 지금의 호북성 악주시(鄂州市) 악성현(鄂城縣) 북서쪽)의 물과 통한다."

2 [전중련] 이 작품은 송본에는 없다.

---

60) 본래 한수(漢水)와 양자강이 합류하는 지역의 남쪽 한양(漢陽 : 지금의 호북성 무한시 한양구) 지역에 있던 삼각주인데, 지금은 뭍으로 연결되어 있다.

吳歌(2)

夏口樊城岸, 曹公卻月樓.¹ 觀見流水還, 識是儂淚流.²

오 지방 노래(2)

하구와 번성 둑을 걸어가거나

조공의 각월성의 수루 위에서,

흐르는 물 돌아옴을 그대 보시면

제 눈물 흐름임을 잊지 마세요.

【주석】

1 **[황절]** '樓(루)'는 수루(戍樓)를 말한다.

[전중련] 송본에는 '曹(조)'가 '魯(로)'로 되어 있다.⁶¹⁾

2 **[황절]** '觀(관)'은 아마 '歡(환)'의 오자인 듯하다. 좋아하는 사람을 말한다.⁶²⁾

---

61) 여기에는 조조가 유표를 정벌한 고사가 담겨 있으므로 '曹'가 옳다. '曹公'은 조
조이다. 정복림은 제1·2수의 '魯'를 모두 장부본과 『악부시집』을 따라 '曹'로 고
쳤다(『교주』, 642~643쪽).
62) '청상곡사'에 속하는 양자강 유역의 노래인 오가(吳歌)와 서곡(西曲)은 대부분
여성 화자의 일인칭 화법으로 서술되어 있는데, 좋아하는 남성을 '歡'으로 여성
자신은 '儂(농)'으로 표현했다.

吳歌(3)

人言荊江狹, 荊江定自闊.¹ 五兩了無聞, 風聲那得達.²

오 지방 노래(3)

사람들은 형강이 좁다 하지만

형강은 넓은 게 틀림없어요.

풍향계도 까마득히 안 들리는데

바람에 소식 어찌 전하겠어요?

【주석】

1   [황절]『수경주』권34「강수(江水)」: "양자강은 또 동쪽으로 흘러 강릉현(江陵縣) 고성의 남쪽을 경유한다.『상서』「우공」에 '형산(荊山 : 호북성 남장현(南漳縣) 서부)으로부터 형산(衡山 : 호남성 중부에서 남동부 즉 형양(衡陽)·상담(湘潭) 분지에 있는 산)의 남쪽까지 이르는 지역이 형주(荊州)'라고 했다. 대체로 '荊山'의 이름에서 주의 이름을 지은 것이다. (…중략…) 강릉성(江陵城 : 지금의 호북성 형주시 속현)은 지형이 남동쪽으로 기울어져 있어서, 금제(金隄 : 견고한 제방)를 둘러놓은 형상인데, 영계수[靈溪]에서부터 시작된다. (…중략…) 강진수(江津戍 : 옛터는 지금의 호북성 형주시 사시구(沙市區) 남쪽 양자강 모래톱에 있었음)가 있다. 강진수는 남쪽으로 마두안(馬頭岸)을 마주 보고 (…중략…) 북쪽으로는 큰 기슭을 마주 보는데, 그것을 강

진구(江津口)라고 한다. 양자강이 넓어지는 것은 여기서부터 시작된다. [『공자가어』에서 말했다.] '양자강 물은 강진(江津)에 이르면, 두 척을 나란히 묶은 배[方舟]가 아니면, 바람을 피할 수 없고 건널 수도 없다.'"

시에서 '좁다' '넓다'라고 한 의미는 이것을 가리키는 것 같다.

2　**[전진륜]** 곽박 「강부」: "'풍향계'의 동정을 살핀다[覘'五兩'之動靜]." 이선 주 : "허신(許愼)의 『회남자』 주에 "'統(환)'은 후풍(候風 : 풍향계)인데, 초 지방 사람들은 이것을 "五兩(오량)"이라고 한다'라고 했다."

[전중련] '兩(냥쭝)'은 송본에는 '雨(우 : 비)'로 되어 있다.[63]

【평설】

　[황절] 진조명 : 탁월하게 빼어나서 천박하고 얕지 않으니, 당唐으로부터 멀리 떨어져 있다.『채숙당고시선』 권18

---

63)　'雨'이 옳다. 고대의 풍향계는 깃대 위에 5냥 또는 8냥의 닭 깃털을 달아서 풍향과 풍력을 측정했다. 곽박 「강부」의 이선 주에는 『회남자』 주 인용 앞에 "병서(兵書)에 말했다. 무릇 풍향을 관측하는 방법은 무게 8냥의 닭의 깃털로 5장 높이의 기를 세우는데, 깃을 취하여 그 끝에 매달아 군영 안에 설치한다[兵書曰 : 凡候風法, 以雞羽重八兩, 建五丈旗, 取羽繫其巓, 立軍營中]"라는 문장이 있다. 정복림은 장부본과 『악부시집』을 따라 '雨'으로 고쳤다(『교주』, 644쪽).

採菱歌(1)

鶩舮馳桂浦, 息棹偃椒潭.¹ 簫弄澄湘北, 菱歌清漢南.²

마름을 따며(1)

거룻배를 몰아서 계수 포구로 달려가

노를 멈추고서 산초 기슭에 쉰다네.

퉁소 소리 상수 북쪽 잔잔히 흐르고

마름 노래 한수 남쪽 맑게 울리네.

【해제】

[전진륜] 『고금악록』: "「채릉곡採菱曲」으로 화답하여, '마름 노래 부르
는 여인, 노리개 풀고서 강 북쪽서 장난친다菱歌女, 解佩戲江陽'라고 했다."

[황절] 『이아익爾雅翼』: "오·초 지방의 풍속은 마름이 익을 때가 되면
남녀가 어울려 그것을 딴다. 그래서 '마름 따는 노래採菱之歌'가 있어서
서로 화답한 것인데, 지극히 번화하고 질탕하다."

[전중련] 『악부시집』에서는 이것을 「청상곡사」 「강남농江南弄」에 넣
었다.⁶⁴⁾

---

64) 조도형은 포조의 「과보산 갈문(瓜步山楬文)」과 「영안령 직에서 금지령을 해제
하심에 감사하는 계[謝永安令解禁止啓]」의 창작 시기를 고찰하면서, 이 조시(組
詩)의 창작 시기도 언급했는데(작품 제목을 '「採蓮歌」七首(「채련가」 7수)'로 잘
못 적음), 황절이 제5수 주석에서 "포조의 이 작품은 대개 구체적인 일에 느낀

【주석】

1 **[전진륜]** '舲(령)'은 배에 창문이 있는 것이다.[65]

『석명(釋名)』「석선(釋船)」: "측면에서 물을 밀어내는 도구가 '棹(도 : 노)'[66]이다."

[황절] '桂浦(계포)'와 '椒潭(초담)'은 반드시 지명을 가리키는 것은 아니며, 역시 「이소(離騷)」의 '申椒(신초 : 산초)'와 '菌桂(균계 : 육계나무)'의 의미이다.[67] 「구가·상군(湘君)」에서 "아침에 강기슭에서 '배를 급히 몰아', 저녁에 북쪽 섬에서 '배를 멈춘다'[鼂'騁騖'兮江皋, 夕'弭節'兮北渚]"라고 했는데, 이 의미를 아울러 본떴다.

2 **[전진륜]** 왕포(王褒) 「통소부(洞簫賦)」: "이때 '급한 소곡'이 연주된다[時奏

바 있어 지은 것"이라고만 하고 어떤 일인지는 구체적으로 설명하지 않았다면서, 태자 유소(劉劭)와 시흥왕 유준(劉濬)의 모반 사건을 그 일로 제시했다. 그리고 포조가 시흥왕 막부를 떠나 강북에 한동안 머물다가 영안령이 된 '원가 29년' 가을에 이 조시를 지은 것으로 추정했다(「창작 시기」, 389~390쪽). 정복림은 이 논지를 인용하면서 '원가 29년'을 '원가 27년'으로 잘못 보았다. 그래서 조도형의 대체적인 추측은 옳지만 영안령 직에서 원가 27년(450)에 지었다고 본 것은 타당하지 않으니, 왜냐하면 포조가 영안령이 된 것은 효무제 대명(大明, 457~464) 연간이므로 영안령 직에 있을 때 지었다는 점에 대해서는 더 논의가 필요하다고 했다. 그리고 포조는 원가 28년(451) 시흥왕 막부를 떠났다고 한 전중련의 견해를 근거로, 이 시도 원가 28년 전후에 지어진 것이 틀림없다고 했다(『교주』, 556~557쪽).

65) 『회남자』「숙진훈(俶眞訓)」 '越舲蜀艇(월령촉정)'의 고유 주에 "'舲'은 작은 배[小船]이다"라고 했다. '舲'은 창문이 있는 작은 배이다.

66) 금본에는 '櫂(도)'로 되어 있는데, 같은 글자이다.

67) '桂'와 '椒'가 향초(香草)의 이름이라는 뜻이다. 「이소」에 "'신초'와 '균계'도 섞여 있으니, 어찌 저 향등골나물과 구릿대도 엮어 지니리[雜申椒與菌桂兮, 豈維紉夫蕙茝]?"라고 했다.

‘狡弄’]."

『이아』「석지(釋地)」: "한수의 남쪽[漢南]'을 형주(荊州)라고 한다."

‘湘(상 : 상수)'은 「대뢰안에 올라서 누이에게 부친 편지[登大雷岸與妹書]」
(주석 36)에서 보았다.

[전중련]『악부시집』주 : "‘弄絃瀟湘北, 歌菱淸漢南(깊고 맑은 상수 북쪽에서
현을 퉁기고, 맑은 한수 남쪽에서 「채릉가」를 노래한다)'으로 된 판본도 있다."

【평설】

[황절] 왕부지 : 평범하면 할수록 너욱 심원하니, 소시小詩의 본보기이
다.『고시평선』권3

採菱歌(2)

弭榜搴蕙荑, 停唱紖蕙若.**1** 含傷捨泉花, 營念探雲萼.**2**

마름을 따며(2)

노 젓기를 멈추고 패란 뺄기 채취하고

노래를 중단하고 훈초 두약 엮는다네.

슬픔에 젖은 채로 마름꽃 줍고

사념에 잠긴 채로 연꽃을 따네.

【주석】

1   **[전진륜]**『초사』「이소」'弭節(미절)' 왕일 주 : "'弭'는 억제하는 것[按]이다."

    『초사』「구장·섭강(涉江)」'吳榜(오방)' 왕일 주 : "'榜'**68)**은 배의 노[船櫂]

    이다."

    『초사』「이소」'朝搴(조건)' 왕일 주 : "'搴'은 채취하는 것[取]이다."

    『초사』「이소」'紖夫蕙茝(저 蕙(혜)와 茝(채)를 엮는다)' 왕일 주 : "'蕙(혜 :

    패란, 향등골나물)'[와 茝(채 : 구릿대)는 모두] 향초이다."

    『초사』위의 글 왕일 주 : "'紖(인)'은 끈으로 묶는 것[索]이다."

    『초사』「구가·운중군(雲中君)」'若英(약영)' 왕일 주 : "'若'은 두약(杜若 :

    나도생강)이다."

---

68) '榜'은 석음헌총서본에는 '吳榜'으로 되어 있다. 吳榜은 오 지방에서 쓰는 큰 노이다.

『진서(晉書)』「곽박전(郭璞傳)」「객오(客傲)」: "'택란과 삘기'가 앞다퉈 돋아난다[蘭茣'爭翹]."

『설문해자』: "'薰(훈)'은 향초이다."

[전중련]『악부시집』에는 '紉'이 '納(납 : 넣어 두다)'으로 되어 있다.

2 [전진륜] '萼(악 : 꽃받침)'은 「연꽃[芙蓉賦]」(주석 22)에서 보았다.

[황절] '泉花(천화)'는 마름꽃[菱花]을 가리킨다. '泉花'라고 한 것은『포참군집주』의 「가을밤[秋夜]」 시에서 '泉卉(천훼)'라고 한 것과 같으며, 모두 포조가 스스로 만든 어휘이다.

장형 「서경부」: "익조 머리 배를 띄우고, '구름과 지초' 무늬로 덮는다[浮鷁首, 翳'雲芝']." 설종(薛綜) 주: "'지초(芝草)'와 '구름무늬[雲氣]'를 그려서, 배를 덮는 장식으로 하는 것이다."

이것('雲萼(운악)') 역시 배의 장막에 그린 '구름무늬[雲華]'를 말한다. 그래서 '생각을 둘러친다[縈念 : 근심하다]'라고 한 것이다.[69]

[전중련] 송본 및『악부시집』에는 '捨(사 : 버리다)'가 '拾(습 : 줍다)'으로 되어 있고, '縈'이 '縈(영 : 감다)'으로 되어 있다.[70]

---

69) 『악부시집』 권47 「청상곡사·오성가곡(吳聲歌曲)」의 「신현가(神弦歌)」 18수 중 「연꽃 따는 아이[採蓮童曲]」에 "배를 띄워 '마름 잎'을 따고, 지나가며 '연꽃'을 꺾는다[泛舟採菱葉, 過摘芙蓉花]"라고 했는데, 임숭산은 이를 근거로, '마름 꽃[菱花]'은 수면에 붙어 있기에 '泉花'라고 했고, '연꽃[蓮花]'은 수면 위에 솟아 있어서 '雲萼'이라고 한 것이라고 했다(『휘해』, 36쪽). Chen은 "구름 같은 꽃받침(cloud~like calyxes)"으로 풀이했다(314쪽). '雲萼'도 '泉花'처럼 포조가 만든 말로, 출구와의 호응을 보더라도 '연꽃'으로 보는 것이 옳다.

70) 주응등본에도 '拾'으로 되어 있다. 오덕풍은 "'捨'는 '拾'의 오자인 것 같다. 문의를 살펴보면 '拾'이 되어야 다음 구의 '採(채)' 자와 어울린다"라고 했는데(65b

쪽), 옳은 견해이다. '營'은 '縈'과 통용되기도 한다. 『공양전』 「장공(莊公)·25
년」에 "以朱絲'營社'(붉은 명주실로 토지신의 상을 '휘감는다')"의 육덕명 『경전
석문』에서 "'營社'의 '營'은 본래는 '縈'으로도 적는다[營社, 本亦作縈]"라고 했다.

採菱歌(3)

睽闊逢暄新, 悽怨値妍華, 秋心不可盪, 春思亂如麻.¹

마름을 따며(3)

오랜 이별 중에 따뜻한 봄 만나고

처량한 원망 속에 고운 풍광 만났네.

가을 심사 휘저어선 아니 되는 것

봄 사념 난마처럼 헝클어지니.

【주석】

1   **[전진륜]** 『좌전』「장공(莊公)·4년」: "초 무왕(武王)이 (…중략…) 들어와 부인 등만(鄧曼)에게 말했다. '내 마음이 심란하오[余心蕩].'"⁷¹⁾

    [황절] 마름[菱]은 가을에 익을 때는 물속에서 이동하지 않는다. 그래서 "가을 심사는 휘저으면 안 된다"라고 했다. 가을에서 봄으로 거슬러 올라갔기에 '오 랜 이별'이라고 하고 '봄 생각'이라고 했다.⁷²⁾ 삼[麻]이 물속에 있는 것은, 『모

---

71) '蕩'은 '盪'과 같다. 『좌전』에서 두예는 "'蕩'은 휘저어 흩는 것[動散]이다"라고 주를 달았다.

72) 임숭산은 '따뜻한 새봄과 고운 풍광'이라는 이 시절 이 풍경이 바로 '봄 사념을 난마처럼 헝클어지게' 하는 것이고, '秋心(추심)' 2자를 합치면 '愁(수)' 자가 되 는데, 내 마음이 근심에 잠겨 있는 것은 '마름 열매가 가을에 익으면 물속에서 움직이지 않는 것'과 같다고 했다(『휘해』, 36쪽). 앞 연의 '睽闊(규활)'은 오랜 이별이고, '妍華(연화)'는 봄을 가리킨다. '秋心'은 '秋思(추사)'와 같이 가을에

시』에서 '삼을 물에 담가 둔[漚麻]' 것처럼 모두 눈앞에 보이는 사물[眼前之物]이다.[73]

[전진륜]『악부시집』에는 '不可盪(불가탕)'이 '殊不那(수불나 : 전혀 어쩔 도리가 없다)'로 되어 있다.

느낄 수 있는 쓸쓸하고 외로운 생각이다. '春思(춘사)'는 '春心(춘심 : 춘정)'과 같은 뜻으로, 오랜 이별로 인한 그리운 마음을 가리킨다.

[73] 눈에 보이는 실물로 비유를 했다는 뜻이다. 「진풍(陳風)・동문지지(東門之池)」 제1장에, "동문 밖에 있는 못, '삼을 담가둘' 수 있네. 저 곱고 정숙한 아가씨, 함께 노래할 수 있으리[東門之池, 可以'漚麻'. 彼美淑姬, 可與晤歌]"라고 했다. 주희는『시집전』에서, "남녀가 서로 만나는 것을 노래한 것으로, 만나는 곳에서 '본 사물[所見之物]'로 흥을 일으킨 것"이라고 했다.

採菱歌(4)

要艷雙嶼裏, 望美兩洲間.¹ 褭褭風出浦, 容容日向山.²

마름을 따며(4)

두 섬에서 만나기로 고운 이와 약속하고

두 삼각주 사이에서 미인을 기다리네.

산들산들 바람은 포구를 나오고

뉘엿뉘엿 태양은 서산으로 향하네.

【주석】

1　[전진륜] '嶼(서 : 섬)'는 「떠도는 생각[遊思賦]」(주석 8)에서 보았다.

'洲(주 : 모래톱)'는 「대뢰안에 올라서 누이에게 부친 편지」(주석 39)에서 보았다.

[황절] 조식 「낙신부(洛神賦)」 : "옥패를 풀어서 '그것으로 청한다'[解玉佩以

'要之']." 이선 주 : "'要(요)'는 청하는 것[屈]이다."⁷⁴⁾

---

74)　이선 주의 '屈(굴)'의 의미는『강희자전』에서, 동사의 첫 의미로 풀이한 "또 '굽히다', '청하다'(又曲也, 請也)"의 의미 중 '請'의 뜻을 취했다. '要'에 '邀'의 뜻이 있음을 참고했다. 자신을 굽히고 높은 사람을 초청하는 것을 '屈請(굴청)'이라고 한다. 또 '屈'에는 '서리다', '두르다'라는 의미도 있는데,『한화대사전(漢和大辭典)』에서는 '要'에 대해 '허리에 두르다'라는 풀이를 하고 그 용례로 「낙신부」의 이 구의 '要'를 인용했다. 육신주에서는 '要'의 성조를 '평성'이라고 표시했고, 오신 중 여향은 "차고 있는 옥패를 풀어서 장차 약속의 신표로 그것을 주는 것[解所

『광아』: "'要'는 언약하는 것[約]이다."

「구가·소사명(少司命)」: "'미인을 바라보며 기다려도' 오지를 않는구나['望
美人'兮未來]."

2　**[전진륜]**『설문해자』: "'裊(뇨)'는 북두끈으로 말에 짐을 싣고 묶는 것이다."

『초사』「구가·상부인」: "'산들산들' 부는 가을바람['嫋嫋'兮秋風]."

『육서고(六書攷)』에 "'嫋(뇨)'는 '裊(뇨)'와 통용한다"라고 했다. 아마 '嫋'를
책에서 '裊'로 적고 다시 '裊'로 바꿔 쓴 것 같다.

『초사』「구가·산귀(山鬼)」: "산 위에 우뚝 홀로 서면, 구름은 '뭉게뭉게' 발
아래에 흐른다[表獨立兮山之上, 雲'容容'兮而在下]."

[전중련]『악부시집』에는 '裊裊'는 '嫋嫋'로 '容容(용용)'은 '沈沈(침침 : 어두
컴컴하다)'으로 되어 있다. [75]

【평설】

[황절] 왕부지 : 시어의 맥락이 마치 엷은 연기가 공중에 서리듯, 차가운
빛이 안팎으로 이어지듯 하다. 왕창령王昌齡이 이것을 대단히 배우고 싶
어 했지만, 여전히 자유자재하게 구사하지 못함을 느껴야 했다.『고시평선』
권3

珮玉乃將要以與之]"이라고 주를 달았다. 포조 시에서의 의미는 바로 뒤에 인용된
『광아』의 풀이를 따르는 것이 더 낫다.
75) '裊裊'·'嫋嫋'·'嫋嫋'는 모두 같은 음의 첩자연면자로, 바람이 살랑살랑 부는 모
양이나 나뭇가지처럼 가늘고 긴 물건이 바람에 한들한들 흔들리는 모양, 또는
소리가 길고 간드러진 모양을 나타낸다.

採菱歌(5)

煙曀越嶂深, 箭迅楚江急.¹ 空抱琴中悲, 徒望近關泣.²

마름을 따며(5)

안개가 자욱하여 월 나라 산 깊숙하고

화살처럼 빠르게 초 나라 강 급하네.

금곡琴曲 속의 슬픔을 공연히 안고

가까운 관문 바라보며 부질없이 눈물짓네.

【주석】

1　**[전진륜]**『이아』「석천(釋天)」: "흐리고 바람이 부는 것을 '曀(에)'라고 한다."

　　『신자(愼子)』: "황하 하류의 용문(龍門)은 그 흐름이 '대나무로 만든 화살竹

　　箭' 같이 빨라서, 네 필 말이 끄는 수레로 쫓아가도 따라가지 못한다."

　　[전중련]『악부시집』에는 '曀' 자가 '噎(일 : 목이 메다)'로 되어 있다.⁷⁶⁾

2　**[전진륜]**『좌전』「양공(襄公)·14년」: "'가까운 관문[近關]'을 통해 국경을 벗

　　어났다."

　　[황절]『좌전』「양공·14년」: "위(衛) 헌공(獻公)이 손문자(孫文子)·영혜

　　자(寧惠子)와 식사 약속을 하여, 두 사람이 다 조복(朝服)을 입고 조정에서 기

　　다렸으나, 해가 저물어도 부르지 않고 동산에서 기러기를 쏘고 있었다. 두 사

---

76)　'曀'가 옳다. 오덕풍, 66a쪽 참조.

람이 시종하고 있는데, 헌공은 피관(皮冠)을 벗지 않고[77] 그들에게 말했다. 두 사람은 성이 났다. 손문자는 자신의 채지(采地)인 척읍(戚邑 : 지금의 하남성 복양시(濮陽市) 신시구(新市區) 척성유지(戚城遺址))으로 갔고, 아들 손괴(孫蒯)가 조회에 들어갔는데, 헌공은 그에게 술을 권하면서, 태사(太師)에게『모시』「소아·교언(巧言)」의 마지막 장[78]을 노래하도록 했다. 태사가 사양하자, 금사 사조(師曹)가 노래하겠다고 자청했다. 애초에 헌공은 폐첩(嬖妾)이 있었는데, 사조더러 그녀에게 금(琴)을 가르치도록 했다. 사조가 그녀를 매질하자, 헌공이 노하여 사조에게 삼백 대를 때렸다. 그래서 사조는 노래를 부름으로써 손문자의 화를 돋우어, 헌공에게 보복하도록 하려는 것이었다. 헌공이 그에게 노래하도록 하자, 끝내 낭송을 했다.[79] 손괴는 두려워하여 손문자에게 고했다. 손문자가 말했다. '임금이 나를 싫어한다. 선수를 치지 않으면 죽임을 당할 것이다.' 처자 권속들과 가신 가복(家僕)을 척읍으로 다 모으고, 위나라 서울로 들어가다가 거백옥(蘧伯玉)을 만나 말했다. '임금이 포학한 것은 그대도 아는 바이다. 사직이 기울어질까 대단히 두려우니, 이를 어찌

---

77) 피관(皮冠)은 흰 사슴 가죽으로 만든 모자로 사냥 때 썼다. 임금이 신하를 만날 때에는 신하가 조복을 입었다면 이것을 벗어야 하는데, 헌공이 벗지 않은 것은 고의로 모욕을 주고자 한 것이다.
78) "저자는 어떤 사람인가? 황하 물가에 살며, 힘도 없고 용기도 없으나, 어지러움 일으킴을 일삼고 있네[彼何人斯, 居河之麋, 無拳無勇, 職爲亂階]." 이 시는 참언으로 쫓겨난 자가 소인의 참언을 믿는 임금을 풍자하며, 자기의 처지를 노래한 것이다. 두예(杜預)는 주에서 "헌공은 이로써 손문자가 황하 가에 살면서 반란을 하려 한다는 것을 비유하고자 한 것"이라고 했다.
79) 두예는 주에서, 손괴가 그 뜻을 이해하지 못할까 봐, 일부러 노래 부르지 않고 낭송을 한 것이라고 했다.

할까?' 거백옥이 대답했다. '임금이 그 나라를 다스리는데, 신하가 감히 범합니까? 비록 범하더라도 더 나을지 어떻게 압니까?' 손문자는 마침내 떠나며, '가까운 관문[近關]'을 통해 국경을 벗어났다."

공영달 소: "『주례』「지관사도(地官司徒)·'사관(司關)'」주에 "'關'은 경계상에 있는 문'이라고 했다. 위나라의 국도는 영토의 복판에 있지는 않을 것이니, 그 경계가 먼 곳도 있고 가까운 곳도 있다. 서둘러 국경을 나서려 했기 때문에, 가까운 관문을 통해 나간 것이다."

포조의 이 작품은 대개 구체적인 일에 느낀 바 있어 지은 것이다.

[전중련] 『악부시집』에는 '中(중)' 자가 '心(심)'으로 되어 있고, '近關(근관)'은 '弦開(현개 : 금현을 켜다)'로 되어 있다.

採菱歌(6)

緘嘆凌珠淵, 收慨上金堤.¹ 春芳行歇落, 是人方未齊.²

마름을 따며(6)

한숨을 머금고 진주 못을 지나서

감개를 거두고 황금 제방 올라가네.

봄꽃은 이제 금방 사라지려 하는데

이 사람은 바야흐로 함께할 수 없다네.

【주석】

1 **[전진륜]**『장자』「천지(天地)」: "[깊은 산에 황금을 간직하고,] '깊은 물에 진주를 간직하다[藏珠於淵]'."

사마상여「자허부」: "그리하여 서로 어울려 패란 우거진 동산으로 사냥을 나가는데, 엉금엉금 기어서 '금제'로 올라간다[相與獠於蕙圃, 娑姍勃窣上'金隄']."[80]

2 **[황절]**『초사』「구장・비회풍(悲回風)」: "백번(白蘋)과 두형(杜蘅)은 시들어 마디가 떨어지고, '향기도 다하여' 흩어져 버렸네[蘋蘅槁而節離兮, '芳以歇'而不比]."

---

80) '金隄'에 대해,『한서』「사마상여전」안사고 주에 "물의 둑[隄塘]이 '쇠처럼 견고한 것[堅如金]'을 말한다"라고 했다.

『좌전』두예 주 : "'歇(헐)'은 다한다는 뜻이다."

조비『문선』「오질에게 보낸 편지[與吳質書]」 '行復(행부)' 이선 주 : "'行'은 且(차 : 장차)와 같다.

『문선』이선 주 : "'比(비)'는 모은다[合]는 뜻이다."[81]

'齊(제)'는 '比'와 같다.

『모시』「소아·유월(六月)」 제2장 : "네 필의 검은 말은 '그 힘을 가지런히 하고'['比物'四驪]."

정현 주[82] : "'毛馬(모마)'는 그 털빛을 함께하는 것[齊其色]이다. (…중략…) '物馬(물마)'는 그 힘을 함께하는 것[齊其力]이다."

(『모시』의 '比'를 정현 주에서 '齊'로 풀이한 것처럼) '比'로써 '齊'를 풀이하면,[83] '未齊'는 사람이 봄꽃과 함께할 수 없다는 뜻이다.

---

81) 어느 작품의 주인지 알 수 없다. 『초사』「구장」 9편 중 「섭강(涉江)」만 『문선』에 수록되어 있고, 이 「비회풍」은 없다. 『한서』「유흠전(劉歆傳)」에 실린, 유흠의 「태상박사에게 편지를 보내 질책함[移書讓太常博士]」에 '比意同力'이라는 표현이 있고, 안사고 주에 '比'는 '合'으로 풀이한다고 했다. 『문선』권43에 실린 「태상박사에게 편지를 보내 질책함[移書讓太常博士]」에 대한 이선 주 중 이 대목에 대한 주는 없다.
82) 『모시정의』 '공영달 소'에 인용된 『주례』「하관사마(夏官司馬)·교인(校人)」의 '정현 주'이다.
83) 이 문장은 다음 문장의 종속절이 되어야 할 것 같다. 정복림의 『교주』(564쪽)에는 황절의 주를 인용하면서 '比'를 '此(차)'로 적었는데, 옳지 않다.

採菱歌(7)

思今懷近憶, 望古懷遠識, 懷古復懷今, 長懷無終極.¹

마름을 따며(7)

지금을 생각하면 최근 추억 떠오르고

옛날을 바라보면 오랜 벗 생각나네.

옛날을 생각하고 지금을 생각하며

기나긴 생각은 끝도 없이 이어지네.

【주석】

1　[황절] 『국어』 「월어(越語) · 하」 : "범려(范蠡)는 (…중략…) 마침내 경주(輕舟)를 타고 오호(五湖)로 떠나갔는데, 그 '맨 마지막을 마무리한[終極]' 곳은 아무도 모른다."⁸⁴⁾

---

84)　앞 연에 대해, Chen은 "최근 추억 떠올리며 지금을 생각하고, 선견지명 갈망하며 과거를 살핀다(Summoning a recent memory I brood over the present, Longing for foresight and sagacity I look into the past)"라고 번역하여, '遠識(원식)'을 액면 그대로 '멀리 내다보는 탁월한 식견'의 뜻으로 보았다(315쪽). 그러나 황절의 「포참군시주 · 서」의 언급처럼 포조가 "스스로 조어를 잘한[善自造辭]" 점에 주목하고, 아울러 「마름을 따며」가 '마름이 익을 때 남녀가 서로 화답하며 부른 노래'라는 악부의 원의(原義)를 생각하면, '舊識(구식)' 즉 옛날부터 알고 지내는 지인의 뜻으로 볼 수 있다. 포조가 스스로 만들어낸 시어로는, 다음과 같은 것을 들 수 있다. '泉花'(「마름을 따며」 제2수), '泉卉'(「가을밤[秋夜]」 제2수), '雲潭' · '焦煙' · '病行暉' · '熏體' · '昌志' · '登禍機'(이상 「지독한 무더위[代苦熱行]」), '華志'(「후저를 출발하며[發後渚]」), '晚志'(「'승천의 노래'

[전중련] '無終(무종)'은 송본에는 '終無'로 되어 있다.

【평설】

[황절] 왕부지 : 왕유王維의 「망천시輞川詩」는 여기에서 나왔다. 『고시평선』권3

내 견해는 이렇다. 왕유의 「망천집輞川集」 시에 "나중에 올 사람은 또

누구인가? 옛사람 있었던 것 부질없이 슬퍼하리來者復爲誰? 空悲昔人有"「맹성

요(孟城坳)」라고 했고, 또 "화자강을 오르고 내려 보아도, 슬픔이 어찌 끝

날 수가 있으리上下華子岡, 惆悵情何極?"「화자강(華子岡)」이라고 했다. 왕부지가 지

적한 것은 대개 이를 말하는 것이다.[85]

를 본떠[代昇天行]), '藻志'(「오흥 황포정에서 유중랑을 송별하며[吳興黃浦亭
庚中郎別]」), '榮志'(「'갈 길은 험난하고'를 본떠[擬行路難] 제18수」), '末志'(「거
위[野鵝賦]」), '藻志'·'藻性'(이상 「황하가 맑아짐을 기리는 송[河淸頌]」), '藻
思'(「능연루 명[凌煙樓銘]」), '藻質'(「춤추는 학[舞鶴賦]」) 등. 임숭산은 앞 2구
를 "오늘을 생각하면 '최근의 추억할 수 있는 것[短近之所能憶]'만 늘 생각나고,
옛날을 바라보면 '오래된 이미 알던 것[久遠之所已識]'이 아득히 그리워진다"라
고 풀이했다(『휘해』, 35쪽).

85) 황절이 인용한 것은 각각 2수의 전·결(轉結) 2구이다. 황절은 「맹성요」의 2구는
포조 「채릉가」 제7수의 전반 2구, 「화자강」의 2구는 후반 2구를 본떴다고 본 것
이다.
왕부지는 이 시에 대해 또 "전편이 '가(假)'가 '진(眞)'을 능가하여, '진'인 것이
더욱 '고고하고 존귀해[孤尊]'졌다. '진괘와 간괘는 양의 괘이고, 태괘와 손괘는
음의 괘인 것[震艮陽, 兌巽陰]'이 바로 이 이치이다. 식견이 천박한 이들은 면상
(面上)의 살만을 알 뿐이다"라고 평했다. 왕부지가 말한 '震艮陽, 兌巽陰'는, 팔괘
중 진괘(☳)와 간괘(☶)는 음효가 많지만 양괘이고, 태괘(☱)와 손괘(☴)는 양
효가 많지만 음괘라는 뜻이다. 그것은 『주역』「계사하전」의 다음과 같은 언급을
바탕으로 한 말이다. "양괘는 음효가 많고 음괘는 양효가 많은데[陽卦多陰, 陰卦
多陽], 그 까닭은 무엇인가? 양괘는 획수가 홀수(1양2음의 5획)이고, 음괘는 획
수가 짝수(2양1음의 4획)이기 때문이다. 그 덕행은 무엇인가? 양괘는 군주[君]

幽蘭(1)

傾輝引暮色, 孤景留思顔.¹ 梅歇春欲罷, 期渡往不還.²

그윽한 택란(1)

기우는 석양빛에 땅거미가 지는데
외 그림자 낯빛에는 그리움이 어린다.
매화 향은 사위고 봄도 끝나 가는데
기약한 날 지나도 돌아오지 않는구나.

【해제】

[전진륜] 송옥 「풍부諷賦」 : "신이 일찍이 출행한 적 있는데 하인이 허기지고 말도 지쳤습니다. 마침 문이 열려 있는 집을 만나 들어갔습니다. 주인 영감은 외출 중이었고 할멈도 저자에 가서, 주인의 딸만 혼자 있었습니다. 딸이 신을 자리로 안내하려 했는데, 대청 위는 너무 높고 대청 아래는 너무 낮아서 '난향 그윽한 안방蘭房之室'으로 바꾸어 신을 머물게 했습니다. 방안에 금琴이 있어서 신은 끌어당겨 켜서 '「유란幽蘭」'과 「백설白雪」의 곡을 지었습니다."⁸⁶⁾

하나에 백성[民]이 둘이니 군자의 도이고, 음괘는 군주 둘에 백성이 하나이니 소인의 도이다."

86) 『고문원(古文苑)』 권2에 실린 문장은 저본의 인용문과 다소 차이가 있다. "臣嘗出行, 僕飢馬疲, 正値主人門開, 主人翁出, 媼又到市, 獨有主人女在. 女欲置臣, 堂上

[전중련]『악부시집』에서는 이것을「금곡가사琴曲歌辭」에 넣었다.

【주석】

1 [전진륜] 조식「낙신부」: "해는 이미 '서산으로 기울었다'[日旣'西傾']."

   [황절]「이소」: "때는 어둑어둑 끝나가려 하는데, '그윽한 택란을 엮으며' 우두
   커니 섰다[時曖曖其將罷, '結幽蘭'而延佇]."

   [전중련]『악부시집』에는 '留思(류사)'가 '留恩(류은)'으로 되어 있다.[87]

2 [전진륜] '梅歇(매헐)'은 '芳歇(방헐)'과 같다.「마름을 따며[採菱歌]」(제6수

太高, 堂下太卑, 乃更於蘭房之室, 止臣其中. 中有鳴琴焉, 臣援而鼓之, 爲『幽
蘭』·『白雪』之曲."이다. 번역은 이를 따랐다. 제목의 '蘭(란)'은 난초가 아니라
'택란(澤蘭)' 즉 등골나물이다. 자세한 것은「봄날 형산에 올라'를 본떠[代陽春
登荊山行]」주석 8의 역주 참조.

87) 송본과 주응등본도 같다. '思顔(사안)'은 수심에 찬 얼굴 또는 그리움이 어린 얼
굴이고, '은안(恩顔)'은 보고픈 얼굴이다. 또 '孤景(고영)'은 지는 해를 뜻할 수도
있고, 나의 외로운 모습으로 볼 수도 있다. 후한 채염(蔡琰)의「비분시(悲憤詩)」
에 "쓸쓸하게 '외로운 내 그림자' 보며, 슬프고 아파 간과 폐가 문드러진다[煢煢
對'孤景', 怛咤糜肝肺]"라고 한 것이 후자의 예이다. Chen은 이 구를 "내 외로운
그림자는 머물면서 그대 기다린다(My solitary shadow lingers and longs for
your presence)"라고 번역하여, '孤景'은 외로운 내 그림자로 보고, '思顔'은 동
빈구조로 보았다(315쪽). 임숭산은 제1·2구를 합쳐 "외로운 해[孤影]는 서산으
로 기울고 석양은 하늘 가득히 채우 며, 땅거미를 끌어 오려고 하며 잠시 머뭇거린
다. 그대와 내가 이를 대하면 어찌 '깊은 생각[沈思]' 일어나지 않으리?"라고 풀
이하여, '孤景'은 태양으로 '思顔'은 저본대로 보았다(37쪽). 임숭산의 풀이를 따
를 경우, 제1·2구의 전반부 각 2자는 서로 의미가 중복되므로, Chen의 견해를
따르되 '思顔'은 제1구의 '暮色'과 대응하는 점을 고려하여, '그리움이 어린 얼굴'
로 번역했다.『모시』「왕풍(王風)·군자우역(君子于役)」의 "닭은 횃대로 오르고,
해는 저물어가며, 양과 소는 산에서 내려오네. 군자께선 역사에 나가셨는데, 어
떻게 그립지 않으리[鷄棲于塒, 日之夕矣, 羊牛下來. 君子于役, 如之何勿思]?"의 의
미도 참고했다.

주석 2)에서 보았다.

'期渡(기도)'는 '期逝(기서)'와 같다.

『모시』「소아 · 체두(杕杜)」 제4장 : "'기약한 날 지나가도' 오지 않는다['期逝' 不至]."

『초사』「구가 · 국상(國殤)」 : "나가면 들어오지 못하고, '떠나가면 돌아오지 못한다'[出不入兮'往不反']."

幽蘭(2)

簾委蘭蕙露, 帳含桃李風. 攬帶昔何道, 坐令芳節終.[1]

그윽한 택란(2)

발에는 난혜 향 머금은 이슬이 맺혔고

휘장은 도리 향 품은 바람을 머금었네.

허리띠 조이면서 옛일 말해 무엇 하리

꽃다운 시절은 부질없이 끝났는데.

【주석】

1 **[전진륜]** 육기 「가고 가고 거듭하여 가고 가서는」을 본떠[擬行行重行行] :

"저고리 걸으니 허리띠가 느슨해졌다[攬衣有餘帶]."[88]

'芳節(방절 : 봄)'은 「슬픔의 노래」를 본떠[代悲哉行] (주석 1 '淑節(숙절)' 주)

에서 보았다.

[황절] 「이소」 : "시속은 어지럽게 변하는데, 또 어찌 오래 머물 수 있으리? 택

란과 어수리는 향기가 없어지고, 전초와 패란도 모초(茅草)로 변했구나. '어

---

88) 이 시 제1·2구는, 권3의 「진사왕 조식의 '낙양의 노래'를 본떠[代陳思王京洛
篇]」의 제5·6구 "진주발은 성기어 이슬 막지 못하고, 집 휘장은 가벼워 바람에
못 견딘다[珠簾無隔露, 羅幌不勝風]"를 참고할 만하다. '攬帶(람대)'는 사영운 시
「저녁에 서쪽 활터를 나서며[晚出西射堂]」의 "허리띠 잡아보니 꼭 끼던 옷 느슨
해졌다[攬帶緩促衿]"에 보이는 것처럼, 몸이 여위었음을 나타내는 표현이다. '어

찌하여 옛날의 방초가, 지금은 그저 이 잡초로 되었는가[時繽粉其變易兮, 又
何可以淹留? 蘭芷變而不芳兮, 荃蕙化爲茅. ‘何昔日之芳草兮, 今直爲此
蕭艾也’]?”

‘昔何道(석하도)’는 시절이 이미 변하여 사물도 향기롭지 않게 되었으니 다시
말할 수 없다는 뜻이다. 사조(謝朓) 「유산시(遊山詩)」의 “혜초가 시든다고
말하지 말라, 담장 밑에 꺾을 만한 방초 있으니[無言蕙草歇, 留垣芳可掔]”도
이 뜻이다.

【평설】

　[전중련] 왕부지 : 풍아風雅하기 짝이 없다. 『고시평선』 권3

幽蘭(3)

結佩徒分明, 抱梁輒乖忤.**1** 華落不知終, 空坐愁相誤.**2**

그윽한 택란(3)

패옥으로 맺은 언약 부질없이 뚜렷하고

교각 안고 지킨 약속 언제나 괴이하네.

고운 용모 시드는데 그대 자취 알 수 없어

부질없이 앉아서 못 만날까 걱정하네.

【주석】

1 **[전진륜]** 『초사』 「이소」 : "'차고 있는 패옥에 장식한 끈을 풀어 언약을 맺으며', 나는 건수를 시켜 중매를 세운다[解佩纕以結言', 吾令蹇修以爲理]."

『장자』 「도척(盜跖)」 : "미생(尾生)은 여자와 다리 아래에서 만나기로 약속을 했는데, 여자는 오지 않고 물이 닥쳤지만 떠나지 않고 '교각을 끌어안고서' 죽었다[抱梁柱'而死]."

『한서』 「외척전(外戚傳)·하·효성허황후(孝成許皇后)」 : "가볍고 자질구레한 일도 점점 진행되면 반드시 '저촉하고 거스르는[乖忤]' 환난을 초래하게 될 것이니, [신중하지 않을 수 없다.]"**89)**

2 **[전진륜]** 육운(陸雲) 「고영(顧榮)」을 위해 지은, 아내와 주고받은 시[爲顧彦先

---

89) '乖忤(괴오)'는 언행이나 성품이 상리(常理)에 어긋나는 것이다.

「贈婦詩」[90] 제4수: "'고운 얼굴 시들면' 반드시 천대받는 법['華落'理必賤]."[91]

[황절] '結佩(결패)'는 예의를 갖추는 것이고, '抱梁(포량)'은 신의를 지키는 것이다. 예의와 신의도 살핌을 받지 못한다는 것이다.

「이소」: "길을 잘못 살폈음을 뉘우치며, 우두커니 서서 나는 돌아가려 생각한다. 나의 수레를 돌려 길을 되돌아가리니, '잘못 든 길 아직 멀어지기 전에'[悔相道之不察兮, 延佇乎吾將返. 回朕車以復路兮, '及行迷之未遠']." 왕일 주에서 "'迷(미)'는 '誤(오: 잘못하는 것)'"라고 했다. 포조는 아마 이 뜻을 활용했을 것이다.[92]

[전중련] 송본 및 『악부시집』에는 '不知(부지)'가 '知不(지부)'로 되어 있고, 송본에는 '坐愁(좌수)'가 '愁坐(수좌)'로 되어 있다.

---

90) 『문선』 권25 「증답(贈答)」에 실려 있다. 『전진시(全晉詩)』 권3에는 제목 끝에 '往返(왕반)' 2자가 더 있다. 『진서』 권68 「고영전(顧榮傳)」에, 고영의 자가 '언선(彥先)'이라고 했고, 육기 형제가 낙양으로 들어갈 당시 사람들이, 육기 형제와 고영을 '삼준(三俊)'이라고 불렀다고 했다.

91) '華落(화락)'은 아름다운 용모가 시드는 것이다. 이선은 『모시』 「위풍(衛風)·맹(氓)」의 소서 "華落色衰, 復相棄背(아름다운 용모가 시들면 또 서로 저버리게 된다)"라는 말을 인용했고, 여연제(呂延濟)는 "아름다운 용모가 쇠락해지면 이치상 천시되기 마련이라는 뜻이다[言容華衰落於理當見賤也]"라고 했다. 본뜻은 꽃이 지는 것이다.

92) '相誤(상오)'는 시기를 놓치는 것 또는 서로 어긋나서 만나지 못하는 것이다. '不知終'은 '不知所終(부지소종)' 즉 종국을 모른다는 뜻으로, 행방을 알 수 없다는 뜻도 있다. 임숭산은 두 어휘 모두 앞 뜻으로 풀이했고(35쪽), Chen은 모두 뒤의 뜻으로 풀이했다(315쪽).

幽蘭(4)

眇眇蛸掛網, 漠漠鼅弄絲.¹ 空慙不自信, 怯與君畫期.²

그윽한 택란(4)

잔다랗게 갈거미는 그물을 치고

조용하게 누에는 실 뽑고 있네.

자신하지 못하는 게 공연히 부끄럽고

그대와의 기약을 정하기도 겁이 나네.

【주석】

1 **[전진륜]**『석명』「석질병(釋疾病)」: "'眇(묘)'는 작은 것[小]이다."

『모시』「빈풍·동산(東山)」 제2장 : "'갈거미'는 문에 그물을 친다['蠨蛸'在戶]." 모전 : "'蠨蛸(소소)'는 다리가 긴 거미이다." 공영달 소 : "곽박은 '작은 거미로 다리가 긴 것을 속칭 "喜子(희자(蟢子) : 갈거미)"라고 한다'라고 했고, 육기는 '일명 "長脚(장각)"이라고 하는데 형주(荊州)·하내(河內) 사람들은 "喜母(희모)"라고 부른다. 이 벌레가 사람의 옷에 달라붙으면, 반드시 친한 손님이 찾아오는 기쁜 일이 있을 것이다. 유주(幽州) 사람들이 "親客(친객)"이라고 부르는 것도 역시 지주(蜘蛛)처럼 그물을 치고 산다'라고 했는데, 이것이다."

육기「군자가 생각할 것[君子有所思行]」: "큰길 작은길 '빽빽이' 많기도 하다[街巷紛'漠漠']."⁹³⁾

2 **[황절]**『초사』「구장・추사(抽思)」: "옛날 그대는 나와 언약을 하여, '황혼에 만나자고 기약을 했었지'. 어찌 중도에 약속을 어기어, 도리어 이러한 딴마음을 품었는지[昔君與我成言兮, '曰黄昏以爲期'. 羌中道而回畔兮, 反旣有此他志]."

'蠨蛸'는 기쁜 일을 나타내고 '蠶絲(잠사)'는 단절되지 않는 것이다. 사물의 조짐도 이러하지만 그래도 자신이 없다. 대개 그대와 기약한 것이 중도에 바뀔까 두렵기 때문이다.

『한서』「추양전(鄒陽傳)」 '必然之畫(꼭 그렇게 되어야 할 계획)' 안사고 주: "'畫(획)'은 계획을 세우는 것[計]이다. 음은 "獲(획)"이다.'"

[전중련] '畫'은 송본에는 '劃(획)'으로 되어 있다. 『악부시집』에는 '畫'이 '盡(진)'으로 되어 있고, 주에서 "'劃'으로 된 판본도 있다"라고 했다.[94]

---

93) 포조 시의 '漠漠(막막)'에 대해, Chen(315쪽)과 임승산(37쪽)은 모두 '조용한 모양'으로 풀이했다. 도연명 「명자(命子)」 시의 "紛紛戰國, '漠漠'衰周(어수선한 전국시대, '적막했던' 동주 말년)"이 그런 뜻으로 쓰인 예이다.

94) 노문초도 '劃'으로 교감했다. '劃'과 '畫(획)'은 통용한다. '盡'은 옳지 않다. 오덕풍, 66b쪽 참조.

幽蘭(5)

陳國鄭東門, 古今共所知.¹ 長袖暫徘徊, 駟馬停路歧.²

그윽한 택란(5)

진나라와 정나라의 도성 동문은

예나 이제나 모두 다 아는 곳이네.

긴 소매로 잠시간 서성이면은

사마가 갈림길에 멈춰 서겠지.

【주석】

1 **[전진륜]** 『모시』「진보(陳譜)」: "순임금의 후손[帝舜之冑]⁹⁵⁾ 중에 우알보 (虞閼父)라는 사람이 있는데, 주(周) 무왕의 도정(陶正)이 되었다. 무왕은 (…중략…) 그 아들 규만(嬀滿)을 진(陳)에 봉하고, 도읍을 완구(宛丘 : 지금 의 하남성 회양(淮陽))의 옆에 정하도록 했으니, 진 호공(胡公)이라고 하는 데, (…중략…) 무왕은 장녀 태희(太姬)를 그의 아내로 주었다. 그 봉역(封域) 은 『상서』「우공」에서 말하는 '예주(豫州 : 지금의 하남성 대부분)의 동쪽이 다. (…중략…) 태희가 아들이 없자, 무격(巫覡)이 귀신에게 아들을 낳기를 비 는 기도를 하며 춤추고 노래하는 음악을 좋아하게 되어, 민속이 변화하여 그것

---

95) 저본의 '後(후)'는 중간송본에는 '冑(주)'로 되어 있어서 고쳤다. 뜻은 모두 '후 손'이다.

을 행하게 되었다."

내 견해는 이렇다. 「진풍(陳風)」에는 「동문지분(東門之枌)·동문지지(東門
之池)」·「동문지양(東門之楊)」이 있고, 「정풍(鄭風)」에는 「출기동문(出其
東門)」이 있다. 이것은 아마 이들을 한데 모아 활용한 것 같다.

[황절] 「진풍」에는 '東門' 시가 모두 3수이다. 『모시』의 모전에 "진국(陳國)의
시는 10편"이라고 했고, 「동문지분」 모전에 "수도의 모임의 장소로 남녀가 모
이는 곳"이라고 했다. 「정풍」「동문지선(東門之墠)」의 모전에 "'東門'은 성의
동쪽 문이다. 남녀 사이가 가까워 만나기 쉬우면, '동문 밖 마당[東門之墠]으
로 간다'라고 했다. 모전에 의하면, 진(陳)과 정(鄭)의 '東門'은 모두 남녀가 밀
회를 즐기던 곳이다. [96]

2 **[전진륜]** '長袖(장수 : 긴 소매)'는 「연꽃[芙蓉賦]」(주석 21)에서 보았다.

『회남자』「설산훈(說山訓)」: "백아(伯牙)가 금(琴)을 켜자, '네 필의 말[駟
馬]'이 먹이를 먹다가 고개를 쳐들고 들었다."

『열자』「설부(說符)」: "'갈림길[歧路]' 중간에 또 '갈림길[歧]'이 있다."

[황절] 신연년(辛延年)「우림랑(羽林郎)」: "(호희(胡姬)는) '긴 옷자락에 연
리지 수놓은 띠를 매었고, 넓은 옷소매에 자귀나무꽃 수놓은 저고리를 입었
다'. (…중략…) 뜻밖에도 집금오(執金吾) 나리께서, 거들먹거리며 우리 집을
지나가는데, '은 안장은 어찌 저리 빛이 나는가, 물총새 깃 장식 수레 공연히 서
성인다'[長裾連理帶, 廣袖合歡襦. (…중략…) 不意金吾子, 娉婷過我廬.
'銀鞍何煜爚, 翠蓋空踟躕']."

---

96) 「정풍」과 「진풍」의 '東門' 시는 모두 남녀의 밀회를 다룬 시이다.

'긴 옷소매가 배회하는 것[長袖徘徊]'과 '사마가 길에서 멈추는 것[駟馬停路]'
은 대개 「우림랑」의 뜻에 바탕을 둔 것 같다.[97]

<hr />

[97]　이 2구에 대해, 임숭산(37쪽)은 황절의 견해를 따라, "그대는 이미 나와 약속해
　　　놓고서 나를 찾아오지 않는데, 만약 내가 여기에서 긴 소매로 배회하며 너울너울
　　　춤을 춘다면, 물총새 깃 장식을 하고 네 필 말이 끄는 많은 고급수레가 갈림길에
　　　멈춰서서 머뭇거리게 될 것이다. 그러나 내가 그렇게 하지 않은 것은 그대를 기
　　　다리고 싶어서인데, 그대는 어찌 나의 이러한 깊은 속마음을 알아주지 못하는가"
　　　라고 설명했다. 번역도 이를 따랐다. 반면 Chen(316쪽)은 "여기서 나의 긴 옷소
　　　매는 잠시간 머물 것이고, 나의 네 필 마차는 갈림길에서 멈출 것이다"라고 풀이
　　　했다.

中興歌(1)

千冬遲一春, 萬夜覗朝日.¹ 生平値中興, 歡起百憂畢.²

중흥의 노래(1)

천 번의 겨울 동안 한 봄 오기 더뎠는데

만 개의 밤과 밤에 아침 해를 기다렸네.

살아생전 중흥을 만나게 되었으니

기쁨은 일어나고 온갖 근심 사라지네.

【해제】

[전진륜] 「모시서」「대아·증민」: "「증민蒸民」은 윤길보尹吉甫가 선왕宣王을 찬미한 것이다. 어질고 능력 있는 사람을 임용하여, 주 왕실이 '중흥했기中興' 때문이다."

이것은 송 문제를 찬양한 것이다. 주는 「황하가 맑아짐을 기리는 송가河淸頌」 해제에서 상세히 달았다.

[전중련] 『악부시집』에서는 이것을 「잡가요사雜歌謠辭」에 넣었다.

어떤 사람은 『송서』 「효무본기孝武本紀」의, 원가 30년453 5월에 경성을 평정하고 신정新亭을 '중흥정中興亭'으로 고쳤다는 기록을 근거로, 이 송가는 마땅히 이때 지어진 것이라고 주장한다.⁹⁸⁾

---

98) 오비적『포조연보』의 견해이다. 경성을 평정한 일은, 송 문제 원가 30년 태자 유

내 견해는 이렇다. 노래 속에 효무제가 반역을 토벌한 사실을 한마디도 언급하지 않았으니, 여전히 문제를 찬송한 것으로 보는 것이 이치에 가깝다.

【주석】

1 **[황절]** 오경욱(吳景旭) : "『고음(古音)』에 "遲(지)"는 음이 "滯(체)"와 같고 기다린다[待]는 뜻'이라고 했다. 빨리 오기를 바라서 그 오는 것이 느리다고 여기는 것을 '遲'라고 한다. (…중략…)『주역』(「귀매(歸妹)·구사」)에 '[여동생을 시집보내는데 시기를 늦춘다.] "시집 보내기를 늦추어 기다리는 것[遲歸]"은 때가 있기 때문'이라고 했다. (…중략…) (『후한서』에 있다.) ' 장제(章帝)[99]가 조

소(劉劭, 424~453)가 반역하여 문제를 시해하고 황제를 칭하자, 5월 2일에 그것을 평정한 일을 말한다. 당시 효무제는 신정(新亭)에 머무르고 있었다. 신정은 지금의 남경시 우화대구(雨花臺區) 일대로 육조 시기 수도 건강(建康) 남부의 중요한 군사 보루였다. 효무제가 신정을 '중흥정'으로 개칭한 것은 동년 4월 30일이다. 조도형은,『남제서』「황후전(皇后傳)·무목배황후(武穆裴皇后)」에 첨부된 한난영전(韓蘭英傳)에 실린, 여류 시인 한난영이 효무제 때 이 일을 읊은 「중흥부(中興賦)」를 바침으로써 입궁하게 되었다고 한 기록을 근거로, 오비적의 견해에 동의했다. 그리고 포조 시 중 제9수에 언급된 「수양악(壽陽樂)」과 「양양악(襄陽樂)」은 원가 말에 지어진 제후의 음악인데, 요소는 「중흥가」로 그것을 압도하려고 했다는 견해를 보탰다(「창작 시기」, 399~400쪽). 정복림은 『송서』「설안도전(薛安都傳)」에서, 설안도가 원가 27년 북벌하러 가면서, 구구(曰口 : 지금의 호북성 종상시(鍾祥市) 구구진(舊口鎭))에 이르러 하늘 문[天門]이 열리는 꿈을 꾸었는데, 원가 30년 5월의 일이 발생한 후, "하늘이 열린 꿈이 바로 '중흥'의 상징이 아니었던가[夢天開, 正中興之象邪]!"라고 했다는 기록을 근거로, 당시 효무제의 즉위를 '중흥'으로 부른 것의 명증(明證)이라고 보고, 이 연작시는 원가 30년(453) 작이라고 했다(『교주』, 633쪽). 이 견해가 옳다.
99) 저본의 '光武帝(광무제)'는 '장제(章帝)'의 잘못이어서 고쳤다. 인용문은 『후한

칙을 내려 "(…중략…) 짐은 '곧은 선비가 나타나기를 간절히 기다리며[思遲直
士]', 좌석 모서리에 앉아 귀한 소식을 고대하고 있다'라고 했다.'"[100]

[전중련] '遲' 자는 송본 및 『악부시집』에는 '逢(봉 : 만나다)'으로 되어 있다.
'視(시 : 보다)' 자는 송본에는 '見(견 : 보이다, 만나다)'으로 되어 있다.[101]

2　[전진륜] 『모시』 「소아·무장대거(無將大車)」 제1·2·3장 : "'온갖 근심' 생
　각하지 말자[無思 '百憂']."

　서』 권3 「숙종효장제기(肅宗孝章帝紀)」의 '건초(建初) 5년(80) 5월'의 기록이다.
100) 명말 청초 오경욱(吳景旭 : 자 단생(旦生))이 『역대시화(歷代詩話)』 '무집(戊集)
　·하지상(下之上)' 권32 「한위육조시(漢魏六朝詩)」 편의 '지객(遲客)' 조에서,
　사영운(謝靈運)의 「남루에서 늦는 손님을 기다리며[南樓中望所遲客]」 시의 "등
　루위수사, 임강(登樓爲誰思, 臨江 '遲' 來客(누각에 올라 누구를 생각하는가? 강물 굽어보며 늦는 손
　님 기다리네)" 중의 '遲' 자를 설명할 때 인용한 자료에 들어 있는 문장이다. '後漢
　書' 3자는 원본에는 없다.
101) 주석찬도 '逢'으로 고쳤다. '視'는 『악부시집』에도 '見(견)'으로 되어 있고, 노문
　초도 '見'으로 교감했다.

中興歌(2)

中興太平運, 化淸四海樂. 祥景照玉臺, 紫煙遊鳳閣.¹

중흥의 노래(2)

중흥은 태평시대 찾아올 운세
덕화가 맑게 퍼져 사해가 화락하네.
상서로운 햇빛은 옥 누대를 비추고
자줏빛 서운은 봉 누각에 서려 있네.

【주석】

1　[전진륜] 장형 「서경부(西京賦)」: "서쪽에는 '옥 누대'가 있다[西有'玉臺']."

'紫煙(자연)'은 「진사왕 조식의 '낙양의 노래'를 본떠[代陳思王京洛篇]」(주석 5)에서 보았다.

'鳳閣(봉각)'은 「황하가 맑아짐을 기리는 송[河淸頌]」(주석 40)에서 보았다.

[황절] 『상서중후(尙書中候)』 「악하기(握河紀)」: "요(堯)임금이 즉위하여 집정한 지 70년이 되자, '봉조(鳳鳥)'가 정원에 와서 머물렀다. 백우(伯禹 : 하우씨(夏禹氏))가 절하고 아뢰었다. '옛날 헌원(軒轅) 임금이 제위에 오르자, "봉조가 사방으로 높이 치켜든 처마가 있는 누각에 둥지를 틀었습니다[鳳巢阿閣]".'"

中興歌(3)

碧樓含夜月, 紫殿爭朝光.**1** 綵池散蘭麝, 風起自生芳.**2**

중흥의 노래(3)

푸른 누각 밤 달빛을 머금고 있고

자주 전각 아침 해와 빛을 겨루네.

아름다운 연못에는 난향 사향 흩어져

바람이 불어오니 향기가 절로 피네.

【주석】

1　**[전진륜]** 진(晉) 「자야춘가(子夜春歌)·푸른 누각에는 초승달 어두운데[碧樓
冥初月]」: "'푸른 누각에는 초승달 어두운데', 비단 의복에는 새 풍상 드리웠
네[碧樓冥初月', 羅綺垂新風]."

『삼보황도(三輔黃圖)』「한궁(漢宮)」: "무제는 또 '자전(紫殿)'을 세웠는데,
무늬를 아로새기고 보불(黼黻) 문장은 옥으로 장식했다."

2　**[전진륜]** 『진서(晉書)』「석숭전(石崇傳)」: "석숭은 자신의 비첩(婢妾) 수십
인을 다 불러내어 보여주었는데,**102)** 모두 '난향과 사향[蘭麝]'을 몸에 지니고,
고운 비단옷을 입었다."

---

102) 저본의 '婢妾數百人(비첩수백인)'은 표점교감본에는 '崇盡出其婢妾數十人以示
之'로 되어 있다. 번역은 이를 따랐다.

[전중련] '池(지)'는 송본 및 『악부시집』에는 '墀(지 : 지대(址臺))'로 되어 있다.

中興歌(4)

白日照前窗, 玲瓏綺羅中.¹ 美人掩輕扇, 含思歌春風.

중흥의 노래(4)

태양이 창 앞을 밝게 비추니

격자창의 깁 발 속 영롱도 하네.

미인은 깁 부채로 얼굴 가리고

정을 담아 봄바람을 노래 부르네.

【주석】

1　[전진륜] 『한서』 「양웅전」 주 : "진작(晉灼)이 말했다. ''玲瓏(령롱)'은 선명하게 보이는 모양이다.'"

【평설】

[황절] 왕부지 : 확실히 '중흥의 노래中興歌'이다. 『모시』 「주남」의 「부이芣苢」와 「소남」의 「표유매摽有梅」는 주나라 왕실의 흥성했던 제왕 시절의 모습을 이렇게 묘사한 것이다.¹⁰³⁾ 그렇지만, 포조의 이와 같은 가락

---

103) 「부이」에 대해서, 「모전」에서는 "후비(后妃)를 찬미한 것이다. 정치가 화평하면 부인들이 기꺼이 자녀를 가지려 한다"라고 했고, 「집전」에서도 "교화가 행해지고 풍속이 좋아지고 집안이 화평해지자, 부인들이 특별한 일이 없어 서로 어울려 질경이를 캐면서, 그 일을 읊었다"라고 했다. 「표유매」에 대해서, 「모전」에서는

과 정조가 있지 않다면, 또한 어찌 변풍變風에 들어갈 수 있겠는가? '나를 배우면 졸렬한 표현에 머물 것이고, 나처럼 지으면 죽은 표현이 될 것學我者拙, 仕我者死'104)이라고 하는 것은 이를 두고 하는 말이다. 송대宋代 문인들은 뜻으로만 추구했으니 그 어리석음은 당연하도다. 『고시평선』 권3

"남녀가 제때 결혼을 하는 것이다. 소남국이 문왕의 교화를 입어 남녀가 제때 결혼을 할 수 있게 된 것이다"라고 했고, 「집전」의 견해도 같다.

104) 『문선』 주를 단 이선(李善)의 아들이자 당대(唐代)의 서예가인 이옹(李邕, 678~747)은, 기계적인 모방을 반대하고 독창을 중시하여 "나와 비슷하게 쓰면 속된 글씨가 될 것이고, 나를 배우면 죽은 글씨가 된다[似我者欲俗, 學我者死]"라고 했다(『백도』 「백과」 '李邕' 조).

中興歌(5)

三五容色滿, 四五妙華歇.¹ 已輸春日歡, 分隨秋光沒.²

중흥의 노래(5)

삼오야엔 용색이 가득 차지만

스무날엔 고운 빛은 이지러지네.

봄날의 즐거움을 이미 보내버렸는데

가을빛 스러짐을 따라가게 되겠지.

【주석】

1 **[전진륜]**「고시십구수 · 초겨울에 한기가 닥쳐오더니[孟冬寒氣至]」: "보름에
는 밝은 달 둥그렇지만, 스무날엔 두텁 토끼 이지러진다[三五明月滿, 四五詹
兔缺]."¹⁰⁵⁾

2 **[전중련]** 송본에는 '沒(몰)'이 '設(설 : 펼쳐져 있다)'로 되어 있다.¹⁰⁶⁾

---

105) 임숭산은 '三五(삼오 : 15일)'와 '四五(사오 : 20일)'를 음력의 날짜로 보았고, 제
4구의 '分(분)'은 '自分(자분 : 스스로 생각하다)'으로 풀이하여, 제3 · 4구를 이
미 때를 놓쳐 봄날의 즐거움은 누릴 수 없었는데, 또 가을빛을 따라서 스러질 것
을 생각하니 공연히 스스로 슬퍼한다는 뜻으로 보았다(39쪽). 반면 Chen은 '三
五(15세)'와 '四五(20세)'를 나이로 보았고, '分'을 'life'로 풀이하여, 이 2구를
"봄날의 즐거움이 일단 끝나면, 인생은 가을빛처럼 속절없이 사라질 것"이라고
번역했다(316~317쪽). 정복림도 음력 날짜로 보았다(『교주』, 637~638쪽).
'分(fēn)'에는 '응당' '분명히'의 뜻도 있어서 번역은 이를 취했다.
106) '秋光沒(가을빛이 스러짐)'이 나은 것 같다. 번역은 이를 취했다.

中興歌(6)

北出湖邊戲, 前還苑中遊.¹ 飛縠繞長松, 馳管逐波流.²

중흥의 노래(6)

북쪽으로 나가서 호숫가에 노닐다가

남쪽으로 돌아와 동산 안을 거니네.

날리는 고운 비단 장송을 휘감았고

달리는 피리 소리 물결 쫓아 흐르네.

【주석】

1   **[전진륜]** 안연지 「조서를 받아 짓다-'북호'의 추수를 보며[應詔觀'北湖'田
    收]」시 이선 주 : "『단양군도경(丹陽郡圖經)』에 '낙유원(樂遊苑)은 진(晉)의
    약원(藥園)이다. 원가(424~453) 중에 제방을 쌓고 물을 둘러 이름을 "북호(北
    湖)"¹⁰⁷⁾라고 했다'라고 했다."

2   **[전진륜]** 송옥 「신녀부(神女賦)」 '霧縠(무곡)' 이선 주 : "'縠'은 오늘날의 경사
    (輕紗 : 가볍고 부드러운 비단)이다. [안개처럼 가볍다.]"

---

107) '단양군'은 안휘성 양자강 이남 지역과 강소성 영진산맥(寧鎭 : 강녕(江寧) 즉 남
     경에서 진강(鎭江)까지 이르는 산맥) 이남 지역 및 절강성 천목산(天目山 : 항주
     시 북서 지역) 이서와 신안강(新安江) 중상류의 남북 지역이다. '북호'는 지금의
     남경시 현무호(玄武湖)이다. '前(전)'은 남쪽이다.

中興歌(7)

九月秋水淸, 三月春花滋. 千金逐良日, 皆競中興時.[1]

중흥의 노래(7)

구월엔 가을 물이 맑기도 하고

삼월에는 봄꽃이 흐드러지네.

부호 자제 좋은 날을 골라 모여서

중흥의 좋은 시절 다퉈 즐기네.

【주석】

1   [전진륜] 『한서』 「고제기(高帝紀)·하」: "[그리하여 제후왕들과 태위(太尉) 장안후(長安侯) 노관(盧綰) 등 삼백 인이 박사 직사군(稷嗣君) 숙손통(叔孫通)과 함께] 신중하게 '좋은 날[良日 : 길일]'인 2월 갑오(甲午)일을 골라서 한왕(漢王)에게, 존호(尊號)를 올렸다. [한왕은 범수(氾水) 북쪽에서 황제에 즉위했다.]"[108]

---

108) '千金(천금)'은 『사기』 「월왕구천세가(越王句踐世家)」와 「화식열전(貨殖列傳)」의 "千金之子, 不死於市(돈 많은 집 자제는 저자에서 죽지 않는다)" 「원앙전(袁盎傳)」의 "千金之子, 坐不垂堂(돈 많은 집 자제는 대청에서 잠자지 않는다)"의 '千金之子'의 뜻으로 사용되었다. Chen은 '사랑스러운 아가씨들(lovely maids)'로 풀이했는데(317쪽), '千金'을 '영애(令愛)'처럼 남의 딸에 대한 존칭으로 사용한 것은 원대(元代) 이후이기 때문에 이 견해는 타당치 않다.

中興歌(8)

窮泰已有分, 壽夭復屬天. 旣見中興樂, 莫持憂自煎.[1]

중흥의 노래(8)

곤궁하고 태평함은 정한 운명 이미 있고

장수하고 요절함은 하늘에 달려 있네.

중흥의 즐거움을 우리 이미 만났으니

근심으로 스스로 애태우지 말지니.

【주석】

1 **[전진륜]** 『장자』「인간세(人間世)」: "산 위의 나무는 스스로 벌목꾼을 불러
들이고, 기름에 붙은 불은 '스스로 탄대自煎'."

中興歌(9)

襄陽是小地, 壽陽非帝城.¹ 今自中興樂, 遙冶在上京.²

중흥의 노래(9)

양양은 자그마한 땅일 뿐이고

수양은 황제 도읍 이미 아니네.

오늘 이 중흥의 즐거움이 있는 곳

바로 이 황도여서 아름답다네.

【주석】

1 **[전진륜]**『한서』「지리지·하」'남군(南郡)' 조 '양양(襄陽)' 안사고 주 : "응소
(應劭)가 말했다. '''양수의 북쪽[襄水之陽]'에 있다.'''

『고금악록』: "「양양악(襄陽樂)」은 유송 수왕(隨王) 유탄(劉誕, 433~459)이
지은 것이다. 유탄은 처음에 양양(지금의 호북성 양양시) 군수가 되었고 원가
26년(449)에는 또 옹주(雍州) 자사(당시 옹주의 치소는 양양이었음)가 되었
는데, 밤에 여러 여인이 노래 부르는 것을 듣고서 이것을 지었다. 그래서 노래
의 화성(和聲 : 악부시에서 반복해 노래하는 부분) 가운데 '양양에 와서 밤에
즐긴다[襄陽來夜樂]'라는 말이 있다."¹⁰⁹

---

109)『악부시집』권48「청상곡사·양양악」해제에 인용되어 있다. 권49「청상곡사·
수양악」해제에도『고금악록』을 인용하여 "「수양악」은 송 남평목왕(南平穆王 :

『송서』「무제기(武帝紀)」: "동진 공제(恭帝, 419~420 재위) 원희(元熙) 원년(419) 정월에 조칙을 내려 공(公 : 유유(劉裕))을 불러 보좌토록 했다. 또 이전의 명령을 거듭하여 공을 왕의 작위로 승진시켰다. 서주(徐州)의 해릉(海陵) · 동해(東海) · 북초(北譙) · 북량(北梁)과 예주(豫州)의 신채(新蔡), 연주(兗州)의 북진류(北陳留), 사주(司州)의 진군(陳郡) · 여남(汝南) · 영천(潁川) · 형양(滎陽) 등 10개 군을 송국(宋國)에 보태 주었다. 7월에 송왕(宋王)으로 오르자, 제후국 안의 5년 형 이하 죄수를 사면하고 '수양(壽陽 : 지금의 안휘성 수현(壽縣))'으로 천도했다."

2 **[전진륜]**『순자』「비상(非相)」: "[지금의 무도한 군주들은 (…중략…)] '아름답고 요염하지[美麗姚冶]' [않은 자가 없다.]"

반고「유통부(幽通賦)」: "'서울'에 훌륭한 자태를 드러낸다[有羽儀於'上京']."

내 견해는 이렇다. 포조 이 시의 '上京(상경)'은 건강(建康)을 말하는 것이다.

[전중련] 송본 및 『악부시집』[朱應登本]에는 '冶(야)' 자가 '治(치)'로 되어 있다.[110]

유삭(劉鑠))이 예주(豫州 : 치소는 지금의 안휘성 수현) 자사가 되어 지은 것이다"라고 했다.

110) 주응등본도 같다. '冶'가 옳다. '遙冶(요야)'는 '姚冶'로도 적는데, 아리땁고 고운 것을 표현하는 쌍성연면자 의태어이다. 정복림은 장부분을 따라 '治'로 고쳤다 (『교주』, 639쪽).

中興歌(10)

梅花一時艷, 竹葉千年色. 願君松柏心, 采照無窮極.¹

중흥의 노래(10)

매화는 한순간만 아름답지만

댓잎은 천년만년 바래지 않는 것을.

원컨대 그대는 송백의 마음으로

밝은 광채 무궁하게 비추시기를.

【주석】

1 **[전진륜]**『예기』「예기(禮器)」: "[예의 사람에게 있어서의 역할은] '송백이 굳
은 내심이 있는 것[松柏之有心]'과 같다."¹¹¹⁾

---

111) 시 원문의 '采(채)'는 황절의 『포참군시주』에는 '探'로 되어 있다. '采'는 '探'의
본자이면서, '彩(채 : 광채)'와도 통용한다. 이에 따라 제4구의 풀이도 달라진다.
Chen은 '采'를 '探'로 '照(조)'를 '鮑照'로 보고, 마지막 2구를 "원컨대 그대의 마
음 송백처럼 변치 않고, 영원히 나를 채용하여 돌봐주시기를(I wish your heart,
constant like a pine, Will accept and care for me 'til infinity)"이라고 풀이했
다(317쪽). 임숭산은 采'를 '探'로 보되 '照(조)'는 '照顧(조고)'로 보고 이 2구의
대의를 "임금이 백성을 '끌어 쓰고 보살피는' 마음이 송백같이 영원하기를 바란
다(當願君心之'探照'下民, 更如松柏之無有窮時也)"라고 설명했다. 다만 「해제」에
서는 '군주의 명덕을 칭송한 것은 뜻을 피력하여 발탁되기를 바라는 것[頌主明
德, 乃所以見志冀用]'이니, 마지막 작품의 이 2구를 통해 알 수 있다고 했는데(39
쪽), 이 '照' 자를 '照顧'와 '鮑照'의 쌍관(雙關)으로 본 것이다. 번역에서는 '采'는
'彩'의 뜻으로 보았다.

【평설】[112]

---

112) 진조명은『채숙당고시선』「보유」권2에서 "중간에는 사시(四時)를 구분하지는 않았지만, 그 근원은 틀림없이 「자야사시가(子夜四時歌)」에서 나왔다"라고 했다.

代白紵舞歌辭(1)

吳刀楚制爲佩褘,¹ 纖羅霧縠垂羽衣.² 含商咀徵歌露晞.³

珠履颯沓紈袖飛,⁴ 凄風夏起素雲回.⁵

車怠馬煩客忘歸,⁶ 蘭膏明燭承夜輝.⁷

「흰 모시 춤의 노래」를 본떠(1)

오도吳刀를 옆에 차고 초복楚服을 걸쳤네

고운 비단 안개 명주 날개옷에 드리웠네

상조 치조 읊조리며 「아침이슬」 노래하네.

진주 신발 빙글빙글 비단 소매 출렁이네

찬 바람이 크게 일고 흰 구름이 맴을 도네.

수레와 말 지쳐도 손님은 돌아갈 생각 없네

난향 기름 밝은 촛불 밤새도록 밝히네.

【해제】

[전진륜] 이하는 7언시이다. 문인담 주를 수록한다.

[황절] 포조에게 「시흥왕에게 '백저무곡'을 바치는 계奉始興王白紵舞曲啓」
가 있는데, 송본은 이것을 노래 앞에 덧붙이고 있으니, 이 시는 아마
시흥왕 유준劉濬을 위해 지은 것일 것이다.¹¹³⁾

---

113) 본 문집 권2 '계(啓)'편에 수록돼 있다. 송본도 제목은 장부본과 같은데, 「흰 모

【주석】

1 **[문인담]** 장화(張華) 「박릉왕궁의 협객[博陵王宮俠曲]」: "'오나라의 보도'는

손에서 울고'吳刀'鳴手中], [날카로운 검은 추상보다 매섭다[利劍嚴秋霜].]"

내 견해는 이렇다. 송옥의 「신녀부(神女賦)・서」에서 "고운 비단 아름다운

수는 문채가 풍성하고, 화려한 옷 고운 채색 만방에 빛난다[羅紈綺繢盛文章,

極服妙采照萬方]"라고 했는데, 이것이 바로 이른바 '초제(楚制: 초나라의 복

식(服飾))'라는 것이다.

『고금운회거요(古今韻會擧要)』: "'幃(위)'는 『설문해자』에는 본래 '幃(위)'

로 되어 있으며, '주머니[囊]이다. "巾(건)"을 의미부로 하고 "韋(위)"를 소리부

로 했다'라고 설명했다. 서개(徐鍇)는 『이아』에서 "'㑋(쇄)'는 바로 '飾(식: 깨

끗이 닦는 것)이다. 글자는 간혹 '幃'로 적기도 한다'라고 했다'라고 보충했다."

[황절] 『사기』 「숙손통전(叔孫通傳)」: "숙손통(叔孫通)은 유학자의 복장(儒

服)을 하고 있었다. 한왕(漢王: 유방(劉邦))이 싫어하자 그 복식을 바꿔 짧은

시의 노래'를 본떠[代白紵曲] 2수 뒤에 실었다. 『예문유취』 권43에는, 이 시 제2
수와 「흰 모시의 노래'를 본떠」 2수를 합쳐, 제목을 '白紵辭歌(백저사가)'라고
했다. 『악부시집』 권55에는 제목을 '白紵歌(백저가) 6수'라고 하고 이 4수와
「흰 모시의 노래'를 본떠」 2수를 함께 실었다. 이 시의 창작 시기에 대해, 전중련
은 「포조연표」에서 원가 26년(449)에 계년했다. 다만 제목은 「시흥왕에게 '흰
모시 춤의 노래'를 바치는 계[奉始興王白紵舞曲啓]」에 있는 '奉始興王白紵舞曲
(봉시흥왕백저무곡)'으로 표기했는데, 6수를 포괄하기 위해서인 것으로 여겨진
다. 정복림은 「흰 모시의 노래'를 본떠[代白紵曲]」의 해제에서, "'네 곡'을 지어
계를 첨부하여 올린다[裁爲'四曲', 附啓上呈]"라고 한 「시흥왕에게 '흰 모시 춤의
노래'를 바치는 계」를 근거로, 시흥왕 유준의 명으로 지은 것은 「흰 모시 춤의
노래'를 본떠[代白紵舞歌辭]」 4수뿐이고, 「흰 모시의 노래'를 본떠」는 반드시
시흥왕 막하에서 지은 것이라고 할 수는 없다고 했다(『교주』, 279쪽).

옷을 입었는데 '초나라 복식[楚製]'이었다. [그래서 한왕이 좋아했다.]"

『이아』「석기(釋器)」: "부녀자들의 '폐슬[褘]'을 '縭(리)'라고 한다." 곽박 주 : "바로 오늘날의 '향영(香纓)'이다. '褘'는 넓은 띠를 종횡으로 엮어 몸에 매는 것이기 때문에 이름을 '褘'라고 한 것이다."[114]

2 [문인담] 사마상여 「자허부」: "섬세한 고운 비단을 섞었고, 안개 같은 가벼운 비단을 드리웠다[雜纖羅, 垂霧縠]."

『한서』「교사지(郊祀志)·상」: "오리장군(五利將軍)에 임명된 방사 난대 (欒大)도 '새 깃으로 만든 옷[羽衣]'을 입었다."

3 [문인담] 『진서(晉書)』[115] 「율력지(律曆志)·상」: "태주(太簇)는 '상(商)'이요, [고선(姑洗)은 각(角)이요,] 임종(林鍾)은 '치(徵)'이다."

『모시』「소아·잠로(湛露)」 제1장 : "축축이 내린 '이슬', 태양이 아니면 '마르지' 않네[湛湛'露'斯, 匪陽不'晞']."[116]

4 [문인담] '履(리 : 신)'는 '屣(사 : 신, 짚신)'로 된 판본도 있다.[117]

---

114) '吳刀'는 고대 오나라에서 제조한 칼로 보도(寶刀)를 가리킨다. '楚制(초제)'는 '楚製'로도 적는데 '초나라의 복제(服制)' 즉 '초복(楚服)'으로 길이가 비교적 짧은 옷이다. 무사의 복장을 가리키기도 한다. '佩褘(패위)'는 허리띠에 차는 장식용 노리개와 폐슬(蔽膝)인데, "오도로 '佩'를 하고 초제로 폐슬을 삼은" 것으로 번역했다.

115) 저본에는 '漢書(한서)'로 되어 있는데 '晉書'의 잘못이어서 고쳤다. 표점교감본 『한서』에는 「교사지」의 안사고 주에 "太簇爲'徵', 姑洗爲'羽'(태주는 '치'이고, 고선은 '우'이다)"라는 표현이 있다.

116) 후에는 '露晞(로희)'가 「소아·잠로」의 대칭(代稱)으로 사용되었다. 「잠로」는 "천자가 제후에게 연회를 베푸는[天子燕諸侯也]" 것을 읊은 작품이다. '露晞'를 Chen은 '아침이슬의 노래(the Song of Morning Dews)'로 풀이했는데, 번역은 이를 따랐다.

117) 『전송시』에도 같은 주가 있다. 『악부시집』에 '屣'로 되어 있으며 "'履'로 된 판본

『사기』「춘신군열전(春申君列傳)」: "춘신군은 식객이 3천 명인데 그 중 상등의 식객들은 모두 '진주 장식의 신[珠履]'을 신고 조나라에서 온 사신을 만났다.]"

[황절] 주건: "『주례』「춘관종백(春官宗伯)·악사(樂師)」에 '무릇 춤에는 불무(帗舞)·우무(羽舞)·황무(皇舞)·모무(旄舞)·간무(干舞)·인무(人舞)가 있다'라고 했고, 정현은 "'인무'는 손에 잡는 것 없이 옷소매로 위의(威儀)를 갖추는 것'이라고 했다. 이 '백저무(白紵舞)'도 '인무'로부터 전래한 형식이다."[118]

5 **[문인담]** 육기 부: "'찬바람'은 나뭇가지에서 윙윙 차갑다[凄風愴其鳴條]."

『수진입도비언(修眞入道秘言)』: "입춘일 [이른 아침에 북쪽을 바라보면 자주 구름[紫雲], 녹색 구름[綠雲], 흰 구름[白雲]이 있는데, 그것은 삼원군(三元君)의 몸에서 뿜는 기운이 만든 '세 가지 색깔의 구름[三素飛雲]'이다."[119]

6 **[문인담]** 조식 「낙신부」: [해가 이미 서쪽으로 기울자] '수레와 말이 모두 지쳤다[車殆馬煩]'."[120]

7 **[문인담]** 『초사』「초혼」: "'난향을 첨가한 기름으로 만든 촛불 밝고[蘭膏明燭]', [아리따운 여인들도 준비되어 있다.]"

[전중련] 『초사』「초혼」 왕일 주: "'蘭膏(란고)'는 난향을 넣어 제련한 유지(油脂)이다."[121]

도 있다"라고 주를 달았다.

118) '颯沓(삽답)'은 빙글빙글 도는 모양을 표현한다.

119) '夏起(하기)'의 '夏'는 크다는 뜻이다. 『이아』「석고(釋詁)·상」에 "'夏'는 큰 것이다[夏, 大也]"라고 했다.

120) '殆(태)'와 '怠(태)'는 통하며 모두 지치다, 피곤하다는 뜻으로 쓰였다.

121) '承夜(승야)'는 밤으로 이어진다는 뜻이다. 『초사』「초혼(招魂)」에 "朱明'承夜'兮, 時不可以淹(태양이 지면 '밤이 이어져' 시간은 멈출 수가 없다)"이라고 했다.

代白紵舞歌辭(2)

桂宮柏寢擬天居,¹ 朱爵文窗韜綺疏.²

象牀瑤席鎮犀渠,³ 雕屛匝匝組帷舒.⁴

秦箏趙瑟挾笙竽,⁵ 垂瑺散佩盈玉除.⁶ 停觴不御欲誰須.⁷

「흰 모시 춤의 노래」를 본떠(2)

계궁과 백침대는 천상 궁궐을 본떴다.

주작 무늬 창문에는 공심空心 조각 간직했다.

상아 침상 요초瑤草 자리 서거犀渠로 눌렀다.

조각 병풍 두르고 채색 휘장 쳐놓았다.

진의 아쟁 조의 슬에 생황 피리 반주한다.

귀고리 드리우고 패옥 흩으며 옥섬돌을 메운다.

잔 멈추고 들지 않으니 누구를 기다리나?

【주석】

1 **[문인담]** 『삼보황도』「한궁」: "'계궁(桂宮)'은 미앙궁(未央宮)의 북쪽에 있다."

『한비자』「외저설(外儲說)・우상(右上)」: "경공(景公)이 안자(晏子)와 함께 발해로 놀러 가서,¹²²⁾ '백침대[柏寢之臺]'에 올라갔다."

---

122) 저본의 '從(종)'은 금본에는 '游於(유어)'로 되어 있다. 번역은 이를 따랐다. '백침대'는 춘추시대 제(齊)나라의 대 이름으로, 지금의 산동성 광요현(廣饒縣) 경

[황절] 채옹(蔡邕) 「술행부(述行賦)」 : "황가는 휘황찬란하여 '천상의 거처'로 구나[皇家赫赫而'天居']."

[전중련] 『악부시집』 주 : "'寝(침)'은 '梁(량)'으로 된 판본도 있다."[123]

2 [문인담] 『박물지(博物志)』 권8 : "서왕모(西王母)가 구화전(九華殿)으로 내려오자, 동방삭은 구화전 남상(南廂)의 '주작 창문[朱雀牖]'을 통해, 몰래 서왕모를 훔쳐봤다."[124]

『광운』 : "'韜(도)'는 간직하는 것[藏]이다."

『후한서』 「양기전(梁冀傳)」 : "'창문[窗牖]'에는 모두 '공심(空心)'의 화문 조각과 청색의 사슬 무늬[綺疎靑瑣]'가 새겨져 있다."

[전중련] '綺(기 : 무늬)'는 송본에는 '碧(벽 : 푸른)'으로 되어 있다.[125]

3 [문인담] 『전국책』 「제책(齊策)·3」 : "맹상군(孟嘗君)이 (…중략…) 초나라로 가서 '상아로 장식한 침상[象牀]'을 바쳤다."

『초사』 「동황태일」 : "요초로 짠 자리를 펴고 옥으로 만든 석진으로 눌렀다[瑤席兮玉瑱]."

계에 있었다. 『안자춘추(晏子春秋)』 「잡하(雜下)·5」에 "경공이 '백침대'를 새로 완성했다"라고 했다.

123) 『전송시』에도 같은 주가 있다. '柏梁臺'는 한 무제 때 장안(長安)에 세운 누대이다.
124) 저본의 '朱雀牖'는 통행본에는 '朱鳥牖(주조유)'로 되어 있다. 인용문은 내용을 개괄한 것이다. 해당 부분 원문은 이렇다. "王母乘紫雲車而至于殿西, (…중략…) 時東方朔竊從殿南廂朱鳥牖中窺母(서왕모는 자줏빛 구름수레를 타고 전의 서쪽으로 도착했다. (…중략…) 이때 동방삭은 전 남상의 주조(朱鳥) 창문을 통해 서왕모를 훔쳐봤다)."
125) 『악부시집』에는 '綺'로 되어 있는데, 『후한서』 「양기전」의 기록을 보면 '綺'가 나은 것 같다.

『국어』「오어(吳語)」: "'무늬 무소의 "거"[文犀之渠]'를 바쳤다." 주: "갑옷
[甲]이다."126)

4 **[문인담]** '帷(유)'는 '帳(장)'으로 된 판본도 있다.

추양(鄒陽) 「주부(酒賦)」: "좌석에는 '조각 병풍'을 둘러쳤다[坐列'雕屏']."

『고금운회거요』: "'匼匝(갑잡)'은 빙 둘러친 모양이다."

좌사 「오도부(吳都賦)」: "'채색 휘장'을 쳐놓고 술을 장식했다[張'組帷', 抅
流蘇]."

[전중련] 『악부시집』에는 '匼'이 '鉿(협)'으로 되어 있다. 송본에는 '匼'이 '合
(합)'으로 되어 있다.127)

5 **[문인담]** 이사(李斯) 「간축객서(諫逐客書)」: "저 단지를 두드리고 질장구를
치며[擊甕叩缶], '아쟁을 퉁기고' 허벅지를 치면서['彈箏'搏髀], 흥겹게 노래하
여 귀를 즐겁게 하는 것이야말로 진짜 '진나라 음악[秦之聲]'입니다."

---

126) 통행본의 위소 주에는 "'文犀之渠'는 방패[楯]를 말한다"라고 했다. '犀渠(서거)'
에는 무소, 무소 가죽으로 만든 방패, 무소뿔로 만든 석진(席鎭) 등의 뜻이 있는
데, 여기서는 석진을 말한다. 고대에는 제례 등의 중요 행사에 자리를 깔고 들뜨
지 않게 사방을 석진으로 눌렀다. 임숭산은 이 견해를 취했다(41쪽). Chen은 '鎭
(진)'은 차갑게 식힌다는 뜻으로 '犀渠'는 무소뿔 베개로 보아, "상아 침상 위의
벽옥 자리는 무소뿔 베개로 식혀져 있다(Jasper mats on ivory beds are cooled
with rhinoceros pillows)"라고 풀이했다(318쪽). '瑤席(요석)'은 전설 속의 향
초인 요초(瑤草)로 짠 자리라는 뜻으로 진귀한 자리를 말한다.
127) 오덕풍은 강엄(江淹)의 「강가의 산 부[江上之山賦]」의 "黿鼉兮'匼匝'(큰자라와
악어가 빙 둘렀다)"와 「여색 부[麗色賦]」의 "紫帷'鉿匝', 翠屏'環合'(자줏빛 휘장
'둘러치고', 비췻빛 병풍을 '둘렀다')"을 예로 들면서, '合'은 '匼'과 '鉿'의 고자
일 것이라고 하고, '匼匝(갑잡)'과 '鉿匝(협잡)'은 통한다고 했다(67b쪽). '匼'은
아첨한다는 뜻일 때는 음이 '암(ǎn)'이지만, 두건의 뜻이면 음이 '갑(kē)'이며,
첩운연면자 의태어 '匼匝'의 경우도 '갑잡(kē zā)'으로 읽는다.

양운(楊惲) 「손회종에게 보낸 답서[報孫會宗書]」: "며느리는 '조나라 사람 [趙女]'이어서, 평소에 '슬 연주[鼓瑟]'를 잘합니다."

『설문해자』: "'笙(생)'은 13개의 혀[簧]가 있는데, 봉황의 몸통을 본떴다. 정월의 음이다. 정월에는 만물이 생겨나기[生] 때문에 이름을 '笙'이라고 했다."

『박아』: "'竽(우)'는 '笙'을 본떴다. 36개의 관(管)이 있는데 궁관(宮管)이 중앙에 위치한다."

6 [문인담] 조식 「정의에게 주는 시[贈丁儀]」: "서리는 엉겨 '옥섬돌'을 덮었다 [凝霜依'玉除']."

[전진륜] 조식 「낙신부」 '明璫(명당 : 주옥을 꿰어 만든 귀고리)' 이선 주 : "복건(服虔)의 『통속문(通俗文)』[128]에서 '귀고리 옥을 "璫(당)"이라고 한다'라고 했다."

[전중련] 『악부시집』 주 : "'珮(패)'는 '綬(수 : 인끈)'로 된 판본도 있다."[129]

7 [황절] 채옹 「독단」: "'御(어)'라고 하는 것은 드리는 것[進]이다. 무릇 의복을 몸에 입히고, 음식을 입에 떠 넣고, 비첩(妃妾)이 잠자리를 모시는 것을 모두 '御'라고 한다."

【평설】

[황절] 왕부지 : 단숨에 42자를 평평하게 늘어놓아 서술하고, 마지막

---

128) 동한 복건이 지은 훈고 사전인데, 원서는 이미 유실되었다.
129) '佩'는 『악부시집』과 『전송시』에는 '珮'로 되어 있는데, 노리개라는 뜻일 때는 통용한다. 이 구는 귀고리와 패옥을 흩날리는 사람들이 옥섬돌을 가득 메운다는 뜻이다.

으로 7자로써 조용하고 한가로운 가운데 전환하여 마무리했다. 기상과 풍도, 가락과 정조가 어쩌면 이렇게 될 수 있는지 나는 모르겠다.『고시평선』권1

[전중련] 왕부지 : 그 묘함은 모두 평탄하게 시작하는 데 있으니, 평탄하기에 급박하게 전환하고 억누르는 것이 없다. 앞에 별도의 발단이 없으니, 사람을 시정詩情으로 끌어들이는 곳이 담담하면서도 절로 심원하고, 희미하면서도 넓으며, 거두어들임이 촉급 절박하면서도 여운이 있으니, 기를 운용하는 묘가 이와 같은 것이다. 아! 어찌 기를 운용할 줄 아는 사람을 만나 더불어 시를 이야기할 수 있을까!『고시평선』권1

代白紵舞歌辭(3)

三星參差露湆湆,[1] 絃悲管清月將入. 寒光蕭條候蟲急.[2]

荊王流嘆楚妃泣,[3] 紅顔難長時易戚.[4]

凝華結藻久延立,[5] 非君之故豈安集.[6]

「흰 모시 춤의 노래」를 본떠(3)

삼형제별 기울고 이슬은 축축하며

관현악은 처량하고 달은 곧 지려하네.

차가운 빛 쓸쓸하고 철벌레 울음 급박하네.

초 왕은 탄식하고 초 왕비 눈물짓네,

홍안은 길지 않고 시간은 쉬 사라지네.

고운 문채 엮으면서 오래도록 서 있는데

그대 때문이 아니면 어찌 기꺼이 모였으리.

【주석】

1　[문인담]『모시』「당풍·주무(綢繆)」제1장 : "[땔나무 다발 묶고 나니,]「세 별」
　　이 하늘에 있네['三星'在天]."[130]

---

130)　'三星(삼성)'에 대해 모전(毛傳)은 '參星(삼성 : 삼수(參宿))', 정전(鄭箋)은 '心
　　　星(심성 : 심수(心宿))이라고 했다. '삼수'는 서방 백호(白虎) 칠수의 하나이고
　　　'심수'는 동방 창룡(蒼龍) 칠수의 하나로, 공영달 소에 의하면, '삼수'는 시월, '심
　　　수'는 이월에 나타난다고 했다. '삼수'는 오리온자리 용사의 띠에 해당하는 세 별

[전중련] '參差(참치)'는 송본에는 '差池(치지)'로 되어 있다.[131]

2 **[문인담]** '候蟲(후충)'은 철 따라 나오는 벌레이다.

　　[전진륜] 『초사』「원유(遠遊)」: "산은 '쓸쓸하여' 짐승도 없다[山'蕭條'而無獸兮]."

3 **[문인담]** 반악 「생부(笙賦)」: "'초 왕은 한숨 쉬며' 길게 읊조리고, '초 왕비는 탄식하며' 슬픔을 더한다['荊王喟'其長吟, '楚妃嘆'而增悲]."[132]

4 **[문인담]** 『광운』: "'戢(즙)'은 그치는 것[止]이다."

5 **[전중련]** '藻(조)'는 송본에는 '綵(채)'로 되어 있다.[133]

6 **[문인담]** 『한서』「조참전(曹參傳)」: "제나라가 '안정되었다'[齊國'安集']."[134]

　　이고, '심수'는 전갈자리의 알파성 안타레스(대화성(大火星))와 좌우 두 별이다.

131) '參差(cēncī)'와 '差池(cīchí)'는 각각 쌍성과 첩운의 연면자로, 모두 가지런하지 않고 들쑥날쑥한 것을 표현하는 의태어이다. 여기서는 밤이 이슥해져 '세 별'이 기울어 가는 것을 나타낸다.

132) 『문선』 권18 「생부」의 이선 주에서는 『가록(歌錄)』을 인용하여 「「음탄(吟歎)」 4곡은 「왕소군(王昭君)」・「초비탄(楚妃歎)」・「초왕음(楚王吟)」・「왕자교(王子喬)」 넷인데, 「형왕(荊王)」과 「자교(子喬)」는 가사가 아직 전해진다」라고 하여, '형왕'과 '초비'를 악부 곡조 이름으로 보았다. 『가록(歌錄)』의 내용은 앞의 「왕소군(王昭君)」의 [해제] 중 [전중련]을 참고할 것.

133) 『악부시집』에는 '藻'로 되어 있고, "'彩(채)'로 된 판본도 있다"라고 주를 달았다. '彩'와 '綵'는 통하며 의미상 '藻'와 같다. '凝華結藻(응화결조)'의 의미를, 임숭산은 글을 짓는 것으로 보아, 이 2구를 "지금 내가 '아름다운 문채를 모으며' 오래도록 서 있는데, 그대 때문이 아니면 어떻게 안화(安和 : 조용하고 평안함)한 상황에 있을 수 있겠는가?"라고 풀이했다(41쪽). Chen은 '꽃장식'으로 보아, "눈부신 미희들 꽃장식을 하고 오래도록 기다리는데, 그대 때문이 아니라면 기꺼이 모이지 않았으리"라고 풀이했다(318쪽).

134) '安'은 송본에는 '妄(망)'으로 되어 있는데, 자형이 비슷하여 생긴 오자로 보인다. 정복림은 장부본과 『악부시집』을 따라 '安'으로 고쳤다(『교주』, 294쪽). '安集(안집)'은 '안정시키다', '편안하고 화목하다', '어루만져 위로한다[安撫]'라

[황절]『모시』「패풍 · 식미(式微)」: "'그대 때문이 아니라면', 어찌 이슬 가운데 서 있으리['微君之故', 胡爲乎中露]?"

【평설】

[황절] 왕부지 : 늘어놓은推排 감이 좀 있지만, 신운神韻과 광채는 해치지 않았다.『고시평선』권1

는 뜻이다. 『한서』조참전의 기록은 『사기』「조상국세가(曹相國世家)」에 바탕을 둔 것이다. 『사기』의 기록은 이렇다. "천하가 안정되자, (…중략…) 조참(曹參)은 장로와 유생들을 다 불러 모아 백성들을 '안무할[安集]' 방도를 물었다 (…중략…) 제(齊)의 재상이 된 지 9년 만에 제가 '안정되자[安集]' 사람들이 어진 재상이라고 크게 칭송했다." 임승산은 "평안하고 조용하게 지낸다[處之安和]"고 풀이했다(41쪽). Chen은 글자대로 "기꺼이 한데 모이다(assemble together willingly)"로 번역했다.

代白紵舞歌辭(4)

池中赤鯉庖所捐, 琴高乘去騰上天.[1]

命逢福世丁溢恩,[2] 簪金藉綺升曲筵.[3]

思君厚德委如山,[4] 潔誠洗志期暮年.[5] 烏白馬角寧足言.[6]

「흰 모시 춤의 노래」를 본떠(4)

못 속의 붉은 잉어 주방에서 버린 건데

금고琴高가 타고 떠나 하늘로 올라갔네.

복된 세상 만나서 넘치는 은총 입어

황금 비녀 비단옷에 궁중 연회 올라왔네.

산처럼 두터운 그대 은덕 생각하네,

정성 의지 맑게 씻고 영원토록 보답할 터.

까마귀 하얘지고 말머리에 뿔 돋는 것 말할 필요 있는지?

【주석】

1 **[문인담]** 좌사 「위도부(魏都賦)」: "'금고'는 물에 들어가도 젖지 않으며, 때로 '붉은 잉어'를 타고 돌아다닌대'琴高'沈水而不濡, 時乘'赤鯉'而周旋]."

[황절] 『열선전』 「금고(琴高)」: "'금고'는 주(周) 말기 조(趙)나라 사람이다. (…중략…) 기주(冀州)[와 탁군(涿郡) 사이]를 2백여 년이나 만유했는데, 나중에는 그곳을 떠나 탁수(涿水)에 들어가 용의 딸에게 장가들었다. 여러 제자와

기약을 하며 말했다[期曰]. '모두 재계를 하고 물가에서 기다리며 사당을 짓도록 하라[設祠].'135) 과연 '붉은 잉어[赤鯉]'를 타고 와서, 밖으로 나와 사당 안에 앉았다. (…중략…) 한 달 남짓[一月餘] 머물다가 다시 물속으로 들어갔다."

[전중련] 『악부시집』에는 '去(거 : 떠나다)'는 '雲(운 : 구름)'으로 되어 있다. 송본에는 '騰(등 : 오르다)'은 '飛(비 : 날다)'로 되어 있다.136)

2 [문인담] '命逢福世(명봉복세)'는 어떤 판본에는 '徼命逢福(요명봉복 : 운명이 복을 만나기를 바람)'으로 되어 있다.137)

『이아』 「석고(釋詁)」: "'丁(정)'은 만나는 것[當]이다."

내 견해는 이렇다. '溢恩(일은)'은 분에 넘치는 은혜이다.

[황절] 『사기』 「원앙전(袁盎傳)」: "태사공은 말한다. 원앙은 [(…중략…) 효문제(孝文帝)가 막 즉위하자 그 자질이 마침 '펼칠 수 있는 알맞은 시기를 만났다[逢世]'. 마침 때가 바뀌었기에,138) [오왕과 초왕이 모반을 일으켰을 때 그의 주장이 받아들여졌지만, 얼마 지나지 않아 또 뜻대로 할 수 없게 되었다.]"

3 [문인담] '簪金藉綺(잠금자기 : 황금 비녀를 꽂고 비단옷을 입음)'는 이른바 '紆青拖紫(우청타자 : 몸에 푸른색과 자주색 인끈을 차고 고관이 됨)'라고 하는 것과 같다.

---

135) 통행본에는 '碣(갈)'이 '涿(탁)'으로 되어 있고, '期日(기일)'은 '期曰(기왈)'로 되어 있으며, '設屋祠(설옥사)'의 '屋' 자는 없고, '一月(일월)' 뒤에는 '餘(여)' 자가 있다. 번역은 이를 따랐다.
136) 오덕풍은 '乘去(승거)'는 붉은 잉어를 타고 떠난다는 뜻이어서 '去'가 되어야 하는데, '云(운)'으로 잘못 적게 된 후 '雲'으로 다시 잘못 적게 되었을 것이라고 했다(68b쪽). '騰'은 노문초도 '飛'로 교감했다.
137) 『악부시집』에도 같은 내용의 주가 있다.
138) 『사기집해』에 장안(張晏)을 인용하여 "경제(景帝)가 즉위한 것을 말한다"라고 했다.

『의례』「사관례(士冠禮)」: "관례를 치르는 자는 '대자리 위로 올라가[가 筵]' 앉는다."139)

4 **[문인담]** '委(위)'는 주는 것[輸]이다. 주신 은혜가 산처럼 두텁다는 뜻이다.

[전중련] '思君厚德(사군후덕)'은 송본에는 '恩厚德深(은후덕심 : 은덕이 깊고 두텁다)'으로 되어 있다.140)

5 **[황절]** 『수신기(搜神記)』 권13 '예천(醴泉)': "태산(泰山)의 동쪽에 예천(醴泉)141)이 있는데, 그 형상은 우물 같고 본체는 돌이다. 그 물을 떠 마시려면, 모두 '마음을 깨끗이 씻고[洗心志]' 꿇어앉아 물을 뜨면, 샘물은 날듯이 솟구치는데, 충분히 마실 만큼 나온다. 만약 마음이 더럽고 난잡하면 샘물은 그쳐 버린다."142)

6 **[문인담]** 『사기』「자객열전(荊軻傳)·논」 색은 : "[『연단자(燕丹子)』에서 말했다.] 연(燕) 태자 단(丹)이 본국으로 돌려보내 주기를 요청하자 진왕(秦王)이 말했다. '"까마귀 대가리가 하얘지고, 말이 뿔이 돋으면[烏頭白, 馬生角]", 그때 허가하겠다.' 단이 하늘을 우러러보고 탄식하자, '까마귀 대가리가 즉시 하얘지고, 말도 뿔이 돋았다[烏頭卽白, 馬亦生角].'"

내 견해는 이렇다. 이것은 포조가 붉은 잉어를 자신에 비유하여, 그 감은의 뜻

---

139) '筵'에는 '연석(宴席)'의 뜻이 있다. '曲筵(곡연)'은 '曲宴(곡연)'과 같으며, 임금이 궁중내원(宮中內園)에서 신하에게 베푸는 규모가 작은 연회이다.

140) 『악부시집』은 장부본과 같다.

141) 저본의 '醴泉(예천)'은 통행본에는 '醴泉(예천)'으로 되어 있어서 고쳤다. '단맛이 나는 물이 솟는 샘'이라는 뜻일 때는 통용한다. 이 구는 정성을 다하고 마음을 깨끗이 하여 평생토록 군주의 은덕에 보답하겠다는 의지를 말했다.

142) '노년을 기약한다[期暮年]'라는 것은 '생명이 다하도록 은덕에 보답하겠다'라는 뜻이다.

을 기탁하고 반드시 보답할 것임을 말한 것이다.

【평설】

[**황절**] 왕부지 : 맑고 깨끗하게 이 짧은 시를 마름질했는데, 변화와 기복이 이미 다 갖춰져 있다. 물론 이렇게 하지 않는다면, 또한 어찌 칠언시가 있다는 것에 귀중한 가치를 부여하겠는가? 칠언시의 창작은 반드시 포조 시를 본받아야 한다. 왜인가? 이전에 비록 작자가 있다고 하더라도, 바로 어렴풋한 가운데 새나 다니는 길 같은 수준일 뿐이다. 포조는 이에 있어 실로 이미 천고에 범주를 설정했다. 따라서 칠언시는 포조로부터 나온 것이 아니라면, 모두 벼가 아니라 돌피와 피일 따름이다. 가행歌行으로부터 근체시율시로 나아가는 데는, 두이간杜易簡, ?~673?[143]이 역할을 했다. 근체시로부터 절구로 나아가는 데는, 유우석劉禹錫, 772~842이 역할을 했다. 이들은 연원이 어둡지 않고, 원시를 잘 계승했다. 두보杜甫, 712~770가 기주夔州 : 지금의 중경시(重慶市) 봉절현(奉節縣)에 도착한 이후766로부터, 원진元稹, 779~831·백거이白居易, 772~846·온정균溫庭筠, 812?~866?·이상은李商隱, 812~858에 이르기까지와 같은 경우는, 그 종풍宗風이 누구를 계승한 것인지 아예 모르겠다. 『고시평선』 권1

---

143) 두보(杜甫)의 조부인 두심언(杜審言, 645?~708?)의 당형(堂兄)이다. 고종(高宗, 649~683 재위) 때에 진사에 급제했고, 9세에 이미 글을 잘 지었다고 한다.

代白紵曲(1)

朱脣動, 素腕擧,¹ 洛陽年少邯鄲女.²

古稱淥水今白紵,³ 催絃急管爲君舞.⁴

窮秋九月荷葉黃, 北風驅雁天雨霜. 夜長酒多樂未央.⁵

「흰 모시의 노래」를 본떠(1)

붉은 입술 움직이고, 흰 팔이 올라간다.

낙양의 젊은이와 한단邯鄲의 아가씨들과,

예전엔 「맑은 물」이나 이제는 「흰 모시」라

빠른 현악 급한 관악에 그댈 위해 춤을 춘다.

깊은 가을 구월에 연잎은 시드네

북풍은 기러기 몰고 하늘에는 서리 가득하네.

밤은 길고 술 많으니 즐거움이 끝이 없네.

【해제】

　[전진륜]『옥대신영』에서는 제목을 '代白紵歌辭대백저가사'라고 했다. 오조의 주를 수록한다.

　[오조의]『진서晉書』「악지樂志 · 하」: "「백저무白紵舞」는, 춤곡인데 가사에 '수건과 두루마기巾袍'라는 말이 있다. 모시는 본래 오 지방에서 나는 것이니, 아마도 오무吳舞인 듯하다. 진晉의 '배가俳歌'¹⁴⁴⁾에 또 '皎皎"白

緖", 節節爲雙새하얀 ""白緖", 마디마디 쌍이로다'이라고 했는데, 오음吳音으로는 '緖서'를 '紵저'라고 읽으니, '白紵'는 바로 '白緖흰실'가 아닌가 한다."[145]

『남제서』「악지」'무곡舞曲 · 백저사白紵辭': "「백저가白紵歌」는, 주처周處,236~297의 『풍토기風土記』에 '오나라 황룡黃龍,229~231 연간 동요에 "'白을 행하는 자'가 임금이 되어, 너의 고구려 말을 좇으리'行白者'君,追汝句麗馬"라고 했다. 후에 손권孫權이 공손연公孫淵 : 요동(遼東)을 근거지로 한 군벌을 정벌하려고 바다로 나가 "舶박 : 큰 배"을 탔다. "舶"은 "白"이다. 지금의 화성和聲 : 반복 연창 부분에서도 여전히 "行白紵"라고 한다'라고 했다."

『악부해제』: "고사古辭는 춤추는 사람의 아름다움을 매우 칭송하고, 좋은 시절이 가기 전에 즐길 것을 노래했다. 흰 모시白紵를 기려서 '바탕은 가벼운 구름 같고 빛깔은 은빛 같은데, 이것을 말라서 두루마기 만들고 자투리로 수건을 만들었는데, 두루마기는 몸을 빛나게 하고 수건으로는 먼지를 턴다質如輕雲色如銀, 製以爲袍餘作巾. 袍以光軀巾拂塵'라고 했다."

『당서唐書』「음악지音樂志」: "양 무제武帝는 심약沈約을 시켜 그 가사를 고쳐 「사시백저가四時白紵歌」를 짓도록 했다. 지금 중원에 「백저곡白紵曲」이 있는데, 그 내용은 이것과 전혀 다르다."[146]

---

144) 고대 산악(散樂)의 일종으로 「주유도(侏儒導)」라고도 하며, 춤추는 사람이 춤을 추면서 노래를 부른다(『악부시집』 권56 「무곡가사 · 배가사(俳歌辭)」 해제 : "一曰「侏儒導」. (…중략…) 『南齊書』「樂志」曰 :「侏儒導」, 舞人自歌之.").

145) 이상의 인용문은 모두 『진서』「악지」의 문장이다. 저본의 인용부호는 잘못 표기됐다.

146) 이상 『진서』 · 『남제서』 · 『당서』는 모두 『악부시집』 권56 「진백저무가사(晉白紵舞歌辭)」의 해제에 인용된 것이다.

내 견해는 이렇다. '무곡가사舞曲歌辭'를 포조는 6수를 지었는데, 조칙을 받고 지은 것이다. 이것은 그중 제5·6수이다.[147]

【주석】

1 **[전진륜]** 조식 「낙신부」: "'붉은 입술 움직여' 천천히 말한다[動朱脣'以徐言]."

   조식 「낙신부」: "신선이 노니는 물가에서 '흰 팔을 치켜든다[攘皓腕'於神滸兮]."

   [전중련] '腕(완 : 팔)'은 송본에는 '袖(수 : 소매)'로 되어 있다.[148]

2 **[오조의]** 왕일 「여지 부(荔枝賦)」: "완과 낙의 젊은이들과 한단의 유학 온 선비들[宛洛少年, 邯鄲遊士]."[149]

   위 왕찬 「칠석(七釋)」: "한단의 재녀들[邯鄲才女]"

   [전중련] '年少(년소 : 나이가 어리다)'는 송본 및 『옥대신영』에는 '少童(소동 : 나이가 어린 아이)'으로 되어 있다.[150]

3 **[오조의]** 『초학기(初學記)』 「악부(樂部)·상·가(歌)」: "옛 노래에 (…중략…) 「양춘(陽春)」 (…중략…) '「녹수(淥水)」'[151] (…중략…) 등이 있다."

---

147) 포조는 「시흥왕에게 '흰 모시 춤의 노래'를 바치는 계[奉始興王白紵舞曲啓]」(「흰 모시 춤의 노래」를 본떠[代白紵舞歌辭](1) 해제 참조)에서, '제후의 명을 받고[被教]'네 곡[四曲]'을 지었다고 명백히 밝혔다. 따라서 오조의가 천자의 조칙을 받고 지은 6수라고 한 견해는 옳지 않다. '被教'에 대해서는 「시흥왕에게 '흰 모시 춤의 노래'를 바치는 계」 주석 2를 볼 것.
148) 주응등본과 『예문유취』에도 '袖'로 되어 있다. 『악부시집』 주에서는 "'腕'은 '袖'로 된 판본도 있다"라고 했다.
149) 원숙(袁淑)의 「조식의 악부 '백마의 노래'를 본떠[效曹子建樂府白馬篇]」 시의 이선 주에 인용되어 있다.
150) 『악부시집』도 같다.
151) 저본에는 '綠水'로 되어 있는데, 통행본 『초학기』에 '淥水'로 되어 있어서 고쳤

[전중련] '淥(록 : 맑은)' 자는 송본 및 『옥대신영』에는 '綠(록 : 초록)'으로 되어 있다.[152]

4　[오조의] 『한서음의(漢書音義)』: "명주실로 만든 악기를 '絃(현 : 현악기)'이 라고 하고, 대롱으로 만든 악기를 '管(관 : 관악기)'이라고 한다."

5　[황절] 유정(劉楨) 「공연시(公讌詩)」: "긴 낮 동안 즐기며 놀았건만, '즐거움 은 여전히 끝이 없다'[永日行遊戲, '歡樂猶未央']."

【평설】

[황절] 왕부지 : 홀연히 모여 당돌하게 거리낌 없이 이야기한다. 휙 멈 추었다가 훌쩍 멀리 건너가는데도, 편안하여 합당치 않는 것이 없다. 기교가 여기에까지 이르다니! 감정의 전달에 공력을 들인 것, 바로 그 것 때문이다.『고시평선』권1[153]

[전중련] 범희문范晞文 : 장적張籍·왕건王建과 완전히 닮았다.『대상야어(對牀 夜語)』권1

다. 『악부시집』권83 「잡가요사(雜歌謠辭)·1」 해제에 『초학기』와 내용이 같은 양 원제(元帝)의 『찬요(纂要)』를 인용했는데, '淥水'로 되어 있다. 또 권59의 「금 곡가사(琴曲歌辭)·3」에는 「채씨오농(蔡氏五弄)」에 '淥水曲'이 있고, '해제'에 서 동한 채옹(蔡邕)이 지은 것으로, 채옹은 귀곡(鬼谷) 선생이 살던 곳을 찾았더 니 오곡(五曲)이 있어 이 다섯 곡을 지었는데, 남곡(南曲)의 물은 '사시사철 맑아 서[冬夏常淥]' '淥水'라는 제목을 붙인 것이라고 했다.

152) 주응등본도 같다. 『전송시』주에는 "'淥' 자는 '綠'으로 된 판본도 있다"라고 했 다. 『악부시집』과 『예문유취』권43에는 '淥'으로 되어 있다. 오덕풍은 '淥'은 '綠' 의 오자일 것이라고 했다(68b쪽).
153) 마지막 구의 원문은 저본에는 '正賴是耳'로 되어 있는데 '正是賴耳'의 잘못이다.

代白紵曲(2)

春風澹蕩俠思多,¹ 天色淨淥氣妍和,²

含桃紅萼蘭紫芽,³ 朝日灼爍發園華.⁴

卷幌結幃羅玉筵,⁵ 齊謳秦吹盧女絃,⁶ 千金顧笑買芳年.⁷

「흰 모시의 노래」를 본떠(2)

봄바람 화창하니 고운 생각 많아지는데

하늘빛은 해맑고 날씨는 화창하네.

앵두는 붉은 꽃받침, 택란은 자주 싹인데

아침 해 찬란하고 정원의 꽃 피었네.

장막 걷고 휘장 묶고 옥 자리를 깔아놓아

제의 노래 진의 퉁소에 노녀盧女의 금琴이라.

부호 자제 돌아보고 웃으며 성년盛年을 사는구나.

【주석】

1   [오조의] '俠(협)'은 『옥대신영』에는 '使(사 : ~하게 하다)'로 되어 있다.¹⁵⁴⁾

    [황절] 『한서』 「외척전·효무이부인(孝武李夫人)」 : "이부인이 죽자 (…중략…) 황상께선 또 부를 지어 이부인을 애도했다. (…중략…) '"아름답고 고운 사람"은 빛을 거둬들이고, 붉은 꽃은 떨어졌구나[佳俠函光, 隕朱榮兮].'"

---

154) 『한서』 안사고 주를 보면 '俠'이 옳다.

안사고 주 : "맹강(孟康)이 말했다. '"佳俠(가협)"은 "佳麗(가려)"와 같다.'"

이에 의하면 '俠思(협사)'는 '麗思(려사 : 아름다운 생각)'와 같다.

2 **[전중련]** '淥(록)'은 송본 및 『옥대신영』에는 '綠(록)'으로 되어 있다.[155]

3 **[전진륜]** '含桃(함도)'는 『옥대신영』에는 '桃含(도함)'으로 되어 있다.[156]

[오조의] '蘭(란 : 택란)'은 '蓮(련 : 연)'으로 된 판본도 있다.

사령운 「종제 사혜련에게 주는 시[酬從弟惠連]」 : "산복사나무는 붉은 꽃을 피웠다[山桃發紅萼]."

[전진륜] '紫芽(자아)'는 「봄날 형산에 올라」를 본떠[代陽春登荊山行]」(주석 8 '紫莖(자경)')에서 보았다.

[황절] 『예기』 「월령」 : "중하(仲夏)의 달에는, [(…중략…) 농부가 햇기장을 진상한다. 이달에] 천자는 어린 닭을 곁들여 기장을 맛보고, '함도(含桃)'를 진상하면 먼저 침묘(寢廟)에 바친다." 정현 주 : "'含桃(함도)'는 '앵두[櫻桃]'이다." 『경전석문』 : "'含'은 본래 또 '函(함)'으로 쓰는데, '函'과 '櫻'은 다 작은 모양을 표현한다."

왕인지(王引之) : "『이아』에서 '蠃(라 : 소라)'의 작은 것을 '函櫻(함앵)'이라고 한 것 같은 것은, 어린아이를 영아(嬰兒)라고 부르는 것과 같다."[157]

[전중련] 『악부시집』 주 : "'蘭(란)'은 '蓮(련)'으로 된 판본도 있다."[158]

---

155) 송본에는 '姸(연)'이 '硏(연)'으로 되어 있다.
156) 『예기』 「월령」의 문장과 정현 주를 보면 '桃含'은 옳지 않다.
157) 저본의 '函櫻(함앵)'은 중간송본 『이아』 「석어(釋魚)」에는 '蛝(함)'으로 되어 있다.
158) 저본의 '連(련)'은 '蓮'의 오자이다. '자주색 싹'이라고 한 것을 보면 '蘭(택란)'이 옳다.

4 [오조의] '華(화)'는 '葩(파)'로 된 판본도 있다.[159)]

[전진륜] 『설문해자』: "'灼爍(작삭)'은 빛나는 것이다."[160)]

5 [오조의] '幌(황 : 휘장)'은 『옥대신영』에는 '橫(황 : 장막)'으로 되어 있다.

무명씨 「장상사(長相思) : "어찌 알랴, '화려한 연회 자리' 옆에는[誰知'玉筵'側], [언제나 시름 풀려는 사람 붙어 있는 걸[長掛銷愁人].]"[161)]

[전진륜] 『설문해자』에 "'橫'은 기물을 놓아두는 도구(그릇받침)로, 木(목)을 의미부로 하고, 廣(광)을 소리부로 한다. 일설에는 휘장이나 병풍의 종류라고 한다"라고 했는데, 이것이다.[162)] 서개(徐鍇)는 "'橫'이라고 한 것은 가로놓는대[橫]는 뜻이고, '几(궤)'라고 하는 것은 세운대[閣]는 뜻"이라고 했다.

제 사혜련(謝惠連) 「설부(雪賦)」: "달빛이 '휘장'을 통과해 환하게 밝다[月乘'幌'而通輝]."

'幌(황)'이 바로 이 '橫' 자로 胡(호, hú)와 晃(황, huǎng)의 반절 즉 '황(huǎng)'이다.

『옥편』: "'幌'은 '帷幔(유만 : 사방을 둘러막은 장막)'이고, '帷幕(유막 : 매달아 드리워 차단용으로 쓰는 커튼)'이며, '帳(장 : 매달거나 시렁에 걸쳐 차단용으로 쓰는 장막)'이다."

6 [전진륜] '齊謳(제구)'는 「소년에서 노쇠하기까지의 노래」를 본떠[代少年時

---

159) 『악부시집』과 『옥대신영』에는 '花(화)'로 되어 있다. '葩'도 뜻은 같다.
160) 『설문해자』 爍(삭) 자의 풀이로, 원문은 "'爍', '灼爍', 光也('爍'은 '灼爍'이니, 빛나는 것이다)"로 되어 있다.
161) '誰(수 : 누구)'는 『악부시집』 권69에는 '詎(거 : 어찌)'로 되어 있다.
162) 저본의 '是也(시야)'는 『설문해자』에는 없는 말이다. 전진륜의 설명으로 보인다.

至衰老行」(주석 3)에서 보았다.

'秦吹(진취)'는 「승천의 노래」를 본떠[代昇天行」(주석 11)에서 보았다.

『악부해제』: "'노녀(盧女)'는 위 무제 때의 궁녀로, 옛 관군장군(冠軍將軍) 음숙(陰叔)의 여동생이다. 나이 7세에 한의 궁궐로 들어가, 금 연주를 배워 새로운 곡을 잘 연주했다. 명제가 붕어한 뒤에 시집을 가 윤갱생(尹更生)의 아내가 되었다."[163]

『고금주(古今注)』에 보인다.[164]

7 **[황절]** 『모시』「패풍·종풍(終風)」 제1장 : "종일토록 바람도 사납게 부는데, '나를 돌아보면 히죽 웃는다'[終風且暴, '顧我則笑'].[165] [조롱하고 멋대로 비

---

163) 『악부시집』 권73 「잡곡가사(雜曲歌辭)·노녀곡(盧女曲)」의 해제에 인용된 문장이다. 다만 '陰叔'은 『악부시집』에는 '陰升(음승)'으로 되어 있다. 통행본 『악부해제』의 「치조비(雉朝飛)」 해제에 나오는 문장은 다소 차이가 있다. 첫 문장은 '魏武帝宮人有盧女者(위 무제의 궁녀에 노녀가 있는데)'로 되어 있고, '陰叔' 아래에 "'升'으로 된 판본도 있다"라고 주를 달았으며, '學鼓琴' 뒤에 '特異于餘妓(다른 기녀들과 매우 달랐다)' 5자가 있고, '善爲新聲' 뒤에 '能傳此曲(이 곡을 전할 수 있었다)' 4자가 있다.

164) 이 부분은 저본에는 『악부해제』의 언급으로 처리되어 있는데, 전진륜의 말이다. 『고금주』 권하 「치조비(雉朝飛)」 해제에 나오는데, 통행본 『악부해제』의 문장과 거의 같다.

165) '笑(소)'에 대해 「모전」에서는 '侮(모: 깔보다)'로 풀이했는데, 비웃는다는 뜻이다. 따라서 포조 시에서의 의미와는 다소 차이가 있다. '千金(천금)'과 '芳年(방년)'이 가리키는 대상은 불분명하다. Chen은 전자는 '황금 천 냥'으로 후자는 '처녀(maiden)'로 보아 "아가씨들의 답하는 미소를 천금으로 살 수 있다"라고 풀이했다(319쪽). 반면 임숭산은 '千金'을 「중흥의 노래」 제7수에서처럼(역주 1 참조) '千金之子'로 보고 '芳年(방년)'을 젊음으로 보면서, '買芳年(매방년)'을 '惜取芳年'의 뜻으로 풀이하고, 그것은 아마도 '惜取少年時(소년 시절을 아낀다)'의 의미일 것이라고 했다(41쪽). '惜取少年時'는 당대 무명씨의 「금루의(金縷衣)」 시구이다. 『문선』 권31에 수록된 유삭(劉鑠)의 "가고 가고 거듭하여 가고

웃으니, 내 마음 슬프기만 하다.]"

[전중련] 송본에는 '顧(고)'가 '雇(고)'로 되어 있다.[166]

【평설】

　[황절] 진조명 : '앵두含桃' 구는 힘찬데, 「초혼招魂」의 가사詞에서 나왔다.『채숙당고시선』권18[167]

─────────────────

　가서는'을 본떠[擬行行重行行]」의 "'芳年'有華月, 佳人無還期('한창의 때'에 화려한 시절 있는데, 낭군은 돌아올 기약도 없네)" 유량 주에 '芳年'과 '華月(화월)'은 한창때[盛時]를 비유한다고 했다. 번역은 임숭산의 견해를 좇았다.

166) 오덕풍은 '雇'가 되어야 하는데, '顧'는 '雇'와 통하여 '酬(수 : 재물로 보답하다)'의 뜻이며, '千金雇笑(천금고소)'는 천금으로 웃음에 보답하는 것이어서, 황절이『모시』「종풍」을 인용한 것도 틀렸다고 했다(69a쪽). 반면 정복림은 '雇'가 '顧'와 통한다고 하고『모시』「종풍」을 용례로 인용했다(『교주』, 284쪽).

167) 「초혼」의 '난(亂 : 마무리)'에서 춘경(春景)을 묘사한 대목에 "菉蘋齊葉兮白芷生 (푸른 네가래는 잎이 모두 자랐고 구릿대는 싹 돋는다)" 구가 있는데, 이것을 말한 것 같다.

代鳴雁行

邕邕鳴雁鳴始旦,¹ 齊行命旅入雲漢.² 中夜相失群離亂, 留連徘徊不忍散.³

憔悴容儀君不知, 辛苦風霜亦何爲.⁴

「기러기는 우는데」를 본떠

기럭기럭 기러기 아침부터 울면서

짝을 불러 함께 떠나 은하수로 들어가네.

한밤중에 서로 헤져 무리가 흩어지니

오래도록 배회하며 차마 뜨지 못하네.

초췌해진 용모를 그대는 모르리라

풍상에 고생한들 무슨 소용 있으랴?

【해제】

[황절] 곽무천『악부시집』: "『모시』「패풍·포유고엽匏有苦葉」 시제3장에서 '기럭기럭 기러기가 우네, 해 뜨는 이른 아침부터離離鳴雁, 旭日始旦'라고 했다. 정현은 '기러기라는 새는 태양을 따라 장소를 옮겨가며 사는데, 마치 부인이 지아비를 따르는 것과 같다. 그래서 혼례에 그것을 사용한다'라고 했다. '離離옹옹'은 울음소리로 화답하여 응하는 것이다. 악부「기러기는 우는데鳴雁行」는 대개 여기서 나온 것이다."

[전중련]『악부시집』에서는 이것을「잡곡가사」에 넣었다.

【주석】

1 **[전진륜]** 이 구는 「뱃노래'를 본떼[代櫂歌行]」 주(주석 4)에서 보았다.

[전중련] 『악부시집』에는 '始(시)'가 '正(정)'으로 되어 있다.[168]

2 **[전진륜]** 『춘추번로(春秋繁露)』: "'기러기는 질서 있게 행렬을 이룬다[雁有行列]'. 그래서 그것을 폐백[贄]으로 사용하는 것이다."

『곡량전(穀梁傳)』「소공(昭公) · 8년」: "'새 무리'를 엄습해 잡았다[掩'禽旅']." 주 : "'뭇 새'이다."

사영운 「9일 송공 유유(劉裕)를 시종하여 희마대에 모여, 공정(孔靖)을 전송하며[九日從宋公戲馬臺集送孔令]」: "'나그네 기러기'는 서리와 눈을 피한다['旅雁違霜雪']."

'雲漢(운한 : 은하수)'은 「황하가 맑아짐을 기리는 쉬[河淸頌]」(주석 78)에서 보았다.

[전중련] 송본 및 『악부시집』에는 '旅(려 : 떠돌이)'가 '侶(려 : 짝)'로 되어 있다.[169]

3 **[황절]** 악부 고사 「비학행(飛鵠行)」[170] : "오 리마다 한 번 뒤돌아보고, 육 리마다 한 번 '배회'를 한다[五里一反顧, 六里一'徘徊']."

---

168) 해제에 인용한 『모시』를 보면 '始'가 더 나은 것 같다. 막, 바야흐로, 마침이라는 의미는 비슷하다. '邕邕(옹옹)'은 『악부시집』에는 '雝雝'으로 되어 있는데, 같은 뜻이다.

169) 『전송시』도 같다. 노문초도 '侶'로 교감했는데, 더 나은 것 같다. 오덕풍, 69a쪽 참조.

170) 『악부시집』 권39 「상화가사 · 슬조곡」에는, 제목이 「염가하상행(豔歌何嘗行)」으로 되어 있고, 해제에서 "일명 「飛鵠行」이라고 한다"라고 했다.

4 **[전진륜]** 예형(禰衡) 「앵무부(鸚鵡賦)」: "'된서리'는 막 내리고, '찬바람'은 소슬하다. (…중략…) 울음소리 처량히도 거세게 드날리고, '용모는 참담히도 초췌해졌다'['嚴霜'初降, '涼風'蕭瑟. (…중략…) 音聲淒以激揚, '容貌慘以顑頷']."

[전중련] 『악부시집』에는 '風霜(풍상 : 바람과 서리)'이 '霜雪(상설 : 서리와 눈)'로 되어 있다.171)

【평설】

[황절] 주건 : 한밤중에 무리를 잃고 오래도록 머물며 떠나지 못하니, 친구의 의리가 돈독하다. 초췌하고 고생을 하면서, 마음속으로 도움을 바라는 바가 있지만, 어찌할 도리가 없다. "衛나라의 여러 대부여, 얼마나 많은 날이 갔는가[叔兮伯兮, 何多日也]." 아마도 『모시』 「패풍·모구旄丘」172)의 심정이 아닌가! 『악부정의』 권13

---

171) 『악부시집』 주에는 "'風霜'으로 된 판본도 있다"라고 했는데, '風霜'이 더 낫다. 송본에도 '風霜'으로 되어 있다.
172) 「모구」의 주제에 대해서는 다양한 견해들이 있는데, 모시 소서와 정현 전에서는 옛 여(黎)의 신하들이 적인(狄人)의 침략으로 오래도록 위(衛)에 머물면서도 도움을 받지 못하자, 위를 책망하는 것이라고 보았다. 인용한 시구는 제1장의 제3·4구이다.

擬行路難(1)

奉君金巵之美酒, 瑇瑁玉匣之雕琴.[1] 七綵芙蓉之羽帳, 九華蒲萄之錦衾.[2]

紅顔零落歳將暮, 寒光宛轉時欲沈.[3] 願君裁悲且減思, 聽我抵節行路吟.[4]

不見柏梁銅雀上, 寧聞古時清吹音.[5]

「갈 길은 험난하고」를 본떠(1)

그대에게 바칩니다, 황금 잔의 좋은 술과

대모 장식 옥 상자 속 화려한 금琴도,

일곱 색 연꽃 수의 새 깃 휘장과

아홉 빛 포도 수의 비단 이불도.

붉은 얼굴 시들며 이 해도 저물고

차가운 빛 아련히 하루도 끝나가오.

바라건대 그대는 슬픔 자르고 시름 덜고

북장단에 맞추는 내 「행로난」 노래 들어보오.

못 보았소? 백량대와 동작대 위의

그 옛날 맑은 음악 지금 어찌 듣겠소.

【해제】

[전진륜] 이하는 잡언체이다.

『옥대신영』에는 제1·3·8·9수를 선록했고, 『고시선古詩選』에는 제

1·2·3·4·6·7·9·10수를 선록했다.

『악부해제』: "「갈 길은 험난하고行路難」는 세상살이의 험난함 및 이별의 슬픔이라는 내용을 한껏 언급하는데, '그대는 못 보았소君不見'로 시작하는 것이 많다. 『진무별전陳武別傳』에 보면, '진무는 늘 양을 치는데, 여러 집 목동 중에 노래를 잘 아는 자가 있어서, 진무는 마침내 「갈 길은 험난하고」를 배웠다'라고 했으니, 그 기원도 오래되었다."[173]

오조의는 "잡곡가사로 포조에게는 19수가 있다"라고 했다.

[전중련] 송본은 제목 밑에 '19수'라고 적었다. 『악부시집』도 제목에서 '19수'라고 하고, 제13수의 '~라고도 하고亦云' 이하 6구를 별도로 1수로 다루었다.[174] 「갈 길은 험난하고」는 본래 한대의 가요로, 동진東晉 사람 원산송袁山松, ?~401이 그 음조를 고치고 새로운 가사를 만들었다. 고사와 원산송의 가사는 지금 모두 실전되었다. 포조는 이 시의 마지

---

173) 『예문유취』권19와 『태평어람』권392에 인용된 『진무별전』의 내용은 다소 차이가 있다. '武常牧羊'은 '陳武字國本, 休屠胡人, 常騎驢牧羊(진무는 자가 국본이고, 휴도(지금의 감숙성 무위시(武威市))에 거주하던 흉노 사람으로, 늘 나귀를 타고 양을 쳤다)'으로 되어 있고, '學「行路難」'은 '學「太山梁父吟」·「幽州馬客吟」及「行路難」之屬(「태산양보음」·「유주마객음」및 「행로난」등을 배웠다)'로 되어 있다.

174) 제13수는 전편의 구수가 26구나 되어 8구에서 14구에 이르는 다른 17수에 비해 유달리 길다. 그리고 내용 면에서 보면, 제13수의 전반 10구는 젊어서 종군한 병사가 백발이 되어 아무런 성취도 없이 객사할까 두려워하는 심정을 토로했고, 제11구 '고향 들녘 생각할 때마다[每懷舊鄕野]' 이하의 후반 16구는 유환자(遊宦者)가 고향에서 온 나그네로부터 독수공방하는 아내의 소식을 전해 듣는 광경을 묘사하여, 내용의 전환이 일어난다. 따라서 2수로 분리할 여지가 충분히 있다. 송영정, 「포조『의행로난시』연구」, 『중국학지』5, 계명대 중국학연구소, 1989.7 참조.

막 수에서 "나는 이제 스무 살 약관의 나이余當二十弱冠辰"라고 했는데, 후인들은 이에 근거하여 포조가 20세 무렵인 원가 10년433 전후에 「'갈 길은 험난하고'를 본떠」를 지었다고 했다. 그러나 제6수에서는 "관직 버려두고 떠나자棄置罷官去"라고 했는데, 포조는 원가 16년439에 처음으로 임천왕臨川王 유의경劉義慶 왕국의 시랑이 되어, 원가 21년444에 스스로 해직하고 떠났으니, 이로부터 10년 안팎의 거리가 있으므로, 18수는 같은 시기에 지은 것이 아니다.175)

---

175) 창작 시기에 대해서는 같은 시기에 지었다는 견해와 그렇지 않다는 견해가 있다. 같은 시기에도 젊을 때 작품이라는 견해와 중년 이후 작품이라는 견해가 있다. 젊을 때로 본 최초의 견해는 진항(陳沆)인데, 그는 『시비흥전(詩比興箋)』에서 포조가 때를 만나기 전에 지은 것으로 보았다(제18수 평설 참조). 오비적(吳丕績)도 『포조연보(鮑照年譜)』에서 제18수의 '나는 지금 스무 살 약관의 때라오[余當二十弱冠辰]'에 근거해서 20세 무렵에 지은 것으로 보았다. 중년 이후의 작품이라고 본 것은 일본인 학자들이다. 등정수(藤井守, Fujii Mamoru)는, 이 시의 주된 창작 동기가 7언시에 대한 열정이며, 이 열정은 그의 중년 무렵까지 이어졌을 가능성이 크고, 내용 면에서 청년의 기개보다는 중년기 이후 심정의 토로라고 보아야 하며, '나는 지금[余當]' 구는 허구라고 보아야 한다는 점을 들어, 이 시의 창작 시기를 중년기로 보았다. 중삼건이(中森健二, Nakamori Kenji)도 제18수의 '나는 지금' 구의 출구(出句)인 "장부 마흔에는 벼슬할 수 있다는데[丈夫四十彊而仕]" 구가 더 창작 시기에 가까운 사실적 표현이라고 보고, 등정수의 견해에 동조했다. 일시에 지은 것이 아니라는 견해로는 여관영(余冠英)도 있는데, 그는 『악부시선(樂府詩選)』에서, 제6수의 '관직 버려두고 떠나자[棄置罷官去]'도 동시에 주목하면서 같은 시기에 짓지 않았다고 보았다. 전중련은 「포조연표」에서는 일단 '원가 10년(433) 포조 20세'에 넣고, 18수가 모두 일시에 지어진 것은 아니라는 내용의 후주를 달았다. 송영정, 같은 논문 참조. 정복림은 기본적으로는 여관영과 전중련의 견해에 동조하여, 일부 작품은 20세 때에 짓고 나중에 추가로 더 지어 한데 모아 놓은 것이라고 했다. 다만 포조의 생년과 초사(初仕) 시기에 대한 견해가 전중련과 달라 창작 시기는 더 늦춰 잡았다(『교주』, 658~659쪽).

【주석】

1　[전진륜] '巵(치 : 술잔)'는 '匜(이 : 주전자)'로 된 판본도 있다. '美酒(미주 : 맛

좋은 술)'는『옥대신영』에는 '酒盌(주완 : 술 주발)'으로 되어 있고, '旨酒(지

주 : 맛 좋은 술)'로 된 판본도 있다.[176]

이 작품은 오조의와 문인담 주를 섞어 인용한다.

[문인담]『설문해자』: "'巵'는 주류를 담는 그릇이다."

『이물지(異物志)』: "'玳瑁(대모 : 바다거북)'는 거북이 비슷한데 남해에서 난

다. 큰 것은 크기가 대자리[籧篨]만 하다. 등에 비늘이 있는데 크기가 부채만

하며 무늬가 있다. 그것으로 기물을 만들려면 그 비늘을 삶는데 그러면 부드

러운 가죽처럼 된다."[177]

유주(劉晝)『신론(新論)』권4「인현(因顯)」: "[형계(荊磎)의 진주(珍珠)와

야광(夜光)의 벽옥(璧玉)은 제후에게 바치려면 반드시 '옥 장식의 상재[玉

匣]' 속에 넣고, 금속 끈[金縢]으로 묶어서 봉한다."

2　[오조의]『서경잡기』: "한 고조 유방의 참사검(斬蛇劍)은 '칠채(七彩)'의 진

주와 '구화(九華)'의 옥으로 장식을 했다."[178]

---

176) '巵'는 4되 정도 담기는 원통형 술그릇이고, '匜'는 여러 모양의 주전자이다. '酒
盌(술 사발)'은 앞의 '金巵(금치)'와 중복되므로 옳지 않다. 송본에도 '美酒'로
되어 있다.
177)『태평어람』권80에 인용된『남방이물지(南方異物志)』의 문장은 다소 차이가 있
다. 뒤의 '鱗(린)' 자는 없고, '有文章'은 '發取其鱗, 引見其文(그 비늘을 캐서 보면
무늬가 보인다)'로 되어 있다. '將作器'는 '欲以作器(그것으로 기물을 만들려면)'
으로 되어 있고, '煮其鱗如柔皮'는 '煮之, 刀截任意所爲(그것을 삶아서 칼로 잘라
마음껏 만든다)'로 되어 있다.
178) 통행본『서경잡기』권1에는 원문이 '高祖斬白蛇劍, 劍上有七彩珠九華玉以爲飾'

육해(陸翽)『업중기(鄴中記)』: "비단에는 '포도 무늬 비단[葡萄文錦]'이 있다."

[문인담] '羽帳(우장)'은 물총새 깃으로 만든 휘장이다.

3 [전진륜] '光(광)'은 『옥대신영』에는 '花(화)'로 되어 있다.

[황절]『이소』: "초목이 '시들어 떨어지는' 것을 생각하면, 아름다운 분이 '늙어가는' 것이 두렵다[惟草木之'零落'兮, 恐美人之'遲暮']."

4 [전진륜] '減(감)'은 『옥대신영』에는 滅(멸)로 되어 있다.

[오조의]『한서』「추양전」: "제북국(濟北國)만 '절조를 단련하여[底節]'[179] 굳게 지키며 물러나지 않는다."

[황절]『설문해자』: "'抵(지)'는 옆으로 치는 것[側擊]이다." 음은 '지(紙)'로 '抵(저)'와 다르다.

'節(절)'은 악기이니 바로 '拊鼓(부고 : 목에 걸고 양손으로 치는 북)'이다.

『송서』「악지(樂志)·1」'팔음(八音)·혁(革)·절(節)'[180] : "부현(傅玄)「절부(節賦)」에서 말했다. '(…중략…) 입으로는 "節"이 아니면 읊조리지 않고, 손으로는 "節"이 아니면 두드리지 않는다[口非"節"不詠, 手非"節"不拊].'"

5 [문인담] 도연명「여러 사람과 함께 주가묘의 측백나무 아래에 놀러가서[諸人

으로 되어 있다.
179) '抵節(저절)'은 표점교감본에는 '底節(저절)'로 되어 있고, '底'는 '砥(지)'와 통하여 '절조를 수련하다'라는 뜻으로 사용되었다. 포조 시의 의미와는 맞지 않는다. '抵節(지절)'은 '擊節(격절)'의 뜻이다. '節'은 황절의 견해처럼 북의 일종이다.
180) 저본에는 '革音有節'로 되어 있고 『송서』「악지」의 원문을 인용한 것처럼 표기했는데, 옳지 않다. 『송서』「악지·1」에는 '팔음(八音)' 조의 네 번째에 '혁(革)'이 있고, 여기서 혁의 종류로 鼓(고)·鼗(도)·節(절)'을 예시하고 설명을 가했는데, 황절이 그것을 개괄하여 이렇게 정리한 것이다. 이어지는 문장은 『송서』「악지·1」의 '節' 항에서 인용한 부현의 「절부」 중의 문장이다.

共遊周家墓柏下」시 : "'관악기 맑게 불고' 현악기 퉁긴다['淸吹'與鳴彈]."

[전진륜]『한서』「무제기」 : "원정(元鼎) 2년(115 B.C.) 봄에 '백량대(柏梁臺)'를 세웠다."

『삼보구사(三輔舊事)』 : "'향백(香柏)'으로 그것을 지었다."

『삼국지』「위서 · 무제기」 : "건안(建安) 15년(210) (…중략…) 겨울에 '동작대(銅雀臺)'를 지었다."

나머지('銅雀臺')는 「육기의 '군자가 생각할 것'을 본떠[代陸平原君子有所思行]」(주석 1 '『업중기』 인용')에서 살폈다.

[황절]『설문해자』 : "'寧(녕 : 차라리)'은 바람을 표현하는 말이다."

【평설】

[황절] 왕부지 : 모두 중요하지 않은 곳을 치장했으나, 치장한 곳은 모두 지극한 곳이다.『고시평선』권1

장옥곡張玉穀 : [「'갈 길은 험난하고'를 본떠」 모든 편은 대체로 분개와 불평의 심정을 토로한 작품이다. 이것은 제1편인데, 오히려 먼저] 시간은 쉬 지나가는 것이니 부질없이 슬퍼해도 소용없다는 것으로 시작했다. 또 남에게 권하는 말을 할 뿐 자기에 대해서 말하지 않았으니, [시의 전개 과정이] 대단히 기환奇幻하다. [처음 4구는] 남에게 근심하지 말라고 권하면서, 먼저 근심을 풀게 하는 물건을 제시했다. [갑작스럽게 4구를] 평평하게 늘어놓으면서 시작하는데, 기세가 창달하면서도 표현은 아름답다. (…중략…) 마무리는 옛일을 끌어와 증명했는데, [그 묘함은] 엄숙함에 있

다.『고시상석(古詩賞析)』권17

　[전중련] 허의許顗 : 포조의 「갈 길은 험난하고」는 웅장하고 아름다우면서 호방하여, 마치 양자강과 황하를 터놓은 듯하니, 시로서는 견줄 만한 것이 없고, 가의賈誼의 「과진론過秦論」과 대단히 흡사하다.『언주시화(彦周詩話)』

　왕부지 : 「갈 길은 험난하고」 모든 편은 한결같이 타고난 재능과 자연스러운 운치로 거침없이 불어내어 이루었다. 천추에 홀로 노래했으나 더욱이 화답할 사람이 없었다. 이백이 복숭아 한 알을 얻었으니, 큰 것은 신선이요 작은 것은 호걸이다. 대개 칠언 고시는 신속히 토해내기를 임제종 선법禪法의 할喝처럼 하여, 더욱이 사람들이 미리 생각하고 의논한 것이 통하지 않게 한다. 또 큰 불상을 주조하듯이 거침없이 단숨에 이루더라도, 이목구비의 모습은 다 갖춰져야 한다. 두보 이후로는 자구를 조탁하여 사람의 정교한 솜씨는 절륜하지만 이미 서로 스며들어 융합되지 않으니, 하물며 허혼許渾, 791?~858?[181] 부류같이 생기가 완전히 끊어져 버린 자들이랴!『고시평선』권1

---

181) 만당의 시인. 대우가 정교하고 시율이 완정한 율시를 주로 지었다. 명 허학이(許學夷)는『시원변체(詩源辨體)』에서, 허혼의 5·7언 율시 중에는 감정보다는 표현이 나오며, 지나치게 정교한 수사를 추구하여 조탁의 흔적이 많은 작품이 있다고 했고, 왕부지는『고시평선』에서, 경물(景物)의 선택은 사람으로부터 취해야 자연스럽고 생동감이 있는 것인데, 허혼은 그렇지 못해서 교묘한 마음을 다 짜내었지만, 끝내 졸렬한 시를 지었다는 평가만을 받았다고 평했다.

擬行路難(2)

洛陽名工鑄爲金博山,¹ 千斲復萬鏤, 上刻秦女攜手仙.²

承君淸夜之歡娛, 列置幃裏明燭前.³ 外發龍鱗之丹綵, 內含麝芬之紫煙.⁴

如今君心一朝異, 對此長嘆終百年.

「갈 길은 험난하고」를 본떠(2)

낙양의 명공이 황금 박산향로를 주조했소

천 번을 깎고 또 만 번을 새겨

위에는 진 공주와 신선이 손잡은 모습 새겼소.

맑은 밤 임의 굄을 받고 있을 적에는

휘장 안 촛불 앞에 자리하고 있었소.

밖으로는 용 비늘의 붉은 광채 발하고

안으로는 사향의 자주 연기 머금었소.

지금은 임의 마음 하루아침 달라져

이것 보고 탄식하며 한평생 가야 하오.

【주석】

1 [전진륜] 문인담 주를 수록한다.

  [문인담] 여대림(呂大臨)『고고도(考古圖)』: "향로는 바다 가운데 있는 신선

  이 산다는 전설 속 선산인 '박산(博山)'을 본떴다. 아래의 소반에는 더운물을

담아 수증기가 향기를 덥히게 하여 바다가 사방을 둘러싸고 있는 모습을 형상했다."

[황절] 갈홍 『서경잡기』 권1 : "장안의 명공 정완(丁緩)이라는 자가 (…중략…) 또 '박산향로(博山香爐)'를 만들었다. 기괴한 새와 짐승을 새겼는데 (…중략…) 모두 자연스럽고 살아 움직이는 듯했다."

이 작품의 기탁과 비유는 「고시」[182] "여러분 잠시만 조용히 하고, 제 노래 한 마디 들어주시오. 구리 향로에 대해 말씀드리자면, 우뚝 솟은 것이 남산을 본 떴다오[四坐且莫諠, 願聽歌一言, 請說銅爐器, 崔巍象南山.]" 1편으로부터 변화시킨 것이다.[183]

2 **[문인담]** 『열선전』 「소사(蕭史)」 : "소사와 농옥(弄玉)은 어느 날 부부가 함께 봉황을 따라 날아갔다."[184]

[전중련] 『악부시집』에는 '復(부)' 자가 없다.

3 **[전중련]** 『악부시집』 주 : "'歡娛(환오)'는 '娛樂(오락)'으로 된 판본도 있다."

4 **[문인담]** 하안(何晏) 「경복전부(景福殿賦)」 : "깃발의 '붉은 무늬'는 환히 빛난다['丹綵'煌煌]."

『설문해자』 : "'사향노루[麝]'는 생김새는 작은 사슴 같으며 배꼽에 사향이 있다."

---

182) '향로'를 읊은 16구의 오언고시로, 『예문유취』 권70 「복식부(服飾部)」 '향로(香爐)' 조, 『태평어람』 「복용부(服用部)」 '향로(香爐)' 조, 『고시원(古詩源)』 권1 '무명씨(無名氏)' 작품 등에 모두 '고시'라는 제목으로 수록돼 있다.

183) 포조 이 시의 첫 구를 주응등본·『고시원』·『전송시』는 모두 '洛陽名工鑄爲金'까지로 보고, '博山'은 다음 구 '千斲復萬鏤'에 붙였다. 송본은 저본과 같이 단구(斷句)했다.

184) 자세한 것은 「승천의 노래」를 본떠[代升天行] 주석 11 참조.

일명 '射父(사보, shèfù)'라고 한다.[185]

[전진륜] 사마상여 「자허부」 : "온갖 색깔 눈부시게 빛나, '용 비늘'처럼 찬란하다[衆色炫耀, 照爛龍鱗]."

【평설】

[황절] 왕부지 : 단 하나의 물건뿐인데, 이처럼 조리 있게 서술했다. 몸이 처한 상황이 외로울수록 담겨 있는 감정은 더욱 넓어진다.『고시평선』권1

---

185) 이 부분은 『강희자전』에서 『설문해자』를 인용한 뒤 덧붙인 설명인데, 문인담이 『설문해자』의 글처럼 인용한 것이다.

擬行路難(3)

璇閨玉墀上椒閣, 文窓繡戶垂羅幕.¹ 中有一人字金蘭, 被服纖羅采芳藿²
春燕參差風散梅, 開幃對景弄春爵.³ 含歌攬涕恒抱愁, 人生幾時得爲樂.⁴
寧作野中之雙鳧, 不願雲間之別鶴.⁵

「갈 길은 험난하고」를 본떠(3)

선옥 규문閨門 옥 지대 그 위에 산초 규방
꽃무늬 창과 문엔 비단 장막 드리웠소.
그 안에 한 사람 있어 그미 자는 금란인데
입은 옷은 고운 비단, 배초향의 향 지녔소.
봄 제비는 오락가락 바람에 매실 지는데
휘장 열고 햇빛 보며 봄 술잔을 기울이오.
눈물로 노래하며 항상 시름 안았으니
인생을 그 얼마나 즐길 수가 있겠소.
차라리 들판의 쌍오리가 될지언정
구름 속 짝 잃은 학 되지는 않으려오.

【주석】

1　**[전진륜]** '羅(라 : 비단)'는 『옥대신영』에는 '綺(기 : 무늬 비단)'로 되어 있다.¹⁸⁶⁾

---

186) 『악부시집』과 『전송시』도 같다.

이 작품은 오조의와 문인담의 주를 섞어서 인용한다.

[문인담·오조의] 왕가(王嘉) 「백제자의 노래[白帝子歌]」: "'선옥 궁전' 고요한 밤 창가에서 베를 짠다[璇宮'夜靜當窓織]."

한 무제 「낙엽 지고 매미는 슬프게 우네[落葉哀蟬曲]」: "[비단 옷소매엔 소리도 없고,] '옥 지대'에는 먼지만 가득하다[玉墀'兮塵生]."

『한관의(漢官儀)』 권하: "황후의 방은 '초방(椒房)'이라고 한다. (…중략…) '산초(山椒)'로 방을 발라 그 온난함을 취하고 악기(惡氣)를 제거한다."[187]

유주『신론』권5 「적재(適才)」: "이제 '창문을 화려하게 수놓은' 동방[繡戶'洞房]에 [거처하면 도롱이가 갖옷보다 못하지만, 눈을 맞고 비에 젖으면 갖옷이 도롱이보다 못하다.]"

육기 「군자가 생각할 것[君子有所思行]」: "[깊은 집엔 '화려한 창문' 줄지어 있고[邃宇列'綺窓'],] 난실에는 '비단 휘장' 이어져 있다[蘭室接'羅幕']."

2   **[전진륜]** '采(채: 채집하다)'는『옥대신영』에는 '蘊(온: 쌓다)'으로 되어 있다.[188]

---

187) 통행본의 문장은 인용과 다소 차이가 있다. '皇后(황후)' 뒤에 '稱椒(칭초)' 2자가 있고, '壁(벽)'은 '室(실)'로 되어 있다. '溫煖(온난)' 뒤에 '除惡氣也' 4자가 있다. 번역은 이를 따랐다. 첫 구에 나오는 '璇閨(선규)'와 '椒房(초방)'은 일반적으로 모두 규방의 미칭으로 사용되고, '玉墀(옥지)'는 본래 궁전 앞의 섬돌로 조정(朝廷)을 일컫기도 한다. 여기서는 '금란(金蘭)'이라는 여인의 거처를 설명한 대목인데, '선규'와 '초방'의 의미는 중복되므로 '閨'를 본뜻인 '대문이나 정문 옆의 소문(小門)'으로 보는 것이 더 낫다. 그러면 첫 2구는 대문 밖에서 규방까지 접근하는 과정의 서술과 규방의 외관에 대한 묘사가 되어 자연스럽다. "'아름다운 규'를 지나 마당을 거쳐 '옥석으로 만든 섬돌'을 오르면 그 위에 '산초 방향의 규방'이 나오는데, 그 방의 꽃무늬 창과 방문에는 아름다운 무늬의 비단 휘장이 드리워져 있는 게 보인다."

188) 『악부시집』과『전송시』도 같다. 『악부시집』 주에 "'蘊'은 '采'로 된 판본도 있다"라고 했다.

[문인담] '金蘭(금란)'은『주역』「계사상전」의 "두 사람이 마음을 같이 하면 그 날카로움은 '쇠를 자를' 수 있고, 마음을 같이 하는 사람의 말은 그 냄새가 '난 향과 같다'[二人同心, 其利斷'金', 斷'金'之言, 其臭如'蘭']"의 의미를 취한 것 이니, 대체로 지어낸 말이다.

완적 「영회」 제19수 : "'입은 옷은 얇고 고운 비단옷이고[被服纖羅衣]', [좌우 엔 한 쌍의 옥황(玉璜)을 찼다.]"

좌사 「오도부」 : "풀로는 '곽납(곽향(藿香) 즉 배초향, 방아)'과 육두구(nutmeg) 가 있다[草則'藿蒳'荳蔲)]."

3 **[전진륜]** '參差(참치)'는『옥대신영』에는 '差池(치지)'로 되어 있다.

다음 구는『옥대신영』에 '開帷對影弄禽爵(휘장 열고 햇빛 보며 새 모양 술잔 을 기울인다)'으로 되어 있다.[189]

[문인담]『옥편』: "'爵(작)'은 대그릇으로 술을 따르는 데 쓴다."

[황절]『모시』「패풍·연연(燕燕)」 제1장 : "제비들 난다, 앞서거니 뒤서거니 [燕燕于飛, 差池其羽]." 정현 전에서 "'差池其羽(치지기우)'는 제비가 꼬리날 개를 펼치는 것으로, 대규(戴嬀)[190]가 친정으로 돌아가려 함에 그 의복을 뒤

---

189) 임숭산은『옥대신영』을 바탕으로 '爵'은 주기(酒器)이지만 '雀(작)'으로 풀이해 도 된다고 하면서 이 구를 "휘장 열고 해를 보며 '금작을 희롱할 뿐[戱弄禽雀]'이 다"라고 풀이했다(49·51쪽). '爵'은 새 모양을 본뜬 술잔이다.『전송시』주에서 는 "'禽爵'은 자세히 모르겠다.『악부시집』주에 '春爵'으로 된 판본도 있다고 했 는데 역시 불가해하다. 아마도 '金爵(금작)'이 되어야 할 듯하다. 비녀[釵]를 말 한다. 조식(曹植)의 「미녀편(美女篇)」에 '頭上金爵釵(머리에는 참새 모양 황금 비녀)'라고 했다"라고 했다. 참고할 만하다.
190) 전국 위(衞) 장공(莊公)의 첩이다. 그녀 소생 희완(姬完)은 정비인 장강(莊姜)이 친아들처럼 키워, 장공 사후 환공(桓公, 734~719 재위)으로 즉위했다. 그러나

돌아 살펴보는 장면을 묘사하는 흥(興)의 역할을 한다"라고 했다. 『모시』의 내용을 활용하여, 앞의 '被服纖羅(피복섬라)'를 비유한 것이다.

『모시』「소남·표유매('摽'有梅)」의 모전에 "'摽'는 떨어진다[落]는 뜻이다. 번성이 극에 달하면 떨어지는 것이 '매실[梅]'이다"라고 했는데, 『모시』의 내용을 활용하여 아래의 '인생은 그 얼마나[人生幾時]'를 묘사하는 흥의 역할을 했다.

[전중련] '參差(참치)'는 송본에는 '差池(치지)'로 되어 있다.[191]

4   [전진륜] '歌(가 : 노래)'는 '淚(루 : 눈물)'로 된 판본도 있다. '攬涕恒抱愁(람제항포수)'는 『옥대신영』에는 '攬淚不能言(람루불능언 : 눈물 훔치며 말할 수 없다)'로 되어 있다.[192]

[오조의] 『초사』「구장·사미인(思美人)」 : "미인을 그리워하면서, '눈물을 훔치며' 우두커니 서서 바라본다[思美人兮, '攬涕'而佇眙]."[193]

[황절] 악부「상화가사·대곡(大曲)·만가행(滿歌行)」 '고사' : "즐기는 것 얼마 되지 않는다[爲樂未幾時]."

5   [전진륜] '之雙(지쌍)'은 『옥대신영』에는 '雙飛(쌍비 : 쌍으로 나는)'로 되어 있다. '之別'은 『옥대신영』에는 '別翅(별시 : 이별한 날개)'로 되어 있다.[194]

아들 환공이 재위 16년(719 B.C.) 이복동생 주우(州吁 : 전폐공(前廢公))에게 살해당하자, 대규는 부득이 친정인 진(陳)으로 돌아가게 되었다. 이 시는 이때 장강이 대규를 전송한 것을 읊은 작품이라는 것이 「모시」와 「집전」의 견해이다. 제9수 주석 2의 황절 주 참조.

191) 『악부시집』『전송시』 등 여러 판본이 다 같다. 『전송시』 주에는 "'參差'로 된 판본도 있다"라고 했다. 뜻은 같다. 「흰 모시 춤의 노래」를 본떠(3) 주석 1의 역주 참조.

192) 『악부시집』도 같다. 『옥대신영』 주에 "'含歌攬淚(나지막이 노래하며 눈물을 짓는다)'는 '含淚攬涕(눈물을 머금고 눈물을 흩뿌리며)'로 된 판본도 있다"라고 했다.

193) 저본에는 '美人兮攬涕而竚'로 되어 있는데 석음헌총서본에 따라 보완했다.

'鶴(학)'은 '鵠(학)'으로 된 판본도 있다.

[문인담] 양웅 「해조(解嘲)」 : "강호(江湖)의 물가와 발해(渤海)의 섬에, 네 마리 기러기가 내려앉아도 그 때문에 더 많아지지도 않고, '두 마리 오리[雙鳬]'가 날아가 버려도 그 때문에 적어지지도 않는다."

채옹 「금부(琴賦)」[195] : "'짝 잃은 학' 동쪽으로 날아오른대'別鶴'東翔]."

【평설】

[황절] 왕부지 : 유유히 와서 마치 끝이 없을 것 같다가, 홀연 조용히 멈추었으니 결국 마무리가 여운이 오래다. 그런데 끝 2구가 출중하지 않다면, 또한 급작스럽게 멈출 수도 없었을 것이다.『고시평선』권1

주건 : '들판의 오리野鳬'와 '구름 속 학雲鶴'은 필경 한 사람을 가리킨다. 빈천에 안주하면서 쌍오리가 되기를 바라지, 부귀하면서 짝 잃은 학이 되지는 않겠다는 뜻이니, 대체로 타향에서 벼슬하는 사람을 가리켜 말한 것이다. 만약 자신이 짝 잃은 학의 처지가 되어서 따로 또 쌍오리를 선망한다면, 방탕한 것이다.『악부정의』권13

진항 : '백량대'와 '동작대'는 어떤 사람이 남겨놓은 건축인가? '칠채七彩'와 '구화九華'는 어떤 사람이 바친 장막인가? '옥 지대玉墀'와 '산초 규방椒閣'은 어떤 사람이 사는 곳인가? 그리고 처음에는 "바라건대 그대

---

194) 『전송시』는 저본과 같으며, 주에서 『옥대신영』의 표현은 이 2구의 웅건함에 못 미친다고 했다.
195) 『예문유취』 권44에는 이 제목으로 수록돼 있고, 『채중랑집(蔡中郎集)』에는 제목이 '탄금부(彈琴賦)'로 되어 있다.

는 슬픔 자르고 시름 덜라"라고 하고, 다시 "나지막이 노래하며 눈물 뿌리느라 항상 시름 안고 있으니, 인생은 그 얼마나 즐길 수 있는가"라고 한 것은 무엇 때문인가? 악부시 중 후위後魏 함양왕咸陽王의 '궁녀의 노래'196)에 "가련하다 함양왕은, 어찌하랴 일 그르쳤으니. 황금 침상 옥 안석에 잠잘 수 없어서, 밤중에 서리와 이슬을 밟는구나可憐咸陽王, 奈何作事誤? 金牀玉几不得眠, 夜蹈霜與露"라고 했는데, 아마도 '구름 속 학雲鶴'이 '들판의 오리野鳧'보다 못하다는 말이 아닌가? 「갈 길은 험난하고」 노래는 아마도 옹문주雍門周197)의 금琴을 대신할 만한 것이 아닌가?『시비흥전』권2

[전중련] 왕부지 : "봄 제비는 오락가락 바람은 매실을 뿌린다"라고 한 것은 아름답다. 전혀 조탁을 가하지 않고 이루어진 것인 데다가 또한 7자 안팎에 무한히 좋은 풍광이 담겨 있어서, "휘장 열고 햇빛 보며 봄 술잔을 들고 있다"와 꼭 들어맞는다. 이것 역시 당대唐代 시인이 주장한 '옥 상자玉合子'설198)에 부합하는 것이니, 단지 '문자 표현形迹'만으로는 추구할 수 없는 것이다.『고시평선』권1

---

196) 『북사(北史)』「함양왕전(咸陽王傳)」에 수록되어 있다. 북위의 종실인 함양왕 원희(元禧)가 반역을 도모하다 주살되자, 궁인(宮人)이 그것을 노래로 지어 강남 지방까지 퍼졌다고 한다.『악부시집』「잡가요사(雜歌謠辭)·가사(歌辭)」에「함양가(咸陽歌)」라는 제목으로 실려 있는데, '夜蹈霜與露'는 '夜起踏霜露(밤중에 일어나 서리 이슬을 밟는구나)'로 되어 있다.
197) 전국시대 제(齊)의 금(琴) 연주가.『설원(說苑)』「선설(善說)」에 그가 탄금(彈琴)으로 맹상군(孟嘗君)을 감동케 하여 눈물을 흘리게 했다는 기록이 실려 있다.
198) 만당 오대의 시인 유소우(劉昭禹)가, 시구를 찾는 것은 땅속에서 옥 상자를 발굴하는 것과 같아서 틀림없이 뚜껑이 있을 것이니, 세심하게 찾으면 반드시 보물을 얻을 수 있다고 한 것을 말한다.『오대시화(五代詩話)』권7에『전당시화(全唐詩話)』를 인용해 수록했다.

擬行路難(4)

瀉水置平地, 各自東西南北流.¹ 人生亦有命, 安能行嘆復坐愁!

酌酒以自寬, 擧杯斷絕歌路難.² 心非木石豈無感, 呑聲躑躅不敢言.³

「갈 길은 험난하고」를 본떠(4)

물을 쏟아 평지에 부어버리면

제각각 동·서·남·북 사방으로 흐른다오.

사람이 태어남도 운명 있는데

가나 서나 언제나 근심만 할 것이오?

술 마시며 스스로 달래보려고

잔 들어 시름 끊고 「행로난」을 노래하네.

마음은 목석 아니니 어찌 느낌 없으랴?

소리 죽여 머뭇머뭇 말만 못 할 뿐이네.

【주석】

1 [전진륜] 문인담 주를 수록한다.

[문인담] 『주례』「고공기」: "봇도랑으로 '물을 쏟아 내리게[瀉水]' 한다."

『옥편』: "'瀉(사)'는 쏟아붓는 것[傾]이다."¹⁹⁹⁾

---

199) '瀉'는 송본과 노문초에는 '寫(사)'로 되어 있고, 주석찬은 '寫'로 고쳤다. 두 글자
는 통용했다.

[전진륜] 『세설신어』「문학(文學)」: "은중군(殷中軍)이 물었다 : '자연은 품성에 대해 무심한데 어째서 마침 착한 사람은 적고 악한 사람은 많은가?' 유윤(劉尹)이 답했다 : '비유컨대 "물을 땅에다 쏟아부으면 마침 종횡으로 질펀하게 흘러서" 거의 정방형과 정원형이 없는 것과 같쇠譬如"瀉水著地, 正自縱橫流漫", 略無正方圓者].' 일시에 사람들이 대단히 감탄하여 이치에 맞고 사리에 통달한 견해라고 했다."

2 [황절] '斷絶(단절)'은 노래가 끊어진다는 말이다. 『포참군집』의 「후저를 출발하며[發後渚]」 시에 "음악 소리 그대 때문에 끊겨 버렸대[聲爲君斷絶]"라고 했다.[200]

3 [전진륜] 『진서(晉書)』「은일전(隱逸傳)·하통(夏統)」: "이 오(吳)의 아이는 '목석같은 사람[木人石心]'이다."[201]

마융 「장적부(長笛賦)」: "면구는 '노랫소리를 삼키고'[綿駒'呑聲'], [백아는 금현을 끊을 것이다[伯牙毁絃].]"[202]

---

200) '斷絶'을 시름을 끊어버리는 것, 즉 제1수에서 말한 '슬픔 자르고 시름을 더는[裁悲且減思]' 것으로 보는 견해도 있다(북경대중국문학사교연실(北京大中國文學史敎硏室), 『위진남북조문학사참고자료(魏晉南北朝文學史參考資料)』, 북경 : 中華書局, 1978, 501쪽). 제1수의 "슬픔 자르고 시름 덜고[裁悲且減思]"와 같은 뜻인데, 내용 면에서 더 나은 것 같다. 임숭산은 두 견해를 소개한 뒤, 이 견해를 취했다(『휘해』, 51쪽). Chen(321쪽)과 정복림(『교주』, 669쪽)은 황절의 견해를 따랐다.
201) 표점교감본에는 '吳兒(오아)' 다음에 '是(시)' 자가 있고, '腸(장)'은 '心(심)'으로 되어 있어서 고쳤다. '오 출신 아이[吳兒]'는 하통(夏統)이다. 하통은 회계(會稽) 영흥(永興 : 지금의 절강성 항주시 소산구(蕭山區)) 사람이다.
202) 면구(綿駒)는 춘추시대 제나라 사람으로 노래를 잘 불렀고, 백아(伯牙)는 춘추시대 초나라 사람으로 탄금(彈琴)의 명인이다.

[**황절**] 사마천 「임안(任安)에게 보낸 답서[報任少卿書]」: "'이 몸도 목석이 아닌데[身非木石]', [저 법을 집행하는 관리와만 같이 지내면서 옥중에 영어의 몸으로 있으니, 누구에게 하소연이나 하겠습니까?'"

「고시십구수 · 동성은 높고도 길기도 한데[東城高且長]」: "[먼 생각이 홀연 일어 의관을 매만지고 나지막이 읊조리며 잠시 '머뭇거린다'[沈吟聊'踟躕']."

【평설】

[**황절**] 왕부지 : 먼저 답답한 심정부터 깨 없애고 나중에 그 억울함을 하소연했는데, 부앙俯仰하는 사이에 신운神韻이 무한하다. [이런 상황에서 생을 영위하려면 얼마나 많은 우여곡절을 겪어야 할지 모른다. 대략적으로만] 시름을 말하면서 구체적인 사안을 언급하지 못하는 것은 바로 고금에 가장 처량한 일이다.『고시평선』권1

[**전중련**] 심덕잠 : 전혀 털어놓고 말하지 않았으나, 읽으면 자연히 시름이 일어나는 데에 묘함이 있다. 발단도 없이 시작하여 내려가는 것이 마치 황하가 하늘에서 떨어져 동해로 달리는 듯하다. 중간으로 옮겨가더라도 여전히 변함없는 가락을 유지한다.『고시원』권11

擬行路難(5)

君不見河邊草, 冬時枯死春滿道.

君不見城上日, 今暝沒盡去, 明朝復更出.[1]

今我何時當得然, 一去永滅入黃泉.[2] 人生苦多歡樂少, 意氣敷腴在盛年.[3]

且願得志數相就, 牀頭恒有沽酒錢.[4] 功名竹帛非我事, 存亡貴賤付皇天.[5]

「갈 길은 험난하고」를 본떠(5)

그대는 못 보았소, 물가의 풀을

겨울에는 고사해도 봄엔 길을 덮는 것을?

그대는 못 보았소, 성 위의 해는

오늘 밤에 서산 너머 사라지지만

내일 아침 다시 또 나오는 것을?

이제 우린 어느 때에 그러할 수 있겠소?

한 번 가면 영멸하여 황천으로 들어가오.

인생은 고통 많고 즐거움은 적으니

의기가 유쾌함은 한창때뿐이라오.

애오라지 바라는 건 득의할 때 자주 보고

침상 머리엔 언제나 술 살 돈이 있는 게요.

공명을 남기는 건 나의 일이 아니니

존망과 귀천일랑 하늘에나 맡기시오.

【주석】

1 **[전진륜]** '盡(진)'은 '山(산)'으로 된 판본도 있다.[203]

[전중련] 오여륜 : "'盡'은 '山'이 되는 것이 옳다."

2 **[전진륜]** 『좌전』 「은공(隱公) · 원년」 : "'황천(黃泉)'에 가기 전에는 다시는 만나지 않으리라."

[황절] 복건(服虔) 『좌전』(「은공 · 원년」) 주 : "하늘은 검푸르고 땅은 '누렇다[黃]'. '샘[泉]'은 땅속에 있다. 그래서 [저승을] '黃泉'이라고 한 것이다."

3 **[전진륜]** 『악부시집』 「무곡가사 · 불무가(拂舞歌) · 진백저무가시(晉白紵舞歌詩)」 : "[사람의 한 세상은 번개 치듯 하는 것,] '기쁠 때는 항상 적고 고달픈 날 많았다[樂時每少苦日多]'."

'盛年(성년)'은 「변방 생활의 노래」를 본떠[代邊居行]」(주석 6)에서 보았다.

[황절] '敷腴(부유)'는 '敷愉(부유)'와 같다. 문집 권6의 「푸르고 푸른 언덕 위의 측백나무」를 본떠[擬靑靑陵上柏] [황절]을 볼 것.[204]

『당운(唐韻)』에 "'愉'의 음은 羊(양)과 朱(주)의 반절"이라고 했고, 『광운』에 "'腴'의 음은 羊(양)과 朱(주)의 반절"이라고 했으니, '愉'와 '腴'의 음은 같다.

4 **[전진륜]** 『세설신어』 「규잠(規箴)」 : "서진 왕연(王衍, 자 이보(夷甫))은 평상

---

203) 『전송시』에도 같은 주가 있다. 『예문유취』에는 '盡去'가 '西山(서산)'으로 되어 있다.
204) 황절은 제13구 '孚愉(부유)'의 보주에서, "'孚愉'는 '怤愉(부유)'와 같다"라고 한 후, 『방언(方言)』을 인용해 '怤愉'는 '기쁜 것[悅]'이라고 했다. '敷腴'는 기쁜 모양을 나타내는 첩운연면자 의태어이다. '意氣(의기)'는 본래 '의지와 기개'를 뜻하는데 이 시에서는 '정서(情緒)'의 뜻으로 사용되었다. '意氣敷腴'는 마음이 즐겁고 유쾌한 것이다.

시 현묘하고 심원한 노장의 철리를 숭상하여 입에 돈 '전(錢)' 자도 올리지 않았다. 아내가 그를 시험해 보려고, 여종더러 '돈을 침상 주위에 빙 둘러놓아서[以錢遶牀]' 다닐 수 없도록 했다. 왕연은 새벽에 잠에서 깨어 돈에 막혀 나가지 못하게 된 것을 보고, 여종을 불러 말했다. '이 물건[阿堵物]을 치워라.'"[205]

5   **[전진륜]** 『묵자』「노문(魯問)」: "그것을 '죽백(竹帛 : 사적(史籍))'에 기록하고, 금석(金石 : 금석문자)에 새겨둔다."

  [황절] 『후한서』「등우전(鄧禹傳)」: "광무제가 등우를 보고 매우 기뻐하며 말했다. (…중략…) '그렇다면 무엇을 하고 싶은가?' 등우가 말했다. '명공(明公)의 위엄과 덕망이 천하에 널리 퍼지기를 바랄 뿐입니다. 저는 저의 미력을 보태어 "공명을 죽백에 남기면[垂功名於竹帛]" 그만입니다.'"[206]

---

205) '득지(得志)'는 '득의(得意)'의 뜻이고, '數(삭)'은 자주, '相就(상취)'는 서로 만나 어울리는 것이다.
206) 인용문 중 저본에 '禹見光武曰'로 된 부분은 대의를 설명한 문장이다. 표점교감본에는 이 부분이 "光武見之甚歡, 謂曰 : (…중략…) '卽如是, 何欲爲?' 禹曰"로 되어 있다. 번역은 이를 따랐다.

擬行路難(6)

對案不能食, 拔劍擊柱長嘆息.[1] 丈夫生世會幾時? 安能蹀躞垂羽翼.[2]

棄置罷官去, 還家自休息.[3] 朝出與親辭, 暮還在親側.

弄兒牀前戲, 看婦機中織.[4] 自古聖賢盡貧賤, 何況我輩孤且直![5]

「갈 길은 험난하고」를 본떠(6)

밥상을 대하고도 먹을 수 없어

칼 뽑아 기둥 치며 장탄식을 한다오.

대장부 세상 살면 얼마나 살 거라고

바장이며 날갯죽지 처뜨릴 수 있겠소.

다 버리고, 벼슬일랑 그만두고서

고향으로 돌아가서 편히 쉬겠소.

아침에 나갈 적에 양친을 뵙고

저녁에 돌아오면 양친 모시고,

침상 앞에 장난치는 아이 어르며

베틀에서 베 짜는 아내 보겠소.

예로부터 성현들은 모두 빈천했거늘

하물며 우리처럼 고단하고 곧아서야.

【주석】

1　[전진륜] 문인담 주를 수록한다.

　　[문인담] 『한서』 「숙손통전(叔孫通傳)」: "[한 고조 즉위 5년에] 고조는 진(秦)의 가혹한 의례와 법령을 모두 없애고 간소하게 하려고 했다, 그러나 군신들이 연회에서 술을 마시고 공을 다투면서, 취하면 혹은 제멋대로 고함을 지르기도 하고 '검을 뽑아 들고 기둥을 후려치기도 해서[拔劍擊柱]' [황상께서 걱정을 많이 했다.]"

　　[전진륜] 『사기』 「만석군전(萬石君傳)」: "만석군 석분(石奮)은 자손이 과실이 있으면, 꾸짖지 않고 곁방으로 데려가 앉히고 '밥상을 앞에 두고 밥을 먹지 못하게[對案不食]' 했다."

2　[문인담] 『고금운회거요』: "'蹀躞(접섭)'은 (잔걸음으로 종종거리며) 걷는 모양이다."

　　『주역』 「명이(明夷)·초구」: "날아오르면서 '그 날개를 드리운대[垂其翼]'."[207]

　　[전중련] 『악부시집』에는 '會(회)'는 '能(능)'으로 되어 있고, '蹀躞'은 '疊躞(접섭)'으로 되어 있다.

3　[황절] 조비 「잡시(雜詩)」 제2수: "아서라, 다시는 말하지 말재[棄置勿復陳], [나그네는 언제나 사람 두렵다.]"

　　[전중련] 『악부시집』에는 '置(치)'가 '檄(격)'으로 되어 있다.[208]

4　[문인담] 『이아』 「석언(釋言)」: "'弄(농)'은 데리고 노는 것[玩]이다."

---

207) 저본의 '翼(기)'는 '翼(익)'의 오자여서 고쳤다.
208) '棄置'는 한쪽으로 밀쳐두는 것이고, '棄檄'은 공문서를 버리는 것이다.

[황절] 『소이아(小爾雅)』: "실을 가다듬어 베를 짜는 것을 '織(직)'이라고 한다."

5 **[전중련]** '孤(고)'는 빈한한 것[孤寒]이다. 포조는 「삼베옷을 벗고 시랑이 됨을 감사하는 표[解褐謝侍郎表]」에서 "저는 빈한한 가문의 미천한 출신입니다[臣 孤門賤生]"라고 했다.

【평설】

[황절] 왕부지 : 전혀 조탁을 가하지 않았지만, 비범한 풍채가 본디부터 갖춰져 있다. 『고시평선』 권1

진조명 : '아침에 나가면서朝出' 4구는 정말 유쾌하게 묘사되어 있다. 『채숙당고시선』 권18

장옥곡 : [이 작품은 고고하고 강직한 사람은 받아들여지기 어려우니 집안 식구들이나 편안하게 건사하는 것이 마땅하다는 것을 말했다. 스스로 회포를 읊는 것은 모든 시의 바탕이다. 앞 4구는 돌발적으로 감개하는 것으로 시작하여, 세상에 살날도 많지 않은데 어찌 바장이고 있겠느냐는 말을 토해내어, 벼슬길이 순탄치 않음을 암시하고 있는데, 함의가 풍부하다. 가운데 6구는] 벼슬을 그만두고 고향으로 돌아가니, 마침 즐거운 일이 많다는 것을 [투철하게 써낸 것임에도,] 오히려 근거 없이 상상한 것이니, 실경을 읊은 것으로 보아서는 안 된다. [뒤 2구는 옛일을 끌어와서 스스로 위로하면서, 고고하고 강직하면 받아들여지지 않으니, 빈천에 안주하는 것이 마땅하다고 하는 본의로 마무리했는데, 필세가 여전히 도도하다.] 『고시상석』 권17

진항 : 앞 장제4수에서는 탄식嘆을 말하고 근심愁을 말하고 위로寬를

말하고 감개感를 말했지만, 위로하는 것, 근심하는 것, 감개하는 것이 무엇인지 한 마디도 말하지 않고, 단지 한마디로 마무리하면서 '감히 말하지 못한다不敢言'라고만 했을 뿐이다. 저 '감히 말할 수 없는 것'은 틀림없이 자신의 처지에 대한 평범한 감개의 말은 아닐 것이다.

이 장제6수의 '밥상을 대하고도 먹지 못하고, 칼 뽑아 기둥을 치는' 것에 이르러서도, 그 감개는 더욱 거의 오악五嶽이 가슴속에서 솟구치고 노발怒髮이 모자를 밀어 올리는 상황에 가깝지만, 그러나 한마디도 말하지 않고 다만 관직을 버리고 고향으로 돌아가고 싶다고만 말할 뿐이다. 물론 포조는 20세의 나이에 한 번도 왕명을 받은 바 없어 그만둘 관직이 없었으니, 설령 미리 가설한 말이라 하더라도, 틀림없이 이 말이 나온 까닭이 있을 것이다. 태항산太行山의 험난함을 겪기도 전에 먼저 구절양장의 험함을 듣고, 높이 나는 새가 화살에 다치기도 전에 이미 시위 소리에 놀라 떨어지는 격이 어찌 아니겠는가? 아침저녁으로 부모님 곁에 있고, 아내와 자식이 즐겁게 모여 있으면, 어찌 부량傅亮, 374~426과 사회謝晦, 390~426가 멸망한 참상[209]과 고래가 물을 잃는 신음이 있겠는가? 따라서 세상길이 험난함을 알고, 이로써 소문만 듣고도 기가 꺾인 것이다. 『시비흥전』 권2

[전중련] 심덕잠 : 가정의 즐거움이 어찌 벼슬길로 비길 수 있는 바이

---

209) 이들은 모두 동진 말 유유(劉裕)를 도와 송을 건국한 공신들이고, 무제 사후 즉위한 소제(少帝)를 주살하고 문제(文帝)를 옹립한 고명대신이었지만, 문제 원가 3년(426)에 소제와 여릉왕 유의진 등을 살해한 죄로 주살되었다. 제7·9수의 평설 중 진항의 『시비흥전』 참조.

겠는가. 포조도 속된 견해를 면하지 못했는가? 강엄도 「한부恨賦」에서,

[풍연馮衍이 벼슬하지 않고 온종일 집에서 지내며] "왼쪽으로 아내를 대하고, 뒤돌아보며 어린 아들을 얼렀던左對孺人顧弄稚子"것을 한탄했는데, 사람이 공명심에 중독되면 마음속에 이런 생각만 품게 된다.『고시원』권11

擬行路難(7)

愁思忽而至, 跨馬出北門. 舉頭四顧望, 但見松柏園,[1]

荊棘鬱蹲蹲. 中有一鳥名杜鵑. 言是古時蜀帝魂.[2]

聲音哀苦鳴不息, 羽毛憔悴似人髡.[3] 飛走樹間啄蟲蟻, 豈憶往日天子尊.[4]

念此死生變化非常理, 中心愴惻不能言.[5]

「갈 길은 험난하고」를 본떠(7)

슬픈 생각 홀연히 닥쳐오기에

말을 타고 북문 밖을 나와보았소.

고개 들어 사방을 바라보아도

솔과 측백 우거진 무덤뿐이고

가시나무 빽빽하게 엉겨 있다오.

그 안에 새 한 마리 이름이 두견인데

그 옛날 촉 임금의 혼백이라 한다오.

소리는 애달프게 쉬지 않고 울어대고

깃털은 다 빠져서 까까머리 같다 하오.

나무 사이 날아다니며 벌레 개미 쪼아대니

지난날의 천자 지존 무슨 수로 알아보겠소?

생사와 변화의 이 덧없는 이치를 생각하면

마음은 비통해져 말조차 할 수 없소.

【주석】

1 **[전진륜]** 문인담 주를 수록한다.

[문인담] 『후한서』「황후기(皇后紀) · 상 · 화희등황후(和熹鄧皇后)」: "[살인죄의 누명을 쓴 죄수가] 떠나려고 하면서 '고개를 치켜드는 것이[擧頭]' 마치 하소연하려는 것 같았다."

[황절] 『모시』「패풍 · 북문(北門)」제1장 : "'북문을 나서니', 근심이 그지없네['出自北門', 憂心殷殷]."

「고시십구수 · 떠난 날은 나날이 멀어져가고[去者日以疏]」: "'성문을 나서서 곧바로 보니, 언덕과 무덤만 바라보이네'. 옛 무덤은 갈아서 밭이 되었고, '송백'은 꺾이어 땔나무 됐네['出郭門直視, 但見丘與坟'. 古墓犁爲田, '松柏'摧爲薪]."[210]

---

210) '松柏園(송백원)'은 무덤을 말한다. '松柏'만으로도 무덤이라는 뜻이 있다. 고대에는 무덤 주변에 '松柏'을 많이 심었기 때문이다. '柏'은 측백나무과에 속하는 나무에 대한 총칭이다. 우리나라에서 잣나무로 풀이하기도 하는데 옳지 않다. 잣나무는 소나무과에 속하여 '紅松(홍송)' · '五葉松(오엽송)'으로도 불리며, 학명으로는 'Pinus koraiensis' 즉 'Korean pine(한국 소나무)'이지, 측백나무과에 속하는 나무가 아니기 때문이다. 잣나무는 중국에서는 옛 고구려 땅인 북동지역과 우수리강 부근에 주로 자라고, 대부분의 중국 땅에서는 자생하지 않는다. 『모시』에는 「패풍 · 백주(柏舟)」를 비롯하여 여러 차례 '柏' 또는 '松柏'이 나오는데, 반부준은 7편의 시에서 용례를 제시하고 모두 '側柏(측백 : Thuja orientalis L., 측백나무)'이며 '柏木(백목 : Cupressus funebris Endl., 편백나무)'일 가능성도 있다고 했다(『시경식물도감』, 60~61쪽 참조). 『논어』「자한(子罕)」편에서 공자가 "歲寒, 然後知松柏之後彫也(날씨가 추워진 뒤에라야 '송백'이 맨 나중에 잎이 진다는 것을 알 수 있다)"라고 한 공자의 말에 나오는 '송백'도 '소나무와 잣나무'가 아니라 '소나무와 측백(편백)나무'가 되어야 한다. 공자의 고향인 곡부(曲阜)에 있는 공부(孔府) · 공묘(孔廟) · 공림(孔林)에 자라는 수많은 노거수인 '柏'은 모두 측백나무과의 침엽수이지 잣나무가 아니다. 특히 공자와 아들 공

2　[문인담] '蹲蹲(준준)'은 '撙撙(준준)'으로 된 판본도 있다.

　『좌전』「성공(成公)·16년」'蹲甲(준갑)' 두예 주: "'蹲'은 모으는 것[聚]이다."

　『화양국지(華陽國志)』「촉지(蜀志)」: "어부왕(魚鳧王)의 후대 왕 중에 '두

우(杜宇)'가 있었는데, 백성들에게 농사에 힘쓸 것을 가르치어, [하나의 호를

'두주(杜主)'라고도 했다. (…중략…) 칠국(七國)이 서로 왕이라고 칭하자, 두

우는 칭제(稱帝)하여] '망제(望帝)'라고 불렀고 이름을 포비(蒲卑)로 고쳤다.

마침 수재(水災)가 발생했는데, 그 재상 개명(開明)이 옥루산(玉壘山)을 터

서 수해로 인한 근심을 제거하자, 임금은 마침내 개명에게 양위하고 서산(西

山)으로 올라가 숨었다. 이때가 마침 2월이라 두견새가 울었다. 그래서 촉 사

람들은 두견새의 울음소리를 슬프게 여긴다."

　『성도기(成都紀)』: "나중에 '망제(望帝)'는 죽어서 그 혼이 새로 화했으니,

이를 '두견(杜鵑)'이라고 부르고, 또 자규(子規)라고도 부른다."

　[전중련] '蹲蹲'은 송본에는 '樽樽(준준)'으로 되어 있다.[211]

3　[문인담] 『설문해자』: "'髡(곤)'은 머리를 빡빡 깎는 것[髡髮]이다."

4　[전중련] '啄(탁 : 쪼아 먹다)'은 송본에는 '逐(축 : 쫓아다니다)'으로 되어 있다.[212]

　리(孔鯉), 손자 공급(孔伋 : 자 자사(子思)) 이하 공 씨의 가족 묘지인 공림은 측
백나무가 봉분 주위에 우거진 '백원(柏園)'이라고 할 수 있다. '柏'에 대한 자세한
것은 팽철호, 『우리가 잘못 알고 있는 중국문학 속의 동식물』'柏' 조, 62~68쪽
참조.
211) '蹲蹲'은 여기서는 뭉쳐나서 빡빡이 우거진 모양을 나타낸다. '撙撙'도 같다. 정
복림은 '樽樽'을 장부본을 따라 '蹲蹲'으로 고쳤다(『교주』, 676쪽). '荊棘(형극)'
은 산야(山野)에 뭉쳐나는 관목을 널리 가리킨다. 본래 '荊'은 모형(牡荊)나무이
고 '棘'은 멧대추나무인데, 이 두 나무는 늘 함께 뭉쳐나서 숲을 이룬다고 한다.
흔히 고난의 비유로 사용된다. '형극'의 의미를 살려 '가시나무'로 번역했다.

5 **[전진륜]** 반악 「과부부(寡婦賦)」 : "마음은 애통하여 '슬프기 그지없다'[心摧傷以'愴惻']."

[전중련] 『악부시집』 및 송본에는 '愴惻(창측)'이 '惻愴'으로 되어 있다.²¹³⁾

【평설】

[황절] 왕부지 : 육조의 시사時事를 잘 알아야, 이 근심하고 걱정하는 것이 무엇인지 알 수 있다. 당시 충효는 어찌해서 다 사라져 버리고, 오직 포조의 홀연한 일념만이 있는데 비통하여 말하지 못하니, 그 뜻이 역시 애달프다.『고시평선』권1

주건 : 영릉왕零陵王²¹⁴⁾이 종말을 제대로 맞지 못했음을 슬퍼한 것이다. 영릉왕은 유유劉裕에게 선위하고 말릉秣陵에 살았는데, 병사를 동원하여 그를 지켰다. 저비褚妃와 한방에서 지내면서 몸소 침상 머리에서 밥을 지어 먹었다. 음식을 가져오는 비용은 모두 저비한테서 나왔다. 포조의 시에서는 그래서 "나무 사이로 날아다니며 벌레와 개미를 쫀다"라는 구가 있다. 끝내 시해가 닥쳤다. 진晉 이전에는, 위魏 때 산양공山陽公²¹⁵⁾이나 진晉 때 진류왕陳留王²¹⁶⁾은 그래도 선종善終할 수 있었다.

---

212) 오덕풍은 '逐'은 '啄'의 잘못일 것이라고 했다(71a쪽). 사고본과 『악부시집』에는 '啄'으로 되어 있다.
213) 『전송시』 및 주응등본도 같다. 뜻은 같다.
214) 동진(東晉) 마지막 왕 공제(恭帝)가 유유(劉裕)에 의해 폐위된 후 말릉(秣陵)에 있을 때의 칭호이다. '저비(褚妃)'는 이름이 저영원(褚靈媛, 384~436)으로 공제의 황후였으나, 공제가 영릉왕으로 강등되면서 칭호가 '저비'로 강등되었다.
215) 후한의 마지막 황제 헌제(獻帝)는 조비(曹丕)에게 선양한 뒤에, 산양공에 봉해졌다.

왕망王莽조차도 안정공定安公[217]에 대해서 감히 죽이지는 못했다. 유유 이후로부터 폐위된 왕이 살해되지 않은 자가 없으니, 유송이 그 길을 연 것이다.『악부정의』권13

진항 :『송서』[218]에 의하면, 소제少帝 경평景平 2년424 상서복야尚書僕射 부량傅亮, 사공司空 서선지徐羨之, 영군장군領軍將軍 사회謝晦가 임금을 폐위할 것을 모의했다. 소제를 폐위하면, 다음 왕위 계승 순서가 마땅히 동생인 여릉왕廬陵王 유의진劉義眞이 되기 때문에, 먼저 상주하여 유의진을 서인으로 폐하여 죽였다. 5월에 임금을 폐위하여 형양왕榮陽王으로 강등한 뒤 시해하고, 의군왕宜郡王 유의륭劉義隆을 맞아들여 옹립했으니 바로 문제文帝이다. 이 시가 지어진 까닭이다. 여기서 '말할 수 없다不能言'라고 했고, 앞 장제4수에서 감히 '말하지 못한다不敢言'라고 한 것은, 그 취지가 같다.『사기』「제세가齊世家」[219]에 "[제왕 건建은 객경客卿의 말을 듣고 진에 항복했으나,] 진秦이 제齊를 멸하고 제왕 건을 송백松柏 사이에 살게 했는데, 굶어 죽었다. 나라 사람들이 '소나무인가! 측백나무인가! 건을 공성共城에 머물게 한 자는 객경인가松耶柏耶!住建共者客耶!'라고 노래

---

216) 위(魏)의 마지막 황제 원제(元帝)는 사마염(司馬炎)에게 양위한 뒤, 진류왕에 봉해졌다.
217) 한 평제(平帝) 사후에 왕망이 섭정을 하기 위해 세운 두 살짜리 어린애 유영(劉嬰)을 안정공에 봉했다. 왕망은 그를 '유자(孺子 : 어린 사내아이)'라고 불렀고, 후세에 사람들은 그를 '유자 영(孺子嬰)'이라고 불렀다.
218)「소제본기(少帝本紀)」와「무삼왕전(武三王傳)·여릉왕의진(廬陵王義眞)」을 말한다.
219) 표점교감본에는「전경중완세가(田敬仲完世家)」로 되어 있으며 내용도 차이가 있다.

했다"라고 했다. 그래서 '솔과 측백 우거진 무덤만 보이는데'라는 표현이 있는 것이다.『시비홍전』권2

　* 황절 : 주건의 견해는, 시에서 '두견'이라고 말한 것에 근거하여, 선위했기 때문에 영릉왕을 슬퍼한 것이라고 했다. 진항의 견해는, 당시에 가까운 일이기에 말할 수 없는 감춤이 있다고 보아, 소제를 슬퍼한 것이라고 한 것이다. 각각 일리가 있으므로 함께 수록해둔다.

　[전중련] 왕부지 : 시작할 때는 느슨한 수로 잡고, 마무리할 때는 완만한 수로 끊는다. 이러해야만 장기의 이치에 통달했다 할 수 있다. '愁思忽而至슬픈 생각 홀연히 찾아와' 5자는 한 작품 속에서 제대로 된 살착殺着[220]인데 더욱 담담하게 두었다.『고시평선』권1

---

220) '殺着(살착)'은 장기에서 상대방 장군을 잡는 수 즉 외통수이다.

擬行路難(8)

中庭五株桃, 一株先作花. 陽春妖冶二三月, 從風簸蕩落西家.[1]

西家思婦見悲惋, 零淚霑衣撫心嘆.[2] 初送我君出戶時, 何言淹留節廻換.[3]

牀席生塵明鏡垢, 纖腰瘦削髮蓬亂.[4] 人生不得恒稱意, 惆悵徙倚至夜半.[5]

「갈 길은 험난하고」를 본떠(8)

뜰 안의 다섯 그루 복숭아나무

한 그루가 먼저 꽃을 피웠네.

화창한 봄 아리따운 이·삼월 달에

바람 따라 하늘하늘 서쪽 집에 떨어지네.

서쪽 집의 시름 부인 이것 보고 한탄하며

눈물 흘러 옷 적시고 가슴 치며 탄식하오.

처음에 우리 임이 떠나는 것 전송할 때

철 바뀌도록 오래리란 말이라도 했던가요?

침상 요엔 먼지 수북 거울엔 때가 가득

가는 허리 수척하고 머리는 쑥대강이.

인생이란 언제나 뜻대로 안 되는 것

슬픔 겨워 서성이다 한밤중이 되었다오.

【주석】

1　[전진륜] 오조의 주를 수록한다.

　　[오조의] 육기 「문부」 : "[혹은 문장을 분방하면서 조화를 이루도록 하고,] 특히
　　성운 면에서 번잡하면서도 '아름답게' 하려고 힘쓴다[務嘈囋而'妖冶']."

　　[황절] 『모시』 「주남 · 도요(桃夭)」 소서 : "남녀가 바르게 되어 혼인을 제때
　　함으로써 나라 안에 홀아비가 없었다."

　　포조의 이 시는 「도요」 시에 의탁하여 흥을 일으켰다.

　　『예기』 「월령」 : "맹춘의 달에, (…중략…) '동풍(東風)'이 언 땅을 녹인다."

　　바람이 동쪽에서 불어오므로 꽃은 서쪽 집으로 떨어지는 것이다.

　　[전중련] 송본 및 『악부시집』에는 '妖冶(요야)'가 '沃若(옥약)'으로 되어 있다.[221]

　　『악부시집』 주 : "'二三月(이삼월)'은 '二月中(이월중)'으로 된 판본도 있다."

2　[전진륜] '悲(비)'는 『옥대신영』에는 '之(지)'로 되어 있다.[222]

　　[오조의] 「고시십구수 · 밝은 달은 어찌 저리 밝기도 한지[明月何皎皎]」 : "[목
　　을 빼고 다시 방에 돌아왔는데,] '눈물 흘러 아래위 옷 흠뻑 적신다[淚下沾裳
　　衣]'."

　　[황절] 육기 「고영(顧榮)을 위해 지은, 아내와 주고받은 시[爲顧彦先贈婦詩]」

---

221) 저본의 '妖若(요야)'은 '沃若'의 잘못이어서 고쳤다. '妖冶'는 요염하게 아름답다
　　는 뜻으로 주로 '미녀'나 질탕(佚蕩)한 모양을 묘사하는 데 사용되고, '沃若'은
　　윤기 나는 모양이나 고분고분한 모양을 나타내는 데 사용된다. 『모시』 「위풍(衛
　　風) · 맹(氓)」 제3장에 "桑之未落, 其葉'沃若'(뽕잎이 시들기 전엔. 그 잎새 '윤기
　　가 났지')"의 '沃若'에 대해 주희 집전에서는 "윤기 나는 모양[潤澤貌]"이라고 했
　　다. '簸蕩(파탕)'은 까부르듯이 흔들리는 것이다.
222) 『악부시집』 주에 "'見悲'는 '見之'로 된 판본도 있다"라고 했다.

제2수 : "남동쪽에 '임 그리는 여인'이 있어, 장탄식이 규방을 가득 채우네[東南有'思婦', 長嘆充幽閨]."

3 [오조의] '言(언 : 말하다)'은 '意(의 : 생각하다)'로 된 판본도 있다.

[전진륜] 『초사』「구변(九辯)」: "아, '오래 머물러 있어도' 아무런 성취도 없다[蹇'淹留'而無成]."

[전중련] 이 구는 '어찌 일찍이 외지에서 이처럼 오래 머물러, 계절이 바뀌게까지 될 것이라고 말이라도 했던가'라는 뜻이다.

4 [오조의] 『장자』「덕충부」 "거울이 맑으면 '먼지와 때[塵垢]'가 머물레[止]²²³⁾ 있지 않으며, [머물러 있으면 맑을 수 없다.]"

『모시』「위풍(衛風)·백혜(伯兮)」 제2장 : "우리 임이 동으로 가시자, '머리는 나부끼는 망초 같네'. 어찌 기름 바르고 머리 감지 못하랴마는, 누구를 위해 화장할꼬[自伯之東, '首如飛蓬'. 豈無膏沐, 誰適爲容]?"²²⁴⁾ 모전 : "부인은 지아비가 없으면 얼굴을 꾸미고 치장하지 않는다."

[전진륜] 장형「사현부(思玄賦)」: "날씬한 '가는 허리'를 편다[舒紗婧之'纖腰'兮]."

5 [황절] 『초사』「애시명(哀時命)」 '獨徙倚而彷徉(혼자 고개 숙이고 서성이며 배회한다)' 왕일 주 : "'徙倚(사의)'는 고개를 숙이고 배회하는[低徊] 것이다."

---

223) 저본의 '生(생 : 끼다)'은 '止(지 : 붙어 있다)'의 오자여서 고쳤다.
224) '飛蓬(비봉)'에 대해서는 「황폐한 성[蕪城賦]」역주 33을 볼 것.

【평설】

　[황절] 진항 : 『송서』 '무오왕전武五王傳'[225]에 의하면, 여릉왕廬陵王 유의진劉義眞, 강하왕江夏王 유의공劉義恭, 형양왕衡陽王 유의계劉義季, 팽성왕彭城王 유의강劉義康, 남군왕南郡王 유의선劉義宣 중에 유의진이 맏이인데, 제일 먼저 폐위되었다. 그래서 "뜰 안의 다섯 그루 복숭아나무, 한 그루가 먼저 꽃을 피웠다"라고 한 것이다. '본기'[226]에 의하면, 유의진은 정월에 폐위되어 신안군新安郡으로 귀양 가서, 2월에 유배지에서 해를 당했다. 그래서 "화창한 봄 아리따운 이·삼월 달에, 바람 따라 하늘하늘 서쪽 집에 떨어진다"라고 한 것이다. '본기'에 의하면 원가 원년424 8월 조칙을 내려, 유의진의 영구靈柩를 맞이하고, 아울러 생모 손수화孫脩華와 사비謝妃를 함께 돌아오도록 했다. 그래서 "서쪽 집의 시름겨운 부인 이것 보고 한탄하며, 눈물 흘러 옷 적시고 가슴 치며 탄식한다"라고 한 것이다. 유의진은 역양歷陽에 부임해 있으면서, 환도를 간청하는 표를 올렸으나, 출발하기도 전에 폐위되었으므로, "처음에 우리 임이 떠나는 것 전송할 적에, 철 바뀌도록 오래리란 생각이나 했겠소?"라고

---

225) 『송서』「열전」21 「무삼왕전」(여릉왕 유의진, 강하왕 유의공, 형양왕 유의계)과 「열전」28 「무이왕전」(팽성왕 유의강, 남군왕 유의선)을 말한다.
226) '본기'는 '본전(本傳)'의 뜻으로 쓴 것 같다. 언급된 내용은 「무삼왕전·여릉왕의진전」과 「소제본기」에서 인용한 내용이 섞여 있다. 「여릉왕의진전」에는 폐위 일자는 명시되지 않고, 죽임을 당한 것은 경평(景平) 2년(424) 6월로 기록되어 있다. 「소제본기」에는 경평 2년 2월 9일에 폐위되어 신안군으로 나갔고, 21일 이후에 죽임을 당한 것으로 되어 있다. 바로 뒤에 나오는 '본기'의 내용은 모두 「여릉왕의진전」에 수록된 것이다.

한 것이다. "침대 요엔 먼지 쌓이고 거울엔 때 끼었다"라는 것은 그 죽음을 애도한 것이다.

　* 전중련 : 진항의 주장은 천착하여 사리에 부합하지 않는다. 복숭아가 먼저 꽃을 피운 것이 어떻게 왕이 폐위된 것을 상징할 수 있는가? 유의진이 신안군으로 귀양 갈 때 사비謝妃도 따라갔는데, 어떻게 그대가 떠나시는 것을 전송한다고 할 수 있는가? 봄 정월에 폐위되어 같은 해 봄 2월에 해를 당했는데, 시절이 언제 바뀐 적이 있는가? 시에서 임 그리는 부인이 사물의 변화를 보고 사람을 그리워한다고 한 것은, 다만 이별의 감회를 말한 것일 뿐, 죽은 이를 애도하는 아픔은 보이지 않는다.

擬行路難(9)

剉蘗染黃絲, 黃絲歷亂不可治.¹ 我昔與君始相值, 爾時自謂可君意.²
結帶與君言, 死生好惡不相置.³ 今日見我顔色衰, 意中索莫與先異.⁴
還君金釵珉瑁簪, 不忍見之益愁思.⁵

「갈 길은 험난하고」를 본떠(9)

황벽 베어 누런 실을 물들이는데
누런 실 헝클어져 다듬을 수 없다네.
내가 옛날 그대와 만나기 시작하며
그때엔 그대 맘에 들 거라 여겼는데.
띠 묶으며 그대와 언약을 했지,
죽든 살든 좋든 싫든 헤어지지 말자며.
오늘에는 나의 얼굴 시든 것을 보고서
마음속 삭막해져 이전과 달라졌네.
금비녀와 대모 비녀 그대에게 돌려주네
슬픔만 더할 거라 차마 보지 못할 테니.

【주석】

1　**[전진륜]** '治(치 : 정리하다)'는 '持(지 : 지니다)'로 된 판본도 있다.²²⁷⁾

---

227) '持'는 의미상 옳지 않다. 헝클어진 실을 정리한다는 뜻이어야 하므로 '治'가 옳

이 작품은 오조의와 문인담의 주를 섞어서 인용한다.

[오조의 · 문일다]『육서고(六書攷)』: "'剉(좌)'는 베어 자르는 것[斬截]이다."

고악부(「청상곡사 · 자야춘가(子夜春歌)」) : "'황벽나무' 봄을 향해 더욱 자라고, 괴로운 맘 매일매일 길어지누니[黃蘗'向春生, 苦心隨日長]."

『설문해자』: "'蘗(벽 : 황벽나무)'은 누런 나무[黃木]이다."

『오월춘추』: "월왕 윤상(允常 : 구천(勾踐)의 부친)은 남녀 백성들에게 산에 들어가 칡을 채취하여 '누런 베[黃絲布]'를 만들어 바치게 했다."228)

[황절]『좌전』「은공 · 4년」: "[은공이 중중(衆仲)한테 물었다. '위(衛)의 주우(州吁 : 전폐공(前廢公))229)는 성공을 하겠는가?] 중중이 대답했다. '저는 덕치로 백성들을 화락하게 한다는 말은 들었습니다만, "반란으로써 한다[以亂]"라는 말은 못 들었습니다. 반란으로 하는 것은 "실을 고르다가 더 헝클어 버리

___

다. '亂(란)'은 본자가 '𤔔'이고 이체자는 '𤔪'이며 금문은 '𤔲'이다. 이것은 두 손(𠬞)으로 헝클어진 실(𢆶)을 정리하는 것이다. '𢆶'은 실패(𠃋)에 실이 헝클어져 감긴(⿻) 실꾸리이다. 또 다른 금문 '𤔲'은 밖으로 흘러나온 실오리(⿸)를 추가한 모양으로, 이 글자가 앞의 글자를 대체하여 오늘날의 '亂'(소전 𤔔 예서 𠃌) 자가 되었다. 즉 이 글자의 본뜻은 헝클어진 실을 두 손으로 정리하는 것인데, 나중에 헝클어진 실 또는 혼란을 뜻하게 되면서, 정리한다는 본뜻은 '治'와 '理(리)'로 대신하게 된 것이다.

228) 통행본『오월춘추』에는 '구천(勾踐)'이 시킨 일로 나온다. 「구천(勾踐) · 7년」의 기록에 다음과 같은 내용이 수록되어 있다. "越王曰 : '吳王好服之離體, 吾欲采葛, 使女工織細布獻之, 以求吳王之心, 於子何如?' 群臣曰 : '善.' 乃使國中男女入山采葛, 以作黃絲之布(월왕이 말했다. '오왕이 옷을 몸에 맞게 입는 것을 좋아하니, 칡을 채취해 여공더러 가는베를 짜 바치게 해 오왕의 마음을 얻고 싶은데, 그대들 생각은 어떻소?' 신하들이 말했다. '좋습니다.' 그래서 나라 안 남녀들더러 산에 들어가 칡을 채취해 누런 실로 베를 짜도록 했다)."

229) 제3수 주석 3의 '대규(戴嬀)' 역주 참조.

는 것[治絲而棼]"과 같습니다.'"

2　[전진륜] '我昔(아석)'은 『옥대신영』에는 '昔我'로 되어 있다.

　　[문인담] 『한서』 「진탕전(陳湯傳)」: "무제 때에 장인 양광(楊光)이 만든 물건
　　은 자주 '가의(可意)'했다." 안사고 주: "('可意'는) 천자의 마음에 들었다는 뜻
　　이다."

3　[전진륜] "結帶與君同死生, 好惡不擬相棄置(띠 묶어 그대와 생사를 같이하
　　면서, 좋든 싫든 서로 버리지 말자고 했지)"로 된 판본도 있다.[230)]
　　『옥대신영』에는 '君(군)'이 '我(아)'로 되어 있다.[231)]

　　[오조의] 『좌전』 「소공·11년」: "숙향(叔向)이 말했다. '(…중략…) 옷에는 좌
　　우 옷깃이 교차하는 곳이 있고 "띠에는 양단을 묶는 매듭이 있습니다[帶有結]".'"
　　『한서』 「오행지(五行志)」 주: "'結(결)'[232)]은 관복의 큰 띠[紳帶]의 매듭이다."

　　[전중련] 송본에는 '君(군)'이 '我(아)'로 되어 있다.

4　[전진륜] '索寞(삭막: 삭막하다)'은 『옥대신영』에는 '錯漠(착막: 삭막하고 냉
　　담하다)'으로 되어 있다.

　　[황절] 『소이아』: "'索(삭)'은 없는 것[空]이다. 또 과부(寡婦)를 '索(삭)'이라
　　고 한다."

　　'索莫(삭막: 황폐하여 쓸쓸함)'은 '空寞(공막(空漠)" 공허하고 적막함)'이라

────────────────

230) 『악부시집』과 문일다 주도 같다.
231) '我'인 경우 생략된 주어는 '君'이 되어, "(그대는) 띠 묶으며 나와 약속을 했지,
　　　죽든 살든 좋든 싫든 헤어지지 말자고"가 된다.
232) 저본에는 '帶(대)'로 되어 있는데 '結'의 잘못이어서 고쳤다. 바로 앞 『좌전』의
　　　문장이 『한서』 「오행지」에 인용되어 있는데, 이것은 그 중 '帶有結(대유결)'에
　　　대한 주이다.

고 하는 것과 같다.

[전중련] 『악부시집』 주 : "'索寞(삭막)'은 '錯亂(착란 : 뒤섞여 어수선하다)'으로 된 판본도 있다."[233]

5　[전진륜] '金(금)'은 『옥대신영』에는 '玉(옥)'으로 되어 있다.

'之(지)'는 '此(차)'로 된 판본도 있다.

'愁(수)'는 『옥대신영』에는 '悲(비)'로 되어 있다.

[문인담] 조식 「미녀편(美女篇)」 : "머리에는 '참새 모양 금비녀'를 꽂았다[頭上'金爵釵']."

『사기』 「춘신군열전(春申君列傳)」 : "조(趙)에서 온 사신이 초(楚)에서 자신들의 부유함을 자랑하려고, '대모 비녀[瑇瑁簪]'를 꽂고, 칼집은 주옥으로 장식을 하고, 춘신군의 식객들을 면담하고자 요청했다. [춘신군의 상객(上客)들은 모두 주옥으로 장식한 신을 신고 나왔다.]"

[황절] 악부 고사 「유소사(有所思)」 : "무엇으로 그대에게 선물을 하나? 진주 한 쌍 장식한 '대모 비녀'라네[何用問遺君, 雙珠'玳瑁簪']."

[전중련] '之(지)'는 송본에는 '此(차)'로 되어 있다.[234]

【평설】

　[황절] 왕부지 : 가슴을 활짝 열고 진심을 보였는데, 뜻밖에도 이렇게,

---

233) '錯亂'은 내용상 옳지 않다.
234) 장씨원간본과 주석찬·노문초도 같다. 두 글자 모두 대사로 '금비녀와 대모 비녀[金釵玳瑁簪]'를 가리킨다.

대청에 있으면 대청이 가득하고 안방에 있으면 안방이 가득해지듯이, 모두에게 다 전해진다.『고시평선』권1

장옥곡 : 이것은 '낙양洛陽' 편제2수과 같은 내용이다. '평생을 이것 보며 장탄식하는對此長嘆' 것에서 한 단계 더 나아갔으니, 더욱 처절하게 느껴진다.『고시상석』권17

진항 : 이것은 오래도록 보필한 신하에게 제왕의 지우知遇가 끝까지 가지 못하는 것 때문에 지었다. 서선지徐羨之 · 부량傅亮 · 사회謝晦의 무리는 오랜 은총을 믿고 전횡을 휘두르며 오만방자하여 스스로 멸망을 자초했으니,[235] 전혀 애석해 할 것도 없다. 그러나 송 문제는 이 때문에 의심과 시기가 더욱 깊어졌다. 그래서 단도제檀道濟는 경험 많은 장수이지만 자신의 업적을 스스로 허물었고,[236] 포조는 문장에 능했으나 일부러 천박하고 속된 표현을 썼던 것이니,[237] 이때 이미 나중에 닥칠 불행을 미리 우려한 것이다. '낙양' 편은 은총을 믿기 어려움을 말했고,

---

235) 제6 · 7수 평설 중 진항의 『시비홍전』 및 제6수 역주 참조.
236) 『남사(南史)』「단도제전」에 의하면, 단도제가 북위와의 여러 차례 전쟁에서 승리하여, 사공(司空)이 되고 강주(江洲) 자사가 되어 강주의 치소인 심양(尋陽)에 부임했는데, 그의 권력을 두려워하던 팽성왕(彭城王) 유의강(劉義康)은, 원가 13년(436) 문제가 병이 들자 집정을 하면서, 조칙을 위조하여 서울로 불러들여 죽이려 했다. 체포된 단도제는 자신을 죽이려는 일이 "너희들의 만리장성을 허무는 것[壞汝萬里之長城]"이라고 외쳤지만, 결국 아들들과 수하 장령(將領)들까지 수도 건강에서 살해되었다.
237) 『남사』「포조전」에 의하면, 효무제는 글짓기를 좋아해서 자신이 최고라고 여겼는데, 포조는 그 뜻을 잘 알아서 일부러 "천박하고 속된 문사를 사용해 문장을 지어[爲文多鄙言累句]" 재주가 다했다는 세평을 받았다고 했다. 부록 '『남사』 포조전[南史本傳]' 참조

이 작품은 낌새 살피기를 마땅히 일찍 해야 함을 말했다.『시비흥전』권2

　[전중련] 심덕잠 : 처량하면서도 호방하고, 느린 노래를 촉급한 가락으로 불렀다. 이러한 문체는 포조가 혼자 창안한 것이다.『고시원』권11

擬行路難(10)

君不見蕣華不終朝, 須臾奄冉零落銷.[1]

盛年妖艷浮華輩, 不久亦當詣塚頭.

一去無還期, 千秋萬歲無音詞.[2] 孤魂獒獒空隴間, 獨魄徘佪遶墳基.[3]

但聞風聲野鳥吟, 豈憶平生盛年時. 爲此令人多悲悒, 君當縱意自熙怡.[4]

「갈 길은 험난하고」를 본떠(10)

그대는 못 보았소, 무궁화꽃 아침도 다 못 채우고

수유 간에 덧없이 시들어 사라짐을?

한창때에 아리땁고 반지라운 무리도

머지않아 또 마땅히 무덤으로 갈 것을.

한 번 가면 돌아올 기약도 없고

천추만대 영원히 소식조차 없을 거요.

고독한 혼 외로이 언덕에서 맴을 돌고

쓸쓸한 넋 오락가락 무덤가를 돌겠지요.

바람 소리 들새 울음 들려올 뿐이리니

생전의 한창때를 어찌 기억 하겠소?

이 때문에 사람들은 우울하고 슬프리니

그대 응당 마음껏 즐기도록 하시오.

【주석】

1 **[전진륜]** 문인담 주를 수록한다.

[문인담] 『고금운회거요』: "목근(木槿 : 무궁화나무)은 아침에 꽃이 피어 저녁에 지는[朝花暮落] 것이다."

육전(陸佃) : "'蕣(순 : 무궁화)'이라는 이름은 '일순(一瞬)'의 뜻을 취한 것이다."[238]

도연명, '詩(시)' : "[흐르는 구름은 말없이 흘러가고,] 시간은 '차츰차츰 흘러서' 곧 지나갈 것이다[時'奄冉'而就過]."

[전진륜] 곽박 「유선시 · 초하루 그믐은 돌고 도는데[晦朔如循環]」 : "무궁화꽃 아침도 다 채우지 못하고[蕣榮不終朝], [하루살이 저녁에 어찌 볼 수 있으리.]"[239]

[황절] 『모시』「정풍 · 유녀동거(有女同車)」 제1장 : "한 아가씨 있어서 수레 함께 탔는데, 얼굴이 '무궁화꽃'을 닮았네[有女同車, 顏如'蕣華']." 모전 : "'蕣'은 무궁화나무[木槿]이다."

『설문해자』: "'虋'은 무궁화나무[木槿]이다. 아침에 꽃을 피웠다가 저녁에 지는 것이다." 지금의 예서에서는 '蕣'으로 고쳐 썼고, 또 초두(艸頭)를 없앴다.[240]

---

238) 『강희자전』에서 인용한 문장이다. 육전(1042~1102)은 육유(陸游, 1125~1210)의 조부로, 『이아』를 보충한 『비아(埤雅)』를 지었다. 『비아』「석초(釋草)」의 '木槿' 조에도 같은 취지의 설명이 있는데, 표현은 약간 차이가 있다.

239) 저본에는 '蕣華(순화)'로 되어 있는데, 『문선』 권21에 '蕣榮(순영)'으로 되어 있어서 고쳤다. 뜻은 같다.

240) 초두가 없는 글자인 '舜(순)'에도 무궁화라는 뜻이 있다. 송본에는 '舜'으로 되어 있다.

[전중련] 송본 및 『악부시집』에는 '奄(엄)'이 '淹(엄)'으로 되어 있다.[241]

(전진륜이 인용한) "시간은 '차츰차츰 흘러서' 곧 지나갈 것이대時'奄冉'而就過"라고 한 것은 도연명 「한정부(閑情賦)」의 구절이지 시가 아니다.[242]

2 [전진륜] 형가(荊軻) 「역수가(易水歌)」 : "장사는 '한번 가면 다시 돌아오지 않으리'[壯士'一去兮不復還']."

『전국책』 「초책(楚策)·1」 : "과인은 '만세천추(萬世千秋)' 후에 누구와 함께 이를 즐기리?"[243]

3 [전진륜] 『좌전』 「애공·16년」 : "'외롭구나!榮榮' 나는 마음이 괴로워 병이 되겠구나."[244]

4 [문인담] 지둔(支遁) 「술회시(述懷詩)」 제2수 : "'즐거운 마음'으로 허정(虛靜)한 곳에 안거한다[熙怡'安沖漠]."

[전진륜] 『설문해자』 : "'悒(읍)'은 편안하지 않은 것[不安]이다."

---

241) 주응등본도 같다. 시간이 차츰차츰 흘러가는 것을 나타내는 의태어 '奄冉(엄염)'
    은 '淹冉'으로도 쓴다.
242) 금본 『고시전』에는 '陶潛賦(도잠부)'로 되어 있다.
243) 포조 시의 '音詞(음사)'는 '音信(음신 : 편지, 소식)'과 같다.
244) 포조 시의 '空隴(공롱)'은 인적 없이 황량한 무덤이고, '坎墓'는 '墳墓(분묘)'이다.

擬行路難(11)

君不見枯籜走階庭, 何時復青著故莖.[1]

君不見亡靈蒙享祀, 何時傾杯竭壺罌.[2]

君當見此起憂思, 寧及得與時人爭.

人生倏忽如絶電, 華年盛德幾時見?[3] 但令縱意存高尚, 旨酒嘉肴相胥讌[4]

持此從朝竟夕暮, 差得亡憂消愁怖.[5] 胡爲惆悵不能已, 難盡此曲令君忤.[6]

「갈 길은 험난하고」를 본떠(11)

그대는 못 보았소, 마른 꺼풀 섬돌 앞뜰에 뒹구는 것을

언제 다시 푸르러져 옛 줄기에 붙던가요?

그대는 못 보았소, 혼령이 제사에서 흠향하는 것을

언제 술잔 기울이고 술동이를 비웠소?

그대 응당 이것 보면 근심이 일 터인데

같은 시대 사람들과 다툴 겨를 있겠소.

인생이 넛없기란 번개 치듯 하는데

한창때의 성한 기운 얼마나 더 남았으리?

하고 싶은 대로 하되 고상함은 유지하며

좋은 술 맛난 안주 함께 즐길 뿐이라네.

이를 지켜 아침부터 저녁까지 간다면

그런대로 근심 잊고 두려움을 덜 것이라.

어째서 실의에 빠져 헤어나지 못하오?

이 노래 못 마치겠소, 그대 기분 상할까 봐.

【주석】

1 **[전진륜]** '籜(탁 : 대 꺼풀)'은 「뽕을 따며[採桑]」 주(주석 3)에서 보았다.

　　조식 「잡시」 : "[빈방은 어찌 저리 적막한 건지,] 푸른 풀은 '섬돌 앞의 뜰' 뒤덮

　　고 있다[綠草被'階庭']."

　　『설문해자』 : "'莖(경)'은 초목의 줄기이다."

2 **[전진륜]** 도연명 「음주」 제4수 : "한잔 술을 혼자서 기울이지만, 잔이 비니 '술

　　단지가 절로 기운다'[一觴雖獨進, 杯盡'壺自傾']."

　　『설문해자』 "'罌(앵 : 병)'은 부(缶 : 주둥이가 좁고 배가 넓은 질병)이다."

3 **[전진륜]** '倏忽(숙홀 : 몹시 빠름)'은 「죽은 이를 애도하며[傷逝賦]」 (주석 22)

　　에서 보았다.

　　『악부시집』 「무곡가사 · 불무가 · 진백저무가시」 : "'사람이 세상 삶은 번개가

　　지나가듯[人生世間如電過]', [즐거울 적 항상 적고 괴로움은 많다네]."

4 **[전진륜]** 『주역』 「고괘(蠱卦) · 상구」 : "왕후를 섬기지 않고 '세속 밖 자신이

　　지향하는 일을 고상하게 추구한다[高尙其身]'."

　　『모시』 「소아 · 거할(車轄)」 제3장 : "비록 '맛있는 술' 없지만, 부디 좀 드시기

　　를. '좋은 안주' 없지만, 부디 좀 맛보시기를[雖無'旨酒', 式飮庶幾. 雖無'嘉

　　肴', 式食庶幾]."

[황절]『모시』「대아·한혁(韓奕)」제3장 : "제기들 많이 있으니, 제후들께서 '함께 연회를 즐기시네'[籩豆有且, 侯氏'燕胥']." 모전 : "'胥(서)'는 모두[皆]이다."

5 **[전진륜]**『옥편』: "'怖(포)'는 두려워하는 것[惶]이다."

6 **[전진륜]**『설문해자』: "'忤(오)'는 거스르는 것[逆]이다."

[황절]『초사』「구변」: "'슬픔에 잠겨' 자신을 가련히 여긴다['惆悵'兮而私自憐]."

擬行路難(12)

今年陽初花滿林, 明年冬末雪盈岑.[1] 推移代謝紛交轉, 我君邊戍猶稽沈.[2]

執袂分別已三載, 邇來寂淹無分音.[3] 朝悲慘慘遂成滴, 暮思遠遠最傷心.[4]

膏沐芳餘久不御, 蓬首亂鬢不設簪.[5]

徒飛輕埃舞空帷, 粉筐黛器靡復遺.[6] 自生留世苦不幸, 心中惕惕恒懷悲.[7]

「갈 길은 험난하고」를 본떠(12)

올해 초봄에는 꽃이 숲에 가득해도

내년 늦겨울엔 눈이 산봉 덮겠지요.

계절 변화 만물 대사 끊임없이 도는데

우리 임만 변방에서 오래도록 머물지요.

옷소매 부여잡고 이별한 지 어언 삼 년

근래엔 적적하게 소식조차 없지요.

아침 슬픔 처참하여 끝내 눈물 방울지고

저녁 근심 얼키설키 가장 마음 아프지요.

머리 감고 분 바른 지 한참 오래되었고

봉두난발 쑥대강이 비녀도 안 꽂지요.

부질없이 나는 먼지 빈 휘장에 춤을 추네.

분첩도 눈썹먹도 남겨 두지 않았네.

세상에 태어난 후 불행에 시달리며

마음은 늘 시름겹게 슬픔만을 안고 있네.

【주석】

1 **[전진륜]** 『이아』 「석산」 : "산이 작으면서 높은 것을 '岑(잠)'이라고 한다."

2 **[전진륜]** 『회남자』 「숙진훈(俶眞訓)」 : "두 가지 사물이 '대사하면서[代謝]' 반
대 방향으로 달린다." 고유 주 : "'代(대)'는 번갈아 하는 것[更]이고 '謝(사)'는
차례[敍]이다."

『후한서』 「마원전(馬援傳)」 '久稽(구계)' 이현 주 : "'稽(계)'는 머무르는 것
[留]이다."

[전중련] 『악부시집』 및 송본에는 '猶(유 : 아직도)'가 '獨(독 : 혼자)'으로 되어
있다. [245]

3 **[전진륜]** 『습유기(拾遺記)』 : "소봉(蕭鳳)이 옥문관(玉門關) 밖으로 사신으
로 가는데, [아우가] 술을 연거푸 권하면서 형에게 말했다. '취중이면 아마 "헤
어져도[分袂]" 슬프지 않을 것이오.'"

[황절] 『한서』 「단회종전(段會宗傳)」 '三歲更盡(삼세경진)' 안사고 주 : "여
순이 말했다. '변방의 관리[邊吏]'는 3년에 한 번 바꾼다."

『설문해자』 : "'分(분)'은 헤어지는 것[別]이다."

'分音(분음)'은 이별한 후의 소식을 말한다. [246]

---

245) 『전송시』와 주응등본도 같다.
246) '執袂分別(집메분별)'은 서로 옷소매를 잡고 아쉬워하며 헤어져 이별하는 것이

4 [전진륜]『모시』「소아 · 정월(正月)」제11장 : "'근심스러운 마음 비통하구나
[憂心慘慘]', [나라의 포학함을 염려하노라.]"

『후한서』「중장통전(仲長統傳)」: "예로부터 '얽히고설켜', 사슬처럼 곡절이
많대[古來'繞繞', 委曲如瑣]. [온갖 근심 무엇 때문에, 지극히 중요한 것 나에
게 있나.]"²⁴⁷⁾

[황절]『설문해자』: "소리만 있고 눈물을 흘리지 않는 것을 '悲(비)'라고 한다."
'悲'가 심해지면 눈물[淚]을 흘리게 된다. 그래서 '눈물이 방울진다[成滴]'라고
한 것이다.

『설문해자』: "'思(사)'는 '心(심)'을 의미부로 하고 '囟(신)'을 소리부로 한다."
'囟'은 정수리의 숫구멍이다. 숫구멍에서부터 심장까지 실이 관통하듯이 끊이
지 않고 이어지기 때문에 '구불구불 감돌아 이어진다[遷遷]'라고 한 것이다.

5 [전진륜] ('蓬首亂髮(봉수난발)'은) 제8수에서 보았다.

6 [전진륜] 장화(張華)「정시(情詩)」제2수 : "외로운 이 고요한 밤 홀로 지키려,
몸을 돌려 '빈 휘장'에 들어가리라[幽人守靜夜, 迴身入'空帷']."

『전국책』「초책 · 3」: "저 정(鄭)과 주(周)의 미녀가 '분을 하얗게 바르고 눈
썹을 먹으로 까맣게 그리고서[粉白墨黑]'²⁴⁸⁾ 한길에 서 있다."

7 [전진륜]『이아』「석훈(釋訓)」: "'惕惕(척척)'은 사랑하는 것[愛]이다."

고, '寂淹(적엄)'은 적막하게 혼자 지내는 것이다.
247) 자기의 뜻을 밝힌 사언시 2수 중 제2수이다.『전한시(全漢詩)』에「술지시(述志
詩)」라는 제목으로 실려 있는데, '繞繞(요요)'는 '繚繞(료요)'로 되어 있다.
248) 통행본에는 '黛(대)' 자는 '墨(묵)'으로 되어 있다. 또 앞의 '鄭之美者(정지미자)'
는 '鄭周之女(정주지녀)'로 되어 있다. 번역에 참고했다.

[황절] 『모시』 「진풍(陳風)·방유작소(防有鵲巢)」 제2장 : "[누가 내 임 유혹

하여,] '이 마음 걱정하게 하는가[心焉惕惕]'?"

『이아』 곽박 주에서는 『한시(韓詩)』를 인용한 후, "사람을 기쁘게 하기[悅人]

에 사랑한다[愛]고 말한 것이다"라고 했다.²⁴⁹⁾

---

249) 이것은 전진륜 주에 인용한 『이아』의 곽박 주인데, 인용한 주 바로 앞에 "詩云
: 心焉惕惕" 6자가 있다. 『한시』를 인용했다고 한 것은 이것을 말한 것이다. 인용
한 시구의 번역은 모전을 따른 것이다. 모전에서는 '惕惕'은 '忉忉(도도)'와 같다
고 했는데, 제1장 '忉忉'에 대해서는 '근심하는 것[憂]'이라고 풀이했다. 『이아』
곽박 주에 대해서, 王先謙(왕선겸)은 『시삼가의집소(詩三家義集疏)』에서 '說人
(열인)'은 그 사람 즉 군주를 좋아하는 것이고 '愛'는 '군주를 사랑하는 것[愛君]'
이니, '愛君'이 바로 '說人'이라고 했다. 「방유작소」의 주제에 대해, 소서에서는,
진(陳) 선공(宣公)이 참언(讒言)을 잘 들어 군자가 그것을 걱정한 노래로 보았는
데, 반면 주희 집전에서는, 남녀가 은밀히 사랑하면서 혹 이간질당할까 걱정하는
노래라고 했다. 오늘날은 일반적으로 주희의 견해를 좇아, 서로 사랑하는 사람이
이간질로 인해 사랑을 잃을까 걱정하는 노래로 본다.

擬行路難(13)

春禽喈喈旦暮鳴, 最傷君子憂思情.[1] 我初辭家從軍僑, 榮志溢氣干雲霄.[2]

流浪漸冉經三年, 忽有白髮素髭生.[3] 今暮臨水拔已盡, 明日對鏡復已盈.

但恐羈死爲鬼客, 客思寄滅生空精.[4]

每懷舊鄕野, 念我舊人多悲聲. 忽見過客問何我, 寧知我家在南城?[5]

答云我曾居君鄕, 知君遊宦在此城. 我行離邑已萬里, 今方羈役去遠征.[6]

來時聞君婦, 閨中嬬居獨宿有貞名.[7] 亦云朝悲泣閒房, 又聞暮思淚露裳.[8]

形容憔悴非昔悅, 蓬鬢衰顏不復妝.[9] 見此令人有餘悲, 當願君懷不暫忘.[10]

「갈 길은 험난하고」를 본떠(13)

봄 새가 짹짹하고 밤낮으로 우는 것

군자의 슬픈 정서 가장 잘 자극하네.

내 처음 집을 떠나 종군할 적에는

장한 포부 성한 기개 하늘을 꿰뚫었소.

유랑하며 어언간 삼 년이 지나가니

홀연히 흰머리와 흰 수염이 돋아났네.

오늘 저녁 물가에서 모조리 다 뽑아도

내일 아침 거울 보면 다시 가득 메우겠지.

두려운 건 죽어서 떠돌이 귀신 되어

객사客思가 사멸 따라 사라지는 것이네.

고향의 들녘이 생각날 때면

옛사람 그리워져 슬픈 울음 많아지오.

우연히 만난 길손 내 고향을 묻는데,

우리 집 남성南城인 줄 어찌 알고 계시오?

대답하네, "일찍이 그대 고향 산 적 있어,

그대가 이 성에서 근무함도 알지요.

나도 그곳 떠나 만 리 길 왔는데

지금도 타관 벼슬로 먼 길 가는 중이라오.

떠나올 때 들었소, 그대 부인은

규방에서 과부로 홀로 지내며 정절 명성 자자하오.

아침에는 슬픔으로 빈방에서 눈물짓고

저녁에는 그리움에 눈물에 옷 젖는다고.

모습은 초췌해져 옛 즐거움 없어지고

봉두난발 여윈 얼굴 화장도 안 한다고.

이를 보면 남들조차 가없이 슬플 텐데

부디 그대 명심하여 잠시라도 잊지 마오."

【주석】

1 **[전진륜]** 『모시』 「주남·갈담(葛覃)」 제1장 : "[꾀꼬리 날아가며, 관목 위에

모이네,] 그 울음소리 '짹짹거리네'[其鳴'喈喈']." 모전 : "'喈喈(개개)'는 화락

(和樂)하게 우는 소리가 멀리까지 들리는 것이다."

2 **[전진륜]** '僑(교 : 타관에 머물다)'는 「진사왕 조식의 '백마의 노래'를 본떠[代 陳思王白馬篇]」(주석 4)에서 보았다. [250]

3 **[전진륜]** 손작(孫綽) 「유도론(喩道論)」: "길짐승과 날짐승 족속은 '물결에 떠 서 표류하는[流浪]' 상황을 알지 못한다." [251]

『초사』 동방삭 「칠간(七諫) · 침강(沈江)」: "'나날이 점점 물들었지만' 스스 로 알지 못했네[漸染'而不自知兮]." [252]

『설문해자』: "'髭(자)'는 본자가 '頾(자)'인데 콧수염이다."

4 **[황절]** 『노자』 제21장 : "'큰 덕[孔德]'의 모습[253]은 오직 도(道)에 따라 정해진 다. 도라는 것의 모습은 어슴푸레하고 흐릿하다. 어슴푸레하고 흐릿한 그 가

---

250) '榮志(영지)'는 '장지(壯志)'와 같고, '溢氣(일기)'는 '성기(盛氣)'와 같다. 저본 의 '雲宵(운소)'는 '雲霄(운소 : 구름 낀 하늘)'의 잘못이어서 고쳤다. 『포참군시 주』와 송본에는 모두 '雲霄'로 되어 있다.

251) 인용문의 '流浪(류랑)'은 물 위에 떠서 출렁거리는 것을 표현한 것이다. 포조 시 에서의 '流浪'은 정처 없이 떠돌아다닌다는 뜻이어서 다소 차이가 있다. 더 적절 한 용례는 도연명의 「종제 경원 제문[祭從弟敬遠文]」의 "余嘗學仕, 纏綿人事, '流 浪'無成, 懼負素志, 斂策歸來(나는 일찍이 타지로 나가 벼슬살이를 하느라, 관계 의 일들이 나를 얽어매어, '이리저리 떠돌 뿐' 성취가 없었다. 평소 포부를 저버 릴까 저어하여, 말채찍을 거두어 집으로 돌아왔다)"이다.

252) 인용문 중 '漸冉(점염)'은 석음헌총서본 『초사』에는 '漸染(점염)'으로 되어 있 고, 왕일 주는 "조금씩 쌓이는 것이 '漸(점)'이고 더럽게 변하는 것이 '染(염)'이 다"라고 설명했다. '漸冉(점염)'은 시간이 차츰차츰 흘러가는 모양을 나타내는 말로, 장형 「사현부」의 "恐'漸冉'而無成兮('시간은 점점 흐르는데' 성취 없을까 두렵다)"가 그러한 예이다. 정복림은 「사현부」의 용례를 인용했다.

253) 하상공(河上公) 주에 '孔'은 '큰 것[大]'이라고 했고, 이것이 일반적인 견해이어 서 『노자』 원문의 번역은 이를 따랐다. 왕필 주는 인용문을 이어서 "오직 '텅 빈 것'을 '덕(德)'이라고 여겨야, 연후에 움직여서 도(道)를 따를 수 있다"라고 했다.

운데 형상이 존재하고, 어슴푸레하고 흐릿한 그 가운데 만물이 존재한다. 심원하고 어두운 그 가운데 '정수[精]'가 존재한다." 왕필(王弼) 주 : "'孔(공)'은 텅 빈 것[空]이다."

『노자』 제14장 : "끊임없이 존재하고 있지만 이름을 붙일 수도 없다. 그것은 '무형 무상[無物]'의 상태로 되돌아가 있는 것이다. 그래서 이것을 형상이 없는 상태, '무형 무상'의 상태라 말하는 것이며, 이것을 '황홀(惚恍 : 종잡을 수 없는 것)'이라 말하는 것이다"

'無物(무물)'이 곧 '滅(멸)'이다. '滅(멸)'에서 '空(공)'이 생기고, '空'에서 '精(정)'이 생기니, 종전의 '장한 포부와 성한 기개[榮志溢氣]'가 없어지게 되는 것이다.

[전중련] 『악부시집』에는 앞 구에 '但(단)' 자와 '鬼(귀)' 자가 없고 뒤 구에 '客(객)' 자가 없다. 송본에는 '鬼(귀)' 자가 빠져 있다. [254]

5   [전진륜] '何(하)' 자는 마땅히 '向(향)'으로 되어야 할 것 같다. [255]

---

254) 이 구가 송본에는 '恐羈死爲(공기사위)' 4자만 있고 바로 뒤에 1칸이 비어 있다. 정복림은 장부본을 따라 고쳤다. 앞 구의 '鬼客'은 포조가 만든 말로 '客鬼(객지에서 죽어 떠도는 혼령)'와 같다. 이 2구의 의미를 황절의 주를 참고로 하여 직역하면 이렇다. "다만 내가 두려워하는 것은 객지를 떠돌다가 죽어 객귀가 되어, 나그네로 떠돌면서 하던 생전의 생각이 아무것도 없는 상태에 실리게 되어서, 그로부터 텅 비어 없는 정수만이 생기게 되는 것이다." 즉 아무런 성취도 없이 객사할까 두렵다는 뜻이다. 임숭산, 49~50쪽 참조. Chen은 마지막 구를 "떠도는 죽음이 나를 외로운 정령으로 만들까가 걱정된다(And a sojourner's brooding over death makes me a lonely spirit)"라고 풀이했다(325쪽).
255) 사고본에는 '向'으로 되어 있다. '向'이면 '나에게 묻는다'가 되고, '何'의 경우 '나에게 따져 묻는다'와 '내가 어디 살았는지를 묻는다'가 된다. 대구(對句)는 내가 길손에게 "내가 남성에 살던 일을 그대가 어찌 알 리가 있겠소?"라고 놀라서

조식 「미녀편(美女篇)」 : "묻노니 그녀는 어디에 사는가? 바로 '성 남쪽 끝'이라 하네[借問女安居? 乃在'城南端]."

[황절] 『한서』「가의전(賈誼傳)」 : '大譴大何(크게 꾸짖고 크게 힐문했다)'
안사고 주 : "[譴(견)은 꾸짖는 것[責]이고 '何'는 힐문하는 것[問]이다."
'問何我(문하아)'는 나에게 힐문한다는 뜻이다.

또 한 요가(鐃歌) 「애여장(艾如張)」 곡에서, "풀 베어 평평히 하는데 어느 곳에서 벨까[艾而張羅夷于何]"라고 했는데, 이곳의 '何'는 '어느 곳[何地]'이라는 뜻이다. 문장을 생략하여 '何'라고 말한 것은 한대의 문장에 그 용례가 있다. 『한서』「혹리전(酷吏傳)」의 "무제가 물었다. "'어느 곳'을 말하는가[言 "何"]?'"가 그것이다.

이상 두 견해는 모두 취할 만하다.

[전중련] 남성(南城)은 지명이다. 한대에 남성현(南城縣)이 있었는데, 진대(晉代)에는 남무성(南武城)이라고 불렀다. 지금의 산동성 비현(費縣 : 지금은 임기시(臨沂市)의 속현) 남서쪽에 있었다.[256]

반문하는 내용인데, 이를 보면 '何'가 되고 그 의미는 '어디'로 풀이하는 게 더 나은 듯하다. 임숭산은 이런 맥락에서 이 2구를, "뜻밖에도 내 고향이 남성인 일을 묻는 길손이 있는데, 그가 무슨 연유로 그것을 아는지?"라고 풀이했다(50쪽). Chen은 "나를 찾아온 길손을 뜻밖에 만났는데, '그대 혹시 남성에 있는 내 가족을 아는지요.'(Unexpectedly I saw passerby ask for me)"라고 하여, 대구를 내가 길손에게 가족의 안부를 묻는 것으로 풀이했다. 이하는 모두 길손의 말이다. '寧知(녕지)'는 '豈知(기지 : 어찌 알랴)'와 같다. 여관영은 '問何我'는 '我何問'이 되어야 하는데, '問'은 그 길손에게 질문을 하는 것이라고 보고, 대구는 길손에게 묻는 내용이라고 보았다(『악부시선(樂府詩選)』, 188쪽)

256) 정복림은 '南城'을 실제의 지명으로 보기보다는, 현재 종군 중인 변새는 북쪽이고 집은 남쪽에 있다는 뜻의 '허지(虛指)'로 보았다(『교주』, 695쪽).

6 **[전진륜]** 도연명「잡시」제9수 : "아득히 멀리 '떠돌이 벼슬살이'하느래[遙遙 從'羈役'], [한마음이 이곳과 저곳 두 끝에 있다.]"

7 **[전진륜]**『회남자』「원도훈(原道訓)」: '婦人不孀(부녀자들은 과부가 되지 않는다)' 고유 주 : "과부(寡婦)를 '孀(상)'이라고 한다."

『일지록』권32 : "'寡(과)'라는 것은 남편 없는 것을 일컫는다. 그러나 남편이 있으면서 독수공방하는 것도 '寡'라고 할 수 있다.『월절서(越絶書)』에 '독부 산(獨婦山 : 절강성 소흥현 북서)이라는 것은 구천(勾踐)이 오나라를 치려고 할 때 과부를 독산(獨山 : 독메) 위로 옮겨 놓아, 죽음을 결심한 병사들에게 보 여주어서, 마음을 싸움에 집중하도록 한 것이다'라고 했고, 진림(陳琳)의「장 성의 굴에서 말에게 물 먹이며[飮馬長城窟行]」에 '변방 성엔 건장한 젊은이 많고, 안방에는 "홀로된 부인"이 많대[邊城多健少, 內舍多"寡婦"]'라고 한 것 이 그것이다. 포조의「갈 길은 험난하고'를 본떠」에서 '떠나올 때 들었소, 그 대 부인은, 규방에서 "과부로 홀로 지내며[孀居獨宿]" 정절의 명성이 자자한 것을'이라고 한 것 역시 이 뜻이다."

8 **[전진륜]** 조식「잡시」: "'사람 없는 넓은 방'은 어찌 이리 적막한가[閑房'何 寂寞]."

'霑裳(점상 : 옷을 적시나)'은 제8수(수석 2 '沾裳(점상)')에서 보았다.

9 **[전진륜]** '蓬鬢(봉빈 : 봉두난발)'은 제8수(주석 4)에서 보았다.

10 **[전진륜]** '當(당)'은 '常(상)'으로 된 판본도 있다.[257]

---

257) '當願'은 꼭 그렇게 하기를 바란다는 뜻이고, '常願'은 항상 바란다는 뜻이다.

擬行路難(14)

君不見少壯從軍去, 白首流離不得還. 故鄕窅窅日夜隔, 音塵斷絶阻河關.[1]
朔風蕭條白雲飛, 胡笳哀極邊氣寒.[2] 聽此愁人兮奈何, 登山遠望得留顏.[3]
將死胡馬跡, 能見妻子難.[4] 男兒生世轗軻欲何道, 綿憂摧抑起長嘆.[5]

「갈 길은 험난하고」를 본떠(14)

그대는 못 보았소, 젊고 기운찰 때 종군하여서
허연 머리 돋아도 유리표박 못 돌아옴을?
고향은 까마득히 밤낮으로 멀어지고
소식은 끊어지고 강과 산이 막고 있소.
삭풍은 스산하고 흰 구름은 나는데
호가는 애절하고 변방 날씨 쌀쌀하오.
이것 듣고 슬퍼지니 어찌하리오?
산에 올라 멀리 보면 늙는 얼굴 붙들겠소?
오랑캐 말굽에서 죽어갈 테니
처자식 만나기는 어렵겠지요.
사내가 세상 나서 울퉁불퉁 기구하니 무슨 말 하리
끝도 없는 시름으로 긴 한숨만 인다오.

【주석】

1　[전진륜]『갈관자(鶡冠子)』「천칙(天則)」: "남의 착함을 드러내는 것을 '어둡게 숨기지[窅窅]' 말고, 자신의 잘못을 모으는 것을 컴컴하게 감추지[冥冥] 마라."

육기「사귀부(思歸賦)」: "강가에서 '소식이 끊어졌다[絶音塵'於江介]."

도연명「의고(擬古)」제5수: "[나는 그 사람을 보려고,] 새벽에 떠나서 '강과 관문'을 넘는다[晨去越'河關']."²⁵⁸⁾

2　[전진륜] '蕭條(소조: 스산하다)'는「흰 모시 춤의 노래」를 본떼[代白紵舞歌辭(3)」(주석 2)에서 보았다.

'胡笳(호가)'는「왕소군(王昭君)」(주석 2 '邊笳(변가)')에서 보았다.

[전중련] '極(극: 매우)'은 송본 및『악부시집』에는 '急(급: 급박하다)'으로 되어 있다.

3　[황절]『초사』「구가・대사명(大司命)」: "'사람을 시름에 잠기게 하니 어찌하리오', 지금처럼 수양에 쉼 없기를 바란다[愁人兮柰何', 願若今兮無虧]."

동방삭「칠간・자비(自悲)」: "작고 뾰족한 산에 올라가 멀리 바라본다[登巒山而遠望兮]."²⁵⁹⁾

---

258) '窅窅(요요)'는 첩자 의태어로,『갈관자』에서는 '어두운 모양'을 표현했지만, 포조 시에서는 '아득히 먼 모양'을 표현했나. 그 밖에도 '심숙한 모양'을 뜻하기도 한다. '音塵(음진)'은 본래 음신(音信: 소식)과 진애(塵埃: 자취)를 뜻하는데, 흔히 소식・기별의 뜻으로 쓰인다.

259) '得留顔(득류안)'을 Chen은 "추억 속 얼굴들을 회상할 수 있을 뿐(can only recall faces from memory)"이라고 풀이했고(325쪽),『위진남북조문학사참고자료』에서는 이 구를 "높은 산에 올라 멀리 바라보면 사향(思鄕)의 고통을 줄일 수 있어서, 자신이 근심으로 늙어가지 않게 할 수 있다"라는 뜻으로 풀이했다(502쪽). 임숭산은 후자의 견해를 취했다(50・52쪽).

4 [전진륜] '胡馬(호마)'는 「진사왕 조식의 '백마의 노래'를 본떼[代陳思王白馬篇]」(주석 8)에서 보았다.

조식 「백마편」 : "부모님도 돌아보지 않고 있거늘, '자식과 처' 말해 무엇 하리[父母且不顧, 何言'子與妻']."

[전중련] 송본 및 『악부시집』에는 '能(능)'이 '寧(녕 : 어찌)'으로 되어 있다.[260]

5 [전진륜] 「고시십구수·오늘 이 좋은 연회는[今日良宴會]」 : "궁핍하고 비천한 생활 지키어, '불우하게' 고생만 하지 말기를[無爲守窮賤, '轗軻'長辛苦]."[261]

---

260) 이 2구는 장차 북방의 오랑캐와 싸우다 전사할 테니, 고향으로 돌아가 아내와 자식을 만나는 것은 어렵다는 뜻이다.
261) '轗軻(감가)'는 '轗軻' '轞軻' '坎軻' '坎坷'로도 적는다. 본래 길이 매우 험하여 나아가기 어려운 것을 표현하는 쌍성연면자 의태어인데, 흔히 때를 만나지 못하여 뜻을 이루지 못하는 것을 비유하는 데 사용된다. '綿憂(면우)'는 끊임없는 근심 걱정이고, '摧抑(최억)'은 꺾이고 짓눌리는 것, 즉 좌절과 억압을 겪는 것이다.

擬行路難(15)

君不見柏梁臺, 今日丘墟生草萊.¹ 君不見阿房宮, 寒雲澤雉棲其中.²

歌妓舞女今誰在, 高墳纍纍滿山隅.³ 長袖紛紛徒競世, 非我昔時千金軀.⁴

隨酒逐樂任意去, 莫令含嘆下黃墟.⁵

「갈 길은 험난하고」를 본떠(15)

그대는 못 보았소, 한 무제의 백량대를

오늘은 무너진 터에 잡초만이 무성하지.

그대는 못 보았소, 진시황의 아방궁을

찬 구름과 들꿩만이 그 속에 깃들었네.

가기와 무희들은 지금 누가 살아 있나?

높은 봉분 첩첩이 산기슭을 메웠다오.

긴 소매 펄럭이며 세속 영예 다퉜지만

내 옛날 천금 같은 귀한 몸은 아니라오.

술 따르며 환락 좇아 마음대로 해야지

한숨 쉬며 황천까지 들어가진 부디 마오.

【주석】

1   **[전진륜]** '柏梁(백량 : 백량대)'은 제1수(주석 5)에서 보았다.

『한서』「공손홍전(公孫弘傳)」 : "이채(李蔡)에서 석경(石慶)에 이르기까지,

승상부의 객관(客館)은 '구허(丘墟 : 예전에는 번화했으나 지금은 폐허로 된 곳)'가 되었다."262)

『설문해자』: "'萊(래)'는 명아주[蔓華]이다."

2 **[전진륜]**『사기』「진시황본기(秦始皇秦本紀)」: "위남(渭南)의 상림원(上林苑) 가운데에 궁궐을 지으려고 했다. 먼저 정전인 '아방궁[阿房]'을 지었는데, 동서로 백 보(步), 남북으로 오십 장(丈)이었다. 위에는 만 명이 앉을 수 있으며, 아래에는 높이 5장(丈)의 기(旗)를 세울 수 있었다."

『장자』「양생주(養生主)」: "못가에 사는 꿩[澤雉]'은 열 걸음을 가서야 모이를 한 번 쪼고 백 걸음을 가서야 물 한 모금 마실 수 있을 뿐이지만, 그래도 새장 속에서 사육되기를 원치는 않는다."

3 **[전진륜]**『후한서』「환자전론(宦者傳論)」: "'장원(嬙媛 : 첩실)·시녀[侍兒]·가동(歌童)·무희(舞女)' 등 사람을 즐겁게 해주는 사람들이 화려한 방에 가득 차 있었다."

장재(張載)「칠애시(七哀詩)」제1수 : "북망산엔 어찌 저리 '무덤이 첩첩한가', '높은 봉분' 너덧 개가 눈에 들온다[北芒何'壘壘', '高陵'有四五]."263)

4 **[전진륜]**『후한서』「마료전(馬廖傳)」: "성안 사람들은 '넓은 옷소매[大袖]'를 좋아해서, 온 사방이 모두 온필 비단 소매로다."264)

---

262) 「공손홍전」에 의하면, 공손홍은 승상이 되어 승상부에 객관을 짓고 인재를 초빙했다. 그는 80세에 승상 직에서 죽었다. 그 후 이채·엄청적(嚴青翟)·조주(趙周)·석경·공손하(公孫賀)·유굴리(劉屈氂) 등이 이어서 승상이 되었지만, 석경을 제외하고는 모두 살해되거나 자살을 했다.

263) 저본의 '纍纍(루루 : 첩첩이 쌓인 모양)'와 '高坟(고분 : 높은 봉분)'은『문선』권 23에는 '壘壘(루루)'와 '高陵(고릉)'으로 되어 있어서 고쳤는데, 의미는 같다.

도연명 「음주(飮酒)」 제11수 : "'천금의 귀한 몸'을 손님 모시듯 챙기지만, 죽음이 닥치면 그 보물은 사라질 것을[客養'千金軀', 臨化消其寶]."

5 [전진륜] '黃壚(황로 : 황천)'는 「송백의 노래[松柏篇]」(주석 15)에서 보았다.

【평설】

[황절] 왕부지 : 전편이 성정聲情 : 가락과 감정 표현으로 빛을 더했다. 송대 시인들은 시를 논하면서 뜻을 위주로 했는데, 이런 부류를 뜻만으로 품평한다면, 시골 농부와 눈먼 여자가 악기 반주에 맞춰 노래하는 것과 뭐가 다른가? 『고시평선』 권1

---

264) 『악부시집』 권87 「잡가요사」에는 「성중요(城中謠)」, 『옥대신영』 권1에는 「동요가(童謠歌)」라는 제목으로 6구가 실려 있다. 인용문은 제5·6구이다. '長袖(장수)'는 긴 소매인데, 비유적으로 사용되어 긴 소매 옷을 입는 공경대부 등의 귀족, 또는 소매가 긴 무의(舞衣)를 입고 춤을 잘 추는 무희를 뜻한다. 권1 「연꽃[芙蓉賦]」 주석 21; 권6 「수시(數詩)」 주석 7; 「농부가 채소 심는 것을 보고[觀園人藝植] 주석 1 참조.

擬行路難(16)

君不見冰上霜, 表裏陰且寒, 雖蒙朝日照, 信得幾時安?

民生故如此, 誰令摧折强相看?[1] 年去年來自如削, 白髮零落不勝冠.[2]

「갈 길은 험난하고」를 본떠(16)

그대는 못 보았소, 얼음 위의 서리를

안팎이 다 응달지고 또 차가워서,

아침 햇살 따사로이 비친다 해도

편안할 수 있는 시간 실로 얼마 안 되오.

인생도 본디부터 이와 같으니

억압하는 게 누구인지 꼭 살펴야 한다오.

해가 가고 해가 오면 깎은 듯이 사라져

흰 머리 빠져버려 모자조차 못 받친다오.

【주석】

1 **[전진륜]**『한서』「가산전(賈山傳)」: "천둥에 맞으면 '부러지지[摧折]' 않는 것
이 없다."[265]

---

265) 표점교감본에는 '雷霆(뢰정)' 다음에 '之(지)' 자가 있고 '摧折(최절)' 다음에 '者
(자)' 자가 있다. 이 구는 Chen과 임숭산의 번역을 참고해 번역했다. "We have
to make efforts to recognize who the devastator is."(Chen, 326쪽.) "夫孰使
摧折鬱抑, 猶欲强自省視哉!"(임숭산, 50쪽.)

2 **[전진륜]**『사기』「만석군전」: "자손 중에 '관을 감당할 만큼 성년이 된[勝冠]'

자가 옆에서 모시는데, 집에 머물 때도 반드시 관을 썼다."

[황절] '削(삭)'은 머리카락이 깎은 듯이 다 빠져버리는 것을 말한다.

擬行路難(17)

君不見春鳥初至時, 百草含靑俱作花.[1] 寒風蕭索一旦至,
竟得幾時保光華?[2] 日月流邁不相饒, 令我愁思怨恨多.[3]

「갈 길은 험난하고」를 본떠(17)

그대는 못 보았소, 봄 새 처음 찾아올 때를

온갖 풀들 푸르러고 모두 꽃을 피워도

찬 바람 소슬하게 하루아침 불어오면

아름다움 끝끝내 얼마나 지키겠소?

해와 달은 매정하게 속절없이 흐르니

수심과 원한만 잔뜩 보태 줄 것이오.

【주석】

1　**[황절]**『주례』「하관사마(夏官司馬)·나씨(羅氏)」: "나씨는 (…중략…) 중
춘에는 그물로 '봄 새[春鳥]'를 잡는다."

　　『예기』「월령」: "중춘의 달에 (…중략…) '제비가 온다[玄鳥至]'."

2　**[전진륜]**『사기』「천관서(天官書)」: "연기인 듯 아닌 듯, 구름인 듯 아닌 듯, 무
성히 피어 '옅게 흩어져[蕭索]' 둥그렇게 되는 것을[경운(卿雲)이라고 한다.]"[266)]

---

266)　'蕭索(소삭)'은 「천관서」에서는 흩어져 옅어진다는 뜻이지만, 포조 시에서는 쓸
쓸하고 처량한 모습을 표현한다. '光華(광화)'는 '光彩(광채)'와 같이 아름다운

3 **[전진륜]** 『상서』「진서(秦誓)」: "해와 달은 흘러간다[日月逾邁]."[267)]

빛 또는 밝게 빛난다는 뜻인데, 비유적으로는 '光榮(광영)' '才華(재화)'의 뜻으로도 사용된다. 시에서는 초목의 아름답고 번성함을 표현한다.
267) '流邁(류매)'는 유수처럼 빠르게 흘러가는 것이고, '饒(요)'는 너그럽다는 뜻이다.

擬行路難(18)

諸君莫嘆貧, 富貴不由人. 丈夫四十彊而仕, 余當二十弱冠辰.¹

莫言草木委冬雪, 會應蘇息遇陽春.² 對酒敍長篇, 窮途運命委皇天.³

但願樽中九醞滿, 莫惜牀頭百個錢.⁴ 直須優游卒一歲, 何勞辛苦事百年.⁵

「갈 길은 험난하고」를 본떠(18)

여러분 가난을 한탄치 마오.

부귀는 인력으론 어찌 못하오.

대장부 마흔에는 벼슬할 수 있다는데

나는 지금 스무 살 약관의 나이라오.

초목이 겨울 눈에 시든다고 하지 마오,

틀림없이 소생하여 양춘을 만날 거요.

술 대하고 긴 노래를 불렀거니와

막다른 길 운명일랑 하늘에 맡기시오.

술동이에 구온주가 그득 찰 수 있다면

침상 머리 동전 백 개 아끼지를 마시오.

여유롭고 즐겁게 한살이를 마쳐야지

무엇 하러 고생스레 백 년을 힘쓰려오?

【주석】

1 **[전진륜]** 『예기』「곡례(曲禮)・상」: "스무 살을 '弱(약: 신체가 약함)이라고 하는데, 관을 쓰며[弱冠]', 서른 살을 '壯(장: 신체적으로 장대해짐)이라고 하는데, 가정을 이루고, 마흔 살을 '强(강: 지려와 기력이 모두 강함)이라고 하는데, 벼슬에 나아간다[强而仕]'."

 [전중련] '余(여: 나)'는 송본에는 '餘(여: 나머지)'로 되어 있다.[268]

2 **[전진륜]** 『상서』「중훼지고(仲虺之誥)」 '后來其蘇(임금이 오면 소생할 것이다)' 공전: "우리 임금이 오면, '부활할[蘇息]' 것이다."

 [전중련] 『악부시집』에는 '冬(동: 겨울)'이 '大(대: 큰)'로 되어 있다.

 장상(張相) 『시사곡어사회석(詩詞曲語辭匯釋)』: "'會(회)'는 '當(당)', '應(응)'과 같다. 어떤 때에는 장차 그러할 것이라는 어기를 포함한다."[269]

3 **[전진륜]** '窮途(궁도)'는 「물시계[觀漏賦]」(주석 16 '窮蹊(궁혜)' 주)에서 보았다.[270]

4 **[전진륜]** 장형 「남도부(南都賦)」: "주류로는 '아홉 번 빚은 구온'의 맛있는 술이 있다[酒則'九醞'甘醴]." 이선 주: "『위무제집(魏武帝集)』「구온주 양조법 상주문[上九醞酒法奏]」[271]에서 말했다. '[누룩 30근과 흐르는 물 5섬을 이용

---

268) 정복림은 장부본과 『악부시집』을 따라 '余'로 고쳤다(『교주』, 702쪽).
269) '蘇息(소식)'은 소생하여 숨을 쉰다는 뜻이다. 이 구는 따뜻한 봄이 되면 반드시 다시 살아날 것이라는 뜻이다.
270) '窮途'는 막다른 골목이라는 뜻으로, 가난하고 어려운 처지를 비유한다.
271) 『전삼국문』에는 제목이 '奏上九醞酒法(주상구온주법)'으로 되어 있다. '구온'은 여러 차례 거듭하여 빚었다는 뜻으로 구온주는 맛이 좋은 고급술이다. 조조는 이 글 앞부분에서 술 이름을 '구온춘주(九醞春酒)'라고 했다.

하는데, 섣달 초이튿날 누룩을 적셔서 정월에 해동하면, 좋은 볍쌀을 사용하

고 누룩 찌꺼기는 걸러 냅니다.] 사흘에 한 번씩 빚는데, 쌀이 9곡(斛)에 차면

그칩니다.' 『광아』에서 '醢'은 투입하는 것[投]이라고 했다."

'牀頭(상두)'는 제5수(주석 4)에서 보았다.

5　[전진륜] 『좌전』「양공 · 21년」 : "여유롭고 한가하게 그런대로 세월을 보내자

[優哉游哉, 聊以卒歲]."

　[전중련] '須(수)'는 송본에는 '得(득)'으로 되어 있다.[272]

　양수달(楊樹達) 『사전(詞詮)』 : "'直(직 : 다만)'은 '但(단)' · '僅(근)'의 뜻으

로 현대 중국어의 '不過(búguò)'와 같다."

【평설】

　[황절] 왕부지 : 포조의 악부를 보면서 만약 서둘러 좋은 곳을 찾으려

고 하면 벌써 그것을 잃어버릴 것이다. 읊으며 반복하다가 봄날 아지

랑이처럼 생기가 넘치고, 가을 물처럼 넘실거리는 것이 눈에 넘치고

마음에 그득해짐을 느끼게 되면, 반드시 얻게 될 것이다. 성당의 잠삼

岑參,715?~770과 이백은 바로 이를 통해 들어갔다. 다만 북송의 석연년石

延年,994~1041 부류는 인정할 수 없으니, 그들은 상리常理에 어긋나는 것

---

272) 주응등본도 같고, 노문초도 '得'으로 교감했다. 오덕풍은 따를 만하다고 했다
　　(73a쪽). 정복림은 장부본과 『악부시집』을 따라 '須'로 고쳤다(『교주』, 702쪽).
　　'直須(직수)'는 다만 ~해야 한다는 뜻이고, '直得'은 ~할 수밖에 없다는 뜻이다.
　　'優游(우유)'는 '優遊'로도 쓰며, 하는 일 없이 편안하고 한가롭게 잘 지내는 것을
　　말한다. '一歲(일세)'는 '一生(일생)'과 같다.

을 횡행하면서, 말을 빌려 타고 옷을 빌려 입고서 호문豪門 귀족인 양 거들먹거릴 뿐이다.『고시평선』권1

장옥곡 : 포조는 5언에 뛰어나다. 악부 여러 작품은 더욱 홀연히 변화하여 새로운 면모를 홀로 개척했으니 실로 조식曹植과 우위를 다툴 만하다. 두보는 단지 '준일俊逸'로만 지목했는데, 내 생각으로는 그 아름다움을 다 표현하지는 못한 것 같다.『고시상석』권17

진항 : 마지막 편을 보면 "장부 마흔에는 벼슬할 수 있다는데, 나는 지금 스무 살 약관의 나이라오"라고 했으니, 「갈 길은 험난하고」를 본떠」는 포조가 젊었을 때 지은 것이다.『송서』와『남사』의 「임천왕의경전」에서는 모두 포조의 나이를 말하지 않았지만, 그가 임천왕에게 시를 지어 바쳐 왕국의 보좌관으로 들어간 것은, 실은 원가 10년433 이후이다. 그렇다면 이 「갈 길은 험난하고」를 본떠」는 때를 만나기 전에 지은 것이니, 또 그 전이 된다. 즉 이른바 "일찍이 고악부를 지었는데 문장이 매우 힘이 있고 아름답다"『송서』포조전라고 한 것이 이것이다. 아마도 소제少帝, 423~424 재위 경평景平, 423~424 무렵에서 원가424~453 초 사이에 해당하지 않겠는가? 시에서 두견새인 옛 임금의 넋에게 슬퍼하여 지난날 지존이라고 한 말은, '폐위된 황제廢帝'273)를 제외하면 더 가리

---

273) 소제(少帝, 423~424 재위)가 폐위된 일을 말한다. 소제(少帝) 유의부(劉義符, 406~424)는 즉위 이듬해인 경평 2년(424), 권신 서선지(徐羨之)·사회(謝晦) 등에 의해 폐위되어 영양왕(營陽王)으로 강등되었다가 살해되었는데, 당시 나이 19세였다. 진항이 '廢帝'라고 한 것은 이 사실을 말하는 것이다. 제6·7·9수의 평설 참조. 따라서 저본에서 '廢帝'를 묘호(廟號)로 보아 인명 고유명사 표시를 한 것은 옳지 않다. 묘호가 '廢帝'인 유송의 황제는 '전폐제(前廢帝)' 유자업(劉

키는 바가 없다. 여기에 바탕을 두고 전편을 읽으면, 비로소 부귀는 오래가지 않는다는 탄식, 소리를 삼키고 감히 말하지 못하는 은폐가 다 무병신음無病呻吟의 지어낸 표현이 아님을 알게 된다. 기타의 편에서도 여릉왕廬陵王을 아울러 애도하고 쫓겨난 신하를 따로 생각하는 작품이 있다. 따라서 가락은 오로지 강하고 굳세기만 하며 생각에 화평함이 적으니, 격분함이 있어 그렇게 된 것으로, 정성이라고 하는 것은 꾸며 내기 어려운 것이다. 애석하도다! 천 년 동안의 품평이 가을 씀바귀처럼 가혹했다. 심지어 진조명陳祚明은 전체적인 주지主旨가 천근淺近하다고 비방만 하는데, 작품 진면목도 보지 못한 소경 같은 지적이니 개탄스럽기 그지없다.『시비흥전』권2

[전중련] 성서成書 :「'갈 길은 험난하고'를 본떠」 18수는 창쾌하고 호매豪邁한 점이 매우 드물게 보이는 작품이다. 다만 의론이 지나치게 호쾌하여 마침내 후세의 조악하고 호방한 부류들의 구실이 되었다.『다세당고시존(多歲堂古詩存)』

子業, 465 재위)과 '후폐제(後廢帝)' 유욱(劉昱, 473~476 재위)이다.

梅花落

中庭雜樹多, 偏爲梅咨嗟.[1] 問君何獨然?[2] 念其霜中能作花,

露中能作實.[3] 搖蕩春風媚春日, 念爾零落逐寒風, 徒有霜華無霜質.[4]

매화는 지고

뜰 안에 온갖 나무 많이 있어도

오로지 매화만을 찬탄한다오.

묻노니 그대 어찌 유독 그런지?

생각하면 그것은 서리 속에 꽃 피우고,

이슬 속에 열매를 맺을 수 있다.

봄바람에 하늘하늘 봄볕 속에 곱긴 하나

생각하면 너희들은 한풍 따라 떨어지니

고운 빛만 있을 뿐 오상傲霜 본질 없구나.

【해제】

[전진륜] 문인담 주를 수록한다.

[진진륜] 『악부해제』: "「한횡취곡漢橫吹曲」 28해는 이연년李延年이 지었다. 위·진魏晉 이래로는 오직 10곡만이 전해지는데, 「황학黃鵠」·「농두隴頭」·「출관出關」·「입관入關」·「출새出塞」·「입새入塞」·「절량류折楊柳」·「황담자黃覃子」·「적지양赤之揚」·「망행인望行人」이다. 또 「관산월關山月」

·「낙양도洛陽道」·「장안도長安道」·「「매화락梅花落」'·「자류마紫騮馬」·「총마驄馬」·「우설雨雪」·「유생劉生」 8곡이 있으니 모두 18곡이다."

곽무천 : "「매화락梅花落」은 본래 피리 곡이다. 당대唐代의 「대각곡大角曲」에도 「대선우大單于」·「소선우小單于」·「대매화大梅花」'·'「소매화小梅花」' 등의 곡이 있으니, 지금도 그 곡조가 아직 남아 있는 것이다."

【주석】

1 [문인담] 도연명 '시' : "그 속에는 '잡된 나무'가 없다[中無'雜樹']."

　　[전중련] "그 속에는 '잡된 나무'가 없다"라는 것은 도연명의 「도화원기(桃花源記)」의 말이지 시가 아니다. '中庭(중정)'은 '庭中(뜰 안)'과 같다.

2 [전중련] '君(군)'은 포조 자신을 가리킨다.[274]

3 [전중련] '其(기)'는 '매화[梅]'를 가리킨다.[275]

4 [문인담] 사령운 「영가 녹장산에 올라[登永嘉綠嶂山]」 시 : "수려한 대나무는 '서리 바탕' 빛난대[團欒潤'霜質']."[276]

　　[전중련] '爾(이)'는 '온갖 나무[雜樹]'를 가리킨다. 이를 빌려 절조가 없는 사대부를 비유한다.

---

274) 이 구는 '雜樹'가 '君'에게 하는 질문이다.
275) 이하는 '雜樹'의 질문에 대한 '君'의 대답이다.
276) '霜華(상화)'는 서리처럼 고운 빛과 색이고, '霜質(상질)'은 추위를 견디는 서리 같은 본질이다.

【평설】

　[황절] 주건 : 「매화는 지고」는 따뜻한 봄날 병사가 계절의 변화에 따라 사물이 바뀌는 것에 자극받아 돌아가고자 하는 생각이 일어 노래를 부른 것이다. 당 단안절段安節의 『악부잡록樂府雜錄』에 " '笛적'은 강족羌族의 악기이다. 옛날 「매화는 지고落梅花」곡이 있다"라고 했다. 이 시는 아름답기는 하지만 군악과는 관계가 없다.『악부정의』 권4

　장옥곡 : '花實화실'霜中能作'花'와 露中能作'實'은 첩구疊句이지만, 압운은 오히려 위를 마무리하고 아래를 끌어낸다. 격법格法이 한 악부 「유소사有所思」[277]에 비해 더 기발하다.『고시상석』 권17

---

277) 「한요가십팔곡(漢鐃歌十八曲)」 중의 한 편인 「有所思」는 3·4·5·7언이 섞인 잡언체로, 하나의 연인 제6·7구에서, 제6구는 앞부분의 압운을 마무리했고(心), 제7구는 뒷부분의 압운을 열었다(之). 전편은 다음과 같다.

有所思	그리운 임은
乃在大海南	바로 대해의 남쪽에 있지.
何用問遺君	무엇으로 그대에게 선물을 하나?
雙珠瑇瑁簪	진주 한 쌍 장식한 대모 비녀지,
用玉紹繚之	옥으로 빙 둘러 장식을 했다.
聞君有他心	그대에게 딴마음 있다고 들었으니,
拉雜摧燒之	마구 꺾어 불태우리라.
摧燒之	꺾어 불태우리라.
當風揚其灰	바람에 재를 날려버릴 거라.
從今以往	이제부터는
勿復相思	다시 생각지 않으리라.
相思與君絶	그리운 맘 그대와 끊어버려야지.
鷄鳴狗吠	닭이 울고 개가 짖는다,
兄嫂當知之	오빠와 올케도 알겠지.
妃呼豨	아이고나!
秋風蕭蕭晨風颸	가을바람 소슬하고 새매도 빠른데,

[전중련] 심덕잠 : '花' 자로 위의 '嗟차' 자와 결합하여 압운을 맞추고 '實' 자로 아래의 '日일' 자와 결합하여 압운을 맞추었으니, 격법이 대단히 기이하다.『고시원』권11

東方須臾高知之　　동쪽 하늘 곧 밝으면 내 마음 알아주리라.

代淮南王

淮南王, 好長生, 服食鍊氣讀仙經.[1] 琉璃作盌牙作盤, 金鼎玉匕合神丹.[2]

合神丹, 戲紫房, 紫房綵女弄明璫.[3] 鸞歌鳳舞斷君腸.[4]

朱城九門門九闈, 願逐明月入君懷.[5] 入君懷, 結君佩, 怨君恨君恃君愛.[6]

築城思堅劍思利, 同盛同衰莫相棄.

「회남왕」을 본떠

회남왕은, 불로장생 좋아해

선단 복용 기공에다 도교 경전 학습했다.

유리로 주발 짓고 상아로 소반 지어

청동 솥에 옥 숟갈로 선단을 배합했네.

선단을 배합하며, 자방紫房에서 장난치고

자방의 채녀綵女는 밝은 귀고리 딸랑이고

난가鸞歌와 봉황무로 그대 애를 끊는다오.

붉은 성엔 아홉 대문, 대문엔 아홉 쪽문

밝은 달을 쫓아서 그대 가슴에 묻혔으면.

그대 가슴에 묻히어, 그대 패물 엮으며

그대를 원망하고 그대 사랑 기댄다네.

성은 견고해야 하고 검은 예리해야 함을

번성 쇠락 함께하며 버리지 말기를.

【해제】

[전진륜] 『옥대신영』은 '朱城주성' 이하를 별도로 1수로 분리했고, 『고시선』은 여전히 합쳐서 1수로 다루었다.

오조의와 문인담 주를 섞어서 인용한다.

[오조의] 최표 『고금주』: "「회남왕淮南王」은 회남소산淮南小山[278]이 지은 것이다. 회남왕 유안劉安, 179~122 B.C.[279]은 불로장생의 불사약을 복용

---

278) 서한 회남왕 유안(劉安)의 일부 문객에 대한 공동 호칭이다. 『초사』「초은사(招隱士)」 왕일 주에 작자를 '회남소산'으로 명기하고 다음과 같이 언급했다. "옛날 회남왕 유안은 박식하고 전아하며 옛것을 좋아하여, 천하의 빼어난 인재를 초빙하여 품었다. 『한서』「회남왕전(淮南王傳)」에 있다. '회남왕 유안은 (…중략…) 글을 좋아하여 (…중략…) 빈객과 방사(方士) 수천 명을 초빙했다. (…중략…) 「내서(內書)」와 「외서(外書)」를 지은 것이 매우 많았다. 팔공(八公)의 무리로부터 시작해서 그 인덕을 흠모하여 그에게 귀의하기 시작했다.' 『신선전(神仙傳)』에서 말했다. '팔공이 문하에 찾아오자 회남왕은 제자(弟子)의 예를 갖춰 그들을 스승으로 모셨다. 나중에 팔공과 유안은 함께 신선이 되어 떠났는데, 각자 재주와 지혜를 다했다. 편장(篇章)을 저술하고 사부(辭賦)를 나누어서 지었다. 분야별로 모였기에, 어떤 부류는 "소산(小山)"이라고 하고, 어떤 부류는 "대산(大山)"이라고 했다. 그 취지는 『모시』에 「소아」와 「대아」가 있는 것과 같다.' 『한서』「예문지」에 '회남왕 군신(群臣) 부 44편'이 있다. '소산' 무리가 굴원을 애도하여 (…중략…) 「초은사」 부를 지어 그 뜻을 드러내었다."

279) 한 왕조의 종실 회남여왕(淮南厲王) 유장(劉長)의 아들로, 회남(淮南 : 지금의 안휘성 회남시)에서 태어났다. 빈객과 방술지사(方術之士) 수천 명을 초빙했고, 『회남자(淮南子)』(『회남홍렬(淮南鴻烈)』이라고도 함)를 지었다. 이 책은 도가 사상을 중심으로 하고 음양가와 법가 및 일부 유가 사상 등을 섞어 넣었기에, 『한서』「예문지」에서 「제자략(諸子略)」 '잡가자류(雜家者流)'에 넣었다. 「내서」라고도 하는데, 기본적으로 도를 논한 것이다. 또 잡설인 「외서」 33편이 있다. 『한서』「예문지」에 "『회남내』 21편, 『회남외』 33편"이라고 했는데, 안사고 주에서 "『내편』은 도를 논했고, 『외편』은 잡설이다"라고 했다. 그 밖에 양생에 관한 글인 「중편」이 있다.

하고 신선이 되고자 하여 방사를 두루 예우했다. 마침내 팔공八公[280]과 손잡고 함께 떠났는데, 아무도 간 곳을 모른다. 소산小山 무리가 몹시 사모하여 이에 「회남왕」곡을 지었다."

반고『한무고사漢武故事』: "회남왕 유안은 신선을 좋아하여 방사들을 초빙했는데, 구름과 비로 변할 수 있었다. 백성들에게는 회남왕이 천자가 되었으며 수명이 무궁했다고 전해졌다. 천자가 마음속으로 싫어하여 사람을 시켜 비밀스럽게 회남왕을 엿보게 했더니, 신선을 불러 그와 함께 놀고 지낼 수 있으며 변화가 무상하고, 또 몸을 숨기고 날아다닐 수도 있으며, 공기만 마시고 음식을 먹지 않는다고 했다. 천자가 듣고 기뻐했다. 그 도를 배우고자 했으나 회남왕이 전수하지 않았다. 천자가 매우 노하여 죽이려고 했다. 회남왕은 그것을 알고 여러 신하와 거취를 함께하자고 했는데, 간 곳을 모르게 되었다."

『악부해제』: "고사古辭에 '회남왕은 스스로 존귀하다고 했다淮南王, 自言尊'라는 구절이 있는데, 사실은 유안이 신선이 되어 떠난 것을 말한다."

내 견해는 이렇다.『악부시집』「무곡가사」의, '진晉「불무가拂舞歌」'에 「고사古辭」1수, '제齊「불무가」'에 「회남왕사淮南王辭」1수가 있다.[281] 『남제서』「악지樂志」를 살펴보면, '「회남왕무가淮南王舞歌」6해는 제악齊樂

---

280) 「춤추는 학[舞鶴賦]」주석 1의 역주 3 참조.
281) 제목이 모두 다른 5수가 실려 있는데, 마지막 1수가 각각 「회남왕편(淮南王篇)」
   (진불무가)과 「회남왕사(淮南王辭)」(제불무가)이다.

으로 연주한 것으로, 앞이 제1해이고 뒤가 제5해이다'라고 했다.[282] 포
조 시는 양梁「불무가」에 속한다.[283]

[황절] 진「불무가」시5수중에「회남왕편淮南王篇」이 있는데, 포조의 이
작품이 본뜬 원시이다. 응소의『풍속통의』에 "회남왕 유안은 재지才智
와 기량이 괴이하여, 바르지 않는 사람들을 불러 모아 신선과 황백黃白
: 도사가 단사(丹砂)로 황금을 만드는 선술의 일을 좇았는데, 재물은 탕진되고 역

---

282) 표점교감본에는 '회남왕사(淮南王辭)' 제하에 "淮南王, 自言尊, 百尺高樓與天連.
我欲渡河河無梁, 願作雙黃鵠, 還故鄕(회남왕은 스스로 존귀하다 하네. 백 척의 높
은 누대 하늘과 맞닿았네. 나는 황하를 건너려 해도 황하에 다리가 없네. 한 쌍의
황학이 되어 고향으로 돌아갔으면)"이라는 가사를 제시하고, 이어서 "右一曲, 晉
「淮南王舞歌」. 六解, 前是第一, 後是第五(위 곡은 진의「회남왕무가」이다. 6해로
이루어져 있는데, 앞이 제1해이고 뒤가 제5해이다)"라는 설명이 붙어 있다. 저본
은 인용부호 위치도 잘못 표기되었다.『악부시집』권54「무곡가사·잡무·3」의
「제불무가(齊拂舞歌)」에는 같은 제목과 같은 가사가 실려 있다. 또「진불무가(晉
拂舞歌)」에는 '회남왕편(淮南王篇)'이라는 곡조가 있는데, 그 가사는 '회남왕사'
제5구의 '願作(원작)'은 '願化(원화)'로 되어 있고, 제3구와 제4구 사이에 "後園
鑿井銀作床, 金瓶素綆汲寒漿. 汲寒漿, 飮少年, 少年窈窕何能賢. 揚聲悲歌音絶天(후
원에 우물 파고 은으로 평상 만들고, 황금 병에 흰 두레박 끈으로 차가운 물 긷는
다. 차가운 물 길어서, 소년에게 마시게 한다. 소년은 아름다우나 어찌 어질다
하랴, 소리 높여 슬프게 노래하니 소리는 하늘에서 끊어진다)" 6구가 있으며, 마
지막 구 뒤에 "還故鄕, 入故里, 徘徊故鄕, 苦身不已, 繁舞寄聲無不泰, 徘徊桑梓遊天
外(고향으로 돌아가, 고향마을 들어가리. 고향을 배회하며 수고로움 끝이 없으
리. 번화한 춤 신기한 노래 태평하지 않음이 없네, 고향 집 뜰 배회하다 하늘 밖을
노닐리)" 6구가 더 있다. 주에 "'化'는『남제서』에는 '作'으로 되어 있다"라고 했
다. 또 '苦身(고신)'의 주에서는 "『송서』에는 '苦' 자가 없고 7자 구('徘徊故鄕身
不已')로 되어 있다"라고 했으며, '寄聲(기성)'에 대해서는 "『진서(晉書)』에는
'奇歌(기가)'로 되어 있다"라고 주를 달았다.
283)『악부시집』권55 '양불무가' 조에 '「회남왕」2수 : 송 포조'라는 표제 아래에 수
록했다.

량도 소진되었지만 이룰 수 없어서, [반역을 모의했다. (···중략···)] 스스로 칼날 위에 엎어져 자살하여 대중들에게 기시棄市되었다. 어찌 신선이 될 수 있었겠는가? 유안이 양성한 인사 중 혹 빠져 도망한 사람이 많아, 그러함을 부끄러워하여 거짓말을 꾸며내었다. 후인들은 아무것도 모르고 떠들어대니 마침내 그렇게 전해지게 되었을 뿐이다"라고 했다. 진晉의 가사에 "회남왕은 스스로 존귀하다고 한다"라고 했고, 또 "소년은 아름다우나 어찌 어질다 하랴, 소리 높여 슬프게 노래하니 소리는 하늘에서 끊어진다少年窈窕何能賢, 揚聲悲歌音絶天"라고 했는데, 모두 왕에 대해 부족하다고 여겨 깊이 애도하는 것이다. 포조의 이 작품은 "그대의 애를 끊는다斷君腸"라고 했고, 또 "그대를 원망하고 그대를 한한다怨君恨君", "같이 번성하고 같이 쇠퇴한다同盛同衰"라고 했으니, 역시 깊이 애도하는 뜻이며, 신선이 된 것과는 무관하다. 『고금주』 및 『한무고사』는 모두 믿을 수 없다.

[전중련] 송본은 제목에 '二首' 2자가 있다.[284]

---

284) 그리고 『옥대신영』처럼 '朱城' 이하를 나누어 별도의 한 수로 처리했다. 『악부시집』도 마찬가지이다. 장부본·사고전서본과 『예문유취』 권43에는 모두 합쳐서 1수로 처리했다. 송본을 교감한 모의(毛扆)는 1수로 간주하는 것이 옳다고 했다(주석 4 [전중련] 참조). 정복림도 장부본을 따라 1수로 처리했다(『교주』, 201~202쪽 참조). 오덕풍은 장법(章法)과 문의(文義)를 살펴보면 2수로 나눠야 할 것 같다고 했다(73a쪽). 창작 시기에 대해, 정복림은 『송서』의 임천왕 유의경 본전에서 유의경이 만년에 "사문(沙門)을 봉양하느라 경비 손실을 꽤 초래했다"라고 한 것이 회남왕이 신선에 경도된 것과 매우 비슷한 상황이라고 하면서, 유의경 막부 시절 불교에 지나치게 빠져 재산을 허비한 유의경을 풍간하기 위해 지은 것이라고 보았다(『교주』, 203쪽).

【주석】

1 **[문인담]**『신선전』: "'회남왕(淮南王)' 유안은 「내서(內書)」 22편을 지었고,
또 「중편(中篇)」 8장이 있는데, 신선(神仙)과 황백(黃白)에 관한 일을 언급
했다."[285]

『삼국지』「위서·혜강전(嵇康傳)」 배송지 주: "[형 혜희(嵇喜)가 혜강의 전
기를 지어 말했다.] '(…중략…) 성품이 "복식(服食: 선단이나 약초 등을 복용
함으로써 불로장생을 추구하는 것)"을 좋아하여, 일찍이 상약(上藥)을 채취하
여 복용했다. (…중략…) 「양생편(養生篇)」[286]을 지었다.'"

[오조의]『여씨춘추』「불구론(不苟論)·찬능(贊能)」: "[손숙오(孫叔敖)와
심윤경(沈尹莖)은 친구이다.] (…중략…) 심윤경이 손숙오에게 말했다. '(…
중략…) 세속에 영합하는 것은, 그대가 나보다 못하네. (…중략…) 노을을 마
시고 "연기(錬氣: 기를 수련하는 것)"는 내가 그대보다 못하네.'"[287]

2 **[전진륜]** '作盌(작완: 주발을 만들다)'은『옥대신영』에는 '藥盌(약완: 약 주
발)'으로 되어 있다. '作枕(작침: 베개를 만들다)'으로 된 판본도 있다.

[오조의] 진가(秦嘉) 처「진가에게 보낸 편지[與嘉書]」: "별도로 (…중략…) '유
리 주발[琉璃椀]' 하나를 보내드리니 약주(藥酒)를 드실 수 있을 겁니다."[288]

---

285)『한서』「회남여왕장전(淮南厲王長傳)·부유안전(附劉安傳)」에는 "「내편(內篇)」
21편을 지었고, 「외서(外書)」는 매우 많았으며, 또 「중편」 8권을 지어 신선과 황
백(黃白)의 술법을 언급했는데, 역시 20여만 자가 되었다"라고 했다.
286)『문선』권53에「양생론(養生論)」이라는 제목으로 수록되어 있다.
287) 저본의 '筮(서)'는 '莖(경)'의 오자이다. '沈尹莖'은 전국시대 초(楚)의 공족(公
族)으로, 장왕(莊王)이 재상에 임명하려 하자 그는 손숙오를 대신 추천했다고 한
다. '沈尹'이 성이다. '노을을 마시고' 이하는 금본『여씨춘추』에는 없다.
288)『예문유취』권73에 수록되어 있다.

[문인담] 「고악부」 : "유리와 호박과 상아 쟁반[琉璃琥珀象牙盤]"[289]

『문선』 권16 강엄(江淹) 「별부(別賦)」 '鍊金鼎(연금정)' 주 : "'연금정(鍊金鼎)'은, 광물질을 제련하여 선단(仙丹)을 만드는 솥이다."

『포박자』 : "고강(古强)이라는 사람이 있는데, 스스로 나이가 4천 살이라고 했다. 양주(揚州) 자사 혜강(嵇康)이 '옥비(玉匕 : 옥으로 만든 숟가락)'를 고강에게 주었는데, 나중에 갑자기 혜강에게 말했다. '옛날 안기(安期) 선생이 그것을 주었소.'"[290]

『신선전』 권5 「음장생(陰長生)」 : "음장생은 (…중략…) 마명생(馬鳴生)[이라는 사람이 있어] 세속을 뛰어넘는 도를 터득했다는 소문을 듣고[聞] 그를 찾아갔다. (…중략…) 마명생은 [음장생을] 데리고[將] 청성산(靑城山)으로 들어가, [황토를 달여서 황금을 만들어 보여주고 사면에 단(壇)을 세우고] 『태청신단경(太淸神丹經)』'을 주었다."[291]

[전중련] '作盌(작완 : 주발을 짓다)'은 송본에는 '藥椀(약완 : 약 주발)'으로 되어 있다.[292]

---

289) 『태평어람』 권758에 수록되어 있다.
290) 『태평어람』 권760 「기물부(器物部)·비(匕)」에 인용된 글이다. 『포박자』 「내편(內篇)·거혹(祛惑)」에는 매우 상세한 내용이 실려 있는데, '玉匕'는 '玉卮(옥치 : 옥 술잔)'로 되어 있다. 왕명(王明)은 『포박자내편교석(抱朴子內篇校釋)』에서 『태평어람』을 근거로 '玉匕'가 옳다고 교감했다.
291) 통행본에는 '聞(문)' 뒤에 '有(유)'가 있고, '將(장)' 뒤에 '長生(장생)'이 있으며, '太淸神丹' 뒤에 '經(경)'이 있다. 번역은 이를 따랐다. '神丹'은 신선이 만든다는 장생불사의 환약으로, 황금을 액화한 금액(金液)과 단사(丹砂)를 함께 개어서 만든 금단(金丹) 즉 선단(仙丹)의 하나이다.
292) 『악부시집』도 같다. 이 구는 청동 솥에 옥 숟가락으로 재료들을 떠 넣어 배합해서 연단을 한다는 뜻이다.

3   **[오조의]**「청허진인의 노래[淸虛眞人歌]」: "자주색 방은 어쩌면 저리 찬란한

가[紫房何蔚炳]?"[293]

『신선전』 권1 「팽조(彭祖)」: "[또 채녀(采女)라는 사람이 있어서 젊어서 득

도했다. (…중략…) 상왕(商王)은 그를 모셨다. (…중략…)] 마침내 채녀를 시

켜 치병(輜軿)[294]을 타고 가서 팽조에게 불사의 도를 묻도록 했다. (…중

략…) 채녀가 모든 비결을 다 왕에게 가르쳐주었다. 왕이 시험해 보았는데 효

험이 있었다."

[전진륜] 조식 「낙신부」: "강남의 '주옥으로 만든 귀고리'를 바친다[獻江南之

'明璫']."

[전중련] 이 구는 송본에는 '神丹神丹戱紫房'으로 되어 있고, '합(合)' 자는

없다.[295]

4   **[오조의]**『산해경』 「해외서경(海外西經)」: "[헌원국[軒轅之國]이 있다. (…

중략…) 궁산(窮山)이 그 북쪽에 있는데 감히 서쪽으로 활을 쏘지 못하니,] '헌

---

293) 『고시기(古詩紀)』 권141과 『고악원(古樂苑)』 권51에 실려 있다. 제목의 '靑
(청)'은 '淸(청)'의 오자여서 고쳤다. '紫房'은 본래 황후가 거처하는 곳을 말하
지만, 여기서는 연단을 하는 방이다.
294) '치병(輜軿)'은 앞에는 문이 있고 뒤에 휘장을 쳐서 휴식할 수 있게 한, 고대 귀족
부녀자들이 타던 수레이다. 통행본에는 인용문 맨 앞에 '슈(령)' 자가 있다. 번역
은 이를 살렸다. 시 원문에 나오는 '綵女(채녀)'는 본래 한대(漢代)의 궁녀를 가
리킨다. 『후한서』 「환자전(宦者傳)・여강(呂强)」에 "후궁의 '綵女' 수천 인이 쓰
는 의식(衣食) 비용은 하루에 수백 금"이라고 했다. 그러나 시에서는 내용으로
보면 오조의 주에서 인용한 『신선전』의 '采女'로 볼 수도 있다. 임숭산은 이 견해
를 따랐다(54쪽). Chen은 '요정들(fairies)'이라고 풀이했다(328쪽).
295) 『옥대신영』, 『예문유취』, 『악부시집』은 저본과 같다. 정복림은 이들을 따라 '神
丹神丹'을 '合神丹'으로 고쳤다(『교주』, 203쪽).

원구[軒轅之丘]를 두려워하기 때문이다. (…중략…). 제요야[諸夭之野]에서
는 '난조는 스스로 노래하고 봉조는 스스로 춤춘다[鸞鳥自歌, 鳳鳥自舞].' [백
성들은 봉황의 알을 먹고 감로(甘露)를 마시는데 하고 싶은 일들은 전부 저절
로 이루어진다.]"296)

[전중련] 모의(毛晨, 1640~1713) 교주 : "송본은 제1수가 마침 행(行)의 끄트
머리에서 끝이 났다. 그래서 당시 판본은 (중간에 띄운 칸이 없어서 이어지는
것으로 여겨) 아예 '1수'라고 적었다."

5 [문인담] '朱城九門(주성구문)'은 '朱門九重(주문구중 : 붉은 대문 아홉 겹)'으
로 된 판본도 있다.297)

[전진륜] '閨(규 : 쪽문)'는 『옥대신영』에는 '開(개 : 열다)'로 되어 있다.298)

[문인담] 『세설신어』 「언어(言語)」 : "멀리 '높다란 성[層城]'을 바라보니, 붉
은 누각[丹樓]은 노을처럼 빛난다."

---

296) 통행본의 내용은 다소 다르다. 첫 구 '軒轅之丘'는 통행본을 따르면 '軒轅之國'이
되어야 할 것 같고, '鸞(란)' 자와 '鳳(봉)' 자는 바뀌었다. 「대황남경(大荒南經)」
의 '질민지국(裁民之國)' 조에도 "노래하고 춤추는 새가 있는데, '난조는 스스로
노래하고 봉조는 스스로 춤춘다'"라고 했다. 번역은 통행본을 따르고 필요한 경
우 보충했다. 문인담의 『고시전(古詩箋)』에는 뒤 2구만 인용했는데, 통행본과
같다. 아름다운 노래와 춤을 표현하는 성어 '鸞歌鳳舞(란가봉무)'는 여기서 나왔
다. 이 구는 회남왕이 '난가봉무'를 즐기면서 신선을 추구하느라 재물과 역량을
소진했지만 아무런 성과가 없어 애가 탈 뿐이라는 것을 말한다.
297) 주응등본과 『악부시집』에 '朱門九重(주문구중)'으로 되어 있다.
298) 『전송시』도 같다. 오덕풍은 『옥대신영』처럼 "朱城九門門九開"가 되어야 할 것 같
다고 보았다(73b쪽). '閨'로 보면 '門'을 들어서면 다시 아홉 개의 '閨'를 지나가
야 할 정도로 주성(朱城)의 경계가 삼엄함을 말한다(임숭산, 54쪽 : "朱城森嚴,
閨門九重"). Chen은 이 구절 이하를 '鸞歌鳳舞'의 가사로 보았다.

『설문해자』: "'閨'는 한 짝만 세운 지게문[戶]인데, 위는 원형이고 아래는 방형이어서 규(圭) 모양과 비슷하다."

[전진륜] 『세설신어』 「용지(容止)」: "당시 사람들이 '하후현(夏侯玄 : 자 태초(太初))은 해와 달이 "품속에 들어가 있는 것[入懷]"처럼 몸에서 빛이 난다'라고 평했다."[299]

[황절] 조식 「칠애시」: "바라건대 남서풍이 되어서, '멀리 날아 그대 품에 들어갔으면'[願爲西南風, '長逝入君懷]."

6 **[문인담]** 『예기』 「옥조(玉藻)」: "세자는 처소를 나와 부군(父君)을 모시고 있으면 옥노리개를 차지 않는다. '왼쪽의 옥노리개는 실로 묶고[左結佩]' 오른쪽은 큰 뿔송곳[大觿], 나무 부시[木燧] 따위를 찬다."

【평설】

[황절] 장옥곡 : 이것은 회남왕이 신선만을 좋아하여 후궁들이 원망하게 되었음을 풍자한 시이다. (…중략…) "신비한 연금 약액 배합하며, 자방에서 장난치는데[合神丹, 戱紫房]" 4구는 회남왕이 단약丹藥을 완성한 후 궁녀들과 가무의 즐거움을 누리는 망상을 했을 것이라고 추량했는데, '斷君腸그대 애를 끊는다' 3자로써 틀림없이 불가능했을 것임을 말했다. 대체로 신선이 되어 즐길 일이 매우 많은데 유독 '채녀'만을 말한 것은 바로 후궁의 원망을 반영한 것이다. '붉은 성[朱城]' 이하는 바로 궁녀 처

---

299) 저본의 '明月(명월)'은 통행본에 '日月之(일월지)'로 되어 있어서, 번역을 이를 따랐다.

지에서 원망願望의 간절함을 표명한 것인데, [시구의 조탁이 운치가 있다. 마지막 2구에서 비유의 뜻을 갑작스럽게 삽입하여, 성쇠 간에 버리지 말라는 취지로 마무리했는데,] 박자가 고풍에 들어맞는다.『고시상석』권17

　　[전중련] 심덕잠 : 원怨·한恨·애愛가 모두 1구 안에 들어 있는 것은 악부의 구법句法이다. 아래의 '성 쌓을 때築城' 구는 악부의 신리神理이다.『고시원』권11

代雉朝飛

朝雉飛, 振羽翼, 專場挾雌恃彊力.¹ 媒已驚, 翳又逼, 蒿間潛轂盧矢直.²
刎繡頸, 碎錦臆, 絶命君前無怨色.³ 握君手, 執杯酒, 意氣相傾死何有.⁴

「꿩은 아침부터 나는데」를 본떠

꿩이 아침부터 날아, 날개를 퍼덕이며

마당과 암컷을 독차지하고 굳센 힘을 뽐내네.

호림 꿩은 깜짝 놀라고, 숨은 사냥꾼 다가가네

덤불 속에서 몰래 당기니 검은 화살 곧추 나네.

울긋불긋한 목을 베고, 비단 가슴 부수는데

그대 앞에 숨 거두며 원망하는 기색 없네.

그대 손을 잡고서, 술잔을 높이 든다.

의기가 투합하면 죽음인들 두려우랴?

【해제】

[전진륜] 최표『고금주』: "「꿩은 아침부터 나는데雉朝飛」는 목독자牧犢子가 지은 것이다. 그는 전국시대 제齊의 처사로 민왕湣王, 301~284 B.C. 재위과 선왕宣王, 318~301 B.C. 재위 때 사람인데, 나이 쉰 살이 되도록 아내가 없었다. 들에 나무하러 갔다가 꿩이 암수가 다정하게 나는 것을 보고, 마음이 슬퍼 져서 「아침부터 나는데朝飛」곡을 지어, 이로써 자기 신세를 슬퍼했다."

[전중련] 『악부시집』「금곡가사·치조비조雉朝飛操」: "「치조구조雉朝雛操: 꿩이 아침에 운다」라고도 한다. 양웅의 「금청영琴清英」에 있다. '「치조비조」는 위衛 제후의 딸의 보모가 지은 것이다. 위 제후의 딸이 제齊 태자에게 시집을 가는데, 중도에 태자가 죽었다는 소문을 듣고 보모에게 어떻게 할 것인지를 묻자, 보모는 가서 상을 치러야 한다고 했다. 상이 끝나도 돌아가려 하지 않고 끝내 죽었다. 보모가 후회하여 딸이 직접 타던 금琴을 가지고 무덤가에서 연주했다. 갑자기 꿩 두 마리가 무덤 속에서 같이 튀어나왔는데, 보모가 꿩을 어루만지며 네가 과연 꿩이 되었느냐고 했다. 말이 끝나기도 전에 함께 날아오르더니 순식간에 사라졌다. 보모는 비통하여 금琴을 끌어당겨 곡을 지었다. 그래서 「꿩은 아침부터 나는데雉朝飛」라고 했다.'"

내 견해는 이렇다. 포조의 시는 「금청영」의 뜻을 취하여 그 주제를 확장했다.

【주석】

1　[전진륜] 반악 『문선』 권9 「꿩 사냥 부[射雉賦]」 '擊場(반장)' 이선 주: "활을 쏘는 사람은 '꿩 소리[雉聲]'가 들리면 '땅의 풀을 뽑아 마당을 만든다[便除地爲場]'."

　　[전중련] 송본 및 『악부시집』에는 첫 구가 '雉朝飛(꿩이 아침부터 날이)'로 되어 있다.[300]

　　송본에는 '雌(자)'가 '雨(량)'으로 되어 있고, 주에 "아래에 '雌' 자가 있는 판본도 있다"라고 했다.[301]

---

300) 『전송시』도 같다. 오덕풍은 '朝雉'는 잘못된 도치라고 보았다(73b쪽).

2 **[전진륜]** 반악 「꿩사냥 부」 서원(徐爰) 주 : "'媒(매)'라는 것은, 어려서부터 꿩 새끼를 기르면 자라서 사람과 친해지게 되는데, 그것이 야생 꿩을 유인할 수 있으므로 '媒(호림 꿩)'라고 한다. '翳(예)'라는 것은 활 쏘는 사람을 숨기는 도구이다."

『설문해자』 : "'彀(구)'는 활을 당기는 것이다."

『상서』 「문후지명(文侯之命)」 : "'검은 화살[盧矢]'이 백 대이다" 공안국 전 : "'盧(려)'는 검다는 뜻이다."

[전중련] '蒿(호 : 쑥대)'는 송본에는 '黃(황)'으로 되어 있다. [302]

3 **[전진륜]** 반악 「꿩사냥 부」 : "'수놓은 듯 화려한 목'과 곤룡포 같은 등이 빛난다 [灼繡頸而袞背]."

「꿩 사냥 부」 : "'붉은 가슴'은 가을 택란처럼 영롱하다[丹臆蘭綷]."

4 **[전진륜]** 『후한서』 「이통전(李通傳)」 : "함께 이야기하며 날짜를 보내는데, '손을 마주 잡고 지극히 즐거워했다[握手極歡]."

[황절] 도연명 「의고(擬古)」 제1수 : "'의기가 투합하면 목숨도 바칠 수 있지만', 헤어져 있는데 또 무엇이 있을까['意氣傾人命', 離隔復何有]?"

---

301) 『예문유취』에는 '兩雌(암컷 두 마리)'로 되어 있다.
302) 오덕풍은 '黃'이 옳지 않다고 했다(74a쪽). '蒿間(호간)'이면 쑥대 덤불이다. '黃間(황간)'이면 쇠뇌의 이름이다. '黃肩(황견)'이라고도 한다. 『문선』 권4 장형의 「남도부(南都賦)」 '黃間機張(황간 쇠뇌가 발사된다)'의 이선 주에 정현의 말을 인용하여 "'黃間'은 쇠뇌[弩]이다"라고 했다. '機(기)'는 노아(弩牙 : 쇠뇌의 시위를 거는 곳)이다.

代北風涼行

北風涼, 雨雪雱,[1] 京洛女兒多妍妝.[2] 遙豔帷中自悲傷, 沈吟不語若有忘.[3]
問君何行何當歸. 苦使妾坐自傷悲.[4] 慮年至, 慮顏衰,[5] 情易復, 恨難追.[6]

「북풍은 쌀쌀하고」를 본떠

북풍은 쌀쌀하고, 눈은 펑펑 내리는데
낙양의 아가씨들 단정하게 치장했네.
아리따운 휘장 속에 나 홀로 슬픔에 젖어
생각에 잠겨 말 없으니 넋 빠진 듯하다네.
"그대는 어데 가며 언제 돌아오는지요?
이 몸을 무척이나 슬프게도 하는군요.
나이 드는 것 걱정되고, 낯 축나는 것 근심되고
정은 쉬이 멀어져도, 한은 쫓기 어렵지요."

【해제】

[전진륜] 『옥대신영』에는 제목이 「북풍행北風行」으로 되어 있다. 오조
의 주를 수록한다.

[오조의] 곽무천 포조 「북풍행」 해제 : "「북풍」은 본래 『모시』의 '위시
衛詩'에 속하는 시이다. 「패풍邶風 · 북풍」시 제1장에서 '북풍은 쌀쌀하
고, 눈이 펑펑 내린다北風其涼, 雨雪其雱'라고 했고, 모전에 '북풍은 한랭하

여 만물을 병들게 하여 해치는데, 이것으로 임금의 정치가 포학하면 백성들이 친애하지 않음을 비유했다'라고 했다.[303] 포조의 '북풍은 쌀쌀하고北風凉' 시와 이백의 '촉룡은 북방의 극한 지방에 사는데燭龍棲寒門' 같은 것은 모두 북풍이 불고 눈이 내리는데, 떠난 사람이 돌아오지 않음을 슬퍼하는 것으로, 「패풍」의 「북풍」 시와는 다르다."

[전진륜] 『악부시집』은 이것을 「잡곡가사」에 넣었다.

【주석】

1 [황절] 『모시』 「패풍·북풍」 제1장 '北風其涼, 雨雪其雱' 모전 : "雱(방)'은 왕성한 모양이다."

2 [전진륜] '京洛(경락)'은 『옥대신영』에는 '洛陽(락양)'으로 되어 있다.

[오조의] '姸(연)'은 '嚴(엄)'으로 된 판본도 있다. 무명씨의 「고시」(「공작동남비(孔雀東南飛)」)에 "신부는 일어나 단정하게 단장한다[新婦起'嚴妝']"라고 했다.

[전중련] '姸'은 송본에는 '嚴'으로 되어 있다.[304]

3 [전진륜] '有(유)'는 『옥대신영』에는 '爲(위)'로 되어 있다.[305]

---

303) 소서에서는 "「북풍」은 학정(虐政)을 풍자했다. 위나라는 모두 흉포하고 잔학한 정치를 하여, 백성들이 서로 친애하지 않고, 가까운 사람끼리 서로 부축하여 떠나지 않는 사람이 없었다"라고 했다.
304) 『악부시집』도 같다. 사고본과 『옥대신영』은 장부본과 같다. 「공작남동비」의 예를 보면 '嚴'이 낫다. '嚴妝(엄장)'은 단정하게 단장하는 것이다.
305) 『악부시집』에도 '爲'로 되어 있다. 『옥대신영』과 『악부시집』 모두 "'有'로 된 판본도 있다"라고 주를 달았다.

위 무제 조조 「단가행」 : "오직 그대 때문에, '지금까지 깊은 생각에 잠겼다오' [但爲君故, '沈吟至今'].]"

[황절] '遙艷(요염)'은 아름답고 좋은 것[美好]이다.

조헌(曹憲, 541?~645) 『박아음(博雅音)』 : "'姚(요)'는 음이 '遙(요)'이다."

『방언』 권13 : "'姚'와 '娧(태)'는 좋은 것이다[姚娧好也].]"[306]

'遙艷'은 바로 '姚艷(요염)'이다.

『초사』 「구변」 : "心'搖悅'而日幸兮(마음은 '기뻐하며' 날마다 요행으로 여긴다)" 왕일 주 : "마음속으로 몰래 기뻐하는 것[意中私喜]이다." 왕인지 : "'搖悅'은 기뻐하는 것[喜]이다. 그래서[故] 사람[人]이[307] 아름다워서 사랑스러운 것을 '姚娧(요태)'라고 한다."

'姚'는 '搖'로 가차할 수도 있고, '遙'로 가차할 수도 있다.

『방언』 권10 : "['遙'와 '窕(요)'는 '淫(음)'이다.] 구의(九疑 : 호남성 영주시(永州市) 영원현(寧遠縣) 남쪽에 있는 산)와 형주(荊州) 교외의 먼 변두리 지역에서는 '淫'을 '遙'라고 한다."

'遙艷'을 '淫艷(음염 : 지나치게 요염하다)'의 뜻으로 보면, 시의 뜻과는 부합하지 않을 것 같다.

4 **[전진륜]** '何行(하행)'은 『옥대신영』에는 '前行(진행 : 앞을 향해 가다)'으로 되어 있다.

[오조의] 「고절구(古絶句)」 : "'언제' 돌아오는가['何當'大刀頭]?"[308]

---

306) 저본에는 단구가 "姚, 娧好也"로 되어 있는데, "姚·娧, 好也"의 잘못이다.
307) 저본에는 '故' 다음에 '人(인)' 자가 빠졌다. 『포참군시주』에는 제대로 되어 있다.

[황절] 「광절교론(廣絶交論)」이선 주에 『설문해자』를 인용하여 "'苦(고)'는 급한 것[急]"이라고 했다.

[전중련] '何行'은 송본에는 '得行(득행 : 가야 한다)'으로 되어 있다.

장상 『시사곡어사회석』: "'苦'는 '심하다[甚]'라는 말이다. 또 '기어코[偏]', '매우[極]'와 같다."

5 **[전진륜]** '至(지 : 이르다)'는 『옥대신영』에는 '去(거 : 떠나가다)'로 되어 있다.

6 **[전중련]** '復(복 : 회복하다)'은 송본에는 '遠(원 : 멀어지다)'으로 되어 있다.[309]

---

308) 「고절구」는 『옥대신영』 권10에 실린 4수의 '고절구'인데, 이것은 제1수의 제3구이다. 이 시는 전체적으로 은어(隱語)와 해음(諧音) 쌍관(雙關)을 활용한 '잡체시'이다. '大刀頭(대도두)'는 '環(환)'의 은어이다. 고대의 칼 머리에는 고리[環]가 있었기 때문이다. 또 '環'은 '還(환)'의 해음이다.
309) 주응등본도 같다. 노문초도 '遠'으로 교감했다. 시의 맥락으로 보면 '遠'이 더 낫다. 번역은 이를 따랐다.

代空城雀

雀乳四鷇, 空城之阿.¹ 朝食野粟, 夕飲氷河.²

高飛畏鴟鳶, 下飛畏網羅.³ 辛傷伊何言, 怵迫良已多.⁴

誠不及靑鳥, 遠食玉山禾.⁵ 猶勝吳宮燕, 無罪得焚窠.⁶

賦命有厚薄, 長嘆欲如何?

「황성의 참새」를 본떠

참새가 새끼 넷을 기르네,

황폐한 성 모퉁이에서.

아침에는 돌기장 먹고

저녁에는 빙하 물을 마시네.

높이 날면 올빼미와 솔개 두렵고

낮게 날면 그물과 덫이 두렵네.

신고와 상심 어찌 이루 말하리

유혹과 협박 실로 너무 많다네.

파랑새엔 참으로 미칠 수 없네

머나먼 옥산玉山의 목화木禾 먹었지.

오궁吳宮의 제비보단 그래도 나으니

죄도 없이 둥지가 몽땅 불탔지.

타고난 운명은 후박厚薄 있으니

탄식한들 어찌할 도리가 없네.

【해제】

[전중련] 『악부시집』 「잡곡가사 · 공성작空城雀」 : "『악부해제』에서 말했다. '포조의 「황성의 참새」에 "참새가 네 마리 새끼를 기른다, 황폐한 성 모퉁이에서"라고 했다. 조금만 날아 가까운 곳에 머물면서, 주린 배를 움켜쥐고 비통해하는 것은, 그물을 피하기 위해서일 뿐이라는 취지이다.'"

【주석】

1 [전진륜] 『이아』 「석조(釋鳥)」 : "태어나면 어미가 모이를 먹여주는 것은 '轂(구)'이고, [태어나서 스스로 모이를 쪼아 먹는 것은 雛(추)이다.]" 형병(邢昺) 소 : "새 중에 새끼가 태어나면 반드시 어미가 모이를 물어다 먹여주는 것을 '轂'라고 부르는데, 제비와 참새[燕雀] 등속을 이르는 것이고, 새 중에 새끼가 태어나서 스스로 먹을 수 있는 것을 '雛'라고 하는데, 닭과 꿩[鷄雉] 등속을 이른다."

2 [전진륜] '食(식 : 먹다)'은 '拾(습 : 줍다)'으로 된 판본도 있다.310)
악부에 「들판의 참새[野田黃雀行]」가 있다.311)

---

310) 『악부시집』과 『예문유취』에 '拾'으로 되어 있다. 아래의 '飮(음)'과 짝이 되므로 '食'이 옳다.
311) 『악부시집』 권39 「상화가사 · 슬조곡」에 조식(曹植)의 '置酒高殿上' 4해와 '高樹多悲風' 1수가 있고, 수(隋)의 소곡(蕭慤), 당(唐)의 이백(李白) · 저광희(儲光羲) · 석관휴(釋貫休) · 석제기(釋齊己)의 작품이 각 1수씩 실려 있다. 조식의 '치주고전상'은 풍성한 연회의 즐거움과 이에서 일어나는 비애를 통해 '천명을 알면 근심할 것이 없다[知命無憂]'라고 마무리한 시로, 참새는 등장하지 않는다. 나머

3 **[전진륜]**『이아』「석조」: "'鳶(연 : 솔개)'과 鳥(오 : 까마귀) 부류의 새는 날 때 날개를 펴고 맴돈다."312) 형병 소 : "'鳶'은 '鴟(치 : 솔개)'이다."

　　[황절] 조식「들판의 참새」: "칼 뽑아 '그물'을 찢어버리니, 참새는 날아갈 수 있게 되었다[拔劍捎羅網, 黃雀得飛飛]."

4 **[전진륜]** 가의 「복조부(鵩鳥賦)」: "'유혹하고 협박하는' 무리가 이리저리 달리기도 한다[怵迫之徒兮, 或趨西東]."

5 **[전진륜]** '靑鳥(청조 : 파랑새)'는 「거위[野鵝賦]」 주(주석 19)에서 보았다.

　　장협(張協) 「칠명(七命)」: "대량의 기장, 곤륜산의 '목화(木禾)'는[大梁之黍, 瓊山之'禾'] [당요(唐堯)시대 후직(后稷)이 그 뿌리를 심었고, 신농(神農)

지는 모두 참새를 비유로 활용한 작품이다. 조식의 '고수다비풍'은 참새가 그물에 뛰어드는 비유를 통해서 친구가 재난을 당했지만 구해줄 수 없는 괴로운 심정을 토로했다. '黃雀'은 정확하게는 참새목 되샛과에 속하는 '검은머리방울새 (Carduelis spinus; Spinus spinus)'인데, 흔히 '참새'라고 번역한다.

高樹多悲風	키 큰 나무엔 세찬 바람 많고
海水揚其波	바닷물은 그 물결 거칠구나.
利劍不在掌	날카로운 칼 손안에 없으니
結交何須多	친구 사귐 어찌 많아야 하랴.
不見籬間雀	울타리의 참새를 못 보았는가?
見鷂自投羅	새매 보고 스스로 그물에 뛰어든다.
羅家得雀喜	그물 친 이 침새 잡아 기뻐하지만
少年見雀悲	소년은 참새 보고 슬퍼한다네.
拔劍捎羅網	칼 뽑아 그물을 찢어버리니
黃雀得飛飛	참새는 날아갈 수 있게 되었네.
飛飛摩蒼天	날고 날아 푸른 하늘 다다랐다가
來下謝少年	내려와 소년에게 감사 전한다.

312) "鳶鳥醜"의 저본의 단구 "鳶, 鳥醜"는 "鳶·鳥醜"의 잘못이다. '醜(추)'는 '무리, 부류'의 뜻이다.

황제가 그 꽃을 맛보았다.]"

[전중련] 『산해경』「서차삼경(西次三經)」: "[또 서쪽 350리가] '옥산(玉山)'
인데, 서왕모가 사는 곳이다."

『산해경』「해내서경(海內西經)」: "곤륜산(昆侖墟)은 사방이 팔백 리이고
높이가 만 길이다. 그 위에는 '목화(木禾)'가 있는데 높이가 5심(尋 : 1심은 8
자)이고 둘레가 다섯 아름이다." 곽박 주 : "'木禾'는 곡류 식물이다."

「칠명(七命)」이선 주 : "[대량의 기장(大梁黍)은 분명하지 않다.] '경산의 벼
[瓊山禾]'는 곤륜산[崑崙之山]의 '목화'이다. [『산해경』에 '곤륜산 위에 목화가
있는데, 높이가 5심이고 둘레가 다섯 아름'이라고 했다.]"

6 [전진륜] 『월절서(越絶書)』「오지전(吳地傳)」: "오나라 동궁(東宮)은 둘레
가 1리 270보이다. 서궁(西宮)은 장추(長秋)에 있는데 둘레가 1리 26보이다.
진시황 11년(236 B.C.)에 궁을 지키는 자가 제비를 비춰보다가 실화하여 태
워버렸다."

代夜坐吟

冬夜沈沈夜坐吟, 含聲未發已知心. 霜入幕, 風度林.**1**

朱燈滅, 朱顏尋.**2** 體君歌, 逐君音. 不貴聲, 貴意深.

「밤에 앉아 읊조리며」를 본떠

겨울밤 조용한데 밤에 앉아 읊조리네.

소리 머금고 안 내어도 마음 벌써 알겠네.

서리는 휘장에 들고, 바람은 숲에서 온다네.

붉은 등불 꺼졌지만, 붉은 얼굴 찾고 있었네.

그대 노래 감상하고, 그대 소리 좇아간다네.

소리 때문이 아니라, 깊은 뜻 귀히 여겨서라네.

【해제】

[전진륜] 곽무천『악부시집』: "「밤에 앉아 읊조리며夜坐吟」는 포조가 지은 것이다. 그 가사에 '겨울밤 조용한데 밤에 앉아 읊조리네'라고 했다. 노래를 듣고 소리를 좇는 것은 소리에 뜻을 담아내기 때문임을 말했다. 종쾌宗夬, 454~504의 「긴 밤의 노래遙夜吟」는 긴 밤 홀로 읊조리며 시름이 끝이 없음을 말했으니, 이것과 다르다."313)

---

313)『악부시집』권76「잡곡가사 휴수곡(携手曲)」에 포조·이백·이하(李賀)의「夜坐吟」다음에 종쾌의 작품이 수록돼 있다. 전문은 다음과 같다. "기나긴 밤 또다시

【주석】

1　[전진륜]『설문해자』: "상부를 덮어 가리는 휘장을 '幕(막)'이라고 한다."

2　[전진륜] '朱顔(주안 : 홍안)'은 「연꽃[芙蓉賦]」(주석 27)에서 보았다.

　　기나긴 밤, 긴 밤에 시름은 끝도 없다네. 앉아서 펄럭이는 휘장을 보고, 누워서
구름 사이 달을 본다네[遙夜復遙夜, 遙夜憂未歇. 坐對風動帷, 臥見雲間月]."

代春日行

獻歲發, 吾將行.[1] 春山茂, 春日明. 園中鳥, 多嘉聲. 梅始發, 柳始靑.[2]

汎舟艫, 齊櫂驚.[3] 奏採菱, 歌鹿鳴.[4] 微風起, 波微生.[5] 絃亦發, 酒亦傾.

入蓮池, 折桂枝. 芳袖動, 芬葉披.[6] 兩相思, 兩不知

「봄날의 노래」를 본떠

새해가 시작되어, 나는 곧 떠나려네.

봄 산은 우거지고, 봄날은 화창하네.

동산에는 새가 많아, 고운 노래 어울리네.

매화 피기 시작하고, 수양버들 푸르러네.

배를 물에 띄우고, 일제히 노를 젓네.

「마름 따며」 연주하고, 「사슴 울며」 노래하네.

바람은 불지 않고, 물결도 일지 않네.

음악 소리 퍼지고, 술병도 기울었네.

연못에 들어가고, 계수 가지 꺾는다.

향 소매 움직이니, 향 잎새 흩어진다.

둘이 서로 그리면서, 둘이 서로 모르누나.

【해제】

[전진륜] 삼언시이다.

[전중련] 『악부시집』은 이것을 「잡곡가사」에 넣었다.

【주석】

1 **[전진륜]** 『초사』「초혼」: "'새해가 되어 봄이 시작되네', 나는 서둘러 남쪽으로 가리라'獻歲發春兮', 汨吾南征]."

　[전중련] 『초사』「구장・섭강(涉江)」: "홀연히 '나는 장차 떠나리라'[忽乎'吾將行'兮]."

　『악부시집』에는 '發(발)' 뒤에 '春(춘)' 자가 있다.

2 **[황절]** 『대대예기(大戴禮記)』「하소정(夏小正)」: "정월에는 (…중략…) '버들이 싹이 돋고[柳稊]', '매화와 살구와 산복사나무가 꽃이 피기 시작한다[梅・杏・柂桃則華]'."

　[전중련] '柳(류 : 버들)'는 송본에는 '桃(도 : 복숭아)'로 되어 있다.³¹⁴⁾

3 **[전진륜]** '艫(로 : 고물)'는 「대뢰안에 올라서 누이에게 부친 편지[登大雷岸與妹書]」(주석 24)에서 보았다.

　'櫂(도 : 노)'는 「마름을 따며[採菱歌]」(제1수 주석 1)에서 보았다.

4 **[전진륜]** '채릉(採菱)'은 「마름을 따며」(해제)에서 보았다.

　『좌전』「양공・4년」: "'『모시』「소아・녹명」 시를 세 번 노래하자[歌「鹿鳴」之三]' [세 번 절을 했다.]"

5 **[전중련]** 송본 및 『악부시집』에는 앞 구가 '風微起(풍미기 : 바람은 불지 않고)'로 되어 있다.³¹⁵⁾

---

314) 주응등본도 같고, 노문초는 '桃'로 교감했다. 『악부시집』에는 '柳'로 되어 있다.

『악부시집』주: "'微波起, 微風生(잔물결 일어나고, 미풍이 살랑 분다)'으로 된 판본도 있다."[316]

6 **[전중련]** '袖(수: 소매)'는 송본에는 '神(신)'으로 되어 있다.[317]

【평설】

[황절] 장옥곡: 이것은 남녀가 즐겁게 노닐면서 각자 생각하는 사람이 있지만, 매번 서로 알아주지 못하는 것을 괴로워하는 내용이다. 전반 [16구 중] 절반은 봄날 뭍에서 노는 즐거움을 [그렸고], 절반은 봄날 물에서 노는 즐거움을 그렸는데, [모두 남자 측에서 말하는 것이다.] '연못에 들어가고入蓮池' 4구는 [무녀舞女 측에서 말한 것으로] 역시 물과 뭍을 겸했는데, [오히려 여름과 가을의 풍경을 묘사했다. 끝 2구는 총결總結로 전체의 대의를 깨우쳤는데, 가락과 감정이 얼마나 거침없는가!] ('일제히 노를 든다齊櫂驚'라는 것은 노를 일제히 들어 흔드니 혹 놀라는 사람이 있음을 말한다.)『고시상석』권17[318]

[전중련] 심덕잠: 가락과 감정을 펼치는 것이 거침이 없다. 끝 6자는 "마음속으로 그대를 좋아하지만, 그대는 알지 못한다心悅君兮君不知"[319] 보다 더욱 깊이가 있다.『고시원』권11

---

315) 주웅등본과 노문초의 교감도 같다.
316) 오덕풍은, 송본을 좇아 "風微起, 波微生'이 되어야 할 것이다. 대체로 바람이 불어야 물결이 이는 법이다"라고 했다(75a쪽). 번역은 이를 따랐다.
317) 형사(形似)에 의한 오자로 보인다(오덕풍, 위의 책 참조). 정복림은 장부본·『악부시집』·『고시기』를 따라 '袖'로 고쳤다(『교주』, 218쪽).
318) 통행본과 다른 부분이 있다. [ ] 안은 통행본을 참고하여 보충한 번역이고, ( ) 안에 넣은 부분은 통행본에는 없는 내용이다.
319) 유향(劉向)의 『설원(說苑)』「선설(善說)」편에 실린 「월인가(越人歌)」의 마지막 구이다.